简明中国文学批评史教程

饶龙隼　主编

上海大学出版社
·上海·

图书在版编目(CIP)数据

简明中国文学批评史教程 / 饶龙隼主编. —上海：上海大学出版社，2021.4(2021.11 重印)
 ISBN 978 - 7 - 5671 - 4196 - 4

Ⅰ.①简… Ⅱ.①饶… Ⅲ.①中国文学－文学批评史－高等学校－教材 Ⅳ.①I206.09

中国版本图书馆 CIP 数据核字(2021)第 075228 号

责任编辑　贾素慧
封面设计　柯国富
技术编辑　金　鑫　钱宇坤

简明中国文学批评史教程
饶龙隼　主编
上海大学出版社出版发行
(上海市上大路 99 号　邮政编码 200444)
(http://www.shupress.cn　发行热线 021 - 66135112)
出版人　戴骏豪
*
南京展望文化发展有限公司排版
江苏凤凰数码印务有限公司印刷　各地新华书店经销
开本 710mm×1000mm　1/16　印张 35.5　字数 598 千
2021 年 5 月第 1 版　2022 年 1 月第 2 次印刷
ISBN 978 - 7 - 5671 - 4196 - 4/I・627　定价 148.00 元

版权所有　侵权必究
如发现本书有印装质量问题请与印刷厂质量科联系
联系电话：025 - 57718474

目录

第一讲	总论	001
一	中国文学批评史学术史略	002
二	中国文学批评史基本内涵	010
三	中国文学批评史分期问题	020
附	研修书目	025

第二讲	先秦文学批评	026
一	诗观念及诸家诗说	026
二	文观念及文辞理论	037
三	潜文学思想诸要素	043
附	文论选读	050
	一 左丘明《季札观乐》	050
	二 诸子《诗》说（选录）	052
	三 诸子论文言（选录）	054
	四 韩非《说难》	056

第三讲	两汉文学批评	059
一	《诗大序》及四家诗	059
二	对屈原及楚辞的批评	067
三	诗赋文批评及王充等	074
附	文论选读	083

一　佚名《诗大序》…………………………………………083
二　班固《诗赋略论》………………………………………085
三　王逸《〈楚辞章句〉序》…………………………………086
四　王充《超奇》(节录)……………………………………088

第四讲　魏晋文学批评……………………………………091
一　文学批评新趋势…………………………………………091
二　对建安文学批评…………………………………………097
三　陆机《文赋》等…………………………………………103
附　文论选读…………………………………………………109
　　一　曹丕《论文》………………………………………109
　　二　陆机《文赋》(节录)………………………………110
　　三　左思《〈三都赋〉序》………………………………112
　　四　葛洪《钧世》………………………………………113

第五讲　南北朝文学批评…………………………………116
一　文笔之论争………………………………………………116
二　声律论兴起………………………………………………120
三　诸名家批评………………………………………………125
附　文论选读…………………………………………………132
　　一　陆厥《与沈约书》…………………………………132
　　二　沈约《谢灵运传论》(节录)………………………135
　　三　萧绎《立言下》(节录)……………………………137
　　四　萧统《〈文选〉序》…………………………………139

第六讲　《文心雕龙》………………………………………141
一　《文心雕龙》作者与成书………………………………141
二　《文心雕龙》的体系结构………………………………147
三　《文心雕龙·神思》讲疏………………………………153
附　文论选读…………………………………………………158

一	刘勰《原道》	158
二	刘勰《明诗》	160
三	刘勰《风骨》	161
四	刘勰《比兴》	163

第七讲 《诗品》 166
  一 《诗品》作者与成书 166
  二 《诗品》的理论内涵 170
  三 《诗品》作家论释例 180
  附 文论选读 186
    一 钟嵘《〈诗品〉序》 186
    二 钟嵘《魏陈思王植诗》 190
    三 钟嵘《宋临川太守谢灵运诗》 191
    四 钟嵘《宋征士陶潜诗》 192

第八讲 隋唐前期文学批评 193
  一 隋唐过渡时期的文论 193
  二 盛唐气象及意境理论 201
  三 唐人编选唐诗之批评 206
  附 文论选读 210
    一 魏征《文学传序》 210
    二 伪王昌龄《诗格》(节录) 212
    三 陈子昂《与东方左史虬修竹篇序》 213
    四 殷璠《〈河岳英灵集〉序》 214

第九讲 唐代中期文学批评 216
  一 杜甫等人诗论 216
  二 皎然《诗式》 223
  三 白居易等诗论 228
  附 文论选读 236

一　杜甫《戏为六绝句》　236
　　二　皎然《诗式》(节录)　237
　　三　元稹《唐故工部员外郎杜君墓系铭》(节录)　238
　　四　白居易《与元九书》(节录)　239

第十讲　晚唐五代文学批评　242
　一　古文运动及其理论　242
　二　司空图的诗学思想　250
　三　唐末五代文学批评　254
　附　文论选读　260
　　一　韩愈《送孟东野序》　260
　　二　韩愈《答李翊书》　262
　　三　司空图《与李生论诗书》　263
　　四　司空图《二十四诗品》　265

第十一讲　北宋文学批评　269
　一　六大家古文理论　269
　二　江西诗派活法论　276
　三　诗话与话体批评　281
　附　文论选读　286
　　一　欧阳修《六一诗话》(选录)　286
　　二　苏轼《与谢民师推官书》(节录)　287
　　三　王安石《上人书》　288
　　四　黄庭坚《答洪驹父书》　289

第十二讲　南宋文学批评　290
　一　中兴四大家的诗论　290
　二　理学家的诗文理论　298
　三　严羽《沧浪诗话》　304
　附　文论选读　308

一　李清照《词论》 308
　　二　朱熹《答杨宋卿》 310
　　三　张戒《岁寒堂诗话》(选录) 311
　　四　严羽《诗辨》 312

第十三讲　金元文学批评 315
　一　元好问等大家诗文批评 315
　二　方回等大家的诗文批评 325
　三　元代诗坛宗唐抑宋风尚 336
　附　文论选读 338
　　一　元好问《论诗三十首》(选录) 338
　　二　方回《瀛奎律髓》(选录) 340
　　三　张炎《词源》(选录) 342
　　四　杨士弘《〈唐音〉序》 344

第十四讲　明代诗文批评 347
　一　明代的散文理论批评 347
　二　台阁体与文学复古论 355
　三　李贽与公安派性灵论 362
　附　文论选读 367
　　一　宋濂《文原》 367
　　二　何景明《与李空同论诗书》(节录) 370
　　三　李贽《童心说》 372
　　四　袁宏道《叙小修诗》 374

第十五讲　明代小说批评 377
　一　早前小说理论批评的成形 377
　二　明代小说理论批评的发展 381
　三　晚明诸大家小说理论批评 386
　附　文论选读 392

一　蒋大器《〈三国志通俗演义〉序》……………………… 392
　　二　李贽《〈忠义水浒传〉序》…………………………… 394
　　三　金圣叹《读〈第五才子书〉法》（节录）……………… 396
　　四　胡应麟《少室山房笔丛》（节录）…………………… 399

第十六讲　明清戏曲批评 …………………………………… 401
　一　早前戏曲理论批评 ……………………………………… 401
　二　明代戏曲理论批评 ……………………………………… 405
　三　清代戏曲理论批评 ……………………………………… 410
　附　文论选读 ………………………………………………… 414
　　一　徐渭《南词叙录》（选录）…………………………… 414
　　二　沈璟《词隐先生论曲》（节录）……………………… 417
　　三　李渔《闲情偶寄》（选录）…………………………… 418
　　四　焦循《〈花部农谭〉序》……………………………… 421

第十七讲　清代诗文批评 …………………………………… 423
　一　清代诗歌理论批评 ……………………………………… 423
　二　清代散文理论批评 ……………………………………… 431
　三　清代词学理论批评 ……………………………………… 438
　附　文论选读 ………………………………………………… 444
　　一　王夫之《夕堂永日绪论·内篇》（节录）…………… 444
　　二　叶燮《原诗》（选录）………………………………… 446
　　三　方苞《〈古文约选〉序例》…………………………… 448
　　四　张惠言《〈词选〉序》………………………………… 450

第十八讲　清代小说批评 …………………………………… 452
　一　清代前期小说批评 ……………………………………… 452
　二　清代中期小说批评 ……………………………………… 461
　三　清代后期小说批评 ……………………………………… 466
　附　文论选读 ………………………………………………… 472

一　毛宗岗《读〈三国志〉法》(节录) ………………………… 472
　　二　张竹坡《竹坡闲话》 ………………………………………… 474
　　三　梁启超《论小说与群治之关系》(节录) …………………… 477
　　四　林纾《〈孝女耐儿传〉序》 ………………………………… 480

第十九讲　近代诗文批评 ……………………………………… 483
　一　对传统诗文理论的反思 ………………………………………… 483
　二　词学批评的繁盛与开新 ………………………………………… 489
　三　对外来文学的接触容受 ………………………………………… 494
　附　文论选读 ………………………………………………………… 499
　　一　刘师培《论近世文学之变迁》 ……………………………… 499
　　二　黄遵宪《〈人境庐诗草〉自序》 …………………………… 503
　　三　王国维《人间词话》(选录) ……………………………… 504
　　四　鲁迅《摩罗诗力说》(节录) ……………………………… 507

第二十讲　近代戏曲批评 ……………………………………… 510
　一　传统戏曲理论总结与创新 ……………………………………… 510
　二　《二十世纪大舞台》发刊 ……………………………………… 515
　三　王国维及《宋元戏曲史》 ……………………………………… 519
　附　文论选读 ………………………………………………………… 523
　　一　刘熙载《艺概·词曲概》(节录) ………………………… 523
　　二　吴梅《顾曲麈谈》(节录) ………………………………… 525
　　三　柳亚子《〈二十世纪大舞台〉发刊辞》 …………………… 527
　　四　王国维《宋元戏曲史·余论》 ……………………………… 530

引用文献简目 …………………………………………………… 533

编后记 …………………………………………………………… 555

第一讲
总　论

中国文学批评史作为一个知识领域和一门独立学科，它是关于中国古代（含近代）文学批评的历史探寻。这个说法关涉几个基本概念，即文学生产、文学批评、文学批评史；三者间逐级递进，互为对象与标的，即文学生产的对象是作品创造，而文学批评的对象是文学生产，文学批评史的对象是文学批评，三者都隶属于文学活动的范畴。若依20世纪后叶以来我国一直流行的文学活动观念，文学活动是由世界、作家、作品、读者四大要素构成的；那么文学批评其实是对文学活动四大要素的评估，而文学批评史是对文学活动四大要素评估的追溯。基于这个基本认知，当下并存的多学科，诸如中国文论史、中国文学理论史、中国文学批评史、中国文学理论批评史等，都是以文学活动四大要素评估为主要内容；而其他相关分支学科，诸如中国文学史、中国文学思想史、中国文学思潮史、中国文人心态史等，也会触及文学活动四大要素评估之部分内容。总之，描述文学批评的史实及演进，就是文学批评史的主要任务。

出于中国文学批评史任务的规约，其做工、功能、载体便独具特性，而区别于文学创作、文学批评，其具体表征可相互对照描述为：在做工上，文学生产是语言修饰、艺术表现以及审美创造，文学批评是审美、价值判断与社会、文化批评，文学批评史是史料搜集、历史描述与寻找规律；在功能上，文学生产是展示心灵、塑造人格以及创造价值，文学批评是指导创作、社会批判以及文化阐释，文学批评史是考述史实、反思批判与文化认同；在载体上，文学生产是感性形象的有审美意味的语言形式，文学批评是理性静态的有审美判断的语言形式，文学批评史是理性动态的有历史感的语言形式。

由上所述可知，中国文学批评史有明确的对象标的、任务规约和自身特性，且这门学问历经百余年发展已创立了较为成熟的学科规范。其史料整编基本完成,其学术成就值得发扬,其利弊得失亟须省察,其理论命题有待梳理,其研究进程可供描述,其发展方向亦需调整。这都是颇繁重的论题,盖非本教程所能胜任。本讲仅就其学术史略、分期问题,以及思想内涵等事项作简要介绍。

一 中国文学批评史学术史略

中国文学批评史学科的建立,大约只有一百多年发展历史。其兴起除了受西方学术思潮的影响,还汲取了中国本土的文学批评资源。中国本土最早的文学批评史研究尝试,若从《文心雕龙·序志》一段话算起,迄今已有 1 500 年的历史,大略可分三个演进阶段,即早期雏形、古典形态、现代形态,下面分述之:

(一) 早期中国文学批评史的雏形

零散片段/文献汇编/以书存史

今所见中国最早的文学批评史研究语料,应是南朝梁刘勰《文心雕龙》的一段话:

> 详观近代之论文者多矣:至于魏文述典,陈思序书,应玚文论,陆机《文赋》,仲洽《流别》,弘范《翰林》,各照隅隙,鲜观衢路,或臧否当时之才,或铨品前修之文,或泛举雅俗之旨,或撮题篇章之意。魏典密而不周,陈书辩而无当,应论华而疏略,陆赋巧而碎乱,《流别》精而少功,《翰林》浅而寡要。又君山、公幹之徒,吉甫、士龙之辈,泛议文意,往往间出,并未能振叶以寻根,观澜而索源。不述先哲之诰,无益后生之虑。(《文心雕龙注》卷10《序志》,第726页)

这是对早前的文学批评进行评说,指出诸家批评观点及做法之得失。这段文字论涉曹丕等十家,虽然所说简要,但信息量较大,可看成是文学批评史滥觞。

自此之后,这类语料逐渐增多,虽然零散不成统类,但经过长期的积累增繁,显示文学批评史的雏形。比如萧子显借史臣之口曰:

> 若子桓之品藻人才，仲治之区判文体，陆机辨于《文赋》，李充论于《翰林》，张骘擿句褒贬，颜延图写情兴，各任怀抱，共为权衡。(《南齐书》卷52《文学传·论》，第233页)

此指出早前各家批评之共通与差异之处。再如钟嵘《诗品·序》中也有两段文字：

> 陆机《文赋》，通而无贬；李充《翰林》，疏而不切；王微《鸿宝》，密而无裁；颜延论文，精而难晓；挚虞《文志》，详而博赡，颇曰知言：观斯数家，皆就谈文体，而不显优劣。至于谢客集诗，逢诗辄取；张骘《文士》，逢文即书；诸英志录，并义在文，曾无品第。(《诗品中·序》，第236页)

> 齐有王元长者，尝谓余云："宫商与二仪俱生，自古词人不知之。唯颜宪子乃云'律吕音调'，而其实大谬。唯见范晔、谢庄颇识之耳。常欲造《知音论》，未就而卒。"王元长创其首，谢朓、沈约扬其波。(《诗品下·序》，第448、452页)

前一段文字，钟嵘评骘《文赋》等诸家批评著作之得失，指出它们谈文体、录诗文而不论优劣品第；后一段文字，讲述声律论的首创与发展，并论列了各家著论之得失。

南朝的声律论资料，加上中唐前的诗论，后来被日本遣唐使遍照金刚收集，编入《文镜秘府论》而得以保存。这种资料类编著作的陆续出现，也呈现了早期文学批评的形式。特别是随着文学批评资料的增聚，北宋以后诗话汇编之类著作更多。如北宋阮阅《诗话总龟》、胡仔《苕溪渔隐丛话》、南宋魏庆之《诗人玉屑》等。《诗话总龟》10卷，是最早的诗话总集，原书名为《诗总》；后两书用辑录体的形式，编录了两宋诸家论诗的短札和谈片，也可以说是宋人诗话的集成性选编。《苕溪渔隐丛话》编录北宋诸家的诗话较多，《诗人玉屑》则着重于编录南宋诸家的诗话，将两书互相参证，可见宋诗话全貌。《诗话总龟》《苕溪渔隐丛话》《诗人玉屑》并称为宋代三大诗话。《诗话总龟》分门别类，举例最详而多述小诗家；《苕溪渔隐丛话》主要论说大诗人，《诗人玉屑》则侧重编录作诗之法。此外，北宋李颀《古今诗话》、明代谢榛《诗家直说》，也是诗话汇编类著作。

及至清代，何文焕《历代诗话》、丁福保《历代诗话续编》等，则是以小型丛书的形式集中著录历代诗学批评专书。这又是用以书存史的方式，提供了文学批评史的初形。

（二）古典形态的中国文学批评史

历代诗文评书目之著录/四库馆臣的诗文评提要/古典形态的文学批评史/诗文评文献集成之编纂

历代诗文评书目之著录，在初始并无固定的位置。《汉书·艺文志》中有"诗赋略"，只著录文学作品而不录诗文评篇目；《隋书·经籍志》开始著录有关文学理论批评书目，将《文心雕龙》《诗评》与《文选》等归入总集类；《旧唐书·经籍志》总集124家（实为122家），其中未有诗文评类书目之著录，全部集部892家书目，均未见诗文评著作；《新唐书·艺文志》集部著录有多种诗文评书目，如《翰林论》《文心雕龙》《诗例录》《诗评》，另有一些唐人诗格类著作，都是混合在集部的总集类。可见在宋初欧阳修、宋祁等史臣那里，还不能将诗文评与总集书目区分开来。

不过，唐玄宗开元年间所编定的《崇文目开元四库书目》，已将诗文评著作从总集中分出而别立"文史"之名。从此在唐宋时期众多的公私书目中，诗文评著作大都编录在集部文史类。特别是宋代目录著作多设立有文史类目，所收诗文评著作边界更明显且数量更多。如王尧臣等《崇文总目》、尤袤《遂初堂书目》、陈振孙《直斋书录解题》，皆在集部设有"文史"类，所收书目大都属于诗文评，至于所附《史通》等史评著作，也可以纳入广义文学批评范围。这种书目分类与著录之情形，已初步向诗文评专门化发展。此后文学批评方面的著作又进一步区分，如郑樵《通志》设"文史""诗评"二类，将综论各体文学的《文心雕龙》《翰林论》等归入"文史"，将钟嵘《诗品》、伪王昌龄《诗格》等诗论著作归入"诗评"。稍后，章如愚《山堂考索》"文章门"对之进行细化，区分为"文章缘起类""评文类""评诗类"三种。这为诗文评类书目之独立，实奠定了图书分类的基础。

"诗文评"类书目，是明人正式提出的。焦竑《国史经籍志》、祁承爜《澹生堂藏书目》设有"诗文评"类，专门收录严格意义上的文学理论批评著作。这突破了早前文、史相杂的做法，明确了诗文评著作的归属和界限；延至清乾隆年间编纂《四库全书》，诗文评类书目在集部才有了固定位置，即如四库馆臣曰："集部之目，楚辞最古，别集次之，总集次之，诗文评又晚出，词曲则其闰余也。"（《四库全书总目》卷148《集部总序》，第1267上页）此后，"诗文评"甚至由传统图书著录之类目，演变为对古代文学批评称谓的一个专名。

《四库全书总目》中的诗文评类书目提要，是由正选64部、存目85部共149

部著作组成,古代诗文评的重要著作基本囊括其中,大体勾勒出中国文学批评的发展概况。该类目小序曰:

> 文章莫盛于两汉,浑浑灏灏,文成法立,无格律之可拘。建安黄初,体裁渐备,故论文之说出焉,《典论》其首也。其勒为一书,传于今者,则断自刘勰、钟嵘。勰究文体之源流,而评其工拙;嵘第作者之甲乙,而溯厥师承。为例各殊。至皎然《诗式》,备陈法律;孟棨《本事诗》,旁采故实;刘攽《中山诗话》、欧阳修《六一诗话》,又体兼说部。后所论著,不出此五例中矣。宋、明两代,均好为议论,所撰尤繁。虽宋人务求深解,多穿凿之词;明人喜作高谈,多虚矫之论。然汰除糟粕,采撷菁英,每足以考证旧闻,触发新意。《隋志》附总集之内,《唐书》以下则并于集部之末,别立此门。岂非以其讨论瑕瑜,别裁真伪,博参广考,亦有裨于文章欤?(《四库全书总目》卷195《诗文评类一》,第1779上页)

这里论列汉末魏初以后重要批评家及其著作,虽尚非历史描述,但能够以点带线,大体勾勒出汉唐宋明文学批评史的发展线索;更难能可贵的是,标举诗文评著作之五种体例,评说宋明时期诗文评的优劣,提示诗文评书目著录的变化,初步彰显文学批评史的识度。此外,四库馆臣在具体的"诗文评"书目提要中,对文献整理、辑佚、考证、阐释多有创获。

当然,四库馆臣在诗文评类提要中所述,并不纯属个人或群派的思想观点,而是代表以乾隆为核心的皇权意志,以及整个封建统治阶级的集体意识;因此,明显具有政教功利倾向,绝非科学意义上的建构。

当然,《四库全书总目》中的149篇"诗文评"书目提要,只是《四库全书》载录的文学批评史料的小部分;此外,还有更多文学批评史料载录在集部的总集、别集书目提要中,另经部、史部、子部的书目提要中也有丰富的文学批评史料;若将这些文学批评史料统摄综观起来,就可全面考见四库馆臣的诗文评思想,并以其总结、集成的学术品性,而呈现古典的文学批评史形态。

这种古典形态的中国文学批评史,大略有如下思理内涵及学术表征:

(1)文学批评文献的整理、辑佚与考辨,其规模可观且达到较高的学术水准,特别是概括出诗文评著作的5种主要体例,确立了中国文学批评史料分类的基本构架。这5种体例分别为:以刘勰《文心雕龙》为代表的各体文学综论式著作、以钟嵘《诗品》品第五言诗体为代表的专论式著作、以皎然《诗式》为代表的讨论语言格式技法的著作、以孟棨《本事诗》为代表的论诗歌创作故实的著作、以《中山诗话》《六一诗话》为代表的小说化著作。

（2）尊重文学自身的特性，排除非文学因素影响；因而评述态度较为公允平正，学理阐释也能够深入到位。比如指出宋代诗话多受党争风气的影响，而将党派意气与文学观点区分开来看待；再如指出真德秀《文章正宗》用理学观念评论诗文之偏颇，反对用理学标准来衡量文学并力图将理学与文学区分开来。还如针对许顗《彦周诗话》误解杜牧《赤壁》诗旨，四库馆臣提要所作反驳就颇通以意逆志之批评原则："不知大乔，孙策妇；小乔，周瑜妇。二人入魏，即吴亡可知。此诗人不欲质言，变其词耳。顗遽诋为秀才不知好恶，殊失牧意。"（《四库全书总目》卷 195《彦周诗话》提要，第 1782 下页）

（3）对批评家能知人论世，也不逞意气门户之见，力求返回批评家的具体语境，对不同的观点寄予历史同情。如针对《沧浪诗话》这部颇有争议的著作，四库馆臣提要就能做到不偏不颇持平而论之："大旨取盛唐为宗，主于妙悟……为诗家之极则。明胡应麟比之达摩西来，独辟禅宗；而冯班作《严氏纠谬》一卷，至诋为呓语。要其时宋代之诗，竞涉论宗；又四灵之派方盛，世皆以晚唐相高，故为此一家之言，以救一时之弊。后人辗转承流，渐至于浮光掠影，初非羽之所及知。誉者太过，毁者亦太过也。"（《四库全书总目》卷 195《沧浪诗话》提要，第 1788 上页）

除了上述，《四库全书》所载诗文评资料还有许多可圈可点之处，而其最大贡献就是诗文评书目提要勾勒了文学批评史。当然，其所展示的文学批评史形态还是古典的，尚远未达到后来科学意义上的学科建构。这具体表现为：其一，采取官学立场，强调文学的政教功利价值，相对低估文学的审美价值；其二，抱持传统观念，偏重作为正宗的诗文评论，相对轻视小说、词曲评说；其三，奉行杂文学观，能兼容非审美的文学样式，以弘扬中国文学批评传统。对此发展性状，吴承学评述曰："《四库全书总目》代表了封建社会晚期正宗正统的学术思想，其集部诗文评类提要考辨较精微，评价颇公允，基本构成古典形态文学批评学术史的雏形，大致体现出封建社会诗文研究的学术水平。它既可以说是传统诗文评研究的集大成之作，也是现代形态文学批评史学科形成的基础。"（《论〈四库全书总目〉在诗文评研究上的贡献》，《文学评论》1998 年第 6 期，第 130 页）

也正是基于这种古典的文学批评史概念，清代学者有意识地编纂小型诗文评丛书，将历代重要的文学理论批评专著汇集成书，以便集中地展示中国文学批评史料的概貌。这些小型丛书有：何文焕辑《历代诗话》、丁福保辑《历代诗话续编》，前书收入诗话28种，后书收录诗话29种；丁福保还编有《清诗话》43种，为清代诗学批评奠定了文献基础。嗣后郭绍虞《清诗话续编》、张寅彭《清诗话三编》，都是整理诗学文献、建立文学批评史料库的有效尝试。

（三）现代形态的中国文学批评史

近世中国文学批评史学科之形成／中国文学批评史研究的专题论文／"中国文学批评史"教材或专著／中国文学批评史文献的科学整理

现代形态的中国文学批评史之建立，首当奠基于古典形态的文学批评史，而又受外来文学批评史理念的激刺，是由两大学术资源共同滋养的产物。中国学者撰写的第一部中国文学批评史，即陈钟凡《中国文学批评史》（1927年），就是受西方文学批评史著作的启发，以西方文学批评史为参照，来界说中国文学批评史的。其文曰："考远西学者言'批评'之含义有五：指正，一也；赞美，二也；判断，三也；比较及分类，四也；鉴赏，五也。若夫批评文学，则考验文学作品之性质及其形式之学术也。故其于批评也，必先由比较分类判断而及于鉴赏赞美，指正特其余事也。"（陈著《中国文学批评史》第二章"文学批评"，第5—6页）该书从1927年至1940年，先后再版达六次之多；可见，颇受欢迎，反响亦大。实际上，陈著《中国文学批评史》受日本铃木虎雄《支那诗论史》（1925年）影响，《支那诗论史》问世之后不久就有汉译本《中国文艺批评史》出版发行，从陈著《中国文学批评史》章节看，其对铃木著作的借鉴是有迹可寻的。（《中国诗论史》卷首许总《译者序》，第2页）

现代形态的中国文学批评史属于科学范围，有确定的研究对象、概念范畴和学科规制。其撰述体式必须符合现代的学术规范，大体以论文、专著、史述等形式为主，不再是古典形态的散论式、点评式，而且明显超越诗文评书目之提要式；其学科建制、知识领域及学术定位很明确，有特定的资料范围、研究方向和学术理路，在20世纪90年代曾经是一个二级学科，后归属古代文学或文艺学的一个研究方向；国内许多高等院校和研究机构，设立了中国文学批评史学位点，可招收硕士生或博士生，源源不断培养学术人才。甚至在中国文学批评史学科中，还产生多个更专门的分支学科，诸如中国文学理论史、中国文学思想史、中国文学制度史、中国文学思潮史等；特别是文学批评史研究者交流协作，于1979年成立中国古代文学理论学会,还创办《古代文学理论研究》会刊,提供了学术组织和成果发表之保障。是可以说,中国文学批评史学科已蔚为大观,吸引大批各年龄段学者参与研治。

综观近世以来中国文学批评史研究相关成果,现代形态的中国文学批评史主要有四种形式:单篇专题研究论文、历代文论编选注释、批评史教材或专著、古文论集成式整理。兹分述如下:

单篇专题研究论文,是中国文学批评史研究最常见的形式。中国文学批评史研究最早的单篇论文,可能是1913年廖平的《论〈诗序〉》。(《四川国学杂志》1913年7期,第21—25页)此后,研究文学批评史的论文就一发不可收,呈数量增多、篇幅变长之加速态势。据粗略的统计,截至1988年底,仅国内中国文学批评史研究的论文就"达五千余篇",还不包括欧美、日本、中国香港、中国台湾等地的成果。(《古文论研究概述·后记》,第627页)时至今日,该学术领域研究的论文数量仍持续急剧增长。

历代文论编选注释,是中国文学批评史研究普及性的形式。中国古代文论资料既分散又庞杂,要系统地发掘整理,恐怕一时难以做好;所以对之进行编选和注释,应是一个行之有效的办法。自20世纪60年代开始,人民文学出版社陆续出版了郭绍虞、罗根泽主编的《中国古典文学理论批评专著选辑》,其中陆机《文赋》、钟嵘《诗品》、皎然《诗式》、司空图《诗品》、王夫之《姜斋诗话》、叶燮《原诗》、王国维《人间词话》等注释本,大都编写得很精善,方便教学研究之用。尤其《文心雕龙》,其校证注释本很多,有范文澜《文心雕龙注》、王利器《文心雕龙校证》、詹锳《文心雕龙义证》、王运熙《文心雕龙译注》等数百种。为适应高校中国文学批评史教学需要,有学者还编撰多种古代文论选释著作。如早在20世纪50年代,为了配合教学,郭绍虞率先编写三卷本《中国历代文论选》;以该书为基础,到70年代末,他和王文生主编四卷本《中国历代文论选》;后来为了减轻高校课堂教学的负担,又编了一卷本《中国历代文论选》,因其选目精要,颇受师生欢迎。后来,人民文学出版社为满足研究需要,又陆续出版了七卷本历代文论选,包括《先秦两汉文论选》(卢永璘编,1996年)、《魏晋南北朝文论选》(张明高编,1999年)、《隋唐五代文论选》(周祖譔编,1990年)、《宋金元文论选》(陶秋英等编,1984年)、《明代文论选》(蔡景康编,1993年)、《清代文论选》(顾易生等编,1999年)、《近代文论选》(舒芜等编,1999年)。此外,还有小说、戏曲理论批评论著选,如黄霖等编《历代小说论著选》(1982年)。

批评史教材或专著,是中国文学批评史研究最主要的形式。中国文学批评史的著述,一般是应两种学术需求,一是作为教材供高校教学之用,一是作为专著供深入研讨之用。

事实上,早期的中国文学批评史之类著作,大都是在讲义基础上修订出版的。陈钟凡《中国文学批评史》(中华书局1927年版)是当时中央大学讲义、方孝岳《中国文学批评》(世界书局1934年版)是当时中山大学讲义,郭绍虞《中国文学批评史》(商务印书馆1934年版)是当时燕京大学讲义,朱东润《中国文学批评史大纲》(开明书局1946年版)是早前武汉大学讲义,即便更晚的黄海章《中国文学批评简史》(广东人民出版社1962年版)也是中山大学讲义。特别是郭绍虞《中国文学批评史》,经其多次增补修订和几代学者改编,形成一种复旦教材系列,时至今日影响依然很大。该书1934年由商务印书馆出版上卷,1947年由商务印书馆出版下卷,1957年修订合成一册由新文艺出版社出版,1959年更名《中国古典文学理论批评史》由人民文学出版社出版上册,1961年用原名《中国文学批评史》由中华书局重版,1979年作为高校教材由上海古籍出版社再次印行;另有刘大杰主编《中国文学批评史》,是郭绍虞开创的复旦教材系列的发展。该书上册由刘大杰主编,1964年由中华书局出版,1979年由上海古籍出版社出新一版;刘大杰先生去世后,原计划写的下册被分为中、下两册,中册署名"复旦大学中文系古典文学教研组"编,1981年由上海古籍出版社出版,下册由王运熙、顾易生主编,1985年由上海古籍出版社出版。这套三卷本教材经进一步修订,形成《中国文学批评史新编》,仍由王运熙、顾易生担任主编,2007年由复旦大学出版社出版。

在中国文学批评史教材编写如火如荼时,中国文学批评史研究的专著也陆续推出。此类专著,形式多样,有的习用"批评史"题名,有的不以"批评史"题名,还有形形色色的专题研究著作,亦为文学批评史的另一种形式。其中一部分书目,实为批评史专著,篇幅更庞大,材料更丰富,论证更严密,多有独到完整的体系构架,有些还有鲜明的学术个性。比如,罗根泽《中国文学批评史》(1934年),比较注重中国文学批评史内在质的发展演变;敏泽《中国文学理论批评史》(1981年),采用马列文论来解读撰构中国文学批评史;蔡钟翔等五卷本《中国文学理论史》(1987年),分七个时段来论述中国历代文学理论的发展演变;王运熙等主编七卷本《中国文学批评通史》(1990年),分七个时段以每段一册篇幅详尽梳理分析文学批评史材料;罗宗强主编八卷本《中国文学思想通史》(已出版四卷),将文学理论批评与创作实际结合起来描述各时段文学思想。至于不以"批评史"题名的专著类书目,其数量则远超以"批评史"题名的著作。较早的如朱自清《诗言志辨》(1947年)、王元化《文心雕龙创作论》(1984年)、裴斐《诗缘情辨》(1986年)、陈良运《中国诗学体系论》(1992年)等,较近的如罗宗强《读文心雕龙手记》(2007年)、吴承学《中国古代文体学研究》(2011年)、何宗美等《〈四库全书总目〉的官学约束与学术缺失》(2017年)、汪涌豪《中国古典美学风骨论》(2019年)等,这些都是中国文学批评史研究的名著。

现代形态中国文学批评史又一表征,是中国文学批评史文献的科学整理。这包括文学批评专书的校注集释、辑佚考辨,以及大中型文学理论批评丛书的集成式编纂。校注集释类代表著作,有张少康《文赋集释》(人民文学出版社2002年版)、曹旭《诗品集注》(上海古籍出版社1994年版)、卢盛江《文镜秘府论汇校汇考》(中华书局2006年版)、彭玉平《人间词话疏证》(中华书局2014年版)等。辑佚考辨类代表著作,有郭绍虞《宋诗话考》(中华书局1979年版)、郭绍虞《宋诗话辑佚》(中华书局1980年版)、张伯伟《全唐五代诗格校考》(陕西人民教育出版社1996年版)、张健《元代诗法校考》(北京大学出版社2001年版)等。集成式编纂代表著作,又可区分为两个小类:一是丛书类,有中国戏曲研究院《中国古典戏曲论著集成》(中国戏剧出版社1959年版)、唐圭章《词话丛编》(中华书局1986年版)、周维德《全明诗话》(齐鲁书社2005年版)、张寅彭《民国诗话丛编》(上海书店出版社2002年版)、王水照《历代文话》(复旦大学出版社2007年版)、余祖坤《历代文话续编》(凤凰出版社2013年版)、黄霖《历代小说话》(凤凰出版社2018年版)等;一是汇编类,如朱一玄《明清小说资料选编》(齐鲁书社1990年版)、丁锡根《中国历代小说序跋集》(人民文学出版社1996年版)、吴文治《宋诗话全编》(凤凰出版社1998年版)、吴文治《明诗话全编》(凤凰出版社1997年版)等。另有两种断代诗话集成丛书正在编纂中,一是陈广宏《全明诗话新编》,另一是张寅彭《清诗话全编》。这些著作之陆续问世,形成良好的学术态势,展示了中国文学批评文献整理研究的规模化,标志着中国文学批评史学科建设的最新成就。

二 中国文学批评史基本内涵

中国文学批评史内容非常丰富,本教程不可能全面地予以论述。这里只简略论说其三项基本内涵:思想结构、体系范畴和本土特征。

（一）中国文学批评史思想结构

儒家批评取向/道家批评取向/佛家批评取向/西学批评成分

中国文学有自身规定性，其本体是绵延而稳定的；这使得文学边界可无限开放，从而源源不断获取外来补养。（参见《中国文学制度研究的统合与拓境》，《清华大学学报》2020年第5期，第54—62页）此性状不仅表征于文学史上，也表征在中国文学批评史上。大体说，先秦两汉文学批评主要接受儒、道两家影响，而表现出儒家思想取向和道家思想取向；到了魏晋南北朝时期，文学批评受佛教影响，且伴随佛教本土化进程，而表现出佛家思想取向；及至晚明以后西学东渐时期，本土文学观念又受西学影响，在外来文学理论批评的镜照下，中国文学批评掺入了西学成分。

在上述四种文学批评取向中，儒家思想的作用发生得最早。儒家思想对文学批评的影响，可追溯至周初制礼作乐时代，中经历朝历代之消长起伏，直至今日犹占据重要地位。儒家文学批评取向，有极为丰富的内涵，大体来说，有四方面：

（1）功利观念。传统儒家诗教认为，文学应该寓教于乐，要在创造审美价值的同时，还能教世化民、移风易俗。晚周孔门教学的德义诗说、汉代依经立义的批评原则、晚唐元白新乐府运动主张，都是功利观念的具体表述。

（2）文饰道统：受这种功利主义文学观的引导，就形成用文统修饰道统之思想。刘勰《文心雕龙》开篇主张征圣、宗经，宣称"道沿圣以垂文，圣因文而明道"（《文心雕龙注》卷1《原道》，第3页）。其所谓"道"，暗合老庄道旨；虽非纯属儒家正统之道，却提出文以明道之纲领。以后唐宋古文家的文统说、理学家的文道二分说、心学家的文道合一说、宋濂倡导的载道之文、桐城派主张文以载道，都是基于文以明道之纲领。

（3）写实手法：中国文学写实手法，源自史家实录精神；而上古史官出自巫史，与儒家学派同源共生。故文史之共性，就是直面现实，关切时政，秉笔直书。班固"感于哀乐，缘事而发"说（《汉书》卷30《艺文志》，第1756页），杜甫以诗史反映安史之乱的现实，白居易"文章合为时而著，歌诗合为事而作"之主张（《白居易集笺校》卷45《与元九书》，第2792页），都要求用写实的手法，来直接描写社会生活。

（4）作家人格：凡是服膺儒家的作家，都有强烈的入世愿望，多能讽切时弊、关心民瘼,彰显民胞物与的人格精神。这种人格精神既塑造了作家主体,同时也作为一个稳定的批评对象,诱导和强化功利主义的文学观,从而凸显文学批评的儒家取向。

道家思想进入文学,比儒家思想要晚些。原始道家老庄出于体道的目标,是排斥心智作用和语言施用的,认为情欲志意和言语辞令有碍于体道,而要"堕肢体,黜聪明,离形去知"(《庄子集释》卷3上《大宗师》,第284页)。这态度实际是否定文学的,呈现为一种消极的文学观。但原始道家的相关论说中,又隐含丰富的潜文学思想,如老子的贵言观、虚静说,庄子的游艺说、自然观等,在汉魏晋南北朝以后陆续进入文学领域,转释为文学批评的概念术语和理论范畴。故道家文学批评取向,也有极为丰富的内涵。大体来说,有四方面:

(1) 作家人格:道家人生观率性任真,向往和光同尘的境界,或与日月争光以不朽,或对万物虚纳而安处。这种道家的人格精神和处世态度,最早在汉初楚辞批评中就有体现,刘安作《离骚经章句》、司马迁作《屈原贾生列传》,都盛赞屈原"推此志也,虽与日月争光可也"之人格。(《史记》卷84《屈原贾生列传》,第2482页)道家人格精神除了引入汉代的楚辞批评,还引导激发后世的创作态度与审美趣味。钟嵘所称"观古今胜语,多非补假,皆由直寻"(《诗品·序》,第174页),就是一种合乎道家人生观的率然无为的创作态度;司空图《二十四诗品》独标"自然"格,就是追求道家那种冲淡自然的审美趣味。

(2) 概念范畴:道家思想观念进入文学批评领域后,不少词汇短语陆续转释为专业术语。刘勰的神思说、钟嵘的自然观、司空图的象外论、江西派的活法说、袁宏道的性灵说、王士禛的神韵说,都直接或间接受原始道家论旨的启迪,而成为中国文学批评重要的概念范畴。特别是刘勰撰《文心雕龙》,首先设置"文之枢纽"五篇,并在《原道》中开宗明义,创立了文学本原论的范畴,将天象、地理、人文都归本于自然之道,从而推定文学作为语言艺术也本原于道。这个典重而宏大的理论断制,实奠定了文学本质论的基石。

(3) 批评方法:魏晋以后,道家体道的思理进入文学,而催生文学意象批评方法。刘勰论创作心理机制曰:"思理为妙,神与物游。……独照之匠,窥意象而运斤。"(《文心雕龙注》卷6《神思》,第493页)神与物游适合游艺之说,独窥意象亦合老庄论旨。庄子曾设轮扁斫轮寓言,称:"得之于手而应于心,口不能言,有数存焉于其间。"(《庄子集释》卷5中《天道》,第491页)即是说斫轮这种技艺只可意会而不可言传,颇合"言者所以在意,得意而忘言"之旨。(《庄子集释》卷9

上《外物》,第944页)刘勰正是转释道家这一论旨,而提出意象批评的思想方法。此后举凡得意忘言、艺道合一之论说,大都是承袭这种意象批评的思想方法;而《二十四诗品》《沧浪诗话》之象喻,则是意象批评方法具体实践的典范文案。

(4) 创作倾向：道家论旨进入了文学领域以后,还引导着题材开拓和艺术追求。诸如仙、道合流而产生游仙诗,老庄玄学化而产生玄言诗,庄老告退而滋生山水文学,仙道俗化而产生遇仙小说,出有入无而创造诗歌意境,这些都是受到原始道家思想启迪,而出现新的文学品种和创作倾向。这些品种和倾向的不时出现,作为一种新的文学创作现象,自当引起文学批评的关注,开阔视域并引发新的论题。特别是盛唐诗歌的意境创造,确立了文学创作的最高典范,其运思之出有入无、物我两忘的心理状态,其实就是委弃自我、虚心纳物之体道感悟。这种感悟不仅呈现于盛唐以后诗词曲的意境营构中,还表现为说部《红楼梦》《邯郸记》等的创作倾向。

佛教信仰波及中土,最早似在西汉末年。东汉明帝夜梦金人,乃命人赴西域求佛,迎回僧人和佛像经卷,于洛阳建白马寺译经。这是佛教传入中土之始,则其影响文学必在此后。佛教传入中土之后,就面临本土化问题,进入译经转读、文人化和世俗化过程,而成为中国传统文化的重要组成部分。其对文学批评影响,也是广泛而深刻的。大体来说,有四方面：

(1) 概念范畴：将佛经翻译成中古汉语,会涉及选词和音读问题。当初对译的语词,多袭用道家原典;而胡汉或梵汉之转读,则需常用汉字来标音。前者凝定为文学批评的概念范畴,如神理、境界等语词本出自道家,随着佛学的士大夫化,而成为文学理论术语。神理在《文心雕龙》中被使用14次,实现佛理对道旨、文学对佛理之转释;境界由《庄子注疏》援佛入庄之阐释,而在盛唐时期催生诗歌"三境"理论(《诗格》卷中《诗有三格》,第149页)。后者引发标音技术和诗文声律论,如四声八病说就受梵呗转读启发,经魏晋南北朝的演练,而成为诗赋用韵规则。他如早前言不尽意论,被改造为不立文字说,即是受禅宗心法启沃,而成如此高妙的表达。

(2) 人格精神：随着佛教的本土化和士大夫化,佛家人生观和价值观深入人心,而文人作为特殊知识群体,恰是研修宣讲佛理的主体。许多文人与僧人交游,或师从高僧研习佛法。他们不仅自身有很高的佛学修养,而且还将所感悟的佛理引入文学,并反过来利用文学,倾心参与佛事活动。如谢灵运撰《辨宗论》,绍述竺道生顿悟之佛法,将印、中两种思想传统折中,提出圣佛不可学而能至之说;使成圣成佛"不可至之理想,而为众生均可企及之人格"(《魏晋玄学论稿·谢灵运〈辨宗论〉书后》,第100页)。这就激励作家追求佛性人格,在禅悦禅趣中实现审美超越;而将这类作家作品纳为批评对象,就会引导文学批评的佛家取向。

（3）思维方式:佛家思想的影响除了上述诸项目,还深刻影响文学批评的思维方式。在印度佛教传入中土之前,中国传统思维方式有两种,一是儒家的直线型思维,一是道家的环中型思维。直线型思维导致了折中论,孔子过犹不及说即其论例(《论语注疏》卷11《先进》,第2499中页);环中型思维导致了相对论,庄子得其环中说即其论例(《庄子集释》卷1下《齐物论》,第66页)。及印度佛教大师龙树所撰《中论》传入中土,其阐明的"中道观"作为一种新的思维方式(《中论》卷一,第835页),启迪了刘勰"折中"的批评方法,使之持论公允而绝不偏于一端。其他如《沧浪诗话》以禅喻诗,将本土的感悟式批评推到极致,也是吸收了顿悟禅法,而有如此高妙的表达。

（4）创作倾向:佛家思想对中土文学的影响,还体现在创作倾向的新变上。创作倾向包含题材开拓、体制变迁等事项,这些事项变化会产生相应的理论批评需求。如《佛所行赞》等经文中已有宫体诗雏形(参见《论佛教与梁代宫体诗的产生》,《文学评论》1991年第5期,第40—56页),而南朝宫体诗大盛就促进了形式批评发展;唐代俗讲和变文之流行,扩大了文学的传播影响,并且引导文学由雅趋俗,催生俗文学的接受批评。唐宋诗僧络绎涌现,创作了大量参禅诗,并吸引士大夫文人参与创作,而开启以禅论诗之批评路径。明清小说戏剧中的佛事场景描写,大肆渲染的佛教的空寂幻灭氛围,如《金瓶梅》《红楼梦》《南柯记》等,引发说部劝诫说从而扩展文学功利批评。

西方思想文化传入中国,最早可追溯到晚明时期。当时来华传教士除了带来基督信仰,还带来更为先进的科技和人文知识。但西学东渐与融入是个很艰难的过程,一方面西方新知科技为国人打开眼界,另一方面又遭受统治阶层和保守势力抵触,因使中学为体、西学为用的局面长期停留;而不曾出现西学的中国化进程,只在本土文化中掺入西学成分。然则在近代文学批评史上,便无明显的西学批评取向;但西学对近代文学批评,还是有丰厚深远的影响,大体来说,有四方面:

（1）文学翻译与中西比较:与西方信仰与思想文化东传同步,域外新异的文学作品也源源输入。这使得国人大开眼界,不仅惊叹其文质之美,还因其思想情愫之新进,迎合了社会改良的需要。许多有识之士如严复、林纾等,热心译介西方学术与文学著作,严复译《天演论》《原富》、林纾译《巴黎茶花女遗事》等,在当时知识界、思想界、创作界及理论批评界产生巨大反响。作家写作以之为借鉴,读者赏读以之为吸引;更重要的是催生了翻译理论,并引发中西文学比较之研讨。严复提出译事"三难"说,以信、达、雅为最高目标(《天演论》卷首《译例言》,第 11 页);这个翻译学理论,也为林纾所遵奉。且随着翻译文学传播风行,开启了中外文学比较研究。如黄人《小说小话》探论中西小说之异同,就拿欧美侦探小说与中国侠义小说作比照。

(2) 文学革命论及新批评:经受欧风美雨的侵蚀淘洗,志识者产生政治改良吁求;为配合社会改良和民智启蒙,文学界相应地发起革新运动。这场文学革新运动的实际领导者和主要理论家是梁启超,他自 1899 年陆续提出诗界、文界、小说界革命和戏曲改良,许多维新派、革命派和其他政治派系的进步文人纷纷响应,并在创作、评论、研究、翻译等方面竞呈新气象、新局面。尤其是在文学批评上,推出一批新锐的论著。如梁启超《汗漫录》《饮冰室诗话》《译印政治小说序》《小说与群治之关系》、柳亚子《〈二十世纪大舞台〉发刊词》等,都是文学批评方面振聋发聩摧枯拉朽的开新之作。

(3) 西方理论观念之移植:随着对域外哲学社会科学著作的移译研讨之深入,特别是域外文学作品和理论批评著作之推广接受,西方的文学观念及理论观点也移植进来,成为创新近代中国文学批评的思想资源。尽管批评家当初引用外来理论术语,难免会有生吞活剥、郢书燕说之嫌;但诚能别开生面,积极援西入中,大胆探索创建,还是难能可贵的。这给中国文学批评带来新视角、新观点,因而表现出亘古未有的新气象、新风尚。如吕思勉《小说丛话》运用西方美学观点分析中国小说,将欧美流行的典型论改造为人物形象"代表主义"学说(吕著《小说丛话》,第 470—475 页);王国维《人间词话》引入叔本华生命哲学观念,熔断本土意境创造传统而独标词的"境界"说(《人间词话》,第 191 页);鲁迅《摩罗诗力说》借鉴尼采超人哲学,将本土发愤抒情传统改造为"扁至"论(《鲁迅全集》卷 1《摩罗诗力说》,第 65 页)。

(4) 开创中国文学批评史:现代中国文学批评史学科的开创与建立,当然奠基于古典形态的中国文学批评史;但它能够在 20 世纪初出现并快速发展起来,则是受到外来文学批评学术成就的激刺启发。前述陈钟凡《中国文学批评史》的写作,就是受铃木虎雄《支那诗论史》的刺激。且在中国文学批评史这门学科产生之前,国人早受西学启发撰著系列中国文学史;则中国文学史学科的草创先发,实为中国文学批评史导夫前路。它们都是在西方科学进化论指引下的史学研究,其学术理念、治学方法、编撰体例都源自西学。实际上,当初研治中国文学史的学者,同时也是中国文学批评史家,如刘师培"在文学批评方面的主要成就即是关于中国文学史的研究"(《近代文学批评史》,第786页)。

(二) 中国文学批评史体系范畴

中国文学理论体系之粗形/中国文学批评的概念范畴/各体文学批评合成共同体/制约理论体系构建的因素

如上所述,中国文学批评史既是个开放的系统,又有绵延不绝的超强的自身稳定性;那么它是靠什么来维持这种稳定呢?它有没有完整融通一贯的理论体系?支撑该理论体系的概念范畴是什么?如何构建中国文学批评史理论体系?这些问题均甚为切要,亟须解答而不容回避。

严格说,中国文学批评史不曾有完整融通一贯的理论体系,但有相对明确的概念术语和极为稳固的关系范畴,其绵延超强的稳定性主要是由关系范畴来确定的,并总体上形成结构松散而又延续不绝的思想体系。

在数千年的中国文学批评发展史上,确无体系完整统摄诸体的理论著作。即便体大虑周的《文心雕龙》,也只是对文学活动经验的总结。它虽论涉作家、创作、作品、批评、鉴赏方方面面,却并无高度抽象的结构完整、逻辑严密的理论体系;且缘于其杂文学观念之庞杂,也难以构建整然有序的体系。尽管如此,它还算是史上唯一初成体系的理论巨著,此后文学理论著作格局体制就明显衰减。稍后入唐,刘知幾撰《史通》,虽也论涉广义文学,但毕竟局限于史体,不可称为体系完整;又千年间,竟无初具规模的文学理论巨制问世,延至清代才产生一批专门理论著作。如清初叶燮精心结撰《原诗》,企图融合儒、道、佛三家诗说,这是《文心雕龙》之后最具逻辑性和系统性的专著,但因其只论诗歌而不具备涵盖文学全体的理论气魄;如近代林纾撰《文微》,王国维撰《人间词话》,分别就散文和词学,构建专门理论体系,是虽可谓具体而微,却不可称得其全体。

按说,支撑一门学问的概念范畴,才是理论建构的基本单元;因之,与其牵强地拟构并不存在的中国文学批评史的理论体系,不如知解其相对明确的概念术语和极为稳固的关系范畴。在中国文学批评发展史上,概念范畴略有三个繁茂期:一是晚周及两汉时期,二是魏晋至盛唐时期,三是晚清和民国时期。第一期概念范畴孕育自群经诸子等艺文形式,第二期概念范畴催生于玄学佛理等知识领域,第三期概念范畴嫁接了西方文学的思想观念。从表象看,这三期概念范畴之繁茂都得力于外援,似乎不是从中国文学自身生长出来的。除此之外,它还接受音乐、绘画、书法等艺术门类的补养,因使中国文学理论建构表现出极大的开放态势。但是,这种开放只限于文学批评的边界,却不以放弃文学批评本体为条件;相反,正是中国文学批评本体之自足,才确保其概念范畴的明确稳定。

中国文学批评史最基本的单元,就是作为理论组件的概念范畴。常见概念有情、志、言、意、象、味等,常用范畴有言志、缘情、风骨、意境等;虽说在不同语境它们的含义会伸缩迁移,但其意义边界和理论层次是明确稳定的。所以,许多学者专注研讨这些概念范畴,并取得一批较为出色的学术成果。如陈良运诗学体系"立足于中国诗学理论发展的实际过程,抓取'志''情''象''意''神'五个根本性的范畴,追索它们的发展演变和相互联系,从而切实地构建起了传统诗歌美学的基本框架"。(《中国诗学体系论》卷首《内容提要》)其论涉的五个根本性范畴,其实是五个基本诗学概念。又如蔡钟翔曾主编《中国古典美学范畴丛书》,先后推出陈良运《文与质·艺与道》、袁济喜《和——中国古典审美理想》、汪涌豪《中国古典美学风骨论》、蔡钟翔等《自然·雄浑》、涂光社《势与中国艺术》等。还如,徐中玉主编《中国古代文艺理论专题资料丛刊》,尝试系统地梳理整编中国文学批评史的概念范畴,分本原、教化、意境、典型,比兴、神思、文质、文气,艺术辩证法、法度、通变,风骨、才性、情志、知音等15编,由中国社会科学出版社分四册先后出版。

倘若说中国古代文学批评史的概念范畴,会因时代和语境的变迁而产生分化歧异;然则有一类关系范畴竟是恒常稳定的,它们成双成对、相互依存、同步演进,即使彼此含义发生变化、黏合、分异,而其配对关系及思理结构却永不破裂。这类关系范畴主要有文与质、言与意、艺与道、内与外、刚与柔、雅与俗、形与神、心与物、虚与实、显与隐……比如文与质这一对关系范畴,其配对关系是为修饰的节度,修饰程度相对高的称文,修饰程度相对低的称质。故当修饰的对象为行仪时,即为春秋中期以前的礼文,凡符合礼仪规范的为文,不符合礼仪规范的为质;当修饰对象为品行时,即为春秋晚期的身文,凡符合君子要求的为文,不符合君子要求的为质;当修饰对象为言语时,即为战国时期的言文,凡合乎礼法的言语为文,不合乎礼法的言语为质。此各时段修饰的对象变改了,其规范要求效应也各不相同;但其相对待的关系始终未变,甚至到今天也没有松解破裂。再如言与意这一对关系范畴,其配对关系是工具与目的,且经晚周诸子学派讲习论辩,已形成三种稳定的理论倾向:从本体论上原始道家、名家主张言不尽意,从功能论上儒、墨、法诸家主张言能尽意,从工具论上庄子、易家则持折中之说,承认言不尽意而言以立象、象可尽意。这就从本体、功能、工具三层面,确立了言意之辩命题的思理结构。基于这三种理论倾向的言意关系之思理结构,中经王弼《周易略例·明象章》的高妙阐释,就更加牢不可破,一直被奉行至今。

如上所述,中国文学批评史即使有超稳定的关系范畴,也仍不能说它就形成整然有序的理论体系。这是因为还有古代各体文学发展不同步,以及各体文学批评发展也不同步的问题。大体说,诗、文批评发育成熟得较早,以《文心雕龙》为显著标志;而小说、戏曲批评相对较晚,要等到明清时期才逐步兴起。这种各体文学批评发展不同步所造成的时差,就使普适各体文学的理论体系难以一时形成。

如此看来,中国文学理论体系之建构,必然受到多重因素的制约:一是其自身规定性;二是其无限开放性;三是相对确定的概念范畴,尤其是超稳定的关系范畴;四是各体文学批评发展不同步,以及儒家正宗文学观念之偏颇。故知,要构建中国文学批评史的理论体系,就必须充分照应以上多重制约因素。

(三) 中国文学批评史本土特征

理论批评糅合不分/重感悟的批评方式/形式批评十分发达/批评话语体式多样

尽管中国文学批评史学科是受西学激刺而兴起的,然其文献资料、研讨对象和基本内涵还是本土的;因而仍葆有本土鲜明的特征,而未被外来学术成分所喧夺。其显著特性,有多种表征,诸如理论批评糅合不分、概念术语使用随意、重感悟的批评方式、形式批评十分丰富、批评方法论欠发达、批评体式多种多样等。兹择要论列如下:

理论批评糅合不分。在西方,有关于文学批评的理论,却没有纯粹的文学理论;而中国,既没有纯粹的文学批评,也没有纯粹的文学理论。通常情况下二者是难以区分的,文学批评和理论总是杂糅混合,不存在缺乏理论的批评,也没有脱离批评的理论,批评是特定理论指导下的批评,理论是具体批评活动中的理论。因此,学术界不提倡中国文学理论史的说法,而习惯用中国文学批评史来涵盖理论,或者冗称为中国文学理论批评史,甚或干脆简称为中国古代文论史。如果用英文来对照,文学批评是个概念,可译为 literary criticism;文学理论是个短语,应译为 theory of literature;文学批评家是个概念,可译为 literary critic;文学理论家是个短语,应译为 theorist of literature。

重感悟的批评方式。中国文学的理论形态不够完善,逻辑思维水平较低;故文学批评话语多是感悟式的,而非抽象说理式的。在这种偏重感悟的话语系统中,其批评术语的使用就较为随意,因使概念范畴随时变改,产生多义、歧异、迁移。比如"气"这个用语,其含义就很分歧复杂,有时是指志气,有时是指体气,或指文气,或者性气,随文变改,迄无定指。曹丕曰"文以气为主,气之清浊有体"(《文选》卷52《典论·论文》,第949页),这气是志意、情感、气质、体气之混合。如刘勰曰"嵇志清峻,阮旨遥深"(《文心雕龙》卷2《明诗》,第67页),这清峻、遥深之鉴识就是出自感悟,而非精确的理智判断,故不可作定量的分析。如司空图撰《二十四诗品》,用24首四言诗论艺术风格,用语很是形象活泼,用思也很感性灵动。

形式批评十分丰富。中国文学缺乏完善的理论体系,因使文学批评方法论不甚发达,史上产生的理论批评著作,大多是对文学形式之评论,就用词、用典、造句、句法、文法、声律、偶对、体式等项目,进行经验总结,或作例证分析,有些是评点式的,有些是随感式。比如《文心雕龙》用20篇专题讨论了数十种文体的篇章体制,又有《声律》《章句》《丽辞》《事类》《练字》等篇论语言形式。历代诗话、文话、词话、赋话、曲话、小说话之类,其主要关注点在于遣词造句、声律对偶、法度技艺。如魏庆之《诗人玉屑》、谢榛《诗家直说》,就是分析讲解诗歌技艺的片断式的语料汇编。关于中国古代文学形式批评,已产生不少专题的研究论著,如易闻晓《中国诗法学》,就是该研究领域的代表作。

批评话语体式多样。中国文学批评史料分布广泛,举凡经史子集甚至佛道二藏中,都蕴藏丰富的文论语料,其话语体式多种多样。在总集、别集、小说、戏曲等刊本中,有大量点评、眉批、标记、注释资料;在集部序、跋、论、记、书信、章奏、策文、诗、词中,也包含大量的或长或短的零星散见的文学理论批评语料;还有专门的品类繁杂的话体批评样式,如诗话、词话、文话、曲话、赋话、小说话等;史乘、笔记、小说中也有许多文学批评资料,如文苑传、艺文志、异闻、掌故有关文学者;诸子百家著作及其注疏,也是文学批评资料渊薮,如《庄子》中的潜文学思想是为后世文学理论命题的来源,《韩非子》中的《说难》《难言》《显学》实为言辩专论;儒家群经及历代注疏中更有典重的文学批评资料,诗言志、言意关系、微言大义等命题均掘发于此。

三　中国文学批评史分期问题

若从伪托唐尧时代产生"诗言志"观念算起,中国文学批评史已经历了4 500年的发展进程;若从确定的周初制礼作乐时期算起,中国文学批评史也有3 100年的历史。对如此悠久的中国文学批评史,学者如何认知、把握和描述它,殊非简单的事情,而需要有效办法。其一个常见的做法,就是对之进行分期,通过分段研讨描述,进而实现整体把握。

(一) 中国文学批评史分期的依据

分期的依据原则/研究方法与分期/分期具有相对性

中国文学批评史的分期,应有特定的依据和原则。其依据和原则非由人为设定,而应符合研究对象自身特性。尽管中国文学批评史研究已跨越百余年,对其进行历史分期有了某些共识和惯例;但这些共识与惯例不应是纯主观的,而须客观对待中国文学批评史实际。

这就明确了,分期的依据是中国文学批评史的实际,而实行分期的原则就须出自客观实际。基于中国文学批评史客观实际,对之进行分期要遵循三点原则:

其一,客观的原则。要对中国文学批评史进行分期,必须尊重研究对象的客观实际。这又包含两个方面:一是中国文学批评可考的史实,二是中国文学批评史内在的逻辑。可考的史实,就是依据文献资料可以弄清楚的事实;而不可考的,就是文献不足需要存疑或证伪的史事。对中国文学批评史进行分期,就应该遵从前者而搁置后者。内在的逻辑,就是中国文学批评发展史的逻辑关联;而与之相反,就是研究者先入为主虚拟的逻辑关联。对中国文学批评史进行分期,就应该抓住前者而排除后者。

其二,简便的原则。对中国文学批评史进行分期,应力求操作方便而结果简明,既不能琐碎繁复,也不能粗率随意。一般来说政权更替易代,会形成自然的历史段落;如果文学批评发展与某个政权兴亡同步,则该朝代就是中国文学批评史一个分期；若两者不同步，则需跨越朝代，或将一个长命的朝代切分，以对应文学批评发展时段。比如，通常将魏晋南北朝合为一个分期，而称之为魏晋南北朝文学批评史；或把魏至盛唐作为一个分期，而统称之为中古文学批评史；也有把明代晚期划归到近代，而统称之为近代文学批评史。

其三，可行的原则。如上所述，对中国文学批评史作有效分期，既要照应朝代更替之自然时段，又要遵循文学批评发展内在逻辑，则需在时段与逻辑之间进行调适，使两厢能够协调同步，分期结果具有可行性。这就要处理好两个相邻分期的过渡衔接问题，因为中国文学批评的发展进程是连续不断的，并不存在截然可分的阶段，分期的做法只是权宜之计。一般来说，中国文学批评史的过渡衔接，多发生在前后王朝易代之际，研究易代之际文学批评的特殊情况，可以弥补分期所带来得割裂与缺漏。

当然，分期的依据原则实难以做到纯客观，分期结果也会因人而异而难以统一。造成其分期差异之原由甚多，有史料掌握程度的广狭深浅，有史家学识能力及好尚之不同，有当代观念学风思潮之影响等；而归结点还在于所采用的研究方法，以及由特定方法所引导的分期策略。综观近世以来中国文学批评史研究，其撰述体格和学术旨趣皆各有千秋。有擅长史料考证的，有热衷中外比较的；有偏好援西入中的，有倾心以今证古的；有果敢主观立论的，有追求客观描述的。采用不同的研究方法策略，就会导致不同的分期结果。

如敏泽《中国文学理论批评史》（人民文学出版社1981年版）引用已经中国化了的马克思主义文学观念，将中国文学批评史分先秦、两汉、魏晋南北朝、隋唐五代、宋金元、明清、旧民主主义革命七个时段，前六段基本是按朝代更替来切分的，最后一段则是先入为主观念的结果。再如罗宗强《隋唐五代文学思想史》（上海古籍出版社1986年版），其书名截取"隋唐五代"该时段基本上是依照朝代更替来分期的，但在正文的历史还原式描述中，又将该期分为11个自然段落，逐段客观书写，尽量不置主见。

由此可知，同样是针对中国文学批评史这个对象，不同研究者所作历史分期可能不一样。故而，历史分期没有绝对的标准，任何分期结果都是权宜的，具有相对性，而无绝对性。有些分期结果可能因人因时，显示出权威性而为大家认可；但随着时过境迁人散，这种权威性会被消解，那些早前令人信奉的说法，后来可能就变得不再合理。所以对中国文学批评史分期，首先要承认其结果的相对性，其次要寻求其策略做法的简便可行，而始终坚守史实与逻辑之客观一致。

(二) 中国文学批评史分期的案例

较早不成熟的分期/稍后较成熟的分期/稍晚更成熟的分期/晚近已成熟的分期

近世中国文学批评史研究逾百年，形成自身的学术规范和学科规制，其关于研究对象的分期渐趋成熟，大体经历了四个不断改进的阶段。兹就具体案例，择要分述如下：

较早不成熟的分期。其做法是，以点带史，勾勒出中国文学批评发展史的大致线索，而对文学批评演变的内在逻辑不甚注意。如陈钟凡《中国文学批评史》所设点为批评论著和理论观点，方孝岳《中国文学批评》所设点为史上重要的理论批评观点，朱东润《中国文学批评史大纲》所设点为重要的文学批评家，黄海章《中国文学批评简史》所设点为重要的批评家和流派；但它们都只是"点到为止"，没提供完整清晰的历史描述。

稍后较成熟的分期。按朝代划分若干相对独立的时段，考察每个段落的文学批评史特征，将各段落看作文学批评史逻辑联系的进程，并初步注意了文学批评内在质的发展演变。如郭绍虞《中国文学批评史》（1934年初版）及其改写诸版，甚至作为其扩展的七卷本《中国文学批评通史》系列丛书，大体都是将中国文学批评发展史分为七个相对独立的时间段落并逐段论述，即先秦两汉、魏晋南北朝、隋唐五代、宋金元、明代、清代前中期、近代。由于这种分期更多地注意文学批评史的过程，就相对地削弱了对其内在质的逻辑演变研究；尽管在相关时段对质的逻辑演变有零散论述，但未能提供文学批评"质变史"的总体认识。

稍晚更成熟的分期。按中国文学批评内在质的逻辑演变轨迹，将其发展进程分为几个相对独立的段落，描述每个时段文学批评的历史面貌，其描述的一个基本原则是历史还原。如罗根泽尚未完成的《中国文学批评史》遗著，依周秦两汉、魏晋六朝、隋唐五代、两宋论列，较注重文学批评内在质的逻辑演变，是贴近历史情实的中国文学批评史；又如罗宗强主编八卷本《中国文学思想通史》分册描述各时期的文学思想进程，共分周秦汉、魏晋南北朝、隋唐五代、宋代、辽金元、明代、清代、近代八段。该书在分期上并无明显创新，但其研究方法颇为先进得体。它注重描述各时期文学思想发展自然呈现的历史面貌，除了把握文学理论、文学批评中表现出来的文学思想，还看重文学创作实际中体现出来的文学思想，也就是将文论史和文学史结合起来进行研究。此书虽不以"中国文学批评史"题名，实际上却更切合中国文学批评史实际。

晚近已成熟的分期。中国古代各体文学发展不同步不均衡，若按文学样式来研究各别文学批评史，应该更符合实际，也更容易做到位。中国各体文学源远流长又相对独立，诗歌、散文、戏剧、小说是为大宗，它们各成一系各有一史，因而也各有一部批评史。若分别研讨各体文学批评史并最后综合之，就可依文学批评内在质的逻辑演变来述史。最近30年来，在这条路径上，已有不少成功的学案，展示分体分期之优长。如陈洪《中国小说理论史》（安徽文艺出版社1992年版）、陈良运《中国诗学批评史》（江西人民出版社2007年版）、张恩普等《中国散文理论批评史论》（东北师范大学出版社2009年版）、陈晓芬《中国古典散文理论史》（华东师范大学出版社2010年版）、赵建新等《中国戏曲理论批评简史》（中国社会科学出版社2014年版）等。特别是陈洪撰《中国小说理论史》，是分体文学批评史的首创成功案例。它较贴近中国小说理论史的面貌，全书依时序分阶段用七章来描述：第一章"小说"概念之源流变迁，第二章小说理论的萌芽期，第三章明后期小说理论大繁荣（上），第四章明后期小说理论大繁荣（下），第五章清前期小说理论倾向之转变，第六章清后期小说理论衰微，第七章清末新小说理论的曙光。至若赵建新等《中国戏曲理论批评简史》，则将中国戏曲批评发展史分得更趋细密，不仅照应戏曲批评的时段变迁，还能突出具体时段的重点内容：第一章中国戏曲理论批评溯源，第二章元代戏曲理论批评，第三章明代前期的戏曲理论批评，第四章明代嘉靖、隆庆年间的戏曲理论批评，第五章明代万历年间的戏曲理论批评，第六章王骥德及其《曲律》，第七章明代晚期的戏曲理论批评，第八章清代前期的戏曲理论批评，第九章李渔的戏曲思想，第十章清代中期戏曲理论批评，第十一章清末近代的戏曲理论批评。

（三）本书中国文学批评史分期法

中国文学批评分期的必要性／中国文学批评分期的可行性／本书中国文学批评分期策略

基于上述分析，本教程将在尊重研究对象客观史实与内在逻辑的前提下，并在充分吸取前辈学者所作各种分期经验教训的基础上，对中国文学批评史作必要的分期，以期准确有效地把握其发展进程。

在确定本教程的历史分期之前,需要讲明两个基本的认知问题。首先,中国文学批评史分期是必要的,具有必要性。中国的文学批评活动,已有数千年发展历史,其进程是递进而曲折的,其体系是自足而开放的;对这么漫长而复杂的历史进程,不可作直线型、扁平化的处理,而应作曲线型、立体化把握,否则就难切合研究对象实际。而对曲线与立体的直观表述,就是呈现其自然形态的分期。这就像研究一条长河的水文,若不依据其流域的地貌水系,将之分为上、中、下游逐段研究,就很难将整条的水文变化说清楚。其次,中国文学批评史分期是可能的,具有可行性。中国文学批评史的学科规范已经建立,其文献发掘整理及史料建设自成规模,这使得中国文学批评发展历程可供考察,并在特定的研究方法引导下可能被描述。特别是前辈学者丰富的分期经验,可供本教程的分期操作利用借鉴。若能尊重历史情实和内在逻辑并采用适当的研究方法,是完全可以对中国文学批评史作出准确有效的分期的。总之,既要遵循中国文学批评史的总体发展形态,又能照应中国各体文学批评史的不同步进程,做到切实描述,力求历史还原。

落实到本教程,在遵循一般原则的前提下,将采取如下四项分期策略:(1)贴近中国文学批评的历史情实,(2)照应中国文学批评的内在逻辑,(3)借鉴前辈学者积累的分期经验,(4)突出本教程所设立的简明标的。其具体做法是:(1)中国文学批评史的时段切分尽可能照应王朝的兴替,(2)所得时段尽可能与文学批评内在质的逻辑协同一致,(3)重视各体文学批评发展不同步不均衡情状而如实描述,(4)突出中国文学批评史上某些重要的人物、论著和观点。其具体结果是:(1)总体上采取七分法,先秦文学批评混沌期、秦汉文学批评发生期、魏晋至盛唐文学批评独立期、中唐至元代文学批评发展期、明代文学批评分化期、清前中期文学批评总结期、晚清文学批评革新期;(2)为了适应课堂教学,本教程将七时段分期再细化为:先秦文学批评、两汉文学批评、魏晋文学批评、南北朝文学批评、隋唐前期文学批评、唐中期文学批评、晚唐五代文学批评、北宋文学批评、南宋文学批评、金元文学批评、明代文学批评、清代文学批评、近代文学批评;(3)为了体现中国各体文学批评的历史实况,明清近代按诗文、小说、戏曲分别论列,其中明代诗文批评、清代诗文批评、近代诗文批评、近代小说批评、近代戏曲批评单列,而明清小说批评、明清戏曲批评合论;(4)为了突出中国文学批评史上两部最重要的著作,将刘勰《文心雕龙》和钟嵘《诗品》列为专论。

附　研修书目

罗根泽撰《中国文学批评史》，上海书店出版社2003年1月第1版。

王运熙、顾易生主编《中国文学批评史新编》，复旦大学出版社2001年11月第1版。

周勋初撰《中国文学批评小史》，复旦大学出版社2007年9月第1版。

罗宗强撰《隋唐五代文学思想史》，上海古籍出版社1986年8月第1版。

罗宗强撰《魏晋南北朝文学思想史》，中华书局1996年10月第1版。

罗宗强撰《明代文学思想史》，中华书局2013年1月第1版。

张伯伟撰《中国古代文学批评方法研究》，中华书局2002年5月第1版。

饶龙隼撰《上古文学制度述考》，中华书局2009年1月第1版。

郭绍虞、王文生编《中国历代文论选》（一卷本），上海古籍出版社2001年11月新1版。

郭绍虞、王文生编《中国历代文论选》（四卷本），上海古籍出版社2001年10月新1版。

宇文所安撰《中国文论：英译与评论》，王柏华、陶庆梅译，上海社会科学院出版社2003年1月第1版。

刘勰撰、范文澜注《文心雕龙注》，人民文学出版社1958年9月第1版。

钟嵘撰、曹旭注《诗品集注》（增订本），上海古籍出版社2011年10月第2版。

第二讲
先秦文学批评

先秦,是指从远古至汉朝建立(前206)之前的这个历史阶段;而先秦文学批评的起讫时间,则通常指从有文字记载的唐虞,历经夏、商、周,终至秦亡这段历史。由于先秦文学多依托歌舞表演、仪轨程式诸载体,其作为"语言艺术"的形态并不纯熟,其文体意识也尚未明晰;因而先秦文学是实用的而非审美的,是混合的而非独立的。这就决定了先秦的文体样式之混合性、理论批评之实用性和思想观念之潜在性。

基于这个考量,本讲主要述说先秦的诗观念及诸家诗说、文观念及文辞理论、潜文学思想诸要素等内容。

一 诗观念及诸家诗说

先秦的诗观念很不纯熟,"诗"有记录的意思,记录的产品以供演唱即为"诗"篇;"诗"篇积累增聚,传说多达3 000余篇;春秋后期经孔子等学者删修,而得300余篇,取其整数便称为"诗三百";作为一部诗歌文献总集,也可称为《诗三百》,简称为《诗》。先秦时期的《诗》属"六艺"之一,与《书》《易》《礼》《乐》《春秋》并列。《诗》在战国晚期方获经义,到汉代才被称为《诗经》。所以,先秦诸家诗说讨论的是文献《诗》,而不是文体诗,更不是《诗经》。

(一)《诗》篇所载诗观念

《尚书·尧典》"诗言志"说/《诗》篇中的诗观念及言志说/其他同期典籍中的诗观念内涵

先秦不甚纯熟的诗观念,最早应出现在《诗》篇中。至于伪《古文尚书》中《虞书·舜典》所载"诗言志"说,是不可靠的。兹先略加辨析,以免讹误流传。其文曰:

> 帝曰:"夔,命汝典乐,教胄子,直而温,宽而栗,刚而无虐,简而无傲。诗言志,歌永言,声依永,律和声。八音克谐,无相夺伦,神人以和。"夔曰:"於!予击石拊石,百兽率舞。"(《尚书正义·虞书·舜典》,第131页)

伪《古文尚书》将《尧典》后半分为《舜典》,这段文字即在《舜典》中。在传说中的尧舜时代(约前2500),不会有如此明确的"诗言志"表达;因为晚至司马迁《史记·五帝本纪》中,引其文并无"诗言志"语,而是写作"诗言意":"舜曰:'然。以夔为典乐,教稚子,直而温,宽而栗,刚而毋虐,简而毋傲;诗言意,歌长言,声依永,律和声,八音能谐,毋相夺伦,神人以和。'夔曰:'於!予击石拊石,百兽率舞。'"(《史记》卷1《五帝本纪》,第39页)由此可知,《尚书·尧典》中的"诗言志"语,应是出自后世伪托,不可认为唐尧时代已产生"诗言志"说。但"诗言志"的观念已见雏形,故多为后世论者依托。例如,班固称引:"诗言志,歌咏言"(《汉书》卷30《艺文志·六艺略》,第1708页);郑玄称引:"《虞书》曰:'诗言志,歌永言,声依乐,律和声。'然则诗之道,放于此乎"(《毛诗正义·诗谱序》,第262页);刘勰称引:"大舜云:'诗言志,歌永言,圣谟所析,义已明矣。'"(《文心雕龙注》卷2《明诗》,第65页)

既然伪《古文尚书》所载"诗言志"存疑不用,那么《诗》篇中的诗言志表达就属最早。兹摘示数例(编号为引者所加):

> ① 寺人孟子,作为此诗;凡百君子,敬而听之。(《小雅·巷伯》,第456页)② 吉甫作诵,其诗孔硕,其风肆好,以赠申伯。(《大雅·崧高》,第567页)③ 作此好歌,以极反侧。(《小雅·何人斯》,第455页)④ 君子作歌,维以告哀。(《小雅·四月》,第463页)⑤ 虽曰匪予,既作尔歌。(《大雅·桑柔》,第561页)⑥ 吉甫作诵,穆如清风。仲山甫永怀,以慰其心。(《大雅·烝民》,第569页)⑦ 家父作诵,以究王讻;式讹尔心,以畜万邦。(《小雅·节南山》,第441页)⑧ 奚斯所作,孔曼且硕,万民是若。(《鲁颂·閟宫》,第618页。以上《毛诗正义》卷12[三]、18[三]、12[三]、13[一]、18[二]、

18[三]、12[一]、20[二]）

上述所言"诗""歌""诵"均非文体的诗；但综观这些诗句可知，周代的歌唱讽诵已具有文学意义，或多或少蕴含了后来儒家诗教的某些意向：例①③④⑤有歌唱言志的含义，例②⑥⑦⑧有美讽刺谏的含义。

此外，与《诗》篇同期产生的典籍中，也载有较为丰富的用《诗》制度内涵。如《周礼·春官》大司乐隶属有两类职官：（一）以乐师为首的学官，（二）以大师为首的乐官。学官掌管乐语之教，即"兴、道、讽、诵、言、语"，是对国子学士进行音乐与语言训练的项目；乐官掌管六诗之教，即"风、赋、比、兴、雅、颂"，是对乐工瞽矇进行语言与音乐训练的项目。《周礼》原名《周官》，是为"古文先秦旧书"（《汉书》卷53《河间献王传》，第2410页）；至汉武帝开献书之路，《周礼》始入秘府。其书虽然后出，但既为"先秦旧书"，则《春官》载有西周《诗》演述的某些要素。

再如，《国语·周语上》所载最早用《诗》例，也显示了其时《诗》篇演述和施用之实况。其文曰，穆王将征伐犬戎，祭公谋父谏："周文公之《颂》曰：'载戢干戈，载櫜弓矢。我求懿德，肆于时夏，允王保之。'先王之于民也，懋正其德而厚其性，阜其财求而利其器用，明利害之乡（向）以文修之，使务利而避害，怀德而畏威，故能保世以滋大。"（《国语》卷1《周语上》，第1页）这则载述表明：（一）西周中期偏晚，《诗》的文句已用于议政；（二）《诗》文句依托仪式表演，而非独立流行的文本。在穆王时，引述者不称之为《诗》，也未称其篇名《时迈》，就因为这些诗句是依托于仪式表演，而不是出自独立的《诗》文本。其时还未出现独立于乐舞体制之外的《诗》文本，故而还没有可直呼《时迈》之篇名，其篇名是后人编辑《诗》文本时采取首二字而题写的。这两点正对应于西周时期用《诗》制度的两种情形：（一）用于演奏，由乐工瞽矇表演；（二）用于议政，由君侯士大夫来称说。前者在仪式歌舞中展开，而后者在朝政议论中展开，二者分别属于六诗之教和乐语之教。

（二）用《诗》所呈诗观念

采风所体现的诗观念／陈诗所体现的诗观念／赋诗所体现的诗观念

周代用《诗》主要有三种形式，即采诗、陈诗、赋诗。周代有采诗以观民风的

制度,其做法也体现了当时诗观念。据载:

> 天子五年一巡守。岁二月,东巡守,至于岱宗。柴而望,祀山川。觐诸侯,问百年者就见之。命太师陈诗,以观民风。(《礼记·王制》,第1327—1328页)
>
> 古有采诗之官,王者所以观风俗,知得失,自考正也。(《汉书》卷30《艺文志》,第1708页)
>
> 诏问三代周秦轩车使者、遒人使者,以岁八月巡路,求代语、僮谣、歌戏。(《方言》卷13附刘歆《与扬雄书》,第78页)

这些记载都表明,采诗是为了"观民风",是出于政教目的,而不是为了审美。

诗从民间采集,经过加工整理,即可表演观赏,此即所谓陈诗,也可称为献诗。据载:"故天子听政,使公卿至于列士献诗,瞽献曲,史献书,师箴,瞍赋,矇诵,百工谏,庶人传语,近臣尽规,亲戚补察,瞽、史教诲,耆、艾修之,而后王斟酌焉,是以事行而不悖。"(《国语》卷1《周语上》,第4页)这种献诗情形是制度化的,盖为用《诗》之常态。

但到春秋时期,陈诗制度日渐破坏,出现悖礼违例的趋势。如《左传》襄公四年载:"(鲁大夫)穆叔如晋……晋侯享之。金奏《肆夏》之三,不拜。工歌《文王》之三,又不拜。歌《鹿鸣》之三,三拜。"穆叔观听乐工表演《诗》,或答拜,或不答拜,就是对晋国奏《诗》歌《诗》违背礼义的回应。事后,晋国大夫韩献子叫行人子员问穆叔:"吾子舍其大而重拜其细,敢问何礼也?"穆叔回答说:"三《夏》,天子所以享元侯也,使臣弗敢与闻;《文王》,两君相见之乐也,臣不敢及;《鹿鸣》,君所以嘉寡君也,敢不拜嘉;《四牡》,君所以劳使臣也,敢不重拜;《皇皇者华》,君教使臣曰必咨于周……臣获五善,敢不重拜。"(以上《春秋左传正义》卷29《襄公四年》,第1931—1932页)穆叔能深明礼义,适反证了晋国奏《诗》歌《诗》之失礼违制。其他列国也频发歌舞《诗》违制的现象。此乃大势所趋,不可遏止。

惟独鲁国例外,直至春秋末期,鲁国的礼乐制度犹保留较完好。故而,早在鲁襄公二十九年,季札聘鲁国,还能观赏到完整的《诗》乐表演。据《左传》襄公二十九年和《史记·吴太伯世家》的记载,此番诗乐表演所体现的德化礼义极为完美,让季札叹为观止。

总之,春秋时期陈诗渐趋繁复,主要有三种用《诗》情态:(1)歌舞《诗》,

(2) 赋答《诗》,(3) 引述《诗》。据统计,在《国语》《左传》《史记》的载述中,这三种情态出现的场次分别是 4、35、147,引述《诗》的用例骤增。这表明,春秋时期用《诗》的格局发生变转,由依托音乐舞蹈体制转换成较独立的文本施用,亦即由陈诗的情态进入赋诗的情态。

随着礼乐制度的崩坏,春秋中晚期赋《诗》言志,已上升为用《诗》的主要方式。其最著名的一个例子,见于《左传》襄公二十七年:郑国君臣在垂陇设宴招待晋国使臣赵文子(孟)。参宴的有子展、伯有、子西、子产、子太叔、二子石印段、公孙段等人。赵孟说:"七子从君,以宠武也。请皆赋,以卒君贶,武亦以观七子之志。"于是,子展等六人分别赋《草虫》《黍苗》《隰桑》等诗,以称美郑伯和赵孟。而伯有对郑伯心存宿怨,便赋《鹑之贲贲》来泄怨。宴会后,赵孟对叔向说:"伯有将为戮矣。《诗》以言志,志诬其上,而公怨之,以为宾荣,其能久乎!幸而后亡。"(以上《春秋左传正义》卷38《襄公二十七年》,第1997页)这里所谓赋《诗》观志、《诗》以言志,都是把"诗"作为文献,特指具体的《诗》篇。故赋《诗》言志是一种实用行为,而非抒发情志的创作行为。

既然赋《诗》是出于实用,自当采取"断章取义"做法。如《左传》襄公二十八年载:庆舍之士谓卢蒲葵曰:"男女辨姓,子不辟宗,何也?"曰:"宗不余辟,余独焉辟之?赋《诗》断章,余取所求焉,恶识宗?"(《春秋左传正义》卷38《襄公二十八年》,第2000页)这赋《诗》断章,取余所求,正是从实用着眼;而不关心《诗》篇章中的情思表达,更是忽视诗的文体特征和审美涵蕴。再如史载:公父文伯之母欲妻文伯,饷其宗老,而为赋《绿衣》之三章。老请守龟卜室之族。师亥闻之曰:"善哉!男女之饷,不及宗臣;宗室之谋,不过宗人。谋而不犯,微而昭矣。《诗》所以合意,歌所以咏《诗》。今《诗》以合室,歌以咏之,度于法矣。"(《国语》卷5《鲁语下》,第72页)所谓《诗》以合意,也是断章取义做法,这是合乎法度的行为。

(三) 晚周诸子百家诗观念

孔子《诗》说/孟子《诗》说/荀子《诗》说/其他《诗》说

孔子《诗》说主要有两个方面:一是《诗》的规范,主张德义毋邪;二是《诗》之功用,标举兴观群怨。

关于德义毋邪,孔子说:

> 《诗》三百,一言以蔽之,曰"思无邪"。(《论语注疏》卷2《为政》,第2461页)

"思无邪"语出自《诗·鲁颂·駉》。《駉》凡四章,章八句,每章末尾二句分别是"思无疆,思马斯臧""思无期,思马斯才""思无斁,思马斯作""思无邪,思马斯徂"。"思"为句首语气助词,无实义。"无",当作毋、勿解,意思是不要。"无"不可解作没有,因为"疆"(郑玄笺:竟也)、"期""斁"(郑玄笺:厌也)、"邪"(郑玄笺:无复邪意。邪即邪念)四字均为动词,不可与没有搭配连用。孔子正乐,却正而未化,未能修复《诗》之德音,又惧怕新乐溺音浸染于《诗》,使《诗》义归于邪;因而主张不要《诗》比新乐,以保障《诗》义不致流向邪淫。这就由德音毋邪转释成德义毋邪。再如:"子曰:'《关雎》乐而不淫,哀而不伤。'"(《论语注疏》卷3《八佾》,第2465页)《关雎》为《诗·周南》之始。季札在鲁观赏演述《周南》时,说:"美哉!始基之矣。犹未也。然勤而不怨矣。"(《春秋左传》卷39《襄公二十九年》,第2006页)可见季札是从《诗》的德音角度谈说。及至孔子,不再谈论《关雎》的德音问题,转而从《诗》的德义角度立说。孔子曰:"先进于礼乐,野人也;后进于礼乐,君子也。如用之,则吾从先进。"(《论语注疏》卷11《先进》,第2498页)这是说礼乐因世损益,更早进化于礼乐的人,因闻见礼乐德音,而坚守《诗》之德义;更晚闻知于礼乐的人,因礼乐已经散乱,受新声溺音的浸染,不习德音,而乖违《诗》之德义。孔子选择"从先进",就是从《诗》义毋邪着眼。

关于兴观群怨,又分人生修养和社会人群两个层面。在人生修养层面,孔子要求兴于《诗》:

> 兴于《诗》,立于礼,成于乐。(《论语注疏》卷8《泰伯》,第2487页)

这既是对流失的歌《诗》程式之追述;也是旧的歌《诗》程式在新的历史条件下转释的结果,并被赋予了新义。其转释主要发生在两个层面上:(一)[歌《诗》]→[行礼]→[合乐]三段式演进为人生修养的三重进阶,"兴于《诗》"对应于歌《诗》,"立于礼"对应于行礼,"成于乐"对应于合乐;(二)化用了歌《诗》程式的用语,"兴"化用"升歌"之"升","立"即"立饮""北面立"之"立",而赋有安身立命之新义,"成"化用"合乐"之"合"。这可用图式示意如下:

```
歌《诗》(升歌)→行礼(立仪)→合乐(成乐)
    │           │           │
兴于《诗》─────→立于礼─────→成于乐
```

此亦可参证《论语·季氏》所载：孔鲤(字伯鱼)对曰："尝独立，鲤趋而过庭。(孔子)曰：'学《诗》乎？'对曰：'未也。'(孔子曰：)'不学《诗》，无以言。'鲤退而学《诗》。他日，又独立，鲤趋而过庭。(孔子)曰：'学礼乎？'对曰：'未也。'(孔子曰：)'不学礼，无以立。'鲤退而学礼。"(《论语注疏》卷 16《季氏》，第 2522 页)

在社会人群层面，《诗》能够兴观群怨。这也是人生修养的升华，即个体人生之兴起，将达至社会人群，发挥观察政教风俗之盛衰、协调社会人群之关系、表达对弊政败俗怨谏的作用。孔子说：

> 小子何莫学夫《诗》？《诗》可以兴，可以观，可以群，可以怨；迩之事父，远之事君，多识于鸟兽草木之名。(《论语注疏》卷 17《阳货》，第 2525 页)

历来注解这段话，一般从政教和博物两个层面着眼。一是政教之义：如汉魏古注，多依政教规范立说。孔安国云："兴，引譬连类；群居相切磋；怨刺上政。"郑玄云："观风俗之盛衰。"(《论语注疏》卷 17《阳货》，第 2525 页)再如，宋儒朱熹云："感发志意，考见得失，和而不流，怨而不怒。"(《论语集注》，第 130 页)二是博物之学：如宋儒邢昺云："'多识于鸟兽草木之名'者，言诗人多记鸟兽草木之名，以为比兴；则因又多识于此鸟兽草木之名也。"(《论语注疏》卷 17《阳货》，第 2525 页)正如纳兰成德所云："六经名物之多，无逾于《诗》者，自天文地理、宫室器用、山川草木、鸟兽虫鱼，靡一不具。学者非多识博闻，则无以通诗人之旨意，而得其比兴之所在。"(《通志堂集》卷 11《毛诗名物解·序》，第 446 页)更有一批书目，如陆玑《毛诗草木鸟兽虫鱼疏》、姚炳《诗识名解》、多隆阿《毛诗多识》、徐鼎《毛诗名物图说》、日人冈元凤《毛诗品物图考》等，均是"多识鸟兽草木"的具体实践。

随着对《诗》篇文本解读的深切，诗本体和诗本事就受到更多关注。孟子《诗》说就发生在这个大的背景上，主要有本体《诗》说和本事《诗》说两个方面。

战国中期出现的本体《诗》说，已有一些共同的说《诗》要素：(一)说《诗》仍然发生在实用场合，(二)《诗》文本受到了空前的关注，(三)对《诗》义的解读更接近本文。其典型用例即为孟子《诗》说：

> 贤者,而后乐此;不贤者,虽有此,不乐也。《诗》云:"经始灵台,经之营之;庶民攻之,不日成之。经始勿亟,庶民子来;王在灵囿,麀鹿攸伏。麀鹿濯濯,白鸟鹤鹤;王在灵沼,于牣鱼跃。"王以民力为台为沼,而民欢乐之,谓其台曰灵台,谓其沼曰灵沼,乐其有麋鹿鱼鳖。古之人,与民偕乐,故能乐也。(《孟子注疏》卷1《梁惠王上》,第2665—2666页)

孟子出于实用目的而引述此《诗》,来谈论与民同乐的王道精神。他对该《诗》抒写的情思虽有所修饰;但并非断章取义、强为之说,而是在充分理解《诗》文本的基础上,从文辞中自然引申出意义来。这已是较成熟的本体《诗》说。

孟子本体《诗》说之成熟,还表现为提出说《诗》的方法原则:

> 咸丘蒙曰:"舜之不臣尧,则吾既得闻命矣。《诗》云:'普天之下,莫非王土,率土之滨,莫非王臣。'而舜既为天子矣,敢问瞽瞍之非臣,如何?"曰:"是诗也,非是之谓也。劳于王事,而不得养父母也,曰此莫非王事,我独贤劳也。故说《诗》者,不以文害辞,不以辞害志,以意逆志,是为得之。如以辞而已矣,《云汉》之诗曰:'周余黎民,靡有孑遗。'信斯言也,是周无遗民也。"(《孟子注疏》卷9《万章上》,第2735页)

这里所提出的"以意逆志",即本体《诗》说的方法原则。其解读阐释的关键,是要释通四个字词:

"文",是指对词句篇章的修饰,即比喻、夸张、铺陈之类;"辞",是指经过修饰的词句篇章,有时直称为文辞;"意",是指说《诗》者的志意;"志"是指《诗》篇运载的作者志意。作为本体《诗》说的方法原则,"以意逆志"的基本意思是说:透过文饰来分析词句篇章,透过词句篇章来理解《诗》义,并结合说《诗》者的志意,来迎取《诗》篇所运载的作者志意。再以一个实例来说明之,《孟子·告子下》载:(公孙丑曰:高子以《小弁》为小人之诗。孟子)曰:"固哉!高叟之为《诗》也。有人于此,越人关弓而射之,则已谈笑而道之,无他,疏之也;其兄关弓而射之,则已垂涕泣而道之,无他,戚之也。《小弁》之怨,亲亲也。亲亲,仁也。固矣,高叟之为《诗》也。"(公孙丑曰:《凯风》何以不怨?孟子)曰:"《凯风》,亲之过小者也;

《小弁》,亲之过大者也。亲之过大而不怨,是愈疏也;亲之过小而怨,是不可矶也。愈疏,不孝也;不可矶,亦不孝也。"(以上《孟子注疏》卷12《告子下》,第2756页)孟子对《小弁》《凯风》的解读,就是能够从人情事理出发,来解读蕴含在文面后的情思。其总体思路与格式:

> 初步:捕获诗的文辞义,即"不以文害辞"——深入:企图解说诗人的志意,即"不以辞害志"——外加:引进说《诗》者的志意,即"以意逆志"——结果:获解诗所运载的诗人志意,即"得之"。

除了较为成熟的本体《诗》说,孟子还有本事《诗》说,其主要内涵就是知人论世。其文曰:

> 以友天下之善士为未足,又尚论古之人。颂其《诗》,读其《书》,不知其人,可乎?是以论其世也:是尚友也。(《孟子注疏》卷10《万章下》,第2746页)

这段话本不是专为说《诗》而发,但其中涉及解读《诗》《书》的基本方法,值得引起注意:诵读《诗》《书》是初步,仅能获文辞义;知其人,就是深入了解作者志意的企图;论其世,需要调动多方面学识,包括历史知识、人情事理等,是为外加的颂论者的志意;尚友,即是获得《诗》作者的志意,与之沟通共鸣。由此可知,知人论世是以意逆志的前提,而本事《诗》说是本体《诗》说的基础。

荀子《诗》说的重大贡献,是发掘和构建了《诗》经义。到战国中晚期,《诗》文本也出现亡佚、散乱、讹错之类现象。这就使《诗》义不足凭信,难免遭受怀疑。如万章问曰:"《诗》云:'娶妻如之何,必告父母。'信斯言也,宜莫如舜。舜之不告而娶,何也?"(《孟子注疏》卷9《万章上》,第2734页)《诗》义与舜的德行互相矛盾,已使万章深感困惑。荀子也说"《诗》《书》故而不切","不切"就是指不切时用。(《荀子集解》卷1《劝学》,第14页)如此,在新的历史环境下,《诗》的存废就面临选择:要么,顺应墨、道、法诸家的呼声,否弃《诗》之德义;要么,坚守儒家思想本位,强化《诗》之德义,确保《诗》不至于中绝。荀子绪承《诗》德义、构建《诗》经义的事业,就是在这个背景下展开。

荀子构建《诗》经义,主要包含两个层面:(一)用礼义来规范《诗》之德义。这是孔子正乐事业的延续,而工作的重点有所转变。(二)《诗》接受礼的规范

后,《诗》德义就升华为先王之道、圣人之道,《诗》的文本也相应地升格为"经"。他敷论曰:

> 如是,则可谓圣人矣。此其道出乎一。曷谓一?曰:执神而固。曷谓神?曰:尽善挟[浃]治之谓神,万物莫足以倾之之谓固,神、固之谓圣人。圣人也者,道之管也,天下之道管是矣,百王之道一是矣;故《诗》《书》礼乐之归是矣。《诗》言是,其志也……故《风》之所以为不逐者,取是以节之也;《小雅》之所以为"小雅"者,取是而文之也;《大雅》之所以为"大雅"者,取是而光之也;《颂》之所以为至者,取是而通之也。天下之道毕是矣。(《荀子集解》卷4《儒效》,第133—134页)

荀子所论圣人之道与《诗》义的衍生关系示意:

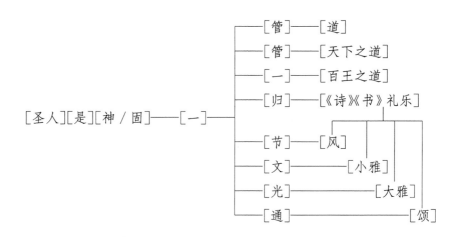

后世扬雄《法言·吾子》主张"宗经""征圣",刘勰《文心雕龙》之《宗经》《征圣》,他们所表达的思想即发端于此。

儒家之外,其他诸家也有《诗》说,各具思理,颇有特色。如墨家论《诗》乐流失,批驳孔门后学公孟曰:"诵《诗》三百,弦《诗》三百,歌《诗》三百,舞《诗》三百;若用子之言,则君子何日以听治,庶人何日以从事。"(《墨子校注》卷12《公孟》,第705页)这指出儒家追复的《诗》的歌舞表演,在现实生活中没有存在的土壤。又如道家设为寓言故事,讥诮者以《诗》礼发冢:大儒胪传曰:"东方作矣,事之若何?"小儒曰:"未解裙襦,口中有珠。"(大儒曰:)"《诗》固有之曰:'青青之麦,生于陵陂。生不布施,死何含珠!'接其鬓,压其颥,儒[而]以金椎控其颐,徐别其颊,无伤口中珠!"(《庄子集释》卷9上《外物》,第927—928页)这是用"《诗》礼发冢"的寓言,来歪曲儒家所看重的《诗》义。

除了上述说《诗》类型,先秦比附《诗》说颇为流行。若以晚周子书为样本来统计,其所载比附《诗》说数量为:《论语》有6例,《孟子》有23例,《荀子》有70例,《墨子》有10例,《晏子春秋》有9例,《管子》有1例,《庄子》有1例,《商君书》无,《韩非子》有4例,《吕氏春秋》有9例。这许多的比附《诗》说例,用于论事议政的1例,用于励志修身的2例,用于说理论学的130例。又《战国策》载比附《诗》说有7例,均用于论事议政。

尤以"普天之下"章句之引用,是最为典型的比附《诗》说例:

  咸丘蒙曰:"舜之不臣尧,则吾既得闻命矣。《诗》云:'普天之下,莫非王土;率土之滨,莫非王臣。'而舜既为天子矣,敢问瞽瞍之非臣,如何?"(孟子)曰:"是诗也,非是之谓也。劳于王事,而不得养父母也,曰:此莫非王事,我独贤劳也。……孝子之至,莫大乎尊亲;尊亲之至,莫大乎以天下养。为天子父,尊之至也;以天下养,养之至也。"(《孟子注疏》卷9《万章上》,第2735页)

  天子也者,势至重,形至佚,心至愈,志无所诎,形无所劳,尊无上矣。《诗》曰:"普天之下,莫非王土;率土之滨,莫非王臣。"此之谓也。(《荀子集解》卷17《君子》,第450页)

  且夫进不臣君,退不为家,乱世绝嗣之道也。是故贤尧、舜、汤、武而是烈士,天下之乱术也。瞽瞍为舜父而舜放之,象为舜弟而杀之,放父杀弟,不可谓仁;妻帝二女而取天下,不可谓义;仁义无有,不可谓明。《诗》云:"普天之下,莫非王土;率土之滨,莫非王臣。"信若《诗》之言也,是舜出则臣其君,入则臣其父,妾其母,妻其主女也。故烈士内不为家,乱世绝嗣,而外矫于君,朽骨烂肉,施于土地,流于川谷,不避蹈水火,使天下从而效之,是天下遍死而愿夭也。此皆释世而不治是也。(《韩非子集解》卷20《忠孝》,第467页)

  舜之耕渔,其贤不肖与为天子同。其未遇时也,以其徒属窟[掘]地财,取水利,编蒲苇,结罘网,手足胼胝不居,然后免于冻馁之患;其遇时也,登为天子,贤士归之,万民誉之,丈夫女子,振振殷殷,无不戴说。舜自为诗曰:"普天之下,莫非王土;率土之滨,莫非王臣。"所以见尽有之也。尽有之,贤非加也;尽无之,贤非损也。时使然也。(《吕氏春秋集释》卷14《慎人》,第

336—337 页)

　　温人之周,周不纳。问曰:"客耶?"对曰:"主人也。"问其巷而不知也。吏因囚之。君使人问之曰:"子非周人,而自谓非客,何也?"对曰:"臣少而诵《诗》,《诗》曰:'普天之下,莫非王土;率土之滨,莫非王臣。'今周君天下,则我天子之臣,而又为客哉? 故曰主人。"君乃使吏出之。(《战国策》卷1《东周》,第4页)

二　文观念及文辞理论

　　晚周时期的文观念及文辞理论,大都表述于诸子各派论学场景。主要有如下几项内容:(一)对言辞行为的态度,表现为贵言与慎言两种倾向。这两种倾向均发端于春秋晚期,不断发展演进,及至战国末期或秦汉之际走向合流;(二)出现指向言辞者志意的倾向。这个论题大约发端于战国前期,并不断演进,一直延续至战国晚期;(三)确定了"象"的中心地位,"象"作为连接"言"与"意"的中间环节,其关键作用得到充分认识。这个论题发端于战国中期,而在战国晚期有长足进展;(四)对言辞功能有较深入的认识,提出言近旨远的观点。这个论题产生于战国中期,而对战国晚期以至秦汉之际的言辞功能论有着深远影响;(五)从言辞接受的角度,确立了言辞的听受指向,产生一系列相关的理论学说。

(一) 老庄贵言观及相关论说

对语言本体的理论认知更加精微深入/探寻语言开露之后回归道本体的路径

　　老子贵言观极为关注道本体对言辞活动的作用,而相对忽视了言意命题本身的问题,尤其漠视言辞者的存在。其论例有:

　　　　圣人处无为之事,行不言之教。(第二章,第10页)多言数穷,不如守中。(第五章,第24页)由其[悠兮]贵言,成功事遂,百姓谓我自然。(第十七章,第70页)希言自然。(第二十三章,第94页)执大象,天下往……道出言,淡无味,视不足见,听不足闻,用不可既。(第三十五章,第140—141

页)不言之教,无为之益,天下希及之。(第四十三章,第 179 页。以上《老子校释》)

其总体构想可表示为:道体出言──→言语少而无多若有若无──→言语之效用无迹可寻。这一构想具有明显的本体虚无倾向,是老子贵言观的核心内容。

及至战国时期,贵言观所体现的语言本体思想,得到庄子及其后学的绍承与发展。主要有两方面内容:

1. 对语言本体的理论认知更加精微深入。这一方面的相关论述,频频出现在《庄子》书中。如云:

> 世之所贵道者,书也;书不过语,语有贵也。语之所贵者,意也;意有所随,意之所随者,不可以言传也。而世因贵言传书。世虽贵之,我犹不足贵也,为其贵非其贵也。……则知者不言,言者不知,而世岂识之哉!……(轮扁)问桓公曰:'敢问,公之所读者何言邪?'公曰:'圣人之言也。'曰:'圣人在乎?'公曰:'已死矣。'曰:'然则,君之所读者,古人之糟魄[粕]已夫!'"(《庄子集释》卷 5 中《天道》,第 488—491 页)

"不可以言传"者,即是道体;而"书""语""意"三项均为道体发露的产物。这可示意为:道──→意──→语──→书。

2. 探寻语言开露之后回归道本体的路径。其实,庄子的贵言观也出自对老子的绍述,只是他的思想方向发生逆转。这是因为,到庄子生活的战国中期,言语说辩活动非常盛行,言辞已经开露,日益乖离道体。面对这样的语用环境,庄子旨趣不再是构建语言本体,而是解决一个现实问题,即如何使开露了的言辞回归道本体。庄子考察当时言辩蜂起、是非未定的状况,提出了消弭言辩是非的思想策略。如云:

> 夫言非吹也,言者有言,其所言者特未定也。果有言邪?其未尝有言邪?其以为异于鷇音,亦有辩乎,其无辩乎?道恶乎隐而有真伪?言恶乎隐而有是非?道恶乎往而不存?言恶乎存而不可?道隐于小成,言隐于荣华。故有儒墨之是非,以是其所非而非其所是。欲是其所非而非其所是,则莫若以明。(《庄子集释》卷 1 下《齐物论》,第 63 页)

"明"通"冥",有冥没蒙昧之意。语言开露之后,其回归道本体的最佳路径,就是要蒙昧无知、冥没无言。

(二) 孔子慎言观及相关论说

孔门言语教学活动/孔子慎言观及理论

春秋晚期,言意之辩的另一个代表人物是孔子。其思想倾向与老子近似,极为关注外在因素如礼义法度对言辞活动的作用,而相对忽视了言意命题本身的问题,并漠视了言辞者的情思。这主要表征为两个方面:

1. 孔门言语教学活动。孔子所谈论的"言""辞",主要施用于礼仪场景,而非用于抒写情思。这个情状决定了孔子言辞观的政治伦理价值取向:

(1) 孔门言语教学活动的预定目标。载称:"子以四教,文、行、忠、信。"(《论语注疏》卷 7《述而》,第 2483 页)南宋刘敞解曰:"文,所谓文学也;行,所谓德行也;政事,立忠;言语,立信。"(《公是先生弟子记》卷 2)是知,"四教"即孔门教学之四科,与《论语·先进》所载孔门"德行""言语""政事""文学"之优者相对应,而序列稍异。这表明,言语教学独立成科,在孔门很受重视。它有两个预定目标:一是作为基础教学的内容,旨在培养门人的言语能力;二是作为专门的技艺培训,旨在造就像宰我、子贡那样优秀的外交人才。

(2) 孔子言语行为批评的思想倾向。孔子要求言辞依循礼义、合乎法度。这在《论语》中,有许多论例:

> 仁者,其言也讱。(卷 12《颜渊》,第 2502 页)君子欲讷于言而敏于行。(卷 4《里仁》,第 2472 页)言忠信,行笃敬。(卷 15《卫灵公》,第 2517 页。以上《论语注疏》)

而不合礼法的巧佞之言,则被孔子所否弃与排斥。如云:

> 巧言令色,鲜矣仁。(卷 1《学而》,第 2457 页)巧言令色,足恭,左丘明耻之,丘亦耻之。(卷 5《公冶长》,第 2475 页)君子耻言过其行。(卷 14《宪问》,第 2512 页。以上《论语注疏》)

因此,孔子特别看重言辞的施用对象与礼仪环境。如云:

> 邦有道,危言危行;邦无道,危行言孙。(卷14《宪问》,第2510页)孔子于乡党,恂恂如也,似不能言者;其在宗庙朝廷,便便言,唯谨尔;朝,与下大夫言,侃侃如也;与上大夫言,訚訚如也。(卷10《乡党》,第2493页)可与言而不与言,失人;不可与言而与之言,失言。知者不失人,亦不失言。(卷15《卫灵公》,第2517页。以上《论语注疏》)

基于上述两个方面,孔子言辞观就有浓重的政治伦理色彩,残留了用礼仪程式规范言语行为的影迹;因而,孔子的言辞态度集中表现为"慎言"。

2. 孔子慎言观及理论。孔子云:"多闻阙疑,慎言其余,则寡尤。"(《论语注疏》卷2《为政》,第2462页)由此可知,慎言不是不说话,而是要谨慎地说。其慎言观主要有如下两个层面的内容:

(1) 言辞达礼。孔子曰:"辞达而已矣。"(《论语注疏》卷15《卫灵公》,第2519页)孔安国注、邢昺疏均不得其文意;而《仪礼》所作解说更切意。其文曰:

> 辞无常,孙而说。辞多则史,少则不达。辞苟足以达,义之至也。(《仪礼注疏》卷24《聘礼》,第1073页)

这里所谓"达",是指言辞效果,而非指言辞形式。辞之多少,才是言辞形式;不同的言辞形式,具有不同的言辞效果;言辞不多不少、恰到好处,方产生"达"的效果。故知,孔子所谓"达",就是指恰如其分地传达。由"义之至"句可知,言辞所传达的是礼义,而非言辞者一己之志意。也就是要求言辞达礼,而非言辞达意。

(2) 言辞修饰。孔子曾云:

> 《志》有之:"言以足志,文以足言。不言,谁知其志;言之无文,行而不远。"晋为伯,郑入陈,非文辞不为功,慎辞哉!(《春秋左传》卷36《襄公二十五年》,第1985页)

此为引语,参证《论语》所载:"子曰:'为命,裨谌草创之,世叔讨论之,行人子羽修饰之,东里子产润色之。'"(《论语注疏》卷14《宪问》,第2510页)可知,"文辞"是就言辞雄辩有力而说的,指言辞修饰润色的效果;"慎辞"是就言辞行为态度而说的,指言辞合乎礼义法度。孔子看重言辞的修饰润色,这是一个认识上的飞跃。在此之前,"文"也有修饰润色之义,但修饰润色的对象不是言辞,而是礼仪;因而"文"往往指称礼仪之繁美,亦称作"礼文"。及至孔子的时代,礼制废坏,聘问礼虽然犹行于列国,但礼仪的中心地位被言辞替代,"文"修饰润色的对象就相应地转换为言辞,从而有"文辞"之称。不过,"文辞"仍以礼义法度为归依。它既不像战国时期的文辞那样有相对独立的语言形式,也不像更晚的文辞那样指向言语者一己情思。

(三) 言·象·意结构之初形

言意之辩理论命题提出/"象"中心地位的确立/言·象·意结构之内涵/言意关系范畴基本定型

经典意义上的文学是语言的艺术,作为语言艺术的中国文学到晚周时期才正式启动的;而上述文观念及文辞理论,正好与先秦文学的这个发展进程同步。此时的文观念及文辞理论,也可集中表述为言意之辩。

人类把握世界及感知成象,离不开言、意、象三个要素。在先秦时期,言意关系的发展经由三个阶段:言意因素,萌芽于原始宗教崇拜时期;言意问题,发端于殷周以至春秋中期;言意之辩,著论于春秋晚至战国末期。

从春秋晚期以至战国末期,也就是晚周诸子争鸣阶段。诸家学派对言意关系都有阐述,而又表现各不相同的理论倾向。大抵说,儒家和墨、法、兵家注重语言的功能论,主张言能尽意;道家和名家、诡辩术注重语言的本体论,主张言不尽意;《易》学家及庄子后学注重语言工具论,认为言虽不能尽意,但言可以立象,而象可以尽意。这样,就确立了"象"的中心地位。

"象"中心地位的确立,实际将上述言意之辩的三种理论倾向综合起来了,从本体论、功能论和工具论三层面立体描述言意关系。其相关论例如下:

> 视之不见,名曰夷;听之不闻,名曰希;抟之不得,名曰微。此三者不可致诘,故混而为一。其上不皦,在下不昧,绳绳不可名,复归于无物。是谓无状之状,无物[象]之象。(《老子校释》第14章,第52—54页)
>
> 荃者所以在鱼,得鱼而忘荃;蹄者所以在兔,得兔而忘蹄;言者所以在

意,得意而忘言。吾安得夫忘言之人而与之言哉!(《庄子集释》卷9上《外物》,第944页)

子曰:"书不尽言,言不尽意;然则圣人之意其不可见乎?"子曰:"圣人立象以尽意,设卦以尽情伪,系辞焉以尽其言,变而通之以尽利,鼓之舞之以尽神。"……圣人有以见天下之赜,而拟诸其形容,象其物宜,是故谓之象。(《周易正义》卷7《系辞上》,第82页)

客谓梁王曰:"惠子之言事也,善譬。王使无譬,则不能言矣。"王曰:"诺。"明日见,谓惠子曰:"愿先生言事则直言耳,无譬也。"惠子曰:"今有人于此而不知弹者,曰:'弹之状何若?'应曰:'弹之状如弹。'则谕乎?"王曰:"未谕也。""于是更应曰:'弹之状如弓,而以竹为弦。'则知乎?"王曰:"可知矣。"惠子曰:"夫说者,固以其所知,谕其所不知,而使人知之。今王曰'无譬',则不可矣。"王曰:"善。"(《说苑校证》卷11《善说》,第272页)

《尔雅》以观于古,足以辨言矣;传言以象,反舌皆至,可谓简矣。(《大戴礼记》卷11《小辨》依托孔子,第181页)

前两例,道家从语言本体论着眼,故老子有"无象之象"之论说,庄徒在筌蹄之喻中未置"象";但他们只是将"象"隐含了,实际上是注意到了"象"的存在。后三例,则明确标举易象、喻象、语象在言语活动的中心地位。

"象"的中心地位一旦确立,就使言语与志意达成深度沟通,从而形成言·象·意三项互动关联,其基本结构可以示意如下:

其基本内涵是:言语修饰、观念具象和志意指向各具三个特性,彼此配对相当,表明言、象、意三项的发育程度是同步的,并形成了一对相对稳固的关系范畴。

这就决定了往后言·象·意结构的发展是这对关系范畴的演变,其中各项要素的变化将会协同一致,共同促进这对关系范畴的整体变迁。这个理论结构标志着中国古代言意关系命题的正式发生。尽管它还不够精密完粹,但毕竟是最早的理论结构,发凡起例,初具规模,对后世言·象·意结构的演进有着深远影响。(以上参见《古代中国言·象·意结构之初形》,《文史哲》2004 年第 5 期,第 83—89 页)

三 潜文学思想诸要素

如前所述,先秦文学未独立成科,其文学批评亦趋实用,但毕竟发育出诗文观念及相应的理论认知;与此同时,诸子百家在论学活动中,还提出了一些思想观点和理论命题。这些观点命题当初似与文学无关,甚至于有一些论调还是反文学的;却潜含后世文学理论深厚的思想资源。这或可称之为潜文学思想诸要素,主要有游艺说、自然观和接受论。

(一) 游艺说

游艺所包涵的文学精神/《庄子》寓言中的游艺/游艺说对后世文论影响

游艺之说出自《论语》:"志于道,据于德,依于仁,游于艺。"(《论语注疏》卷 7《述而》,第 2481 页)所谓"游于艺",其本义是游憩于六艺。六艺是指礼、乐、射、御、书、数;游,有游憩、游玩、游戏之意。游戏,是自由而无害的,没有利害关系的,即主体人完全投入对象物,进入主客交融、物我双遣的精神状态。这个思想在先秦时期与文学似无关联,但潜含后世文学艺术的基本精神。艺术构思的巅峰体验、意境创造的浑然效果、文学鉴赏的审美超越等,都有游艺这种潜文学思想的要素。

游艺说在晚周子书中多有表述,而阐述得最充分的是《庄子》。《庄子》等书中有许多寓言故事,隐含着游艺思想的基本原理。其主要内涵是:技艺之高度娴熟,就进入道的境界,而使艺合乎道,达至艺道合一,不露人工痕迹。此即后世所谓巧夺天工、造化自然之类。

其典型论例有:庖丁解牛(见《庄子·养生主》,又见《吕氏春秋·精通》)、轮扁斫轮(见《庄子·天道》)、佝偻承蜩(见《庄子·达生》,又见《列子·黄帝》)、津人操舟(见《庄子·达生》,又见《列子·黄帝》)、梓庆削鐻(见《庄子·达生》)、不射之射(见《庄子·田子方》,又见《列子·黄帝》)、匠人运斤(《庄子·徐无鬼》)等。如庖丁解牛寓言：

> 庖丁为文惠君解牛,手之所触,肩之所倚,足之所履,膝之所踦,砉然响然,奏刀騞然,莫不中音。合于桑林之舞,乃中经首之会。文惠君曰："嘻,善哉！技盖至此乎？"庖丁释刀对曰："臣之所好者道也,进乎技矣。始臣之解牛之时,所见无非全牛者。三年之后,未尝见全牛也。方今之时,臣以神遇而不以目视,官知止而神欲行。依乎天理,批大郤,导大窾,因其固然。技经肯綮之未尝,而况大軱乎！良庖岁更刀,割也；族庖月更刀,折也。今臣之刀十九年矣,所解数千牛矣,而刀刃若新发于硎。彼节者有间,而刀刃者无厚；以无厚入有间,恢恢乎其于游刃必有余地矣,是以十九年而刀刃若新发于硎。虽然,每至于族,吾见其难为,怵然为戒,视为止,行为迟,动刀甚微,謋然已解,如土委地。提刀而立,为之四顾,为之踌躇满志,善刀而藏之。"文惠君曰："善哉！吾闻庖丁之言,得养生焉。"(《庄子集释》卷2上《养生主》,第117—124页)

庖丁长期从事解牛,对牛的肌体构造十分了解。他能够依乎天理,因其固然,游刃有余,技近乎道。这就是游艺的状态,亦即艺道合一之境。

《庄子》所论游艺,除了描述它的精神状态,还论说它是如何养成的。有一则轮扁斫轮寓言：

> 桓公读书于堂上。轮扁斫轮于堂下,释椎凿而上,问桓公曰："敢问,公之所读者何言邪？"公曰："圣人之言也。"曰："圣人在乎？"公曰："已死矣。"曰："然则君之所读者,古人之糟魄已夫！"桓公曰："寡人读书,轮人安得议乎！有说则可,无说则死。"轮扁曰："臣也以臣之事观之。斫轮,徐则甘而不固,疾则苦而不入。不徐不疾,得之于手而应于心,口不能言,有数存焉于其间。臣不能以喻臣之子,臣之子亦不能受之于臣,是以行年七十而老斫轮。古之人与其不可传也死矣,然则君之所读者,古人之糟魄已夫！"(《庄子集释》卷5中《天道》,第490—491页)

轮扁斫轮,是一种技艺。这技艺在父子间传递,一定是"有数存焉",却"口不能言",无法言传身授;只能通过长期的操练,心识默念,熟能生巧,最终达到得心应手的游艺境界。

游艺说确立了中国文学的基本精神,后世文学艺术思维深受其精神灌注。如陆机说:"其始也,皆收视反听,耽思傍讯。精骛八极,心游万仞。"(《六臣注文选》卷17,第291页)再如苏轼说:"吾文如万斛泉源,不择地皆可出。……常行于所当行,常止于不可不止,如是而已矣;其他,虽吾亦不能知也。"(《苏轼文集》卷66《自评文》,第2069页)心游外物、行止无依,都是一种游艺的心境。特别是刘勰《文心雕龙·神思》中"神与物游"说,就直接取资于晚周游艺说这个潜思想。

(二) 自然观

本体论:自然而然/创作论:近乎自然/对象论:人化自然

中国文学的自然范畴,发端于道家的自然观,而在《庄子》中有集中表述。庄子自然观有三层含义:一是自然本体即自然而然,二是近乎自然即谓游艺说,三是去人工作用的自然界。这三层含义初与文学无关,但到后来全都进入了文学:自然而然,用以指称文学发生之本原;近乎自然,用以指称技艺之巧夺天工;自然界包含山水、生理和性情之自然,后陆续成为中国诗文题咏抒写的对象。

1. 本体论:自然而然。庄子本体论的核心概念就是"自然";老子本体论的表述词多样,有"一""天""无""真""自然"等,这些概念都是与人工作用相对待的,因而老子自然观也有本体论的含义。兹列典型论例如下:

希言自然。飘风不终朝,骤雨不终日。孰为此?天地。(《老子校释》第二十三章,第94—95页)

有物混成,先天地生,寂漠!独立不改,周行不殆,可以为天下母。吾不知其名,字之曰道,吾强为之名曰大。大曰逝,逝曰远,远曰返。道大,天大,地大,王大。域中有四大,而王处一。人法地,地法天,天法道,道法自然。(《老子校释》第二十五章,第100—103页)

古之人,在混芒之中,与一世而得澹漠焉。当是时也,阴阳和静,鬼神不扰,四时得节,万物不伤,群生不夭,人虽有知,无所用之,此之谓至一。当是时也,莫之为而常自然。(《庄子集释》卷6上《缮性》,第550—551页)

> 孔子愀然曰:"请问何谓真?"客曰:"真者,精诚之至也。不精不诚,不能动人。故强哭者虽悲不哀,强怒者虽严不威,强亲者虽笑不和。真悲无声而哀,真怒未发而威,真亲未笑而和。真在内者,神动于外,是所以贵真也。……真者,所以受于天也,自然不可易也。"(《庄子集释》卷 10 上《渔父》,第 1031—1032 页)

希言自然、道法自然、自然无为、天真自然云云,都是从本体论意义上来说的。

自然本体的思想观念后来进入文学,就成为文学本体论的重要理论来源。如刘勰云:

> 夫玄黄色杂,方圆体分,日月叠璧,以垂丽天之象;山川焕绮,以铺理地之形:此盖道之文也。仰观吐曜,俯察含章,高卑定位,故两仪既生矣。惟人参之,性灵所钟,是谓三才。为五行之秀,实天地之心,心生而言立,言立而文明,自然之道也。傍及万品,动植皆文:龙凤以藻绘呈瑞,虎豹以炳蔚凝姿;云霞雕色,有逾画工之妙;草木贲华,无待锦匠之奇。夫岂外饰,盖自然耳。至于林籁结响,调如竽瑟;泉石激韵,和若球锽:故形立则章成矣,声发则文生矣。夫以无识之物,郁然有采,有心之器,其无文欤?(《文心雕龙注》卷 1《原道》,第 1—2 页)

刘勰将文学本体推原于自然之道,并作为其理论体系最根本的理念。甚至宋元以后的艺道合一学说、艺道关系范畴等,都要推原于作为本体的自然之道。这就出现一种看似矛盾的现象,原始道家自然本体之道论,本是排斥否弃文学艺术的;如今却成为文学本体论的重要思想资源,乃至成为多种文学理论倾向的根本命题。

如果说,《原道》因是"文之枢纽"首篇,难免带有浓厚的形而上学的意味;那么南宋包恢的"自然"诗论,就触及形而下的文学创作技艺。包恢论诗分三等,即自然之声、触击之声、自发之声。他说:

> 盖古人于诗不苟作,不多作;而或一诗之出,必极天下之至精。状理,则理趣浑然;状事,则事情昭然;状物,则物态宛然。有穷智极力之所不能到者,犹造化自然之声也。盖天机自动,天籁自鸣,鼓以雷霆,豫顺以动,发自中节,声自成文,此诗之至也。(《敝帚稿略》卷 2《答曾子华论诗》,第 719 页)

他所界定的自然之声,既非人穷极智力所得,亦非因外物触击所得,而是出自天机自动、造化自然,其实是将人工技艺回归道本体。

2. 创作论:近乎自然。一般认为,文学艺术是人工作用的产物,难免会留下人为造作的痕迹;但若创作技艺达到巧夺天工的境地,作品的人工痕迹就会淡化甚至消除。这就是近乎自然的主要内涵。此一思理多见于《庄子》,如有一则佝偻承蜩寓言:

> 仲尼适楚,出于林中,见佝偻者承蜩,犹掇之也。仲尼曰:"子巧乎,有道邪?"曰:"我有道也。五六月累丸二而不坠,则失者锱铢;累三而不坠,则失者十一;累五而不坠,犹掇之也。吾处身也,若厥株拘;吾执臂也,若槁木之枝。虽天地之大,万物之多,而唯蜩翼之知。吾不反不侧,不以万物易蜩之翼,何为而不得!"孔子顾谓弟子曰:"用志不分,乃凝于神。其佝偻丈人之谓乎!"(《庄子集释》卷7上《达生》,第639—641页)

佝偻者用累丸杆子承蜩,这本来是一种人工技艺;为了训练出这种技艺,他经历了非常刻苦的训练过程;他身体若枯枝,而手臂如槁木,用志不分,凝神静气,终至顶端累五丸而不坠。这就是要让那鲜活的生命体归于凝寂,就像枯枝槁木一样不为任何外物所动,能够近乎自然,不露人工痕迹。

这种近乎自然的技艺追求,后来移植到文学艺术当中,就引发相应的自然论说,并引申出自然美的趣味。如云:

> 夫情致异区,文变殊术,莫不因情立体,即体成势也。势者,乘利而为制也。如机发矢直,涧曲湍回,自然之趣也。圆者规体,其势也自转;方者矩形,其势也自安。(《文心雕龙注》卷6《定势》,第529—530页)

> 观古今胜语,多非补假,皆由直寻。……而来作者,寖以成俗,遂乃句无虚语,语无虚字,拘挛补衲,蠹文已甚;但自然英旨,罕值其人。(《诗品中序》,第174—181页)

> 俯拾即是,不取诸邻。俱道适往,著手成春。如逢花开,如瞻岁新。真予不夺,强得易贫。幽人空山,过水采蘋。薄言情悟,悠悠天钧。(《二十四诗品·自然》,第47页)

> 大略如行云流水,初无定质,但常行于所当行,常止于所不可不止,文理

自然,姿态横生。(《苏轼文集》卷49《与谢民师推官书》,第1418页)

(神禹)行所无事,不过顺水流行坎止自然之理,而行疏瀹、排决之事……以文辞立言者,虽不敢几此,然异道同归。(《原诗》内篇下四,第28—29)

3. 对象论:人化自然。为了更好地回归自然之道本体,也为了人工技艺更能近乎自然,原始道家还提出了客观对象的自然属性要求,认为自然界的对象物更适合技艺的自由表现。如老子说"专气致柔能婴儿",即认为童蒙婴孩的道体最完全(《老子校释》第10章,第39页);《庄子》中的"梓庆削鐻"寓言,是说做好钟架须用自然象形之木(《庄子集释》卷7上《达生》,第658页);"匠人运斤"寓言中的"质"人,则是自然浑朴无知无畏的合作者(《庄子集释》卷8中《徐无鬼》,第843页)。这柔弱的婴孩、象形的木材、无畏的质者,其实都是人工作为所施与的对象物,因其具有自然属性,而成为人化的自然。

这种人化自然的思理后来陆续进入不同时期的文学,就相应地开拓出各具自然属性的艺术表现对象题材。大体有三个方面:

(1) 自然山水:以谢灵运的山水文学为代表。对此,刘勰说:"宋初文咏,体有因革。庄老告退,而山水方滋;俪采百字之偶,争价一句之奇,情必极貌以写物,辞必穷力而追新。"(《文心雕龙注》卷2《明诗》,第67页)

(2) 自然性情:以公安派的性灵文学为代表。对此,袁宏道说:"大都独抒性灵,不拘格套,非从自己胸臆流出,不肯下笔。其间有佳处,亦有疵处,佳处自不必言,即疵处亦多本色独造语。"(《袁宏道集笺校》卷4《叙小修诗》,第187页)

(3) 自然情欲:以明清时期世情小说为代表。在《金瓶梅》《绣榻野史》《痴婆子传》等明清世情小说中有突出表现。

(三) 接受论

辨义与诱利:功能的分化/言语听受中心指向之确立/有关言语接受的理论认知

随着战国中晚期纵横游说之风盛行,言语施用的功能亦发生分化。早前孔子主张"慎言"是为了行礼,孟子"好辩"是为了辨义;而这时言语者驰骋说辞、巧舌如簧,则多是为了诱利。虽然行礼、辨义和诱利都出于功利实用,但价值取向和精神品格各不相同,因而表现出了较大反差。

　　盖游说之士为动听君侯,常巧舌如簧而诱以利害;而利诱动机的背后,又潜藏着个人目的。那就是获取荣名尊宠富贵,对此战国策士有现身说法:"张仪为秦连横说魏王曰:'且夫从[纵]人多奋辞而寡可信,说一诸侯之王,出而乘其车;约一国而反,成而封侯之基。是故,天下之游士莫不日夜扼腕瞋目切齿,以言从[纵]之便。'"(《战国策》卷22《魏策一》,第95页)特别典型的一个游谈说辩例,是依托苏秦的"九可以"说:

　　苏秦之事,可以请行:可以令楚王巫入下东国;可以益割于楚;可以忠太子而使楚益入地;可以为楚王走太子;可以忠太子,使之亟去;可以恶苏秦于薛公;可以为苏秦请封于楚;可以使人说薛公以善苏子;可以使苏子自解于薛公。(《战国策》卷10《齐策三》第83页)

这样的辩例,显然不是苏秦的实时演说;而是辩士据苏秦事迹编写的讲义,作为言语讲习的教材,设置种种情况,反复辩说,以期达到训练口才、培养思维的教学目的。

　　在上述这类大量涌现的游谈说辩例中,言说对象(即听受者)受到特别关注,不仅成为言语活动的中心,而且也是言语理论的焦点。即就《鬼谷子》而言,听受者占据非常突出的地位,几乎每一种言说术,都以听受者为中心来展开论述。如捭阖术,《捭阖》篇陶弘景题解曰:"捭,拨动也;阖,闭藏也。凡与人之言道,或拨动之令有言,示其同也;或闭藏之令自言,示其异也。"(《鬼谷子》卷1《捭阖》篇题解,第1页)就是说,言说者用捭阖术来试探听受者,以探明说、听双方之同异。这种言语理论以听受者为中心,明显具有志意的听受指向。

　　这种语言听受指向,就是现代接受美学理论的早期形态。这种指向,除了充分体现在《鬼谷子》中,也广泛体现于战国晚期的诸子著述中,并且有了较成熟的理论表述。比如:

　　凡说之难,非吾知之有以说之之难也,又非吾辩之能明吾意之难也,又非吾敢横失而能尽之难也。凡说之难,在知所说之心,可以吾说当之。(《韩非子集解》卷4《说难》,第85—86页)

　　凡说者,兑[悦]之也,非说之也。今世之说者,多弗能兑[悦],而反说

之。夫弗能兑[悦]而反说,是拯溺而硾之以石也。(《吕氏春秋集释》卷 4《劝学》,第 90 页)

特别有趣的,是晏子抚疡事:

景公病疽在背。……高子进而抚疡。公曰:"热乎?"曰:"热。""热何如?"曰:"如火。""其色何如?"曰:"如未熟李。""大小何如?"曰:"如豆。""堕者何如?"曰:"如屦辨。"二子者出。晏子请见……跪请抚疡。公曰:"其热何如?"曰:"如日。""其色何如?"曰:"如苍玉。""大小何如?"曰:"如璧。""其堕者何如?"曰:"如圭。"晏子出。公曰:"吾不见君子,不知野人之拙也。"(《晏子春秋集释》卷 6 内篇杂下第七章,第 386 页)

这个故事当然是依托晏子而设立的游谈说辩之辞,其言辞之高雅与鄙野是以有无中心指向来区分的。《晏子春秋》是战国晚期纵横家(游说之士)依托晏子相齐事而编纂的言辩说辞之教程,其多数辩辞都表现出言说的听受指向,是那个时代言语接受理论的生动展示。

附　文论选读

一　季札观乐

［周］左丘明

吴公子札来聘,见叔孙穆子,说之。谓穆子曰:"子其不得死乎? 好善而不能择人。吾闻'君子务在择人'。吾子为鲁宗卿,而任其大政,不慎举,何以堪之? 祸必及子!"

请观于周乐。使工为之歌《周南》《召南》,曰:"美哉! 始基之矣,犹未也。然勤而不怨矣。"为之歌《邶(bèi)》《鄘(yōng)》《卫》,曰:"美哉,渊乎! 忧而不困者也。吾闻卫康叔、武公之德如是,是其《卫风》乎?"为之歌《王》,曰:"美哉! 思而不惧,其周之东乎?"为之歌《郑》,曰:"美哉! 其细已甚,民弗堪也,是其先亡乎!"为之歌《齐》,曰:"美哉! 泱泱乎! 大风也哉! 表东海者,其大公乎! 国未可量也。"为之歌《豳(bīn)》,曰:"美哉! 荡乎! 乐而不淫,其周公之东乎?"为之歌

《秦》,曰:"此之谓夏声。夫能夏则大,大之至也,其周之旧乎?"为之歌《魏》,曰:"美哉!沨(fēng)沨乎!大而婉,险而易行,以德辅此,则明主也。"为之歌《唐》,曰:"思深哉!其有陶唐氏之遗民乎?不然,何忧之远也?非令德之后,谁能若是?"为之歌《陈》,曰:"国无主,其能久乎?"自《郐(kuài)》以下无讥焉。为之歌《小雅》,曰:"美哉!思而不贰,怨而不言,其周德之衰乎?犹有先王之遗民焉。"为之歌《大雅》,曰:"广哉!熙熙乎!曲而有直体,其文王之德乎?"为之歌《颂》,曰:"至矣哉!直而不倨(jū),曲而不屈,迩而不逼,远而不携,迁而不淫,复而不厌,哀而不愁,乐而不荒,用而不匮,广而不宣,施而不费,取而不贪,处而不底,行而不流,五声和,八风平,节有度,守有序,盛德之所同也。"

见舞《象箫(xiāo)》《南籥(yuè)》者,曰:"美哉!犹有憾。"见舞《大武》者,曰:"美哉!周之盛也,其若此乎!"见舞《韶濩(huò)》者,曰:"圣人之弘也,而犹有惭德,圣人之难也。"见舞《大夏》者,曰:"美哉!勤而不德,非禹其谁能修之?"见舞《韶箾》者,曰:"德至矣哉!大矣!如天之无不帱(dào)也,如地之无不载也,虽甚盛德,其蔑以加于此矣。观止矣!若有他乐,吾不敢请已!"(《春秋左传正义》卷 39《襄公二十九年》,杜预注,孔颖达等正义,阮元校刻,《十三经注疏》本,中华书局 1980 年 10 月第 1 版)

导读:

这段文字见于《春秋左传·襄公二十九年》,题目为编者所加。《春秋》经文将之系于是年夏,称"(夏)吴子使札来聘";左氏传则将之系于夏六月之后,但准确时间并无记载。盖吴公子季札聘问鲁国,途中往返及逗留期间,应该有一段时日,故笼统系之于夏是对的。鲁襄公二十九年当公元前 544 年,距孔子出生之年(二十二年,前 551)8 年;所以孔子这一年 8 岁,其"为儿嬉戏,常陈俎豆,设礼容"(《史记》卷 47《孔子世家》,第 1906 页),大约就在此年。

季札聘鲁观乐和孔子幼年行礼,看似两件不相关的事,其实是巧合中有历史必然。春秋晚期周天子衰微、礼崩乐坏,列国的礼乐制度流失殆尽,唯独鲁国保存得较为完好;故季札聘鲁还能看到完整的《诗》乐表演,幼年孔子也能受环境熏染而模仿成人行礼。从季札的观感与评价来看,其所观赏的《诗》乐表演,基本上保持了德音无邪;这是非常难得又极富价值的记载,较真切地展示了当时《诗》乐表演的实况。

此后,礼乐制度继续流失敝败,即使在鲁国也难以逆转;以至孔子成年所见,多有违礼僭越之事。他为挽回衰败的残局,而主张"克己复礼",企图通过删《诗》正乐,来使《诗》的德音无邪;但实际效果不理想,他只能退而求其次,借助《诗三百》的整理,来确保《诗》德义无邪。从这个意义上说,季札观乐为周代《诗》乐表演画上句号,也为晚周诸子《诗》说闪现出回光返照。

二　诸子《诗》说（选录）

子曰:"诵《诗》三百,授之以政,不达;使于四方,不能专对;虽多,亦奚以为。"（《论语·子路》）

陈亢问于伯鱼曰:"子亦有异闻乎?"对曰:"未也。尝独立,鲤趋而过庭。曰:'学诗乎?'对曰:'未也。''不学诗,无以言。'鲤退而学诗。他日又独立,鲤趋而过庭。曰:'学礼乎?'对曰:'未也。''不学礼,无以立。'鲤退而学礼。闻斯二者。"陈亢退而喜曰:"问一得三,闻诗,闻礼,又闻君子之远其子也。"（《论语·季氏》。以上《论语注疏》,何晏集解,邢昺疏,阮元校刻,《十三经注疏》本,中华书局1980年10月第1版）

孟子曰:"王者之迹熄而《诗》亡,《诗》亡然后《春秋》作。晋之《乘》,楚之《梼杌》,鲁之《春秋》,一也。其事则齐桓、晋文,其文则史。孔子曰:'其义则丘窃取之矣。'"（《孟子·离娄下》）

咸丘蒙问曰:"语云:'盛德之士,君不得而臣,父不得而子。'舜南面而立,尧帅诸侯北面而朝之,瞽瞍亦北面而朝之。舜见瞽瞍,其容有蹙。孔子曰:'于斯时也,天下殆哉,岌岌乎!'不识此语诚然乎哉?"孟子曰:"否。此非君子之言,齐东野人之语也。尧老而舜摄也。《尧典》曰:'二十有八载,放勋乃徂落,百姓如丧考妣,三年,四海遏密八音。'孔子曰:'天无二日,民无二王。'舜既为天子矣,又帅天下诸侯以为尧三年丧,是二天子矣。"咸丘蒙曰:"舜之不臣尧,则吾既得闻命矣。《诗》云:'普天之下,莫非王土;率土之滨,莫非王臣。'而舜既为天子矣,敢问瞽瞍之非臣,如何?"曰:"是诗也,非是之谓也;劳于王事,而不得养父母也。曰:'此莫非王事,我独贤劳也。'故说《诗》者,不以文害辞,不以辞害志。以意逆志,是为得之。如以辞而已矣,《云汉》之诗曰:'周余黎民,靡有孑遗。'信斯言也,是周无遗民也。孝子之至,莫大乎尊亲;尊亲之至,莫大乎以天下养。为天子父,尊之至也;以天下养,养之至也。《诗》曰:'永言孝思,孝思维则。'此之谓也。《书》曰:'祗载见瞽瞍,夔夔齐栗,瞽瞍亦允若。'是为父不得而子也。"（《孟子·万章上》。以上《孟子注疏》,赵岐注,孙奭疏,阮元校刻,《十三经注疏》本,中华书局1980年

10月第1版)

　　井井兮其有理也,严严兮其能敬己也,分分兮其有终始也,猒(yàn)猒兮其能长久也,乐乐兮其执道不殆也,炤炤兮其用知之明也,修修兮其用统类之行也,绥绥兮其有文章也,熙熙兮其乐人之臧也,隐隐兮其恐人之不当也。如是,则可谓圣人矣。此其道出乎一。曷谓一?曰:执神而固。曷谓神?曰:尽善挟[浃]治之谓神,万物莫足以倾之之谓固。神固之谓圣人。圣人也者,道之管也:天下之道管是矣,百王之道一是矣。故《诗》《书》、礼、乐之道归是矣。《诗》言是其志也,《书》言是其事也,礼言是其行也,乐言是其和也,《春秋》言是其微也。故《风》之所以为不逐者,取是以节之也;《小雅》之所以为小雅者,取是而文之也;《大雅》之所以为大雅者,取是而光之也;《颂》之所以为至者,取是而通之也。天下之道毕是矣。乡[向]是者臧,倍是者亡;乡[向]是如不臧,倍是如不亡者,自古及今,未尝有也。(《荀子集解·儒效》,荀况撰,王先谦集解,沈啸寰点校,《新编诸子集成》本,中华书局1988年9月第1版)

　　子墨子谓公孟子曰:"丧礼,君与父母、妻、后子死,三年丧服;伯父、叔父、兄弟,期;族人,五月;姑姊、舅甥,皆有数月之丧。或以不丧之间,诵《诗》三百,弦《诗》三百,歌《诗》三百,舞《诗》三百。若用子之言,则君子何日以听治?庶人何日以从事?"公孟子曰:"国乱则治之,国治则为礼乐。国治[贫]则从事,国富则为礼乐。"子墨子曰:"国之治也,治之,故治也;治之废,则国之治亦废。国之富也,从事,故富也;从事废,则国之富亦废。故虽治国,劝之无餍,然后可也。今子曰'国治则为礼乐,乱则治之',是譬犹噎而穿井也,死而求医也。古者三代暴王桀、纣、幽、厉,茶为声乐,不顾其民,是以身为刑僇,国为虚戾者,皆从此道也。"(《墨子校注·公孟》,墨翟等撰,吴毓江校注,孙启治点校,《新编诸子集成》本,中华书局1993年10月第1版)

导读:

　　晚周时期礼乐制度崩坏,《诗》的德音流失殆尽。孔子虽删修《诗》《书》、匡正礼乐,却也未能挽回流失了的《诗》之德音。这种情况流荡忘返、变本加厉,而开启诸子《诗》说两个方向:

　　一是儒家学者努力阻止《诗》义的进一步流失。孔子发扬《诗》之德义,并在其教学活动中推广;孟子通过本体《诗》说和本事《诗》说,来深入解读《诗》篇所蕴含的礼乐精神;荀子则构建《诗》之经义,并将它附着在圣人之道上。

一是墨道法诸家助推加速《诗》义进一步流失。墨子主张非乐、节用、节葬，认为《诗》乐表演浮华不实，会干扰社会管理和物质生产，故歌舞《诗》应在禁抑之列；庄子认为《诗》是糟粕，不仅妨害对天道的体认，而且诱导世人欺世盗名，甚至成为发冢者的口实。至于法家，就更极端，把《诗》列为五蠹之一，终至纳入禁毁焚烧之列。

三　诸子论文言(选录)

视之不见，名曰夷；听之不闻，名曰希；抟（tuán）之不得，名曰微。此三者不可致诘（jié），故混而为一。其上不曒（jiǎo），在下不昧，绳绳不可名，复归于无物。是谓无状之状，无物［象］之象。是谓忽恍。迎不见其首，随不见其后。执古之道，以语今之有。以知古始，是谓道已。(《老子》第十四章)

大成若缺，其用不弊。大盈若冲，其用不穷。大直若屈，大巧若拙，大辩若讷。躁胜塞，静胜热，清静以为天下正。(《老子》第四十五章)

知者不言，言者不知。塞其兑，闭其门，挫其锐，解其忿，和其光，同其尘，是谓玄同。故不可得而亲，不可得而疏；不可得而利，亦不可得而害，不可得而贵，亦不可得而贱。故为天下贵。(《老子》第五十六章。以上《老子校释》，李耳撰，朱谦之校释，《新编诸子集成》本，中华书局1984年11月第1版)

子张学干禄。子曰："多闻阙疑，慎言其余，则寡尤；多见阙殆，慎行其余，则寡悔。言寡尤，行寡悔，禄在其中矣。"(《论语注疏·为政》，何晏集解，邢昺疏，阮元校刻，《十三经注疏》本，中华书局1980年第1版)

圣人有以见天下之赜（zé），而拟诸其形容，象其物宜，是故谓之象。圣人有以见天下之动，而观其会通，以行其典礼，系辞焉以断其吉凶，是故谓之爻。言天下之至赜而不可恶也，言天下之至动而不可乱也。拟之而后言，议之而后动，拟议以成其变化。"鸣鹤在阴，其子和之。我有好爵，吾与尔靡之。"子曰："君子居其室，出其言善，则千里之外应之，况其迩者乎？居其室，出其言不善，则千里之外违之，况其迩者乎？言出乎身，加乎民；行发乎迩，见乎远。言行，君子之枢机。枢机之发，荣辱之主也。言行，君子之所以动天地也，可不慎乎！"(《周易正义·系辞上》，王弼注，孔颖达疏，阮元校刻，《十三经注疏》本，中华书局1980年10月第1版)

张仪为秦连横，说魏王曰："且夫从［纵］人多奋辞而寡可信，说一诸侯之王，出而乘其车；约一国而反，成而封侯之基。是故，天下之游士莫不日夜扼腕瞋目切齿，以言从[纵]之便，以说人主。人主览其辞，牵其说，恶得无眩哉？臣闻积羽沉舟，群轻折轴，众口铄金，故愿大王之熟计之也。"（《战国策·魏策一》。佚名撰《战国策》，刘向整理，高诱注，商务印书馆1958年4月第1版）

臣非非难言也，所以难言者：言顺比滑泽，洋洋纚（xǐ）纚然，则见以为华而不实；敦祗恭厚，鲠固慎完，则见以为掘而不伦；多言繁称，连模拟物，则见以为虚而无用；总微说约，径省而不饰，则见以为刿而不辩；激急亲近，探知人情，则见以为谮（zèn）而不让；闳（hóng）大广博，妙远不测，则见以为夸而无用；家计小谈，以具数言，则见以为陋；言而近世，辞不悖逆，则见以为贪生而谀上；言而远俗，诡躁人间，则见以为诞；捷敏辩给，繁于文采，则见以为史；殊释文学，以质信言，则见以为鄙；时称《诗》《书》，道法往古，则见以为诵。此臣非之所以难言而重患也。（《韩非子集解·难言》，韩非撰，王先慎集解，钟哲点校，《新编诸子集成》本，中华书局1998年7月第1版）

世之听者多有所尤[扰]。多有所尤[扰]，则听必悖矣。所以尤[扰]者多故，其要必因人所喜与因人所恶。东面望者，不见西墙；南乡[向]视者，不睹北方。意有所在也。人有亡铁者，意其邻之子，视其行步窃铁也，颜色窃铁也，言语窃铁也，动作态度无为而不窃铁也。相其谷而得其铁，他日复见其邻之子，动作态度无似窃铁者。其邻之子非变也，己则变矣。变也者无他，有所尤[扰]也。（《吕氏春秋·去尤[扰]》）

凡人亦必有所习其心，然后能听说。不习其心，习之于学问；不学而能听说者，古今无有也。解在乎白圭之非惠子也，公孙龙之说燕昭王以偃兵及应空洛之遇也，孔穿之议公孙龙，翟翦之难惠子之法。此四士者之议，皆多故矣，不可不独论。（《吕氏春秋·听言》。以上《吕氏春秋集释》，吕不韦等撰，许维遹集释，梁运华整理，《新编诸子集成》本，中华书局2009年9月第1版。）

导读：

《周易》乾、坤二卦中有《文言》上下两篇，可借用"文言"一词来概述晚周的言说谈辩。所谓"文言"，就是言语修饰。怎样看待言语修饰？为何要做言语修饰？如何进行言语修饰？这是语言本体论、功能论和工具论的话题。这实际触及言与意的关系问题，而在晚周时期表征为言意之辩。晚周诸家学派对言意关系都有阐述，而又表现各不相同的理论认知倾向。儒、墨、法、兵诸家注重语言的功能论，主张言能尽意；道家和名家、诡辩术注重语言的本体论，主张言不尽意；《易》

学家及庄子后学注重语言工具论,认为言虽不能尽意,但言可以立象,而象可以尽意。这样,就确立了"象"的中心地位。以上所选录的诸家论文言,即表述各自言语认知倾向。

"文言"的本质就是言语修饰,其说在中国文学中发生得较晚。大约战国中期才真正出现言语修饰,即以言语本身作为言语修饰的对象;则文学是语言的艺术,这个经典概念才出现。而此前的言语修饰,并不以言语为中心。比如春秋中期以前,言语修饰的中心是礼文,言辞达礼才是言语修饰目标;及至春秋晚战国初,言语修饰的中心是身文,态度辞气才是言语修饰的目标。所以战国中期的"文言",实现了对言语本身的修饰,这是经典意义上的中国文学,即文学是语言的艺术的起点。不过,受当时言谈环境和实用目的的影响,战国中晚期的言语修饰还很不纯粹。它没有指向语言形式,而是指向言语听受者;因而没能发育出纯熟的形式逻辑学,而过早催生出古朴的言语接受理论。以上所选《韩非子》《吕氏春秋》中的篇章,就是这种古朴的言语接受理论之认知与表述。

四 说难

[周] 韩非

凡说之难:非吾知之有以说之之难也,又非吾辩之能明吾意之难也,又非吾敢横失而能尽之难也。凡说之难:在知所说之心,可以吾说当之。所说出于为名高者也,而说之以厚利,则见下节而遇卑贱,必弃远矣。所说出于厚利者也,而说之以名高,则见无心而远事情,必不收矣。所说阴为厚利而显为名高者也,而说之以名高,则阳收其身而实疏之;说之以厚利,则阴用其言显弃其身矣。此不可不察也。

夫事以密成,语以泄败。未必其身泄之也,而语及所匿之事,如此者身危;彼显有所出事,而乃以成他故,说者不徒知所出而已矣,又知其所以为,如此者身危;规异事而当,知者揣之外而得之,事泄于外,必以为己也,如此者身危;周泽未渥也,而语极知,说行而有功则德忘,说不行而有败则见疑,如此者身危;贵人有过端,而说者明言礼义以挑其恶,如此者身危;贵人或得计而欲自以为功,说者与知焉,如此者身危;强以其所不能为,止以其所不能已,如此者身危。故与之论大人,则以为间己矣;与之论细人,则以为卖重。论其所爱,则以为借资;论其所憎,则以为尝己也。径省其说,则以为不智而拙之;米盐博辩,则以为多而交之。略事陈意,则曰怯懦而不尽;虑事广肆,则曰草野而倨侮。此说之难,不可不知也。

凡说之务,在知饰所说之所矜而灭其所耻。彼有私急也,必以公义示而强之。其意有下也,然而不能已,说者因为之饰其美而少其不为也。其心有高也,而实不能及,说者为之举其过而见其恶,而多其不行也。有欲矜以智能,则为之举异事之同类者,多为之地,使之资说于我,而佯不知也,以资其智。欲内相存之言,则必以美名明之,而微见其合于私利也。欲陈危害之事,则显其毁诽,而微见其合于私患也。誉异人与同行者,规异事与同计者。有与同污者,则必以大饰其无伤也;有与同败者,则必以明饰其无失也。彼自多其力,则毋以其难概之也;自勇其断,则无以其谪怒之;自智其计,则毋以其败穷之。大意无所拂悟,辞言无所系縻,然后极骋智辩焉。此道所得亲近不疑而得尽辞也。

伊尹为宰,百里奚为虏,皆所以干其上也。此二人者,皆圣人也;然犹不能无役身以进,如此其污也!今以吾言为宰虏,而可以听用而振世,此非能仕之所耻也。夫旷日弥久,而周泽既渥,深计而不疑,引争而不罪,则明割利害以致其功,直指是非以饰其身,以此相持,此说之成也。昔者郑武公欲伐胡,故先以其女妻胡君以娱其意。因问于群臣:"吾欲用兵,谁可伐者?"大夫关其思对曰:"胡可伐。"武公怒而戮之,曰:"胡,兄弟之国也。子言伐之,何也?"胡君闻之,以郑为亲己,遂不备郑。郑人袭胡,取之。宋有富人,天雨墙坏。其子曰:"不筑,必将有盗。"其邻人之父亦云。暮而果大亡其财。其家甚智其子,而疑邻人之父。此二人说者皆当矣,厚者为戮,薄者见疑,则非知之难也,处之则难也。故绕朝之言当矣,其为圣人于晋,而为戮于秦也,此不可不察。

昔者弥子瑕有宠于卫君。卫国之法:窃驾君车者刖。弥子瑕母病,人闻,有夜告弥子,弥子矫驾君车以出。君闻而贤之,曰:"孝哉!为母之故,忘其犯刖罪。"异日,与君游于果园,食桃而甘,不尽,以其半啖君。君曰:"爱我哉!忘其口味,以啖寡人。"及弥子色衰爱弛,得罪于君,君曰:"是固尝矫驾吾车,又尝啖我以余桃。"故弥子之行未变于初也,而以前之所以见贤而后获罪者,爱憎之变也。故有爱于主,则智当而加亲;有憎于主,则智不当见罪而加疏。故谏说谈论之士,不可不察爱憎之主而后说焉。

夫龙之为虫也,柔可狎而骑也;然其喉下有逆鳞径尺,若人有婴之者,则必杀人。人主亦有逆鳞,说者能无婴人主之逆鳞,则几矣。(韩非撰《韩非子集解·说难》,韩非撰,王先慎集解,钟哲点校,《新编诸子集成》本,中华书局1998年7月第1版)

导读：

　　韩非是战国时期韩国公子，习刑名、法术之学，而其旨归本于黄老；作《孤愤》《五蠹》《内外储》《说林》《说难》10余万言，后结集为《韩非子》。他尝师事荀况，与李斯同学；及奉使入秦国，不被秦王信用，因李斯谗害，最终被毒死。

　　韩非为人口吃，不善言谈。在战国谈辩蜂起的时代，这对他来说是很不利的。好在他善于著书，他许多思想主张，就主要是通过书面文字来传达的，故其著论得以较完整地保存下来。韩非入《史记·老子韩非列传》，传中即收录了他的《说难》全文。这情形可表明两点：一是韩非与老子思想旨趣相近，都讲论阴柔之术而得以入同传；二是《说难》思想观点精辟，因颇具代表性而被全文收录。

　　《说难》论言说谈辩之难，不是难在有没有好的见解，也不是难在有没有好的方法，而是难在如何去打动听说的人。这就形成一种言语的听受指向，并作为言说的理论认知而提出。该理论在说者、言语和听者间，明显地更加突出了听受者的地位。听受者被特别重视，也就是从听受角度来观测言谈；这与现代接受美学，实暗相契合而有异曲同工之妙。因此可以说，在上古时期中国已有古朴的接受理论的发育，后世文学创作中"隐含的读者"隐约现身了。当然，韩非这种言谈理论是实用的，其理论表述和形态还很不纯粹；特别是言谈者面对恩威难测之主，修饰说辞就难免会顾及自身安危。

第三讲
两汉文学批评

　　两汉,是指从汉朝建立(前206)至东汉灭亡(220)之间的这个历史阶段;则两汉文学批评的起讫时间,通常视作与汉朝政权相始终。但根据当时中国文学发展性状及文学批评特点,实际上可将建安朝(196—219)的文学批评纳入魏晋时段。由于受经学思潮的笼盖与掩抑,此时文学尚未从政教中独立出来;虽产生不甚成熟的文学批评意识,但未有专门名家的文学批评著作。这就决定了两汉文学观念仍不纯熟,而使文学理论批评有明显的道德功利倾向。两汉文籍中所谓"文学"一词,是指混含文学在内的学术文化;但也出现文学与学术分化的趋势,并为文学批评独立开辟了道路。

　　基于以上这个考量,本讲主要述说《诗大序》及四家诗、对屈原及楚辞的批评、诗赋文批评及王充等。

一 《诗大序》及四家诗

　　汉代经学思潮很流行,《诗》经学讲习兴盛。西汉著名的《诗》经学大略有四家,汉末以后齐、鲁、韩三家陆续消亡;唯独长期在民间讲习的毛《诗》得以流传下来,中国第一篇诗论《诗大序》即出自毛《诗》。至于亡佚的三家《诗》遗义,则辑存在王先谦《诗三家义集疏》中;另在明程荣所编《汉魏丛书》中,存有申培《诗说》1卷、韩婴《韩诗外传》10卷。

(一) 汉代四家《诗》经学

《汉书·艺文志·六艺·诗序》/汉代四家《诗》经学对照表/从实用批评

演进为政教批评

《诗》在晚周以前,属于"六艺"之一种;至西汉前期儒术渐兴,特别是武帝敕令"独尊儒术",荀子的《诗》经义发扬光大,《诗》便升格为"五经"之一。关于汉代《诗》经学的师法与家法,班固《汉书·艺文志》有较详叙录。其文如下:

> 昔仲尼没而微言绝,七十子丧而大义乖。故《春秋》分为五,《诗》分为四,《易》有数家之传。……《诗经》二十八卷,鲁、齐、韩三家。《鲁故》二十五卷,《鲁说》二十八卷。《齐后氏故》二十卷,《齐孙氏故》二十七卷;《齐后氏传》三十九卷,《齐孙氏传》二十八卷;《齐杂记》十八卷。《韩故》三十六卷,《韩内传》四卷,《韩外传》六卷,《韩说》四十一卷。毛《诗》二十九卷,《毛诗故训传》三十卷。凡《诗》六家,四百一十六卷。《书》曰:"诗言志,歌咏言。"故哀乐之心感,而歌咏之声发。诵其言,谓之诗;咏其声,谓之歌。故古有采诗之官,王者所以观风俗,知得失,自考正也。孔子纯取周诗,上采殷,下取鲁,凡三百五篇,遭秦而全者,以其讽诵,不独在竹帛故也。汉兴,鲁申公为《诗》训故,而齐辕固、燕韩生皆为之传。或取《春秋》,采杂说,咸非其本义。与不得已,鲁最为近之。三家皆列于学官。又有毛公之学,自谓子夏所传,而河间献王好之,未得立。(《汉书》卷30《艺文志·六艺·诗后序》,第1701、1707—1708页)

这里所说"《诗》分为四",是指鲁、齐、韩、毛四家《诗》经学;至于"《诗》六家"之说,乃在四家《诗》经学之外,另加齐孙氏和齐后氏二家,则是师法与家法之混称,然总体不出四家《诗》范围。文中所云"《诗》六家四百一十六卷",似为实际卷数四百一十五之误。然这只是刘向、歆父子校书所得书目卷数,两汉《诗》经学诸家书目卷数应不止于此。

在这四家《诗》经学中,齐、鲁、韩三家属今文经,在文、景帝时先后立为博士,因而获得官府大力支持赞助,所培养生徒大多入职为官,对汉代政治教化贡献巨大;唯毛《诗》属古文经,在民间讲习流传,未尝得立为博士。毛《诗》既然不获官府赞助,也就相对地远离皇权政治;因而当汉末政权崩坏灭亡后,齐、鲁、韩三家《诗》陆续消亡,流行民间的毛《诗》反而存续不废。

在两汉经学思潮挟裹下,四家《诗》经学所授自成系统,其师法、家法虽各有不同；然无不是依经立义，总体都服务于政治教化。对此，宋王应麟已有分说："《儒林传》：'言《诗》于鲁则申培公，于齐则辕固生，于燕则韩太傅'。齐、鲁以其国，所传皆众人之说也；毛、韩以其姓，乃专门之学也。"（《汉艺文志考证·诗经》，第149页）为有一直观清晰的分析呈示，兹将四家《诗》经学基本信息对照如下（表3-1）：

表3-1 鲁、齐、韩、毛四家《诗》基本信息概览

家别	师法	师承	讲授地	立博士否	主旨（附人物记事）	流传消亡情况	著名传人
鲁《诗》（今文）	申培公	齐人浮丘伯	鲁国之地	孝景帝时得立	1. 为训以教 2. 无传 3. 疑者则阙不传	亡于晋时（《汉魏丛书》有申培《诗说》1卷，马国翰有《鲁诗故辑佚》3卷）	赵绾、王臧、孔安国、周霸、夏宽、砀鲁赐、缪生、阙门庆忌
齐《诗》（今文）	辕固生	未明	齐国之地	孝景帝时得立	1. 务正学 2. 去曲学 记事：① 辕固与黄生在景帝面前，论争汤武属受命抑或弑君，辕固主张受命说。② 辕固斥窦太后所好《老子》为"家人言"，以此受责罚，被命刺豕，成而免死	亡于三国时（马国翰有《齐诗传辑佚》2卷）	举凡齐人，以《诗》显贵者，皆固之弟子
韩《诗》（今文）	韩婴	未明	燕赵之国	孝文帝时最早得立	1. 有内、外传，语颇与齐、鲁间殊 2. 其旨与齐、鲁同归，即强调道德功利	亡于刘宋时（《汉魏丛书》有韩婴《韩诗外传》10卷，马国翰有《韩诗故辑佚》2卷、《韩诗内传辑佚》1卷、《韩诗说辑佚》1卷）	贲生；燕赵间言《诗》者，皆出韩婴门下；韩商（韩婴孙）亦通《诗》
毛《诗》（古文）	毛苌	子夏	赵国之地	终汉之世，未立为学官	1. 道德功利批评 2. 兼及《诗》的艺术特征和审美因素（参见《诗大序》）	汉末郑玄融会鲁、齐、韩三家《诗》义入毛《诗》，作笺注，流传至今	在汉时传布不广，属私人讲授

若与晚周比附等实用《诗》说相较,两汉《诗》经学已演进为政教批评。其具体表现为:除了强调政教义,还更重文本阐释,因而训故、传释之学颇为流行;又汉代人对诗本性情的认知加深,因而在强化《诗》的政教功利之外,也还能兼顾《诗》文本的缘情本质。这大略可描述为三个要点:

(1)《诗》经义上升为依经立义的批评原则。如果说由孔门《诗》德义上升为荀子《诗》经义,是诸子《诗》说的一次飞跃;那么由《诗》经义推广开来的依经立义批评实践,就成为各家《诗》学的普遍原则。汉代《诗》经学的政教内涵,就维系在依经立义原则上。此时,不仅四家《诗》经学都要依经立义,而且楚辞批评、诗赋批评也都依经立义。以至扬雄在《法言》中,明确提出明道、宗经与征圣的主张,而关键就在对《诗》经等之宗尚。其文曰:"舍舟航而济乎渎者,末矣;舍五经而济乎道者,末矣。弃常珍而嗜乎异馔者,恶睹其识味也?委大圣而好乎诸子者,恶睹其识道也?……好书而不要诸仲尼,书肆也;好说而不要诸仲尼,说铃也。君子言也无择,听也无淫,择则乱,淫则辟。述正道而稍邪哆者有矣,未有述邪哆而稍正也。孔子之道,其较且易也。"(《法言义疏·吾子》,第67—76页)"五经"是明道的必由之路,既然"五经"为孔子所删修,研习"五经"是要讲明孔子之道,而《诗》的政教批评乃当然节目。

(2) 对《诗》的政教批评更加注重文本训释。四家《诗》经学为阐发政教义,大都注重文字语词训释,并往政治教化方面引申,这在当时通称为《诗》训故。所以,在《汉书·艺文志》中著录的书目,大都是"故""说""传""训"之类,如《鲁故》《鲁说》《齐后氏传》《毛诗故训传》等。又如《毛诗》:"《关雎》,后妃之德也,风之始也,所以风天下而正夫妇也,故用之乡人焉,用之邦国焉。风,风也,教也。风以动之,教以化之。……是以《关雎》乐得淑女以配君子,忧在进贤,不淫其色。哀窈窕,思贤才,而无伤善之心焉,是《关雎》之义也。"(《毛诗正义》卷1《关雎小序》,第269、273页)而其实际施用,见载于《仪礼》:乡饮酒礼者,乡大夫三年宾贤能之礼,其经云"乃合乐《周南·关雎》"(《仪礼注疏》卷9《乡饮酒礼》,第986页),是用之乡人也;燕礼者,诸侯饮燕其臣子及宾客之礼,其经云"遂歌乡乐、《周南·关雎》"(《仪礼注疏》卷15《燕礼》,第1021页),是用之邦国也。

(3) 诸家《诗》经学对赋比兴的功利性解说。申培曰:"《关雎》,文王之妃太姒思得淑女以充嫔御之职,而供祭祀宾客之事;故作是诗首章,于六义中,为先比而后赋也。以下二章皆赋其事,而寓比兴之意。"(《诗说·周南》,第1页)这是用赋比兴来阐释《关雎》篇首章,所谓先比后赋、皆赋其事、寓比兴意,对三种艺术手法之配合运用详加解说;然其意旨却指向"后妃之德"。又《诗说》解说具体《诗》篇之章句,习惯用"×××,赋也""×××,比也""×××,兴也"之辞式,表明赋比兴是当时常用的《诗》经学批评术语。除了《诗》经学中赋比兴的实际运用,对赋比兴的解说还见于其他经传中。如《周礼》曰:"教六诗:曰风,曰赋,曰比,曰兴,曰雅,曰颂。"郑玄注:"赋之言铺,直铺陈今之政教善恶。比,见今之失,不敢斥言,取比类以言之。兴,见今之美,嫌于媚谀,取善事以喻劝之。"其注还引郑众语:"比者,比方于物也。兴者,托事于物。"(《周礼注疏》卷23《春官·大师》,第796页)这些论说虽指涉政教功利,但铺陈、比类、物喻云云,仍切中赋比兴的艺术特质。

(二)《诗大序》及其阐释

《诗大序》的作者及成文问题/"言志"说及其理论演进脉络/"六义"说及其来源发展演变/风、四始及《诗》的政教功能

《诗大序》实应题为《毛诗大序》;因齐、鲁、韩三家《诗》消亡无序,故将毛《诗》的大序省称为《诗大序》。《诗大序》虽系于毛《诗》,但其内容并非仅出一家之说;而是历代累积编撰完成的,其中既包含先秦诸家旧说,也有东汉毛《诗》家润益的成分,其总体应该完成于西汉中期以前。

《诗大序》虽依附于《诗》经,却实为中国第一篇诗歌专论。近世学者对其地位影响多有评述,兹采择有代表性的数家介绍如下:敏泽认为,从《诗大序》所提出的见解来说,当然大都是先秦儒家旧说,并未提出多少新的较为重要的命题。但是它不仅比前世的诗论阐述的更加详尽,而且也更加系统完整,对后世的文学理论批评发生重要的影响(《中国文学理论批评史》,第74页)。陈良运认为,《诗大序》对于中国诗学批评的发展有重大的开创性的意义,但它在理论上充满了矛盾,有明显的两面性。矛盾的两面性都分别成为后世不同的诗学派别的理论依据(《中国诗学批评史》,第81—82页)。顾易生等认为,《诗大序》是我国诗歌理论的第一篇专论,它概括了先秦以来儒家对于诗与乐的若干重要认识,同时在某些方面又有补充和发展,从而构成了较为完整的理论,可以说是从先秦到两汉时代儒家诗论的总结(《先秦两汉文学批评史》,第400页)。以上所作评价虽有些分歧,但有两个关键点是共同的:其一,它是第一篇中国诗歌批评专论;其二,它是晚周以来儒家诗论之集成。

《诗大序》最重要的贡献,是正式确立了诗言志观念,并由言志而引申出"情动"说,从而充实丰富了诗歌抒情理论。其文曰:

> 诗者,志之所之也,在心为志,发言为诗。情动于中而形于言,言之不足,故嗟叹之,嗟叹之不足,故永歌之,永歌之不足,不知手之舞之、足之蹈之也。情发于声,声成文谓之音。

"诗""志"本是二位一体的,蕴藏在作者心中是为"志",诉之于言语表达是为"诗";二者的联接点,就是"情动"。因为有情感的发动而诉诸言语,内藏的"志"才呈现为"诗";至于言语延伸为嗟叹、永歌和舞蹈,都是情感发动自然而然的表现。

但诗言志作为儒家核心文学观,明显指示政教功利的思想倾向;因而它在主张抒情的同时,又要求对情感有所节制。故其下文云:

> 至于王道衰,礼义废,政教失,国异政,家殊俗,而变风、变雅作矣。国史明乎得失之迹,伤人伦之废,哀刑政之苛,吟咏情性,以风其上,达于事变而怀其旧俗者也。故变风发乎情,止乎礼义。发乎情,民之性也;止乎礼义,先王之泽也。(以上《毛诗正义》卷1,第271—272页)

此所论虽是就变风、变雅而言,但实际阐明的是诗歌一般问题。它一方面肯定诗是"发乎情"的,另一方面又要求诗"止乎礼义"。"吟咏性情",就是抒发感情;"止"意为节止,也就是有所节制。这符合中国文学"节文"原则,既要顺乎人的性情来发抒,又遵乎《诗》经义以节止。在中国诗学发展中,这个思想自成统绪,从《论语》"《诗》三百,一言以蔽之,曰思无邪"(《论语注疏》卷2《为政》,第2461页),到《荀子》"《诗》者,中声之所止也"(《荀子集解》卷1《劝学》,第11页),到《诗大序》"变风发乎情止乎礼义"(《毛诗正义》卷1,第272页),到《文心雕龙》"诗者持也,持人情性"(《文心雕龙注》卷2《明诗》,第65页),其演进脉络,是很清晰的。

其实这个含义,本来就包含在"志"的字义中。在古文字变迁史中,"志"经多次变形,由指示字变成会意字,最后定形为两个形体:一是"恖",上草下心,像草从心里长出之形;一是"忎",上止下心,像脚停止在心上之形。其字义演变可示意如下:

"志"训为心中所出,像草从地里长出,这是"诗者,志之所之"的原义;"志"训为停止在心上,像心志对情意之节止,这是"发乎情止乎礼义"之所本。

《诗大序》另一重要诗学贡献,是提炼阐发《诗》"六义"说。其文曰:

> 故诗有六义焉:一曰风,二曰赋,三曰比,四曰兴,五曰雅,六曰颂。上以风化下,下以风刺上,主文而谲谏,言之者无罪,闻之者足以戒,故曰风。至于王道衰,礼义废,政教失,国异政,家殊俗,而变风、变雅作矣。……是以一国之事,系一人之本,谓之风。言天下之事,形四方之风,谓之雅。雅者,正也,言王政之所由废兴也。政有小大,故有小雅焉,有大雅焉。颂者,美盛德之形容,以其成功,告于神明者也。(《毛诗正义》卷1,第271—272页)

《诗大序》提出"六义",是对周代陈诗制度和大师六诗教学的继承与改造;且因周代礼乐逐渐制度流失,只有风雅颂三项以《诗》篇分类的形式得以保存下来,而赋比兴三项在《诗》篇文本中因无所附丽而被悬置;然其遗义犹存四家《诗》中,其具体解说内容见上文所述。及至唐初孔颖达主持编撰《毛诗正义》,而区分出风雅颂三体、赋比兴三用之说。三体是为诗歌体类,三用是为艺术手法。

除了探讨诗的情感特质和体类手法,《诗大序》还论说了诗的社会功用。它将风、大小雅、颂称为"四始",以为这是《诗》经社会功用之极致。其主要包含两个方面:

一是风俗教化。《关雎》小序曰:"《关雎》,后妃之德也,风之始也,所以风天下而正夫妇也,故用之乡人焉,用之邦国焉。风,风也,教也。风以动之,教以化之。"(《毛诗正义》卷1,第269页)《诗大序》承其旨,而提出风俗教化说。其文略曰:"上以风化下,下以风刺上,主文而谲谏,言之者无罪,闻之者足以戒,故曰风";"《关雎》《麟趾》之化,王者之风,故系之周公。南,言化自北而南也。《鹊巢》《驺虞》之德,诸侯之风也,先王之所以教,故系之召公。《周南》《召南》,正始之道,王化之基。"(《毛诗正义》卷1,第271—273页)文中所谓风,有两个向度:由上向下,是为风(fēng),即风俗教化;由下向上,是为风(fèng),即讽谕谲谏。

二是政教功能。《诗大序》有段文字,可以试用两种句读法:"治世之音,安以乐,其政和;乱世之音,怨以怒,其政乖;亡国之音,哀以思,其民困。故正得失,动天地,感鬼神,莫近于诗。先王以是经夫妇,成孝敬,厚人伦,美教化,移风俗。"(《毛诗正义》卷1,第270页)这个句读法,表达了反映论的文学观。还有另一种读法:"治世之音安,以乐其政和;乱世之音怨,以怒其政乖;亡国之音哀,以思其民困。故正得失,动天地,感鬼神,莫近于诗。先王以是经夫妇,成孝敬,厚人伦,美教化,移风俗。"这个句读法,表达了表现论的文学观。不论哪种读法,都是强调政教功能。总之,《诗》的政教功能是通过"风"来实现的,以风(fēng)、风(fěng)为途径,以"四始"(四类诗之首篇)为标准,以"经""成""厚""美""移"等为效果。

(三) 郑玄《诗》经学要旨

郑玄的经学贡献/郑玄的毛诗研究/诗谱序及六艺论

郑玄早年在河西走廊马融门下求学,继承了民间传播的古文经学。他遍注群经,所传毛《诗》即出自这个传授系统。稍早卫宏传毛《诗》,之后传者有郑众和贾逵,马融亦作《毛诗传》,而郑玄尽得马融经学之旨意。

郑玄作《毛诗笺》,唐孔颖达撰《毛诗正义》尽录其文;又作《诗谱》,将《诗》305篇按产生年代先后编排了一份年谱,其中有一篇《诗谱序》,是中国最早的一篇诗歌发展史专论。其论旨摘示如下:

> 夷、厉已上,岁数不明,太史《年表》,自"共和"始。历宣、幽、平王,而得《春秋》次第,以立斯谱。欲知源流清浊之所处,则循其上下而省之,欲知风化芳臭气泽之所及,则傍行而观之。此诗之大纲也。举一纲而万目张,解一篇而众篇明,于力则鲜,于思则寡。其诸君子,亦有乐于是与?(《毛诗正义》卷1,第263—264页)

> 诗者,弦歌讽谕之声也。自书契之兴,朴略尚质,面称不为谄,目谏不为谤,君臣之接如朋友然,在于恳诚而已。斯道稍衰,奸伪以生,上下相犯。及其制礼,尊君卑臣,君道刚严,臣道柔顺。于是箴谏者希,情志不通;故作诗者,以诵其美而讥其过。(《毛诗正义》卷1《诗谱序》引《六艺论》,第262页)

郑玄是中国思想文化史承上启下、里程碑式的人物。他遍注群经,特别是将齐、鲁、韩三家《诗》义采择进毛《诗》中,从而在三家学官《诗》消亡之后,使其若干遗义得以保存下来。如前所述,他关于《诗》经赋比兴的解说,是对两汉政教批评的艺术总结。除此之外,郑玄对《诗》篇编年、诗的体裁样式、情感特质、政教功能等节目都有深入论说,代表了那个时代的诗学认识高度。

二　对屈原及楚辞的批评

汉代学人对屈原和楚辞批评,是当代文学批评的重要内容。受两汉经学思潮的影响与制约,楚辞批评也遵循依经立义原则;但楚辞毕竟是楚产的文学样式,其浓重的楚文化元素不容忽视,这就难免出现发愤抒情与依经立义的矛盾,因使楚辞批评必由对立矛盾走向折中调和。其主要批评家有:注重楚辞的缘情本体的刘安与司马迁,坚执依经立义批评立场的扬雄与班固,以及折中调和此两种批评倾向的王逸。

（一）屈原赋创作及自我评价

屈原生平及辞赋/屈原的创作意识/屈原的自我评价

屈原生平资料,首见《离骚》等带有自传色彩的篇章;后司马迁《史记》设有《屈原贾生列传》,集中记述屈原生平事迹和创作活动;另贾谊《吊屈原赋》、扬雄《反离骚》等,也载述不少屈原相关信息。总的说,屈原是楚国贵族,官至三闾大夫,被怀王疏远流放,而怨怼投江以死。他采用楚地流行的祭祀民歌形式,改作了《离骚》《九歌》等作品。

据班固著录:"屈原赋二十五篇,楚怀王大夫,有《列传》;唐勒赋四篇,楚人;宋玉赋十六篇,楚人,与唐勒并时,在屈原后也;赵幽王赋一篇;庄夫子赋二十四篇,名忌,吴人;贾谊赋七篇;枚乘赋九篇;司马相如赋二十九篇;淮南王赋八十二篇;淮南王群臣赋四十四篇;太常蓼侯孔臧赋二十篇;阳丘侯刘郾赋十九篇;吾丘寿王赋十五篇;蔡甲赋一篇;上所自造赋二篇;兒宽赋二篇;光禄大夫张子侨赋三篇,与王褒同时也;阳成侯刘德赋九篇;刘向赋三十三篇;王褒赋十六篇。右赋二十家,三百六十一篇。"(《汉书》卷30《艺文志·诗赋略》,第1747—1748页)这就是屈原以来产生的楚辞作品,也是汉代屈原与楚辞批评的对象。另据王逸《楚辞章句》,屈原有25篇赋流传下来,分别是《离骚》《九歌》11篇、《天问》《九章》

9篇、《远游》《卜居》《渔父》。楚辞研究学者一般将后三篇视为屈原后学依托之作;但若将屈原辞赋创作纳入诸子著述范围,则仍应看作是经由后学增饰的屈原作品。

对屈原及其学生的文学境遇与楚辞创作,班固《汉书·艺文志·诗赋略论》评曰:"春秋之后,周道浸坏,聘问歌咏不行于列国,学《诗》之士逸在布衣,而贤人失志之赋作矣。大儒孙卿及楚臣屈原离谗忧国,皆作赋以风,咸有恻隐古诗之义。其后宋玉、唐勒;汉兴,枚乘,司马相如,下及扬子云,竞为侈俪闳衍之词,没其风谕之义。"(《汉书》卷30,第1756页)这个评价视野虽较为宏阔,但依儒家经义而强为之说,用儒家正统诗教之风谕之义,来掩抑其侈俪闳衍艺术特色。像这样的评价,是有失公允的;正确有效的态度与做法,还要回到批评对象本身。

屈原创作《离骚》等楚辞作品,是借用楚地民间祭祀歌曲形式。如《楚辞·九歌》是屈原根据旧曲《九歌》翻作新声,有所因袭,又有创新。王逸、朱熹都肯定《九歌》是屈原在沅、湘民间祭歌基础上的创作;胡适《读楚辞》、陆侃如《屈原评传》则指出《九歌》为楚地古时民族的宗教舞歌;闻一多《甚么是九歌》则认为他们是楚国郊祀的乐章。周勋初《九歌新考》肯定《九歌》为屈原的创作,其中《大司命》《少司命》《湘君》《湘夫人》《山鬼》《国殇》《礼魂》,可能是以流传于楚地的民间祭歌和民间传说为基础,而《东皇太一》《东君》《云中君》《河伯》则不属于楚地祭祀的神祇,创造的成分很大。总之,屈原是借用原有的艺术形式,而创作出新的篇章。司马迁曰:"离骚者,犹离忧也。……屈原之作《离骚》,盖自怨生也。"(《史记》卷84《屈原贾生列传》,第2482页)这非常精当地概括了屈原的创作动机和旨趣。《九章》中的诗篇,都是屈原表明心志之作,所以王逸曰:"章者,著也,明也,言己所陈忠信之道甚著明也。"(《楚辞补注》卷4《九章序》,第121页)

以上所述情节,可用屈原师徒作品来印证:

> 惜诵以至愍兮,发愤以抒情。所作忠而言之兮,指苍天以为正……心郁邑余侘傺兮,又莫察余之中情。固烦言不可结诒兮,愿陈志而无路。(《楚辞补注》卷4《九章·惜诵》,第121、124页)

> 兹历情以陈辞兮,荪详聋而不闻。……道思作颂,聊以自救兮,忧心不遂,斯言谁告兮!(《楚辞补注》卷4《九章·抽思》,第138、141页。以上屈原)

> 窃慕诗人之遗风兮,愿托志乎素餐。(《楚辞补注》卷8宋玉《九辨》,第192页)

发愤抒情、历情陈辞、作颂自救、慕风托志等,这些述说均表明:屈原和宋玉虽借用旧体式,却是有明确的创作意识的,其文人化程度,是不言而喻的。

(二) 依经立义的楚辞学批评

对象观念之反差/褒贬相反的论调/王逸之折中调和

汉代对屈原和楚辞的批评具有二重性,表现为道德功利和缘情本体之冲突媾和,即既要遵循依经立义的批评原则,又无法忽视发愤抒情的文本特质。其具体内涵,可分说如下:

(1) 缘情本体:关于屈原辞赋的抒情特质,前人已有明确的认知论说:① 班固认为,屈原与荀况人生境遇相似,他们所创作的辞赋也相近,都是王者之《诗》继响,皆能"恻隐古诗之义"(《汉书》卷 30《艺文志·诗赋略论》,第 1756 页);② 屈原师徒也明确认识到,《离骚》之类更近于诗,而相对远离汉大赋体制,故偏重比兴和发愤抒情,而不张扬赋之铺陈夸饰;③ 刘勰《文心雕龙》有《辨骚》《明诗》《诠赋》,则是将以"骚"体所代表的楚辞置于诗、赋之间,并非一定要并入赋体,故抒发情思更显自由;④ 后世通行的四部图书分类法,都将《楚辞》置于集部之首,特别是以骚为诗,而不视为赋。

(2) 依经立义:从汉代文学批评观念与立场来说,经学思潮要求楚辞批评依经立义,因使《离骚》等就范于经,而有"《骚》经"之名目。如王逸曰:"至于孝武帝,恢廓道训,使淮南王安作《离骚经章句》,则大义粲然。后世雄俊,莫不瞻慕,舒肆妙虑,缵述其词。逮至刘向典校经书,分为十六卷。孝章即位,深弘道艺,而班固、贾逵复以所见改易前疑,各作《离骚经章句》。"(《楚辞补注》卷 1《离骚经章句》末附《楚辞章句序》,第 48 页)于此可见,汉代的《离骚》批评已经学化了。

既然楚辞批评要依经立义,那么发掘其中道德功利内涵,就是应有之义,甚至强为之说。而从文学批评对象看,《离骚》之类的作品,因产生自楚文化背景上,本无依经立义之规定性。当批评者面对这样的批评对象,当然会正视《楚辞》自身特点;即使要给它加上"经"的光环,但其缘情本体必不可全被遮掩。一方面依经立义,一方面还其本色,这就形成了对屈原和楚辞批评的二重性——道德功利和缘情本体。基于楚辞批评的二重性,就出现褒贬相反的论调。

(1) 褒的论调:对《离骚》之类的评论,既看到其道德功利意义,又注重其缘情本体特质,且二项相较,更偏重后者。这情形表明,在经学思潮方兴未艾之时,思想尚有一定的宽容自由,还未走向禁锢;因而,对屈原《离骚》等作品的特征,能够较为客观平允而予以重视。其具代表性论者,有刘安与司马迁。

刘安主持编撰《淮南子》,其学术思想旨趣偏重道家;因此,他批评《离骚》,是站在道家立场。据高诱述载:"孝文皇帝甚重之,诏使(刘安)为《离骚赋》(一说为《离骚传》)。(刘安)自旦受诏,日早食已。上爱秘之。"(《淮南子集释》卷首《叙目》,第5页)《离骚传》全文已佚,后班固作《离骚序》,称引了其中一段文字:

> 《国风》好色而不淫,《小雅》怨诽而不乱,若《离骚》者,可谓兼之。蝉蜕浊秽之中,浮游尘埃之外,皭然泥而不滓;推此志也,虽与日月争光可也。(《楚辞补注》第一《离骚经章句》末附《楚辞章句序》注引,第49页)

刘安注重《离骚》所言之志。这个志,是屈原人生境界之艺术表现,既"好色而不淫",又"怨诽而不乱",兼有《国风》和《小雅》的特点。表面看,刘安似乎在对屈原作道德功利批评;但这不是他的心里话。他这么说是因受君命作文,自然要说一通儒家的教义。刘安由衷的评价,应是后半段文字。刘安在屈原身上和《离骚》中,看到了自己所向往的人生境界。在《淮南子》中,有段话可为注足:

> 且夫精神滑淖纤微,倏忽变化,与物推移,云蒸风行,在所设施。君子有能精摇摩监,砥砺其才,自试神明,览物之博,通物之壅,观始卒之端,见无外之境,以逍遥仿佯于尘埃之外,超然独立,卓然离世,此圣人之所以游心。(《淮南子集释》卷19《修务训》,第1344—1345页)

这是说,《离骚》抒写的心志,乃是人生的高峰体验,达到道的境界,也就是归真了。而创作中抒写真情是屈原的自觉要求,这就充分尊重了《离骚》的缘情本体。因此,刘安对屈原《离骚》的批评,是从功利和本体两方面着眼,道德功利评价乃遵君命所为,缘情本体批评则属真知灼见。

司马迁承刘安之说,也对屈原多有褒扬。主要有三点:① 用儒家诗教衡量《离骚》等作,依经立义发掘其道德功利意义;② 推崇屈原发愤抒情的创作动机,阐发所涵缘情本体与审美旨趣;③ 发挥刘安关于《离骚》的评论,赞扬屈原人生境界与人格精神。其重点论例如下:

昔西伯拘羑里,演《周易》;孔子厄陈蔡,作《春秋》;屈原放逐,著《离骚》;左丘失明,厥有《国语》;孙子膑脚,而论《兵法》;不韦迁蜀,世传《吕览》;韩非囚秦,《说难》《孤愤》;《诗》三百篇,大抵贤圣发愤之所为作也。此人皆意有所郁结,不得通其道也,故述往事,思来者。(《史记》卷130《太史公自序》,第 3300 页)

　　屈平疾王听之不聪也,谗谄之蔽明也,邪曲之害公也,方正之不容也,故忧愁幽思而作《离骚》。离骚者,犹离忧也。……屈平正道直行,竭忠尽智以事其君,谗人间之,可谓穷矣。信而见疑,忠而被谤,能无怨乎?屈平之作《离骚》,盖自怨生也。《国风》好色而不淫,《小雅》怨诽而不乱。若《离骚》者,可谓兼之矣。上称帝喾,下道齐桓,中述汤武,以刺世事。明道德之广崇,治乱之条贯,靡不毕见。其文约,其辞微,其志洁,其行廉,其称文小而其指极大,举类迩而见义远。其志洁,故其称物芳。其行廉,故死而不容自疏。濯淖污泥之中,蝉蜕于浊秽,以浮游尘埃之外,不获世之滋垢,皭然泥而不滓者也。推此志也,虽与日月争光可也。(《史记》卷84《屈原贾生列传》,第 2482 页)

　　与刘安对屈原《离骚》的评语相比,司马迁除了承袭其经义和道论旨趣,还肯定其发愤抒情、怀怨而作、称小指大、举迩见远之情感特质和艺术造诣。这是对楚辞该批评对象更切实到位的认知,在一定程度上突破了依经立义原则的拘限。

　　(2) 贬的论调:随着经学思潮的盛行并逐渐僵化,成为思想文化和文学批评的禁锢,这就使对屈原和楚辞的批评发生转向,不再注重作品的情感特质和艺术造诣,而重其道德功利批评,以至偏离其缘情本体。大抵说,对屈原及楚辞的这一批评情形,集中呈现为扬雄和班固的著论。

　　扬雄对屈原的批评有两面,有时还显得难免自相矛盾。他作《反离骚》,不认同屈原的为人。《离骚》"众女嫉余之蛾眉兮,谣诼谓余以善淫"(《楚辞补注》第一,第 14—15 页),《反离骚》"知众嫭之嫉妒兮,何必扬累之娥眉?"(《扬雄集校注》,第 164 页)《离骚》"既莫足与为美政兮,吾将从彭咸之所居"(《楚辞补注》第一,第 47 页),《反离骚》"弃由聃之所珍兮,跖彭咸之所遗。"(《扬雄集校注》,第 171 页)就这样针对其文义,来逐句反《离骚》。但扬雄在反《离骚》的同时,也对屈原不幸遭遇深表同情:"愍吾累之众芬兮,扬烨烨之芳苓。遭季夏之凝霜兮,庆夭悴而丧荣。"(《扬雄集校注·反离骚》,第 165 页)对此,班固评曰:"(扬雄)怪屈原之文过相如，至不容，作《离骚》，自投江而死。悲其文，读之未尝不流涕也。以为君子得时则大行，不得时则蛇龙。遇不遇，命也，何必湛身哉？乃作书，往往摭《离骚》文而反之。"(《汉书》卷 87 上《扬雄传》，第 3515 页)

对屈原辞赋艺术批评，扬雄也表现出两面性。一方面，他以司马相如赋作为参照，指出屈原赋"浮"的缺陷："或问：'屈原、相如之赋孰愈？'曰：'原也过以浮，如也过以虚。过浮者蹈云天，过华者无根。'"另一方面，他又赞赏屈原辞赋"上援稽古，下引鸟兽；其著意，长卿亮不可及也。"(以上《六臣注文选》卷 50《谢灵运传》李善注引《法言》，第 926 页)还称之曰："如玉如莹，爰变丹青，如其智，如其智。"(《法言义疏》3《吾子卷第二》，第 57 页)这就对屈赋的艺术，在否定中有所肯定。

班固是著名历史学家，又有深厚的儒家修养；因而他评论屈原，要遵循两个准则：一是儒家诗教，依经立义；二是史家范例，实录精神。从史实出发，班固对屈原的评价至为公允。如揭示屈原和荀况作诗言志的历史意义，承孟子"王者之迹熄而《诗》亡"(《孟子注疏》卷 8 上《离娄下》，第 2727 页)之论。这在一定程度上突破经学牢笼，触及屈原《离骚》的文体特征，称其"感于哀乐，缘事而发"，明显具有发愤抒情的艺术特质。他评论曰："其文弘博丽雅，为辞赋宗，后世莫不斟酌其英华，则象其从容。自宋玉、唐勒、景差之徒，汉兴枚乘、司马相如、刘向、扬雄，骋极文辞，好而悲之，自谓不能及也。虽非明智之器，可谓妙才者也。"(《楚辞补注》第一《离骚经章句》末附《楚辞章句序》注引《离骚序》，第 50 页)

从经义出发，班固对屈原的评价有失公允。如他认为刘安对屈原评赞太过，有违背经义、失真失正之嫌疑。其《离骚序》曰："淮南王安叙《离骚传》，以为《国风》好色而不淫，《小雅》怨悱而不乱，若《离骚》者，可谓兼之。蝉蜕浊秽之中，浮游尘埃之外，皭然泥而不滓，推此志，虽与日月争光可也，斯论似过其真。五子以失家巷，谓伍子胥也；及至羿、浇、少康、二姚、有娀佚女，皆各以所识有所增损，然犹未得其正也。"(《楚辞补注》第一《离骚经章句》末附《楚辞章句序》注引《离骚序》，第 49 页)既然刘安《离骚传》言过其实，班固便想对屈原辞赋作出正解。而其正解，就是依据经书和传记，并参照屈原辞赋本文，遵循依经立义的原则，来阐发儒家诗教义旨。故又曰："《大雅》曰：'既明且哲，以保其身。'斯为贵矣。今若屈原露才扬己，竞乎危国群小之间，以离谗贼。然责数怀王，怨恶椒、兰，愁神苦思，强非其人，忿怼不容，沉江而死，亦贬絜狂狷景行之士。多称昆仑、冥婚宓妃虚无之语，皆非法度之政、经义所载。谓之兼《诗》风、雅，而与日月争光，过矣。"

(《楚辞补注》第一《离骚经章句》末附《楚辞章句序》注引《离骚序》,第 49—50 页)这概括起来,有两个要点:一是批评屈原露才扬己,不会明哲保身,以遭谗贼祸害;二是批评屈赋言无法度,有失儒家经义,不与风雅并论。

总的来看,扬雄、班固对屈原批评,否定意见压过肯定评价,道德批评较多于文本批评,是对刘安、司马迁的反转。

(三) 王逸《楚辞章句》并序

王逸《楚辞章句》编撰/王逸《楚辞章句》本文/王逸《楚辞章句》阐释

王逸生活在东汉末年,元帝初年(114—119)任校书郎,负责校勘皇家秘府图书。其所著《楚辞章句》,是现存《楚辞》最古本;又自作《九思》篇,收录《楚辞章句》中。《后汉书》王逸本传称,他著赋、诔、书、论等体文 21 篇,又作《汉诗》123 篇。后人编集他的著作,题名《王叔师集》。王逸对屈原及楚辞批评有所折中,既注重其道德功利,又看重其缘情本体。这一折中,正是对刘安、司马迁和扬雄、班固批评倾向的调和,因使汉代对屈原及楚辞的批评形成正→反→合思想进路。

王逸认为,屈原《离骚》之类作品,总体上有两重创作旨趣:一是讽刺,二是自慰。其《楚辞章句序》曰:

> 屈原履忠被谮,忧悲愁思,独依诗人之义,而作《离骚》,上以讽谏,下以自慰。遭时暗乱,不见省纳,不胜愤懑,遂复作《九歌》以下凡二十五篇。

正是基于这个判断,王逸肯定刘安所论:"淮南王安作《离骚经章句》,则大义粲然;后世雄俊,莫不瞻慕,舒肆妙虑,缵述其词。"而否定班固的评论,认为有失中肯公允:"班固谓之'露才扬己','竞乎危小之中,怨恨怀王,讥刺椒、兰,苟欲求进,强非其人,不见容纳,忿恚自沉',是亏其高明,而损其清洁者也。……殆失厥中矣。"

然而,王逸尚未摆脱经学思潮的影响,故评论《离骚》仍要依经立义。其序下文曰:

> 夫《离骚》之文,依托五经以立义焉:"帝高阳之苗裔",则"厥初生民,时惟姜嫄"也;"纫秋兰以为佩",则"将翱将翔,佩玉琼琚也";"夕揽洲之宿莽",则

《易》"潜龙勿用"也;"驷玉虬而乘鹥",则《易》"时乘六龙以御天"也;"就重华而陈词",则《尚书》"咎繇之谋谟"也;"登昆仑而涉流沙",则《禹贡》之敷土也。

这里认为,《离骚》合乎《诗》《易》诸经义,屈原"露才扬己"没违背儒家诗教。由此可见,与扬雄、班固不同者,王逸批评之依经立义,不是否定《离骚》之作不合经义,而是要证明屈原俊彦与楚辞雅驯;所以,既赞扬屈原人品高洁,又激赏楚辞言识博远。其文曰:

> 且人臣之义,以忠正为高,以伏节为贤。……若夫怀道以迷国,详愚而不言,颠则不能扶,危则不能安,婉娩以顺上,逡巡以避患,虽保黄耇,终寿百年,盖志士之所耻,愚夫之所贱也。今若屈原,膺忠贞之质,体清洁之性,直若砥矢,言若丹青,进不隐其谋,退不顾其命,此诚绝世之行,俊彦之英也。
> 智弥盛者其言博,才益多者其识远,屈原之词,诚博远矣。自终没以来,名儒博达之士,著造词赋,莫不拟则其仪表,祖式其模范,取其要妙,窃其华藻,所谓金相玉质,百世无匹,名垂罔极,永不刊灭者矣。(以上《楚辞补注》第一《离骚经章句》末附《楚辞章句序》,第48—49页)

以上表明,王逸批评取向仍是儒家诗教,但他能够更加尊重批评对象,给予屈原辞赋的缘情本体应有地位,并顺应经学思潮往依经立义上引申。因而不能简单认定,王逸回归到刘安,而完全否定班固;他否定班固的评议,是针对班固贬抑屈原的不中肯公允一面,而又悄然承接了班固和扬雄的批评立场。

三 诗赋文批评及王充等

汉代文学批评的主要内容,除了《诗》经和楚辞批评,还有诗、赋和文各体批评,以及诸家有关文学之散论。

(一)汉代各家辞赋批评

从赋诵到赋体的二次飞跃/功利与审美之两种赋观念/两种赋观念下的批评释例

《周礼》载有"六诗"之教,其中第二个项目即为"赋"。它由赋诵方式变为辞赋体式,在近千年间经历了二次飞跃。从《诗·鄘风·定之方中》"升高能赋……可以为大夫"(《毛诗正义》卷3,第316页)所述,到赋分四类("屈原赋""陆贾赋""孙卿赋""客主赋"),赋的发展演变过程可谓漫长。在《汉书·艺文志·诗赋略论》中,班固将这漫长过程分为三个阶段,并通过对其间两次发展飞跃的描述,来揭示赋体的观念演进与艺术特质。

此三个阶段分别为:(1)第一阶段春秋时期。《诗赋略论》:"传曰'不歌而诵谓之赋,登高能赋可以为大夫',言感物造端,材知深美,可与图事;故可以为列大夫也。古者,诸侯卿大夫交接邻国,以微言相感,当揖让之时,必称诗以谕其志,盖以别贤不肖而观盛衰焉。故孔子曰:'不学诗,无以言'也。"(《汉书》卷30,第1755—1756页)这是春秋士大夫赋《诗》言志时期。(2)第二阶段战国时期。《诗赋略论》:"春秋之后,周道浸坏,聘问歌咏不行于列国,学诗之士逸在布衣,而贤人失志之赋作矣。大儒孙卿及楚臣屈原,离谗忧国,皆作赋以风,咸有恻隐古诗之义。"(《汉书》卷30,第1756页)这是荀况、屈原作诗言志时期。(3)第三阶段战国末及秦汉时期。《诗赋略论》:"其后宋玉、唐勒,汉兴枚乘、司马相如,下及扬子云,竞为侈丽宏衍之词,没其风谕之义。"(《汉书》卷30,第1756页)这是秦汉赋体文学流行时期。

这三个阶段,包含了赋体的两次飞跃:一是突破了实用功利观念,由赋诵方式变为辞赋形式,成为可供文人创作的体裁;一是突破了政教功利观念,赋从经学束缚中解放出来,成为具有审美特质的文体。兹分述如下:

第一次飞跃,由赋诵变为赋体。赋之本义是诵,与歌唱相对待。古诗分歌诗和诵诗两类,歌诗配乐配舞进行演唱;诵诗不配乐舞,而用徒口朗诵。所以,刘向云"不歌而颂",班固引其文而申其义,称"不歌而颂谓之赋"。在先秦载籍中,赋均指颂、诵;颂、诵可通用,都是徒口朗诵。故徒口朗读《诗》篇或"己作",应在《诗》被儒家观念规范之前。当《诗》受儒家规范后,诵的含义也就发生变化。这表现在两个方面:一是诵与讽发生联系,诵具有讽议讥刺之义,使赋变成一种讽谏方式,植下汉大赋的讽谏因子;二是赋列为六义之一,赋具有铺陈善恶之义,使赋变成一种表现方式,植下汉大赋的铺叙因子。总之,赋由讽议讥刺和铺陈善恶,进到荀况、屈原所作赋体,就是一次大飞跃。

不论是北方赋还是南方赋,都已经是一种成熟的文体。它们之所以称赋,而不被看作是诗,即因其徒口诵读。而屈原与荀况的赋体创作,都发生在失志不遇情境中,或怀屈抱怨而发愤抒情,或不可抑止地讽议讥刺,从而摆脱了实用观念的束缚,驾驭更适合表情达意的赋体。屈原之后,赋作家有宋玉、唐勒、景差,西汉有贾谊、枚乘、司马相如、王褒、刘向、东方朔、枚皋、扬雄、刘歆,东汉有冯衍、班彪、杜笃、班固、傅毅、张衡、王延寿、马融、赵壹、蔡邕、祢衡等。他们自觉地从事赋体创作,写出一批流传后世的作品。从他们的辞赋创作可以看出,讽谏与铺叙的因子都有生长;加上两汉经学思潮的影响,赋体创作服务于政治教化,突破其原有的实用功利观念,而升格凝定为政教功利观念。

第二次飞跃,由功利渐趋审美。如上所述,凸显赋体的政教功利,只是汉赋的一个侧面;另一面是,赋突破政教观念束缚,彰显自身的审美意义。这表现为两个进度:(1)西汉大赋之欲讽反劝,冲击了政教功利观念,极尽能事以写物图貌,追求藻饰而铺张扬厉;(2)西汉晚期赋的情感成分增多,终至催生出咏物抒情之小赋,并逐渐取代汉大赋的地位,成为赋体文学的主要样式。总之,赋由劝百讽一的大赋体制,进到咏物抒情的小赋体制,是又一次大飞跃。

在赋体发展的第二次飞跃中,欲讽反劝作为一种创作现象,早就引起当代多位批评家的特别关注,因而成为文学批评史无法回避的话题。此中情形是:大赋对宫苑、游猎等场景的夸饰铺叙,迎合了汉武帝等帝王好大喜功的心理;其歌功颂德不仅满足统治者的虚荣心,还能对他们奢华享乐的生活推波助澜;即使作者旨趣在规讽,那也是劝多讽少,甚至结果恰好相反,成了欲讽反劝。具体论例如下:

> 或问:"吾子少而好赋?"曰:"然。童子雕虫篆刻。"俄而曰:"壮夫不为也。"或曰:"赋可以讽乎?"曰:"讽乎?讽则已;不已,吾恐不免于劝也。"或曰:"雾縠之组丽。"曰:"女工之蠹矣。"(《法言义疏·吾子》,第45页)

> 往时武帝好神仙,相如上《大人赋》欲以风,帝反缥缥有凌云之志。繇是言之,赋劝而不止,明矣。(《汉书》卷87下《扬雄传下》,第3575页)

> 孝武皇帝好仙,司马长卿献《大人赋》,上乃仙仙有凌云之气。孝成皇帝好广宫室,扬子云上《甘泉颂》,妙称神怪,若曰非人力所能为,鬼神力乃可成。皇帝不觉,为之不止。长卿之赋如言仙无实效,子云之颂言奢有害,孝武岂有仙仙之气者?孝成岂有不觉之惑哉?(《论衡校释》卷14《谴告》,第2609页)

这些论说大体表明,欲讽反劝有个进路:欲讽→反劝→不觉→不止。也就是说:

作者本意是用赋来讽谏帝王,但因不敢明言反而有所加劝;帝王不能觉察作者的讽谏之意,致使其尚奢好大行为不得停止。

这种欲讽反劝的辞赋创作现象,实际隐含功利与审美两种观念。此中情实,又可分说。其中政教功利的赋观念,还表征在具体的批评中。如司马迁赞曰:"相如虽多虚辞滥说,然要其归,引之于节俭,此亦诗之讽谏何异?"而扬雄却以为:"靡丽之赋,劝百而风一,犹骋郑卫之声,曲终而奏雅,不已戏乎?"(以上《汉书》卷57下《司马相如传下》,第2609页)司马迁注意到相如赋的虚华,却往政教功利方面引申阐说;而扬雄指出相如赋过于靡丽,其劝百讽一如同儿戏无实效。迁、雄面对相如赋这个对象,都引入政教功利这种赋观念。司马迁肯定虚华中的讽谏归趣,这是要强化政教功利的赋观念;扬雄痛惜靡丽中略无讽谏之义,这是用功利观念掩抑审美观念。两家所论虽说稍有不同,却都偏重政教功利价值。

其缘情审美的赋观念,则表征在赋体的流变中。及至东汉时期,赋已分为两支:其一支是大赋,已显衰落趋势;另一支是小赋,东汉初年已出现。小赋在东汉中期大盛,并逐渐取代大赋地位,以其短小活泼的体制,开魏晋抒情小赋先声。这类小赋多抒写个人情怀,诉说仕途失意的愤懑情绪,甚至对社会政治进行批判,而非迎合帝王的阅读期待。许多作品思想情感较为自由,不再宣言儒家正统思想观点,而好援引老庄道家之言,因而显得清新明快疏放。如张衡《思玄赋》援引老庄道旨,赵壹《刺世疾邪赋》多愤世之语,均非儒家温柔敦厚的诗教所能牢笼,在一定程度的上突破依经立义原则,淡化赋的政教功利观念,凸显赋的缘情本体特质。

总之,功利的赋观念注重政教功能,表现为"欲讽",多出现在铺叙大赋中;审美的赋观念注重缘情本体,表现为"反劝",多出现在抒情小赋中。这两种赋观念同时并存,而又呈此消彼长之趋势。然两汉辞赋批评家,尽管所论情形多端,均保持功利或审美的观念,未有超出尚用与爱美二义。其典型论例有:

> 至于武宣之世……故言语侍从之臣,若司马相如、虞丘寿王、东方朔、枚皋、王褒、刘向之属,朝夕论思,日月献纳;而公卿大臣,御史大夫倪宽、太常孔臧、大中大夫董仲舒、宗正刘德、太子太傅萧望之等,时时间作。或以抒下情而通讽谕,或以宣上德而尽忠孝,雍容揄扬,著于后嗣,抑亦雅颂之亚也。故孝成之世,论而录之,盖奏御者千有余篇,而后大汉之文章,炳焉与三代同风。(《六臣注文选》卷1《两都赋序》,第4—5页)

诗赋者，所以颂善丑之德，泄哀乐之情也，故温雅以广文，兴喻以尽意。今赋颂之徒，苟为饶辩屈蹇之辞，竞陈诬罔无然之事，以索见怪于世；愚夫戆士，从而奇之，此悖孩童之思，而长不诚之言者也。（《潜夫论笺校·务本》，第19页）

（二）汉代诸家诗文批评

诗观念之演进/文观念之分化/诗文批评释例

两汉诗歌批评虽不够凸显振拔，然在《诗》经学及诗赋同论中，实含丰富的诗学内容，这在前文中已有论涉。诗赋同论的典型案例，当首推《诗赋略论》。其相关论旨，文前有论析；其文本具体内容，将见于本讲附录。兹摘其有关诗者，论列为如下几点：

（1）赋《诗》言志作为士大夫的一种素养，已纳为春秋晚期孔门教学的必修科目："古者诸侯卿大夫交接邻国，以微言相感，当揖让之时，必称《诗》以谕其志，盖以别贤不肖而观盛衰焉。故孔子曰'不学《诗》，无以言'也。"（《汉书》卷30《艺文志·诗赋略》，第1755—1756页）

（2）《诗》的讽谕精神流落到下层，为屈原、荀况等辞赋家所继承，但宋玉以后，有失落的趋势："春秋之后，周道浸坏，聘问歌咏不行于列国，学《诗》之士逸在布衣，而贤人失志之赋作矣。大儒孙卿及楚臣屈原离谗忧国，皆作赋以风，咸有恻隐古诗之义。其后宋玉、唐勒；汉兴，枚乘、司马相如，下及扬子云，竞为侈俪闳衍之词，没其风谕之义。"（《汉书》卷30《艺文志·诗赋略》，第1756页）

（3）诗的讽谕精神失落后，诗人便参与大赋创作，赋家有诗人与辞人之分；其中服膺孔门者如贾谊，仍保守一定的讽谕传统；至于司马相如以下赋家，则不断衰减而终至流失："是以扬子悔之，曰：'诗人之赋丽以则，辞人之赋丽以淫。如孔氏之门人用赋也，则贾谊登堂，相如入室矣，如其不用何！'"（《汉书》卷30《艺文志·诗赋略》，第1756页）

（4）汉设立乐府以采集民间歌谣，修复了儒家诗教的讽谕精神："自孝武立乐府而采歌谣，于是有代赵之讴，秦楚之风，皆感于哀乐，缘事而发，亦可以观风俗，知薄厚云。"（《汉书》卷30《艺文志·诗赋略》，第1756页）

班固以讽谕之兴废论诗，固然有失于偏执与片面；但其所述情实，大抵是可靠的。其实,在赋体承接存废"古诗之义"的同时,儒家讽谕精神还以别的诗歌形式流传。除了汉乐府采集的民间歌谣,晚周以来士大夫的讴歌啸咏,也继承了《诗》的讽谕传统,并在汉代演变为文人讽谕诗。特别是到了东汉晚期,文人参与民歌之拟作,产生《古诗十九首》等作品,达到汉代诗歌创作最高成就;并且在诗歌体式上有明显创新,由早前四言、杂言演进为五言。这些事项虽未纳入汉代诗歌批评范围,却以创作实绩展示汉代诗观念的进展;因而要引起文学批评史研究者的关注,并对其政教功利和缘情本体有所评析。

两汉文章体式,除了大、小赋,还有政论散文、历史散文,以及笔记杂文和小说家言。这在传统杂文学观念中,是都应纳入文学范畴的;但汉代人视之并非"文学",而被习惯地统称为"文章"。对这个发展性状的认知,既出于古今文观念差异,也缘于上古文观念分化,需要作一番深细的分析。纵观汉代各种载籍,"文"义分化如下:

由此可知,秦汉时期,文学观念是宽泛的,基本沿袭先秦旧说;而更具体实在的文章观念,则发生内容与形式之分化。

文章之分化,略有两情况:其一,沿用先秦"文章"旧义,指学问的语言文字形式。如扬雄《法言》:"七十子之于仲尼也,闻所不闻,见所不见,文章亦不足为矣。"(《法言义疏》16《渊骞篇》,第418页)其二,文章审美因素所有增强,具体指历史散文和辞赋。如《汉书》曰:"文章则司马迁、相如",又说"刘向、王褒以文章显"(《汉书》卷58《公孙弘传赞》,第2634页),这"文章"即指有审美价值的散文、辞赋。至于"文学"用例,则总体上属泛文学:

(1) 文学之科目。《汉书》:"令公、卿、大夫、诸侯、二千石举吏民有德行、通政事、能言语、明文学者各一人。"(《汉书》卷99中《王莽传》,第4125页)

(2) 文学即学问。《史记》:"夫齐、鲁之间于文学,自古以来,其天性也。故汉兴,然后诸儒始得修其经艺。"(《史记》卷121《儒林传》,第3117页)

(3) 文学指职官。《后汉书》:"卫尉"注引《汉官》:"员吏四十一人,其九人四科,二人二百石,文学三人百石。"(《后汉书·志第二十五·百官二》,第3579页)

（4）有学问的人。《汉书》："延文学儒者以万数，为博士官置弟子五十人，复其身"；"郡国县官有好文学，敬长上，肃政教，顺乡里，出入不悖所闻……能通一艺以上，补文学掌故缺。"（《汉书》卷121《儒林传》，第3594页）

（三）《论衡》文论释例

《论衡》的疾虚妄思想／王充的泛文学观及新解／真是、真美、真善而归于实诚／反模拟、重独创、尊古、贵今

王充著《论衡》，原书有85篇，亡佚《招致篇》，今存有84篇。其中论涉文学的篇目，主要有《艺增》《超奇》《乱龙》《佚文》《书解》《案书》《对作》《自纪》等。

王充（27—约97），字仲任，会稽上虞人。他自幼聪明，6岁识字，8岁读书，刻苦攻读，以绩优保送太学，从名儒班彪受业。他好博览而不守章句，兼通众流百家之言。出太学后，返归乡里；后几度出任小官，因性格伉直忤上，被贬斥而家居，发愤著述以终。东汉初期，经学空疏繁琐，谶纬迷信流行，整个社会充斥浮伪虚妄，他甚愤激而著《论衡》。他说："是故《论衡》之造也，起众书并失实，虚妄之言胜真美也。故虚妄之语不黜，则华文不见息；华文放流，则实事不见用。故《论衡》者，所以铨轻重之言，立真伪之平；非苟调文饰辞，为奇伟之观也。……今吾不得已也！虚妄显于真，实诚乱于伪，世人不悟，是非不定，紫朱相厕，瓦玉杂糅，以情言之，岂吾心所能忍哉！"（《论衡校释》卷29《对作》，第1179页）又说："《论衡》篇以十数，亦一言也，曰疾虚妄。"（《论衡校释》卷20《佚文》，第870页）《论衡》中所载文论多端，如"《诗》作民间"说（《论衡校释》卷29《对作》）、童谣"气导"说（《论衡校释》卷22《纪妖》）、"文质相称"说（《论衡校释》卷18《感类》）等，其出发点都是"疾虚妄"。

受制于汉代文学发展性状，王充所持的是泛文学观念。其泛文学观，约有三层面：一是质文之文，二是学问之文，三是文章之文。当然他所谓文学，主要是泛指学术著作，即"造论著说之文"。他说：

> 文人宜遵五经六艺为文，诸子传书为文，造论著说为文，上书奏记为文，文德之操为文。立五文在世，皆当贤也。造论著说之文，尤宜劳焉。何则？发胸中之思，论世俗之事，非徒讽古经、续故文也。论发胸臆，文成手中，非说经艺之人所能为也。周、秦之际，诸子并作，皆论他事，不颂主上，无益于国，无补于化。造论之人，颂上恢国，国业传在千载，主德参贰日月，非适诸

子书传所能并也。上书陈便宜,奏记荐吏士,一则为身,二则为人。繁文丽辞,无上书文德之操。治身完行,徇利为私,无为主者。夫如是,五文之中,论者之文多矣;则可尊明矣。(《论衡校释》卷20《佚文》,第867页)

与其他"四文"相比,"造论著说"最优长;因其发抒胸臆,论涉世事,颂上恢国,能够适合时用。

但王充所论并非拘守旧说,而对文学时有独到的见解。这主要有两点:一是去华伪,求真美;二是反模拟,重独创。至于其他论点,各有因革损益,大都属于学人之说,出于疾虚妄之考量。

王充《论衡》是关切现实之作,合乎《诗》经的美刺讽谕精神。他说:"《论衡》《政务》,其犹《诗》也,冀望见采,而云有过。斯盖《论衡》之所以兴也。"(《论衡校释》卷29《对作》,第1185页)因之,王充主张文学贵"真是",即要真实地反映现实生活。真,是指客观真实的生活;是,是指认识生活之真理。他说:"论贵是而不务华,事尚然而不高合。论说辩然否,安得不谲常心、逆俗耳?众心非而不从,故丧黜其伪,而存定其真。"(《论衡校释》卷30《自纪》,第1197页)他还认为,作家若能写出"真是",就能够创造真美和真善。美是就文学形式而言,善是就文学内容而言。在《论衡》诸论例中,美、善有时可以通用,如《书虚》云:"《春秋》采毫毛之美,贬纤介之恶"(《论衡校释》卷4,第191页);而《问孔》作:"《春秋》采毫毛之善,贬纤介之恶。"(《论衡校释》卷9,第406页)有时美、善可以互训,如《感类》云:"采善不逾其美。"(《论衡校释》卷18,第802页)而更多的情况,是美、善连用,如《别通》云:"古贤文之美善可甘";同篇又云:"(董仲舒)文说美善"(《论衡校释》卷13,第597、602页);《佚文》云:"美善不空。"(《论衡校释》卷20,第863页)王充进而认为文学之真是、美善,须基于去虚妄、华伪之"实诚"。其《对作》云:"圣人作经艺,著传记,匡济薄俗,驱民使之归实诚也。……故夫贤圣之兴文也,起事不空为,因因不妄作。作有益于化,化有补于正。"(《论衡校释》卷29,第1177—1178页)此所谓"实诚",既是作者的写作态度,也是作品的思想内容,还是文学教化功能的目标,最终使社会人群归于实诚。

文学既然是出于实诚,又归于实诚;那么它就会不断变化,非一成不变。这就要求反对模拟,追求独创。王充说:

饰貌以强类者失形,调辞以务似者失情。百夫之子,不同父母,殊类而生,不必相似,各以所禀,自为佳好。文必有与合然后称善,是则代匠斫不伤手,然后称工巧也。文士之务,各有所从,或调辞以巧文,或辩伪以实事。必谋虑有合,文辞相袭,是则五帝不异事,三王不殊业也。美色不同面,皆佳于目;悲音不共声,皆快于耳。酒醴异气,饮之皆醉;百谷殊味,食之皆饱。谓文当与前合,是谓舜眉当复八采,禹目当复重瞳。(《论衡校释》卷30《自纪》,第1201页)

既然反模拟,重独创;则古人有古人的创造,今人有今人的创造。同是出于匠心独创,就不应该复古卑今;而要既能尊古,又能贵今。故又说:

《五经》之后,秦、汉之事,不能知者,短也。夫知古不知今,谓之陆沉,然则儒生,所谓陆沉者也。《五经》之前,至于天地始开、帝王初立者,主名为谁,儒生又不知也。夫知今不知古,谓之盲瞽。《五经》比于上古,犹为今也。徒能说经,不晓上古,然则儒生,所谓盲瞽者也。(《论衡校释》卷12《谢短》,第555页)

以此衡之于汉代文学,则许多作家都应肯定:

夫俗好珍古不贵今,谓今之文不如古书。夫古今一也,才有高下,言有是非;不论善恶而徒贵古,是谓古人贤今人也。……盖才有浅深,无有古今;文有伪真,无有故新。广陵陈子回、颜方,今尚书郎班固、兰台令杨终、傅毅之徒,虽无篇章,赋颂记奏,文辞斐炳,赋象屈原、贾生,奏象唐林、谷永,并比以观好,其美一也。当今未显,使在百世之后,则子政、子云之党也。(《论衡校释》卷29《案书》,第1173—1174页)

不过也需注意的是,王充疾虚妄过甚,也会有偏激片面之说,以致忽略文学的特性。他有时混淆学术与文学,否定文学性的夸饰虚构。《论衡》中有所谓"增"文三篇,较集中地论述了文辞修饰问题。《语增》《儒增》所论是反对夸饰的,而《艺增》所论肯定基于想象之夸饰。这就意见不一,前后颇相矛盾。其典型论例有:

《淮南书》言,共工与颛顼争为天子,不胜,怒而触不周之山,使天柱折,地维绝。尧时十日并出,尧上射九日;鲁阳战而日暮,援戈麾日,日为却还。世间书传,多若等类,浮妄虚伪,没夺正是。(《论衡校释》卷29《对作》,第1183页)

《诗》曰:"维周黎民,靡有孑遗"是谓周宣王之时,遭大旱之灾也。诗人伤旱之甚,民被其害,言无有孑遗一人不愁痛者。夫旱甚,则有之矣;言无孑遗一人,增也。……山林之间,富贵之人,必有遭脱者矣,而言靡有孑遗,增益其文,欲言旱甚也。(《论衡校释》卷8《艺增》,第385页)

除了上述,《论衡》还有一些篇章,也蕴含精到的文论语料。如《超奇》,将著作者分为儒生、通人、文人、鸿儒四等,而以"精思著文连结篇章"之鸿儒为最优;再《乱龙》,以大量案例论汉代人感知成象的问题,阐述了两汉气感取象的原理及其形制。

总之,王充《论衡》中存有十分丰富的文学批评内容,是上承先秦两汉、下启魏晋南北朝文论的桥梁。其他刘安、董仲舒、司马迁、刘向、刘歆、扬雄、桓谭、班固、王逸、张衡、郑玄等人的诗文批评内容,也值得引起关注和研习。

附　文论选读

一　诗大序

［汉］佚名

《关雎》,后妃之德也,风之始也,所以风天下而正夫妇也。故用之乡人焉,用之邦国焉。风,风也,教也。风以动之,教以化之。

诗者,志之所之也。在心为志,发言为诗;情动于中,而形于言;言之不足,故嗟叹之;嗟叹之不足,故永歌之;永歌之不足,不知手之舞之,足之蹈之也。

情发于声,声成文谓之音。治世之音安以乐,其政和;乱世之音怨以怒,其政乖;亡国之音哀以思,其民困。故正得失,动天地,感鬼神,莫近于诗。先王以是经夫妇,成孝敬,厚人伦,美教化,移风俗。

故诗有六义焉:一曰风,二曰赋,三曰比,四曰兴,五曰雅,六曰颂。上以风化下,下以风刺上,主文而谲谏,言之者无罪,闻之者足以戒,故曰风。至于王道衰,礼义废,政教失,国异政,家殊俗,而变风、变雅作矣。国史明乎得失之迹,伤人伦之废,哀刑政之苛,吟咏情性,以风其上,达于事变,而怀其旧俗者也。故变风发乎情,止乎礼义。发乎情,民之性也;止乎礼义,先王之泽也。是以一国之事,系一人之本,谓之风。言天下之事,形四方之风,谓之雅。雅者,正也,言王政之所由废兴也。政有小大,故有小雅焉,有大雅焉。颂者,美盛德之形容,以其成功,告于神明者也。是谓四始,《诗》之至也。

然则《关雎》《麟趾》之化,王者之风,故系之周公。南,言化自北而南也。《鹊巢》《驺虞》之德,诸侯之风也,先王之所以教,故系之召公。《周南》《召南》,正始之道,王化之基,是以《关雎》乐得淑女以配君子,忧在进贤,不淫其色。哀窈窕,思贤才,而无伤善之心焉,是《关雎》之义也。(《毛诗正义》卷1《大序》,郑玄笺,孔颖达疏,阮元校刻,《十三经注疏》本,中华书局1980年10月第1版)

导读:

《诗大序》系于毛《诗·周南·关雎》的小序之后,经学史上习惯将小序和大序合称为《毛诗序》。《毛诗序》内含《小序》和《大序》,是没有问题的;但大小序的文句如何切分,历来却颇有分歧。一说,从开头到"教以化之"为《关雎》的小序,以下文字都是全书的大序;另一说,首尾两段都是《关雎》的小序,中间"诗者,志之所之也"至"《诗》之至也"为全书的大序。宋儒朱熹持后一说,是有文可循的,兹从其说。

关于其作者是谁,历来有多种说法。兹列举五种:①《经典释文》卷五引沈重说,以为《大序》是孔子弟子子夏作,《小序》是子夏和毛苌合作;② 范晔《后汉书·卫宏传》以为是后汉卫宏所作;③《隋书·经籍志》则调和折中,以为是子夏所创,毛苌及卫宏加以润益;④ 宋程颢以为《大序》是孔子所作,《小序》是子夏所作;⑤ 宋郑樵等直斥之为"村野妄人所作"(《四库全书总目》卷15《诗序》提要)。其余还有多种说法,近人胡朴安《诗经学》概括出13家所作说,张西堂《诗经六论》汇集出16家所作说。然而依循上古著述累积编撰之通例,《诗大序》应是几代人增递完成的。

《诗大序》是中国古代首篇诗歌专论,一方面总结了早前诸家《诗》说观点,另一方面提炼中国诗学的基础理论,因而是一篇承前启后的纲领性文件。其主要内容有四点:

其一,首次明确提炼出"诗言志"的观念,奠定了中国诗学言志传统的基石。其相关论例为:"诗者,志之所之也。在心为志,发言为诗;情动于中,而形于言言之不足,故嗟叹之;嗟叹之不足,故永歌之;永歌之不足,不知手之舞之,足之蹈之也。"

其二,将周礼中的六诗制度改造为六义说,隐含《诗》篇分类与手法之分化。其相关论例为:"诗有六义焉:一曰风,二曰赋,三曰比,四曰兴,五曰雅,六曰颂。上以风化下,下以风刺上,主文而谲谏,言之者无罪,闻之者足以戒,故曰风。至于王道衰,礼义废,政教失,国异政,家殊俗,而变风、变雅作矣";"是以一国之事,系一人之本,谓之风。言天下之事,形四方之风,谓之雅。雅者,正也,言王政之所由废兴也。政有小大,故有小雅焉,有大雅焉。颂者,美盛德之形容,以其成功,告于神明者也。"

其三,强调诗歌发挥感化讽谏之政教功能,阐述正统儒家功利主义的文学观。其相关论例为:"风,风也,教也。风以动之,教以化之";"治世之音安以乐,其政和;乱世之音怨以怒,其政乖;亡国之音哀以思,其民困。故正得失,动天地,感鬼神,莫近于诗。先王以是经夫妇,成孝敬,厚人伦,美教化,移风俗";"《关雎》《麟趾》之化,王者之风,故系之周公。南,言化自北而南也。《鹊巢》《驺虞》之德,诸侯之风也,先王之所以教,故系之召公。"

其四,揭示诗歌创作吟咏情性的艺术特质,同时又要求对情感抒发有所节制。其相关论例为:"情发于声,声成文谓之音";"国史明乎得失之迹,伤人伦之废,哀刑政之苛,吟咏情性,以风其上,达于事变,而怀其旧俗者也。故变风发乎情,止乎礼义。发乎情,民之性也;止乎礼义,先王之泽也。""止",就是节制。

二　诗赋略论

[汉] 班固

传曰:"不歌而诵谓之赋,登高能赋可以为大夫。"言感物造耑[端],材知深美,可与图事,故可以为列大夫也。古者诸侯卿大夫交接邻国,以微言相感,当揖让之时,必称《诗》以谕其志,盖以别贤不肖而观盛衰焉。故孔子曰"不学《诗》,无以言"也。春秋之后,周道浸坏,聘问歌咏不行于列国,学《诗》之士逸在布衣,而贤人失志之赋作矣。大儒孙卿及楚臣屈原离谗忧国,皆作赋以风,咸有恻隐古诗之义。其后宋玉、唐勒,汉兴枚乘,司马相如,下及扬子云,竞为侈丽闳衍之词,没其风谕之义。是以扬子悔之,曰:"诗人之赋丽以则,辞人之赋丽以淫。如孔氏之门人用赋也,则贾谊登堂,相如入室矣,如其不用何!"自孝武立乐府而采歌谣,于是有代赵之讴,秦楚之风,皆感于哀乐,缘事而发,亦可以观风俗,知薄厚云。序

诗赋为五种。（班固撰《汉书》卷30《艺文志·诗赋略论》，颜师古注，中华书局1962年6月第1版）

导读：

班固《汉书·艺文志》"序诗赋为五种"，包括屈原赋系列20家、陆贾赋21家、孙卿赋25家、杂赋12家、歌诗28家。这段文字系于《汉书·艺文志》"诗赋略"末尾，是对周初以至汉代诗赋功能及其体制变迁的概述。学者题名为《诗赋略论》，或题名为《诗赋略后序》。其核心内容是：赋作为诗乐演述的一道工序，本来属于士大夫的一种素能；及至春秋晚期以后，赋的素能发生分化：一则为文体的赋，即赋体；二则技能的赋，即赋法。赋体上承古诗之义旨，经荀况和屈原的倡导，而进一步分为诗人之赋和辞人之赋，这两体都语言华丽又有明显的差异，前者讲典则，后者尚夸饰。至于论歌诗，则注重其有感而发的艺术特质，并强调其讽谕传统和政教功能。其所论虽简略却极为精要，堪称先秦两汉诗赋论纲领。

三 《楚辞章句》序

[汉] 王逸

叙曰：昔者孔子睿圣明喆（zhé），天生不群，定经术，删《诗》《书》，正《礼》《乐》，制作《春秋》，以为后王法，门人三千，罔不昭达，临终之日，则大义乖而微言绝。其后周室衰微，战国并争，道德陵迟，谲诈萌生，于是杨、墨、邹、孟、孙、韩之徒，各以所知，著造传记，或以述古，或以明世。而屈原履忠被谮（zēn），忧悲愁思，独依诗人之义而作《离骚》。上以讽谏，下以自慰。遭时暗乱，不见省纳，不胜愤懑，遂复作《九歌》以下凡二十五篇。楚人高其行义，玮其文采，以相教传。

至于孝武帝，恢廓道训，使淮南王安作《离骚经章句》，则大义粲然。后世雄俊，莫不瞻慕，舒肆妙虑，缵（zuǎn）述其词。逮至刘向典校经书，分为十六卷。孝章即位，深弘道艺，而班固、贾逵复以所见，改易前疑，各作《离骚经章句》；其余十五卷，阙而不说。又以"壮"为"状"，义多乖异，事不要括。今臣复以所识所知，稽之旧章，合之经传，作十六卷章句。虽未能究其微妙，然大指之趣，略可见矣。

且人臣之义，以忠正为高，以伏节为贤。故有危言以存国，杀身以成仁；是以伍子胥不恨于浮江，比干不悔于剖心，然后忠立而行成，荣显而名著。若夫怀道以迷国，详愚而不言，颠则不能扶，危则不能安，婉（miǎn）婉以顺上，逡（qūn）巡以避患，虽保黄耉(gǒu)，终寿百年，盖志士之所耻，愚夫之所贱也。今若屈原，膺忠贞之质，体清洁之性，直若砥(dǐ)矢，言若丹青，进不隐其谋，退不顾其命，此诚绝世之行，俊彦之英也。

而班固谓之露才扬己，竞于群小之中，怨恨怀王，讥刺椒、兰，苟欲求进，强非其人，不见容纳，忿恚(huì)自沉；是亏其高明，而损其清洁者也。昔伯夷、叔齐，让国守分，不食周粟，遂饿而死。岂可复谓有求于世而怨望哉？且诗人怨主刺上曰："呜呼小子，未知臧否，匪面命之，言提其耳。"风谏之语，于斯为切。然仲尼论之，以为大雅。引此比彼，屈原之词，优游婉顺，宁以其君不智之故，欲提携其耳乎？而论者以为露才扬己、怨刺其上、强非其人，殆失厥中矣。

夫《离骚》之文，依托五经以立义焉："帝高阳之苗裔"，则"厥初生民，时惟姜嫄"也；"纫秋兰以为佩"，则"将翱将翔，佩玉琼琚"也；"夕揽洲之宿莽"，则《易》"潜龙勿用"也；"驷玉虬而乘鹥(yī)"，则"时乘六龙以御天"也；"就重华而陈词"，则《尚书》咎繇之谋谟也。"登昆仑而涉流沙"，则《禹贡》之敷土也。

故智弥盛者其言博，才益多者其识远，屈原之词，诚博远矣，自终没以来，名儒博达之士，著造词赋，莫不拟则其仪表，祖式其模范，取其要妙，窃其华藻，所谓金相玉质，百世无匹，名垂罔极，永不刊灭者矣。（王逸章句、洪兴祖补注《楚辞补注》卷一《离骚经章句》末附《楚辞章句序》，白化文等点校，中华书局1983年3月第1版）

导读：

王逸（生卒年不详），字叔师，南郡宜城（今湖北省宜城县）人，东汉著名文学家，仕为校书郎，官至豫章太守，有《王叔师集》。他所作《楚辞章句》，是《楚辞》最早注本；又作赋、诔、书、论21篇，还写作《汉诗》123篇等，今多散佚，仅存《九思》。《九思》为哀悼屈原而作，可与《楚辞章句》相参证。

《楚辞章句》传至南宋时，有学者洪兴祖进一步注解，形成流传甚广的《楚辞补注》合刊本，从此章句与补注合称《楚辞补注》。洪兴祖（1070—1135），字庆善，丹阳（今江苏省丹阳市）人，南宋初曾官秘书省正字。洪注为补正《楚辞章句》而作，其体例为先罗列王逸章句注文，再标示"补曰"，以申述自家之说，既补足王逸所未详，兼纠正王逸的疏误。补注中除训释典章、名物而外，还大量征引史乘、传说、神话。另外，《楚辞章句》征引典籍，多不言书名；而此书所引必举明出处，颇为清晰详赡。《楚辞补注》汲古阁重刊宋本，比较通行的有《四部备要》本。

汉代评论屈原及楚辞，主要有两种批评倾向。一是以刘安和司马迁为代表的积极肯定的评价，认为屈原志尚高洁，可与日月争光；一是以扬雄和班固为代表的消极否定的评价，认为屈原露才扬己，不善明哲保身。当然，这两种批评倾向都赞扬屈原的艺术成就。王逸作《楚辞章句》，就是想折中两种倾向，力图对屈原及楚辞作出更全面中肯的评价，其主要观点集中表述在《楚辞章句序》中。可以说，该文上承汉初以来诸家对屈原的批评意见，下启刘勰《文心雕龙·辨骚》的精彩论说。

该文是《楚辞章句》的总序，系于其书卷一《离骚》末尾。其所论内容较丰富，可提炼出如下要点：(1) 发掘楚辞的文学意义，(2)《离骚》批评之回顾，(3) 反驳班固的批评观点，(4) 依托《五经》以立义，(5) 表彰屈赋的仪表模范。

四　超奇(节录)

[汉] 王充

通书千篇以上，万卷以下，弘畅雅闲，审定文读，而以教授为人师者，通人也。抒其义旨，损益其文句，而以上书奏记，或兴论立说，结连篇章者，文人、鸿儒也。好学勤力，博闻强识，世间多有；著书表文，论说古今，万不耐一。然则著书表文，博通所能用之者也。入山见木，长短无所不知；入野见草，大小无所不识。然而不能伐木以作室屋，采草以和方药，此知草木所不能用也。夫通人览见广博，不能掇以论说，此为匿生书主人，孔子所谓"诵《诗》三百，授之以政不达"者也，与彼草木不能伐采，一实也。孔子得《史记》以作《春秋》，及其立义创意，褒贬赏诛，不复因《史记》者，眇思自出于胸中也。凡贵通者，贵其能用之也。即徒诵读，读诗讽术，虽千篇以上，鹦鹉能言之类也。衍传书之意，出膏腴之辞，非俶傥之才，不能任也。夫通览者，世间比有；著文者，历世希然。近世刘子政父子、杨子云、桓君山，其犹文、武、周公并出一时也；其余直有，往往而然，譬珠玉不可多得，以其珍也。

故夫能说一经者为儒生，博览古今者为通人，采掇传书以上书奏记者为文人，能精思著文连结篇章者为鸿儒。故儒生过俗人，通人胜儒生，文人逾通人，鸿儒超文人。故夫鸿儒，所谓超而又超者也。以超之奇，退与儒生相料，文轩之比于敝车，锦绣之方于缊袍也，其相过，远矣。如与俗人相料，太山之巅墆(dì)，长狄之项跖，不足以喻。故夫丘山以土石为体，其有铜铁，山之奇也。铜铁既奇，或出金玉。然鸿儒，世之金玉也，奇而又奇矣。奇而又奇，才相超乘，皆有品差。

儒生说名于儒门,过俗人远也。或不能说一经,教诲后生。或带徒聚众,说论洞溢,称为经明;或不能成牍,治一说;或能陈得失,奏便宜,言应经传,文如星月。其高第若谷子云、唐子高者,说书于牍奏之上,不能连结篇章;或抽列古今,纪著行事,若司马子长、刘子政之徒,累积篇第,文以万数,其过子云、子高远矣。然而因成纪前,无胸中之造。若夫陆贾、董仲舒,论说世事,由意而出,不假取于外,然而浅露易见,观读之者,犹曰传记。阳成子长作《乐经》,杨子云作《太玄经》,造于助［眇］思,极窅冥之深,非庶几之才,不能成也。孔子作《春秋》,二子作两经,所谓卓尔蹈孔子之迹,鸿茂参贰圣之才者也。

王公问于桓君山以杨子云。君山对曰:"汉兴以来,未有此人。"君山差才,可谓得高下之实矣。采玉者心羡于玉,钻龟者知神于龟。能差众儒之才,累其高下,贤于所累。又作《新论》,论世间事,辩照然否,虚妄之言,伪饰之辞,莫不证定。彼子长、子云论说之徒,君山为甲。自君山以来,皆为鸿眇之才,故有嘉令之文。笔能著文,则心能谋论,文由胸中而出,心以文为表。观见其文,奇伟俶傥,可谓得论也。由此言之,繁文之人,人之杰也。

有根株于下,有荣叶于上;有实核于内,有皮壳于外。文墨辞说,士之荣叶、皮壳也。实诚在胸臆,文墨著竹帛,外内表里,自相副称。意奋而笔纵,故文见而实露也。人之有文也,犹禽之有毛也。毛有五色,皆生于体。苟有文无实,是则五色之禽,毛妄生也。选士以射,心平体正,执弓矢审固,然后射中。论说之出,犹弓矢之发也;论之应理,犹矢之中的。夫射以矢中效巧,论以文墨验奇。奇巧俱发于心,其实一也。文有深指巨略,君臣治术,身不得行,口不能绁(xiè)［泄］,表著情心,以明已之必能为之也。孔子作《春秋》,以示王意。然则孔子之《春秋》,素王之业也;诸子之传书,素相之事也。观《春秋》以见王意,读诸子以睹相指。故曰:陈平割肉,丞相之端见;叔孙敖决期思,令君［尹］之兆著。观读传书之文,治道政务,非徒割肉决水之占也。足不强则迹不远,锋不铦(xiān)则割不深。连结篇章,必大才智鸿懿之俊也。(《论衡校释》卷十三《超奇》,王充原撰、黄晖校释,《新编诸子集成》本,中华书局1990年第1版)

导读:

王充(27—约97),字仲任,会稽上虞(今浙江省上虞县)人。出身寒门孤族,自小聪慧好学,博览群书,擅长辩论;不慕高官,不贪富贵。晚年,朝廷公车征召,里居著书不就。和帝永元年间病死于家中,有《论衡》85篇传世。另著《讥俗节义》《政务》《养性书》等,都亡佚。

　　王充是东汉著名的思想家、文学批评家。其平生论学,倾向唯物论;以"天"为最高范畴,以"气"为核心观念,用多层位"气"论构建宇宙生成模式,以与当时流行的"天人感应"论对立;主张生死自然、力倡薄葬,反叛神化儒学之空疏虚妄。

　　王充针砭当代文学写作中存在的诸多问题,反对虚妄荒诞、辞藻华靡和复古模拟等;强调以真实为基础来求真美,而反对描写虚妄迷信的内容;主张文章必须有补于世用,发挥积极的社会教育作用;强调内容和形式的统一,做到外内表里完全一致,既有翔实的内容,又有适宜的形式;注重独创精神,反对模拟抄袭;倡导文章语言口语化,反对古奥艰涩的文风。

　　《论衡》对文学的论说散见于多篇,其中《超奇》篇所论较为精要集中。若以今日文学理论来衡量之,《超奇》应是作家论的首篇。该段节文中,主要论点有:(1) 按世人的学问素养、创造才华和写作能力之品差,将人区分为俗人、儒生、通人、文人、鸿儒五等;(2) 在此五等人中王充最看重鸿儒,以示精思著文连结篇章之重要;(3) 用人分五等的品差理论来表彰评价多位汉代著名的著作家,如谷永子云、唐林子高、司马迁子长、刘向子政、陆贾、董仲舒、阳城衡成子、扬雄子云、桓谭君山等;(4) 强调作家有内在实诚,才能使文墨与之相副,故能连结篇章的鸿儒,必是有大才大智之人。

第四讲
魏晋文学批评

魏晋(220—420)是指从三国至东晋这段历史,魏晋文学批评则是指这一阶段的文学批评。在继承发展两汉文学批评基础上,魏晋南北朝文学理论批评成果卓著,涌现许多著名的文学批评家和论著。其论著有的是单篇文章,如曹丕《典论·论文》、颜之推《颜氏家训·文章》、陆机《文赋》、左思《三都赋序》、沈约《宋书·谢灵运传论》;有的是文论专书,如刘勰《文心雕龙》、钟嵘《诗品》等。另外,萧统《文选》是影响重大的作品选本,也蕴含了丰富的文学理论内容,对后世文学批评产生着重要影响。总体来看,魏晋南北朝是中国文学批评发展的一个高峰时段,而魏晋则是从两汉到南北朝文学批评的过渡环节。

本讲主要述说魏晋文学批评新趋势、对建安七子文风批评,以及对陆机《文赋》等重要批评论著作出较为深入的阐释。

一 文学批评新趋势

汉末战争带来的伤痛尚未缓解,整个魏晋时期又陷入新的动乱;西晋虽统一,但并不太平,尤其是"八王之乱"后,南北方皆陷入混战动荡。生于乱世之际,文人一方面通过文学创作实践来宣泄郁愤、抒发情志,另一方面借助玄学人生观来直面现实、调适心绪。因此,作家多能关切现实,以文学为托命之基,既重情感表现,又重辞采修饰;这为魏晋文学批评发展奠定了基础,因使该时段的文学批评呈现新趋势。

(一)文学批评意识确立

原典思想在论文中的转释/玄学人生观对文学的启迪/文学批评意识之

相对独立

在思想方面,魏晋时期原来占统治地位的经学思潮已动摇,取而代之的是融合了道家、佛学的玄学思潮。魏晋玄学作为一种崭新的思想形态,超越了两汉神学的目的论、宿命论,为当时的经典阐释,提供新的思路方法。比如在玄学思潮启迪下,作为老庄哲学范畴的"自然"开始对文学产生重要影响。老子说"道法自然"(《老子》第25章,第103页),自然是宇宙本体的一种状态,即去除人工作用之自然而然;庄子则继承和发展了老子"道法自然"的观点,进而追求闲适散淡、物我两忘的自由之境。

老子所说"自然"就是道,即为自然而然的最高境界;既是人性保持天真的婴孩状态,也是看待宇宙万物的普遍法则。庄子继承了老子自然观,而又有明显的发展创新,追求人工作为之近乎自然,即肯定不露痕迹的自然美。总之,老庄思想中的"自然"说,本是思考宇宙本源的观念;如今却开始借用转释于文学,而成为文学理论中的自然观。

老子认为宇宙万物本原于道,所以世间物性是自然而然的;然则体道也就要顺乎自然,始终保持清虚空明的心境。为此,他提出"致虚极,守静笃"的要求,认为只有这样才能把握宇宙的本原,做到自然而然,获得精神自由。(《老子》第16章,第64页)庄子绪承"虚静"论,进而提出"心斋"说:"若一志,无听之以耳而听之以心,无听之以心而听之以气!听止于耳,心止于符。气也者,虚而待物者也。唯道集虚。虚者,心斋也。"(《庄子》卷2中《人间世》,第147页)又提出"坐忘"说:"堕肢体,黜聪明,离形去知,同于大通,此谓坐忘。"(《庄子》卷3上《大宗师》,第284页)所谓"心斋""坐忘",就是指心志专注,摒弃私欲和杂念,消除外物的干扰,而获得心灵自由。只有通过"心斋""坐忘"的功夫,才能体认宇宙本原而与道合为一体。

"虚静""坐忘""心斋"思想渗透于文学,至西晋文学批评家陆机《文赋》中就转释为:"其始也,皆收视反听,耽思傍讯,精骛八极,心游万仞。"(《六臣注文选》卷17《文赋》,第291下页)这描述了创作心理状态,即不受外界视听之干扰,以使作家心志专注于艺术构思,心灵超越时空拘限而获得自由。其排除外界干扰,即进入虚静状态,以"心斋"功夫来观照外物,就实现感知成象而状物写景。

《易》经设卦象以解释宇宙变化之道,阐明圣人演《易》以明道的原理。如《系辞》通过解析爻卦辞,来阐明天地万物的运行之道。其文曰:

> 子曰："书不尽言，言不尽意。"然则圣人之意，其不可见乎？子曰："圣人立象以尽意，设卦以尽情伪，系辞焉以尽其言，变而通之以尽利，鼓之舞之以尽神。"乾坤，其《易》之缊邪？（《周易·系辞下》，第566页）

"象"本指"卦象"，是爻卦的所处之位。圣人将自然现象和人事之变，抽象归结为特定的符号逻辑；并根据各种"象"所具有的符号意义，用卦爻辞来演说天地万物的变化规律。此即"立象以尽意"，也就是寻求象外之意。对此，王弼深有会解，并能推详其说。王弼（226—249），字辅嗣，魏晋经学名家，玄学代表人物。他曾撰《周易略例》《周易注》，来解读《周易》以精研《易》理。他在《周易略例·明象章》中，专门论说意、象、言三者关系，提出了得意忘象、言外之意的观点。其文曰：

> 夫象者，出意者也。言者，明象者也。尽意莫若象，尽象莫若言。言生于象，故可寻言以观象。象生于意，故可寻象以观意。意以象尽，象以言著。故言者所以明象，得象而忘言。象者所以存意，得意而忘象。（《周易略例·明象章》，第609页）

所谓"言生于象""象生于意"，是说"意"为"言""象"根本；可以通过"言""象"来探寻"意"，也可通过"言""象"来反观"意"。这是因为，"言""象"是"意"之表，必须始终为传达"意"服务；故而，不论"言""象"如何，终归要以"意"为旨归。由此而反观之，就可得出"得象而忘言""得意而忘象"之逆推导。王弼正是援引道家得意忘言的思想，来诠释《周易·系辞》言象意关系；因而，将言象意关系范畴纳入文学论域，奠定了中古"意象"理论的基础。

魏晋是一个动乱的时代，士人为了追求适意放任、超脱世俗，纷纷反思儒家道德规范对人的约束。士人肯定人性本真、崇尚自然，并且试图从中寻找到解脱方式。最终人们意识到，玄心、洞见、妙赏的能力，才是解脱人生困苦的关键，因此玄言诗兴起。玄言诗是擅长思辨的诗歌种类，它将玄理和山水风景融为一体，以自然风景为外在依托，以玄理思辨为内在体验，从而形成新的语言表达形式，引导以理趣为美的创作风尚。尽管玄言诗有枯燥的一面，但是从文学史的角度来看，玄言诗对山水诗的产生，发挥着极为关键的作用。总之，魏晋玄学不仅影响文学创作和山水审美，同时还影响着魏晋时期的文学理论批评。

魏晋士人苟活于乱世，其心态开始发生巨变。在面对生活的磨难与困苦时，魏晋士人以老庄思想为慰藉，并融摄佛教思想，开启新的人生观，形成了新的生命哲学，这就是魏晋玄学思想。这种思想超越两汉经学，引得士人思想空前活跃。他们兴趣广泛，热衷穷理尽性，追求适意放达、超脱世务，以使神情潇散、心灵自由。这表征在文学创作方面，就是产生游仙诗新品种。游仙诗最常见的题写内容，是呈现仙境、仙人之景象。这通常有两类情思：一类是表达长生不老、羽化登仙的思想，另一类是借游仙幻景来抒发抑郁之情绪。从现存游仙诗作品来看，魏晋人所作多属第二类。其实，早自汉末曹操以来，游仙诗风即已渐起；及至西晋游仙诗大为盛行时期，则嵇康、阮籍、郭璞最具影响。他们不仅对仙人之境充满向往之情，而且借助游仙诗抒发个人凛坎之怀，寄托玄学人生观，以寻求心灵解脱。

刘勰曰："庄老告退，而山水方滋。"（《文心雕龙注》卷2《明诗》，第65页）这是认为魏晋玄风淡退之后，崇尚山水的文学风尚才兴起；只有将山水自然视为审美对象，才能启迪促进山水文学的发展。然自东汉末年以来，因社会政治之动荡，士人已流露对山水的喜爱，加之老庄自然观念的影响，他们将自然道旨与山水相结合，开始在山水之间寄托体道之心。如此，在以山水为审美对象的同时，也就推动了山水文学的发展。如曹操《观沧海》，就显示山水诗雏形；之后又涌现出不少山水诗人和诗歌，如谢灵运、鲍照的诗作就堪称代表。

曹丕曰："盖文章，经国之大业，不朽之盛事。"（《六臣注文选》卷52《典论·论文》，第948上页）曹丕将文章视同治国之事业，已极大地提高了文学的地位。文中论列多种文体的体格，评述多位作家的创作风貌，展现建安七子文学群体意识，强调并凸显了文学的独立性。除此之外，陆机亦曰：

> 余每观才士之所作，窃有以得其用心。夫放言遣辞，良多变矣，妍蚩[媸]好恶，可得而言。每自属文，尤见其情。恒患意不称物，文不逮意，盖非知之难，能之难也。故作《文赋》，以述先士之盛藻，因论作文之利害所由，他日殆可谓曲尽其妙。至于操斧伐柯，虽取则不远，若夫随手之变，良难以辞逮。盖所能言者，具于此云。（《六臣注文选》卷17《文赋》，第291下页）

可见，陆机已关注文学创作的言意关系，并将其纳入文学理论的讨论范围，论及了创作发生的机制，创作构思的过程，文章的体式风格，以及文章的审美标准等。对此，鲁迅评曰："用近代的文学眼光来看，曹丕的一个时代可说是'文学的自觉时代'。"

(《而已集·魏晋风度及文章与药及酒之关系》,第526页)其所谓"文学的自觉时代",就是不再视文学为政教工具,而是思考文学独立性,探讨文学的自身规制。

魏晋以后,文学摆脱经学的束缚,其政教功能开始弱化。魏晋辞赋,是具有时代特征的文体,尤其抒情小赋成就最高。小赋不同于铺陈直叙的大赋,而呈现更为浓厚的抒情色彩,尤其注重辞采的精致华美,留心言意、形神关系之辩。总之,魏晋文学包孕的新的审美追求,标志着一个新的文学时代到来。这具体表现为两点:

首先,展现出强烈的情感。魏晋士人除了在文学创作中普遍抒发情感,也还将情感与审美纳入了文学理论批评中。如曹植诗作,多发慷慨悲凉之音,其有精妙的诗句曰:"江介多悲风,淮泗驰急流。"(《曹植集校注》卷3《杂诗·仆夫早严驾》,第380页)故钟嵘评之曰"骨气奇高,词彩华茂,情兼雅怨,体被文质"。(《诗品集注》[增订本]卷上"魏陈思王植诗"条,第117页)

其次,追求语言的形式美。曹丕不仅标举"诗赋欲丽",而且主张文辞形式的多样性:"文非一体,鲜能备善;是以各以所长,相轻所短。里语曰:'家有敝帚,享之千金。'斯不自见之患也。……盖君子审己以度人,故能免于斯累,而作《论文》。"(《六臣注文选》卷52《典论·论文》,第948下页)魏晋作家普遍认为,诗赋应讲究辞藻的精致华丽,追求对事物穷形尽相之描写。不论是自然景物描写,还是人间事象的描写,都将自然景物与个人情感结合起来,细致敏锐地捕捉诗赋中的审美意蕴。

(二)单篇文学专论产生

作品及作品集序/子书的文论篇章/独立成篇的文论

魏晋文学批评的一项重要成果,是出现了不少单篇的文论撰述,有的以序论的形式呈现,有的被收录于子书之中,有的是独立成篇的论文,其具体情形兹分述如下:

以作品序的形式所呈现的文论,最著名的有左思《三都赋序》。左思(生卒年不详),字太冲,齐国临淄(今山东省淄博市东北)人。其所作《三都赋序》,置于《三都赋》开头。其文曰:

> 盖诗有六义焉,其二曰赋。扬雄曰:"诗人之赋丽以则。"班固曰:"赋者,

古诗之流也。"先王采焉,以观土风。见"绿竹猗猗",则知卫地淇澳之产;见"在其版屋",则知秦野西戎之宅。故能居然而辨八方。然相如赋《上林》,而引"卢橘夏熟";扬雄赋《甘泉》,而陈"玉树青葱";班固赋《西都》,而叹以"出比目",张衡赋《西京》,而述以"游海若"。(《六臣注文选》卷4《三都赋序》,第71下页)

左思在该序中陈述了对赋的看法,认为作赋不可过于追求藻饰夸张;故对司马相如、扬雄、班固、张衡的夸饰表示不满,而主张赋作应当同诗歌一样具有"观风土"之功用。这反映赋家对语言简明、文辞尚实的艺术追求。以序体论文的风气既开,加上作家别集大量编纂,就产生了集序之批评形式,成为文学批评资料之来源。特别是到了南朝时期,出现多篇重要的集序,如虞炎《鲍照集序》、沈约《梁武帝集序》、萧统《陶渊明集序》。

还有许多文论收录于子书中,例如曹丕的《典论·论文》。这是中国文学批评史上第一篇文学专论,作为子书《典论》之一篇目而仅存于今。《典论》是曹丕在建安后期所撰写的一部集政治、社会、文化等论题的书,其大部分篇章因失散不存而难睹原貌,唯《论文》篇被《文选》收录而留存。

此外少量独立成篇的文学专论,也是魏晋文学批评的重要组成。如西晋文学家陆机所撰《文赋》,就是一篇很重要的赋体文学专论。该文首先强调文以情生,把情感作为创作的基础;其次阐述了创作构思过程,肯定了艺术想象的重要性;再次阐述了创作过程中的困难处,揭示意不称物、文不逮意之情状;又次论述了文章风格和审美标准,提出会意尚巧、遣言贵妍之要求。其余所论,还有多项,兹不具列,留待后述。(参见《六臣注文选》卷17《文赋》,第292—293下页)

(三)总集编纂及其文论

挚虞《文章流别论》/李充《翰林论》/其他总集之文论

除了以作品序的形式论文,还有以集部论的形式论文。其最著名的,当属挚虞《文章流别论》;因其书亡佚,仅存论多种文体者十余则。例如:

> 王泽流而诗作,成功臻而颂兴,德勋立而铭著,嘉美终而诔集。(《全上古三代秦汉三国六朝文·全晋文》卷77《文章流别论》,第1905上页)

挚虞认为诗歌创作应是源自君主的德泽,因此颂、铭、诔都是表达对君王的赞颂;故又云:"颂之所美者,圣王之德也。"(《全上古三代秦汉三国六朝文·全晋文》卷77《文章流别论》,第 1905 上页)这也间接显示了,诸体应该发挥儒家教化功能,以歌颂君主功德为体制要求。

对于诗歌,他推崇"雅音之韵,四言为正",其他诗体"虽备曲折之体,而非音之正也"。对于赋,他讨论了古今之赋的不同,认为:"古诗之赋,以情义为主,以事类为佐;今之赋,以事形为本,以义正为助。"他批评"今之赋"的文辞不当,即所谓"四过":"假象过大","逸辞过壮","辩言过理","丽靡过美"。(以上《全上古三代秦汉三国六朝文·全晋文》卷77《文章流别论》,第 1905 下页)

另李充编纂《翰林》,又撰集有《翰林论》;两书在赵宋时已亡佚,其逸文见《全晋文》,仅 10 余则,弥足珍贵。李充(生卒年不详),字弘度,江夏钟武(今湖北省安陆市)人,东晋著名文论家、文学家,目录学家。学界认为,李充所编撰《翰林》为文章总集,《翰林论》则为总集之文学评论。如《词林典故》曰:"晋李充论著《翰林》。梁钟嵘《诗品》称郭璞为《翰林》诗首,唐李邕称《翰林》六绝;盖用以标文苑之目耳。"(《词林典故》卷 2,第 113 页)可见,李充《翰林》之编纂,早已引起论文者关注。

另外,南朝梁任昉《文章缘起》,又名《文章始》,为《隋书·经籍志》著录,所题仅为一卷。(《隋书》卷35《经籍志》,第 1082 页)盖为简述各类文体之总集,其所论列文体多达 80 多类。四库馆臣称:"考《隋书·经籍志》,载任昉《文章始》一卷,有目无书。是其书在隋已亡。"(《四库全书总目》卷 195《文章缘起》提要,第 1780 上页)大抵论述诗、赋诸体之缘起及变迁,然具体内容因无从稽考而不得详知。

二 对建安文学批评

可考的建安七子之称谓,首见于《典论·论文》。这个作家群体的文学活动,是汉末及魏文学批评焦点;而其最核心的文学理论命题,就是史家所称"建安风骨"。而曹植是建安文学群体中最具代表性的作家,他的相关论说也是建安文学批评的重要内容。从现存的文学理论批评史料来看,当时对建安文学的评论有三要点:(1)曹丕《典论·论文》之撰写,(2)《典论·论文》的理论内涵,(3)曹植及建安七子的文学思想。

（一）曹丕《典论·论文》之撰写

曹丕与建安七子/《典论》之撰写/第一篇文学专论

魏文帝曹丕(187—226)，字子桓，沛国谯县(今安徽省亳县)人。魏武帝曹操嫡长子，建安二十二年(217)，被立为魏王世子。建安二十五年(220)，曹操逝世，曹丕受禅登基，以魏代汉，建立魏国。曹丕诗、赋的造诣很高，尤为擅长于五言诗创作。今存《魏文帝集》二卷；另还著有《典论》，今存《论文》一篇。

《典论》是有关政治、道德、文化的论集，也是一部全面论说国家综合治理的新子书。全书由多篇专文组成，然大多篇章已经散佚；唯《论文》编入《文选》，幸而得以完整地保留下来。

建安"七子"之名目，即首见于《论文》篇："今之文人，鲁国孔融文举、广陵陈琳孔璋、山阳王粲仲宣、北海徐幹伟长、陈留阮瑀元瑜、汝南应玚德琏、东平刘桢公幹，斯七子者，于学无所遗，于辞无所假，咸以自骋骥䯄于千里，仰齐足而并驰。"(《六臣注文选》卷52《典论·论文》，第948下页)"斯七子"孔融、陈琳、王粲、徐幹、阮瑀、应玚、刘桢，即为建安七子。其中，孔融年辈最长，死于建安早期；其他六人与曹丕交往密切，刘桢和王粲所作评价甚高。

曹丕《论文》是中国古代第一篇文学专论。它在《典论》中是相对独立的单篇，而不再附论于具体文学作品(集)。如早前佚名《诗大序》、班固《离骚序》《两都赋序》、王逸《楚辞章句序》等，都是附论之文学批评篇章，与《论文》之专论体不同。这实际开创了文学批评著述的一种新体例，南朝颜之推《颜氏家训》中的《文章》篇、萧绎《金楼子》中的《立言》篇等，即是沿用了曹丕这种文学专论之体例，而区别于《楚辞章句序》之附论体力。更重要的是，它是把文学作为一个独立的对象来考察，探讨作家作品风格和文学批评一般准则，深化了对文学的认识，也提升了文学的价值。所以，《典论·论文》作为第一篇文学专论，在中国文学批评史上具有极重要地位。

（二）《典论·论文》的理论内涵

论作家/论文体/论文气/论功能

《典论·论文》所论涉的主要话题及范围，大略包含作家、文体、文气、功用等方面。

首先是作家论。文中评论了当时众多著名作家,如评论孔融、王粲、徐幹等人。曹丕论作家,不限于单人;而是建立单个作家之群体关联,并提出了建安"七子"的概念。这样,他不仅论作家的风格,也论作家群体之风气。在此基础上,他还关注文人的分合问题,论说"文人相轻"之心态。其文曰:

> 文人相轻,自古而然。傅毅之于班固,伯仲之间耳;而固小之,与弟超书曰:"武仲以能属文,为兰台令史,下笔不能自休。"夫人善于自见,而文非一体,鲜能备善。是以各以所长,相轻所短。(《六臣注文选》卷52《典论·论文》,第948上页)

这论"文人相轻",其实是论文人分合。文人之分合,是一种常态;但不只是意气之争,而是各有长短所致。所以,文人相轻的反面,也就是文人相亲。曹丕深情地评论建安"七子",即属他与七位作家相亲之表现。

其次是文体论。曹丕论曰:"夫文本同而末异。盖奏议宜雅,书论宜理,铭诔尚实,诗赋欲丽。此四科不同,故能之者偏也;唯通才能备其体。"(《六臣注文选》卷52《典论·论文》,第949上页)这将常用文体分为四科八体,并论析四科各自的体制特点:"奏议宜雅",是说奏、议之类的公文写作应当做到语言典雅;"书论宜理",是说书、论之类的公文写作应当做到理胜于辞;"铭诔尚实",是说铭、诔碑之类的哀文写作应当做到言有实据;"诗赋欲丽",是说诗、赋之类的美文写作应当做到辞藻绮丽。可见,曹丕不仅对多种文体作出初步分类,还论列了各类文体的语言风格特点。这为后来文体分类奠定了基础,此后的文体分类便是日趋细密。

再次是文气论。以"气"论文学,是中国固有传统。汉代气论承袭晚周余绪,各种气论思想汇合起来,而使气一元论得到了推广,普遍认为人与万物皆属气,"气是人类与万物、精神与物质的连接态,是人类认知事物的物理基础"。(《两汉气感取象论》,《文学评论》2006年第4期,第98页)这在文学批评上也早有回应,如王充提出"气导"童谣说。(《论衡校释》卷22《纪妖》,第923页)这种以"气"论文思想,自当传承给稍后的曹丕。他明确提出:"文以气为主,气之清浊有体,不可力强而致。"(《六臣注文选》卷52《典论·论文》,第949上页)这个表述,其实是对上文相关论说的理论总结;在上文中,他从文气的角度论析了七子之体格,指出:"王粲长于辞赋","徐幹时有齐气","应场和而不壮","刘桢壮而不密","孔融体气高妙"。其所论涉的气,关乎写作特长、地方性气、情感特质、文章风格、身体气质等,举凡作家主观要素,都可笼统地称为气。

最后是功能论。两汉批评家注重文学的政教功能,而文学的审美功能未获足够张扬;然而,随着魏晋时期社会政治动荡不安,玄学思潮对世道人心也产生冲击,逐渐动摇了儒家思想的统治地位,淡化了正统儒家的文学政教功能,因使文学的立言和审美功能增强,从而彰显了文学的非功利性特征。对此中情势,曹丕回应曰:

> 盖文章,经国之大业,不朽之盛事。年寿有时而尽,荣乐止乎其身;二者必至之常期,未若文章之无穷。是以古之作者,寄身于翰墨,见意于篇籍,(不)假良史之辞,不托飞驰之势,而声名自传于后。(《六臣注文选》卷52《典论·论文》,第949上页)

对"文章,经国之大业"的解释,不能说成文章是"经国之大业";而应解为文章像"经国之大业",也可以让人声名不朽而传之久远。(参见《魏晋南北朝文学思想史》,第16、40页)他不再简单地强调文学的政教功能,而是肯定文学能提升作家人生价值。此即将作家立言(文学创作),置于立德、立功同等重要地位;以为人若不能立德、立功,则从事文学创作也可不朽。对此一独到的见解,他另有文可为补注:"生有七尺之形,死惟一棺之土。惟立德扬名,可以不朽;其次莫如著篇籍。"(《三国志文类》卷43《文帝与王朗书》,第701页)当然,建安时期的立言,不再局限于注经,而应包含吟咏性情之作,即诗、赋等美文的写作。总之,曹丕所理解的文学功能,即便仍看重其政教价值;也同时肯定诗、赋诸体的审美意义,希望创作美文来实现作家立言不朽。

(三) 曹植及建安七子的文学思想

曹植及其文学观/建安七子文学观/建安风骨及影响

曹植(192—232),字子建,沛国谯县(今安徽省亳县)人,曹操第三子。他是三国时期著名文学家,代表作有《洛神赋》《白马篇》《七哀诗》等。其诗笔力雄健,词采华美。曹植生前自编诗文集为《前录》,其自序曰:"所著繁多,虽触类而作,然芜秽者众,故删定,别撰为《前录》七十八篇。"(《艺文类聚》卷 55《前录序》,第 298 页)《前录》已散佚;今存《曹子建集》,出自宋代人所编刊。他的文学观,主要有两点:

其一,推崇雅颂传统,好尚慷慨情调。其有文曰:

> 君子之作也,俨乎若高山,勃乎若浮云,质素也如秋蓬,摛藻也如春葩;泛乎洋洋,光乎皓皓,与《雅》《颂》争流可也。余少而好赋,其所尚也,雅好慷慨。(《艺文类聚》55《前录序》,第 298 页)

这用形象的语言描述"君子之作"的风神,以为理想的创作可以与《雅》《颂》媲美。这是重视诗赋的辞藻修饰,追复《诗》经的雅颂传统。曹植坦言自己"雅好慷慨","慷慨"是指直抒胸臆而情词悲壮,这也正是建安文学的整体审美风范,是为对建安风骨的现身说法。

其二,拘守传统看法,视辞赋为小道。曹植以王侯之身份来对待文学,以为立德、立功才是正当志业;若此志向不得其行,那也应该从事著述,以成一家之言,将以传之同好;至于侍弄才之艺诗赋,则是壮夫不为之小道。其有文曰:

> 辞赋小道,固未足以揄扬大义,彰示来世也。昔扬子云,先朝执戟之臣耳,犹称"壮夫不为"也。吾虽德薄,位为藩侯,犹庶几戮力上国,流惠下民,建永世之业,流金石之功,岂徒以翰墨为勋绩,辞赋为君子哉!若吾志未果,吾道不行,则将采庶官之实录,辩时俗之得失,定仁义之衷,成一家之言;虽未能藏之于名山,将以传之同好。(《六臣注文选》卷 42《与杨德祖书》,第 772 上页)

曹植作为王侯和未来君位的竞争者,有强烈建功立业愿望是可以理解的;但他并不因此而轻视文学,只是他王侯身份的特殊性,不宜把文学创作说的太重要,而只能置于立德、立言之后。其实,也可从另一角度来理解,正因为他文学才华横溢;他才自信地说诗赋乃小道,不屑于为之,而激励自己奋发向上以成就不朽的德业。所以,对曹植的这个说法,是不可过于当真的;他对文学的真实看法,仍合乎魏晋文学思潮。

如上述曹丕、曹植之外,建安七子也有若干文论,也值得关注,兹论列如下:

徐幹(171—217)，字伟长，汉末北海(今山东省潍坊市)人，为建安七子之一。他生平所作篇什，"以赋论标美"。(《文心雕龙》卷10《才略》，第700页)；又著《中论》，能原本于经训，以圣贤为旨归，辞义典雅，颇合道旨。曹丕称赞该书："成一家之言，辞义典雅，足传于后。"(《曹丕集校注》卷9《又与吴质书》，第258页)宋代曾巩亦评曰：

> 幹独能考六艺，推仲尼、孟轲之旨，述而论之。求其辞时若有小失者，要其归不合于道者少矣。其所得于内者，又能信而充之，逡巡浊世，有去就、显晦之大节。(《古文辞类纂》卷9《徐幹〈中论〉目录序》，第129页)

正因他是以经训为创作本原，故被曹丕称为"时有齐气"。

阮瑀(约165—212)，字元瑜，陈留尉氏(今河南省尉氏县)人，为建安七子之一。他擅长章表书记之写作，军国书檄文字多出其手。明人辑有《阮元瑜集》。其重质轻文的文学观，在当时文坛颇为独特。其有文曰：

> 盖闻日月丽天，可瞻而难附。群物著地，可见而易制。夫远不可识，文之观也；近而易察，质之用也。文虚质实，远疏近密。援之斯至，动之应疾；两仪通数，固无攸失。若乃阳春敷华，遇冲风而陨落；素叶变秋，既究物而定体。丽物苦伪，丑器多牢，华璧易碎，金铁难陶。故言多方者，中难处也；术饶津者，要难求也；意弘博者，情难足也；性明察者，下难事也。(《全上古三代秦汉三国六朝文·全后汉文》卷93《文质论》，第974下页)

这是说，文虚质实，故有四难；为克除此四难，就应重质轻文。这种文学观与当时文学渐趋华美是相左的，表明阮瑀文学理论批评事有儒家思想倾向。

阮瑀文学观，是为一个特例。其实，作为在三曹父子身边的文字侍从之臣，建安七子代表了建安文学的总体风貌。其创作志深笔长、慷慨多气，并以此为基础进行理论探索，为南朝文学的重文趋势指明了方向，特别是建安风骨成为后人学习典范。

所谓建安风骨，亦称汉魏风骨。它是通过描述建安时期的社会动乱、民众苦难，因以抒发人生短暂、壮志难酬的悲凉幽怨之情，整体呈现出雄健深沉、慷慨悲凉的艺术风格。对此文学风范，后世文学批评家多有关注，并投注深情来追慕赞赏之。如梁刘勰论汉末建安文风:"观其时文,雅好慷慨;良由世积乱离,风衰俗怨,并志深而笔长,梗概而多气也。"(《文心雕龙注》卷9《时序》,第674页)至唐陈子昂更是高标推重:"文章道弊五百年矣。汉魏风骨,晋宋莫传。"(《陈子昂集》卷1《与东方左史虬修竹篇序》,第15页)甚至明代前后七子发起文学复古运动,提出"文必秦汉,诗必盛唐"之主张,凸显文学创作情调与体格之表现,而其重要艺术资源就含建安风骨。(《明史》卷286《李梦阳传》,第7348页)

三 陆机《文赋》等

陆机《文赋》是中国文学批评史上杰作,也是晋代文学理论批评特别重要的节目,理应得到重视,并获适度解读。还有一位另类的文学批评家葛洪,提出多方面颇有识见的思想观点,既回应了文学创作和理论批评的新问题,也使传统的儒家文学观得到改造和传承。本节即以陆机和葛洪为重点,来阐述晋代的文学理论批评。

(一) 陆机《文赋》之撰写

陆机及《文赋》注译/《文赋》之写作年代/《文赋·序》述缘起

陆机(261—303),字士衡,吴郡吴县(今江苏省苏州市)人,西晋最著名的文学家之一,与其弟陆云合称"二陆"。他曾历任平原内史、祭酒、著作郎等职,有《陆平原集》(又名《陆士衡集》)。其文学理论批评观点,集中表述于《文赋》。今人张少康所撰《文赋集释》,是目前最详赡的《文赋》注本。该书《前言》认为,《文赋》受老、庄影响,有明显的道家思想倾向,这是其著论之底色。

《文赋》作为中古最具代表性的文论,自20世纪中叶以来被译成多种外文本,尤其在英美英语世界里,译介研究较为广泛深入。据陈笑芳介绍,早在1948年,旅美华人陈世骧(1912—1971)首次将《文赋》翻译成英文;1951年,英国汉学家修中诚(Ernest Richard Hughes,1883—1956)译有 *The Art of Letters. Lu Chi's "Wen fu", A. D. 302. Translation and Comparative Study*(《文学的艺术:即陆机〈文赋〉(作于公元302年)的翻译与比较研究》),由美国纽约的万神殿出版社(Pantheon Books)出版,列为"博林根丛书"第29种(*Bollingen Series*,

29),这是《文赋》的第二种英译单行本。之后,汉学家方志彤也将《文赋》译成英文,并发表在1951年12月《哈佛亚洲研究》(*Harvard Journal of Asiatic Studies*)第14卷第3—4期合刊上,题为"*Rhymeprose on Literature. The Wên—Fu of Lu Chi*(A. D. 261—303)",并附中文题名"陆机:文赋"。此文全长40页,包括"导论"(Introduction)、"《文赋》英译"(Translation)与"附录"(Appendix)三个部分。1952年,美国《新墨西哥季刊》(*New Mexico Quarterly*)第22卷第3期刊登了方志彤修订后的"*Lu Ki's 'Rhymeprose on Literature'*"。陈世骧、修中诚与方志彤三人采取的是"译研结合"的学术型译介策略。1992年,美国汉学家宇文所安(Stephen Owen)编译了《中国文论读本》(*Readings in Chinese Literary Thought*),该书第四章《关于文学的诗意阐述》("*The Poetic Exposition on Literature*")其实就是陆机《文赋》全文的英译,并附大量细致入微的解读。1996年,宇文所安编译的《中国文选:自先秦到1911年》(*An Anthology of Chinese Literature: Beginnings to 1911*)其中也收录了其《文赋》英译。自1970年起,美国汉学家康达维(David R. Knechtges)开始翻译《昭明文选》,题为 *Wen Xuan. Or Selections of Refined Literature*,其第三卷对应《昭明文选》第13—19卷,因使陆机《文赋》收录其中。由此可见,陆机《文赋》在英语世界得到广泛译介与深入研讨。(《陆机〈文赋〉在英语世界的译介与影响》,《燕山大学学报》2018年第2期,第57—60页)

关于《文赋》创作时间,也是一直存在着争议的。杜甫有诗曰:"陆机二十作文赋,汝更小年能缀文。"(《杜氏详注》卷3《醉歌行 别从侄勤落第归》,第296页)因之,有人据以认定《文赋》作于陆机20岁时,但这是很不可靠的;因为杜诗所言"文赋"应是泛指文章辞赋,而非确指《文赋》。近人逯钦立作有专文考辨情实,指出20岁作《文赋》之无稽;并考定《文赋》准确作年,是陆机40或41岁时。(《文赋撰出年代考》,《学原》1948年第1期,第64—67页)

《文赋》前缀有一段序文,述说陆机写作该赋的缘起。其文曰:

> 余每观才士之所作,窃有以得其用心。夫放言遣辞,良多变矣,妍蚩好恶,可得而言。每自属文,尤见其情。恒患意不称物,文不逮意;盖非知之难,能之难也。故作《文赋》,以述先士之盛藻,因论作文之利害所由;他日殆可谓曲尽其妙。至于操斧伐柯,虽取则不远,若夫随手之变,良难以辞逮。盖所能言者,具于此云尔。(《六臣注文选》卷17《文赋》,第291上页)

这大意是说,通过考察历来文士之创作,加上自己写作的心得体会,颇感从事文学创作之难,所难不在知识而在能力。具体表现为"意不称物,文不逮意",为此作《文赋》以论其难之利害所由。由此可知,陆机有明确的理论表达诉求,是魏晋文学批评独立的确证。

(二)《文赋》的理论内涵

应感构思论/体性风格论/文章利病论

陆机《文赋》的主旨,是描述文学创作的构思过程,并分析文章写作的利病得失。其具体的理论内涵,可分五个方面论析:

应感构思论。关于文学创作构思,陆机提出应感理论。它有两个理论层面:从作者角度来说,要做到收视反听;从主客关系来说,要发生心物应感。关于第一个层面,《文赋》描述曰:

> 其始也,皆收视反听,耽思傍讯,精骛八极,心游万仞;其致也,情曈昽而弥鲜,物昭晰而互进。倾群言之沥液,漱六艺之芳润。浮天渊以安流,濯下泉而潜浸。于是沉辞怫悦,若游鱼衔钩,而出重渊之深;浮藻联翩,若翰鸟缨缴,而坠曾云之峻。收百世之阙文,采千载之遗韵。谢朝华于已披,启夕秀于未振。观古今于须臾,抚四海于一瞬。(《六臣注文选》卷17,第291下页)

"收视反听"语出前引《庄子·人间世》:"无听之以耳而听之以心,无听之以心而听之以气!听止于耳,心止于符。气也者,虚而待物者也。唯道集虚。虚者,心斋也。""收"就是收回不用,"反"就是返回休止。这是文学创作构思过程中应物感兴之第一步,只有这一步做到了才可超越具体时空之拘限。之后,才可进入创作构思之的第二步,使情感被激活而达至鲜明浓烈;然后,才可进入创作构思之的第三步,选词造句并超越前人以求创新。

关于第二个层面,《文赋》论析曰:

> 若夫应感之会,通塞之纪,来不可遏,去不可止,藏若景灭,行犹响起。方天机之骏利,夫何纷而不理?思风发于胸臆,言泉流于唇齿;纷葳蕤以馺遝,唯豪素之所拟;文徽徽以溢目,音泠泠而盈耳。及其六情底滞,志往神

留,兀若枯木,豁若涸流;览[揽]营魂以探赜,顿精爽而自求;理翳翳而愈伏,思轧轧其若抽。是以或竭情而多悔,或率意而寡尤。虽兹物之在我,非余力之所戮。(《六臣注文选》卷17,第296下—297下页)

"应感之会"应袭用《乐记》语:"凡音之起,由人心生业。人心之动,物使之然也。"(《礼记正义》卷37《乐记》,第1527页)其基本思理亦早见于《淮南子》:"人之情,耳目应感动,心志知忧乐。"(《淮南鸿烈集解》卷2《俶真训》,第89页)然与前人相比,陆机用颇为形象的语言作出更精密细致的理论描述,基本说出文学构思那种不可把捉、难以描状的情态。这样将应感理论的两个层面连接起来,就形成有关创作构思过程的完整描述。

体性风格论。《文赋》论说文学风格,主要从作家和文体着眼。从作家主观因素来看,才性会影响创作风调:"夸目者尚奢,惬心者贵当。言穷者无隘,论达者唯旷"(第293上页);从各种文体特点来看,体要会影响写作风貌:"诗缘情而绮靡,赋体物而浏亮。碑披文以相质,诔缠绵而凄怆。铭博约而温润,箴顿挫而清壮。颂优游以彬蔚,论精微而朗畅。奏平彻以闲雅,说炜晔而谲诳"(第293下页)。然作家才性和文各体要的差异,必然导致创作实践的不同表现:"体有万殊,物无一量。纷纭挥霍,形难为状。辞程才以效伎,意司契而为匠。在有无而僶俛,当浅深而不让。虽离方而遁圆,期穷形而尽相"(第293上页);"若夫丰约之裁,俯仰之形,因宜适变,曲有微情。或言拙而喻巧,或理朴而辞轻;或袭故而弥新,或沿浊而更清;或览之而必察,或研之而后精。譬犹舞者赴节以投袂,歌者应弦而遣声。是盖轮扁所不得言,故亦非华说之所能精"(第296上页)。而创作实践的不同表现,就会形成风格的多样性:"虽区分之在兹,亦禁邪而制放。要辞达而理举,故无取乎冗长。其为物也多姿,其为体也屡迁;其会意也尚巧,其遣言也贵妍。暨音声之迭代,若五色之相宣。虽逝止之无常,故崎锜而难便。苟达变而识次,犹开流以纳泉;如失机而后会,恒操末以续颠。谬玄黄之秩序,故淟涊而不鲜。"(第293下—294上页)

文章利病论。《文赋》所论文章利病,分利害和弊病两种情态。利害,是讨论为文之关键,共有四项;弊病,是讨论作文之病症,共有五项。其论利害曰:

或仰逼于先条,或俯侵于后章;或辞害而理比,或言顺而义妨。离之则双美,合之则两伤。考殿最于锱铢,定去留于毫芒;苟铨衡之所裁,固应绳其必当。或文繁理富,而意不指适。极无两致,尽不可益。立片言而居要,乃一篇之警策;虽众辞之有条,必待兹而效绩。亮功多而累寡,故取足而不易。或藻思绮合,清丽千眠。炳若缛绣,凄若繁弦。必所拟之不殊,乃暗合乎曩篇。虽杼轴于予怀,怵他人之我先。苟伤廉而愆义,亦虽爱而必捐。或苕发颖竖,离众绝致;形不可逐,响难为系。块孤立而特峙,非常音之所纬。心牢落而无偶,意徘徊而不能揥。石韫玉而山晖,水怀珠而川媚。彼榛楛之勿翦,亦蒙荣于集翠。缀《下里》于《白雪》,吾亦济夫所伟。(第294上—295上页)

其论弊病曰:

或托言于短韵,对穷迹而孤兴。俯寂寞而无友,仰寥廓而莫承。譬偏弦之独张,含清唱而靡应。或寄辞于瘁音,言徒靡而弗华。混妍蚩而成体,累良质而为瑕。象下管之偏疾,故虽应而不和。或遗理以存异,徒寻虚而逐微。言寡情而鲜爱,辞浮漂而不归。犹弦幺而徽急,故虽和而不悲。或奔放以谐合,务嘈囋而妖冶。徒悦目而偶俗,固高声而曲下。寤防露与桑间,又虽悲而不雅。或清虚以婉约,每除烦而去滥。阙大羹之遗味,同朱弦之清氾。虽一唱而三叹,固既雅而不艳。(第295上下页)

以上四利害五弊病,加起来总共有九项。这当然是陆机从事创作的经验之谈,即所谓"每自属文,尤见其情"者,实并无标准统一的说法,今日解读不可过于拘执。此亦应了"时抚空怀而自惋,吾未识夫开塞之所由"之说。(第297下页。以上《六臣注文选》卷17《文赋》)

(三) 葛洪另类的文学思想

葛洪其人及身世/重著论而轻辞赋/今妍胜于古质论/极复杂的文学观

葛洪(283—363),字稚川,自号抱朴子,丹阳郡句容(今江苏省句容县)人。葛洪生于江南道教氛围浓厚的大家族,其从祖葛玄喜好老庄、修习炼丹之术;少年时博览经书,稍长跟随郑隐学道。至晋惠帝时,被委以官职;但终以修道之心弥笃,而辞官归隐于罗浮山,传播丹道,著书立说。有《抱朴子》内、外篇等著作传世。

葛洪重视子书之写作，尝曰："洪年二十余，乃计：作细碎小文，妨弃功日；未若立一家之言，乃草创子书。"（《抱朴子外篇校笺》下册卷50《自叙》，第697—698页）他在35岁之前，就写成《抱朴子》；他熟读儒家等经典，高度评价汉魏子书，尤推崇王充《论衡》，将王充引为己之同类。出于对子书的重视，葛洪著论与德行并重，提出德粗文精的观点；并把文精落实在著书立说上，而轻视充满虚言的辞赋之作。其有文曰：

> 且文章之于德行，犹十尺之与一丈。谓之余事，未之前闻。夫上天之所以垂象，唐、虞之所以为称，大人虎炳，君子豹蔚，昌、旦定圣谥于一字，仲尼从周之郁，莫非文也。八卦生鹰隼之所被，六甲出灵龟之所负。文之所在，虽贱犹贵。犬羊之鞟，未得比焉。且夫本不必皆珍，末不必悉薄。譬若锦绣之因素地，珠玉之居蚌、石，云雨生于肤寸，江河始于咫尺。尔则文章虽为德行之弟，未可呼为余事也。（《抱朴子外篇校笺》下册卷32《尚博》，第113页）

此即是说，文章与德行应该并立，不可以"余事"视之；而其所谓文章主要指子书，却非"细碎小文"之辞赋。这观点跟同时代曹丕、陆机等看重诗赋创作不同，显然有悖于文学将与从一般学术分离的思想潮流，有反朴复古的倾向，因而显得颇为另类。

但葛洪文学观是很复杂的，是一种趋新与怀旧之混合。其一方面，他同等看重立言和立功，认为文才与德性是同样重要的，因而流露出重功利的文学观念；另一方面，他分别对待辞赋与文辞，轻视辞赋之类美文体式的写作，却很看好文辞修饰之华美富赡。为此，他明确提出今妍而胜于古质的观点，认为诗赋胜于《书》《诗》等经典。其有文曰：

> 且夫《尚书》者，政事之集也；然未若近代之优文、诏、策、军书、奏、议之清富赡丽也。《毛诗》者，华彩之辞也；然不及《上林》《羽猎》《二京》《三都》之汪濊（huì）博富也。……若夫俱论宫室，而奚斯"路寝"之颂，何如王生之赋《灵光》乎？同说游猎，而《叔畋》《卢铃》之诗，何如相如之言《上林》乎？并美祭祀，而《清庙》《云汉》之辞，何如郭氏《南郊》之艳乎？等称征伐，而《出车》

《六月》之作,何如陈琳《武军》之壮乎?则举条可以觉焉。近者夏侯湛、潘安仁并作《补亡诗》:《白华》《由庚》《南陔》《华黍》之属,诸硕儒高才之赏文者,咸以古诗三百未有足以偶二贤之所作也。(《抱朴子外篇校笺》卷30《钧世》,第70页)

葛洪这种复杂而略显矛盾的看法,既出于正统文学观的残留与惰性,也是出于对文学发展新潮的呼应,表明他只一位旁观者而非参与者。

附　文论选读

一　论文

〔三国·魏〕曹丕

　　文人相轻,自古而然。傅毅之于班固,伯仲之间耳,而固小之,与弟超书曰:"武仲以能属文为兰台令史,下笔不能自休。"夫人善于自见,而文非一体,鲜能备善,是以各以所长,相轻所短。里语曰:"家有敝帚,享之千金。"斯不自见之患也。

　　今之文人,鲁国孔融文举,广陵陈琳孔璋,山阳王粲仲宣,北海徐幹伟长,陈留阮瑀元瑜,汝南应场(yáng)德琏(liǎn),东平刘桢公幹:斯七子者,于学无所遗,于辞无所假,咸自以骋骥骐于千里,仰齐足而并驰。以此相服,亦良难矣。盖君子审己以度人,故能免于斯累,而作论文。

　　王粲长于辞赋,徐幹时有齐气,然粲之匹也。如粲之《初征》《登楼》《槐赋》《征思》,幹之《玄猿》《漏卮》《圆扇》《橘赋》,虽张、蔡不过也。然于他文未能称是。琳(lín)瑀(yǔ)之章表书记,今之隽(juàn)也。应场和而不壮;刘桢壮而不密。孔融体气高妙,有过人者,然不能持论,理不胜辞,至于杂以嘲戏,及其所善,扬班俦(chóu)也。

　　常人贵远贱近,向声背实,又患暗于自见,谓己为贤。夫文,本同而末异。盖奏议宜雅,书论宜理,铭(míng)诔(lěi)尚实,诗赋欲丽。此四科不同,故能之者偏也;唯通才能备其体。

　　文以气为主,气之清浊有体,不可力强而致。譬诸音乐,曲度虽均,节奏同检,至于引气不齐,巧拙有素,虽在父兄,不能以移子弟。

盖文章经国之大业,不朽之盛事。年寿有时而尽,荣乐止乎其身,二者必至之常期,未若文章之无穷。是以古之作者,寄身于翰墨,见意于篇籍,不假良史之辞,不托飞驰之势,而声名自传于后。故西伯幽而演《易》,周旦显而制《礼》,不以隐约而弗务,不以康乐而加思。夫然,则古人贱尺璧而重寸阴,惧乎时之过已。而人多不强力,贫贱则慑于寒,富贵则流于逸乐,遂营目前之务,而遗千载之功。日月逝于上,体貌衰于下,忽然与万物迁化,斯志士之大痛也!融等已逝,唯幹著论,成一家言。(萧统编《文选》卷52《典论·论文》,李善等注,《四部丛刊》影宋本,浙江古籍出版社1999年3月第1版)

导读:
　　《典论》是曹丕为世子时所撰的一部论文总集。曹丕撰该书,是为了阐述一系列关于国家大事的问题,内容涉及政治、社会、道德、文化等,共20多篇专文。《论文》是其中一篇。其大多数篇章已经散佚,唯《论文》因被《文选》载录,而得以完整保留下来。

　　《典论·论文》作为第一篇文学专论,其文学理论内涵十分丰富。首先,《典论·论文》批评"文人相轻"的做法,并提出"文非一体,鲜能备善"的观点。其次,曹丕提出"文气"说,认为"文以气为主,气之清浊有体",肯定不同作家的气质、个性不同,从而影响着文学作品风格。他还注意到文体之异同,指出:"夫文本同而末异,盖奏议宜雅,书论宜理,铭诔尚实,诗赋欲丽。此四科不同,故能之者偏也。唯通才能备其体。"再次,对建安文学的深入评述,率先标举出"建安七子"之名目,具有重大的文学史意义。最后,曹丕强调了文章的重要性,显著地提高了文学的地位,认为文章是"经国之大业,不朽之盛事",将文学创作视为使人生命不朽之"立言",上升为文士的常规志业,从而与立德、立功并列。

　　总之,《典论·论文》是中国最早的文学批评专论,且因其作者是帝王而提高了文学的地位。曹丕登上帝位之后,诏命将《典论》刻石置于皇宫门外,让天下臣工观览。(参见《三国志·魏书》卷3《明帝叡》,第97页)

二　文赋(节录)
〔晋〕陆机

　　余每观才士之所作,窃有以得其用心。夫其放言遣辞,良多变矣,妍蚩好恶,可得而言。每自属文,尤见其情。恒患意不称物,文不逮意,盖非知之难,能之难也。故作《文赋》，以述先士之盛藻，因论作文之利害所由，他日殆可谓曲尽其妙。至于操斧伐柯，虽取则不远，若夫随手之变，良难以辞逮。盖所能言者，具于此云尔。

伫中区以玄览，颐情志于典坟。遵四时以叹逝，瞻万物而思纷。悲落叶于劲秋，喜柔条于芳春。心懔(lǐn)懔以怀霜，志眇眇而临云。咏世德之骏烈，诵先人之清芬。游文章之林府，嘉丽藻之彬彬。慨投篇而援笔，聊宣之乎斯文。

其始也，皆收视反听，耽思傍讯，精骛八极，心游万仞。其致也，情曈昽而弥鲜，物昭晰而互进。倾群言之沥液、漱六艺之芳润。浮天渊以安流，濯下泉而潜浸。于是沉辞怫悦，若游鱼衔钩而出重渊之深；浮藻联翩，若翰鸟婴缴(jiǎo)而坠曾云之峻。收百世之阙文，采千载之遗韵，谢朝华于已披，启夕秀于未振，观古今于须臾，抚四海于一瞬。

然后选义按部，考辞就班。抱暑者咸叩，怀响者毕弹。或因枝以振叶，或沿波而讨源。或本隐以之显，或求易而得难。或虎变而兽扰，或龙见而鸟澜。或妥帖而易施，或岨(qū)峿(yǔ)而不安。罄澄心以凝思，眇众虑而为言，笼天地于形内，挫万物于笔端。始踯(zhí)躅(zhú)于燥吻，终流离于濡翰。理扶质以立干，文垂条而结繁，信情貌之不差，故每变而在颜。思涉乐其必笑，方言哀而已叹。或操觚(gū)以率尔，或含毫而邈然。

伊兹事之可乐，固圣贤之可钦。课虚无以责有，叩寂寞而求音。函绵邈于尺素，吐滂沛乎寸心。言恢之而弥广，思按之而逾深，播芳蕤(ruǐ)之馥馥，发青条之森森，粲风飞而猋(biāo)竖，郁云起乎翰林。

体有万殊，物无一量。纷纭挥霍，形难为状。辞程才以效伎，意司契而为匠。在有无而僶(mǐn)俛(miǎn)，当浅深而不让。虽离方而遁员，期穷形而尽相。故夫夸目者尚奢，惬心者贵当，言穷者无隘，论达者唯旷。诗缘情而绮靡，赋体物而浏亮。碑披文以相质，诔缠绵而凄怆。铭博约而温润，箴顿挫而清壮。颂优游以彬蔚，论精微而朗畅。奏平彻以闲雅，说炜(wěi)晔(yè)而谲诳。虽区分之在兹，亦禁邪而制放。要辞达而理举，故无取乎冗长。

其为物也多姿，其为体也屡迁。其会意也尚巧，其遣言也贵妍。暨音声之迭代，若五色之相宣。虽逝止之无常，固崎(qí)锜(qí)而难便。苟达变而识次，犹开流以纳泉。如失机而后会，恒操末以续颠。谬玄黄之秩叙，故淟(tiǎn)涊(niǎn)而不鲜。（萧统编《文选》卷17《文赋》，李善等注，《四部丛刊》影宋本，浙江古籍出版社1999年3月第1版）

导读：

《文赋》由西晋文学家、文学批评家陆机所撰，撰写文体形式为骈赋。这是我国文学史上第一篇完整系统地讲述文学创作的理论文章，对后世的文学创作和文学理论的形成发挥着重要作用。其主要内容前文已有论说，兹择其要点补充论略如下：

第一，强调形象思维的重要性。其谓"收视反听"，即要求去除外界的干扰，尽量做到听而不闻、视而不见；只有这样，才能做到"耽思傍讯"，可以专心致志地进入艺术构思阶段。如此，作家就能获得创作的巅峰体验，达至"精骛八极""心游万仞"之精神状态。

第二，提出主题思想论的观点。他认为"理"才是文章的主旨："理扶直以立干，文垂条而结繁。"陆机在重视文章主旨的同时，也关注作文的各种技巧和手法："谢朝华于已披，启夕秀于未振"，主张内容和形式统一；"练世情之常尤，识前修之所淑"，强调辞彩之华美。这些论说多为后世作家所认可，并对后世文学理论发挥重要影响。

第三，倡导"诗缘情"的观点。先秦以来确立的"诗言志"观念，直至汉魏时期犹发挥重要影响；然而自陆机《文赋》出，该观念即有所突破，而被"诗缘情"观念更新。从此，"诗言志"与"诗缘情"并驾齐驱，共同推进功利与审美诗学观稳健发展。

第四，论述了十种文章之体要。与《典论·论文》相比，《文赋》进一步细化了文体的分类，其所论文体包括诗、赋、碑、诔、铭、箴、颂、论、奏、说。其中，诗、赋被视为最重要的文体，而引发"诗缘情而绮靡，赋体物而浏亮"之论说。这表明，纯美文体式更受时人重视，是为文学自觉的重要标志。

三 《三都赋》序

[晋] 左思

盖诗有六义焉，其二曰赋。杨[扬]雄曰："诗人之赋丽以则。"班固曰："赋者，古诗之流也。"先王采焉，以观土风。见"绿竹猗（yī）猗"，则知卫地淇（qí）澳之产；见"在其版屋"，则知秦野西戎之宅。故能居然而辨八方。

然相如赋《上林》而引"卢橘夏熟"，杨[扬]雄赋《甘泉》而陈"玉树青葱"，班固赋《西都》而叹以"出比目"，张衡赋《西京》而述以"游海若"。假称珍怪，以为润色。若斯之类，匪（fěi）啻（chì）于兹。考之果木，则生非其壤；校之神物，则出非其所。于辞则易为藻饰，于义则虚而无征。且夫玉卮无当，虽宝非用；侈言无验，虽丽非经。而论者莫不诋(dǐ)讦(jié)其研精,作者大氐(dǐ)举为宪章。积习生常,有自来矣。

余既思摹二京而赋三都。其山川城邑,则稽之地图;鸟兽草木,则验之方志。风谣歌舞,各附其俗;魁梧长者,莫非其旧。何则？发言为诗者,咏其所志也;升高能赋者,颂其所见也。美物者贵依其本,赞事者宜本其实。匪本匪实,览者奚信？且夫任土作贡,《虞书》所著;辨物居方,《周易》所慎。聊举其一隅,摄其体统,归诸诂训焉。(萧统编《六臣注文选》卷4《三都赋序》,李善等注,《四部丛刊》影宋本,浙江古籍出版社1999年3月第1版)

导读：

左思(生卒年不详),字太冲,齐国临淄(今山东省淄博市东北)人。晋武帝时,其妹被选入宫,左思任秘书郎。晋惠帝时,因所依附的权贵贾谧被诛,加之皇室内乱;他乃避居冀州以专心著述,不久因病而亡。左思颇著诗文名,有《咏史诗》《三都赋》等名作,其中《三都赋》在当时影响极大。

据史载,左思费时10年作《三都赋》,文成之后并未受到时人重视;乃将该赋呈献给皇甫谧,谧十分欣赏并为之作序。从此,《三都赋》日渐受世人关注,大家争相传阅抄写,以致纸张供不应求,博得"洛阳为之纸贵"之名。而其所附《三都赋序》,也成为重要的赋论文字。(《晋书》卷92《左思传》,第2376—2377页)

左思在该序中引经据典,强调赋中素材应当属实,做到叙述详实,体统清通。《三都赋序》的内容有三点:一是要求赋发挥风俗教化作用,二是要求对赋中丽辞有所节制,三是要求赋作要有实在的内容,此即所谓:"发言为诗者,咏其所志也;升高能赋者,颂其所见也。美物者贵依其本,赞事者宜本其实。"

左思批判两汉辞赋肆意铺张夸饰而不加节制之弊病,认为司马相如、扬雄、班固等人赋作"虚而无征";但又因过于强调文学的征实特质,则未免迂腐而忽视文学的艺术性。

四　钧世

[晋] 葛洪

或曰："古之著书者,才大思深,故其文隐而难晓;今人意浅力近,故露而易见。以此易见,比彼难晓,犹沟浍(huì)之方江河,垲(kǎi)垤(dié)之并嵩岱矣。故水不发昆山,则不能扬洪流以东渐;书不出英俊,则不能备致远之弘韵焉。"

抱朴子答曰："夫论管穴者,不可问以九陔(gāi)之无外;习拘阁(hé)者,不可督以拔萃之独见。盖往古之士,匪鬼匪神,其形器虽冶铄于畴曩(nǎng),然其精神布在乎方策,情见乎辞,指归可得。"

且古书之多隐,未必昔人故欲难晓。或世异语变,或方言不同;经荒历乱,埋藏积久,简编朽绝,亡失者多,或杂续残缺,或脱去章句。是以难知,似若至深耳。

且夫《尚书》者,政事之集也;然未若近代之优文、诏、策、军书、奏、议之清富赡丽也。《毛诗》者,华彩之辞也;然不及《上林》《羽猎》《二京》《三都》之汪濊(huì)博富也。

然则古之子书,能胜今之作者,何也?然守株之徒,喽(lou)喽所玩,有耳无目,何肯谓尔! 其于古人所作为神,今世所著为浅,贵远贱近,有自来矣。故新剑以诈刻加价,弊方以伪题见宝也。是以古书虽质朴,而俗儒谓之堕于天也;今文虽金玉,而常人同之于瓦砾也。

然古书者虽多,未必尽美,要当以为学者之山渊,使属笔者得采伐渔猎其中。然而譬如东瓯(ōu)之木、长洲之林,梓豫虽多,而未可谓之为大厦之壮观,华屋之弘丽也。云梦之泽、孟诸之薮,鱼肉之□虽饶,而未可谓之为煎熬之盛膳,渝、狄之嘉味也。

今诗与古诗,俱有义理,而盈于差美。方之于士,并有德行,而一人偏长艺文,不可谓一例也;比之于女,俱体国色,而一人独闲百伎,不可混为无异也。

若夫俱论宫室,而奚斯"路寝"之颂,何如王生之赋《灵光》乎?同说游猎,而《叔畋》《卢铃》之诗,何如相如之言《上林》乎?并美祭祀,而《清庙》《云汉》之辞,何如郭氏《南郊》之艳乎?等称征伐,而《出车》《六月》之作,何如陈琳《武军》之壮乎?则举条可以觉焉。近者夏侯湛、潘安仁并作《补亡诗》:《白华》《由庚》《南陔》《华黍》之属,诸硕儒高才之赏文者,咸以古诗三百,未有足以偶二贤之所作也。

且夫古者事事醇素,今则莫不雕饰,时移世改,理自然也。至于罽(jì)锦丽而且坚,未可谓之减于蓑衣;辎(zī)軿(píng)妍而又牢,未可谓之不及椎车也。

书犹言也。若人谈语,故为知有[音];胡、越之接,终不相解。以此教戒,人岂知之哉!若言以易晓为辨,则何故以难知为好哉?若舟车之代步涉,文墨之改结绳,诸后作而善于前事,其功业相次千万者,不可复缕举也。世人皆知之快于曩(nǎng)矣,何以独文章不及古邪?(葛洪撰《抱朴子外篇校笺》卷30《钧世》,杨明照校笺,《新编诸子集成》本,中华书局1991年12月第1版)

导读：

葛洪(283—363)，字稚川，自号抱朴子，丹阳郡句容(今江苏省句容县)人。东晋道教学者，自幼好学，青少年时期即信奉道教；东晋时期，被荐举为散骑常侍，拒不赴任，隐居山中，炼丹著述，成果颇丰。撰有《抱朴子》，书分内、外两篇。外篇为政教议论之文，其中《钧世》《辞义》《应嘲》等篇，论说学术著作，亦涉文学义旨。

《钧世》出于《抱朴子外篇》卷30，主要论述文章今文胜于古质的问题。他以诗歌为实例，说明今诗胜古诗。葛洪是站在文学发展的角度，来批判当时贵古贱今的看法；因其充分肯定今胜于古，故能包容当代华美之辞。

从文学教化功利的角度来看，《钧世》更重子书而轻诗赋。因子书更能体现功利价值，而诗赋更加凸显审美功能；既然看重文学功利，自当重子书轻诗赋。但葛洪也并不完全认为古文不及今文，有时他也说："古诗刺过失，故有益而贵；今诗纯虚誉，故有损而贱。"(《抱朴子外篇校笺》卷40《辞义》，第398页)总之，葛洪对于古文和今文的认识是比较客观的，因而他认为在学习古文时应当要有所选择：既要学习古文之博览，而摒弃"助教之言"；又要学习今文之美富，而摒弃"细碎小文"。

第五讲
南北朝文学批评

南北朝(420—589)是指自刘宋十六国至隋建立前这段历史,南北朝文学批评即是指历经这一历史阶段的文学批评。在这段历史里的中国,南北方处于战乱分裂。在北方,拓跋焘于439年统一华北,建立北魏,然后北魏又分裂为东魏和西魏,随后北齐取代东魏,北周取代西魏;在南方,则经历了刘宋、南齐、南梁、南陈四朝更迭。南北朝长期的分裂动乱,并未阻止文学批评发展,反而文学创作的高度繁荣,促进文学批评的空前发展,涌现出许多重要的文学理论批评巨著,如《文心雕龙》《诗品》《文选》等。

本讲主要述说南北朝文学批评若干重要理论命题,包括文笔之争、声律论以及选本批评等。

一 文笔之论争

随着齐梁之际出现多种体裁的文章,人们根据文章有韵、无韵之不同,开始思考和区分何为文学、何为非文学,因而开展有关文、笔的讨论,这就是中国文学批评史上著名的文笔之争。其主要内容有三个方面:(一)文笔说的发生,(二)文笔说的意义,(三)文笔之争论例。

(一) 文笔说的发生

文笔之分说/有韵与无韵/审美与实用/文笔混杂者/非文非笔者

最早区分文、笔者,可能是刘宋颜延之。其言曰:

> 太祖问延之:"卿诸子谁有卿风?"对曰:"峻得臣笔,测得臣文,㚤得臣义,跃得臣酒。"(《宋书》卷 75《颜竣传》,第 1959 页)

据此可知,颜延之认为文、笔为两类不同的文体。就是从南朝时期开始,论者将文、笔以有韵、无韵来区分,将有韵者称为"文",不押韵者称为"笔"。如刘勰曰:

> 今之常言,有"文"有"笔",以为无韵者"笔"也,有韵者"文"也。夫文以足言,理兼《诗》《书》,别目两名,自近代耳。(《文心雕龙注》卷 9《总术》,第 655 页)

《文心雕龙》自《明诗》至《谐隐》十篇,论述有韵之"文",即诗、赋、颂、赞、祝、盟、铭、箴、诔、碑、哀、吊、对问、七、连珠、谐、隐诸体;自《史传》至《书记》10 篇,则论述无韵之"笔",即史传、诸子、论、说、诏、策、檄、移、封禅、章、表、奏、启、议、对、书信等体。于此可见,《文心雕龙》沿袭前人的文笔观点,"以为无韵者笔也,有韵者文也"。刘勰即基于此观点,论及各种体裁文章。

范文澜认为,刘勰文体论涉及三类文体,即文类、文笔杂类、笔类。他说:"《文心》上篇凡二十五篇,排比至有伦序",从第六篇《明诗》到第二十五篇《书记》论文体。然而于"文"与"笔"两大类之间,另加"文笔杂"一类,将《杂文》与《谐隐》两篇归入其中,注明"杂文谐隐,笔文杂用,故列在文笔二类之间"。(《文心雕龙》卷 1《原道》注[一],第 5 页)此外,进一步解释:"论文叙笔,谓自《明诗》至《哀吊》,皆论有韵之文;《杂文》《谐隐》二篇,或韵或不韵,故置于中;《史传》以下,则论无韵之笔。"(《文心雕龙》卷 10《序志》注[一九],第 743 页)总之,范文澜认为《杂文》《谐隐》为"文笔杂"一类。当然,范文澜的看法只是一家之说,有学者对他的观点亦质疑;《文心雕龙》文体论部分所论,只区分"有韵之文"和"无韵之笔"两大类,并未在两者之间另列文笔杂类。刘勰本人的意见,还是应予以尊重。

(二) 文笔说的意义

纯文学观念/杂文学观念/文笔之归属

《文心雕龙·序志》曰:"若乃论文叙笔,则囿别区分,原始以表末,释名以章义,选文以定篇,敷理以举统。"(《文心雕龙注》卷 10,第 727 页)此交代了其文体论的关切点,即在区分了文、笔界限之后,具体从四个方面来论列各体类,包括源流、名义、选文、理统:"原始以表末",即追溯各种文体的起源,并探讨其发展演变进程;"释名以章义",即解释各种文体的名称,并彰显其体制的规定性;"选文以定篇",即选择有代表性的作品,来讨论各种文体的特点;"敷理以举统",即掌握各体的写作法则,以揭举诸体的理式统类。各种文体弄清楚了,文笔归属就有着落,进而分出纯文学和杂文学,为凸显纯文学而奠定基础。

也是出于这个认知,萧绎敷论文、笔曰:

> 至如不便为诗如闾纂,善为章奏如伯松,若此之流,泛谓之笔;吟咏风谣、流连哀思者,谓之文。……笔,退则非谓成篇,进则不云取义,神其巧惠,笔端而已。至如文者,惟须绮縠纷披,宫徵靡曼,唇吻遒会,情灵摇荡。(《金楼子》卷4《立言下》,第770页)

萧绎试图进一步推进深化文笔说,打破了以是否押韵来区分文笔的界限。他重视"吟咏风谣、流连哀思",即认抒情为主导的体式为"文",并视诗歌为最具代表性的"文"。这对"文"的描述更加明晰,使当时纯文学观念得以凝定。总之,萧绎虽未刻意去界定何为文、笔,却能借助美感来阐明自己的看法。

这种看法在当时普遍流行,是人们杂文学观念的表现。即便理论大家刘勰,也抱持杂文学观念,其《文心雕龙》第六至二十五篇,即从《明诗》到《书记》20篇,论列20多种主要的文体,就是将各种文体杂而论之;他能够认知各体的属性,但不以唯美为评判标准,也就是说各体不论属审美或属实用,其在杂文学家族中的地位是同等的。对此,有学者亦指出:"在《文心雕龙》中,'文'与'笔',都属于他的杂文学观的视野之内,本身并无区别。……他对于其中大多数文体,都有类似于对待张彪那样的属于感情与文采的要求。"(《释〈章表〉篇"风矩应明"与"骨采宜耀"——兼论刘勰的杂文学观念之一》,《文学遗产》2007年第5期,第7页)也就是说,刘勰能够区分出审美的纯文学,但不贬低排斥非审美的杂文学。这见解既符合杂文学的特点,也照应了纯文学的发展性状。

或许正是出于对纯文学的专注,刘勰甚至还突破文、笔的界限,而将"文"的属性泛化,用以评判经、传之体。他认为儒家所著经传之体,就是含有"文"的"笔":

> 颜延年以为:"笔之为体,言之文也;经典则言而非笔,传记则笔而非

言。"请夺彼矛,还攻其楯矣。何者?《易》之《文言》,岂非言文?若笔为言文,不得云经典非笔矣。将以立论,未见其论立也。予以为:发口为言,属笔曰翰,常道曰经,述经曰传。经传之体,出言入笔,笔为言使,可强可弱。分[六]经以典奥为不刊,非以言笔为优劣也。(《文心雕龙注》卷9《总术》,第655页)

颜延年的认识,在言、笔、文间绞绕,故所说前后明显矛盾。刘勰的评述显然更为到位,判定经传之体属于"笔",并说这种"笔"体是含"文"的,只是其"文"或强或弱没有定准。近人黄侃的解说,可为刘勰一注足:"'笔之为体,言之文也。'此文谓有文采。"(《文心雕龙札记》,第273页)刘勰这种将"文"泛化的理论认知,是文学自觉和批评意识增强的表现。

(三) 文笔之争论例

《宋书·颜峻传》的论例/《文心雕龙·总术》所论/《金楼子·立言下》论例

南北朝的"文学"概念仍很宽泛,涉及文化、学问等多个知识门类;这为文笔之争留下话头,论者因为观测点的不同,而对文、笔分界及其关系,产生不同看法而引发争议。兹以数例论之:

前引《宋书·颜峻传》载,颜延之评议他的四位儿子,称"峻得臣笔,测得臣文",是已将文、笔作出明确区分。盖颜峻擅长应用文体的写作,而颜测擅长纯美文体的写作。故当元嘉三十年(453),刘骏奉命征伐叛臣刘劭,颜峻为刘骏作声讨檄文,刘劭以檄文责问颜延之:

劭召延之,示以檄文,问曰:"此笔谁所造?"延之曰:"峻之笔也。"又问:"何以知之?"延之曰:"峻笔体,臣不容不识。"(《宋书》卷73《颜延之传》,第1903页)

据此可见,刘宋时人开始利用文笔之分,来指代纯美文体和应用文体;甚至"笔""体"之连词,还指涉应用文体风格问题。

至于文、笔的具体内涵如何,时人又作有韵、无韵之分说。对此,刘勰述曰:

> 今之常言,有文有笔。以为无韵者笔也,有韵者文也。夫文以足言,理兼诗书;别目两名,自近代耳。(《文心雕龙注》卷9《总术》,第655页)

为此,他首先安排《明诗》至《谐隐》10篇,论述有韵之"文";然后再安排《史传》至《书记》10篇,论述无韵之"笔"。可见,刘勰文笔观十分明确,将有韵者称为"文",不押韵者称为"笔"。

与刘勰相呼应,萧绎也论文笔。如前所引,萧绎也作文、笔之分,将不便为诗、善章奏之流泛称为笔,将吟咏风谣、流连哀思者称谓为文;但不同于刘勰的一点,是并没有明确作有韵、无韵之分,而是以情采是否动人来区分文笔。这就使文笔之别不限于声律,而添加审美涵蕴这个观测点;而且,萧绎更注重语言的形式美,进一步发展深化了文笔说。

二　声律论兴起

声律论的兴起,基于人工声律。上古周秦两汉时期,流行的是自然声律;然自魏晋以后,始有人工声律,又经过佛经转读的启发,而促进了声、调的讲求,并逐渐探索总结出四声八病说,而形成永明年间的诗歌声律论。

(一) 人工声律及声律论发生

从自然声律到人工声律/佛经转读、梵呗及切音/范晔、谢庄为前驱先导

据上古音系研究可知,《诗》《周易》《老子》《楚辞》、汉乐府、古诗十九首等文本是叶韵的,表明周秦两汉时期的韵语文字实际呈现为自然声律。这种讲究声韵之美的好尚,在汉末魏晋以后依然延续。魏晋时人诵读诗文,十分讲究音声悦耳;因此会在诗文创作中有意无意地押韵,追求用字词之抑扬顿挫以求声音之美。甚而玄理清谈和人物品鉴中,还普遍讲究语音声调之清美。比如,"(裴遐)以辩论为业,善叙名理,辞气清畅,泠然若琴瑟。闻其言者,知与不知,无不叹服。"(《世说新语》上卷下《文学》第19条注引邓粲《晋纪》,第209页)

而佛教传入和佛经翻译的繁荣,更进一步促进了声韵理论发展。南朝齐梁时期,都城建康成为佛教传播中心,萧齐皇室及近臣文士多奉佛,佛徒诵经、唱

导,多重视声音之美。所谓"响韵钟鼓,则四众惊心",讲述的就是这种盛况。(《高僧传校注》卷13《释法镜传》引《唱导》,第521页)当时与声律论有关的主要人物,如周颙、沈约、王融、谢朓等,基本均出萧子良门下,而且都好与僧人交往。竟陵王萧子良,热心佛教事业,史称他"招致名僧,讲语佛法,造经呗新声,道俗之盛,江左未有"(《南齐书》卷40《萧子良传》,第698页)其所"造经呗新声",提供了声律论的资源。总之,正是由于上古周秦两汉的自然声律发展到南北朝时的人工声律,齐梁间文人才开始刻意制定一套适用于五言诗创作的声律韵调。

随着佛教的本土化,佛经传译日益兴盛;因要将作为拼音文字的梵文转读成汉语,其音读原理规则自当影响汉语标音技术。对此,陈寅恪说:"南齐武帝永明七年二月二十日,竟陵王子良大集善声沙门于京邸,造经呗新声。实为当时考文审音之一大事。在此略前之时,建康之审音文士及善声沙门讨论研究,必已甚众而且精。"(《陈寅恪集·四声三问》,第368页)考文审音会使汉字的音节更受重视,这对声律理论的产生起着促进作用。其实早在汉末,服虔、应劭已用反切之法注音,能够分析音节中的声、韵、调;以至魏初,孙炎作《尔雅音义》,更推广反切音读之法。至若陆机说"暨音声之迭代,若五色之相宣",则表明魏晋时人已开始不自觉地讲求音律和谐。(《六臣注文选》卷17《文赋》,第293下页)总体来看,是佛经转读、梵呗及切音,共同推动着声律论的发展。

今知最早论声律的,可能是范晔和谢庄。范晔说:"性别宫商,识清浊,斯自然也。观古今文人,多不全了此处;纵有会此者,不必从根本中来。言之皆有实证,非为空谈。年少中谢庄最有其分,手笔差易,文不拘韵故也;吾思乃无定方,特能济难,适轻重,所秉之分,犹当未尽,但多公家之言,少于事外远致,以此为恨。亦由无意于文名故也。"(《后汉书》卷末《狱中与诸甥侄书》,第1—2页)所谓宫商清浊,即是指字音。可见,范晔以擅长辨识字音而颇为得意。范晔书信中还特意提到谢庄,以为少年谢庄有审音的天分;然为文不拘声韵,且无意博取文名,故未尽天分,成就不够大。范晔这个说法是可信的,因钟嵘有类似的评述:"唯见范晔、谢庄颇识之耳。"(《诗品下·序》引语,第337页)可知,南朝时期作者开始自觉地追求诗文声律之美,并将范晔、谢庄视为永明声律论的前驱先导。

(二)永明声律论的主要内容

永明声律论的倡导者/永明声律论的总原则/永明声律论若干要点

如前所述,汉末以来,人们很注重诗文的韵律美,追求音声效果之抑扬顿挫;及至南朝齐永明年间,愈益讲求诗文声律美,并产生相应理论认知,此即所谓永明声律论。此中情节,史家称曰:"永明末,盛为文章。吴兴沈约、陈郡谢朓、琅玡王融以气类相推毂,汝南周颙善识声韵。约等文皆用宫商,以平、上、去、入为四声,以此制韵,不可增减,世呼为永明体。"(《南齐书》卷52《陆厥传》,第898页)周颙、王融、谢朓、沈约等人,即是永明声律论的主要倡导者。永明文学体式的新变,即出自其制韵之实验:"齐永明中,文士王融、谢朓、沈约文章始用四声,以为新变。至是转拘声韵,弥尚丽靡,复逾于往时。"(《梁书》卷49《庾肩吾传》,第690页)于此可见,永明声律论之拘忌讲究,是当时文学新变的关键。

关于永明声律论的艺术原则,沈约《宋书》中有明确概说:

> 夫五色相宣,八音协畅,由于玄黄律吕,各适物宜。欲使宫羽相变,低昂互节:若前有浮声,则后须切响;一简之内,音韵尽殊;两句之中,轻重悉易。妙达此旨,始可言文。(《宋书》卷67《谢灵运传·论》,第1779页)

这里所提艺术原则,可表述为两个层面:一是技术层面,即"宫羽相变,低昂互节",具体包含(1)"浮声"与"切响"前后呼应,(2)一个文句中字词的音韵要全异,(3)两个文句对应的字词声调互异;二是美的层面,即"玄黄律吕,各适物宜",也就是根据具体的对象和情景,选用声韵和音调相适应的字词,以产生相宣与协畅的声律效果,达到诗文审美表现的最佳状态。

如果说声律论的艺术原则表明了永明文学声韵美的正面,那么声律论核心内容"四声八病"说就揭示了它的反面。由于载述"四声八病"说的论著已散佚,其内容可通过晚出《文镜秘府论》勾勒。该书所载"文二十八种病""文笔十病得失"等,为后出的四声二分法及粘对规则做好了理论准备。这体现了人工对声音和谐之美的追求,为律体诗的形成发展奠定了理论基础。其具体内含如下:

四声。四声即为平、上、去、入,是指汉字音节的四种声调。周颙《四声切韵》、沈约《四声谱》,皆用平、上、去、入来区分汉字声调,以此作为永明声律论的基础,并自觉运用于诗文创作之中。

八病。八病即指平头、上尾、蜂腰、鹤膝、大韵、小韵、大纽、小纽八种声病。平头,规定五言诗第一、六字及二、七字不得同声;上尾,规定除诗歌韵脚外第五字与第十字不得同声。蜂腰,规定第二字不得与第五字同声。鹤膝,规定第五字不得与第十五字同声。大韵,规定两句中不可有与韵脚同韵字。小韵,规定两句中韵脚外不得有叠韵和同声调字。大纽,规定相傍声纽中的字相犯。小纽,规定两句之中隔字要有同声字。一纽有四声,不可有相傍声纽之字;纽内相犯为小纽,纽外相犯为大纽。总之,八病是指声音运用上所出现的八种病犯。

(三)《文心雕龙·声律》等

《文心雕龙·声律》本文/《文心雕龙·声律》要义/钟嵘《诗品序》反对声律

刘勰作为南朝齐梁间著名文学批评家,自当参与讨论彼时被热议的声律问题。刘勰重视文学的声韵之美,强调诗文声律的重要作用,对时人讲求声律表示赞同,并提出独具见解的声律论。他重要的理论观点,见于专论《声律》。

该篇首先论说文学音律的发生:

> 夫音律所始,本于人声者也。声含宫商,肇自血气,先王因之,以制乐歌。故知器写人声,声非学器者也。故言语者,文章神明枢机,吐纳律吕,唇吻而已。(《文心雕龙注》卷7《声律》,第552页)

这是说,文学是语言的艺术,语言是言语的修饰,言语是唇吻之所发,所发音声要合律吕。

接着论说人工声律的之必要性:

> 古之教歌,先揆以法,使疾呼中宫,徐呼中徵。夫商徵响高,宫羽声下;抗喉矫舌之差,攒唇激齿之异,廉肉相准,皎然可分。今操琴不调,必知改张,摘文乖张,而不识所调。响在彼弦,乃得克谐,声萌我心,更失和律,其故何哉?良由外听易为察,内听难为聪也。故外听之易,弦以手定;内听之难,声与心纷。可以数求,难以辞逐。(《文心雕龙义证》卷7《声律》,第1213—1215页)

这是说,自古以来歌诗文章有声律,而声律有内听与外听之分。内听者,盖属自然声律,不易操控;外听者,是为人工声律,易于掌握。故可讲求的,实为外听者;

其可"手定""数求"者,即是当时流行的人工声律。

刘勰还论述了声律运用的细节,并探讨达成音韵和谐的总原则:

> 凡声有飞沉,响有双叠;双声隔字而每舛,叠韵杂句而必睽;沉则响发而断,飞则声飏不还;并辘轳交往,逆鳞相比。……是以声画妍蚩[媸],寄在吟咏,流于字句。气力穷于和韵,异音相从谓之和,同声相应谓之韵。韵气一定,故余声易遣;和体抑扬,故遗响难契。属笔易巧,选和至难;缀文难精,而作韵甚易。虽纤意曲变,非可缕言;然振其大纲,不出兹论。(《文心雕龙注》卷7《声律》,第552—553页)

其"非可缕言"的细节,包括飞声、沉响、双声、叠韵、异音、同声等;其"不出兹论"的大纲,主要是讲求和韵以及实现和韵效果的难易之处。

此外,还论列声律的种种病患,并提出治病救患的策略办法。其所列举的病患,主要有如下数种:

其一,吃文之病:"迕其际会,则往蹇来连,其为疾病,亦文家之吃也。夫吃文为患,生于好诡,逐新趣异,故喉唇纠纷。"其救治之法:"将欲解结,务在刚断。左碍而寻右,末滞而讨前,则声转于吻,玲玲如振玉;辞靡于耳,累累如贯珠矣。"

其二,乖贰之患:"若夫宫商大和,譬诸吹籥;翻回取均,颇似调瑟。瑟资移柱,故有时而乖贰。"其救治之法:"籥含定管,故无往而不壹。"并举例说:"陈思、潘岳,吹籥之调也;陆机、左思,瑟柱之和也。概举而推,可以类见。"

其三,音韵之讹:"又诗人综韵,率多清切,《楚辞》辞楚,故讹韵实繁。及张华论韵,谓士衡多楚,《文赋》亦称知楚不易,可谓衔灵均之声馀,失黄钟之正响也。凡切韵之动,势若转圜;讹音之作,甚于枘方。"其救治之法:"免乎枘方,则无大过矣。……古之佩玉,左宫右徵,以节其步,声不失序。音以律文,其可忽哉!"(以上《文心雕龙注》卷7《声律》,第553—554页)

刘勰这些病患说,作为"四声八病"的补充,充实了永明声律论的内涵。不过,刘勰持论要宽松得多,不像沈约辈那样苛严。他一方面主张"剖字钻响",追求文章声韵之美;另一方面主张"随音所遇",不要过于拘执字音:"练才洞鉴,识疏阔略,随音所遇,若长风之过籁,南郭之吹竽耳。"(《文心雕龙注》卷7《声律》,第554页)

盖刘勰更为宽松的声律说,亦为对永明声律论的矫正。这表明,文学作为吟

咏性情的产物,是不完全受声律论拘束的。与此文学发展性状趋势相呼应,钟嵘甚至提出反对声律的看法。其文曰:

> 昔曹、刘殆文章之圣,陆、谢为体贰之才,锐精研思,千百年中,而不闻宫商之辨、四声之论。或谓前达偶然不见,岂其然乎?尝试言之:古日诗颂,皆被之金竹,故非调五音无以谐会。若"置酒高堂上""明月照高楼",为韵之首。故三祖之词,文或不工,而韵入歌唱。此重音韵之义也,与世之言宫商异矣。今既不备于管弦,亦何取于声律耶?……王元长创其首,谢朓、沈约扬其波。三贤咸贵公子孙,幼有文辨。于是士流景慕,务为精密,襞绩细微,专相凌架,故使文多拘忌,伤其真美。余谓文制,本须讽读,不可蹇碍,但令清浊通流,口吻调利,斯为足矣。至如平上去入,则余病未能;蜂腰、鹤膝,闾里已具。(《诗品下·序》,第 438、442、452 页)

钟嵘肯定文学的声韵之美,认为魏晋诸大家所重音韵,就是遵循文学的自然声律规则,却不是当下言宫商者所谓声律。因此,他提倡"清浊通流,口吻调利"之文学,而贬抑永明以来多拘忌、伤真美的创作,进而否弃平上去入、蜂腰鹤膝说,要求文学回归自然声韵之和谐美。

三 诸 名 家 批 评

南朝时期出现过许多著名的文学批评家,他们除了直接阐述有关文学的理论观点,还通过品鉴作家和编选作品,来间接地表达对文学的看法。

(一) 裴子野、萧纲等

裴子野偏狭保守的《雕虫论》/萧纲《与湘东王书》及论宫体/萧子显《南齐书·文学传论》

裴子野(460—530),字几原,河东闻喜(今山西省闻喜县)人。南朝史学家、文学家,他善于属文,著述颇丰,撰有《宋略》20 卷、《续裴氏家传》等。《宋略》已佚;杜佑《通典》卷 16 "选举四"载录其《雕虫论》,该文又见载于《文苑英华》卷 742

"论文",据之可窥探裴子野文学观点。其文曰:

> 古者四始六艺,总而为《诗》,既形四方之气,且彰君子之志,劝美惩恶,王化本焉。后之作者,思存枝叶,繁华蕴藻,用以自通。若悱恻芬芳,楚《骚》为之祖;靡漫容与,相如扣其音。由是随声逐影之俦,弃指归而无执,赋诗歌颂,百帙五车,蔡应[邕]等之俳优,杨[扬]雄悔为童子。圣人不作,雅郑谁分?其五言为家,则苏、李自出,曹、刘伟其风力,潘、陆固其枝叶。爰及江左,称彼颜、谢,箴绣鞶帨,无取庙堂。宋初迄于元嘉,多为经史;大明之代,实好斯文。高才逸韵,颇谢前哲,波流相尚,滋有笃焉。自是闾阎年少,贵游总角,罔不摈落六艺,吟咏情性。学者以博依为急务,谓章句为专鲁。淫文破典,斐尔为功,无被于管弦,非止乎礼义。深心主卉木,远致极风云,其兴浮,其志弱,巧而不要,隐而不深;讨其宗途,亦有宋之(遗)风也。若季子聆音,则非兴国;鲤也趋室,必有不敢[敦]。荀卿有言:"乱代之征,文章匿而采。"斯岂近之乎!(《全上古三代秦汉三国六朝文·全梁文》卷53《雕虫论》,第3262页)

这表明,他强调儒家正统诗教观念,认为《诗》经能劝美惩恶,实为"王化"之本,故为诗歌最高典范;此后文体流荡,丧失风雅精神。为此,他轻视文学审美特性,忽视诗文的抒情功能,从而批判汉、魏、晋、宋的辞赋创作,认为这类文章偏离了服务政教的功能。由此可见,裴子野抨击当时绮靡的文学风尚,抱持反潮流的偏狭保守的文学观。

萧纲(503—551),字世缵,小字六通,南朝梁第三位皇帝,又是著名的文学家,创作了大量诗文作品,风格属于宫体诗一派。他注重自然景物描写,常在写景中抒发情感。其论说文学的理论观点,概见于《与湘东王书》。其主要内容如下:

其一,文学与经典不同,故文学不必宗经:"比见京师文体,懦钝殊常,竞学浮疏,争为阐缓。玄冬修夜,思所不得。既殊比兴,正背《风》《骚》。若夫六典三礼,所施则有地;吉凶嘉宾,用之则有所。未闻吟咏情性,反拟《内则》之篇;操笔写志,更摹《酒诰》之作;迟迟春日,翻学《归藏》;湛湛江水,遂同《大传》。"

其二,今体与古文不同,其优劣未可轻许:"吾既拙于为文,不敢轻有掎摭。但以当世之作,历方古之才人,远则杨、马、曹、王,近则潘、陆、颜、谢,而观其遣辞用心,了不相似。若以今文为是,则古文为非;若昔贤可称,则今体宜弃;俱为盍各,则未之敢许。"

其三，注重情景文辞美，因以论列诸大家："至如近世谢朓、沈约之诗，任昉、陆倕之笔，斯实文章之冠冕，述作之楷模。张士简之赋，周升逸之辩，亦成佳手，难可复遇。"这是对当代诸大家创作的肯定，至于评谢、裴二家则颇有分寸："又时有效谢康乐、裴鸿胪文者，亦颇有惑焉。何者？谢客吐言天拔，出于自然，时有不拘，是其糟粕；裴氏乃是良史之才，了无篇什之美。"（以上《梁书》卷49《庾肩吾传》录《与湘东王书》，第690—691页）

总之，他注重诗文的借景抒情与语言修饰，而抨击"浮疏""懦钝"不良文风。也就是说，他看重文学的审美特质，并超脱儒家诗教之束缚。他还提出："立身之道与文章异，立身先须谨重，文章且须放荡。"（《全上古三代秦汉三国六朝文·全梁文》卷11《诫当阳公大心书》，第3010页）可见，他将立身与为文分别看待：作为帝王，他主张立身要遵循儒家礼义；作为文人，他强调思想情感的自由抒发。

萧子显（487—537），字景阳，东海郡兰陵县（今山东省临沂市）人。南朝梁史学家、文学家，撰《南齐书》60卷，今存世诗歌约20首。他借史臣之口表达文学观，其主要内容大略有四个要点：

其一，强调情性、气韵对文学的意义："文章者，盖情性之风标，神明之律吕也。蕴思含毫，游心内运，放言落纸，气韵天成，莫不禀以生灵，迁乎爱嗜，机见殊门，赏悟纷杂。"

其二，承认文学共性与语言风格差异："属文之道，事出神思，感召无象，变化不穷。俱五声之音响，而出言异句；等万物之情状，而下笔殊形。吟咏规范，本之雅什；流分条散，各以言区。"

其三，判定五言为四七言之新变代雄："五言之制，独秀众品。习玩为理，事久则渎，在乎文章，弥患凡旧。若无新变，不能代雄。建安一体，《典论》短长互出；潘、陆齐名，机、岳之文永异。江左风味，盛道家之言：郭璞举其灵变，许询极其名理；仲文玄气，犹不尽除；谢混情新，得名未盛。颜、谢并起，乃各擅奇；休、鲍后出，咸亦标世。朱蓝共妍，不相祖述。"

其四，以"三体"总论当代文学风范："今之文章，作者虽众；总而为论，略有三体：一则启心闲绎，托辞华旷，虽存巧绮，终致迂回。宜登公宴，本非准的。而疏慢阐缓，膏肓之病，典正可采，酷不入情。此体之源，出灵运而成也。次则缉事比类，非对不发，博物可嘉，职成拘制。或全借古语，用申今情，崎岖牵引，直为偶说。唯睹事例，顿失精采。此则傅咸五经，应璩指事，虽不全似，可以类从。次则发唱惊挺，操调险急，雕藻淫艳，倾炫心魂。亦犹五色之有红紫，八音之有郑、卫。

斯鲍照之遗烈也。"(以上《南齐书》卷52《文学传·论》,第907—908页)

以上所论,表明史臣拥有当代最先进的文学观,特别是标举五言所包蕴的审美特质,这是萧子显的贡献,值得后世充分肯定。不过,他将当代的文学风范简截区分为"三体",并分别推原于谢灵运、傅咸与应璩、鲍照,则有简单粗放之嫌,未必符合历史情实。对此,他本人是清警的,故下文又补论曰:

> 三体之外,请试妄谈。若夫委自天机,参之史传,应思悱来,勿先构聚。言尚易了,文憎过意,吐石含金,滋润婉切。杂以风谣,轻唇利吻,不雅不俗,独中胸怀。轮扁斫轮,言之未尽,文人谈士,罕或兼工。非唯识有不周,道实相妨。谈家所习,理胜其辞,就此求文,终然翳夺。故兼之者鲜矣。(《南齐书》卷52《文学传·论》,第908—909页)

这是对文学批评限度和有效性的认知,表明当时史臣有清醒的文学批评意识。

(二) 萧统之选本批评

萧统《文选》之编纂/《文选序》文本阐释/对陶渊明之选录评论

萧统(501—531),字德施,小字维摩,兰陵(今江苏常州市武进区)人。他为梁武帝萧衍长子,被立为太子,未及继位而亡故,世称昭明太子。他生性爱属文,招揽众多文士,刘勰即曾为其东宫通事舍人;曾主持编集《文选》,史称《昭明文选》,后人辑其作品成《昭明太子集》,其文学观点散见于《文选序》等文章中。

《昭明文选》是我国最早的一部诗文总集,选录先秦至梁普通元年(520)各体文学作品,收入作家130位,编选作品七百多篇,按体裁分类编排,分38类,共60卷。其编选标准是"事出于沉思,义归乎翰藻",即情义与辞采并茂而无所偏废者方予以收录,并以诗赋为重点,经子史著作不选。萧统把文学作品同学术著作、疏奏应用之文区别开来,这表明他抱持杂文学观念而又偏重有审美特质的诗赋。《文选》后世注本主要有两种:一是唐显庆年间李善注本,改分原书30卷为60卷;二是唐开元六年(718)吕延祚进表所呈五臣(吕延济、刘良、张铣、吕向、李周翰)注本。近代以来有《四部丛刊》本、《四部备要》本,以及中华书局以胡刻本断句的1977年影印本。

《文选》卷首有《序》,是统摄全书的理论纲领。其主要思想内容如下:

首先,推原"文籍"的起源:"逮乎伏羲氏之王天下也,始画八卦、造书契以代结绳之政,由是文籍生焉。《易》曰:'观乎天文,以察时变;观乎人文,以化成天下。'文之时义远矣哉!"

接着,肯定文章的变化发展:"若夫椎轮为大辂之始,大辂宁有椎轮之质;增冰为积水所成,积水曾微增冰之凛。何哉?盖踵其事而增华,变其本而加厉。物既有之,文亦宜然。随时变改,难可详悉。"

然后,论列各体文学的特点:包含赋、诗、骚、七、诏、册、令、教、文、表、上书、启、弹事、笺、奏记、书、檄、对问、设论、辞、序、颂、赞、符命、史论、史述赞、论、连珠、箴、铭、诔、哀、碑文、墓志、行状、吊文、祭文等类;诗赋又分体式,逐一予以著录。

最后,阐述该书的编选原则:大抵为(1)不可删节的"姬公之籍,孔父之书"即儒家经典著作不予收录,(2)"以立意为宗,不以能文为本"的老庄诸子百家之作不予收录,(3)"事美一时,语流千载"的贤人忠臣辩士的美辞言谈不予收录。所录者:"若其赞论之综缉辞采,序述之错比文华,事出于沉思,义归乎翰藻,故与夫篇什,杂而集之。"(以上《六臣注文选》卷首《文选序》,第2—4页)

此外,由于钟嵘《诗品》论列陶渊明诗歌于中品,而使萧统对陶渊明的选录评论有特别意义。萧统曾编辑《陶渊明集》并撰写序,于《文选》选录陶诗八首、辞一篇;可见,他不仅深知陶渊明,而且看重陶的诗文。萧统不仅欣赏陶渊明作品:

有疑陶渊明诗,篇篇有酒;吾观其意不在酒,亦寄酒为迹焉。其文章不群,辞彩精拔,跌宕昭彰,独超众类,抑扬爽朗,莫之与京。横素波而傍流,干青云而直上。语时事则指而可想,论怀抱则旷而且真。……余爱嗜其文,不能释手,尚想其德,恨不同时。故更加搜求,粗为区目。

而且盛赞陶渊明品德高尚:

加以贞志不休,安道苦节,不以躬耕为耻,不以无财为病。自非大贤笃志,与道污隆,孰能如此乎?……尝谓有能观渊明之文者,驰竞之情遣,鄙吝之意祛,贪夫可以廉,懦夫可以立,岂止仁义可蹈,抑乃爵禄可辞!不劳复傍游太华,远求柱史。此亦有助于讽教尔。

不过,萧统出于维护风教的目的,对陶渊明诗文亦提出异议。其文曰:

> 白璧微瑕者,唯在《闲情》一赋。扬雄所谓"劝百而讽一"者,卒无讽谏,何必摇其笔端?惜哉,无是可也!(以上《陶渊明集笺注》卷末附录一《陶渊明文集序》,第613—614页)

盖因《闲情赋》细致刻画了女子神态,并强烈传达了对这一女子的爱慕之情;所以,认为陶渊明这样用心命意,是有违风教、不合时宜的。后世不少论者对于萧统这一观点颇有质疑,认为与选录《高唐赋》《神女赋》相抵牾。其实造成这一批评现象的主要原因,不过是推崇贤士和维护风教相矛盾。

(三) 颜之推、苏绰等

颜之推《颜氏家训·文章》/苏绰反南朝文学的复古论调/宇文泰所代表的北朝文学观

颜之推(约531—590),字介,琅琊(今山东省临沂市)人,后居建康(今江苏省南京市)。著有《颜氏家训》,主要用于训诫子女;但也有论涉文学的,其中《文章》一文,既强调了文章的教化功能,亦揭示了文学的审美价值。

颜之推阐述文体产生和发展来源,大致认同刘勰、任昉等人的观点,推尊儒家经典的文学本原意义,以为许多文体原出于《五经》。其文曰:

> 夫文章者,原出《五经》:诏命策檄,生于《书》者也;序述论议,生于《易》者也;歌咏赋颂,生于《诗》者也;祭祀哀诔,生于《礼》者也;书奏箴铭,生于《春秋》者也。(《颜氏家训集解》卷4《文章》,第286页)

正是出于对文学的这个认识,他主张发挥文章的政教功能:"朝廷宪章,军旅誓诰,敷显仁义,发明功德,牧民建国,施用多途。"但他也承认文学特性,肯定文章的审美价值:"至于陶冶性灵,从容讽谏,入其滋味,亦乐事也。"不过,他还是更看重修身立德,而把文学创作当成余事,故云:"行有余力,则可习之。"(以上《颜氏家训集解》卷4《文章》,第286页)

他论列了文人轻薄失德之行,甚至认为"帝王亦或未免";若探究其原由,乃因德行有亏:"每尝思之,原其所积,文章之体,标举兴会,发引性灵,使人矜伐,故忽于持操,果于进取。"(《颜氏家训》卷四《文章》,第287页)他还认为这种过患,更表见于当今文人:"今世文士,此患弥切,一事惬当,一句清巧,神厉九霄,志凌千载,自吟自赏,不觉更有傍人。加以砂砾所伤,惨于矛戟;讽刺之祸,速乎风尘。"(第287页)所以,他主张文人"深宜防虑,以保元吉"(第287页),而告诫"慎勿师心自任,取笑旁人"(第311页),也就是节制性情,克除人心之防逸:"凡为文章,犹人乘骐骥,虽有逸气,当以衔勒制之,勿使流乱轨躅,放意填坑岸也。"(第323页。以上《颜氏家训集解》卷4《文章》)

他还针对当代文学流弊,提出了救治的办法策略:

> 文章当以理致为心肾,气调为筋骨,事义为皮肤,华丽为冠冕。今世相承,趋本弃末,率多浮艳。辞与理竞,辞胜而理伏;事与才争,事繁而才损。放逸者流宕而忘归,穿凿者补缀而不足。时俗如此,安能独违?但务去泰去甚耳。必有盛才重誉、改革体裁者,实吾所希。(《颜氏家训集解》卷4《文章》,第324页)

他在文风绮艳、流荡不返的情势下,倡导"去泰去甚"而"改革体裁",实属难能可贵,值得予以肯定。

《文章》在最后部分,还对当代作家进行摘句式评论,分析具体作品中的优点与不足,鉴赏品味其所摘语句的审美涵蕴,为南朝文学批评提供了新的形式。

南北朝的文学思想和审美趋尚是存在差异的,北朝尽管也欣赏南朝的辞藻华丽和性情灵动;但总归是更偏于质实,而反对过于绮艳华美。尤其是苏绰、宇文泰主张复古,其目的就是矫正南朝绮丽之风。

苏绰(498—546),字令绰,武功(今陕西省武功县)人,北朝西魏重要政治家,博物多通,颇有治国之术,深受宇文泰赏识。其文学观点见载为:

> 尚书苏绰谓庆曰:"近代已来,文章华靡。逮于江左,弥复轻薄。洛阳后进,祖述未已。相公(宇文泰)柄人轨物,君识典文房,宜制此表,以革前弊。"庆操笔立成,辞兼文质。绰读而笑曰:"枳橘犹自可移,况才子也!"(《北史》卷64《柳庆传》,第2283页)

柳庆的先人曾仕江南,后世离开江南归于魏。苏绰认为柳庆虽来自南方,但其创作风气已有所改变,呈现出北朝质朴的文风,而不同于南朝华靡文风;因此,苏绰以枳橘可移相类比,赞赏由华靡趋质朴之变。

宇文泰(507—556),字黑獭,代郡武川(今内蒙古自治区武川县)人,鲜卑族,南北朝时期杰出的军事家、政治家。其文学观点见载为:

> 自有晋之际,文章竞为浮华,遂成风俗。太祖(宇文泰)欲革其弊,因魏帝祭庙,群臣毕至,乃命绰为《大诰》,奏行之。……自是之后,文笔皆依此体。(《周书》卷23《苏绰传》,第391—394页)

宇文泰敕令朝章文字仿效《大诰》典雅古朴,是基于其力图改善社会风俗的政治教化立场;由此可知,宇文泰所推行的文学复古主张,是"以反风俗、复古始为心"。(《周书》卷2《文帝下》,第37页)

附　文论选读

一　与沈约书
[南朝·齐] 陆厥

范詹事《自序》:"性别宫商,识清浊,特能适轻重,济艰难。古今文人,多不全了斯处,纵有会此者,不必从根本中来。"沈尚书亦云:"自灵均以来,此秘未睹。或暗与理合,匪由思至。张、蔡、曹、王,曾无先觉,潘、陆、颜、谢,去之弥远。"大旨钩使"宫羽相变,低昂舛节。若前有浮声,则后须切响,一简之内,音韵尽殊,两句之中,轻重悉异"。辞既美矣,理又善焉。但观历代众贤,似不都暗此处,而云"此秘未睹",近于诬乎?

案范云"不从根本中来",尚书云"匪由思至",斯可谓揣情谬于玄黄,摘(zhāi)句差其音律也。范又云"时有会此者",尚书云"或暗与理合",则美咏清讴,有辞章调韵者,虽有差谬,亦有会合,推此以往,可得而言。夫思有合离,前哲同所不免;文有开塞,即事不得无之。子建所以好人讥弹,士衡所以遗恨终篇。既曰遗恨,非尽美之作,理可诋诃。君子执其诋诃,便谓合理为暗。岂如指其合理而寄诋诃为遗恨邪?

自魏文属论,深以清浊为言;刘桢奏书,大明体势之致;岨(qū)峿(wú)妥帖之谈,操末续颠之说;兴玄黄于律吕,比五色之相宣。苟此秘未睹,兹论为何所指邪？故愚谓前英已早识宫徵，但未屈曲指的，若今论所申。至于掩瑕藏疾，合少谬多，则临淄所云"人之著述，不能无病"者也。非知之而不改，谓不改则不知，斯曹、陆又称"竭情多悔，不可力强"者也。今许以有病有悔为言，则必自知无悔无病之地；引其不了不合为暗，何独诬其一合一了之明乎？意者亦质文时异，古今好殊，将急在情物，而缓于章句。情物，文之所急，美恶犹且相半；章句，意之所缓，故合少而谬多。义兼于斯，必非不知明矣。

《长门》《上林》，殆非一家之赋；《洛神》《池雁》，便成二体之作。孟坚精正，《咏史》无亏于东主；平子恢富，《羽猎》不累于凭虚。王粲《初征》，他文未能称是；杨修敏捷，《暑赋》弥日不献。率意寡尤，则事促乎一日；翳（yì）翳愈伏，而理赊于七步。一人之思，迟速天悬；一家之文，工拙壤隔。何独宫商律吕，必责其如一邪？论者乃可言未穷其致，不得言曾无先觉也。（萧子显撰《南齐书》卷52《陆厥传》，中华书局 1972 年 1 月第 1 版）

导读：

陆厥（472—499），字韩卿，吴郡（今江苏省苏州市）人；为扬州别驾陆闲长子，因父坐废立事被杀而悲恸死。南朝齐文学家，好属文，倡导声律论，促成五言诗体新变，以著《与沈约书》而闻名。他对诗歌声律的议论虽然很有见地，但创作实践却未能与理论完全吻合。《隋书·经籍志》载有《齐后军法曹参军陆厥集》8卷，今仅存文 1 篇，诗 10 余篇。

南朝齐永明末年，得力于沈约、谢朓等人的倡导，永明诗歌体式新变已接近完成。沈约在《宋书·谢灵运传论》中，阐明了诗歌声律问题，并自矜以为独得之秘。陆厥不以为然，为此写信给他，提出不同的意见，沈约乃作书以答。这是六朝声律论的重要文献，其所讨论的问题主要有三项：

（一）前人对文学的声律有没有认知，沈约自矜的独得之秘是否属实？沈约借史臣自矜曰："自骚人以来，多历年代，虽文体稍精，而此秘未睹。至于高言妙句，音韵天成，皆暗与理合，匪由思至。张、蔡、曹、王，曾无先觉；潘、陆、颜、谢，去之弥远。世之知音者，有以得之，知此言之非谬。"（《宋书·谢灵运传论》）但陆厥该文指正曰："但观历代众贤，似不都暗此处，而云'此秘未睹'，近于诬乎？"其所示论据，有如下两条：（1）范晔与沈约言语之自暴，实承认前人暗合声律论："案范云'不从根本中来'，尚书云'匪由思至'……范又云'时有会此者'，尚书云'或暗与理合'……夫思有合离，前哲同所不免；文有开塞，即事不得无之。子建所以好人讥弹，士衡所以遗恨终篇。既曰遗恨，非尽美之作，理可诋诃。君子执其诋诃，便谓合理为暗。岂如指其合理而寄诋诃为遗恨邪？"(2)列举前人诸多相关论例，以呈明声律论早已存在："自魏文属论，深以清浊为言；刘桢奏书，大明体势之致；岨峿妥怗之谈，操末续颠之说；兴玄黄于律吕，比五色之相宣。苟此秘未睹，兹论为何所指邪？故愚谓前英已早识宫徵，但未屈曲指的，若今论所申。"

（二）肯定早前文学自然声律之运用，指示自然声律向人工声律过渡。该文曰："至于掩瑕藏疾，合少谬多，则临淄所云'人之著述，不能无病'者也。非知之而不改，谓不改则不知，斯曹、陆又称'竭情多悔，不可力强'者也。今许以有病有悔为言，则必自知无悔无病之地；引其不了不合为暗，何独诬其一合了之明乎？意者亦质文时异，古今好殊，将急在情物，而缓于章句。情物，文之所急，美恶犹且相半；章句，意之所缓，故合少而谬多。义兼于斯，必非不知明矣。"这是从文病角度来论说声律，以为声律的运用有合也有谬，或合少谬多，或合多谬少，都是难免的，也是正常的。既不能以前人不甚明了、不甚合辙便为暗昧声律，也不能以今人稍有明了、稍有合辙便为知晓声律。前人不甚明了、不甚合辙，是为自然声律，不需特意讲求；今人稍有明了、稍有合辙，是为人工声律，乃需刻意讲求。

（三）声律的"根本"在于情性抒发，故声律运用难免会有个性差异。该文曰："《长门》《上林》，殆非一家之赋；《洛神》《池雁》，便成二体之作。孟坚精正，《咏史》无亏于东主；平子恢富，《羽猎》不累于凭虚。王粲《初征》，他文未能称是；杨修敏捷，《暑赋》弥日不献。率意寡尤，则事促乎一日；翳翳愈伏，而理赊于七步。一人之思，迟速天悬；一家之文，工拙壤隔。何独宫商律吕，必责其如一邪？论者乃可言未穷其致，不得言曾无先觉也。"这是说，声律运用"必从根本中来"，即须服从于作家情性的抒发；而作家才思有迟速、技艺有工巧，就使得声律是多样的而不求一致。既然声律不可强求一致，只会有知多知少之差异；而不存在前人无"先觉"，至今日方有"独得之秘"。

针对陆厥这三项意见，沈约乃回书逐一作答。其文录于下：

> 宫商之声有五，文字之别累万。以累万之繁，配五声之约，高下低昂，非思力所举。又非止若斯而已也。十字之文，颠倒相配，字不过十，巧历已不能尽，何况复过于此者乎？灵均以来，未经用之于怀抱，固无从得其仿佛矣。若斯之妙，而圣人不尚，何邪？此盖曲折声韵之巧，无当于训义，非圣哲立言

之所急也。是以子云譬之"雕虫篆刻",云"壮夫不为"。

　　自古辞人岂不知宫羽之殊、商徵之别？虽知五音之异，而其中参差变动，所昧实多；故鄙意所谓"此秘未睹"者也。以此而推，则知前世文士便未悟此处。

　　若以文章之音韵，同弦管之声曲，则美恶妍蚩[媸]，不得顿相乖反。譬由子野操曲，安得忽有阐缓失调之声？以《洛神》比陈思他赋，有似异手之作。故知天机启，则律吕自调；六情滞，则音律顿舛也。

　　士衡虽云"炳若缛锦"，宁有濯色江波，其中复有一片是卫文之服？此则陆生之言，即复不尽者矣。韵与不韵，复有精粗，轮扁不能言，老夫亦不尽辨此。（《南齐书》卷52《陆厥传》，第899—900页）

第一段回应陆厥第一项意见，第二段回应陆厥第二项意见，第三段回应陆厥第三项意见。不过，沈约该书信的最后一段，还是坦然承认言不尽意，自己所说犹如轮扁斫轮，不能完全辨析声律奥妙。

二　谢灵运传论（节录）

[南朝·齐] 沈约

　　史臣曰：民禀天地之灵，含五常之德，刚柔迭用，喜愠分情。夫志动于中，则歌咏外发。六义所因，四始攸系，升降讴谣，纷披风什。虽虞夏以前，遗文不睹，禀气怀灵，理无或异。然则歌咏所兴，宜自生民始也。

　　周室既衰，风流弥著。屈平、宋玉导清源于前，贾谊、相如振芳尘于后。英辞润金石，高义薄云天。自兹以降，情志愈广。王褒、刘向、扬、班、崔、蔡之徒，异轨同奔，递相师祖。虽清辞丽曲，时发乎篇，而芜音累气，固亦多矣。若夫平子艳发，文以情变，绝唱高踪，久无嗣响。至于建安，曹氏基命，三祖陈王，咸蓄盛藻。甫乃以情纬文，以文被质。

　　自汉至魏，四百余年，辞人才子，文体三变：相如工为形似之言，班固长于情理之说，子建、仲宣以气质为体，并标能擅美，独映当时。是以一世之士，各相慕习；源其飚(biāo)流所始，莫不同祖《风》《骚》，徒以赏好异情，故意制相诡。降及元康，潘、陆特秀，律异班、贾，体变曹、王；缛旨星稠，繁文绮合，缀平台之逸响，采南皮之高韵，遗风余烈，事极江右。有晋中兴，玄风独振，为学穷于柱下，博物止乎七篇。驰骋文辞，义单[殚]乎此。自建武暨于义熙，历载将百；虽缀响联辞，波属云委,莫不寄言上德,托意玄珠,遒丽之辞,无闻焉尔。仲文始革孙、许之风,叔源大变太元之气。爰逮宋氏,颜、谢腾声,灵运之兴会标举,延年之体裁明密,并方轨前秀,垂范后昆。

若夫敷衽(rèn)论心,商榷前藻,工拙之数,如有可言。夫五色相宣,八音协畅,由乎玄黄律吕,各适物宜。欲使宫羽相变,低昂互节,若前有浮声,则后须切响。一简之内,音韵尽殊;两句之中,轻重悉异。妙达此旨,始可言文。至于先士茂制,讽高历赏。子建"函京"之作,仲宣"霸〔灞〕岸"之篇,子荆"零雨"之章,正长"朔风"之句,并直举胸情,非傍诗史。正以音律调韵,取高前式。自骚人以来,多历年代,虽文体稍精,而此秘未睹。至于高言妙句,音韵大成,皆暗与理合,匪由思至。张、蔡、曹、王,曾无先觉;潘、陆、颜、谢,去之弥远。世之知音者,有以得之,知此言之非谬。如曰不然,请待来哲。(沈约撰《宋书》卷67《谢灵运传论》,中华书局1974年10月第1版)

导读:

沈约(441—513),字休文,吴兴郡武康县(今浙江省德清县)人,南朝梁开国功臣,政治家、文学家、史学家,著有《晋书》《宋书》《齐纪》《梁武帝本纪》等史书,有《沈隐侯集》传世。

沈约学问渊博,精通音律,是齐、梁之际的文坛领袖,对近体诗形成有重要贡献;其对未来近体诗繁荣的突出贡献,是率先提出声律运用规则与旨趣:"夫五色相宣,八音协畅,由乎玄黄律吕,各适物宜。欲使宫羽相变,低昂互节,若前有浮声,则后须切响。一简之内,音韵尽殊;两句之中,轻重悉异。妙达此旨,始可言文。"他与周颙等创四声八病之说,要求作文以平上去入四声相互调节,避免八病。此即所谓"四声八病"说,为韵文创作开辟了新境界。他与王融等人注重诗歌的声律对仗,开创格律严整的近体诗,时号"永明体"。

该文借史臣之便利,发表文学批评专论。文中探究情感与文章之关系,提出了明晰的文学发展史观。如论诗歌,他描述诗歌兴起和发展的概况,认为人们受自然界万物之影响,从而产生了情志,当情感充盈内心,到了必须宣泄时,就用诗歌抒发之。

他将宋玉、司马相如等人与屈原并称,也注意到建安文学"以情纬文"倾向;对于晋宋时期文学,则标举潘岳、陆机,称其文辞华丽,足以影响一代;而对于刘宋一代之文学,则称谢灵运诗最有意趣。总之,该文系统地概论了先秦至刘宋的文学发展历程,并对各阶段文学风貌与特征进行了简要的概括。

三 立言下(节录)

[南朝·梁] 萧绎

古之学者为己,今之学者为人。学而优则仕,仕而优则学,古人之风也;修天爵以取人爵,获人爵而弃天爵,末俗之风也。古人之风,夫子所以昌言;末俗之风,孟子所以扼腕。然而古人之学者有二,今人之学者有四。夫子门徒,转相师受,通圣人之经者,谓之儒;屈原、宋玉、枚乘、长卿之徒,止于辞赋,则谓之文。今之儒,博穷子史,但能识其事,不能通其理者,谓之学;至如不便为诗如阎纂,善为章奏如伯松,若此之流,泛谓之笔;吟咏风谣,流连哀思者,谓之文。而学者率多不便属辞,守其章句,迟于通变,质于心用。学者不能定礼乐之是非、辩经教之宗旨,徒能扬榷前言,抵掌多识;然而挹源知流,亦足可贵。笔,退则非谓成篇,进则不云取义,神其巧惠,笔端而已;至如文者,惟须绮縠(hú)纷披,宫徵靡曼,唇吻遒会,情灵摇荡。而古之文笔,今之文笔,其源又异。至如《象》《系》《风》《雅》,名、墨、农、刑,虎炳豹郁,彬彬君子。卜谈四始,李[刘]言《七略》,源流已详,今亦置而弗辨。潘安仁清绮若是,而评者止称情切,故知为文之难也。曹子建、陆士衡皆文士也,观其辞致侧密,事语坚明,意匠有序,遗言无失,虽不以儒者命家,此亦悉通其义也。遍观文士,略尽知之。至于谢玄晖,始见贫小,然而天才命世,过足以补尤。任彦升甲部阙如,才长笔翰,善辑流略,遂有龙门之名,斯亦一时之盛。

夫今之俗,搢绅稚齿,闾巷小生,学以浮动为贵,用百家则多尚轻侧,涉经记则不通大旨。苟取成章,贵在悦目。龙首豕足,随时之义;牛头马髀,强相附会。事等张君之弧[瓠],徒观外泽;亦如南阳之里,难就穷检矣。射鱼指天,事徒勤而靡获;适郢首燕,马虽良而不到。夫挹酌道德,宪章前言者,君子所以行也。是故言顾行,行顾言。原宪云:"无财谓之贫,学道不行谓之病。"末俗学徒,颇或异此:或假兹以为伎术,或狎之以为戏笑。若谓为伎术者,犁轩眩[眩]人,皆伎术也;若以为戏笑者,少府斗获[猴],皆戏笑也。未闻强学自立,和乐慎礼,若此者也。口谈忠孝,色方在于过鸿;形服儒衣,心不则于德义。既弥乖于本行,实有长于浇风。一失其源,则其流已远。与其不陨获于贫贱,不充诎于富贵,不畏[恩]君王,不累长上,不闻[闵]有司者,何其相反之甚!(萧绎撰,陈志平、熊清元疏证校注,《金楼子疏证校注》,上海古籍出版社 2014 年 11 月第 1 版)

导读：

萧绎(508—544)，字世诚，未即位前，自号金楼子；梁武帝之子，大宝三年(552)即位，三年后为西魏杀害。著有《梁元帝集》52卷，已亡佚，仅存部分内容被后人辑录；另有《玉韬》《金楼子》《补阙子》各10卷，唯《金楼子》今存6卷14篇，其中《立言》上下为文学专论。

《金楼子》为杂家书，乃萧绎在藩府时所撰。《隋书·经籍志》《新唐书·艺文志》《宋史·艺文志》载其目，俱为10卷；晁公武《郡斋读书志》谓其书15篇，是则到宋代《金楼子》尚无阙佚。至宋濂《诸子辨》、胡应麟《九流绪论》所列子部，皆不及是书；是知，该书明初渐已湮晦，及至明季遂竟散亡。今本《金楼子》6卷14篇，系从明《永乐大典》中辑出，其编录所据书版，乃元至正间刊本。四库馆臣曰："又《永乐大典》诠次无法，割裂破碎，有非一篇而误合者，有割缀别卷而本篇反遗之者。其篇端序述，亦惟《戒子》《后妃》《捷对》《志怪》四篇尚存，余皆脱逸；然中间《兴王》《戒子》《聚书》《说蕃》《立言》《著书》《捷对》《志怪》八篇，皆首尾完整；其他文虽搀乱，而幸其条目分明，尚可排比成帙。谨详加裒缀，参考互订，厘为六卷。其书于古今闻见事迹，治忽贞邪，咸为苞载。附以议论，劝戒兼资，盖亦杂家之流。而当时周、秦异书未尽亡佚，具有征引。如许由之父名、兄弟七人、十九而隐、成汤凡有七号之类，皆史外轶闻，他书未见。又《立言》《聚书》《著书》诸篇，自表其撰述之勤，所纪典籍源流，亦可补诸书所未备。惟永明以后，艳语盛行，此书亦文格绮靡，不出尔时风气。其故为古奥，如纪始安王遥光一节，句读难施，又成伪体。"(《四库全书总目》卷117《金楼子》提要，第1010上页)

《金楼子》多采用札记、随感的形式；或前引名言成句，后加自己的看法；或借题发挥，以阐发自己的思想；或记述史实，以劝诫子女；或追叙往事，聊以自慰；或转志奇事，欲广闻见；或记录交游，以叙友情等。总之，与《吕氏春秋》《淮南子》等杂家著作相比，《金楼子》的最大特点是，它基本上是由萧绎一人撰写而成。

该篇节录内容，首先表达著者尚古讽今的文学观点，然后讨论"文""笔"之分的问题。萧绎将古之"文"分为两类：一类是朝廷通用之文，即章表奏议之类文章；另一类是流连哀思之文，即吟咏性情的民间歌谣。萧绎既是儒家诗教的维护者，也是当代绮丽文学的倡导者。故他以宗经崇儒的文学观念为主导，重视章表奏议等"笔"类文章的功用；又肯定"文"类的文辞华丽、声律和谐等语言形式之美，即所谓"绮縠纷披，宫徵靡曼，唇吻遒会，情灵摇荡"。不过，萧绎所谓"文"不限有韵无韵，而强调诗文应当抒发真情实感，注重以情动人，追求文辞华美。总之,萧绎进一步发展深化了文笔说,促进了南朝纯文学观念的成熟。

四 《文选》序
[南朝·梁] 萧统

式观元始,眇觌(dí)玄风。冬穴夏巢之时,茹毛饮血之世,世质民淳,斯文未作。逮乎伏羲氏之王天下也,始画八卦,造书契,以代结绳之政,由是文籍生焉。《易》曰:"观乎天文,以察时变;观乎人文,以化成天下。"文之时义远矣哉!若夫椎轮为大辂之始,大辂宁有椎轮之质;增冰为积水所成,积水曾微增冰之凛。何哉?盖踵其事而增华,变其本而加厉;物既有之,文亦宜然。随时变改,难可详悉。

尝试论之曰:《诗序》云,"《诗》有六义焉:一曰风,二曰赋,三曰比,四曰兴,五曰雅,六曰颂。"至于今之作者,异乎古昔。古诗之体,今则全取赋名。荀、宋表之于前,贾、马继之于末。自兹以降,源流实繁。述邑居则有凭虚、亡是之作;戒畋游则有长杨、羽猎之制。若其纪一事,咏一物,风云草木之兴,鱼虫禽兽之流,推而广之,不可胜载矣!又楚人屈原,含忠履洁,君匪从流,臣进逆耳,深思远虑,遂放湘南。耿介之意既伤,壹郁之怀靡愬(sù)。临渊有怀沙之志,吟泽有憔悴之容。骚人之文,自兹而作。

诗者,盖志之所之也,情动于中而形于言。《关雎》《麟趾》,正始之道著;《桑间》《濮上》,亡国之音表。故《风》《雅》之道,粲然可观。自炎汉中叶,厥途渐异。退傅有"在邹"之作,降将著"河梁"之篇;四言五言,区以别矣。又少则三字,多则九言,各体互兴,分镳并驱。颂者,所以游扬德业,褒赞成功。吉甫有"穆若"之谈,季子有"至矣"之叹。舒布为诗,既言如彼;总成为颂,又亦若此。次则箴兴于补阙,戒出于弼匡,论则机理精微,铭则序事清润。美终则诔发,图像则赞兴。又诏诰教令之流,表奏笺记之列,书誓符檄之品,吊祭悲哀之作,答客指事之制,三言八字之文,篇辞引序,碑碣志状,众制锋起,源流间出。譬陶匏异器,并为入耳之娱;黼(fǔ)黻(fú)不同,俱为悦目之玩。作者之致,盖云备矣。

余监抚余闲,居多暇日,历观文囿,泛览辞林,未尝不心游目想,移晷忘倦。自姬汉以来,眇焉悠邈,时更七代,数逾千祀。词人才子,则名溢于缥(piǎo)囊;飞文染翰,则卷盈乎缃(xiāng)帙(zhì)。自非略其芜秽,集其清英,盖欲兼功,太半难矣。若夫姬公之籍,孔父之书,与日月俱悬,鬼神争奥,孝敬之准式,人伦之师友,岂可重以芟(shān)夷,加之剪截?老、庄之作,管、孟之流,盖以立意为宗,不以能文为本。今之所撰,又亦略诸。若贤人之美辞,忠臣之抗直,谋夫之话,辨士之端,冰释泉涌,金相玉振。所谓坐狙(jū)丘,议稷下,仲连之却秦军,食其之下齐国,留侯之发八难,曲逆之吐六奇,盖乃事美一时,语流千载,概见坟籍,旁出子史,若斯之流,又亦繁博,虽传之简牍,而事异篇章,今之所集,亦所不取。至于记事之史,系年之书,所以褒贬是非,纪别同异,方之篇翰,亦已不同。若其赞论之综缉辞采,序述之错比文华,事出于沉思,义归乎翰藻,故与夫篇什,杂而集之。远自周室,迄于圣代,都为三十卷,名曰《文选》云尔。

凡次文之体,各以汇聚。诗赋体既不一,又以类分;类分之中,各以时代相次。(萧统编《文选》卷首《文选序》,李善等注,《四部丛刊》影宋本,浙江古籍出版社1999年3月第1版)

导读:

萧统(501—531),字德施,小字维摩,南兰陵郡兰陵县(今江苏省常州市武进区)人。南朝梁宗室,为武帝萧衍长子,简文帝萧纲和元帝萧绎长兄;天监元年(502)册立为太子,中大通三年(531)逝,时年仅30岁,谥号昭明,史称"昭明太子"。著名文学家,举止大方,爱好文学和佛法,编纂总集《文选》,史称《昭明文选》。

萧统编纂的《文选》是我国现存最早的诗文总集,选录先秦至南朝梁之间130余作家的诸体文章。《文选序》即为《文选》之总序,主要阐述选文的原则、范围和编例。

作为统摄全书的纲领,其主要思想内容如下:(1)推原"文籍"的起源,(2)肯定文章的变化发展,(3)论列各体文学的特点,(4)阐述该书的编选原则。至若说"赞论之综缉辞采,序述之错比文华,事出于沉思,义归乎翰藻,故与夫篇什,杂而集之",则是尤重文章美的质素,反映了当时审美的风尚。

《〈文选〉序》论述了多种文体的特点及发展过程。比如,萧统认为赋体本源于诗,后来成为一种新的文体,并经荀子、宋玉、司马相如等人,而创新成为当时一种重要的文体。他除了详细论述诗、赋等纯美文体的发展进程,还认为诏令、奏章等实用文体也兼具审美功能;可见,萧统抱持传统的杂文学观念,而尤为重视文章的审美特质。

第六讲
《文心雕龙》

刘勰《文心雕龙》问世于南朝齐、梁年间,是中国文学批评史上一部自成体系的著作。它总结了先秦至齐梁间的创作经验和思想观点,奠定了中国古代文学理论批评的基本框架格局,其许多概念范畴和理论命题,对后世文学发生持续的影响,可谓体大思精、津梁式的巨著。全书用精美骈文书写,这本身就富有文学性。本讲将重点阐述有关《文心雕龙》的一些主要问题,诸如作者与成书、思理与结撰、体系与范畴等节目,还将著录若干重要篇目,并深入疏解《神思》篇。

一 《文心雕龙》作者与成书

刘勰生卒年迄无确考,《文心雕龙》写作时间也无定论。刘勰生平事迹,见《梁书》《南史》本传,所述详略不同,可以互相参考。范文澜《文心雕龙注》推测刘勰生于宋明帝泰始初年(465),卒于梁武帝普通二年(521);清刘毓崧《书文心雕龙后》考订,《文心雕龙》成书于南朝齐末年。这两家之见解,基本为人信从。

(一) 刘勰生平及其著述

刘勰的生平事迹/刘勰的思想宗尚/专论之著述体例/刘勰的著述概况

刘勰(465—521?),字彦和,祖籍东莞莒县(今山东省莒县);当西晋末永嘉之乱,其先祖为避难南迁,移居京口(今江苏省镇江市)。祖、父均居官,然仕宦不通显。他早年丧父,家贫不娶,勤奋好学,博览群籍。约20岁时,他到定林寺,依僧祐读书,积10余年之力,博通佛教典籍。他30多岁学问大成,即写出《文心雕龙》。及至梁武帝天监初,刘勰近40始入仕,历任多官,均不通达;后又受梁武帝诏命,入定林寺编订佛经;事毕遂出家,改法号慧地,不到一年即去世,享年约57岁。

刘勰博学多闻,精熟内、外典,故其思想兼综儒、道、佛,又于魏晋玄学有深入知解;而在不同的著作中,学术宗尚各有所主。《文心雕龙》主儒家思想,而《灭惑论》主佛家思想。汉末儒学独尊局面松动,佛学亦从西域流入中国;特别是魏晋玄学思潮兴起,对知识界造成一很大的冲击。至魏晋南北朝时期,南北经学风气不同,北方遵守郑玄的经注,南方受玄学思潮影响。刘勰身处南朝齐梁间,自当接受南方的经学,既服膺古文经学义旨,又接受王弼玄学观点。故在《文心雕龙·论说》中,刘勰批评汉代今文经师的烦琐章句之学,而赞赏《诗毛传》《三礼》郑玄注、《周易》王弼注。刘勰这种思想宗尚,奠定了他著述的基础。

上古著述体例变迁,由繁杂而渐趋专精。最先出现的是《论语》之语录体,后是《墨子》《孟子》之记言兼记行体,再后是《庄子》《荀子》之专论体渐明,此为先秦著述体例之大概;至两汉时期,新子学兴起,专论体流行,然不够纯熟,一是多用杂纂类聚的方式撰写,二是论涉百科知识而不专一门。然至魏晋以后,专论渐趋纯粹,由曹丕《典论》兼通百科之综论,发展成《文心雕龙》的单科专论。

刘勰著作多为专论体,其思想宗尚各有所主,所著留存于今者,有《文心雕龙》《灭惑论》和《梁建安王造剡山石城寺石像碑》。另《梁书》本传称刘勰"为文长于佛理,京师寺塔及名僧碑志,必请勰制文"(《梁书》卷50《文学下》,第712页);于此可见,刘勰撰述还有不少,只是早已亡佚了,今不得睹其详目。此外,刘勰长期协助僧祐编校佛教典籍,今传僧祐撰《出三藏记集》《释迦谱》《弘明集》等书,估计主要出自刘勰之手。

(二)《文心雕龙》写作

《文心雕龙》的写作机缘/《文心雕龙》的理论前提/《文心雕龙》的成书过程/《文心雕龙》题旨及地位

关于《文心雕龙》写作机缘,刘勰在该书的《序志》中说:

> 形同草木之脆,名逾金石之坚,是以君子处世,树德建言,岂好辩哉?不得已也!予生七龄,乃梦彩云若锦,则攀而采之。齿在逾立,则尝夜梦执丹

漆之礼器，随仲尼而南行。旦而寤，乃怡然而喜，大哉！圣人之难见哉，乃小子之垂梦欤！自生人以来，未有如夫子者也。敷赞圣旨，莫若注经，而马、郑诸儒，弘之已精，就有深解，未足立家。唯文章之用，实经典枝条，五礼资之以成（文），六典因之（以）致用，君臣所以炳焕，军国所以昭明，详其本源，莫非经典。而去圣久远，文体解散，辞人爱奇，言贵浮诡，饰羽尚画，文绣鞶帨，离本弥甚，将遂讹滥。盖《周书》论辞，贵乎体要，尼父陈训，恶乎异端，辞训之奥，宜体于要。于是搦笔和墨，乃始论文。（《文心雕龙注》卷10，第725—726页）

这表明刘勰撰写《文心雕龙》的动机与意念，大略有五点：（1）希望通过树德建言，来让声名传之久远；（2）企图继承圣人事业，乃梦见随孔子南行；（3）本想注释儒家经典，但难超越汉儒成就；（4）文章实为经典辅翼，论文也能发扬经教；（5）当下文学背离经义，故须论文来救正之。若排除刘勰所夸饰的敷赞圣旨之主观意愿，这实际提供写作《文心雕龙》的历史语境，即魏晋以来文学出现浮诡讹滥之弊病，需要通过敷赞圣旨来修复文章的体要。

尽管刘勰在《序志》中表达强烈的立言意愿，但《文心雕龙》之写作并非孤立的个人行为；而是顺应了文学独立自觉的发展趋势，并对早前文学批评中的问题作出回应。故《序志》下文曰：

详观近代之论文者多矣：至于魏文述典，陈思序书，应玚文论，陆机《文赋》，仲洽《流别》，宏范《翰林》，各照隅隙，鲜观衢路，或臧否当时之才，或铨品前修之文，或泛举雅俗之旨，或撮题篇章之意。魏典密而不周，陈书辩而无当，应论华而疏略，陆赋巧而碎乱，《流别》精而少功，《翰林》浅而寡要。又君山、公幹之徒，吉甫、士龙之辈，泛议文意，往往间出，并未能振叶以寻根，观澜而索源。不述先哲之诰，无益后生之虑。（《文心雕龙注》卷10，第726页）

由此可知，魏晋以来文学批评行为活跃，许多著名的批评家参与其事；尽管他们的批评工作各有利弊得失，但毕竟使该项文事活动独立成科了。刘勰论文，首先是对先哲前贤工作的承续，之后才能对遗留问题有所救正。这就提供他"论文"的理论前提，确立了《文心雕龙》的写作意图。对照挚虞《文章流别志论》残文和陆机《文赋》，《文心雕龙》显然受到这两家文论观点的影响。如《明诗》《诠赋》等篇论各体文学规制，对《文章流别志论》中的语料多有采撷；《神思》《体性》等篇论构思风格技巧，就隐含暗合《文赋》中的不少相关论说。

《文心雕龙》成书的细节，今因文献不足而难以详考。《序志》只讲述刘勰的写作机缘，却未及《文心雕龙》的成书过程。不过，《梁书》卷 50、《南史》卷 72 刘勰本传，均简略载述《文心雕龙》成书及取定于沈约事。两书所述基本相同，而《梁书》更详些。《梁书》曰：

> 初，勰撰《文心雕龙》五十篇，论古今文体，引而次之。其《序》曰……既成，未为时流所称。勰自重其文，欲取定于沈约。约时贵盛，无由自达，乃负其书，候约出，干之于车前，状若货鬻者。约便命取读，大重之，谓为深得文理，常陈诸几案。（《梁书》卷50《文学下》，第710—712页）

此并未述说《文心雕龙》的成书过程，却详述刘勰负书干谒沈约以取定其文。这固是史家笔法，盖《文心雕龙》得以问世的关键，不在刘勰早年如何勤苦研读撰述，而在沈约之爱重。至于《文心雕龙》的写作细节，后人无由查考而只能任其茫昧。

不过，从《文心雕龙·时序》的片言只语，犹可考见刘勰写作该书的时间范围。其有文曰："暨皇齐驭宝，运集休明：太祖以圣武膺箓，世祖以睿文纂业，文帝以贰离含章，中[高]宗以上哲兴运，并文明自天，缉熙景祚。今圣历方兴，文思光被……鸿风懿采，短笔敢陈？飏言赞时，请寄明哲！"（《文心雕龙注》卷9《时序》，第675页）刘毓崧据以考述曰：

> 东昏上高宗之庙号，系永泰元年八月事，据"高宗兴运"之语，则成书必在是月以后；梁武（帝）受和帝之禅位，系中兴二年四月事，据"皇齐驭宝"之语，则成书必在是月以前。其间首尾相距，将及四载。（《通义堂文集》卷14《书文心雕龙后》，第514页）

此说坚确无疑而为当今学者信从，故《文心雕龙》成书时间可定为：永泰元年至中兴二年，当498—502年。

关于《文心雕龙》书名之由来，刘勰在《序志》中开宗明义说："夫'文心'者，言为文之用心也。昔涓子《琴心》、王孙《巧心》,心哉美矣,故用之焉。古来文章,以雕缛成体,岂取驺奭之群言雕龙也?"(《文心雕龙注》卷10,第725页)书名前二字"文心",是指"言为文之用心";后二字"雕龙",是指"古来文章以雕缛成体"。这就是说,作者是从构思与美文两方面着眼的。此为魏晋南北朝人通行做法,类似的用例还可以举出许多。如梁昭明太子萧统与刘勰,在政治生活上有主从关系,其文学见解也有相通之处。他在《文选序》中阐述编选原则曰:"若其赞论之综缉辞采,序述之错比文华,事出于沉思,义归乎翰藻,故与夫篇什,杂而集之。"(《六臣注文选》卷首,第4页)"沉思"与"文心"相通,"翰藻"与"雕龙"义近;前者乃言"文心"独运,后者是说灿若"雕龙"。可见萧统、刘勰讨论文学问题,观察角度与理解深度颇为一致。这可因以反观《文心雕龙》题旨。盖魏晋南北朝人探讨文学问题,大都是从构思与美文两个方面着手。刘勰题名其著为《文心雕龙》,正反映了那个时代的认识特点。

当然,刘勰也有超越时人同侪的地方,那就是撰成体大而虑周的巨著。(《文史通义》卷5《诗话》,第75页)对此,刘勰自我认定曰:

> 夫铨序一文为易,弥纶群言为难,虽复轻采毛发,深极骨髓,或有曲意密源,似近而远,辞所不载,亦不可胜数矣。及其品列成文,有同乎旧谈者,非雷同也,势自不可异也;有异乎前论者,非苟异也,理自不可同也。同之与异,不屑古今,擘肌分理,唯务折衷。按辔文雅之场,环络藻绘之府,亦几乎备矣。但言不尽意,圣人所难,识在瓶管,何能矩矱。茫茫往代,既沉予闻;眇眇来世,倘尘彼观也。(《文心雕龙注》卷10《序志》,第727页)

刘勰本意是要写作一部能够指导写作、救正时弊的理论批评著作,竟以其丰厚的学养、富丽的文采和折衷的态度撰成一部不朽之作。

(三)《文心雕龙》学案

《文心雕龙》之著录/《文心雕龙》诸版本/《文心雕龙》研究史

刘勰撰写《文心雕龙》之事,最早见于该书《序志》所述;后《梁书》《南史》刘勰本传亦有载述,大略抄录《序志》并加载取定沈约情节。至于史志最早著录《文心雕龙》,则见于《隋书·经籍志》总集类;此后《旧唐书》未见著录,《新唐书》总集类有著录;唐宋时期的公私书目,多在文史类予以著录。至《宋史》则著录更详,其文曰:"刘勰《文心雕龙》十卷","辛处信注《文心雕龙》十卷"(《宋史》卷209《艺文八》,第5408页);然辛注在以后史志中竟未见著录,且在明清文献中未被称引,由此可知其书早已亡佚了。今见存《文心雕龙》最早的版本,是元至正十五年(1355)刊10卷本。其实在写本敦煌遗书中,还有《文心雕龙》残卷;这才是最早的文本,虽残缺却弥足珍贵。

元至正本凡2册,今藏上海图书馆,卷首有钱惟善序,其文曰:

> 嘉兴郡守刘侯贞家多藏书,其书皆先御史节斋先生手录。侯欲广其传,思与学者共之,刊梓郡庠,令余叙其首。……侯可谓能世其家学者,故乐为之序。至正十五年龙集乙未秋八月曲江钱惟善序。(《文心雕龙》卷首《序》)

据此可知,元至正本是乙未年由嘉兴知府刘贞主持刊刻的。该本并非完帙,其《隐秀》篇,自"而澜表方圆"后有阙文,下接"朔风动秋草",中间脱400字。又《序志》篇,自"则尝夜梦"后有阙文,下接"观澜而索源",中间脱322字。

敦煌遗书《文心雕龙》残卷,藏伦敦大英博物馆,编号为斯·五四七八。黄永武主编《敦煌宝藏》有收录。潘重规撰有《唐写文心雕龙残本合校》;林其锬、陈凤金亦撰《敦煌遗书文心雕龙残卷集校》,后收入《增订文心雕龙集校合编》。另宋本《太平御览》引《文心雕龙》若干,林其锬、陈凤金撰有《宋本〈太平御览〉引〈文心雕龙〉辑集》,亦收入《增订文心雕龙集校合编》中。

《文心雕龙》刊版,其他还有30余种。其重要的有(1)明弘治十七年(1504)冯允中刻活字本《文心雕龙》10卷,藏北京图书馆,分订4册,卷首有冯允中《重刊文心雕龙序》。书中《隐秀》篇和《序志》篇缺文跟元至正刊本同;(2)明嘉靖十九年(1540)汪一元私淑轩刻本《文心雕龙》10卷,藏北京大学图书馆;(3)明徐焴校补汪一元私淑轩刻本,藏北京大学图书馆,分订3册,是对以前各种版本的汇校;(4)万历七年(1579)张之象本《文心雕龙》10卷,藏北京大学图书馆,卷首有张之象《文心雕龙序》,今涵芬楼《四部丛刊》影印嘉靖本《文心雕龙》实为张之象本;(5)合刻五家言本《文心雕龙》,金陵聚锦堂版,无序跋,眉批列杨慎、曹学佺、梅庆生、钟惺四家评语。(以上参见《文心雕龙义证》卷首《〈文心雕龙〉版本叙录》,第9—35页)

《文心雕龙》研究,已有很深厚的积累,成为一门专学,简称"龙学"。其学术形式主要包括校勘整理、文本注释、理论阐释、学术专史和平台建设。校勘整理代表成果有王利器《文心雕龙校证》、杨明照《文心雕龙校注拾遗》,文本注释代表成果有范文澜《文心雕龙注》、詹锳《文心雕龙义证》,理论阐释代表成果有王元化《文心雕龙创作论》、罗宗强《读文心雕龙手记》,学术专史代表成果有张少康主编《文心雕龙研究史》、戚良德《文心雕龙学分类索引》,平台建设代表事项有中国《文心雕龙》学会及其会刊《文心雕龙学刊》。

《文心雕龙》虽蔚为大观,然亦有未竟问题需要研讨。诸如存疑语汇之考释、理论命题之深研、校勘注释之补遗、刘勰家世之补证以及海外传播之研究等。其《文心雕龙》英译诸版,有施友忠、黄兆吉、杨国斌全译,宇文所安选译,还有蔡宗齐研究《文心雕龙》的英文版著作《中国文学思想》。

二 《文心雕龙》的体系结构

《文心雕龙》一书,由五十篇论文构成,编撰结构谨严,思想内涵丰富,而又自成理论体系,堪称体大思精之作。

(一)《文心雕龙》的编撰结构

刘勰对编撰结构之自叙/全书五十篇数目之寓意/五十篇编排次序之安排/编撰结构所体现的旨趣

刘勰在第五十篇《序志》中,将《文心雕龙》分为上、下两篇,称:

> 上篇以上,纲领明矣。……长怀《序志》,以驭群篇;下篇以下,毛目显矣。位理定名,彰乎大衍之数,其为文用,四十九篇而已。(《文心雕龙注》卷10,第727页)

上篇是第一至第二十五篇,下篇是第二十六至第五十篇;其中第五十篇《序志》为全书总序,具体讨论文学的篇目是四十九篇,故云"其为文用,四十九篇而已"。由此可知,《文心雕龙》实际由三部分构成,上篇第一至第二十五为第一部分,对应于书名之"文心"义;下篇又分为两节,第二十六至第四十九篇为第二部分,对应于书名之"雕龙"义;第五十篇《序志》为第三部分,是全书的序言,介绍写作机缘、篇章结构、理论体系和宗旨定位等事项。

至于"位理定名,彰乎大衍之数"之说,则是将《文心雕龙》往"宗经"上拔高,使之合乎《易》占原理,从而增强写作的神秘感。《周易·系辞上》曰:

> 大衍之数五十,其用四十有九。分而为二以象两,挂一以象三……天数五,地数五。五位相得而各有合,天数二十有五,地数三十,凡天地之数五十有五,此所以成变化而行鬼神也。……子曰:"知变化之道者,其知神之所为乎。"(《周易正义》卷7,第80—81页)

十进制的自然数,奇数有1、3、5、7、9,相加得数为25,是为天数;偶数有2、4、6、8、10,相加得数为30,是为地数。天、地数相加,所得总数为55,再取其整,即为50;故称"大衍之数五十"。在周代筮占活动中,通常抓取50根蓍草,从中提取1根搁置不用,象征太极不用而无不用,其余49根用来演算,将之两分而象两仪。刘勰构撰《文心雕龙》就是参照筮占的原理,将不用的1根蓍草对应于第五十篇《序志》;将用于演算的49根蓍草两分,前25篇和后24篇对应于两仪,前25篇象征天,后24篇象征地。

这样天、地和合,加上刘勰的作为,就成全了三才之义,其书也就变得神圣。此即呼应了《周易·系辞下》所云:"《易》之为书也,广大悉备。有天道焉,有人道焉,有地道焉。兼三才而两之,故六。六者非它也,三材之道也。道有变动,故曰爻;爻有等,故曰物;物相杂,故曰文;文不当,故吉凶生焉。"(《周易正义》卷8,第90页)由此可知,《文心雕龙》构撰已蕴含"宗经"的理念,充分体现了刘勰继承圣人孔子事业的志愿。

(二)《文心雕龙》的思想成分

书中的儒家思想成分/书中的道家思想成分/书中的佛家思想成分/各家思想的理论层次

《文心雕龙》的思想成分较为复杂,儒、道、佛三家思想均占一定分量;各家思想有所兼通糅合,且在不同层面发挥作用。特别是魏晋玄学思潮的余绪,仍对《文心雕龙》产生影响。

《文心雕龙》的儒家思想成分浓重,这在作者方面大概有两重深意存焉。其一,刘勰企图继承圣人孔子的事业,自当着力阐扬儒家诗教精神。《序志》称执礼器梦随孔子南行,又称其论文是为了辅翼儒家经典,这表明从出发点到归趣,他都矢志捍卫儒家诗教。其二,他在开头"文之枢纽"部分,设置《征圣》《宗经》两篇,通过虚构圣人体道情节来探寻文学本原,并借助圣人遗经来确立雅丽的文学典范。另在《诸子》篇中,刘勰宣称:"鬻惟文友,李实孔师,圣贤并世,而经子异流矣。"(《文心雕龙注》卷4,第308页)明确抬高圣人孔子和儒家经典的地位。其他《文心雕龙》诸篇之行文,亦能随时照应宗经的文学理念。

　　道家思想及由老庄引发的玄学观点,也在《文心雕龙》中占有重要地位。如将天象、地理、人文视为自然之文,进而推原归趣于宇宙本体的自然之道,其《原道》曰:"文之为德也大矣,与天地并生者何哉?夫玄黄色杂,方圆体分,日月叠璧,以垂丽天之象;山川焕绮,以铺理地之形:此盖道之文也。仰观吐曜,俯察含章,高卑定位,故两仪既生矣。惟人参之,性灵所钟,是谓三才。为五行之秀,实天地之心,心生而言立,言立而文明,自然之道也。"(《文心雕龙注》卷1,第1页)又如借用道家原典"虚静""元[玄]解""独照"等用语,来描述文学创作活动中构思环节的心理机制与精神状态。(《文心雕龙注》卷6《神思》,第493页)这些都表明在《文心雕龙》中,道家思想激发出新的理论活力。

　　佛家思想在《文心雕龙》中未见明显的影迹,故有学者认为书中没有浓重的佛学思想成分。但以刘勰精通佛理和佛事撰述来判断,《文心雕龙》中应该体现其佛学修养。倘若能仔细搜讨,还是有迹可寻的。比如《原道》篇所论本体观,就可能受龙树经论思想影响;又如《文心雕龙》中七处引用"神理"概念,就与刘勰佛学著作中"神理"用语含义一致;特别是刘勰"折衷"的批评方法,就直接受龙树"中道"观的影响。"中道观"作为一种思想方法,其特点是超越两端、不即不离。龙树《中论》第一偈有"八不"说:"不生亦不灭,不常亦不断,不一亦不异,不来亦不出。"(《中论》卷1,第835页)正是受龙树"中道观"的启发,刘勰文学批评的一个显著特点,是能持论公允,绝不偏于一端。即如《宗经》所论:"文能宗经,体有六义:一则情深而不诡,二则风清而不杂,三则事信而不诞,四则义直而不回,五则体约而不芜,六则文丽而不淫。"(《文心雕龙注》卷1,第23页)

　　当然在《文心雕龙》中,儒道释三家并非平行并列,而是在不同层面发挥作用。大概说,儒家思想主要支撑文学的社会功能论,道家思想主要启发文学的审美技艺论,佛家思想主要引导文学的理论体系论。

(三)《文心雕龙》的理论体系

文学本体/文学体类/所涉范畴/文学技艺

《文心雕龙》的理论体系,大略由三个重要部分构成:第一至第五篇"文之枢纽",论文学本体;第六至第二十五篇"论文叙笔",论文学体类;第二十六至四十九篇"剖情析采",论文学技艺。此即如《序志》所云:

> 盖《文心》之作也,本乎道,师乎圣,体乎经,酌乎纬,变乎骚:文之枢纽,亦云极矣。若乃论文叙笔,则囿别区分,原始以表末,释名以章义,选文以定篇,敷理以举统:上篇以上,纲领明矣。至于剖情析采,笼圈条贯,摛《神》《性》,图《风》《势》,苞《会》《通》,阅《声》《字》,崇替于《时序》,褒贬于《才略》,怊怅于《知音》,耿介于《程器》。(《文心雕龙注》卷10,第727页)

这段文字采用高度概括的词句,勾勒了《文心雕龙》理论体系。兹就其详目,试论列如下:

"文之枢纽"由《原道》《征圣》《宗经》《正纬》《辨骚》五篇组成,其基本理路是说:在本体上文学本原于道,故需《原道》;只有圣人才能够体认道,故需《征圣》;圣人之道遗留在五经中,故需《宗经》;纬书奇异是为经之变体,故需《正纬》;骚(楚辞)最具文学性,故需《辨骚》。这理路有两个向度:顺向,由本体虚无渐趋实在,文学是道外化的结果;逆向,由实在渐趋本体虚无,文学要归原于道本体。

"论文叙笔"由《明诗》至《书记》20篇专论组成并论涉数十种体类,所论有文有笔,还有文、笔杂,既是对当时文笔之争的回应,也力图作出相应的理论总结。据罗宗强分析统计,《文心雕龙》所论文体有81种,骚、诗、乐府、赋、颂、赞、祝、盟、铭、箴、诔、碑、哀、吊14种,为有韵之文;史传、诸子、论、说、诏、策、笺记(内含25种细目)46种,为无韵之笔;杂文19种中,典、诰、誓、问、览、略、篇、章为笔,其余为文;谐、隐无一定之体,可归入文,或归入笔。(《魏晋南北朝文学思想史》,第265页)。关于《文心雕龙》文体分类,还有其他多种统计数据,颇有出入,可备参考。刘勰论各体的行文,有基本固定的套路:区分各体的边界、论说各体的来源、考述各体的始末、确立各体的规制、论析各体的名篇、列举各体的名家、讲明各体的缺陷,等等。其文体分类的情况,可用图表6-1示意如下:

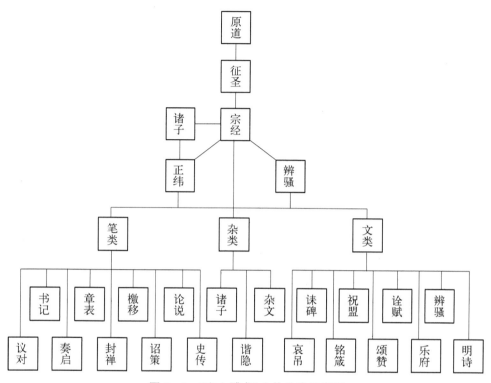

图 6-1 《文心雕龙》文体分类示意图

这个示意图是在范文澜图表的基础上略加改造,将《诸子》在"文之枢纽"中安置了一个位置,将《辨骚》在"论文叙笔"中安置了一个位置,这样《诸子》《辨骚》就分别占据了两个位置。(参见《文心雕龙注》卷 1,第 4 页)

这份改制的示意图实包含前两部分,大抵对应于书名中的"文心"一词,即《序志》所云:"夫'文心'者,言为文之用心也。昔涓子《琴心》,王孙《巧心》,心哉美矣,故用之焉。"(《文心雕龙注》卷 10,第 725 页)

"剖情析采"由《神思》至《程器》24 篇专论组成,大都属文学技艺论的层面,对应于书名"雕龙"一词,即《序志》所云:"古来文章,以雕缛成体,岂取驺奭之群言雕龙也。"其中所论涉文学范畴,构成了较完整的体系;若衡以当今文学理论,可将具体篇目归属为:创作论有《神思》《情采》《比兴》《附会》《总术》等篇,体性论有《体性》《风骨》《比兴》《隐秀》等篇,作家论有《体性》《养气》《才略》《程器》等篇,形式论有《镕裁》《声律》《章句》《丽辞》《比兴》《夸饰》《事类》《练字》等篇,发展论有《通变》《定势》《情采》《时序》《物色》等篇,鉴赏论有《知音》等篇，文病论有《指瑕》等篇。当然，因《文心雕龙》理论体系尚不严密，故一些篇目的范畴归属会重出叠加。其总体上，已初步形成一个理论体系，可用示意图 6-2 呈现如下：

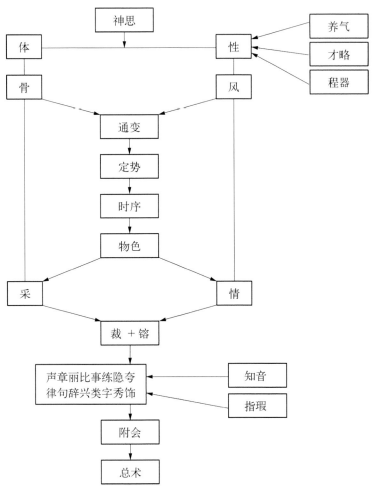

图 6-2 《文心雕龙》理论体系图

在这个示意图中，有关文学技艺的 24 篇专论各就各位，形成一个较为完整严密的理论批评体系。其中右边是作家（读者）主体方面的要素，左边是作品（文本）形式方面的要素，两相结合成位列中间的文学活动事项，这就是《文学雕龙》理论体系的构架。

三 《文心雕龙·神思》讲疏

《神思》是《文心雕龙》第二十六篇，也是技艺论"剖情析采"部分之首篇。该篇主要论说文学创作过程中，艺术构思阶段的心理活动机制，同时附论作家的知识储备、人生阅历，以及情感投注、语言传达等方面问题。其对道家体道思理的援用，对庄子游艺说的理论阐发，特别是首次标举"意象"概念，诸如此类的节目多有重要价值。神思是对艺术构思阶段的心理机制之描状，为了表达的简省方便，也为了凸显该篇题旨，以下将这种奇妙莫测的心理机制称为神思。

（一）《神思》解题

《神思》的理论定位/《神思》的主要题旨/《神思》的思想意义

《神思》是"剖情析采"部分之首篇，可见在该书体系构建中占据重要地位；而其所讨论的艺术构思阶段心理机制，又是文学创作过程最关键的一个环节。由此可知，它是《文心雕龙》中很重要的一篇，历来为"龙学"研究者所特别看重。此外，《养气》《物色》等篇中，也有论文学创作构思内容，可与《神思》同观，充实了其理论内涵。

《神思》主旨是力图用清通的语言，描述文学创作构思阶段的心理机制。该篇明确提出，神思是"驭文之首术，谋篇之大端"（《文心雕龙注》卷6，第493页），是作家从事文学创作活动的关键环节。神思一旦发动，早前的外物触发与生活感受汇聚激活，经由心智作用和审美感悟而得以升华；从而形成文学创作构思阶段的巅峰体验，并蕴蓄充沛的可供艺术传达的情辞意趣。

《神思》的文学思想意义，是首次阐述了神思的机能，在前人有关艺术构思的感性认识基础上，力图用理论话语来描述其心理活动状态，把神思论从感性阶段提升到了学理层面，从而达到那个时代文学理论的认知高度。当然刘勰对神思的认知也有局限性，比如他所理解的作为对象的"物"，主要是自然景物而非丰富多彩的社会生活，这较同时期的钟嵘《诗品序》之相关论说，就显得片面偏窄，而缺乏开阔视野；再如他强调积学、酌理、研阅、驯致的功夫，而忽略作家真实鲜活的人生阅历的创造价值，就有掉书袋之嫌，而疏远现实生活。

(二)"神思"释义

神思的理论来源/神思的可描述性/神思的创作体验/神思对后世影响

"神思"是一个名词,其中心词素是"思",修饰性词素是"神"。"思"就是构思活动,有想象、联想、思维的内涵;"神"就是神妙莫测,有神奇、神秘、神异的意味。两个词素结合起来,就是指神妙的构思,用以描述艺术创造的巅峰体验,探讨作家构思阶段的心理机制。

刘勰论"神思",有两个理论来源:其一,当时思想界对心物关心有新认知,并对心物交感作出学理上的描述,这就引导出"神与物游"的论说。"神思"论的基础是心物交感,心物交感的前提又是物性自得;而魏晋玄学思潮启迪学人的思考,使物性自得成为作家的普遍认知。这就标识了,作为文学表现的外物,其物性应当是自得的;作为文学创作的主体,其性情也应是自得的。如慧远曰:"感物而动,假数而行,感物而非物,故物化而不灭。"(《全上古三代秦汉三国六朝文·全晋文》卷161《形尽神不灭论》,第2395上页)物化不灭,即为自得。如宗炳曰:"又神本无端,栖形感类,理入影迹,诚能妙写,亦诚尽矣。"(《中国古代画论类编·画山水序》,第583页)神本无端,亦为自得。唯有两相自得,才能心物交感;故"神思"其实就是:"思理为妙,神与物游"(《文心雕龙注》卷6《神思》,第493页);而同时期萧子显亦曰:"属文之道,事出神思。"(《南齐书》卷52《文学传·论》,第907页)

其二,更早陆机《文赋》中的相关论说,已经描状了构思阶段的心理活动,这为神思理论的提升贡献了语料。有关《神思》对《文赋》之承袭,可在两者之间找到语词对应关系:《文赋》"耽思傍讯,精骛八极,心游万仞……观古今于须臾,抚四海于一瞬"(《六臣注文选》卷17,第291—292页)——《神思》"古人云:'形在江海之上,心存魏阙之下。'神思之谓也。文之思也,其神远矣。故寂然凝虑,思接千载;悄焉动容,视通万里"(《文心雕龙注》卷6,第493页);《文赋》"其始也,皆收视反听"(《六臣注文选》卷17,第291页)——《神思》"陶钧文思,贵在虚静,疏瀹五藏,澡雪精神"(《文心雕龙注》卷6,第493页);《文赋》"其致也,情瞳昽而弥鲜,物昭晣而互进。倾群言之沥液、漱六艺之芳润。浮天渊以安流,濯下泉而潜浸"(《六臣注文选》卷17,第291—292页)——《神思》"神思方运,万涂竞萌,规矩虚位,刻镂无形。登山则情满于山,观海则意溢于海,我才之多少,将与风云而并驱矣"(《文心雕龙注》卷6《神思》,第493—494页);《文赋》"然后选义按部,考辞就班。抱景者咸叩,怀响者毕弹……始踯躅于燥吻,终流离于濡翰"(《六臣注文选》卷17,第292页)——《神思》"是以意授于思,言授于意,密则无际,疏则千里。或理在方寸而求之域表,或义在咫尺而思隔山河"(《文心雕龙注》卷6,第494页)。

当然,与陆机《文赋》相较,《神思》所论更精深,其一重要学理进展,是增强了可描述性。《文赋》曰:"虽兹物之在我,非余力之所戮;故时抚空怀而自惋,吾未识夫开塞之所由"(《六臣注文选》卷17,第297页);尽管刘勰亦曰:"但言不尽意,圣人所难,识在瓶管,何能矩矱。"(《文心雕龙注》卷10《序志》,第727页)但在《神思》的表述中,一切都显得很清通明了。如描述神思的机能,称:"寂然凝虑,思接千载;悄焉动容,视通万里。""思接千载"是指超越时间,"视通万里"是指超越空间,这就从时、空两个维度来立论。如对"神与物游"的描述,就清晰地区分为两个层次:一是神思外观于物象,即所谓"物沿耳目"。此一层意思,在《物色》中亦有表述:"物色之动,心亦摇焉";"是以诗人感物,联类不穷。流连万象之际,沉吟视听之区。写气图貌,既随物以宛转;属采附声,亦与心而徘徊";"窥情风景之上,钻貌草木之中"(《文心雕龙注》卷10,第693—694页)。二是神思内视于心象,即所谓"神居胸臆"。此一层意思,他另有表述:"吟咏之间,吐纳珠玉之声;眉睫之前,卷舒风云之色;其思理之致乎";"独照之匠,窥意象而运斤";"神思方运,万涂竞萌"(《文心雕龙注》卷6《神思》,第493页)。这些论说,都很严谨,层次感强,颇为到位。

正是基于学理上的可描述性,神思之巅峰体验才真实可感。如曰:"夫神思方运,万涂竞萌,规矩虚位,刻镂无形。登山则情满于山,观海则意溢于海,我才之多少,将与风云而并驱矣。"(《文心雕龙注》卷6《神思》,第493—494页)这是说,神思一旦发动,各种物象激活;突破写作规则,消除人工痕迹;作家的才情完全投注于对象物,而与山海风云等外物融合并驱。又曰:"神用象通,情变所孕。物以貌求,心以理应。"(《文心雕龙注》卷6《神思》,第495页)这是说,作家的神思与外在的物象之相融通,是基于物色变化所引起的情感波动。对传达物象而言,要力求穷形尽相;对发动神思而言,应实现心物交感。

《神思》的理论价值与深远影响,值得研治中国文学批评史者重视。这不仅体现为它首创"意象"概念,而一直为后世诗学理论批评所沿用;而且体现在它用简明的"神与物游"语,来描述构思阶段巅峰体验之心理机制,其精妙实空绝前后,在今日亦难以超越。还有许多独到的论说,启迪后人的理论思维。如罗宗强认为:"秉心养术,无务苦虑;含章司契,不必劳情也"(《神思》,第 494 页),"意得则舒怀以命笔,理伏则投笔而卷怀"(《养气》,第 647 页),此中思理即为皎然等论家所采用,表现出持久而强健的理论生长力。(《魏晋南北朝文学思想史》,第 329 页)

(三) 主要理论观点

神思与才学关系/神思的创造机能/神思的思理结构/神思的艺术效果

除了上述,《神思》中还有一些重要的理论观点值得介绍,诸如神思与才学的关系、神思的创造机能、神思的思理结构以及神思的艺术效果。

神思与才学关系。《神思》曰:"积学以储宝,酌理以富才,研阅以穷照,驯致以怿辞。"(《文心雕龙注》卷 6,第 493 页)这里所说积学、酌理、研阅、驯致都关涉学养。积学是指积累学问,酌理是指斟酌事理,研阅是指研读书籍,驯致是指训练语言。这四项所述,大略都很重视从书本上获取知识技能,尤其注重从前人的文学作品汲取营养。这看法属真知灼见,当然是很有价值的;但刘勰未能同时强调作家阅历的重要,因而显得较为片面偏窄而有偏枯之嫌。

《神思》曰:"人之禀才,迟速异分;文之制体,大小殊功。相如含笔而腐毫,扬雄辍翰而惊梦,桓谭疾感于苦思,王充气竭于思虑,张衡研京以十年,左思练都以一纪。虽有巨文,亦思之缓也。淮南崇朝而赋《骚》,枚皋应诏而成赋,子建援牍如口诵,仲宣举笔似宿构,阮瑀据案而制书,祢衡当食而草奏,虽有短篇,亦思之速也。"(《文心雕龙注》卷 6,第 494 页)这里提出文学创作有赖两个要素,一是作家才华,一是文学体制。作家才华有迟速之分,文学体制有大小之别。刘勰的看法比较通达,没有偏执一端,而贬抑另一端。这就是说,才华迟速,只是"异分"而已,没有高低之等级;体制大小,只是"殊功"而已,没有优劣之差异。也就是说,评价文学创作绩效,只需问作品的好坏,而不必管才华体制。因之,该篇补证曰:"若夫骏发之士,心总要术,敏在虑前,应机立断;覃思之人,情饶歧路,鉴在虑后,研虑方定。机敏故造次而成功,虑疑故愈久而致绩。难易虽殊,并资博练。若学浅而空迟,才疏而徒速,以斯成器,未之前闻。"(《文心雕龙注》卷 6,第 494 页)骏发之士,即才华"速"者;覃思之人,即才华"迟"者。他们文学创作时的表现虽有不同,但若能"博练"就均可产生佳作。

若将以上所论才、学结合起来看,刘勰其实是更注重作家的学养的。所以,下文进而论曰:"是以临篇缀虑,必有二患:理郁者苦贫,辞弱者伤乱;然则博见为馈贫之粮,贯一为拯乱之药。博而能一,亦有助乎心力矣。"(《文心雕龙注》卷6,第494—495页)其所谓"博练",是有"博见"和"贯一"两面的;只有双面齐备,才能臻至全功。平心而论,刘勰这些看法,是利弊参半的:重视"博练"在一定程度上冲淡了神思论的玄秘色彩,但又因过于强调学养而相对忽略了作家阅历的重要性。

《神思》篇的一大理论创新,是改造老庄体道的思理结构。老子主张体道要"致虚极,守静笃"(《老子》第十六章,第64页)。庄子宣称通过"心斋""坐忘"来体道,所谓"若一志,无听之以耳,而听之以心;无听之以心,而听之以气。听止于耳,心止于符。气也者,虚而待物者也。唯道集虚。虚者,心斋也"(《庄子集释》卷2中《人间世》,第147页);"堕肢体,黜聪明,离形去知,同于大通,此谓坐忘"(《庄子集释》卷3上《大宗师》,第284页)。刘勰承袭老庄之说,亦曰:"是以陶钧文思,贵在虚静,疏瀹五藏,澡雪精神。"但刘勰不是简单套用老庄体道理论,而是借用其思理结构进行适当改造,把原来体道被抛弃的志意、声辞捡回来,重新组装到文学创作构思阶段的论述中;因而就赋予了文学意味,形成这样的奇特的表述:

> 故思理为妙,神与物游。神居胸臆,而志气统其关键;物沿耳目,而辞令管其枢机。……然后使玄解之宰,寻声律而定墨;独照之匠,窥意象而运斤。(《文心雕龙注》卷6《神思》,第493页)

这里所说,志气、意象是作家主观的因素,辞令、声律是语言工具之要素,如今被刘勰安置到老庄体道的思理结构中,从而对文学构思的心理机制作出精确描述。其改装了的思理结构,可用示意图6-3呈现:

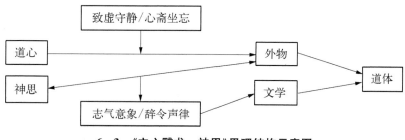

6-3 《文心雕龙·神思》思理结构示意图

由该示意图可以看出,《神思》与老庄体道的思理结构是相通的,充分体现了中国古典文学艺术游艺的精神。

合乎原始道家老庄的游艺精神,神思的艺术表现才有奇妙效果。《神思》曰:"方其搦翰,气倍辞前,暨乎篇成,半折心始。何则?意翻空而易奇,言征实而难巧也。是以意授于思,言授于意,密则无际,疏则千里。或理在方寸而求之域表,或义在咫尺而思隔山河。是以秉心养术,无务苦虑;含章司契,不必劳情也。"(《文心雕龙注》卷6,第494页)这里讲到两个要点,一是文学语言的必要性和语言传达的局限性,局限性对应于道家的言不尽意论,必要性对应于文学是语言的艺术;二是文学构思阶段的神思发动需要放安心智,作家只有既无须苦虑也不必劳情,才可能达至艺术创造的巅峰体验。这种巅峰体验,就是游艺境界;因使技进乎道,所含言外之意,只可意会,不可言传。故下文曰:"若情数诡杂,体变迁贸,拙辞或孕于巧义,庸事或萌于新意;视布于麻,虽云未贵,杼轴献功,焕然乃珍。至于思表纤旨,文外曲致,言所不追,笔固知止。至精而后阐其妙,至变而后通其数,伊挚不能言鼎,轮扁不能语斤,其微矣乎!"(《文心雕龙注》卷6,第495页)这里巧妙化用《庄子》中的"轮扁斫轮"等事典,阐明了神思参与文学构思及语言传达的艺术效果。

附　文论选读

一　原道

[梁] 刘勰

文之为德也大矣,与天地并生者何哉?夫玄黄色杂,方圆体分,日月叠璧,以垂丽天之象;山川焕绮,以铺理地之形:此盖道之文也。仰观吐曜,俯察含章,高卑定位,故两仪既生矣。惟人参之,性灵所钟,是谓三才。为五行之秀,实天地之心,心生而言立,言立而文明,自然之道也。

傍及万品,动植皆文:龙凤以藻绘呈瑞,虎豹以炳蔚凝姿;云霞雕色,有逾画工之妙;草木贲华,无待锦匠之奇。夫岂外饰,盖自然耳。至于林籁结响,调如竽瑟;泉石激韵,和若球锽:故形立则章成矣,声发则文生矣。夫以无识之物,郁然有采;有心之器,其无文欤?

人文之元,肇自太极,幽赞神明,《易》象惟先。庖牺画其始,仲尼翼其终。而

《乾》《坤》两位，独制《文言》。言之文也，天地之心哉！若乃《河图》孕乎八卦，《洛书》韫乎九畴，玉版金镂之实，丹文绿牒之华，谁其尸之？亦神理而已。

自鸟迹代绳，文字始炳，炎皞遗事，纪在《三坟》，而年世渺邈，声采靡追。唐虞文章，则焕乎始盛。元首载歌，既发吟咏之志，益稷陈谟，亦垂敷奏之风。夏后氏兴，业峻鸿绩，九序惟歌，勋德弥缛。逮及商周，文胜其质，《雅》《颂》所被，英华日新。文王患忧，繇辞炳曜，符采复隐，精义坚深。重以公旦多材，振其徽烈，剬〔制〕诗缉颂，斧藻群言。至若夫子继圣，独秀前哲，熔钧六经，必金声而玉振；雕琢性情，组织辞令，木铎起而千里应，席珍流而万世响，写天地之辉光，晓生民之耳目矣。

爰自风姓，暨于孔氏，玄圣创典，素王述训，莫不原道心以敷章，研神理而设教，取象乎河洛，问数乎蓍龟，观天文以极变，察人文以成化；然后能经纬区宇，弥纶彝宪，发挥事业，彪炳辞义。故知道沿圣以垂文，圣因文而明道，旁通而无滞，日用而不匮。《易》曰："鼓天下之动者存乎辞。"辞之所以能鼓天下者，乃道之文也。

赞曰：道心惟微，神理设教。光采玄圣，炳耀仁孝。龙图献体，龟书呈貌。天文斯观，民胥以效。（刘勰撰《文心雕龙注》卷1《原道》，范文澜注，人民文学出版社1958年9月第1版）

导读：

《原道》是《文心雕龙》全书第一篇，也是《序志》所云"文之枢纽"首篇，对应于"本乎道"之说，归属于文学本原论范畴。

文中认为，天象、地理和人文都出于自然之道，因而作为语言艺术的文学是道之文；这确立了"道沿圣以垂文，圣因文而明道"的理论前提，进而为下文《征圣》《宗经》等篇的相关论述做好铺垫。不过，刘勰文以明道说与后世文以载道说不同，后者是企图用理道来直接干预文学创作，而前者只是提供了有关文学本原的架构，并不要求用理道来消泯文学的艺术特性。所以，原道论既可提升文学的品位，又不以牺牲文学特质为代价；其思想倾向于重自然的道家，而非倾向于拘执刻性的儒家。

另按，本文首句"文之为德也大矣"，其"大"当读作道体之"道"。此即原道之所本，乃开宗明义之说。其语出于《老子》第二十五章："有物混成，先天地生，寂漠！独立不改，周行不殆，可以为天下母。吾不知其名，字之曰道，吾强为之名曰大。大曰逝，逝曰远，远曰返。道大，天大，地大，王大。"

二　明诗

[梁] 刘勰

大舜云："诗言志，歌永言。"圣谟所析，义已明矣。是以"在心为志，发言为诗"，舒文载实，其在兹乎！诗者，持也，持人情性；三百之蔽，义归"无邪"：持之为训，有符焉尔。

人禀七情，应物斯感，感物吟志，莫非自然。昔葛天氏乐辞云：《玄鸟》在曲；黄帝《云门》，理不空绮。至尧有《大唐》之歌，舜造《南风》之诗，观其二文，辞达而已。及大禹成功，九序惟歌；太康败德，五子咸怨：顺美匡恶，其来久矣。自商暨周，《雅》《颂》圆备，四始彪炳，六义环深。子夏监"绚素"之章，子贡悟"琢磨"之句，故商、赐二子，可与言诗。自王泽殄竭，风人辍采，春秋观志，讽诵旧章，酬酢以为宾荣，吐纳而成身文。逮楚国讽怨，则《离骚》为刺。秦皇灭典，亦造《仙诗》。

汉初四言，韦孟首唱，匡谏之义，继轨周人。孝武爱文，柏梁列韵，严、马之徒，属辞无方。至成帝品录，三百余篇，朝章国采，亦云周备。而辞人遗翰，莫见五言，所以李陵、班婕妤，见疑于后代也。按《召南·行露》，始肇半章；孺子《沧浪》，亦有全曲；《暇豫》优歌，远见春秋；《邪径》童谣，近在成世：阅时取证，则五言久矣。又古诗佳丽，或称枚叔，其《孤竹》一篇，则傅毅之词。比采而推，两汉之作乎。观其结体散文，直而不野，婉转附物，怊怅切情，实五言之冠冕也。至于张衡《怨篇》，清典可味；《仙诗缓歌》，雅有新声。

暨建安之初，五言腾踊，文帝陈思，纵辔以骋节；王、徐、应、刘，望路而争驱；并怜风月，狎池苑，述恩荣，叙酣宴，慷慨以任气，磊落以使才；造怀指事，不求纤密之巧，驱辞逐貌，唯取昭晢之能：此其所同也。乃正始明道，诗杂仙心；何晏之徒，率多浮浅。唯嵇志清峻，阮旨遥深，故能标焉。若乃应璩《百一》，独立不惧，辞谲义贞，亦魏之遗直也。

晋世群才，稍入轻绮。张、潘、左、陆，比肩诗衢，采缛于正始，力柔于建安。或析[析]文以为妙，或流靡以自妍，此其大略也。江左篇制，溺乎玄风，嗤笑徇务之志，崇盛亡机之谈，袁、孙已下，虽各有雕采，而辞趣一揆，莫与争雄，所以景纯《仙篇》，挺拔而为俊矣。宋初文咏，体有因革。庄老告退，而山水方滋；俪采百字之偶，争价一句之奇，情必极貌以写物，辞必穷力而追新，此近世之所竞也。

故铺观列代，而情变之数可监；撮举同异，而纲领之要可明矣。若夫四言正体，则雅润为本；五言流调，则清丽居宗：华实异用，惟才所安。故平子得其雅，叔夜含其润，茂先凝其清，景阳振其丽，兼善则子建、仲宣，偏美则太冲公干。然诗有恒裁，思无定位，随性适分，鲜能通圆。若妙识所难，其易也将至；忽之为易，其难也方来。至于三六杂言，则出自篇什；离合之发，则萌于图谶；回文所兴，则道原为始；联句共韵，则柏梁余制；巨细或殊，情理同致，总归诗囿，故不繁云。

赞曰：民生而志，咏歌所含。兴发皇世，风流《二南》。神理共契，政序相参。英华弥缛，万代永耽。（刘勰撰《文心雕龙注》卷2《明诗》，范文澜注，人民文学出版社1958年9月第1版）

导读：

《明诗》是《文心雕龙》全书第六篇，也是《序志》所云"论文叙笔"首篇。作为20篇文体专论之一，《明诗》属于文体论范畴。《文心雕龙》所论文体有80多种，《序志》称其行文的基本套路是："若乃论文叙笔，则囿别区分，原始以表末，释名以章义，选文以定篇，敷理以举统。"本篇述意行文，即按这个套路。

文中所论主要有两个方面，即"铺观列代，而情变之数可监；撮举同异，而纲领之要可明"。前者论列历代诗歌发展史，后者论列不同诗歌之体要。诗歌发展史，历经了葛天氏、尧舜、夏、商、周、春秋、楚国、秦朝、两汉、建安、晋世、宋初；诗歌之体要，则主要有四言、五言及三六杂言等。

此外，文中还提出了不少精辟的思想观点，达到那个时代最高的理论认知水准。兹摘示如下：（1）"诗持"说："诗者，持也，持人情性。"（2）"物感"说："人禀七情，应物斯感，感物吟志，莫非自然。"（3）"身文"说："讽诵旧章，酬酢以为宾荣，吐纳而成身文。"（4）建安风骨论："慷慨以任气，磊落以使才。"（5）经典作家论："唯嵇志清峻，阮旨遥深。"（6）山水文学论："庄老告退，而山水方滋。"（7）穷形尽相论："情必极貌以写物，辞必穷力而追新，此近世之所竞也。"（8）四五言差异："四言正体，则雅润为本；五言流调，则清丽居宗：华实异用，惟才所安。"

三　风骨

[梁] 刘勰

《诗》总六义，风冠其首，斯乃化感之本源，志气之符契也。是以怊怅述情，必始乎风；沉吟铺辞，莫先于骨。故辞之待骨，如体之树骸；情之含风，犹形之包气。结言端直，则文骨成焉；意气骏爽，则文风清焉。若丰藻克赡，风骨不飞，则振采失鲜，负声无力。是以缀虑裁篇，务盈守气，刚健既实，辉光乃新。其为文用，譬征鸟之使翼也。

　　故练于骨者,析辞必精;深乎风者,述情必显。捶字坚而难移,结响凝而不滞,此风骨之力也。若瘠义肥辞,繁杂失统,则无骨之征也。思不环周,索莫[寞]乏气,则无风之验也。昔潘勖锡魏,思摹经典,群才韬笔,乃其骨髓峻也;相如赋仙,气号凌云,蔚为辞宗,乃其风力遒也。能鉴斯要,可以定文,兹术或违,无务繁采。

　　故魏文称:"文以气为主,气之清浊有体,不可力强而致。"故其论孔融,则云"体气高妙";论徐幹,则云"时有齐气";论刘桢,则云"有逸气"。公幹亦云:"孔氏卓卓,信含异气;笔墨之性,殆不可胜。"并重气之旨也。夫翚翟备色,而翾翥百步,肌丰而力沉也;鹰隼乏采,而翰飞戾天,骨劲而气猛也。文章才力,有似于此。若风骨乏采,则鸷集翰林;采乏风骨,则雉窜文囿;唯藻耀而高翔,固文笔之鸣凤也。

　　若夫熔铸经典之范,翔集子史之术,洞晓情变,曲昭文体,然后能孚甲新意,雕画奇辞。昭体,故意新而不乱;晓变,故辞奇而不黩。若骨采未圆,风辞未练,而跨略旧规,驰骛新作,虽获巧意,危败亦多;岂空结奇字,纰缪而成经矣?《周书》云:"辞尚体要,弗惟好异。"盖防文滥也。然文术多门,各适所好,明者弗授,学者弗师。于是习华随侈,流遁忘反。若能确乎正式,使文明以健,则风清骨峻,篇体光华。能研诸虑,何远之有哉!

　　赞曰:情与气偕,辞共体并。文明以健,珪璋乃聘。蔚彼风力,严此骨鲠。才锋峻立,符采克炳。(刘勰撰《文心雕龙注》卷6《风骨》,范文澜注,人民文学出版社1958年9月第1版)

导读:

　　《风骨》是《文心雕龙》第二十八篇,即《序志》所云"图风势"之"风"。"风骨"是中国文论独有的概念,这在西方文论中难觅对等的用语;而即便是在后世各家解说中,"风骨"的释义也很见分歧。诸如:

　　黄侃说:"风即文意,骨即文辞,然后不蹈空虚之弊;或者舍辞意而别求风骨,言之愈高,即之愈渺,彦和本意不如此也。"(《文心雕龙札记》)而范文澜补充说:"风即文意,骨即文辞,黄先生论之详矣。窃复推明其义曰:此篇所云风、情、气、意,其实一也;而四名之间,又有虚实之分。风虚而气实,风气虚而情意实,可于篇中体会得之。辞之于骨,则辞实而骨虚。辞之端直者谓之辞,而肥辞繁杂亦谓之辞。惟前者始得文骨之称,肥辞不与焉。"(《文心雕龙注》,第516页)

宗白华说:"现在学术界很有争论'骨'是否只是一个词藻（铺辞）的问题？我认为'骨'和词是有关系的。但词是有概念内容的。词清楚了,它所表现的现实形象或对于形象的思想也清楚了。'结言端直',就是一句话要明白正确,不是歪曲,不是诡辩。这种正确的表达,就产生了文骨。但光有'骨'还不够,还必须从逻辑性走到艺术性,才能感动人。所以'骨'之外还要有'风'。'风'可以动人,'风'是从情感中来的。中国古典美学理论既重视思想——表现为'骨',又重视情感——表现为'风'。"（《中国美学史中重要问题的初步探索·骨力·骨法·风骨》,第34页）

詹锳说:"从这几句话看出'风'是属于感情方面的,作品里有一种动人的力量,好像人的身上有气一样。如果作者的意志奔放爽朗,文章的风格就是清明的。'骨'是属于思想方面的,文辞上要有骨力。"（《文心雕龙义证》,第1052页）这是说,风、骨都是一种力量,风是情感的力量,骨是思想的力量。接续詹氏这个说法,罗宗强更体贴地说:"风,属于情,不是一般的感情泛指,而是指一种浓郁的充满力量的感情";"与风对比而言,骨则是实的。指由结构严密的言辞表现的事义所具有的力量。骨,是由言辞表现出来的,但又不是言辞。"（《魏晋南北朝文学思想史》,第337—338页）

不论以上诸家的解说如何不同,"风清骨峻"却是个审美理想。这个理想是针对建安文学所而言的,故史家有建安风骨、建安风力之说；但风骨作为一个审美范畴,亦非仅指建安时期的文学。其他时期的文学,凡刚健富有生命力堪称有风骨,如盛唐的诗歌、明前七子诗歌。而此三个时期文学活动的中心区域都在中原,盖史上有风骨的文学实孕育于中原文学传统。

四　比兴

[梁] 刘勰

《诗》文宏奥,包韫六义；毛公述《传》,独标"兴"体；岂不以"风"通而"赋"同,"比"显而"兴"隐哉？故比者,附也；兴者,起也。附理者切类以指事,起情者依微以拟议。起情故兴体以立,附理故比例以生。比则畜愤以斥言,兴则环譬以记[托]讽。盖随时之义不一,故诗人之志有二也。

观夫兴之托谕,婉而成章,称名也小,取类也大。关雎有别,故后妃方德；尸鸠贞一,故夫人象义。义取其贞,无从于夷禽；德贵其别,不嫌于鸷鸟；明而未融,故发注而后见也。且何谓为比？盖写物以附意,飏言以切事者也。故金锡以喻明德,珪璋以譬秀民,螟蛉以类教诲,蜩螗以写号呼,浣衣以拟心忧,席卷以方志固:凡斯切象,皆比义也。至如"麻衣如雪""两骖如舞",若斯之类,皆比类者也。楚襄信谗,而三闾忠烈,依《诗》制《骚》,讽兼"比""兴"。炎汉虽盛,而辞人夸毗,诗刺道丧,故兴义销亡。于是赋颂先鸣,故比体云构,纷纭杂遝,信[倍]旧章矣。

夫比之为义,取类不常:或喻于声,或方于貌,或拟于心,或譬于事。宋玉《高唐》云:"纤条悲鸣,声似竽籁",此比声之类也;枚乘《菟园》云:"焱焱纷纷,若尘埃之间白云",此则比貌之类也;贾生《鵩赋》云:"祸之与福,何异纠缠(mò)",此以物比理者也;王褒《洞箫》云:"优柔温润,如慈父之畜子也",此以声比心者也;马融《长笛》云:"繁缛络绎,范蔡之说也",此以响比辩者也;张衡《南都》云:"起郑舞,茧[茧]曳绪",此以容比物者也。若斯之类,辞赋所先,日用乎比,月忘乎兴,习小而弃大,所以文谢于周人也。至于扬、班之伦,曹、刘以下,图状山川,影写云物,莫不织综比义,以敷其华,惊听回视,资此效绩。又安仁《萤赋》云"流金在沙",季鹰《杂诗》云"青条若总翠",皆其义者也。故比类虽繁,以切至为贵;若刻鹄类鹜,则无所取焉。

赞曰:诗人比兴,触物圆览。物虽胡越,合则肝胆。拟容取心,断辞必敢。攒(cuán)杂咏歌,如川之澹。(刘勰撰《文心雕龙注》卷8《比兴》,范文澜注,人民文学出版社1958年9月第1版)

导读:

《比兴》是《文心雕龙》第三十六篇,可与《诠赋》配合而隐括赋比兴三义。故该文开篇云:"《诗》文宏奥,包韫六义;毛公述《传》,独标'兴'体;岂不以'风'通而'赋'同,'比'显而'兴'隐哉?"

文中所论,略有数端:(1)区分比兴之差异:"比者,附也;兴者,起也。附理者切类以指事,起情者依微以拟议。起情故兴体以立,附理故比例以生。比则畜愤以斥言,兴则环譬以记[托]讽。盖随时之义不一,故诗人之志有二也。"(2)比兴的艺术表征:"兴之托谕,婉而成章,称名也小,取类也大";"何谓为比?盖写物以附意,飏言以切事者也。"(3)比的类型及例证:"夫比之为义,取类不常:或喻于声,或方于貌,或拟于心,或譬于事。"(4)比的效果与要求:"至于扬、班之伦,曹、刘以下,图状山川,影写云物,莫不织综比义,以敷其华,惊听回视,资此效绩。……故比类虽繁,以切至为贵。"

比、兴之名目,最早见于《周礼·春官》"六诗",后经演化而成毛《诗》之"六义",其风赋比兴雅颂六项及顺序全同,而二者的内涵与功能有很大差异。"六诗"是指《诗》篇演述的六道工序,"六义"则二分为诗篇分类与艺术手法。此后,风雅颂作为诗篇的类名就被固定下来,而赋比兴作为艺术手法递经多次变化。先是赋比兴的政教功利说,以郑众、郑玄所论为代表;之后逐渐脱落政教义,而往纯艺术方向发展。这就进入文学自觉的魏晋时代,而由刘勰、钟嵘作出理论总结。刘勰该篇所述内容丰富,对比兴诸义项均有论列;然若就其精要而言,还以钟嵘所论为最。《诗品·序》云:"诗有三义焉:一曰兴,二曰比,三曰赋。文已尽而意有余,兴也;因物喻志,比也;直书其事,寓言写物,赋也。"从此之后,赋比兴作为诗歌的艺术表现手法就定型了,终至孔颖达《毛诗正义》而有三体三用说。

第七讲
《诗品》

钟嵘《诗品》是我国第一部品评诗歌专著,且专论当时业已成熟并甚为流行的五言诗。它不仅系统地评论了汉魏至齐梁的五言诗人,陈其优劣,定其品第;还梳理了五言诗的发展历史和体制特征。此外,钟嵘还提出了关于诗歌的基本理论。他在继承先秦以来诗歌理论的基础上,总结了五言诗创作的经验,并对当时人们比较关注的诗学问题发表了诸多精辟的见解,内含十分丰富。《诗品》对后世影响颇大,清人章学诚称其"思深而意远",为百代诗话之祖。(《文史通义校注》卷5《诗话》,第559页)

出于上述考量,本讲拟从《诗品》作者与成书、《诗品》的理论内涵、《诗品》作家论释例等三个方面进行阐述。

一 《诗品》作者与成书

钟嵘生平著述资料保存较少,今据《梁书》《南史》本传及所作《诗品》,略为考述如下。

(一) 作者生平与本书著录

颍川望族钟氏/钟嵘生平仕宦/《诗品》著录

钟嵘(约468—518),字仲伟,祖籍颍川长社(今河南省长葛县)人。钟氏为颍川望族,永嘉之乱时迁徙江南。他的七世祖钟雅,在东晋时官至侍中,追赠光禄勋。其父钟蹈,为齐中军参军,著有《钟蹈集》12卷。钟嵘兄弟三人,"并好学,有思理"。(《南史》卷 72《钟嵘传》,第 1778 页)兄钟岏,为府参军,建康令,曾著有《良吏传》10 卷。弟钟屿,永嘉县丞,曾参与《华林遍略》的修纂。可以说,钟嵘生长于著述世家。

钟嵘在南齐永明时入太学做太子生,继承家学,精通《周易》,为国子祭酒王俭所赏识。关于钟嵘的生年,没有确切的记载。今人根据《梁书》及《南史》本传中"齐永明中为国子生"的记载,推断其生年在刘宋泰始二年至七年(466—471)间。具体何年,说法不一。(《钟嵘生卒年代考》,《光明日报》1957 年 8 月 18 日;《钟嵘与〈诗品〉考年及其它》,《文学评论丛刊》第五辑[1980 年])钟嵘始任南康王国侍郎;南齐时曾任抚军行参军、安国县令、司徒行参军等职;入梁之后,历任中军临川王行参军、衡阳王宁朔记室、西中郎将晋安王记室,官位都不高。天监十七年(518),钟嵘卒于记室任内。因此,后人又称其为"钟记室"。

根据《梁书·钟嵘传》《南史·丘迟传》的记载,以及隋代刘善经《四声论》(遍照金刚《文镜秘府论》引)、唐代卢照邻《南阳公集序》、林宝《元和姓纂》等称引,钟嵘《诗品》原名《诗评》。又史载:"《诗评》三卷,钟嵘撰,或曰《诗品》。"(《隋书》卷 35《经籍四》,第 1084 页)由此可见,此书在隋唐时期,正名为《诗评》,别称《诗品》。至宋时,欧阳修《唐书·艺文志》、陈骙《中兴馆阁书目》、王应麟《玉海》,还有《太平御览》《诗人玉屑》等皆称《诗评》;陈振孙《直斋书录解题》、尤袤《遂初堂书目》、陈应行《吟窗杂录》则称为《诗品》;而《竹庄诗话》《记纂渊海》则两名同用。总体看来,这个时期仍以《诗评》为主。元明清时期,人们依然两名并用,但是《诗品》出现的频率更高。如胡应麟《诗薮》、王世贞《艺苑卮言》、谢榛《四溟诗话》等皆称《诗品》,而张溥《汉魏六朝百三家集题解》仍是两名混用。民国以后,人们废《诗评》之名而称《诗品》。(参见《〈诗品〉研究》上编"《诗品》丛考",第 72—81 页)

(二)《诗品》的写作情况

《诗品》的写作年代/《诗品》的结构体例/《诗品》的缘起目的

该书应写于钟嵘晚年,大约成书于 514 年至 516 年。原因有二:一是《诗品序》称梁武帝为"方今皇帝",可知其撰于梁武帝时期;二是因为《诗品》所品评的诗人,其选录原则是"不录存者"。而书中所列诗人去世最晚的是沈约,卒于梁天监十二年(513),故《诗品》当在是年以后所作。而当时未列入的两位重要诗人柳恽、何逊,卒于天监十六年(517),故《诗品》之作又当在517年以前。

《诗品》凡三卷,每卷之首各有序言,后人把它们合在一起,作为全书的总序。序言论述了诗歌的性质、作用、思想艺术特色,概述了五言诗的发展历史,并介绍了本书的写作缘起、体例等。《诗品》正文评论了自汉到梁代的五言诗作者共123位(包括汉无名氏古诗),分上中下三品,每品一卷。上品12人,中品39人,下品72人。钟嵘从诗歌体制风格的角度论述各位诗人创作的主要特色,剖析其优劣得失,有的还追溯其风格特征的渊源所自,少数还带叙轶事。各条内容详略不同,大抵详于重要作家,略于次要作家。重要作家单叙,次要作家往往采用两人或多人合叙。一品之内,作家的排列顺序以世代为先后,不以优劣为次第。但对同一世代的作家,其先后顺序仍寓有高下之意。

在《诗品序》中,钟嵘交代了写作的缘起目的,曰:

> 今之士俗,斯风炽矣。才能胜衣,甫就小学,必甘心而驰骛焉。于是庸音杂体,各各为容。至使膏腴子弟,耻文不逮,终朝点缀,分夜呻吟。独观谓为警策,众睹终沦平钝。次有轻荡之徒,笑曹、刘为古拙,谓鲍照羲皇上人,谢朓今古独步。而师鲍照,终不及"日中市朝满";学谢朓,劣得"黄鸟度青枝"。徒自弃于高听,无涉于文流矣。嵘观王公缙绅之士,每博论之余,何尝不以诗为口实,随其嗜欲,商榷不同。淄渑并泛,朱紫相夺,喧议竞起,准的无依。近彭城刘士章,俊赏之士,疾其淆乱,欲为当世诗品,口陈标榜,其文未遂。嵘感而作焉。昔九品论人,《七略》裁士,校以宾实,诚多未值。至若诗之为技,较尔可知,以类推之,殆均博弈。(《诗品集注》[增订本]卷首,第64—79页)

这段文字表明了四个问题:一是当时五言诗创作风气很盛,二是诸家创作五言诗不得要领,三是时人评论五言诗标准不一,四是本书品第诗作的学术渊源。下面分述之:

自汉末至齐梁,五言诗创作风气日益兴盛,作者众多,名家辈出,在社会上形成了普遍的创作风气。裴子野在《雕虫论》中描述了刘宋中期五言诗创作的盛况,曰:"闾阎年少,贵游总角,罔不摈落六艺,吟咏情性。"(《全上古三代秦汉三国六朝文·全梁文》卷53《雕虫论》,第3262页)由于创作的繁盛,晋代以来,陆续出现了不少诗歌总集。其中专选五言的有晋代荀勖所编《古今五言诗美文》

5卷、梁代萧统所编《古今诗苑英华》19卷,可惜两书均已亡佚。另今存徐陵《玉台新咏》10卷,有9卷是五言。萧统《文选》所选诗,也以五言居多。《诗品》专评五言诗人,也是反映了这种实际情况。

虽然五言诗在当时受到人们的普遍重视,但是各人的嗜好不同,意见分歧,没有准则。一些见识卑下的"轻薄之徒",轻视曹植、刘桢,笑为古拙,误以鲍照、谢朓为古今独步,并以之为学习对象,然也只得其皮毛。《诗品》的写作目的,就是通过诗人品评,树立艺术准则,指导诗歌创作。

随着五言诗创作的繁荣,鉴赏评论也逐渐展开。曹丕在《又与吴质书》中称刘桢五言佳作"妙绝当时"。(《曹丕集校注》之《又与吴质书》,第258页)李充《翰林论》称应璩五言诗"有诗人之旨"。(《六臣注文选》卷21《百一诗·序》引,第380页)然而,人们对五言诗的认识和接受也有一个逐步认识的过程,出现评价标准不一的情况也在所难免。钟嵘对当时五言诗创作"庸音杂体,各各为容"的情况深表不满,又对批评家"随其嗜欲""准的无依"之淆乱深以为忧。他认为过去的文论没有对作家、作品进行系统的品评,失去了对创作的指导作用。他还列举陆机、李充、王微、颜延之、挚虞数家的著作,指出他们"皆就谈文体,而不显优劣";又指出谢灵运所编《诗集》、张隐所撰《文士传》以及"诸英志录"是"并义在文,曾无品第"。《诗品》欲解决以上问题,而专论五言诗,且要"辨彰清浊,掎摭利病",也就是显优劣,列品第。(以上《诗品集注》[增订本]卷首《诗品序》第65、74页,卷中《序》第236、237页)

(三)《诗品》的思想资源

分品论人与分派论学之传统/各艺术门类品第高下之风气/《诗品》在批评史中的地位

钟嵘《诗品》分品论诗,大约受到两个方面影响:一方面是早前的文化传统,另一方面是当代的学术风气。

在古代的文化学术传统方面,如《诗品序》所指出,班固《汉书·古今人表》分九等论人,而刘歆《七略》则是分流派来叙述过去的学术。章学诚就曾指出了刘向、刘歆父子对《诗品》"溯源流"的影响,曰:"如云某人之诗,其源出于某家之类,最为有本之学。其法出于刘向父子。"(《文史通义校注》卷5《诗话》,第559页)

在时代风气方面，自汉末清谈盛行，曹魏设立九品中正制，以迄南朝，形成了一种从道德品质、政治才能等方面品第人物的社会风气。除表现为言论外，还有专门的著作。如梁代阮孝绪所撰《高隐传》，将天监年间及以前的隐士分为三品，即"言行超逸，名氏弗传""始终不耗，姓名可录""挂冠人世，栖心尘表"，分上中下三编予以著录。(《南史》卷76《阮孝绪传》，第1894—1895页) 这种风气也很自然地延伸到了其他领域：在文学方面，则有曹丕的《典论·论文》和《又与吴质书》，评骘了建安七子的优劣；在围棋方面，据《隋书·经籍志》所载，范汪有《棋九品序录》一卷、袁遵有《棋后九品序》一卷、梁武帝有《围棋品》一卷、陆云公有《棋品序》一卷等。另有沈约《棋品》。在书画方面，有梁庾肩吾《书品论》、梁武帝《书评》等。还有南齐谢赫《古画品录》，分画家为六品，且各家均有评语，或一人单评，或数人合评，在体例上与《诗品》十分接近。

《诗品》产生以后，得到了后人的广泛重视和好评。它是我国现存的最早的论诗专著，与《文心雕龙》一样，皆在中国文学批评史上具有重要的地位。清四库馆臣评曰："建安、黄初，体裁渐备，故论文之说出焉，《典论》其首也。其勒为一书，传于今者，则断自刘勰、钟嵘。勰究文体之源流，而评其工拙；嵘第作者之甲乙，而溯厥师承，为例各殊"(《四库全书总目》卷195《诗文评类总论》，第1779上页)；"所品古今五言诗，自汉魏以来一百有三人，论其优劣，分为上、中、下三品，每品之首，各冠以序，皆妙达文理，可与《文心雕龙》并称。"(《四库全书总目》卷195《诗品》提要，第1780上页) 章学诚曰："《诗品》之于论诗，视《文心雕龙》之于论文，皆专门名家，勒为成书之初祖也。《文心》体大而虑周，《诗品》思深而意远。盖《文心》笼罩群言，而《诗品》深从六艺流别也。论诗文而知溯流别，则可以探源经籍，而进窥天地之纯，古人之大体矣。"(《文史通义校注》卷5《诗话》，第559页) 这将《诗品》与《文心雕龙》同论，公允地评述二书的理论特点及历史地位。

二 《诗品》的理论内涵

《诗品》的理论内涵十分丰富，对当代诗歌创作与批评的问题，都作出理论上的回应，有些论题还相当深入；特别是针对占主导地位的五言诗，论列其体制、流别、风格等节目。

（一）诗歌理论创新

物感理论/论赋比兴/举标怨情

《诗品》理论创新处主要有三点：即物感说、论赋比兴、举标怨情。下面分述之：第一，物感理论。《诗品序》开头便言：

> 气之动物，物之感人，故摇荡性情，行诸舞咏。欲以照烛三才，晖丽万有；灵祇待之以致飨，幽微藉之以昭告。动天地，感鬼神，莫近于诗。（《诗品集注》卷首《诗品序》，第 1 页）

这就表明，诗歌情感的产生抒发，是由于受外物的触动。所谓"气之动物"，是在"物"之外有一"气"，明显有两汉气类相感的影迹；但说"物之感人"，则让"物"与"人"相对待，而不再依赖气类相感之中介。这样就形成心物交感的状态，是魏晋以后感知成象之新说。

其实，这一认识有更早理论来源，继承了先秦以来相关理论。如《礼记·乐记》就提出"物感"说，探明音乐活动中情感触发的现实来源。其文曰："音之起，由人心生也。人心之动，物使之然也。感于物而动，故形于声；声相应，故生变；变成方，谓之音。"（《礼记正义》卷 37《乐记》，第 1527 上页）此为物感旧说，出于两汉气感取象；而钟嵘所论为物感新说，乃基于物性自得之心物交感。（参见《两汉气感取象论》，《文学评论》2006 年第 4 期，第 105 页）

物性自得的理论认知，是受魏晋玄学启迪的；从此人们感知成象就脱离气类相感，而进入主体与客体之心物交感状态。这一物感理论之认知进度，早在陆机著论中已有表述。陆机在《文赋》里曾指出，物候节序与情感触发有关。其文曰："遵四时以叹逝，瞻万物而思纷。悲落叶于劲秋，喜柔条于芳春。"（《文赋集释》，第 14 页）承此绪论，刘勰亦曰："春秋代序，阴阳惨舒，物色之动，心亦摇焉。"（《文心雕龙注》卷 10《物色》，第 693 页）这些论述都描述了心物交感的状态，对钟嵘物感理论来说可谓先发之明。

钟嵘所说"物"，范围实更为广泛：既包括自然之物，尤其是四时景物的变换，如云"春风春鸟""秋月秋蝉""夏云暑雨""冬月祁寒"，等等；还包括社会生活，尤其是个人特殊的经历，如云"楚臣去境""汉妾辞宫""塞客衣单""孀闺泪尽"，等等。(参见《诗品集注》卷首《诗品序》,第 56 页)钟嵘认为,诗人受这两类"物"的触动,以致心灵感荡而情不能自已;因而借诗歌来抒发感情,让激荡的心灵恢复平和。

第二,论赋比兴。关于赋比兴,郑玄等从儒家诗教着眼,已作出政教功能之解说;其所论虽不以艺术为重点,却也留意其表现手法内涵。及刘勰著论,《文心雕龙》设《诠赋》《比兴》,以专篇讨论赋比兴的艺术表现特征。刘勰所述可谓周全详尽,然犹不及钟嵘所论精要。其文曰:

> 故诗有六义焉:一曰兴,二曰比,三曰赋。文已尽而意有余,兴也;因物喻志,比也;直书其事,寓言写物,赋也。弘斯三义,酌而用之,干之以风力,润之以丹彩,使咏之者无极,闻之者动心,是诗之至也。若专用比兴,则患在意深,意深则词踬;若但用赋体,则患在意浮,意浮则文散,嬉成流移,文无止泊,有芜漫之累矣。(《诗品集注》卷首《诗品序》,第 47、53 页)

这对赋比兴三义,作出精要的解说:"兴"为"文已尽而意有余",即追求言外之意;"比"为"因物喻志",即托他物以言志;"赋"即"直书其事,寓言写物",即直言敷陈事物。其说已摆脱汉儒政教功利之束缚,而从文学的艺术表现特征来阐释。

此外,钟嵘还依据艺术特征和表现效果,强调要"弘斯三义,酌而用之";并用反证,来说明之:一者,若专门用比兴而不用赋,则会造成诗歌的意蕴隐含不出,过于晦涩,难以理解,有"意深则词踬"之毛病;若仅用赋体而不用比兴,则会造成诗歌的意蕴表露无遗,太过直白,没有意味,有"意浮则文散"之毛病。只有合理搭配运用兴、比、赋三义,诗歌方能避免过于深涩或浅露之弊。

第三,举标怨情。钟嵘继承孔子《诗》说之兴观群怨,特别标举五言诗创作所抒发的怨情。其文曰:

> 若乃春风春鸟,秋月秋蝉,夏云暑雨,冬月祁寒,斯四候之感诸诗者也。嘉会寄诗以亲,离群托诗以怨。至于楚臣去境,汉妾辞宫;或骨横朔野,或魂逐飞蓬;或负戈外戍,杀气雄边,塞客衣单,孀闺泪尽;又士有解佩出朝,一去忘返;女有扬蛾入宠,再盼倾国。凡斯种种,感荡心灵,非陈诗何以展其义?非长歌何以释其情?故曰:"《诗》可以群,可以怨。"使穷贱易安,幽居靡闷,莫尚于诗矣。故词人作者,罔不爱好。(《诗品集注》卷首《诗品序》,第 56、64 页)

自然四时景物的变化，人生特殊的生活际遇，都会让人产生相应的情绪，从而借诗歌创作抒发出来。而在抒写的丰富情感中，又以怨情最具审美意义；这是因为人生会遭遇种种不幸，诗人面对不幸自当有怨情表达。

重视怨情的表达，是中国文论传统。孔子说《诗》提出诗"可以怨"（《论语注疏》卷17《阳货》，第2525页），司马迁认为《离骚》"自怨生"（《史记》卷84《屈原贾生列传》，第2994页）。上述钟嵘所论显然继承了这一文学传统，并在诗作品评中联系诗人遭际来论怨情。如评论作家，上品评李陵"使陵不遭辛苦，其文亦何能至此！"（卷上，第106页）；中品评沈约"长于清怨"（卷中，第426页）；中品评刘琨和卢谌而看重其"厄运"（卷中，第310页）；中品中评秦嘉、徐淑夫妻"事既可伤，文亦凄怨"（卷中，第249页）。如品评诗歌，上品评《古诗》"文温以丽，意悲而远……多哀怨"（卷上，第91页）；评李陵诗"文多凄怆，怨者之流"（卷上，第106页）；评班婕妤诗"怨深文绮"（卷上，第113页）；评曹植诗"情兼雅怨"（卷上，第117页）；评左思诗"文典以怨"（卷上，第193页。以上《诗品集注》[增订本]）。总体上看，钟嵘《诗品》中用推源溯流的方法，尤看重《楚辞》一系诗歌之悲怨美。

（二）五言诗体制论

五言诗源流论/五言诗体要论/五言诗佳作论

《诗品》属专体批评，钟嵘在开篇《序》中，梳理了五言诗演进，指明五言诗之体要，并列举五言诗之佳作，以此提高五言诗地位。

首先，他追溯五言诗的演进，并分多个时段来描述。略有六个时段，三次发展高峰：

他将五言诗的源头，追溯至上古虞舜时。其文曰：

> 昔《南风》之辞，《卿云》之颂，厥义夐矣。夏歌曰："郁陶乎予心。"楚谣曰："名余曰正则。"虽诗体未全，然略是五言之滥觞也。（《诗品集注》[增订本]卷首《诗品序》，第6页）

《南风》《卿云》皆为上古舜时歌词，因其中有五言诗句而为五言诗之滥觞；《五子之歌》《离骚》，已显示了五言诗的发端。钟嵘这一看法实自有来源，盖承袭了挚虞《文章流别论》、刘勰《文心雕龙·明诗》所论。但这些五言句"诗体未全"，故而通篇还算不上是五言诗。

及至两汉时期,五言体制初备。其文曰:

> 逮汉李陵,始著五言之目矣。古诗眇邈,人世难详。推其文体,固是炎汉之制,非衰周之倡也。自王、扬、枚、马之徒,词赋竞爽,而吟咏靡闻。从李都尉迄班婕妤,将百年间,有妇人焉,一人而已。诗人之风,顿已缺丧。东京二百载中,惟有班固《咏史》,质木无文致。(《诗品集注》[增订本]卷首《诗品序》,第10、14页)

西汉的五言诗,有个真伪问题。钟嵘于此忽略不予置疑,而只论列李陵、班婕妤,而未及苏武、枚乘,这确实是一种疏漏。然称"炎汉之制""质木无文致",则对汉五言诗的实绩作出了定论。另在《诗品》中,除上述《序》所论三人及古诗,正文中还评述了多位两汉诗人:中品之秦嘉、徐淑,下品之郦炎、赵壹。

及至东汉末的建安时期,五言诗迎来第一次高峰。其文曰:

> 降及建安,曹公父子,笃好斯文;平原兄弟,郁为文栋;刘桢、王粲,为其羽翼。次有攀龙托凤,自致于属车者,盖将百计。彬彬之盛,大备于时矣!尔后陵迟衰微,迄于有晋。(《诗品集注》[增订本]卷首《诗品序》,第20、24页)

曹氏父子倡导五言诗,亲自创作并颇有成就,与周边数以百计的诗人们一道,开创了五言诗创作的繁盛局面。其中,曹植是钟嵘最为推崇的诗人,其诗也被视为五言诗的典范;而其羽翼刘桢、王粲,所作也都被列入上品。至于其余的诗人,曹丕被列为中品,曹操、曹睿、曹彪、徐幹等被列为下品。然至曹魏后期的五言诗,出现"凌迟衰微"局面,只有阮籍一人被列为上品,嵇康、何晏、应璩为中品。

经过一段时间沉寂,延至西晋太康时期,五言诗勃兴发展,迎来第二次高峰。其文曰:

> 太康中,三张、二陆、两潘、一左,勃尔复兴,踵武前王,风流未沫,亦文章之中兴也。(《诗品集注》[增订本]卷首《诗品序》,第24—25页)

西晋太康诗人,以陆机为领袖。列入上品的,有陆机、潘岳、张协、左思;列入中品的,有张华、陆云、孙楚、潘尼。

西晋永嘉年间,玄学开始流行,受此风气影响,出现了玄言诗;至东晋时期玄风炽盛,玄言诗创作也更加繁荣。其文曰:

> 永嘉时,贵黄、老,尚虚谈,于时篇什,理过其辞,淡乎寡味。爰及江表,微波尚传:孙绰、许询、桓、庾诸公诗,皆平典似《道德论》,建安风力尽矣。(《诗品集注》[增订本]卷首《诗品序》,第28页)

从这段评述中可以看出,钟嵘对玄言诗甚为不满:以诗谈玄,理过其辞,平直典滞,缺乏趣味。故而,未给予玄言诗很高的品第,唯孙绰、许询被列入下品;至于桓温、庾亮,则干脆弃置不论。

欲扭转玄言诗风的,则先有郭璞、刘琨,后有东晋初的谢混,然其效果并不理想。延至南朝刘宋元嘉时期,山水诗人谢灵运的出现,才扭转了玄言诗歌风尚,迎来五言诗第三次高峰。谢灵运也因此被列为上品,而其他同期诗人也获评赞。其文曰:

> 先是郭景纯用隽上之才,变创其体;刘越石仗清刚之气,赞成厥美。然彼众我寡,未能动俗。逮义熙中,谢益寿斐然继作。元嘉初,有谢灵运,才高词盛,富艳难踪,固已含跨刘、郭,凌轹潘、左。(《诗品集注》[增订本]卷首《诗品序》,第34页)

总之,钟嵘以建安、太康、永嘉时期为五言诗发展的三次高峰,而分别以曹植、陆机、谢灵运为各时期最高成就之代表,勾勒出五言诗发展进程,提供了简略的五言诗史。其文曰:

> 陈思为建安之杰,公干、仲宣为辅;陆机为太康之英,安仁、景阳为辅;谢客为元嘉之雄,颜延年为辅。斯皆五言之冠冕,文词之命世也。(《诗品集注》[增订本]卷首《诗品序》,第34页)

钟嵘在描述五言诗发展史基础上,还比较了四言诗与五言诗之优劣,概论五

言诗提要,以为五言诗正名。其文曰:

> 夫四言,文约意广,取效《风》《骚》,便可多得;每苦文繁而意少,故世罕习焉。五言居文词之要,是众作之有滋味者也,故云会于流俗;岂不以指事造形,穷情写物,最为详切者邪!(《诗品集注》[增订本]卷首《诗品序》,第43页)

在他以前,挚虞、颜延之、刘勰等人,都更推崇四言甚于五言诗。如刘勰曰:"四言正体,则雅润为本;五言流调,则清丽居宗。"(《文心雕龙注》卷2《明诗》,第67页)盖受文学宗经思想影响,刘勰等人奉四言为正体,别五言为流调,一时成为定论。然而,钟嵘不以为然,而推重五言诗。他认为四言虽"文约意广,取效《风》《骚》";但有文辞繁复、难以尽意之弊,故习者寡;而五言虽只增加一个字,但音节、结构更为灵活,艺术表现力更强,在抒情、写物、叙事上更为详尽切要,故时人尚之。(《诗品集注》[增订本]卷首《诗品序》,第43页)从一定程度上看,钟嵘推崇五言诗,摆脱了宗经桎梏。

钟嵘为便于时人学习,还列举了五言诗佳作,出示篇名或者警句,开创了摘编式批评。其文曰:

> 陈思"赠弟",仲宣《七哀》,公干"思友",阮籍《咏怀》,少卿"双凫",叔夜"双鸾",茂先"寒夕",平叔"衣单",安仁"倦暑",景阳"苦雨",灵运《邺中》,士衡《拟古》,越石"感乱",景纯"咏仙",王微"风月",谢客"山泉",叔源"离宴",鲍照"戍边",太冲《咏史》,颜延"入洛",陶公咏贫之制,惠连《捣衣》之作:斯皆五言之警策者也。所谓篇章之珠泽,文彩之邓林。(《诗品集注》[增订本]卷下《序》,第459页)

此所列举诗人皆列入上品、中品,其所示作品均为五言诗之警策者,应都符合其艺术标准,并体现当代审美追求。

(三) 艺术标准与审美理想

标举风力丹彩/追求诗有滋味/提倡自然英旨

钟嵘在《诗品序》中,还阐述了艺术标准与审美理想,并将之运用于五言诗人品评中。这主要有以下三点:

第一,标举风力丹彩。其文曰:

> 干之以风力,润之以丹彩,使咏之者无极,闻之者动心,是诗之至也。(《诗品集注》[增订本]卷首《诗品序》,第47页)

"至"就是极致,即诗歌艺术标准。钟嵘所设定的五言诗艺术标准,就是兼备"风力"与"丹彩"。他标举曹植诗作,为五言最高典范:"骨气奇高,词彩华茂。情兼雅怨,体被文质。粲溢今古,卓尔不群。"(《诗品集注》[增订本]卷上"魏陈思王曹植诗",第117—118页)这"骨气"含"骨""气"两项:"骨"指语言的逻辑结构有力,也就是有"丹彩";"气"指情感的真挚感人有力,也就是有"风力"。他还评刘桢诗"仗气爱奇,动多振绝。真骨凌霜,高风跨俗"(《诗品集注》[增订本]卷上"魏文学刘桢诗",第133页);评刘琨诗有"清拔之气"(《诗品集注》[增订本]卷中"晋太尉刘琨、晋中郎卢谌诗",第310页);说陶渊明诗"协左思风力"(《诗品集注》[增订本]卷中"宋征士陶潜诗",第336页)。这些都是从"风力""丹彩"着眼。至云玄言诗"理过其辞,淡乎寡味","皆平典似《道德论》,建安风力尽矣"(《诗品集注》[增订本]卷首《诗品序》,第28页);则是用反证说明"风力"之重要。钟嵘高标的诗歌"风力",多表现在《国风》一系中;而在《古诗》一系中,刘桢、左思诗也有体现。尤其在曹植一系五言诗作中,曹植兼有"风力""丹彩";而陆机、谢灵运都转而追求"丹彩",相应地正始以后"风力"就逐渐衰退。

如果说"风力"追求诗歌的感染力,那么"丹彩"则追求诗歌的语言美。后者具体表现为华美繁丽的辞藻,这正是魏晋以来诗歌创作之追求;故钟嵘品评诗人,便常从丽辞着眼。如评班婕妤诗"文绮"(《诗品集注》[增订本]卷上"汉婕妤班姬诗",第113页),王粲诗"文秀"(《诗品集注》[增订本]卷上"魏侍中王粲诗",第142页),陆机诗"才高词赡,举体华美"(《诗品集注》[增订本]卷上"晋平原相陆机诗",第162页),张华诗"华艳"(《诗品集注》[增订本]卷中"仅司空张华诗",第275页);而反过来,他批评刘桢"气过其文,雕润恨少"(《诗品集注》[增订本]卷上"魏文学刘桢诗",第133页),班固《咏史》诗"质木无文致"(《诗品集注》[增订本]卷首《诗品序》,第14页)。钟嵘虽然十分重视五言诗文辞之华美,但还是更崇尚"风力""丹彩"兼有;如若两者之间出现偏至,则还是更看重"风力"。故而刘桢与王粲尽管同列入上品，他却更称许刘桢之"气过其文"。

正是基于"风力""丹彩"之标准，钟嵘便将之奉为五言诗的审美理想。他认为符合审美理想的五言诗，就应"风力""丹彩"相融合；仅有"风力"，则显得质木粗豪；仅有"丹彩"，则陷入华靡不振。唯有二者兼具，方能臻于极致。

第二，追求诗有滋味。在中国古典美学史上，以味论文有悠久历史。《乐记》《文赋》《文心雕龙》等多有论及，而钟嵘《诗品》所论诗"有滋味"最为明确。其文曰：

> 五言居文词之要，是众作之有滋味者也，故云会于流俗。岂不以指事造形，穷情写物，最为详切者邪！（《诗品集注》[增订本]卷首《诗品序》，第43页）

他之所以认为五言诗是"众作之有滋味者"，是因其"指事造形，穷情写物，最为详切"。由此可知，"有滋味"是指意蕴丰富、余味无穷，而恰好与玄言诗"淡乎寡味"相对照。

诗歌欲"有滋味"，不仅需要恰当地运用赋比兴，还应兼备"风力""丹彩"，既有刚健爽朗之风格，又有华丽繁茂之文辞，情辞兼备，文质彬彬。唯其如此，方有滋味。此论既开，影响深著。晚唐司空图提出"味外之旨"说，使"滋味"成为诗美的重要指标。

第三，提倡自然英旨。南朝宋、齐时期诗歌踵事增华，出现追求缉事用典的创作风气。对此，萧子显曰："缉事比类，非对不发，博物可嘉，职成拘制。或全借古语，用申今情，崎岖牵引，直为偶说。唯睹事例，顿失精彩。"（《南齐书》卷52《文学传论》，第908页）而颜延之诗"错彩镂金"，喜好用事典以显示学识。（《诗品集注》[增订本]卷中"宋光禄大夫颜延之诗"，第351页）针对这种不良的诗歌创作风气，钟嵘提出自然英旨论以矫治之。其文曰：

> 夫属词比事，乃为通谈。若乃经国文符，应资博古；撰德驳奏，宜穷往烈。至乎吟咏情性，亦何贵于用事？"思君如流水"，既是即目；"高台多悲风"，亦唯所见；"清晨登陇首"，羌无故实；"明月照积雪"，讵出经史？观古今胜语，多非补假，皆由直寻。颜延、谢庄，尤为繁密，于时化之。故大明、泰始中，文章殆同书抄。近任昉、王元长等，词不贵奇，竞须新事。尔来作者，浸以成俗。遂乃句无虚语，语无虚字，拘挛补纳，蠹文已甚。但自然英旨，罕值其人。词既失高，则宜加事义。虽谢天才，且表学问，亦一理乎！（《诗品集

注》[增订本]卷中《序》,第220、228页)

这比较诗歌与其他实用文体的特征,认为章、表、奏、议之类政务文告,以及颂、赞、碑、铭之类应用文章,都可引经据典,即使用事繁密,同于"书抄",也在允许范围;而"吟咏情性"的诗歌则不同,不应以用事、补假、学问为贵,而应即目所见,直接抒写胸臆。

为此,钟嵘提出"直寻"说,以创造自然英旨之美。即诗人亲近真实生活,从而产生情感的激荡,并用简明形象的语言,将所见所想表现出来。这样创作的诗歌,就会有自然英旨。他还用摘句的方式,列举"直寻"之作,分析其自然之美,以为五言诗典范:称"思君如流水"为"即目"之作,"高台多悲风"为"所见"之作;称"清晨登陇首"不用"故实","明月照积雪"非出"经史"。钟嵘还从反面指斥近人诗作,以明其缺乏自然英旨的表征:一则"词不贵奇,竞须新事",一则"拘挛补纳,蠹文已甚"。故而他在品第诗人,以颜延之"喜用古事,弥见拘束"(《诗品集注》[增订本]卷中"宋光禄大夫颜延之诗",第351页),任昉"动辄用事,所以诗不得奇"(《诗品集注》[增订本]卷中"梁太常任昉诗",第419页),而将他们列为中品。

钟嵘认为,会破坏自然英旨的另一因素,是诗作用典繁密和拘泥声律。其文曰:

> 昔曹、刘殆文章之圣,陆、谢为体贰之才。锐精研思,千百年中,而不闻官商之辨,四声之论。或谓前达偶然不见,岂其然乎?尝试言之:古曰诗颂,皆被之金竹,故非调五音,无以谐会。若"置酒高殿上""明月照高楼",为韵之首。故三祖之词,文或不工,而韵入歌唱,此重音韵之义也,与世之言宫商异矣。今既不备于管弦,亦何取于声律耶?齐有王元长者,尝谓余云:"宫商与二仪俱生,自古词人不知用之。唯颜宪子论文乃云'律吕音调',而其实大谬。唯见范晔、谢庄,颇识之耳。"常欲造《知音论》,未就而卒。王元长创其首,谢朓、沈约扬其波。三贤咸贵公子孙,幼有文辨。于是士流景慕,务为精密。襞绩细微,专相凌架;故使文多拘忌,伤其真美。(《诗品集注》[增订本]卷下《序》,第438、442、448、452页)

他认为,前代诗人虽不辨宫商,却有自然音韵之美;而时人依违王融、谢朓、沈约之四声八病,追求琐碎繁苛的声律而丧失自然流畅之美,以使"文多拘忌",导致

"伤其真美"。为此,钟嵘提出新的音韵原则,明确反对四声八病之说。其文曰:

> 余谓文制,本须讽读,不可蹇碍。但令清浊通流,口吻调利,斯为足矣。至如平上去入,则余病未能;蜂腰、鹤膝,闾里已甚。(《诗品集注》[增订本]卷下《序》,第452页)

三 《诗品》作家论释例

钟嵘用推源溯流的方法,逐一品评诸家诗歌创作,而大抵形成三个艺术传承系列,即《国风》《小雅》《楚辞》。他从所评论的120多位诗人中遴选出36家,逐一指明渊源所自,并归置于《国风》《小雅》和《楚辞》之下,构建了汉魏以来五言诗的三大派系。其追寻诗歌流别,基本上是遵循"风力""丹彩"的艺术标准,划分文质兼备、偏于质、偏于文采几种情况。

(一)《国风》一系

古诗、刘桢和左思分支/曹植、陆机和谢灵运分支

《国风》一系共14人,分为两支。一支是古诗、刘桢和左思。《古诗》秉承《国风》温厚委婉的风格。钟嵘以为"文温以丽,意悲而远"(《诗品集注》[增订本]卷上"古诗",第91页),即指文辞温婉雅丽,意味悲怨而深远,"风力"与"丹彩"兼有。又刘勰《文心雕龙·明诗》以为古诗"佳丽""直而不野"(《文心雕龙注》卷2《明诗》,第66页)。今人张伯伟在《钟嵘诗品研究》中认为,古诗丽,故"不野";然出于自然,不尚雕饰,故曰"直";正因如此,古诗有直遂之气贯穿其中,这也是与曹植一系分野之所在。(《钟嵘诗品研究》内编第七章"诗派略说",第120页)其后刘桢、左思受此影响,形成了偏于气盛的风格。钟嵘评刘桢诗"其源出于古诗""气过其文,雕润恨少"(《诗品集注》[增订本]卷上"魏文学刘桢诗",第133页);评左思诗歌"其源出于公干""文典以怨,颇为精切"(《诗品集注》[增订本]卷中"晋记室左思诗",第193页),都侧重于以气盛而不事雕琢,符合钟嵘"干之以风力"的艺术标准。

另一支是曹植、陆机、谢灵运。曹植是钟嵘标举的诗人典范。钟嵘以为其

"源出于《国风》",不仅"骨气奇高",且"词彩华茂",情感诚挚深邃,笔力雄健,辞藻华丽。又以为其"情兼雅怨,体被文质"(《诗品集注》[增订本]卷上"魏陈思王植诗",第117页),指明其继承了《国风》温柔敦厚之旨。诗出于曹植的有陆机、谢灵运两家,都发展了曹植重视辞采的特点,追求字句的华丽、对偶以及音韵的流转。

钟嵘评陆机云:"其源出于陈思。才高辞赡,举体华美。气少于公幹,文劣于仲宣。尚规矩,不贵绮错,有伤直致之奇。然其咀嚼英华,厌饫膏泽,文章之渊泉也。"(《诗品集注》[增订本]卷上"晋平原相陆机诗",第162页)在此,钟嵘指出陆机因为文辞富赡,继承了曹植"文采华茂"的特点,追求辞藻的繁缛华艳。然排偶为文,追求整饬,又两句一意,故显得气缓力柔、呆板繁冗。陆机毕竟才大,影响一时风气,不失为太康之英,置于上品。钟嵘以为颜延之诗源自陆机,"体裁绮密,然情喻渊深"(《诗品集注》[增订本]卷中"宋光禄大夫颜延之诗",第351页)。这里所谓"绮密",是指颜延之诗绮丽绵密,即承继了陆机"才高辞赡,举体华美",且用意深奥,寄托颇深。又其诗风雅正,有"经纶文雅才"(《诗品集注》[增订本]卷中"宋光禄大夫颜延之诗",第351页)。然而,其好用典故,以致句无虚语、无虚字,显得呆滞而少秀逸,故置为中品。又有谢朝宗等六人诗源自颜延之,钟嵘置于下品。

谢灵运是东晋以后唯一被列入上品的诗人。在《诗品序》里,钟嵘称赞谢灵运"才高词盛,富艳难踪,固已含跨刘(琨)、郭(璞),凌轹潘(岳)、左(思)"(《诗品集注》[增订本]卷首"诗品序",第34页)。在品评时又曰:"其源出于陈思。杂有景阳之体,故尚巧似,而逸荡过之。颇以繁芜为累。"(《诗品集注》[增订本]卷上"宋临川太守谢灵运诗",第201页)钟嵘以为,谢灵运的诗出于曹植,又兼有张华"尚巧似"的特点。谢灵运山水诗以富丽精工之笔细致描摹自然山水的形态,表现出"繁富"的特征。又因其过于注重物象的摹写及语言的修饰,有放荡无拘束之病。钟嵘又认为谢灵运诗多有意象清新、语言凝练的警句,"犹青松之拔灌木,白玉之映尘沙"(《诗品集注》[增订本]卷上"宋临川太守谢灵运诗",第201页),颇为高洁。而这一特征显然是继承了曹植"词彩华茂"的特点。

(二)《小雅》一系

仅录阮籍一人/阮籍诗歌风格

《小雅》一系,只有阮籍一人,且被列入上品。这也说明,阮籍的诗歌在魏晋诗人中是比较独特的。此后,无论是太康,还是元嘉,诗人皆未能对阮籍诗歌作进一步继承与发展,直至初唐陈子昂倡导正始之音,提出"兴寄"说,才恢复了阮籍忧时悯乱的传统。所以,钟嵘论《小雅》一系,就只有阮籍一人。

至于阮籍诗歌风格,钟嵘有评曰:

> 其源出于《小雅》。无雕虫之巧。而《咏怀》之作,可以陶性灵,发幽思。言在耳目之内,情寄八荒之表。洋洋乎会于《风》《雅》,使人忘其鄙近,自致远大。颇多感慨之词。厥旨渊放,归趣难求。颜延注解,怯言其志。(《诗品集注》[增订本]卷上"晋步兵阮籍诗",第150—151页)

《小雅》多表达士大夫忧时悯乱的情感,且表达得幽微深远。这不似《楚辞》之激切,也不同《国风》之温婉。阮籍《咏怀》诗的感情基调也如《小雅》一样,不是个人幽居、贫贱之叹,而是仁人志士悯时伤乱的愤懑,显得孤独悲哀,故多慷慨之词。阮籍的作品"无雕虫之巧",不刻意雕琢,不追求声色、文辞之美,这与建安、太康时期文学发展趋于繁缛的趋向不同。其多用比兴、象征的手法,精于用典,寄意幽远深邃,这与刘勰的认识是一致的。刘勰以为"阮旨遥深"(《文心雕龙注》卷2《明诗》,第67页)。然能"陶性灵,发幽思",可以净化人们的心灵,启发对人生的思考,"使人忘其鄙近,自致远大",从而进入一个高远开阔的诗境之中。

(三)《楚辞》一系

李陵及其三分支/班姬及秦嘉夫妇/曹丕及其二小支/王粲及其四小支

《楚辞》一系,在汉代仅李陵一人。源出李陵的,又有班姬、王粲和曹丕三支。这一系的诗人,都有"怨"的特征。而这一"怨"来源于个人不幸的遭遇,与《古诗》一系突出人生感慨之悲怨不同。此外,此系情感浓烈,激烈凄切,也不似《古诗》之温婉。

李陵在汉代五言古体诗人中影响很大,当时托名李陵的作品也很多。颜延之在《庭诰》中指出:"李陵众作,总杂不类,原是假托,非尽陵制。至其善篇,有足悲者。"(《全上古三代秦汉三国六朝文·全宋文》卷36第2637页)《隋书·经籍志》也载有《李陵集》二卷。钟嵘视李陵为大家,当与此有关。钟嵘评李陵诗曰:"其源出于《楚辞》。文多凄怆,怨者之流。陵,名家子,有殊才,生命不谐,声颓身丧。使陵不遭辛苦,其文亦何能至此!"(《诗品集注》[增订本]卷上"汉都尉李陵诗",第106页)认为李陵诗歌风格"凄怆",就来自羁留敌国的遭际。

李陵之后,又分为三支。班姬一支,仅其一人,偏重发扬《楚辞》"怨"的一面。钟嵘《诗品》以为她的《团扇》诗"词旨清捷,怨深文绮"(《诗品集注》[增订本]卷上"汉班婕妤姬诗",第113页),即谓她的诗歌言辞清新流丽,感情哀怨幽深,故置为上品。中品的秦嘉、徐淑夫妇诗,钟嵘《诗品》以为"文亦凄怨",又评徐淑"叙别之作,亚于《团扇》矣"(《诗品集注》[增订本]卷中"汉上计秦嘉 嘉妻徐淑诗",第249—250页)。正可看作是对班姬诗的延续。

曹丕一支,偏重于发扬《楚辞》"直"的一面,即风格质朴,语言直质,甚至近于俚俗。钟嵘偏好"丹彩",故此系都被置为中品。钟嵘评曹丕诗曰:"其源出于李陵,颇有仲宣之体则。新歌百许篇,率皆鄙直如偶语。唯'西北有浮云'十余首,殊美赡可玩,始见其工矣。"(《诗品集注》[增订本]卷中"魏文帝诗",第256页)李陵诗感情凄怆,然表达也相对直率。曹丕新歌鄙直,类于口语,即源自于此。然曹丕的《杂诗》等作,亦见其工,则又有王粲"文秀"的特点。

曹丕诗又派生出两小支:一为嵇康,偏于发展其"鄙直";一为应璩,偏于沿袭其"偶语"。钟嵘评嵇康诗曰:"其源出于魏文。过为峻切,讦直露才,伤渊雅之致。然托喻清远,良有鉴裁,亦未失高流矣。"(《诗品集注》[增订本]卷中"晋中散嵇康诗",第266页)钟嵘以为嵇康愤世嫉俗,言正直切,有露才之弊,而伤渊雅;然其如《五言赠秀才诗》为五言之警策。诗以"双鸾"为喻,清明高远,寄托了对精神自由的渴望,不失高流。钟嵘评应璩诗曰:"善为古语,指事殷勤,雅意深笃,得诗人激刺之旨。"(《诗品集注》[增订本]卷中"魏侍中应璩诗",第296页)一则说明应璩的诗歌语言古朴,偏向于俗;又称赞其讥切时事,得诗人之旨。陶渊明源出应璩。钟嵘以为陶诗"笃意真古""世叹其质直",被人视为"田家语"(《诗品集注》[增订本]卷中"宋征士陶潜诗",第336—337页),即谓其语言质朴通俗。

王粲一支,人数最多,于晋、宋、齐间影响很大。该支总体上偏重于发扬《楚辞》"秀"的一面。钟嵘评王粲诗曰:"其源出于李陵。发愀怆之词,文秀而质羸,在曹、刘间别构一体。方陈思不足,比魏文有余。"(《诗品集注》[增订本]卷上"魏侍中王粲诗",第142页)"愀怆"即悲伤,即谓王粲诗情感哀伤,与李陵"文多凄怆"相同,皆源于自己身世遭遇的不幸。谢灵运曰:"家本秦川贵公子孙,遭乱流寓,自伤情多。"(《六臣注文选》卷30《拟魏太子邺中集·王粲·序》,第561页)这就明确交代了王粲诗歌"愀怆"的原因。所谓"文秀而质羸",则是指王粲诗歌情胜文秀,但风力不足,悲而不壮,哀婉羸弱。

王粲一支又分为四个小支。其一是潘岳、郭璞。钟嵘认同《翰林论》、谢混两家对潘岳诗文辞华美的评价,以为"翩翩然如翔禽之有羽毛,衣服之有绡縠","烂若舒锦"(《诗品集注》[增订本]卷上"晋黄门郎潘岳诗",第174页)。这继承了王粲"文秀"的特点。钟嵘又谓"陆才如海,潘才如江"(《诗品集注》[增订本]卷上"晋黄门郎潘岳诗",第174页),则以为潘岳"文秀"与王粲一样,是源于情感而非才华。刘勰《文心雕龙·诔碑》认为潘岳"巧于序悲"(《文心雕龙注》卷3《诔碑》,第213页)。如潘岳代表作《悼亡诗》《哀永逝文》,皆抒发哀凄之情,且辞采斐然,故而清绮,与陆机"才高词赡",遂成繁缛不同。郭璞诗承继潘岳重视辞采的特征。钟嵘所谓其"文体相辉,彪炳可玩。始变中原平淡之体,故称中兴第一"(《诗品集注》[增订本]卷中"晋弘农太守郭璞诗",第318—319页),说的就是郭璞诗歌以艳逸之词改造永嘉时期玄言诗的恬淡。钟嵘又谓郭璞《游仙》诗"词多慷慨""坎壈咏怀"(《诗品集注》[增订本]卷中"晋弘农太守郭璞诗",第319页),可见其写作宗旨在情而不在理。这一点,则源自王粲、潘岳,由于情深文秀而刚健不足。

其二有张协、鲍照、沈约。这一小支皆有绮靡工巧的特点。钟嵘评张协诗曰:"其源出于王粲。文体华净,少病累。又巧构形似之言。雄于潘岳,靡于太冲。风流调达,实旷代之高才。词彩葱蒨,音韵铿锵,使人味之,亹亹不倦。"(《诗品集注》[增订本]卷上"晋黄门郎张协诗",第185—186页)钟嵘以为,张协诗歌"词彩葱蒨,音韵铿锵"。一方面称赞其文辞秀美,继承了王粲之"文秀",且无潘岳因情多文秀而生浅近之弊,也无陆机因才高词华而生繁芜之累,故而"文体华净"。另一方面又赞美其声韵激越有力,而音韵之干劲又与气壮有关。如其《杂诗》《咏史》,行文直截明快,笔力遒劲,虽较左思显得细靡,然气壮于潘岳。张协最显著的特征是"巧构形似之言",即尚于描摹外物。钟嵘于《诗品序》中,将张协《苦雨》诗列为五言警策之一,即着眼于此。张协的这一特点发展到鲍照,则不仅"善制形状写物之词",而且显得"诪诡""靡嫚""不避危仄"(《诗品集注》[增订本]卷中"宋参军鲍照诗",第381页)。沈约又效法鲍照,"功丽"但又"淫杂"(《诗品集注》[增订本]卷中"梁左光禄沈约诗",第426页)。

其三有张华、谢混、谢朓等人。这一小支继承了王粲"文秀而质羸"的特点。钟嵘评价张华集中在两点,一是以为"其体华艳,兴托多奇。巧用文字,务为妍冶",此谓"文秀";二是"儿女情多,风云气少",此谓"质羸"。(《诗品集注》[增订本]卷中"晋司空张华诗",第 275 页)张华才弱,故着意于文辞之修饰,然长于铺叙,少用比喻,故而"兴托多奇"。诗歌源自张华者有谢瞻、谢混、袁淑、王微、王僧达等五人。钟嵘以为此五人诗的共同特点是"才力苦弱,故务其清浅,殊得风流媚趣"(《诗品集注》[增订本]卷中"宋豫章太守谢瞻、宋仆射谢混、宋太尉袁淑、宋征君王微、宋征虏将军王僧达诗",第 360 页),也就是说,他们皆因才弱,寄托不深,故流于"清浅",然诗有意趣,也有可称道之处。又有谢朓,诗出谢混。钟嵘评其诗曰:"微伤细密,颇在不伦,一章之中,自有玉石。然奇章秀句,往往警遒。足使叔源失步,明远变色。善自发诗端,而末篇多踬,此意锐而才弱也。"(《诗品集注》[增订本]卷中"晋司空张华诗",第 392 页)这也是从"文秀""才弱"两个方面来说的。"文秀"体现在"细密"和"奇章秀句"两点。所谓"细密",是指谢朓诗歌善于描写细微之景,且章法井然。所谓"奇章秀句",是指谢朓诗歌多有警句,这是谢混、鲍照所不能比拟的。而"才弱"则体现在其诗歌气势不能首尾贯通,工于发端,而气馁于末篇。

其四有刘琨、卢谌。这一分支发展了王粲"发愀怆之词"的一面,善于抒写时代和人生的苦难,感情凄怨沉痛。钟嵘评曰:"其源出于王粲。善为凄戾之词,自有清拔之气。琨既体良才,又罹厄运,故善叙丧乱,多感恨之词。中郎仰之,微不逮者矣。"(《诗品集注》[增订本]卷中"晋太尉刘琨 晋中郎卢谌诗",第 310 页)与王粲有所不同的是,二人有"清拔之气",即钟嵘在《诗品序》中所说"清刚之气"。这与刘勰在《文心雕龙·才略》中评刘琨"雅壮而多风"(《文心雕龙注》卷 10《才略》,第 701 页)是一致的。而钟嵘所品诸诗人中最具"清刚之气"的是《国风》一系的刘桢,但又以为刘琨源出王粲,当是从诗歌整体风格趋向"悲凉"而定的。刘熙载《艺概·诗概》中也说:"钟嵘谓越石诗出于王粲,以格言耳。"(《艺概笺注》卷 2《诗概》第 39 则,第 160 页)可谓精准。

钟嵘这种追溯源流的做法,后人虽然褒贬不一,然其贡献是不可忽视的。他将诗歌体制、风格的源头回溯至《国风》《小雅》《离骚》,并以作品为中心,探寻诗人创作上的因袭流变,体现出了源流纵贯的文学史意识。他区别同时期不同诗人的风貌,又体现出了横贯的流派意识。这都对后世诗学的发展产生了积极的影响。

《诗品》问世已近 1500 年,在海内外都有广泛的影响。历代对其研讨、评判、校注、疏证之作甚多。从现有资料来看,隋代刘善经在《四声指归》中,批评钟嵘有关声律的论说,可视为《诗品》研究之肇始。在唐代,有《梁史》《南史》等史著为钟嵘立传,《隋书·经籍志》《元和姓纂》著录《诗品》,卢照邻、皎然等诗家评述其说,殷璠《河岳英灵集》、高仲武《中兴间气集》依准钟氏之审美标准来选集。宋元时期,有《石林诗话》《竹庄诗话》《诗人玉屑》等十几种诗话引用并评述《诗品》,《吟窗杂录》《山堂先生群书考索》等类书丛书予以全文收录,《崇文总目·文史类》等私修目录予以著录。至明代,梅鼎祚撰写《梁文记》,开明清《诗品》校勘先河;钟惺《词府灵蛇》本、冯惟讷《诗纪》,则为后世《诗品》注释之先例。清代校注水平较明代为高,其中以咸丰年间张锡瑜《钟记室诗平》3卷、晚清时郑文焯手校《津逮秘书》本为最。民国时期,《诗品》研究进入一个繁盛期,校勘、注释、研究著作频出。其中具有代表性的,校勘有朱希祖、钱基博、路百占、徐复诸家,注释有陈延杰、古直、许文雨、王叔岷诸家,论文著作则有陈衍《诗品平议》、黄侃《诗品讲疏》、张陈卿《钟嵘〈诗品〉之研究》、逯钦立《钟嵘〈诗品〉丛考》等。新中国建立以来,人们对《诗品》的研究热情有增无减。相较以前,除了延续校勘注释外,还注重对《诗品》内容的阐发。校勘注释有萧华荣、吕德坤、向长青、曹旭等;论述则集中在钟嵘身世及生卒年、人物品评是否允当、与《文心雕龙》的比较、诗学思想等几个方面。今《诗品》研究集大成者,尤以曹旭、张伯伟为翘楚。《诗品》对古代日本和歌理论、朝鲜诗话也产生了深远的影响。当今在日本,有"《诗品》研究会",集合了高木正一、沢希男、兴膳宏等一批专家。韩国车柱环、法国陈庆浩,均对《诗品》有专深研究。至于《诗品》的英译,尚未见有翻译全本,只有英译节选,主要有魏世德所译《诗品序》及"上品""中品"部分、黄兆杰所译《诗品序》部分、宇文所安所译《诗品序》部分。可以说,《诗品》备受中外学者关注,成为专门的"《诗品》学"。

附 文论选读

一 《诗品》序

[梁]钟嵘

序曰:气之动物,物之感人,故摇荡性情,形诸舞咏。欲以照烛三才,晖丽万有。灵祇(qí)待之以致飨(xiǎng),幽微藉之以昭告。动天地,感鬼神,莫近于诗。

昔《南风》之辞,《卿云》之颂,厥义敻(xiòng)矣。夏歌曰:"郁陶乎予心。"楚谣曰:"名余曰正则。"虽诗体未全,然略是五言之滥觞也。逮汉李陵,始著五言之目矣。古诗眇邈,人世难详。推其文体,固是炎汉之制,非衰周之倡也。自王、扬、枚、马之徒，词赋竞爽，而吟咏靡闻。从李都尉迄班婕妤，将百年间，有妇人焉，一人而已。诗人之风，顿已缺丧。东京二百载中，惟有班固《咏史》，质木无文致。降及建安，曹公父子，笃好斯文；平原兄弟，郁为文栋，刘桢、王粲，为其羽翼。次有攀龙托凤，自致于属车者，盖将百计。彬彬之盛，大备于时矣！尔后陵迟衰微，迄于有晋。太康中，三张、二陆、两潘、一左，勃尔复兴，踵武前王，风流未沫，亦文章之中兴也。永嘉时，贵黄、老，尚虚谈，于时篇什，理过其辞，淡乎寡味。爰及江表，微波尚传：孙绰、许询、桓、庾诸公诗，皆平典似《道德论》。建安风力尽矣。先是郭景纯用隽上之才，变创其体；刘越石仗清刚之气，赞成厥美。然彼众我寡，未能动俗。逮义熙中，谢益寿斐然继作。元嘉初，有谢灵运，才高词盛，富艳难踪，固已含跨刘、郭，凌轹潘、左。故知陈思为建安之杰，公干、仲宣为辅；陆机为太康之英，安仁、景阳为辅；谢客为元嘉之雄，颜延年为辅。斯皆五言之冠冕，文词之命世也。

夫四言，文约意广，取效《风》《骚》，便可多得。每苦文繁而意少，故世罕习焉。五言居文词之要，是众作之有滋味者也，故云会于流俗。岂不以指事造形，穷情写物，最为详切者邪！

故诗有六义焉：一曰兴，二曰比，三曰赋。文已尽而意有余，兴也；因物喻志，比也；直书其事，寓言写物，赋也。弘斯三义，酌而用之，干之以风力，润之以丹彩，使咏之者无极，闻之者动心，是诗之至也。若专用比兴，则患在意深，意深则词踬（zhì）。若但用赋体，则患在意浮，意浮则文散。嬉成流移，文无止泊，有芜漫之累矣。

若乃春风春鸟，秋月秋蝉，夏云暑雨，冬月祁寒，斯四候之感诸诗者也。嘉会寄诗以亲，离群托诗以怨。至于楚臣去境，汉妾辞宫，或骨横朔野，或魂逐飞蓬，或负戈外戍，杀气雄边；塞客衣单，孀闺泪尽；又士有解佩出朝，一去忘返；女有扬蛾入宠，再盼倾国：凡斯种种，感荡心灵，非陈诗何以展其义？非长歌何以释其情？故曰："《诗》可以群，可以怨。"使穷贱易安，幽居靡闷，莫尚于诗矣。故词人作者，罔不爱好。

今之士俗，斯风炽矣。才能胜衣，甫就小学，必甘心而驰骛焉。于是庸音杂体，各各为容。至使膏腴子弟，耻文不逮，终朝点缀，分夜呻吟。独观谓为警策，众睹终沦平钝。次有轻荡之徒，笑曹、刘为古拙，谓鲍照羲皇上人，谢朓今古独步。而师鲍照，终不及"日中市朝满"；学谢朓，劣得"黄鸟度青枝"。徒自弃于高听，无涉于文流矣。嵘观王公缙绅之士，每博论之余，何尝不以诗为口实，随其嗜欲，商榷不同。淄渑（shéng）并泛，朱紫相夺，喧议竞起，准的无依。近彭城刘士章，俊赏之士，疾其淆乱，欲为当世诗品，口陈标榜，其文未遂。嵘感而作焉。昔九品论人，《七略》裁士，校以宾实，诚多未值。至若诗之为技，较尔可知，以类推之，殆均博弈。

方今皇帝，资生知之上才，体沉郁之幽思。文丽日月，学究天人。昔在贵游，已为称首。况八纮（hóng）既奄（yǎn），风靡云蒸。抱玉者联肩，握珠者踵武。固以瞰汉、魏而不顾，吞晋、宋于胸中。谅非农歌辕议，敢致流别。嵘之今录，庶周旋于闾里，均之于谈笑耳。（卷首《诗品序》）

序曰：一品之中，略以世代为先后，不以优劣为诠次。又其人既往，其文克定；今所寓言，不录存者。

夫属词比事，乃为通谈。若乃经国文符，应资博古；撰德驳奏，宜穷往烈。至乎吟咏情性，亦何贵于用事？"思君如流水"，既是即目；"高台多悲风"，亦唯所见；"清晨登陇首"，羌无故实；"明月照积雪"，讵出经史？观古今胜语，多非补假，皆由直寻。颜延、谢庄，尤为繁密，于时化之。故大明、泰始中，文章殆同书抄。近任昉、王元长等，词不贵奇，竟须新事。尔来作者，浸以成俗。遂乃句无虚语，语无虚字，拘挛（luán）补纳，蠹文已甚。但自然英旨，罕值其人。词既失高，则宜加事义。虽谢天才，且表学问，亦一理乎！

陆机《文赋》，通而无贬；李充《翰林》，疏而不切；王微《鸿宝》，密而无裁；颜延论文，精而难晓；挚虞《文志》，详而博赡，颇曰知言。观斯数家，皆就谈文体，而不显优劣。至于谢客集诗，逢诗辄取；张骘《文士》，逢文即书。诸英志录，并义在文，曾无品第。

嵘今所录，止乎五言。虽然，网罗今古，词人殆集。轻欲辨彰清浊，掎（jǐ）摭（zhí）病利，凡百二十人。预此宗流者，便称才子。至斯三品升降，差非定制；方申变裁，请寄知者尔。（《诗品中·序》）

序曰：昔曹、刘殆文章之圣，陆、谢为体贰之才。锐精研思，千百年中，而不闻宫商之辨，四声之论。或谓前达偶然不见，岂其然乎？尝试言之：古曰诗颂，皆被之金竹，故非调五音，无以谐会。若"置酒高殿上""明月照高楼"，为韵之首。故三祖之词，文或不工，而韵入歌唱，此重音韵之义也，与世之言宫商异矣。今既不备于管弦，亦何取于声律耶？

齐有王元长者，尝谓余云："宫商与二仪俱生，自古词人不知用之。唯颜宪子论文乃云'律吕音调'，而其实大谬。唯见范晔、谢庄，颇识之耳。"常欲造《知音论》,未就而卒。

　　王元长创其首,谢朓、沈约扬其波。三贤咸贵公子孙,幼有文辨。于是士流景慕,务为精密。掰(pǐ)绩细微,专相凌架。故使文多拘忌,伤其真美。余谓文制,本须讽读,不可蹇碍,但令清浊通流,口吻调利,斯为足矣。至如平上去入,则余病未能;蜂腰、鹤膝,闾里已甚。

　　陈思"赠弟",仲宣《七哀》,公干"思友",阮籍《咏怀》,少卿"双凫",叔夜"双鸾",茂先"寒夕",平叔"衣单",安仁"倦暑",景阳"苦雨",灵运《邺中》,士衡《拟古》,越石"感乱",景纯"咏仙",王微"风月",谢客"山泉",叔源"离宴",鲍照"戍边",太冲《咏史》,颜延"入洛",陶公咏贫之制,惠连《捣衣》之作:斯皆五言之警策者也。所谓篇章之珠泽,文彩之邓林。(《诗品下·序》。以上钟嵘撰《诗品集注》[增订本],曹旭集注,上海古籍出版社2011年10月第2版)

导读:

　　钟嵘《诗品》比刘勰《文心雕龙》晚出10多年。因二人皆生活在齐梁时期,受时风熏染,对诗歌的看法也有很多相同之处。当然,在某些具体问题上又有差异。

　　其相同点主要表现在以下三点:第一,诗赋溯源于《诗经》《楚辞》。《文心雕龙·辨骚》以为行文当"凭轼以倚雅颂,悬辔以驭楚篇"(《文心雕龙注》卷1《辨骚》,第48页),主张宗法《诗经》,酌取《楚辞》。钟嵘则将汉魏以来五言诗人分为《国风》《小雅》《楚辞》三系。第二,推尊建安文学并崇尚建安风骨。《文心雕龙》特设《风骨》篇,重点论说建安风骨的艺术内涵;钟嵘推尊曹植等诗歌群体,重视建安文学之"风力"。第三,对某些作家作品的评价有共识。如不好汉代无名氏乐府民歌、反对玄言诗风、对陶渊明的评定等。

　　二人的差异也是明显的,主要有以下三点:第一,诗歌功能价值认识不同。刘勰重视诗歌的政治教化作用,钟嵘则侧重诗歌的审美艺术功能。第二,所评述的诗歌体式不同。刘勰四言、五言兼有,且以四言为正体,五言为流调;而钟嵘侧重五言,以为四言"文繁意少",不如五言"有滋味"。第三,对用典、声律态度不同。《文心雕龙·事类》专论用典,强调了散文写作用典的重要性,而对于诗歌用典,则未作特别说明;而《诗品序》明确指出,诗歌不贵用事而应直寻。至于诗歌如何对待声律问题,都重视声调和谐、口吻流利;然对于沈约声病说,两家态度截然相反。要之,刘勰重视诗歌声律而大体支持声病说,钟嵘以为永明体过于拘束、有伤真美。第四,对于某些诗人评价不同。刘勰怀疑汉代有文人五言诗,认为王粲文学成就高于刘桢,对谢灵运文学评价有褒有贬;而钟嵘所论,正好反过来。

二　魏陈思王植诗

[梁] 钟嵘

其源出于《国风》。骨气奇高,词彩华茂。情兼雅怨,体被文质。粲溢今古,卓尔不群。嗟乎!陈思之于文章也,譬人伦之有周孔,鳞羽之有龙凤,音乐之有琴笙,女工之有黼(fǔ)黻(fú)。俾尔怀铅吮墨者,抱篇章而景慕,映余晖以自烛。故孔氏之门如用诗,则公干升堂,思王入室,景阳潘陆,自可坐于廊庑(wǔ)之间矣。(钟嵘撰《诗品集注》[增订本]卷上"魏陈思王植诗",曹旭集注,上海古籍出版社 2011 年 10 月第 2 版)

导读:

　　三曹是建安文学的主导者和引导者。钟嵘认为,曹氏父子文学,成就高低不同,以曹植为上品,曹丕为中品,曹操为下品。

　　曹植诗兼擅"风力""丹彩",而被钟嵘视为五言古诗的典范;故在《诗品序》中,誉为"建安之杰"。其后被喻为"太康之英"的陆机、"元嘉之雄"的谢灵运皆源出曹植。他们共同构成了《国风》一系诗歌主干,是钟嵘品评体系中的五言古诗发展正途。钟嵘对曹植诗的评价,也得到了后人的认同。如杜甫《奉赠韦左丞丈二十二韵》曰:"赋料扬雄敌,诗看子建亲。"(《杜甫全集校注》卷 2《奉赠韦左丞丈二十二韵》,第 277 页)皎然《诗式》云:"邺中七子,陈王最高。"(《诗式校注》,第 110 页)明清时期,胡应麟、王士禛等也如是观。

　　钟嵘以为,曹丕诗歌鄙直无华,竟如同口语;曹操诗虽情感悲凉,然语词古直。他们都不符合钟嵘的审美标准,故在《诗品》中所获品第不高。这就颇引起了后人的非议,如明代诗论家王世贞认为:"魏文不列乎上,曹公屈第乎下,尤为不公。"(《艺苑卮言校注》卷 3 第 85 则,第 155 页)清代王士禛则认为,曹操诗当列于上品。(参见《渔洋诗话》卷下第 7 则,第 207—208 页)王夫之《姜斋诗话》则贬植而扬丕,以为"曹子建之于子桓,有仙凡之隔"。(《姜斋诗话》卷 2《夕堂永日绪论》内编第 31 则,第 157 页)针对诸家不同意见,许学夷平心解释曰:"盖钟嵘兼文质,而后人专气格也。"(《诗源辩体》卷 4 第 9 则,第 74 页)

三　宋临川太守谢灵运诗

[梁] 钟嵘

其源出于陈思。杂有景阳之体,故尚巧似,而逸荡过之。颇以繁芜为累。嵘谓：若人学多才博,寓目辄书,内无乏思,外无遗物,其繁富,宜哉！然名章迥句,处处间起,丽曲新声,络绎奔发。譬犹青松之拔灌木,白玉之映尘沙,未足贬其高洁也。初,钱塘杜明师夜梦东南有人来入其馆,是夕,即灵运生于会稽。旬日而谢安亡。其家以子孙难得,送灵运于杜治养之。十五方还都,故名客儿。（钟嵘撰《诗品集注》[增订本]卷上"宋临川太守谢灵运诗",曹旭集注,上海古籍出版社2011年10月第2版）

导读：

西晋末至东晋末这百余年间,诗坛为玄言诗所主导,五言诗的发展落入低谷。其后山水诗兴起,方才扭转颓势。晋宋间第一个写山水诗,并有一定成绩的是谢混；继之而起的便是谢灵运。他以富丽精工之笔细致描摹自然山水,细腻逼真,产生了广泛的影响。不仅确定了山水诗在当时诗坛的统治地位,也迎来了五言诗发展的第三个高峰。对于他的贡献,钟嵘也予以承认,称之为"太康之雄",并将之列为上品。

钟嵘以为,谢灵运诗出于曹植。究其原因,张伯伟以为二人有以下五个方面的渊源关系：一是蝉联章法,二是交错句与隔句对,三是工于炼字,四是善于发端,五是境界相类。（《钟嵘〈诗品〉研究》杂录《钟嵘〈诗品〉谢灵运条疏证》,第363—367页）总体来看,皆着眼于曹植"词采华茂"这一点上。

钟嵘又称其"杂景阳之体,故尚巧似",即谓谢灵运诗擅长写景,类同张协"巧构形似之言"。张协也被列为上品,可见钟嵘对山水写景一派是非常赞赏的。然这一点与刘勰有很大的不同。刘勰对刘宋作家未置具体评论,但对于山水景物诗,则语杂褒贬。他既曰"自近代以来,文贵形似,窥情风景之上,钻貌草木之中。……不加雕削,而曲写毫芥。"（《文心雕龙注》卷10《物色》,第694页）但又曰："情必极貌以写物,辞必穷力而追新,此近世之所竞也。"（《文心雕龙注》卷2《明诗》,第65页）这里所谓"近世""近代",皆指宋、齐诸家。一方面肯定山水描摹逼真,另一方面又不满其过分追求形似。究其原因,则在于诸家忽视了诗歌美刺讽谕的功能；因而,他批评汉魏以来山水诗流弊,只重视"图状山川,影写云物",而丧失了《诗

经》、楚辞"讽兼比兴"的传统。(《文心雕龙注》卷八《比兴》,第 602 页)

四　宋征士陶潜诗
[梁] 钟嵘

其源出于应璩,又协左思风力。文体省净,殆无长语。笃意真古,辞兴婉惬。每观其文,想其人德。世叹其质直。至如"欢言酌春酒""日暮天无云",风华清靡,岂直为田家语耶？古今隐逸诗人之宗也。(钟嵘撰《诗品集注》[增订本]卷中"宋征士陶潜诗",曹旭集注,上海古籍出版社 2011 年 10 月第 2 版)

导读：

钟嵘将陶渊明列于中品。宋朝以后论者对此争议颇大,以为钟嵘对陶渊明品第过低。但总体来看,陶渊明诗歌列于中品,是符合六朝审美标准的。

据实论之,陶渊明的诗歌质直古朴,不合六朝崇尚绮靡潮流；所以,梁萧子显《南齐书·文学传论》、刘勰《文心雕龙》皆不论陶渊明；南朝梁沈约编撰《宋书》,将陶渊明置于《隐逸传》；北齐阳休之《陶集序录》,称陶渊明诗辞采未优(《北齐文纪》卷 3)；萧统虽对陶渊明诗有较高评价,但《文选》选陶篇数不及陆机。可见,陶渊明在当时并非以诗显,而是以"隐逸"闻名于世,以致诗名未彰,长期湮没不显。可以说,钟嵘《诗品》问世前后,正是陶渊明诗晦昧时期。

钟嵘在《诗品》中推崇陶渊明的诗品和人品,在中国诗论史上首次把他从隐士拔擢为诗人。陶渊明自此以诗名始显,成为"隐逸诗人之宗"。自唐代意境理论产生以后,审美观念从物色转向情致；因而,陶诗冲和淡远、自然浑成之妙,便越来越多地被论诗者所接受。王维、李白、杜甫、白居易、韦应物等,不同程度受陶渊明影响而作不少和陶诗。尤其北宋文豪苏轼不仅大量创作和陶诗,而且盛赞陶诗"质而实绮,癯而实腴"。(《苏轼文集编年笺注》卷 31《追和陶渊明诗引》,第 580 页)

第八讲
隋唐前期文学批评

　　隋唐前期,指从公元581年隋朝建立起,至唐玄宗安史之乱爆发为止,共约170年。隋唐前期文学批评的起讫时间大致涵盖了隋代和一般所说的初、盛唐。这个时段的文学趋势是在承袭南朝文风的基础上努力探寻并形成自身的特点。与此相应,这一时段的文学批评主要在批判南朝文学的基础上确立新的审美标准,要求文学既要有深沉的感情抒发,又要有深切的现实关怀。这主要体现在两点上:一是标举风骨作为审美新趋向,一是要求作品应有质实的内容。

　　据此,本讲主要述说隋唐过渡时期的文论、盛唐气象及意境理论、唐人编选唐诗之批评等内容。

一　隋唐过渡时期的文论

　　隋时的统治阶层从政教的立场出发,强调文学的实用功能,倾向于否定其审美特质,认为文学是小道,对文词美的追求最终会导致风教衰失、世风败坏。及至唐初,太宗与其重臣也普遍注重文学的政教作用,但他们并不一味排斥文学的审美特质;故而在相对宽松的政治环境和思想氛围下,注重文学审美的理论就逐步发展起来。

(一)李谔、王通等重政教的文学观

李谔否定文学审美功能论/王通重道统、轻文艺的观点/唐初史臣重政教的文学观

　　隋朝的建立者杨坚是个注重实际、讲究实效的人,对待文学也同样秉持实用

的态度。他曾多次"诏禁文章浮词",要求"公私文翰,并宜实录"。而更在李谔、王通等人的助推下,这个尚质尚用的意向发展为重政教的文学观,并最终导致了对文学审美功能的排斥与否定。

李谔(生卒年不详),字士恢,赵郡南和(今河北省南和县)人,初仕北齐,为中书舍人,后入北周,任天官都上士。隋朝建立,历任比部、考功二曹侍郎,封南和伯,迁治书侍御史,出为通州刺史。大约于开皇九年(589),即隋朝统一全国前夕,李谔上书隋文帝,发表有关文学教化的议论,对魏晋以来的文学创作予以全盘否定;并从政教的立场出发,把文学的审美功能斥为有害无益。

李谔的这篇上书本无准确的题名,后人题为《上隋高祖革文华书》。其内容可分为两个部分:前一部分有两个层次,一是阐述历代以来以儒治国的根本方略与文辞尚质、归本儒素的风教传统;二是指出,自魏晋南北朝以来,由于统治者的崇尚文词,"好雕虫之小艺",致使风俗日坏,人情虚浮。与之相应的是"大圣之轨模"被彻底摈弃,儒家治国理政的思想遭到漠视。后一部分讲述隋朝初建,隋文帝即高举儒家思想的旗帜,对此弊政采取系列举措进行改革,成效明显。但一些边远地区仍残存弊风,在选拔人才上仍以文词为上;因而责成相关部门对未行风教的地方官员进行查处治罪。其主要意旨,大约有三点:

(1) 崇儒复古、正本行道的思想。李谔儒家思想观念浓厚。他认为,古来教化百姓的指导方针,是去改变人民的视听兴趣,防止他们的不良嗜欲,杜塞他们的邪放之心;而要达到这些目的,就应"示以淳和之路",以"五教六行"作为教化的根本原则,以儒家经典《诗》《书》《礼》《易》为必由之径。如此则能实现理想的社会情形:"家复孝慈,人知礼让。"而在这种风教下写出的文章,也应以儒家思想为本,重教化而有实在内容。与之形成对立的,则是魏晋以来的错误做法:诸家竞尚文华,不以教化为本,以致"文笔日繁,其政日乱"(《隋书》卷66《李谔传》,第1544—1545页)。

(2) 尚质尚用、摈弃浮华的观念。首先,他过于强化文学的政治教化功能,将"正俗调风"视为文学的根本目的,认为文学的价值和意义体现在对道德人心的教化与"惩劝"上。为达此目的,他主张文学以儒家思想为核心,心无旁骛地推行政治教化功能。其次,他认为文学须以儒家伦理思想为根本内容,凡"以褒德序贤,明勋证理"为主旨的文章就是好的,否则无意义。由于李谔把文学与社会的治乱直接联系起来,把文学的政治教化功能与儒家描述的理想社会直接结合,而把文学的审美追求视为魏晋以来社会动乱的根由,因使文学的政教功能与审美功能尖锐地对立起来。

（3）消极地看待文学的审美功能。李谔对文学的审美功能并非简单的否定，而是对文学的审美愉悦性怀有强烈的警惕性，将之看作是风教松动后的失控状态；因而认为，文学审美对于"正俗调风"有害无益，进而力主用行政手段来予以打击消除。

王通(584—617)，字仲淹，道号文中子，绛州龙门（今山西河津）人，隋朝思想家、教育家。王通尊崇儒学，一生的经历主要就是从事教育和发扬儒家思想，曾居于河汾间，聚众讲学，倾动一时。他服膺孔子，自称著述的目的是"服先人之义，稽仲尼之心"；因步孔氏后尘，著有《续书》《续诗》《元经》《礼经》《乐论》《赞易》，所谓"王氏六经"。这些著作均已散佚，今存《中说》一书，又名《文中子》。这是他弟子仿照《论语》体例，把他的言论和思想记录编成的。《文中子》是了解王通文学思想的主要依据。

王通的文学思想以儒家伦理道德为本，强调文学的政教作用，而轻视文学技巧。如《天地篇》中的一则谈话：

> 李伯药见子而论诗，子不答。伯药退。谓薛收曰："吾上陈应、刘，下述沈、谢，分四声八病；刚柔清浊，各有端序，音若埙篪，而夫子不应我，其未达与？"薛收曰："吾尝闻夫子之论诗矣：上明三纲，下达五常；于是征存亡、辨得失。故小人歌之以贡其俗，君子赋之以见其志，圣人采之以观其变。今子营营驰骋乎末流，是夫子之所痛也，不答则有由矣。"（《中说译注》卷上，第37页）

李伯药谈论诗歌的声律技巧，王通不予应答；其不答的原由是排斥这种舍本逐末的行为。他认为，作文必须抓住儒家的伦理道德这个根本："学者，博诵云乎哉？必也贯乎道；文者，苟作云乎哉？必也济乎义。"（《中说译注》卷上《天地篇》，第39页）至于文学技巧、艺术美感、作品风格，乃至作家的创作个性等，在他眼里都属末事，不值一提。他这种鄙视文学艺术价值的观念，也体现在对南朝作家的评价上：

> 子谓："文士之行可见：谢灵运小人哉！其文傲，君子则谨。沈休文小人哉！其文冶，君子则典。鲍昭［照］、江淹，古之狷者也，其文急以怨。吴

筠、孔珪,古之狂者也,其文怪以怒。谢庄、王融,古之纤人也,其文碎。徐陵、庾信,古之夸人也。其文诞。"或问孝绰兄弟,子曰:"鄙人也,其文淫。"或问湘东王兄弟,子曰:"贪人也。其文繁。谢朓,浅人也。其文捷。江总,诡人也,其文虚。皆古之不利人也。"子谓:"颜延之、王俭、任昉,有君子之心焉,其文约以则。"(《中说译注》卷上《事君篇》,第73页)

像南朝著名的作家如谢灵运、沈约、鲍照、江淹等人,在王通的眼里,或为小人,或为狂狷之辈,都非儒家所认可的人格,以人格论文格,他们的文章自也就不被认可了。当然,王通也有他的美学标准,如他肯定颜延之、王俭、任昉三人有君子之心,继而认可"其文约以则"。"约以则",就是他欣赏文章的美学标准。"约",指文的简朴,与繁复相对,"则"指文的理则或规范,即以儒家的伦理道德观念为旨归。

唐初史臣编写了好几部史书,如房玄龄编的《晋书》、姚思廉编的《梁书》《陈书》、李百药编的《北齐书》、令狐德棻编的《周书》、李延寿编的《南史》《北史》、魏征等编的《隋书》等。这些史书中的文苑或文学传序以及一些文学家的传论中,提出了一些有关文学的看法。总体而言,修史者普遍地注重文学的政教功能,而轻视情采等文学美感方面的价值。如史臣曰:

> 移风俗于王化,崇孝敬于人伦,经纬乾坤,弥纶中外,故知文之时义大哉远矣!(《晋书》卷92《文苑传序》,第2369页)

又魏征曰:

> 然则文之为用,其大矣哉!上所以敷德教于下,下所以达情志于上。大则经纬天地,作训垂范;次则风谣歌颂,匡主和民。(《隋书》卷76《文学传序》,第1729页)

唐初史臣所谓的文是广义的,涵盖了承载人类文化的各类文章,而以儒家的经典为根本。由于儒家经典关乎社会治理与秩序建立,所以他们高度重视文的政治教化作用。当然,唐初史臣提出这样的文学主张,既有继承儒家文论传统的一面,亦有新王朝重建人伦秩序的迫切需求。对待文学,他们也不像李谔、王通那样偏激,而能在一定程度上肯定文学的审美价值。

（二）初唐诸家创通南北的文学观

史臣对文学审美特质的肯定／诸家对宫体文学流弊的抨击／君臣共倡南北融合的新文风

由于长期分裂造成的南北文风差异，随着隋唐统一而开始逐渐趋向融合。这主要体现在，唐初史臣一方面在充分肯定南朝文学整体成就的基础上，坚守文学艺术的审美特质；另一方面又抨击梁陈宫体诗文过于靡艳及其形式化倾向，倡导创通南北的新文风。

唐初史臣颇为重视文学的艺术特质，大体肯定历代作家作品的审美价值。如史家称赞屈原、宋玉、荀况、贾谊以至阮瑀、潘岳、陆机、张协、左思等是"高视当世连衡孔门"。（《周书》卷41《王褒庾信传论》，第743页）再如唐初史臣曰：

> 宋玉、屈原激清风于南楚，严、邹、枚、马陈盛藻于西京，平子艳发于东都，王粲独步于漳滏。爰逮晋氏，见称潘、陆，并黼藻相辉，宫商间起，清辞润乎金石，精义薄乎云天。永嘉已后，玄风既扇，辞多平淡，文寡风力。降及江东，不胜其弊。宋、齐之世，下逮梁初，灵运高致之奇，延年错综之美，谢玄晖之藻丽，沈休文之富溢，辉焕斌蔚，辞义可观。（《隋书》卷35《经籍志四》，第1090页）

这里列举从战国以至隋代前的许多著名作家，评赞其风格、文辞、情采、精义等审美涵蕴；而批评西晋末玄言诗之"辞多平淡，文寡风力"，也是从艺术标准和审美特质角度来指陈其弊病的。

唐初史臣在评骘了历代文学之后，又顺势对梁陈"宫体"作出批评：

> 梁简文之在东宫，亦好篇什，清辞巧制，止乎衽席之间；雕琢蔓藻，思极闺闱之内。后生好事，递相放习，朝野纷纷，号为宫体。流宕不已，讫于丧亡。陈氏因之，未能全变。（《隋书》卷35《经籍志四》，第1090页）

若平实看待，这话有两面：对宫体文学"清辞巧制""雕琢蔓藻"之艺术特质，还是能认可接受的；而所要排斥批评的，是其内容"止乎衽席""思极闺闱"之狭隘与贫乏。由此可见,史臣所秉持的是一种文质并重的文学观。当然史臣此种文学观,仍以道德功利为根本;若背弃了儒家正统思想这个根本,那么文辞美感也就失去实际意义,甚至成为有害之物,宫体文学即是显例。故史臣曰:

> 梁自大同之后,雅道沦缺,渐乖典则,争驰新巧。简文、湘东,启其淫放,徐陵、庾信,分路扬镳。其意浅而繁,其文匿而彩,词尚轻险,情多哀思。格以延陵之听,盖亦亡国之音乎!(《隋书》卷76《文学传序》,第1730页)

萧纲、萧绎、徐陵、庾信所代表的梁陈文学,之所以会被唐初的史臣痛斥为"亡国之音";就是因为这种文学"雅道沦缺,渐乖典则",丧失道德功利之根本而滑向了"争驰新巧"。

及至唐初,以唐太宗为首的统治阶层针对南北朝的分裂,力图采取一种能够融合南北文化隔阂的政策;这表现在文学思想上,就是试图将北朝和南朝文学统一起来,以倡导一种能够合南北之长的新文风。对此,史臣满怀期望地说:

> 自汉、魏以来,迄乎晋、宋,其体屡变,前哲论之详矣。暨永明、天监之际,太和、天保之间,洛阳、江左,文雅尤盛。于时作者,济阳江淹、吴郡沈约、乐安任昉、济阴温子昇、河间邢子才、钜鹿魏伯起等,并学穷书圃,思极人文,缛彩郁于云霞,逸响振于金石。英华秀发,波澜浩荡,笔有余力,词无竭源。方诸张、蔡、曹、王,亦各一时之选也。闻其风者,声驰景慕;然彼此好尚,互有异同。江左宫商发越,贵于清绮,河朔词义贞刚,重乎气质。气质则理胜其词,清绮则文过其意,理深者便于时用,文华者宜于咏歌,此其南北词人得失之大较也。若能掇彼清音,简兹累句,各去所短,合其两长,则文质斌斌,尽善尽美矣。(《隋书》卷76《文学传序》,第1729—1730页)

这段文字分析了南朝和北朝文学的不同特点,认为南朝文学音节优美、风格清丽,而北朝文学则刚劲有力、朴实厚重,即一个以文饰见长,一个以质朴取胜,互为短长,各有欠缺;只有将这二者取长补短、统一起来,才能达至"文质斌斌,尽善尽美"。

(三) 韵律与刚健并存的文学论调

上官仪、元兢、崔融对律体的规范/王勃反纤微雕刻、崇刚健有力文风/

"沈宋体"标志律体诗的正式确立

自沈约等人提出"四声八病"之声律论,诗歌创作开始自觉讲究声音的和谐美感;及至唐初出现了不少专门探讨声律病犯和对偶的著作,所谓"盛谈四声,争吐病犯,黄卷溢箧,缃帙满车"。(《文镜秘府论汇校汇考》天卷《序》,第14页)其中较著名的论著,有上官仪《笔札华梁》、元兢《诗脑髓》、崔融《唐朝新定诗体》等。这些著作今均亡佚,其部分内容为《文镜秘府论》所录。

从这些被该书载录的声律论材料看,其对律体诗的贡献主要体现为两点:一是将永明声律论"四声"(平上去入)简化为二种(平仄),而"八病"中的大韵、小韵、旁纽、正纽不再被视为病犯;二是上官仪等诸诗家非常重视对偶,从创作中总结出的对偶格式,竟多达29种。(《文镜秘府论汇校汇考》天卷《序》,第678页)此外,据北宋李淑《诗苑类格》(已佚)载录,上官仪还有"六对""八对"之说。(《诗人玉屑》卷7《属对》,第165页)

总之,初唐人在继承前人声律论成果的基础上,深入探讨平仄、押韵、对偶等项的规则,从理论探索和创作实践两方面,为律体诗的成熟做了必要准备。

若说,初唐对文学声律论的创新,还只是艺术形式上的求变;那么,对文学的刚健质实之追求,则是思想内容上的更新。这一方面的积极倡导者,当推初唐青年才俊王勃。王勃(650—676),字子安,绛州龙门(今山西河津)人,初唐四杰之一。早年受其祖父王通的影响,持重政教轻审美的文学观。如其文曰:

> 故文章,经国之大业,不朽之能事。而君子所役心劳神,宜于大者远者,非缘情体物、雕虫小技而已。(《全唐文》卷182《平台秘略论十首·文艺》,第1855页)

又有文曰:

> 故魏文用之而中国衰,宋武贵之而江东乱。虽沈、谢争骛,适足兆齐、梁之危;徐、庾并驰,不能止周、陈之祸。(《全唐文》卷180《上吏部裴侍郎启》,第1829页)

但王勃并非一味否定文学,而是反对纤微雕刻的文风,崇尚刚健有力的文学,以革除当代文坛积弊。杨炯对此高度评价曰：

>　　（勃）在乎词翰，倍所用心。尝以龙朔初载，文场变体，争构纤微，竞为雕刻，糅之金玉龙凤，乱之朱紫青黄，影带以徇其功，假对以称其美。骨气都尽，刚健不闻。思革其弊，用光志业。……积年绮碎，一朝清廓。翰苑豁如，词林增峻。反诸宏博，君之力焉。（《全唐文》卷191《王勃集序》，第1931页）

王勃是创作上的一员健将，其许多诗赋之作颇显刚健，有股郁勃之气，而毫无纤弱感。只可惜他英年早逝，未及从理论上总结；则杨炯该序所表观点，可视为对王勃的代言。

在初唐"文场变体"之时，武后时期的宫廷诗人沈佺期、宋之问等，大量创作韵律流转、属对精严的近体诗。其五七言诗大多平仄调谐、对偶工稳，标志着五七言诗歌体式业已完全成熟。他们的诗作受人追捧效仿，当时被称为"沈宋体"。如史家曰：

>　　魏建安后迄江左，诗律屡变。至沈约、庾信，以音韵相婉附，属对精密。及之问、沈佺期，又加靡丽，回忌声病，约句准篇，如锦绣成文。学者宗之，号为"沈宋"。（《新唐书》卷202《宋之问传》，第5751页）

"沈宋体"的历史贡献，是使律诗体制得以定型。这主要表现为两点：一是在沈约等人创立的永明体基础上，对四声八病说进行了改造和优化，在声调上只辨平与仄，取代原来较繁的四声；二是在音节协调上，做得更为精巧，把原来的两句一联发展为通篇的平仄粘对，使全诗在平仄上形成首尾贯通的完整结构。对此，独孤及有文曰：

>　　至沈詹事、宋考功，始裁成六律，彰施五色，使言之而中伦，歌之而成声，缘情绮靡之功，至是乃备。（《全唐文》卷388《唐故补阙安定皇甫公集序》，第3940页）

又元稹文曰：

沈宋之流,研练精切,稳顺声势,谓之为律诗。由是而后,文体之变极焉。(《全唐文》卷654《唐故工部员外郎杜君墓系铭序》,第6649页)

这里所谓"文体之变极"云云,即肯定沈宋对律诗的定型之功。他们通过自身的创作实践,为新诗体的流行确立典范,并以此推动了中国诗歌的发展进程,从此律诗就成为诗歌一个重要形式。

二 盛唐气象及意境理论

盛唐文学主要特征,是追求风骨和兴寄。继初唐王勃等人倡导"刚健""骨气"之后,陈子昂明确标举汉魏风骨,要求诗文有深厚沉郁兴寄,从而为盛唐风范作出展望。及至唐玄宗时期,风骨已是普遍认同的审美趣味,并成为朝野上下自觉的审美追求。此外,诗歌理论批评还有另一重要的线索,那就是要求客观物象与主观情思相融合,创造出一种富于韵味情调的兴致意趣。殷璠《河岳英灵集》所谓"兴象",即已触及这一理论问题。至旧题王昌龄《诗格》,"意境"理论开始提出,确立了审美创造的典范,成为诗学批评最高范畴。

(一) 陈子昂《与东方左史虬修竹篇序》

标举汉魏风骨/提倡风骨兴寄/开创一代诗风

陈子昂(659—700),字伯玉,梓州射洪(今属四川省射洪市)人,一生心系国事,曾两度从军,后因遭人诬陷,冤死狱中。他是开一代风气的人物,"首倡高雅冲淡之音,一扫六代之纤弱"(《后村诗话》,第6页),在生前即以诗文创作成就获得世人高度评价。有《陈伯玉文集》传世。

陈子昂的文学主张,是要彻底改变六朝文风而力追汉魏,认为文学要有"兴寄"和"风骨"。这表面看是在复古,其实质则是要求革新。

陈子昂明确提出的文学革新主张,见于《与东方左史虬修竹篇序》:

> 文章道弊五百年矣。汉魏风骨,晋宋莫传,然而文献有可征者。仆尝暇时观齐梁间诗,彩丽竞繁,而兴寄都绝,每以永叹。思古人常恐逶迤颓靡,风

雅不作,以耿耿也。一昨于解三处见明公《咏孤桐篇》,骨气端翔,音情顿挫,光英朗练,有金石声。遂用洗心饰视,发挥幽郁,不图正始之音,复睹于兹,可使建安作者相视而笑。(《全唐诗》卷 83 第 895—896 页)

该序提出推崇汉魏风骨的主张,而汉魏风骨最鲜明的特征是有兴寄;因此,风骨和兴寄是陈子昂文学革新的口号,也是他开展文学理论批评的最高标准。所谓风骨,是指作品有打动人的能量和感染力,也就是有真挚的情感和严密的逻辑;所谓兴寄,是指作品中寄托了作者深沉的感慨,也就是有饱满的情思和实在的内容。与齐梁间诗徒有"彩丽"外在的美相反,风骨、兴寄是指文学作品情思实在有物、风格刚健爽朗、语言质朴有力。将这个理论批评的标准用以评价东方虬《咏孤桐篇》,即为"骨气端翔,音情顿挫,光英朗练,有金石声";尽管《咏孤桐篇》未必就能达到这个艺术高度,但却因以表达了对理想的盛唐文学之展望。

陈子昂序文标举风骨与兴寄,既是对前代诗歌的理论总结,也是对当代诗歌的理想追求;这指明未来诗歌的发展方向,从而揭示了唐诗革新的序幕。其友卢藏用称赞曰:

> 道丧五百岁而得陈君……卓立千古,横制颓波,天下翕然,质文一变。(《全唐文》卷 238《右拾遗陈子昂文集序》,第 2402 页)

又金代元好问有诗曰:

> 沈宋横驰翰墨场,风流初不废齐梁。论功若准平吴例,合着黄金铸子昂。(《元好问全集》卷 11《论诗三十首》其八,第 338 页)

他们都是从唐初文学革新的历史高度,肯定陈子昂创作及理论的划时代意义。

(二) 旧题王昌龄《诗格》中的意境理论

旧题王昌龄《诗格》证伪/伪王昌龄《诗格》三境说/意境理论深化了审美认知

旧题王昌龄《诗格》,最早著录于《新唐书·艺文志》文史类,为二卷本。陈振孙《直斋书录解题》卷 22 文史类著录《诗格》一卷、《诗中密旨》,作者均为王昌龄。该书久已散佚,后人多疑为伪书。但《文镜秘府论》多有称引,可知《诗格》确系唐人作品。今存者略可分为三部分:其一为《文镜秘府论》征引部分,这一部分当属《诗格》原有内容;其二为《吟窗杂录》卷 4 至卷 5 所收的王昌龄《诗格》,其中已真伪混杂;其三为《吟窗杂录》卷 6 题作《诗中密旨》的内容,乃杂抄元兢《诗髓脑》、崔融《唐朝新定诗格》、皎然《诗议》及佚名《诗式》的内容拼凑而成,绝大部分非王昌龄所论。(关于《诗格》真伪的考释,参见李珍华等《谈王昌龄〈诗格〉——一部有争议的书》,《文学遗产》1988 年第 6 期,第 85—97 页;卢盛江《王昌龄〈诗格〉考》,《江西师范大学学报》2008 年第 2 期,第 26—32 页)

《诗格》是一部很有价值的唐代诗论著作,其中最引人注目之处是提出了诗的三境说:

> 诗有三境:一曰物境,二曰情境,三曰意境。物境一:欲为山水诗,则张泉石云峰之境极丽绝秀者,神之于心,处身于境,视境于心,莹然掌中,然后用思,了然境象,故得形似;情境二:娱乐愁怨,皆张于意而处于身,然后驰思,深得其情;意境三:亦张之于意,而思之于心,则得其真矣。(《王昌龄集编年校注》卷 6,第 316—317 页)

中唐以前,理论批评家多以"象"论文;中唐以后,逐渐由"象"向"境"转移。"象",即物象,作为审美对象,仍执着于外在;"境",即境界,既包融了象又不执着于象,浑然呈现整体的心灵感受。因此从审美的角度来说,"境"比"象"更高深。《诗格》提出的"三境",主要是从创作角度来说的;因此较为重视作家的主观体验和感受,如物、情二境都强调"处身"的重要。这物、情、意三"境",已超越单纯外在的物象,通过"神之于心"的过程,而提升为艺术构思的产物。

《诗格》中的"意境"一词,还未达后来所谓的审美意境。其"意"虽是与"物""情"相对的理,但要求"张泉石云峰之境极丽绝秀者",已标明物境创造之终极追求,奠定了后世境界理论的基石。近世王国维论词的境界,称:"境非独谓景物也。喜怒哀乐,亦人心中之一境界。故能写真景物,真感情者,谓之有境界。否则谓之无境界。"(《人间词话》,第 193 页)其所谓"真景物""真感情",与"物境""情境"说恰相吻合。

(三) 李白等呈现盛唐气象的创作及诗论

以复古为革新论/推崇《诗》传统/崇尚自然与刚健

李白(701—762),字太白,绵州昌隆(今四川江油)人,有《李太白集》传世。其人生性豪迈浪漫,不受羁束,好浪游名山大川,向往升仙得道。他的五七言古诗成就最高,而七言歌行、七言绝句尤为突出,律诗较少但不乏佳作。其歌行体诗不拘格套,随性挥洒,如天马行空,达到了极其高妙的艺术境界;其绝句简洁明快,极富情思,有着无尽的意味。孟棨云:

> 白才逸气高,与陈拾遗齐名,先后合德。其论诗云:"梁陈以来,艳薄斯极,沈休文又尚以声律,将复古道,非我而谁与!"(《本事诗·高逸第三》,第16页)

李白与陈子昂,一个是代表盛唐之音的天才诗人,一个是开创有唐一代风气的先驱。他们先后呼应,举起复古大旗,并通过自身的创作实践,把盛唐诗推向艺术高峰。

李白文学主张是以复古为革新,要求复兴诗骚的大雅兴寄传统,崇尚建安诗歌那刚健任气的风骨,喜好清新自然、不加雕饰的风格。他有诗曰:

> 大雅久不作,吾衰竟谁陈?王风委蔓草,战国多荆榛。龙虎相啖食,兵戈逮狂秦。正声何微茫,哀怨起骚人。扬马激颓波,开流荡无垠。废兴虽万变,宪章亦已沦。自从建安来,绮丽不足珍。圣代复元古,垂衣贵清真。群才属休明,乘运共跃鳞。文质相炳焕,众星罗秋旻。我志在删述,垂辉映千春。希圣如有立,绝笔于获麟。(《李太白全集》卷2《古风五十九首》,第87页)

据此可见,他推崇的是诗骚的传统,而鄙薄建安以后的文学。故其《宣州谢朓楼饯别校书叔云》又曰:

> 蓬莱文章建安骨,中间小谢又清发。俱怀逸兴壮思飞,欲上青天揽明月。(《李太白全集》卷18,第861页)

"蓬莱文章建安骨"之说表明,他崇尚汉魏诗文的风神骨力。

至于"中间小谢又清发"所云,则又崇尚清新自然、不加雕琢。他另有诗,更明确说:

> 览君荆山作,江鲍堪动色。清水出芙蓉,天然去雕饰。逸兴横素襟,无时不招寻。(《李太白全集》卷11《经乱离后天恩流夜郎忆旧游书怀赠江夏韦太守良宰》,第574页)

"清水出芙蓉,天然去雕饰"这个千古名句,是赞美韦氏的诗作符合天真自然的审美标准。而对不符合这一标准的,李白会加以严厉的讥刺:

> 丑女来效颦,还家惊四邻。寿陵失本步,笑杀邯郸人。一曲斐然子,雕虫丧天真。棘刺造沐猴,三年费精神。功成无所用,楚楚且华身。大雅思文王,颂声久崩沦。安得郢中质,一挥成斧斤?(《李太白全集》卷2《古风五十九首》其三十五,第133页)

综上所述,李白推崇诗骚传统、提倡建安风骨,反对六朝文学模拟雕琢靡丽的文风。

不过,李白说"自从建安来,绮丽不足珍",对六朝文学的总体成就之评价是偏低的;但对那个时期的重要作家,如鲍照、谢朓、谢灵运等,他还能充分尊重其艺术成就,并虚心学习他们的艺术优长。比如他赞美鲍照,称他是凤麟般的人物(参见《李太白全集》卷13《赠僧行融》,第633页);他特别欣赏谢朓,上引诗句"中间小谢又清发"就是称赞他。他还有诗说:

> 解道澄江静如练,令人长忆谢玄晖。(《金陵城西楼月下吟》)
> 我吟谢朓诗上语,朔风飒飒吹飞雨。(《酬殷明佐见赠五云裘歌》)
> 独酌板桥浦,古人谁可征?玄晖难再得,洒洒气填膺。(《秋夜板桥浦泛月独酌怀谢朓》。以上《李太白全集》卷7、卷8、卷22,第403、450、1039页)

这些诗句,表达对谢朓诗才的钦慕之情,甚而视之为千古难遇的知音。他激赏谢灵运"池塘生春草"句,并多次将它化用进自己的诗作中。如"梦得春草句,将非惠连谁"(《感时留别从兄徐王延年从弟延陵》);"昨梦见惠连,朝吟谢公诗,东风引碧草,不觉生华池"(《书情寄从弟邠州长史昭》);"他日相思一梦君,应得池塘生春草"(《送舍弟》)等。(以上《李太白全集》卷 15、卷 14、卷 18,第 723、682、841 页)

李白鄙薄六朝文学,主要是因为这一时期的文学整体上存在艳靡虚浮的不良倾向,不符合他崇尚自然与刚健的审美标准,这与他欣赏其中个别的作家并不矛盾。

三　唐人编选唐诗之批评

据载,唐人选唐诗有 130 多种,留存至今的为数不多。今人集合成的《唐人选唐诗》主要子目有 10 种,而殷璠《河岳英灵集》是其中特别重要的一种。诸选本用当代人的艺术眼光,对唐诗进行理论总结和批评。这里重点论说《河岳英灵集》的理论批评,而对其他唐人选唐诗书目也顺带略作介绍。

(一) 唐人选唐诗之理论批评

《唐人选唐诗》之纂辑/唐人选唐诗的批评方式/唐人选唐诗的理论内涵

1958 年,中华书局上海编辑所编辑出版了《唐人选唐诗》(10 种),内收唐人选唐诗选本 10 种:① 佚名《唐写本唐人选唐诗》,为敦煌石室发现的唐人写本残卷。② 元结《箧中集》,用《随庵丛书》影刻宋代尹家书籍铺刊本。③ 殷璠《河岳英灵集》,用《四部丛刊》影印明刻本。④ 芮挺章《国秀集》,用《四部丛刊》影印明初刻本。⑤ 令狐楚《御览诗》,用汲古阁本。⑥ 高仲武《中兴间气集》,用《四部丛刊》影印秀水沈氏藏明翻宋刻本。⑦ 姚合《极玄集》,用元代至元刊本。⑧ 韦庄《又玄集》,用古典文学出版社影印日本江户昌平坂学问所官版本。⑨ 韦縠《才调集》,用《四部丛刊》影印述古堂钞本。⑩ 佚名《搜玉小集》,用汲古阁本。1996 年,陕西人民教育出版社出版了傅璇琮编撰《唐人选唐诗新编》,内收唐人选唐诗选本 13 种。这一版在 1958 年版《唐人选唐诗》(十种)的基础上增加了《翰林学士集》《珠英集》和辑佚成的《丹阳集》《玉台后集》。2014 年,中华书局出版了傅璇琮、陈尚君、徐俊编撰的《唐人选唐诗新编》(增订本),又在原有 13 种的基础上增加了唐人选唐诗选本3种：王涯、令狐楚、张仲素三位翰林学士合撰的《元和三舍人集》、中唐褚藏言编的《窦氏联珠集》、晚唐蔡省风编的《瑶池新咏集》。（参见李德辉《〈唐人选唐诗新编［增订本］〉的学术价值和当代启示》，《清华大学学报》2016年第5期，第98页）

中国诗学的批评形态灵活多样，极具民族特色，有选、编、注、点、考、评、论、批、著等形式，而"选"就是其中具有广泛影响的一种批评方式，其表现形态为"选本"。中国古代的选诗最早可上溯到《诗经》和《楚辞》。这两种选本牢笼百代，影响至大，已成为我国诗歌创作的两大源头。作为一种诗歌批评方式，诗歌选本经过六朝走向多样化，而在唐代形成热潮，所谓"唐人选唐诗"即为明证。现存唐人选唐诗选本，虽各有编选的目的，或出于匡时补世，如《箧中集》和《中兴间气集》，或出于一己所好，如韦庄《又玄集》等，但都各呈异彩，反映出了一定时代或地区之审美风尚以及选家的某种文学观念和批评主张。

根据唐人选唐诗各选本的内容、标准及体例之不同，可参照唐诗的发展将唐人选唐诗分为前、中、后三个时期。其前期经历了一个从深受六朝选学影响，缺乏独立的唐诗批评意识，到形成独立的选录标准和选本体例的过程，而以殷璠《河岳英灵集》之标举"风骨"、"兴象"的批评标准为标志；其中期选本，较为重要者，如《中兴间气集》以"理致清新"（《唐人选唐诗新编》，第451页）为标准，《极玄集》标举王孟一派，崇尚精微玄远的审美趣味。这一时期，盛唐时期所标榜的"兴象"、"风骨"已经失去，而内在情致得到了强化；其后期重要选本，如韦庄《又玄集》以"清词丽句"为尚；（《唐人选唐诗新编》，第773页）韦縠《才调集》录唐诸家诗1000首。其序言曰："或闲窗展卷，或月榭行吟，韵高而贵魄争光，词丽而春色斗美。"（《唐人选唐诗新编》，第919页）可见是以"韵高""词丽"即以语言形式为审美标准的。这反映出晚唐诗歌批评风尚随着时代人心的衰颓已转向形式主义方面。

（二）《河岳英灵集》的编选

殷璠及《河岳英灵集》/《河岳英灵集》诸版本/《河岳英灵集》之编纂

殷璠，生卒年不详，丹阳（今属江苏省镇江市）人，《河岳英灵集》卷首题为"丹阳进士"。他的生活年代大致在唐玄宗开元、天宝年间。唐人较早提及殷璠及其《河岳英灵集》者，为晚唐诗人吴融，其有诗曰：

云阳县郭半郊坰,风雨萧条万古情。山带梁朝陵路断,水连刘尹宅基平。桂枝自折思前代,藻鉴难逢耻后生。遗事满怀兼满目,不堪孤棹舣荒城。(《全唐诗》卷684《过丹阳》,第7858页)

此诗第六句自注云:"殷文学于此集《英灵》。"可见,殷璠曾担任文学一职,在丹阳完成该书编撰。《河岳英灵集》是唐人选唐诗中最有影响力的一种,它不但具有文献价值,保存了若干唐人的诗作,如贺兰进明、李嶷等几位诗人,它的"兴象"说、"声律风骨"说,更是在诗学理论上对盛唐诗歌创作特色作出了高度概括。

《河岳英灵集》有《四部丛刊》影明翻宋本、汲古阁本,通行的为上海古籍出版社排印本,收入《唐人选唐诗(10种)》中。

按《河岳英灵集序》云:"粤若王维、昌龄、储光羲等二十四人,皆河岳英灵也,此集便以《河岳英灵》为号。诗二百三十四首,分为上下卷,起甲寅,终癸巳,伦次于叙,品藻各冠篇额。"四库馆臣《河岳英灵集》提要有所叙录和考辨,其中对上中下三卷之说,尤有执辞而责《通考》两卷之伪。

据傅璇琮等考证,《河岳英灵集》的版本系统,大致可概括为三点:其一,殷璠自编的本子原为二卷,此种二卷本一直流传到南宋。其二,宋元之际或元明之际,二卷本已极少流传,几至失传。明代前期,三卷本开始出现。三卷本经多次翻刻,各本之间也颇有差异。三卷本与二卷本分卷不同,文字也有差异,但所选诗人、诗篇的总数是一致的。其三,二卷本属宋本系统,三卷本属明本系统。(参见《〈河岳英灵集〉版本考》,《文献》1991年第4期,第11—13页)

该书卷首有《序》和《集论》各一篇,对其编选体例、方式、原则等进行了说明。全书选录了盛唐时代包括常建、李白、王维等24位诗人共200余首诗歌,并对各家进行点评,揭示了他们创作的风格特色,总结了一些创作方面的规律,其中不少见解颇为精到,发人深思。

(三) 对盛唐诗歌的总体评论

盛唐声律论/盛唐风骨论/盛唐兴象论

殷璠在《河岳英灵集》的序言中对南朝梁到盛唐的诗歌发展道路作了评述,进而总结出盛唐诗的整体风貌:

自萧氏以还,尤增矫饰。武德初,微波尚在。贞观末,标格渐高。景云中,颇通远调。开元十五年后,声律风骨始备矣。(《唐人选唐诗新编》,第156页)

他把上述时期的诗歌分为四个阶段,认为武德年间的唐诗仍然承袭齐梁文风,到贞观末,才算有了转机,唐诗开始展现出自身的特质,殷璠称之为"标格渐高",到睿宗景云年间,唐诗进一步发展,逐渐走向成熟,所谓"颇通远调",最后到唐玄宗开元十五年以后,唐诗完全成熟,即"声律风骨始备"。其《河岳英灵集·集论》云:

璠今所集,颇异诸家:既闲新声,复晓古体;文质半取,风骚两挟;言气骨则建安为传,论宫商则太康不逮。将来秀士,无致深憾。(《唐人选唐诗新编》,第157—158页)

所谓"文质半取,风骚两挟;言气骨则建安为传,论宫商则太康不逮",即是指的声律与风骨。而他也正是按照这两大审美标准对各家诗歌进行评选的。

殷璠对诗歌的审美批评颇重声律,这固然受到了自沈约等提出的声律论的影响,但又有所发展。《河岳英灵集·集论》对此有专门的论述:

论曰:昔伶伦造律,盖为文章之本也。是以气因律而生,节假律而明,才得律而清焉。宁预于词场,不可不知音律焉。孔圣删《诗》,非代议所及。自汉、魏至于晋、宋,高唱者十有余人;然观其乐府,犹有小失。齐、梁、陈、隋,下品实繁,专事拘忌,弥损厥道。夫能文者,匪谓四声尽要流美,八病咸须避之,纵不拈二,未为深缺。即"罗衣何飘飘,长裾随风还",雅调仍在,况其他句乎!故词有刚柔,调有高下;但令词与调合,首末相称,中间不败,便是知音。而沈生虽怪,曹王曾无先觉,隐侯言之更远。(《唐人选唐诗新编》,第157页)

殷璠不太赞同所谓的四声八病,对待声律较为通脱,显然,这是与唐诗发展的实际相符的。他肯定声律是诗歌艺术的一大特色,但反对"专事拘忌",使对音律的追求反成为诗歌创作的束缚。他认为把词的刚柔与调的高下配合好,使全篇形成统一和谐的音律美,就是懂得音律了,即所谓"首末相称,中间不败,便是知音"。正是基于这种见解,他认为曹植等人虽不懂音律,却能比自称专家的沈约在词调关系的处理上做得更好。

殷璠论诗要求"声律风骨兼备"。但在评论具体诗人作品时,更为看重风骨,如评高适:"诗多胸臆语,兼有气骨。"(《唐人选唐诗新编》,第209页)评崔颢:"晚节忽变常体,风骨凛然。"(《唐人选唐诗新编》,第219页)评王昌龄:"元嘉以还,四百年内,曹、刘、陆、谢,风骨顿尽。顷有太原王昌龄、鲁国储光羲,颇从厥迹。"(《唐人选唐诗新编》,第244页)所谓风骨,大致是指作品因思想情感内容的充实、刚健而呈现出的整体风貌特征。殷璠强调风骨,是为了矫正南朝和初唐诗歌柔靡不振的文风,远说是对刘勰、钟嵘的追踪,近说是对陈子昂、李白的呼应。盛唐诗歌以风骨擅长者,多见于抒写边塞军戎和山川雄伟,如李白、王昌龄、高适、岑参等。

盛唐诗歌一方面恢复和发扬了汉魏刚健的风骨,另一方面又继承了六朝以来对声律的讲求,发展了形式方面的艺术,由此变得文质彬彬,兼具二者之美,即殷璠所谓"声律风骨兼备"。但"声律风骨兼备"之说尚有凑合之嫌,盛唐诗歌更具有一种内容与形式浑然一体的美感,殷璠将之概括为"兴象"。所谓"兴象",大体是指诗人因自然景象而触发的感兴。可见,兴象既有物象,也离不开情思的参与,但又超出了具体的情思、物象,是一种具有整体性的艺术感受。在《河岳英灵集序》中,殷璠明确以"兴象"的有无来批评六朝后期诗歌,斥之为"理则不足,言常有余,都无兴象,但贵轻艳"(《唐人选唐诗新编》,第156页)。在对盛唐诗人诗作的具体评价中,"兴"或"兴象"更成为一个至为重要的批评标准。如评常建:"其旨远,其兴僻,佳句辄来,唯论意表。"(《唐人选唐诗新编》,第165页)评王维:"词秀调雅,意新理惬。在泉为珠,著壁成绘,一句一字,皆出常境。"(《唐人选唐诗新编》,第181页)评刘眘虚:"情幽兴远,思苦词奇。"(《唐人选唐诗新编》,第186页)评孟浩然:"至如'众山遥对酒,孤屿共题诗',无论兴象,兼复故实。"(《唐人选唐诗新编》,第232页)盛唐诗歌是以兴象为美的,这是殷璠独到的审美眼光,也是他对诗歌批评的理论贡献。

附 文论选读

一 文学传序

[唐] 魏征

《易》曰:"观乎天文以察时变,观乎人文以化成天下。"《传》曰:"言,身之文也,言而不文,行之不远。"故尧曰"则天",表文明之称;周云"盛德",著焕乎之美。然则文之为用,其大矣哉!上所以敷德教于下,下所以达情志于上。大则经纬天地,作训垂范;次则风谣歌颂,匡主和民。或离谗放逐之臣,涂穷后门之士,道轗(kǎn)轲(kě)而未遇,志郁抑而不申,愤激委约之中,飞文魏阙之下,奋迅泥滓,自致青云,振沉溺于一朝,流风声于千载,往往而有。是以凡百君子,莫不用心焉。

自汉、魏以来,迄乎晋、宋,其体屡变,前哲论之详矣。暨永明、天监之际,太和、天保之间,洛阳、江左,文雅尤盛。于时作者,济阳江淹、吴郡沈约、乐安任昉、济阴温子昇、河间邢子才、钜鹿魏伯起等,并学穷书圃,思极人文,缛彩郁于云霞,逸响振于金石。英华秀发,波澜浩荡,笔有余力,词无竭源。方诸张、蔡、曹、王,亦各一时之选也。闻其风者,声驰景慕;然彼此好尚,互有异同。江左宫商发越,贵于清绮,河朔词义贞刚,重乎气质。气质则理胜其词,清绮则文过其意,理深者便于时用,文华者宜于咏歌,此其南北词人得失之大较也。若能掇彼清音,简兹累句,各去所短,合其两长,则文质斌斌,尽善尽美矣。

梁自大同之后,雅道沦缺,渐乖典则,争驰新巧。简文、湘东,启其淫放;徐陵、庾信,分路扬镳(biāo)。其意浅而繁,其文匿而彩,词尚轻险,情多哀思。格以延陵之听,盖亦亡国之音乎!周氏吞并梁、荆,此风扇于关右,狂简斐然成俗,流宕(dàng)忘反,无所取裁。(魏征等撰《隋书》卷七十六《文学传序》,中华书局1973年8月第1版)

导读:

唐朝立国之初,开始修撰前代史书。太宗即位后,继续其事。《唐会要》载:"至贞观三年,于中书置秘书内省以修五代史。"诸史中关于文学的论述,以《隋书》最具代表性。

魏征(580—643),字玄成,巨鹿郡下曲阳县(今河北省晋州市鼓城村)人,唐初政治家、文学家和史学家。早年参加了李密领导的瓦岗起义。武德元年(618),归降唐朝。太宗即位后,他以敢于忠言直谏而闻名,成为缔造贞观之治的名相。

《隋书·文学传序》由于所述史实接续当代,因而必牵涉历史与现实、继承与发展的问题。可以说,这个问题正是该序首要解决的,故全文大致分四个层次来论之:

首先,突出强调文学足以"化成天下"的重大意义,表达了唐初君臣重视儒家伦理政教的文学观。当然,这里所谓"文",并非经典的文学;而类似于泛称的文化,文学只是其重要因子。据该序所述,文的作用在于"上所以敷德教于下,下所以达情志于上。大则经纬天地,作训垂范;次则风谣歌颂,匡主和民"。正如社会分为上下两大阶层,文的作用也相应地分为两种功用。该文重点讨论的是后一种,即所谓"下所以达情志于上、风谣歌颂,匡主和民"的功用。"风谣歌颂",讲的是文学的艺术特性;"匡主和民",讲的是文学的社会功能。合而论之,已隐含后文所提出的"文质斌斌"内涵。

其次,总结了汉魏以来直到南朝梁以前的文学发展,特别是对文辞之美给予了高度的肯定与评价。如评价"永明、天监之际,太和、天保之间"的文学是"文雅尤盛",其作家则是"缛彩郁于云霞,逸响振于金石。英华秀发,波澜浩荡",此即主要从文采上来评赞。

再次,明确提出"文质斌斌"的文学观,并以重文或重质来分论南北文学。该序认为,南朝文学胜以文,所谓"江左宫商发越,贵于清绮";北朝文学重于质,所谓"河朔词义贞刚,重乎气质"。二者都有缺陷,一方所长正是另一方所短;因此应当互补,"各去所短,合其两长"。

最后,严厉地批评了梁朝大同之后"争驰新巧"的淫放文风,指斥其意浅而繁、文匿而彩、词尚轻险、情多哀思等。此乃"亡国之音",应该努力进行救治。

此篇序文完成于唐初,正当文运转变的关键期。其提出"文质斌斌"的观点,既客观总结前代文学的得失,又为当代文学发展指明方向,具有一定的前瞻性和指导性。

二　诗格(节录)

[唐]伪王昌龄

诗有三境:一曰物境。二曰情境。三曰意境。

物境一。欲为山水诗,则张泉石云峰之境、极丽绝秀者,神之于心,处身于境,视境于心,莹然掌中;然后用思,了然境象,故得形似。

情境二。娱乐愁怨皆张于意而处于身;然后驰思,深得其情。

三曰意境。亦张之于意而思之于心,则得其真矣。(伪王昌龄《诗格》,张伯伟《全唐五代诗格汇考》本,江苏古籍出版社 2002 年 4 月第 1 版)

导读:

旧题王昌龄《诗格》,是一部有关诗歌评论方面的作品。《新唐书·艺文志》文史类、王尧臣《崇文目录》卷五均著录"王昌龄《诗格》二卷",陈振孙《直斋书录解题》卷 22 文史类、《宋史艺文志》文史类、辛文房《唐才子传》卷 2 则著录为"《诗格》一卷""《诗中密旨》一卷"。中唐时日本僧人空海（遍照金刚）在其编著的《文镜秘府论》中，多次引用该书。胡应麟云："唐人诗话，入宋可见者，李嗣真《诗品》一卷，王昌龄《诗格》一卷，皎然《诗式》一卷。"

该书久已散佚，后人多疑其伪；但《文镜秘府论》既多有称引，则可知《诗格》确为唐人作品。今存者略可分为三部分：其一为《文镜秘府论》征引部分，这一部分当属《诗格》原有内容；其二为明陈应行重编宋蔡传编《吟窗杂录》卷四至卷五所收的王昌龄《诗格》，其中已真伪混杂；其三为《吟窗杂录》卷六题作《诗中密旨》的内容，乃他人杂抄元兢《诗髓脑》、崔融《唐朝新定诗格》、皎然《诗议》及佚名《诗式》的内容拼凑而成，绝大部分非王昌龄论文原话。（《谈王昌龄〈诗格〉——一部有争议的书》，《文学遗产》1988 年第 6 期、《王昌龄〈诗格〉考》，《江西师范大学学报》2008 年第 2 期）

《诗格》最引人注目的观点，是明确提出"诗有三境"说，即物境、情境、意境。第三境"意境"中的"意"，是与"物""情"相对的理；故"意境"是指艺术构思的一种精神状态，显然还不是后来诗论家所指称的审美意境。不论后世如何理解《诗格》中的"三境"说，都一致肯定它是唐代文学批评最精要的理论。

三　与东方左史虬修竹篇序

[唐] 陈子昂

东方公足下：文章道弊五百年矣。汉、魏风骨，晋、宋莫传，然而文献有可征者。仆尝暇时观齐、梁间诗，彩丽竞繁，而兴寄都绝，每以永叹。思古人常恐逶迤颓靡，风雅不作，以耿耿也。一昨于解三处见明公《咏孤桐篇》，骨气端翔，音情顿挫，光英朗练，有金石声。遂用洗心饰视，发挥幽郁。不图正始之音，复睹于兹，可使建安作者相视而笑。解君云："张茂先、何敬祖，东方生与其比肩。"仆亦以为知言也。故感叹雅制，作《修竹诗》一首，当有知音以传示之。（彭定求等《全唐诗》卷 83《与东方左史虬修竹篇序》，中华书局 1960 年 4 月第 1 版）

导读：

《与东方左史虬修竹篇》是初唐诗人陈子昂创作的一首借物抒怀的诗。诗前有小序，即上文所选。

陈子昂，字伯玉，梓州射洪（今属四川）人，唐代文学家、诗人，年轻时慷慨任侠,曾两度从军边塞。后因遭人陷害,冤死狱中。其诗风格古朴、寓意深远,代表作有《登幽州台歌》和《感遇诗三十八首》等。

《与东方左史虬修竹篇序》是陈子昂文学主张的一次集中说明。他标举承绪了《诗》风雅传统的汉魏诗歌,并将建安文学的艺术特征概括为"风骨";指出晋宋以来尤其齐梁时期诗歌"彩丽竞繁""兴寄都绝"的弊病,认为好的诗歌应当"骨气端翔,音情顿挫,光英朗练,有金石声"。这指明了未来盛唐文学发展的方向,就是要给人一种刚健有力的审美感受。

陈子昂是唐初诗文革新的代表。他的理论和创作是对齐梁余风的"横制颓波",因影响巨大而膺"天下翕然,质文一变"之誉。当然,他之所以能有如此巨大的号召力,正是因为顺应了文学发展的潮流。

四 《河岳英灵集》序
[唐] 殷璠

叙曰:梁昭明太子撰《文选》,后相效著述者十余家,咸自称尽善,高听之士,或未全许。且大同至于天宝,把笔者近千人,除势要及贿赂者,中间灼然可尚者,五分无二,岂得逢诗辑纂,往往盈帙。盖身后立节,当无诡随;其应诠拣不精,玉石相混,致令众口销铄,为知音所痛。

夫文有神来、气来、情来,有雅体、野体、鄙体、俗体。编纪者能审鉴诸体,委详所来,方可定其优劣,论其取舍。至如曹、刘诗多直语,少切对,或五字并侧,或十字俱平,而逸价终存。然挈(qiè)瓶庸(肤)受之流,责古人不辨宫商徵羽,词句质素,耻相师范。于是攻异端,妄穿凿,理则不足,言常有余,都无兴象,但贵轻艳。虽满箧笥,将何用之?

自萧氏以还,尤增矫饰。武德初,微波尚在。贞观末,标格渐高。景云中,颇通远调;开元十五年后,声律风骨始备矣。实由主上恶华好朴,去伪从真,使海内词场,翕然尊古,南风周雅,称阐今日。

璠不揆,窃尝好事,愿删略群才,赞圣朝之美,爰因退迹,得遂宿心。粤若王维、昌龄、储光羲等二十四人,皆河岳英灵也,此集便以《河岳英灵》为号。诗二百三十四首,分为上下卷,起甲寅,终癸巳。伦次于叙,品藻各冠篇额。如名不副实,才不合道,纵权压梁、窦,终无取焉。(傅璇琮等《唐人选唐诗新编》[增订本],中华书局2014年11月第1版)

导读：

《河岳英灵集》2卷，殷璠编选。殷璠，生平事迹已不可考。宋刻本《河岳英灵集》题为"唐丹阳进士殷璠"。丹阳，古地名，今属镇江。晚唐诗人吴融曾在《过丹阳》一诗中提及殷璠，其诗自注云："殷文学于此集《英灵》。"则知殷璠曾任文学一职。（《唐人选唐诗新编》[增订本]，第151页）

《河岳英灵集》选录了王维、王昌龄、储光羲等24人的诗歌作品，共230首，分为上下卷。其序文介绍了选录的标准和原则，并对当下文学发展提出自己看法。这主要有以下三点：

首先，编选者应当"审鉴诸体，安详所来"，即编者必须具有一定的审美判断能力，知晓诗歌的发展源流，才能做出适当的评选。

其次，评价诗歌不能流于"宫商词句"表面，而应当深入到诗歌情思与艺术之深层，关键要以诗作有无"兴象"，来作为评判优劣的最高标准。

第三，总结了初唐至盛唐时期的诗歌发展历程，认为武德年间的创作仍然承袭齐梁文风；延至贞观末，方出现转机，开始具有自身的特质，即所谓"标格渐高"；到睿宗景云年间，唐诗进一步发展，逐渐走向成熟，即"颇通远调"；最后到唐玄宗开元十五年以后，"声律风骨始备"而臻至纯熟。

《河岳英灵集》对唐诗发展的概括较为客观，其中提出"兴象""声律风骨"等审美概念，都体现出一定的理论深度，尤以"兴象"说最具创见。

第九讲
唐代中期文学批评

唐代中期经历了 70 余年，即由安史始乱至文宗即位。这一阶段的文学理论批评之重点是强调文学的政教功能，期间的新乐府运动和后来的古文运动都以此为理论背景。此外，追求清雅和奇崛的诗风成为创作潮流，文学理论上也作出了相应的表述。

据此，本讲主要述说杜甫、白居易等的诗论，以及皎然《诗式》中的理论批评内容。

一 杜甫等人诗论

中唐文学批评的一大亮点，是杜甫的诗歌创作及诗论。杜甫是中唐时期最伟大的诗人，也是承前启后的诗学集大成者。他特别注重诗歌的写实讽喻功能，力倡精思以追求惊人的艺术效果，尊重多样的风格，并主张转益多师；正是基于自身创作经验和对前人的师法，杜甫诗文中多有零散却内涵丰富的诗论。中唐文学批评另一亮点，是出现了多种唐诗选本。芮挺章《国秀集》，选诗倾向于声律和兴象而少有风骨之作，反映了文学趣尚开始由盛唐向中唐转变；高仲武《中兴间气集》，审美趣味亦偏向于阴柔之美，有别于盛唐的刚健壮阔之美；元结《箧中集》，明确反对"拘限声病，喜尚形似"，肇开了元稹、白居易讽喻诗的先声。此外，任华对李白、杜甫诗歌艺术的独到揭示，对理解李杜及唐诗具有一定的启发意义。

（一）杜甫的诗学观点

写实的情怀与讽喻的精神/追求诗语惊人的艺术效果/尊重多样风格和

转益多师

杜甫(712—770),字子美,河南巩县(今河南巩义)人,有《杜工部集》传世。作为奉行写实主义的伟大诗人,他被誉为"诗史";作为古典诗歌艺术之集大成者,他被称为"诗圣"。元稹说杜诗"尽得古今之体势,而兼昔人之所独专矣"(《全唐文》卷654《唐故工部员外郎杜君墓系铭序》,第6649页);史家赞其诗"浑涵汪茫,千汇万状,兼古今而有之"(《新唐书》卷201《文艺传》,第5738页)。杜甫亦自称其赋作"沉郁顿挫"(《全唐文》卷359《进雕赋表》,第3650页),而论者常用"沉郁顿挫"指陈杜诗风格特征;因此,"沉郁顿挫"就成为杜诗批评的经典论说。

杜甫诗论材料较为零星分散,其主要诗学观可论列如下:

(1) 论诗的功能:通过写实来实现诗的讽谕。杜甫有民胞物与的情怀,既忠君爱国又同情人民,基于浓厚的仁政思想,而遵奉儒家诗教精神。在创作上,他继承了诗骚的写实化感传统,要求诗歌反映现实和讽切时政。这集中体现在对陈子昂评价上,如他有诗曰:

> 有才继骚雅,哲匠不比肩。公生扬马后,名与日月悬。同游英俊人,多秉辅佐权。……终古立忠义,感遇有遗编。(《全唐诗》卷220《陈拾遗故宅》,第2316页)

陈子昂是唐初时期诗文改革的倡导者,其《感遇诗》抒发了忧世伤怀的情思;对此,杜甫视之为"忠义",而给予了高度的评价。又有诗也对元结作出类似评价:

> 吾人诗家秀,博采世上名。粲粲元道州,前圣畏后生。观乎舂陵作,歘见俊哲情。复览贼退篇,结也实国桢。贾谊昔流恸,匡衡常引经。道州忧黎庶,词气浩纵横。两章对秋月,一字偕华星。……呼儿具纸笔,隐几临轩楹。作诗呻吟内,墨澹字欹(qī)倾。感彼危苦词,庶几知者听。(《全唐诗》卷222《同元使君舂陵行》,第2360页)

这是对元结任道州刺史时的爱民之举,以及他的《舂陵行》《贼退示官吏》,给予了高度的评赞,肯定其写实的价值。《舂陵行》是新乐府体诗,具有鲜明的写实主义风神;而杜甫本人正是有唐一代新乐府诗体的开创者与实验者,有《兵车行》《丽人行》《悲陈陶》《三吏》《三别》等。前有杜甫、元结等人的探索和倡导,后经元稹、白居易等人的发扬光大,中唐时期遂形成一个乐府诗创作的高潮,而其理论批评也相应地有了精彩的表述。

(2)论诗的艺术:追求诗语惊人的艺术效果。杜甫许多诗歌看似得来容易,实际上却是苦心经营的结果。他写作好苦吟精思,对其艰辛深有体会。如有诗谈自己的创作体验曰:

> 为人性僻耽佳句,语不惊人死不休。老去诗篇浑漫与,春来花鸟莫深愁。新添水槛供垂钓,故着浮槎替入舟。焉得思如陶谢手,令渠述作与同游。(《全唐诗》卷226《江上值水如海势聊短述》,第2443页)

所谓"为人性僻耽佳句,语不惊人死不休",即是极力追求语言的精炼传神。这种艺术创作精神,实开苦吟一派诗风,后成晚唐诗格,影响极为深远。如贾岛有诗曰:

> 圭峰霁色新,送此草堂人。麈尾同离寺,蛩鸣暂别亲。独行潭底影,数息树边身。终有烟霞约,天台作近邻。(《全唐诗》卷572《送无可上人》,第6633页)

"新""潭底影""数边身"语,都是诗人苦搜冥想方可获得。故其有诗自注云:"二句三年得?一吟双泪流。知音如不赏?归卧故山秋。"(《全唐诗》卷574《题诗后》,第6692页)这种苦吟的精神,对后世颇有影响。如方干有诗曰:"所得非众语,众人那得知。才吟五字句,又白几茎髭"(《全唐诗》卷648《赠喻凫》,第7444页);卢延让有诗曰:"莫话诗中事,诗中难更无。吟安一个字,捻断数茎须"(《全唐诗》卷715《苦吟》,第8212页),都是在倡导这种精益求精的创作精神。

(3)论诗的风格:尊重多样风格和转益多师。杜甫对诗风的多样性,有较全面包容的认识。他善于学习别人长处,并吸收进自己的诗作。在诗歌创作上,他主张"转益多师是汝师",能虚心汲取众长来提高自己;在诗歌批评上,他赞美"鲸鱼碧海"之雄伟,又重视"清词丽句"之秀美;既钦佩李白"笔落惊风雨,诗成泣鬼神"之豪迈,又赞赏孟浩然、王维创作的"清诗"与"秀句"。(《全唐诗》卷227《戏为六绝句》,第 2453 页;卷 230《解闷十二首》,第 2517—2518 页;卷 225《寄李十二白二十韵》,第 2430 页;卷 230《解闷十二首》,第 2517—2518 页)

(4) 论前代诗歌:肯定众作家的特色与成就。杜甫除了善于学习前人,还结合自身的创作经验,公正地评价历代作家,发现他们的艺术特长。如有诗曰:

> 文章千古事,得失寸心知。作者皆殊列,名声岂浪垂? 骚人嗟不见,汉道盛于斯。前辈飞腾入,余波绮丽为。后贤兼旧列,历代各清规。(《全唐诗》卷 230《偶题》,第 2509 页)

诗歌是精神创造的产物,个中滋味作家最有体会。该诗既是对前人的认同,何尝不是夫子自道。所以明代王嗣奭《杜臆》说:"此公一生精力,用之文章,始成一部《杜诗》,而此篇乃其自序也。"(《杜臆》卷 8《偶题》,第 262 页)

杜甫诗作众体兼备、造诣极高,取得了集大成的诗歌艺术成就,成为后世文人仰望的高峰,其诗论也对后世启迪良多。他忧国忧民的思想情怀及其乐府诗创作成就,直接影响了元稹、白居易等人的新乐府创作;他的五七古长篇亦诗亦史、沉郁顿挫,代表了中国古典诗歌艺术的高度成就。自中唐以后,学习效法杜甫者比比皆是,甚至江西诗派奉他为宗祖。

(二) 元结等选家诗论

芮挺章《国秀集》注重声律和形象/《箧中集》与元结诗论开讽喻先声/高仲武《中兴间气集》偏尚阴柔美

芮挺章,籍贯生平不可考,《直斋书录解题》称为国子博士,曾彦和《国秀集跋》称为国子生。《国秀集》选录"自开元以来,维天宝三载"一段时期的作者共 90 人,计 220 首诗,分为 3 卷。书中没有评语,仅存录楼颖所作序文一篇,略述编纂缘起及选录标准:

> 昔陆平原之论文,曰"诗缘情而绮靡"。是彩色相宣,烟霞交映,风流婉丽之谓也。仲尼定礼乐,正雅颂,采古诗三千余什,得三百五篇,皆舞而蹈之,弦而歌之,亦取其顺泽者也。近秘书监陈公、国子司业苏公,尝从容谓芮侯曰:"风雅之后,数千载间,诗人才子,礼乐大坏。讽者溺于所誉,志者乖其

所之,务以声折为宏壮,势奔为清逸。此蒿视者之目,聒听者之耳,可为长太息也。运属皇家,否终复泰,优游阙里,唯闻子夏之言;惆怅河梁,独见少卿之作。及源流浸广,风云极致,虽发词遣句,未协风骚,而披林撷秀,揭厉良多。自开元以来,维天宝三载,谴谪芜秽,登纳菁英,可被管弦者都为一集。"芮侯即探书禹穴,求珠赤水。取太冲之清词,无嫌近湎;得兴公之佳句,宁止掷金。道苟可得,不弃于厮养;事非适理,何贵于膏梁。其有岩壑孤贞,市朝大隐,神珠匿耀,剖巨蚌而宁周;宝剑韬精,望斗牛而未获。目之缣素,有愧遗才,尚欲巡采风谣,旁求侧陋。而陈公已化为异物,堆案飒然,无与乐成,遂因绝笔。今略编次,见在者凡九十人,诗二百二十首,为之小集,成一家之言。(《唐人选唐诗新编》,第280页)

据序所述,该集反对那种"务以声折为宏壮,势奔为清逸"即只有表面的声势而无真实内质的作品,但赞赏"可被管弦"的清词佳句;在体裁上,则偏爱近体诗,注重色彩和声律,所选大部分为风格婉丽之作。与《河岳英灵集》不同,该集不重风骨,很少录风清骨峻壮美之作;而只注重声律和兴象。这反映了文学趣尚由盛唐向中唐转变之性状。

元结(719—772),字次山,鲁山(今河南鲁山县)人,天宝十二载进士,官至容州都督充本管经略守捉使,有政绩。元结关心国事,同情人民,安史之乱后,更以国家的兴亡为己任。元结的文学主张是要求诗歌反映重大的现实,能以国家理乱之道对君王有所讽谏。他有诗表明自己的写作目的,是"极帝王理乱之道,系古人规讽之流"(《元次山集》卷1《二风诗论》,第10页);又有诗表明自己的创作动机,是"尽欢怨之声者,可以上感于上,下化于下"。(《元次山集》卷2《系乐府十二首序》,第18页)这些创作实践及言论,对后来白居易、元稹等倡导讽喻诗、新乐府的写作产生了积极的影响。

元结所编《箧中集》,收录了他的朋友沈千运、王季友、于逖等7人的诗歌共24首。这些诗歌在体裁上都是五言古体,风格亦类似,属于"淳古淡泊,绝去雕饰"的雅正类型。(《四库全书总目》卷186《箧中集》提要,第1688页)元结在《箧中集序》中明确反对的是那种"拘限声病,喜尚形似,且以流易为词,不知丧于雅正"的诗作(《唐人选唐诗新编》,第362页),并认为此种作品只可用来"指咏时物,会谐丝竹,与歌儿舞女,生污惑之声于私室"(《唐人选唐诗新编》第362页),登不了大雅之堂的。

高仲武(生卒年不详),渤海(今河北省沧州市)人,所编《中兴间气集》,选录了从肃宗至德初年到代宗大历末年作家 26 人的诗歌 130 余首。每位入选作家皆有评语,是唐人选唐诗中较有特色的一种,历来为人重视。关于该集的选录标准,其自序云:

> 古之作者,因事造端,敷弘体要,立义以全其制,因文以寄其心,著王政之兴衰,表国风之善否,岂其苟悦权右,取媚薄俗哉!今之所收,殆革前弊。但使体状风雅,理致清新,观者易心,听者竦耳,则朝野通取,格律兼收。(《唐人选唐诗新编》,第 451 页)

序文强调古之作者的创作原则是"因事造端,敷弘体要,立义以全其制,因文以寄其心",即创作应当从客观的事情出发,阐扬治国为政的纲领。所谓"体要"、"立义"、"因文"寄心,其义皆彰显于后文"著王政之兴衰,表国风之善否"中。可见,该集的选录标准首在诗歌的政教作用。但在具体的评选上,该集编者更为关注的是诗歌的艺术形式,对某些风格类型的诗歌表现出了特殊的喜爱。如评钱起是"体格新奇,理致清赡";评李嘉祐是"绮靡婉丽,吴均、何逊之敌也";评张众甫是"婉媚绮错,巧用文字,工于兴喻"。(以上《唐人选唐诗新编》,第 459、470、464 页)概括地说,编者的审美趣味偏向于阴柔之美。这与盛唐时期对刚健、壮阔美的追求是判然有别的。

(三) 任华论李白杜甫

任华其人及其诗论/任华对李白的批评/任华对杜甫的批评

任华生平事迹不详,可确定是与李白、杜甫、高适的同时代人。其人个性狷介,不喜拘束,大多数时间是在各地漫游,做幕僚。其有文自述云:"华本野人,常思渔钓寻常,杖策归乎旧山,非有机心,致斯扣击。"(《全唐文》卷 376《与庾中丞书》,第 3817 页)除长安外,他还去过成都、桂林、商州、潭州等地。任华与高适、李白、杜甫、怀素皆有往来,而与高适尤为交厚。任华现存的三首诗皆为赠诗,其中《赠李白》与《寄杜拾遗》鲜明地表达出了他的诗论主张。概括地说,他较为看重诗歌的想象与灵动,偏爱壮阔、清奇之美。他批评李白的诗歌之"既俊且逸",实已含有"飘逸"之义。而与今人以"沉郁顿挫"批评杜甫诗不同,他认为杜甫诗的艺术风格是"异奇",对杜甫其人的描绘也着重在他狂傲的一面。

《赠李白》诗大约作于天宝五年(746)。这年,任华到长安拜访已誉满天下的李白,然而不巧,李白此时已离开长安往江东寻访他的道友元丹丘去了。任华没见着李白,惆怅之余,便写下了《寄李白》一诗,对其人其诗作了高度的评价,同时也表达出了自己鲜明的审美思想和趣味偏好。任华对李白诗的评论大致可论列为三点:

(1) 超凡脱俗的清奇之美。任华在赠诗的开头即提出自己的审美爱好,他认为自古以来好的文章应当是"有能奔逸气,耸高格,清人心神,惊人魂魄"。(《全唐诗》卷261《寄李白》,第2902页)所谓"有能奔逸气"、"耸高格",当指文章的不拘俗套与出人意表;而所谓"清人心神,惊人魂魄",则当指文章的清新与奇特。合而言之,任华应当是欣赏一种超出常人思维的清奇之美。他说这番话是为了赞美李白的,因此可以认为李白的诗正具有上述之美。

(2) 充满想象的壮阔之美。从任华所举李白诗句来看,无论是"海风吹不断,江月照还空",还是"云垂大鹏飞,山压巨鳌背",都属于想象奇特,画面阔大的壮美类型。

(3) 自由奔逸的灵动之美。任华注意到李白写诗往往"不拘常律","或醉中操纸,或兴来走笔",看似偶然挥洒,却总能巧夺天工,产生出"云飞""峰出"的艺术效果,有一种灵动之美。

概括地说,任华对李白诗的欣赏主要在清奇、壮阔和灵动这三个特点上。值得注意的是,任华在赠诗中两次提到逸字,一是认为"古来文章有能奔逸气",一是认为李白的诗"振摆超腾,既俊且逸",可见他是准确地把握到了李白诗歌自由奔放特点的。他对李白诗的上述认识和评论对我们理解李白的诗乃至盛唐诗的审美特点都具有一定的启发意义。

任华与杜甫见过面,有过实际的交往,在《寄杜拾遗》这首诗里,就是通过回忆来记叙自己与杜甫的交往和印象,并对杜甫其人其诗作出评论,提出看法的。

首先,与我们印象中的那种抑郁、憨屈的杜甫形象不同,在任华的笔下展现的是一个李白式的杜甫。原来杜甫也曾"郎官丛里作狂歌,丞相阁中常醉卧"(《全唐诗》卷261《寄杜拾遗》,第2903页);有时和同僚们一起出游,乘着酒兴,还会"半醉起舞挼髭须",表现出一副旁若无人的狂态。(《全唐诗》卷261《寄杜拾遗》,第2903页)这样一个杜甫形象,显然不是任华凭空杜撰的。杜甫本人也有类似的描绘,如"痛饮狂歌空度日,飞扬跋扈为谁雄?"(《全唐诗》卷224《赠李白》,第 2392 页),再如"耽酒须微禄,狂歌托圣朝"(《全唐诗》卷 224《官定后戏赠》,第 2403 页)、"狂歌过于胜,得醉即为家"(《全唐诗》卷 227《陪王侍御宴通泉东山野亭》,第 2459 页)。由此可知,杜甫的性格中确实具有狂傲的一面,而任华所论无疑丰满了杜甫的形象。

其次,与我们认为的"沉郁顿挫"不同,是任华认为杜甫的诗具有"异奇"的艺术特征。虽然我们不知道任华具体所指,但异奇之说显然是认识到了杜诗非同寻常的艺术独创性。关于杜诗的异奇的特点,本来集中比比皆是,如"吴楚东南坼,乾坤日夜浮"(《全唐诗》卷 233《登岳阳楼》,第 2566 页)、"露从今夜白,月是故乡明"(《全唐诗》卷 225《月夜忆舍弟》,第 2419 页)、"星垂平野阔,月涌大江流"(《全唐诗》卷 229《旅夜书怀》,第 2489 页),等等。只是我们一向"蔽于"沉郁顿挫的成见,习以为常了;而任华的见识,倒是为我们提供了一个新的审美视角。

任华对杜甫的其人其诗的看法,是从他自己的认知方式和审美思想出发的,当然也离不开时代的潮流和风气。他对杜甫性格中"狂"的一面以及对其诗中"异奇"的揭示,反映了盛唐时期特殊的审美取向。

二 皎然《诗式》

皎然《诗式》论诗,其观点有三个方面:一是倡五格说而并重情格,二是以"复""变"论诗,三是论诗歌的艺术与体格。总体上,推崇自然与人工相结合的艺术境界,追求中和之美和"情在言外"之美。

(一) 皎然及其《诗式》等

皎然身世及诗学著述/《诗式》的版本问题/《诗式》的地位影响

皎然(生卒年不详),俗姓谢,字清昼,湖州长城(今浙江长兴)人,谢灵运十世孙,大约生活于玄宗开元至德宗贞元年间,为唐代著名诗僧,有《杼山集》十卷。另所著《诗式》,分一卷本、五卷本两种,以五卷本为完备。在现存的唐人诗学著作中,五卷本《诗式》是分量最大、极为重要的一部。明胡震亨认为唐代诗话中,"惟皎师《诗式》《诗议》二撰,时有妙解"。(《唐音癸签》卷 32 第 330 页)该书卷 1

谈了不少作诗的原理和方法，其中一些见解颇有价值。卷1尾部和以下四卷，分五格品诗，每一格都列举许多诗句为例，作出评判以示高下，为后学提供法式。其间有十余条评语论说了历代著名诗人及其诗作，更为鲜明地表达出了著者的诗学见解。此外，皎然还著有《诗议》一卷，原本已佚，部分内容散见于各征引的文献中，可与《诗式》相互参看。

皎然《诗式》，《新唐书·艺文志》卷60著录为五卷，另《诗评》三卷；《直斋书录解题》卷22、《文献通考》卷249著录为五卷。现存《诗式》有一卷本和五卷本两种。一卷本是从《杼山集》中析离而成者。这个本子，与陈振孙《直斋书录解题》所述不相吻合，内容有残缺，应当是后人辑补成的。五卷本亦非原本，从内容上看，其中应当参杂了《诗议》、《诗评》中的佚文。

《诗式》是皎然多年精心创作的一部诗歌理论著作。它以"名篇丽句"示诗式，即从诗歌的渊薮里挑出最有代表性的作品或诗句作为范例，用来指导初学者，给他们提供可遵循的创作法则，"使无天机者坐致天机"。然而，《诗式》非唐代那些以"格"、"式"论诗、大讲声律格式的著作可比，其对后世诗论的影响可概括为三点：一、它首次把佛教的观念引入诗歌批评中，开了以禅论诗的先河。如其评"池塘生春草"句为"情在言外"，评"明月照积雪"句为"旨冥句中"，即可见出"顿悟"的禅学底蕴。宋人好以禅论诗，苏轼、杨万里、严羽等人都无不深受《诗式》影响。二、追求"文外之旨"，其实际意蕴是以"意境"作为论说的核心。意境一词，虽在盛唐时期就由王昌龄在《诗格》中说出，但作为中国古典美学中的重要范畴，却须经由皎然《诗式》的阐发，才得以发扬光大，后有晚唐司空图、南宋严羽等人阐发，到王士禛"神韵"说，至此形成了中国诗学史上重意兴、尚神韵的一派。这是皎然在诗学批评上作出的最重大的理论贡献，对以后的诗歌创作和理论批评产生了深远的影响。三、以"辩体有一十九字"为核心的风格论，影响后世诗歌风格批评。皎然论诗"辩体有一十九字"是对唐诗体式的研究，所标一十九字，或从品德，或从情趣，或从境界等角度，把诗歌体式分为十九种，并提出了体貌源于情性，成于作意取境的诗学思想。他注重从整体风格上分析诗歌体式的意向非常明显，对后世影响深远。晚唐五代一些诗格研究著作，如僧齐己《风骚旨格》设有"十体"，徐寅《雅道机要》亦列"十体"，王玄《诗中旨格》拟皎然"十九体"，乃至司空图《二十四诗品》中的诗境论，从中都可见出皎然《诗式》的影响。（参见徐连军《皎然〈诗式〉与中国诗学的转型》，《湖南文理学院学报》2005年第3期，第73—77页）

（二）《诗式》编撰及体例

《诗式》的成书过程/《诗式》的编写体例/《诗式》的思想结构

《诗式》从创作到最终完成经历了一个较长的时期。据皎然在《诗式序》中所述，早在贞元初，《诗式》的草稿就已创作完毕，只是出于他本人不愿为外物所累的"夙志"，一直处在"寝而不纪"的状态，到贞元五年，方在友人的劝说与协助下，最终"勒成五卷"，完成了全稿的编撰和修订工作。

《诗式》全书共分五卷，卷一主要是总论作诗的基本原则和方法，以下按照"不用事""直用事""有事无事""有事无事，情格俱下"等五格，分别列举从汉魏至中唐的"名篇丽句"近五百条作为例证，并按照他所概括的"十九字"诗体进行分类，对其中的一些诗句予以批评。

《诗式》是一部具有一定思想体系的诗学专著，全书贯穿了将自然与"苦思"即自然与人工相结合的审美观念和思想线索，即所谓"真于性情，尚于作用"。可以说，皎然《诗式》的整个思想体系就是以此为纲领展开的，而可归纳为"作诗之法、评诗之法、风格论，以及诗史通变观四大部分"（参见许连军等《论皎然〈诗式〉的理论体系》，《江汉论坛》2008年第1期，第101—104页）。

（三）《诗式》的诗学观点

倡五格说而并重情格/以复变论来品评当代/论诗歌的艺术与体格

《诗式》以四卷多的篇幅分五格评论汉魏至唐代的诗歌，而以情、格为其衡量标准。情指性情，感情；格指体格，风骨。大致来说，五格的优劣逐级下降，第一二格情格俱高；第三四格次之；第五格情格俱下。其"诗有五格"条云：

> 不用事第一；作用事第二；其有不用事而措意不高者，黜入第二格。直用事第三；其中亦有不用事而格稍下，贬居第三。有事无事第四；此于第三格中稍下，故入第四。有事无事，情格俱下第五。情格俱下可知也。（《诗式》卷1，第3页）

表面上看，皎然论事似乎特别在乎用事不用事，其实看重的是"情格"的高下。在

"不用事第一格"条评语中,皎然云:"古人于上格分三品等,有上上逸品。今不同此评,但以格情并高,可称上上品,不合分三。"(《诗式》卷2,第15页)可见,皎然评诗的根本标准即是情与格。所谓的情、格在皎然的语境里,强调的是性情的真和体格的高远,具有一种内敛的力量感,如对谢灵运诗的评价,《诗式》卷1《文章宗旨》条赞为"真于情性";评价曹植、王粲的《三良诗》是"体格高逸"(《诗式》卷2,第16页);卷1《诗有四不》条又指出诗应当"力劲而不露"(《诗式》卷1,第2页),即含蓄。总之,皎然所谓的情格,大致包含了这三个义项,即性情的真,体格风貌的高远有力,和整体上呈现出的内敛含蓄的意境美。

皎然对当代作家的品评,以对陈子昂的评价最为典型。陈子昂是唐初诗文革新开风气的人物,但皎然不以为然,对其在诗歌革新意义上的评价不高,认为其创作复多变少,也就是并没有多少创新。其有文曰:

> 作者须知复变之道。反古曰复,不滞曰变。若惟复不变,则陷于相似之格,其状如鸳骥同厩,非造父不能辨。能知复变之手,亦诗人之造父也……复变二门,复忌太过,诗人呼为膏肓之疾,安可治也?……如陈子昂复多而变少,沈宋复少而变多,今代作者不能尽举。(《诗式》卷5《复古通变体》,第49页)

皎然对陈子昂的评价基于他对诗歌继承与创新关系即"复变"的认识。"反古曰复,不滞曰变"。"反古"是指完全承袭过去,"不滞"即不滞于古,不停在已有的格套上。皎然的复变论含有辩证的观点,而偏向于变。他不同意只复不变,认为这样的创作只会陷于雷同的泥沼,又认为在复变二者中,复若太过,即一味的返古,就好比患了致命的疾病,而变则不忌太过,只要"不失正"就没问题。

皎然对大历时期诗人题材狭隘、缺乏气格的诗风也作出批评,指责其变而"失正":

> 大历中,词人多在江外,皇甫冉、严维、张继、刘长卿、李嘉祐、朱放,窃占青山白云、春风芳草,以为己有。吾知诗道初丧,正在于此,何得推过齐梁作者?迄今余波尚寖,后生相效,没溺者多。大历末年,诸公改辙,盖知前非也。如皇甫冉《和王相公玩雪诗》:"连营鼓角动,忽似战桑乾。"严维《代宗挽歌》:"波从少海息,云自大风开。"刘长卿《山鹧鸪歌》:"青云杳杳无力飞,白

露苍苍抱枝宿。"李嘉祐《少年行》:"白马撼金珂,纷纷侍从多。身居骠骑幕,家近滹沱河。"张继《咏镜》:"汉月经时掩,胡尘与岁深。"朱放诗:"爱彼云外人,来取洞底泉。"已上诸公,方于南朝张正见、何胥、徐摛、王筠,吾无间然矣。(《诗式》卷4《齐梁体》,第37页)

唐诗至大历,诗风一变。从复变论来看,大历诗人的问题不是出在复,而是在变上。他们因多在江外,视野狭窄,题材单薄、狭隘,故受到了"窃占青山白云、春风芳草,以为己有"之讥,就是说他们的创作只局限在这些有限的事物上。皎然认为,大历末,这批诗人又改正了,从他所举诗句看,所状景物的地域、气候、种类都明显扩大。皎然以为,这样的诗值得赞赏,如果借用他的复变论来评价,就是变而"不失正"。

皎然论诗,重在论述诗歌艺术的高下上。他推崇自然与人工相结合的艺术境界,实际上赞赏的是通过人的"苦思"即艺术创造思维而取得的艺术"自然"。这种自然,显然不同于客观的自然,也不同于排斥人为因素的那种质朴的自然。《诗式》卷1《取境》条云:

> 或云:"诗不假修饰,任其丑朴,但风韵正,天真全,即名上等。"予曰:"不然。无盐阙容而有德,曷若文王太姒有容而有德乎?"又云:"不要苦思。苦思则丧自然之质。""此亦不然。夫不入虎穴,焉得虎子。取境之时,须至难至险,始见奇句。成篇之后,观其气貌,有似等闲,不思而得,此高手也。有时意静神王,佳句纵横,若不可遏,宛若神助。不然,盖由先积精思,因神王而得乎?"(《诗式》卷1《齐梁体》,第5页)

这里,皎然驳斥了两种错误的审美观点,一种是拒绝人为的修饰,以自然质朴为美;一种是不要苦思,即拒绝刻意创作,以为这种刻意会导致自然美质的丧失。皎然不同意上述见解,认为诗歌需要修饰,就如人一样,光有德而无容,不算完美,而苦思,是诗歌艺术的必由之路。只有经过苦思,才能得到奇句,以及"有似等闲"、"不思而得"的诗歌作品。此"有似等闲"、"不思而得",即为经过人的苦思而艺术化了的自然境界。

其次,皎然的艺术自然论要求一种中和之美。如《诗有四不》条云:"气高而不怒,怒则失于风流;力劲而不露,露则伤于斤斧。"《诗有二要》条云:"要力全而不苦涩,要气足而不怒张。"《诗有六至》条云:"至险而不僻,至奇而不差,至丽而自然,至苦而无迹,至近而意远,至放而不迂。"以上诸条皆强调一种自足、自然的中和美。所谓"气高而不怒"、"力劲而不露"、"力全而不苦涩"、"气足而不怒张",是要求气与力的内敛与自足;所谓"至险而不僻"等六条,则是要求不着痕迹的自然美。

再次,皎然的艺术自然论的极致是追求"情在言外"的意境美。艺术化了的自然本质上是一种意境。如《诗式》卷 2《池塘生春草,明月照积雪》条云:"情者如康乐公'池塘生春草'是也。抑由情在言外,故其辞似淡而无味,常手览之,何异文侯听古乐哉!"所谓"情在言外",即是指诗意的余味不尽。

三 白居易等诗论

白居易论诗所强调的是写实功能和讽谕价值;因此他积极倡导讽谕诗,但同时也看重闲适诗。他的诗学理论继承了《诗经》的写实传统,而又吸取了同代人的理论观点与创作经验,形成颇具特色的论说,在中唐时期影响巨大。元稹亦秉承写实传统而提倡讽谕诗,崇尚《诗经》"六义"等经典论说。刘禹锡论诗重艺术想象,提出"境生于象外"说,推动了意境理论的发展,充分肯定艺术创新价值。

(一) 白居易诗学观点

论写实功能与讽谕价值/论闲适、感伤、杂律诗/《与元九书》理论内涵

白居易(772—846),字乐天,号香山居士,下邽(今陕西渭南)人,是唐代写实主义大诗人,同时也是杰出的文学理论批评家。有《白氏长庆集》传世。他生活在安史之乱后的中晚唐时代,日益恶化的政治局势和社会矛盾促使他奋起革新,试图利用文学达到变革社会的目的,由此大力倡导写作讽谕诗;国事的日非与前途的渺茫也使得他晚年感伤、消沉,由此写了不少闲适诗、感伤诗。对这两种类型的诗歌,他都提出了自己的看法。

白居易论诗注重文学与现实社会的关系,认为诗(乐)是一定社会政治的产物,反映了一定社会政治的状态和面貌。而一定的社会政治状态则决定了诗歌的声情风貌。这一文学见解显然来自儒家的诗乐理论。其《策林四》"复乐古器古曲"云:

> 臣闻乐者本于声,声者发于情,情者系于政。盖政和则情和,情和则声和;而安乐之音由是作焉。政失则情失,情失则声失,而哀淫之音,由是作焉。斯所谓音声之道与政通矣。(《白居易集笺校》卷65《策林四》,第1364页)

又《策林四》"采诗以补察时政"云:

> 大凡人之感于事,则必动于情;然后兴于嗟叹,发于吟咏,而形于歌诗矣。故闻《蓼萧》之诗,则知泽及四海也;闻《禾黍》之咏,则知时和岁丰也;闻《北风》之诗,则知威虐及人也;闻《硕鼠》之刺,则知重敛于下也;闻"广袖高髻"之谣,则知风俗之奢荡也;闻"谁其获者妇与姑"之言,则知征役之废业也。故国风之盛衰,由斯而见也;王政之得失,由斯而闻也;人情之哀乐,由斯而知也。(《白居易集笺校》卷65《策林四》,第1370页)

诗乐之所以"与政通",是因为"情"的中介作用,所谓"情者系于政"。而"政失则情失,情失则声失,而哀淫之音,由是作焉",这是说社会政治对人情的主导作用。从创作的角度说,"大凡人之感于事,则必动于情,然后兴于嗟叹,发于吟咏,而形于歌诗矣",也就是人心因事动情,从而通过创作歌诗的方式来抒发内心的感受。可见,"情"和"事"是歌诗得以发生的根由,也是沟通人心与王政的两大要素。而通过歌诗中表达出的"情"和事,则准确地反映出了王政的得失。基于这样的认识,白居易高度评价讽喻诗的社会价值,提出"文章合为时而著,歌诗合为事而作"的文学主张:

> 自登朝来,年齿渐长,阅事渐多。每与人言,多询时务;每读书史,多求理道。始知文章合为时而著,歌诗合为事而作。是时,皇帝初即位,宰府有正人,屡降玺书,访人急病。仆当此日,擢在翰林,身是谏官,手请谏纸。启奏之外,有可以救济人病,裨补时阙,而难于指言者,辄咏歌之,欲稍稍递进闻于上。上以广宸聪,副忧勤;次以酬恩奖,塞言责;下以复吾平生之志。(《白居易集笺校》卷45《与元九书》,第962页)

"为事"的反面是"为文"。"为事"和"为文"是两种根本对立的创作立场。白居易选择为事而作:"总而言之,为君为臣为民为物为事而作,不为文而作也。"(《新乐府序》)肯定文学创作的现实精神。在《读张籍古乐府》中,赞张籍的诗"风雅比兴外,未尝著空文",也是此意。而"为时",是指具体的时代内容,亦即诗歌所当承担的社会责任。白居易将之概括为"惟歌生民病"。其有诗曰:

> 我亦君之徒,郁郁何所为?不能发声哭,转作乐府诗。篇篇无空文,句句必尽规。功高虞人箴,痛甚骚人辞。非求宫律高,不务文字奇。惟歌生民病,愿得天子知。(《全唐诗》卷424《寄唐生》,第4663页)

白居易生活在战乱频仍的中晚唐时期,他目睹了当时尖锐的社会矛盾,深深地同情老百姓的困苦生活,因此愿为底层人民作诗呼喊。他所提出的"惟歌生民病",既是对儒家诗教理论的继承和发展,也是他忧国忧民的思想反映。而其讽谕诗的价值正在于此。

白居易除了讽谕诗外,还写了不少的闲适诗、感伤诗和杂律诗。对这些诗,他本人也有过评论。其有文曰:

> 故仆志在兼济,行在独善,奉而始终之则为道,言而发明之则为诗。谓之讽谕诗,兼济之志也;谓之闲适诗,独善之义也。故览仆诗,知仆之道焉。其余杂律诗,或诱于一时一物,发于一笑一吟,率然成章,非平生所尚者,但以亲朋合散之际,取其释恨佐欢。今铨次之间,未能删去。他时有为我编集斯文者,略之可也。……今仆之诗,人所爱者,悉不过杂律诗与《长恨歌》已下耳。时之所重,仆之所轻。至于讽谕者,意激而言质;闲适者,思澹而辞迂。以质合迂,宜人之不爱也。(《白居易集笺校》卷45《与元九书》,第964—965页)

可见白居易在他的作品中最为看重讽谕诗和闲适诗,因为两者对应了他"志在兼济,行在独善"的人生哲学。至于那些"率然成章"的感伤诗、杂律诗,他倒不大认可,甚至希望后人编辑他的文集时将之删去。但其实,对这些"事物牵于外,情理动于内,随感遇而形于咏叹者"(《白居易集笺校》卷45《与元九书》,第964页),他的内心还是喜爱的。如他自夸其感伤类的杂律诗《长恨歌》云:"一篇《长恨》有风情,十首《秦吟》近正声。"(《全唐诗》卷439《编集拙诗成一十五卷因题卷末戏赠元九李二十》,第4895页)将《长恨歌》与讽喻诗《秦中吟》相提并论,他本人并没有觉得有什么轻重之别。

白居易到了晚年,独善其身的思想得到进一步的发展,过去那种"惟歌生民病"的进取心消隐了,取而代之的是一种衰颓的精神和闲适的情趣。他的诗歌批评也随之多少发生了变化。

《与元九书》是时任江州司马的白居易写给好友元稹的一封信。该信是白居易论诗的纲领,集中阐述了他对文学的看法和主张。这可从两个层面加以理解。

首先,白居易从天地人三才并立的高度肯定人文的功用,并以六经为人文之首;六经中又突出诗的价值,并以诗的"六义"为诗歌批评的最高准则。"六义",即风、雅、颂、赋、比、兴,大致是指一种关注现实、力图有补时政的创作精神与写作手法。据此,白居易便从"补察时政"与"泄导人情"这两大功用来衡量一个时代的诗歌价值:

> 洎周衰秦兴,采诗官废,上不以诗补察时政,下不以歌泄导人情,乃至于谄成之风动,救失之道缺。于时六义始刓矣……晋、宋已还,得者盖寡。以康乐之奥博,多溺于山水;以渊明之高古,偏放于田园……于时六义寖微矣!陵夷至于梁、陈间,率不过嘲风雪、弄花草而已。……于时六义尽去矣。(《白居易集》卷45《与元九书》,第960—961页)

在他看来,汉魏以来直到隋唐以前的诗歌,就是"六义"精神不断丧失的过程;而唐以后的诗歌,除陈子昂、杜甫等人的部分诗歌外,也基本不符合标准。

其次,提出"文章合为时而著,歌诗合为事而作"的文学主张。其目的仍是为了"补察时政"与"泄导人情"。他说:"为诗意如何,六义互铺陈。风雅比兴外,未尝著空文。"这是"六义"精神在新时代的具体体现。关于"为时""为事",白居易有进一步的特殊要求,即"惟歌生民病",就是要把生民的疾苦歌咏出来,"愿得天子知",也就是希望能借此令统治阶级了解到下情,从而采取一定的补救措施。

白居易的诗学理论继承和发展了《诗经》以来的写实主义传统,同时又吸取了同时代人的理论与创作经验,形成了具有自身特色的诗学理论。他把六义的精神最终归结于为生民的疾苦呐喊上,作为自己创作的根本原则,反映了他诗歌批评理论的历史进步性,但他以此来评判历代诗歌,以致相对忽视了诗歌的艺术价值,则又不免显得有些狭隘。

（二）元稹的诗学观点

元白并称及新乐府论/对杜甫等前人的批评/对律诗等体式的批评

元稹(779—831)，字微之，河南洛阳(今属河南)人。有《元氏长庆集》传世。与白居易为诗友，交谊深厚。两人在创作与理论批评上具有一定的共性，世称"元白"。在诗歌创作上，他们相互唱和，自觉地创作新乐府诗，以及不少长篇律诗，"元白"在当时代表了一种新的创作潮流；在理论批评上，"元白"共同倡导写实主义精神，对当时的文学创作亦起到了指导性的作用。

与白居易一样，元稹亦重视讽喻诗，以《诗经》六义为衡量诗歌价值的标准。他的新乐府论集中表现了这种写实主义精神。其有文曰：

> 况自《风》《雅》至于乐流，莫非讽兴当时之事，以贻后代之人。沿袭古题，唱和重复，于文或有短长，于义咸有赘剩。尚不如寓意古题，刺美见事，犹有诗人引古以讽之义焉。(《元稹集》卷23《乐府古题序》，第255页)

元稹强调当代人的写作应当"讽兴当时之事"，反对因袭古题，认为不如"寓意古题，刺美见事"，即用旧题写时事。关键是写时事。只要写的是时事，以"刺美见事"了，即便不用古题亦可，甚至更好。这就是他对杜甫"即事名篇"的新乐府诗的认识和赞赏：

> 近代唯诗人杜甫《悲陈陶》《哀江头》《兵车》《丽人》等，凡所歌行，率皆即事名篇，无复依傍。予少时与友人乐天、李公垂辈，谓是为当，遂不复拟赋古题。(《元稹集》卷23《乐府古题序》，第255页)

杜甫的这些乐府诗继承了汉魏古乐府的写实主义精神，而又不受古乐府的题目和题材所限，只以写时事为重。元稹将之概括为"即事名篇，无复依傍"，实际上就是要求人们解放思想，从根本上继承汉魏古乐府以"刺美见事"的优良传统。

在唐代前辈诗人中，元稹最为推重杜甫。元稹除了高度评价其诗歌的写实品格外，还从艺术造诣上指出杜诗集大成的特点：

> 唐兴,学官大振。历世之文,能者互出。而又沈、宋之流,研练精切,稳顺声势,谓之为律诗。由是而后,文体之变极焉。然而莫不好古者遗近,务华者去实;效齐、梁则不逮于晋、魏,工乐府则力屈于五言;律切则骨格不存,闲暇则纤浓莫备。至于子美,盖所谓上薄风、骚,下该沈、宋,言夺苏、李,气吞曹、刘,掩颜、谢之孤高,杂徐、庾之流丽,尽得古今之体势,而兼昔人之所独专矣。使仲尼考锻其旨要,尚不知贵其多乎哉?苟以为能所不能,无可无不可,则诗人以来,未有如子美者!(《全唐文》卷654《唐故工部员外郎杜君墓系铭序》,第6649页)

元稹从诗歌的体制、风格、语言等方面指出杜诗博大精深,包笼古今的艺术特点。这一评价虽极尽赞美,但"尽得古今之体势,而兼昔人之所独专"却是符合杜诗的实际情况的。对杜诗的独创精神,元稹也颇为推重。其有诗曰:"杜甫天材颇绝伦,每寻诗卷似情亲。怜渠直道当时语,不着心源傍古人。"(《全唐诗》卷413《酬孝甫见赠十首》其二,第4575页)所谓"不着心源傍古人",即"无复依傍"、自我创新之义。此外,元稹还对李白作了评价:

> 时山东人李白,亦以奇文取称,时人谓之李杜。予观其壮浪纵姿,摆去拘束,模写物象,及乐府歌诗,诚亦差肩于子美矣。至若铺陈终始,排比声韵,大或千言,次犹数百,词气豪迈,而风调清深,属对律切,而脱弃凡近,则李尚不能历其藩翰,况堂奥乎!(《全唐文》卷654《唐故工部员外郎杜君墓系铭序》,第6649页)

李白是浪漫主义大诗人,个性自由、洒脱,在创作上不愿受格律的束缚,这是造成他诗歌风格的积极因素之一,而非他的缺点。元稹一方面承认李白确实有可与杜甫比肩者,另一方面又抓住李诗少有那种"大或千言,次犹数百"的长篇律诗的事实,认为杜甫要远远胜过李白。其杜优李劣之论,只在篇幅、语言、格律等外在形式上论高下,显然是有失公允的。

元稹对讽喻诗、新乐府诗的提倡,主要是从思想内容上考虑的,目的是为了有补于时政。但他对其他类型的诗歌比如律体诗也很重视,主要是从才情和艺术上加以肯定的。如他为"元和体诗"辩解:

> 唯杯酒光景间,屡为小碎篇章,以自吟畅。然以为律体卑痹,格力不扬,苟无姿态,则陷流俗,常欲得思深语近,韵律调新,属对无差,而风情自远,然而病未能也。江湘间多新进小生,不知天下文有宗主,妄相仿效,而又从而失之,遂至于支离褊浅之词,皆目为元和诗体。某又与同门生白居易友善。居易雅能为诗,就中爱驱驾文字,穷极声韵,或为千言,或为五百言律诗,以相投寄。小生自审不能有以过之,往往戏排旧韵,别创新词,名为次韵相酬,盖欲以难相挑耳。江湘间为诗者,复相仿效,力或不足,则至于颠倒语言,重复首尾,韵同意等,不异前篇,亦目为元和诗体。而司文者考变雅之由,往往归咎于稹。(《全唐文》卷653《上令狐相公诗启》,第6641—6642页)

所谓"元和体诗",据元稹介绍,有两种类型,一种是"小碎篇章",即以两韵、四韵为主的短篇律体,一种是指十韵二十句以上的长篇律体。元稹对律体诗心态复杂:一方面,他认为"律体卑痹,格力不扬",言下有轻视之义;另一方面,又认为要把这种诗体写好也颇不容易,"苟无姿态,则陷流俗"。这是短篇律体容易犯的毛病。至于长篇律体,若没有相当高的艺术水平,则又会犯"颠倒语言,重复首尾,韵同意等,不异前篇"即自相蹈袭的毛病。元白唱和以长篇律体"相挑",其中不无比斗才气的意味,从中亦可见他们对这种诗体的喜爱。白居易有诗曰:"诗到元和体变新";并自注云:"众称元白为千字律诗,或号元和格。"(《全唐诗》卷446《余思未尽加为六韵重寄微之》,第5000页)元稹的酬作则曰:"次韵千言曾报答";自注云:"乐天曾寄千字律诗数首,余皆次用本韵酬和,后来遂以成风耳。"(《全唐诗》卷417《酬乐天余思不尽加为六韵之作》,第4600页)两人都对"元和体"的形成原因作了解释,都认识到了自己在诗体创新上的成就。但元稹囿于他崇尚"六义"的诗学批评理论,将这种诗体的流行视为"变雅",则又是他的局限所在。

(三)刘禹锡诗学观点

重想象的构思理论/"境生于象外"说/对古文名家的论说

刘禹锡(772—842),字梦得,河南洛阳人,唐中期著名文学家、哲学家。工诗善文,与柳宗元并称"刘柳",与白居易并称为"刘白"等。其哲学思想具有鲜明的唯物主义倾向。在文学理论批评上,他虽然没有长篇大论,但一些散见的言谈包含了他个人创作经验的总结和反思,其中有些观点继承了前人的理论成果,而又有所突破,具有一定的历史意义。

刘禹锡是善于反思的诗人,对于艺术创作过程有自身的体会和心得。他特别重视想象在艺术构思中的主导作用。其有文曰:"片言可以明百意,坐驰可以役万景,工于诗者能之。"(《全唐文》卷605《董氏武陵集序》,第6113页)所谓"片言可以明百意",是指诗歌语言的精炼,能在较小的篇幅里容纳丰富的意蕴;而"坐驰可以役万景",则是指艺术想象对"万景"即自然界中各种景物的驱使与运用。这涉及的其实就是形象思维的问题。形象思维是形象与思维的统一。在创作过程中,诗人的艺术构思离不开想象,而想象的活动总是与一定的形象相始终的。形象是想象得以展开的物质性的基础,而想象则具有役使各种形象为我所用的能力。关于想象与形象,亦即形象思维的问题,晋代的陆机,在《文赋》中已有论说:"收视反听,耽思傍讯,精骛八极,神游万仞。"后来,刘勰亦在《文心雕龙·神思》中提出"神与物游"的见解,但他们都只是一般性地强调艺术想象的超越时空的特点,刘禹锡则首次明确地将想象与形象作为艺术构思的两个必不可少的条件提了出来,并且指出了想象的主导性作用,这对人们深入地理解形象思维无疑是有积极的推动作用的。

刘禹锡还提出关于诗境的见解:

> 诗者,其文章之蕴耶?义得而言丧,故微而难能;境生于象外,故精而寡和。千里之缪,不容秋毫,非有的然之姿,可使户晓。必俟知者,然后鼓行于时。(《全唐文》卷六百五《董氏武陵集序》,第6113页)

其中所谓"境生于象外",涉及古代美学中的意境论。作为审美概念的"意境"一词,始于初唐王昌龄《诗格》,但其所谓"意境",只是"三境"之一,而与物境、情境相对而言,意,也不过是指的物、情之外的理。至中唐皎然则从审美境界的高度论述意境,并将"境"的选取视为创作的至为关键的因素:"夫诗人之说思初发,取境偏高,则一首举体便高;取境偏逸,则一首举体便逸。"(《诗式》卷1《辨体有一十九字》,第9页)但关于什么是"境"却没有明确的说法。王昌龄则首次指出"境生于象外",通过揭示境与象的关系规定了境的内含。首先,境非象,即皎然所谓"境象非一"(《诗式校注》附录二《诗议》,第374页);其次,境生于象,故境中有象;第三,境在象外,即比象更高一级。刘禹锡的这句话首次把境与象联系起来考察,为意境论开拓出了无穷的艺术空间。之后,司空图"象外之象"、严羽"镜中之象"、王士禛"神韵说",直至近代王国维"境界说",都与此有关。

中唐是诗文革新的时代。刘禹锡论诗论文看重创新。他与当时的古文运动关系密切,对古文名家有高度的评价。他高度肯定韩愈创新文体的功绩:"君自幽谷,升于高岑。鸾凤一鸣,蜩螗革音。"(《全唐文》卷610《祭韩吏部文》,第6169页)对韩愈革新当时文坛风气的贡献作了形象的比喻。他还引用韩愈的评语,称赞柳宗元的古文成就:"吾尝评其文,雄深雅健似司马子长,崔、蔡不足多也。"(《全唐文》卷605《唐故尚书礼部员外郎柳君文集序》,第6111页)但刘禹锡反对泥古不化,一味模仿:"窃视今之人,于文章无不慕古,甚者或失于野。于书疏独陋古而汩于浮,二者同出于言而背驰。"(《全唐文》卷604《答连州薛郎中论书仪书》,第6101页)所谓"甚者或失于野",就是指责一味慕古所导致的质胜于文的毛病。

附　文论选读

一　戏为六绝句

[唐] 杜甫

庾信文章老更成,凌云健笔意纵横。今人嗤点流传赋,不觉前贤畏后生。
王杨卢骆当时体,轻薄为文哂未休。尔曹身与名俱灭,不废江河万古流。
纵使卢王操翰墨,劣于汉魏近风骚。龙文虎脊皆君驭,历块过都见尔曹。
才力应难跨数公,凡今谁是出群雄。或看翡翠兰苕上,未掣鲸鱼碧海中。
不薄今人爱古人,清词丽句必为邻。窃攀屈宋宜方驾,恐与齐梁作后尘。
未及前贤更勿疑,递相祖述复先谁。别裁伪体亲风雅,转益多师是汝师。
(彭定求等编《全唐诗》卷227《戏为六绝句》,中华书局1960年4月第1版)

导读:

这六首诗是历史上最早的论诗绝句。前三首,对一些作家作评价以引出问题;后三首,表达自己对诗歌的理解和看法。

唐代诗歌理论的发展,一开始就面临一个如何对待六朝文学遗产的问题。自陈子昂等倡导文学复古后,一部分人对待六朝文学持一种完全否定的态度,另一部分人则热衷于对六朝文学形式上的模仿。杜甫对六朝文学的看法异于流俗,作出更符合文学发展规律的评判。

杜甫主张兼收并蓄、博采众长,认为六朝文学亦有可取之长处,要作具体分析,不能一概否弃。第一首以庾信为例,指出论诗要关注作家的创作生涯全程,应当看到其不同创作阶段的艺术优长;第二首以四杰为例,指出评价作家成就与地位,应当联系当时的历史条件。基于对前代文学的这些认识,他提出不薄古今的文学主张,要求广泛吸取前人创作经验,将之转化为自己的艺术滋养。具体内容有四项:一是要像"鲸鱼碧海"那样有大家气象,二是要以"清词丽句"作为艺术的追求,三是要有"别裁伪体"的文学鉴识能力,四是要持"转益多师"的虚心学习态度。

二　诗式(节录)

〔唐〕皎然

取境。评曰:"或云:'诗不假修饰,任其丑朴;但风韵正,天真全,即名上等。'"予曰:"不然。无盐阙容而有德,曷若文王太姒有容而有德乎?"又云:"不要苦思。苦思,则丧自然之质。""此亦不然。夫不入虎穴,焉得虎子。取境之时,须至难至险,始见奇句。成篇之后,观其气貌,有似等闲,不思而得,此高手也。有时意静神王,佳句纵横,若不可遏,宛若神助。不然,盖由先积精思,因神王而得乎?"(皎然《诗式》,中华书局 1985 年新 1 版)

导读:

皎然,俗姓谢,字清昼,湖州长城(今浙江长兴)人,大约生活于玄宗开元至德宗贞元年间。著有《杼山集》10 卷,另有《诗式》一卷本、五卷本两种。

唐代诗歌理论批评倾向,主要有重质与重文两种。从陈子昂、元稹、白居易到皮日休,所代表的是重质倾向,即看重诗歌思想内容;从旧题王昌龄《诗格》、皎然《诗式》到司空图《二十四诗品》,所代表的是重文倾向,即看重诗歌审美技艺。《诗式》的理论批评,显然归属于后一倾向。

诗式,即诗的法则。全书设立五种诗格作为评诗标准,用来对一些具体的作品进行评定,其间贯穿了评论者论诗的基本观点,涉及诗歌的作法、风格、意境,以及内容与形式、自然与苦思、复古与创新等关系问题。这里所选的题名为"取境"的段落,是探讨苦思与自然这两种不同趣味。

此文批判了两种错误的文学观点：一种是认为诗不需要文饰，只要"风韵正，天真全"，亦即只要内在情思好就行了，外在形式的丑朴无关紧要；一种是认为写诗不要苦思，只要是经过苦思写成的诗，其自然之质就丧失了，因而不值得大力提倡。皎然认为，这两种观点都不对：第一，诗歌需要文饰，文饰可增加美感，有文有质才全面；第二，创作需要苦思，精心营构是必要的，苦思之作反而会有浑然天成之感。他以取境为例，说明苦思的必要性和重要性，指出取境是至为艰难的环节；但一旦成功之后就有一种自然美感，产生"有似等闲，不思而得"效果。

三 唐故工部员外郎杜君墓系铭（节录）

[唐] 元稹

余读诗至杜子美，而知古人之才有所总萃焉。始尧、舜时，君臣以赓歌相和。是后，诗人继作，历夏、殷、周千余年，仲尼缉拾选练，取其干预教化之尤者三百篇，其余无闻焉。骚人作而怨愤之态繁，然犹去风雅日近，尚相比拟。秦、汉以还，采诗之官既废，天下俗谣民讴歌颂讽赋曲度嬉戏之词，亦随时间作。逮至汉武赋《柏梁》诗，而七言之体具。苏子卿、李少卿之徒，尤工为五言。虽句读文律各异，雅郑之音亦杂，而词意简远，指事言情，自非有为而为，则文不妄作。建安之后，天下文士遭罹兵战。曹氏父子鞍马间为文，往往横槊赋诗，故其遒文壮节，抑扬怨哀悲离之作，尤极于古。晋世风概稍存；宋、齐之间，教失根本，士以简慢歙（shè）习舒徐相尚，文章以风容色泽放旷精清为高。盖吟写性灵流连光景之文也，意义格力无取焉。陵迟至于梁、陈，淫艳刻饰、佻巧小碎之词剧，又宋、齐之所不取也。

唐兴，学官大振。历世之文，能者互出。而又沈、宋之流，研练精切，稳顺声势，谓之为律诗。由是而后，文体之变极焉。然而好古者遗近，务华者去实。效齐、梁则不逮于晋、魏，工乐府则力屈于五言；律切则骨格不存，闲暇则纤浓莫备。至于子美，盖所谓上薄风、骚，下该沈、宋，言夺苏、李，气吞曹、刘，掩颜、谢之孤高，杂徐、庾之流丽，尽得古今之体势，而兼昔人之所独专矣。使仲尼考锻其旨要，尚不知贵其多乎哉？苟以为能所不能，无可无不可，则诗人以来，未有如子美者。

时山东人李白，亦以奇文取称；时人谓之"李杜"。予观其壮浪纵恣，摆去拘束，模写物象，及乐府歌诗，诚亦差肩于子美矣。至若铺陈终始，排比声韵，大或千言，次犹数百，词气豪迈而风调清深，属对律切，而脱弃凡近，则李尚不能历其

藩翰,况堂奥乎!(董诰等《全唐文》卷654《唐故工部员外郎杜君墓系铭序》,中华书局1983年11月第1版)

导读:

元稹是中唐时期有强烈写实精神的诗人,主张诗歌反映社会现实、关注民生疾苦;为此,他崇尚《诗经》的风雅传统,强调诗歌的讽谕与教化功能。同时,也对屈原以后的诗歌创作和体式发展提出看法,主要有两点:其一,秦汉至魏晋该时段,风雅传统有所丧失;其二,宋、齐以至梁、陈,诗之风教已失根本。

这篇序文最重要的内容,是对杜甫作出高度评价。在此之前,杜甫及其诗歌并未引起人们格外的关注,而元稹认为杜甫是古今诗歌的集大成者:"上薄风、骚,下该沈、宋,言夺苏、李,气吞曹、刘,掩颜、谢之孤高,杂徐、庾之流丽,尽得古今之体势,而兼昔人之所独专。"从杜甫文学成就及对后世影响来看,这个评价是全面到位的而绝非过誉。

此外,元稹比较李杜诗,认为杜优而李劣。其理由是:杜诗"铺陈终始,排比声韵,大或千言,次犹数百,词气豪迈而风调清深,属对律切,而脱弃凡近";而李诗虽"壮浪纵恣,摆去拘束,模写物象,及乐府歌诗,诚亦差肩于子美……尚不能历其藩翰,况堂奥乎!"这搀杂元稹个人喜好,未必是公正平允之说;因李、杜两人的性气才华不同,不宜拿李白短处来比杜甫长处。

四　与元九书(节录)
[唐] 白居易

唐兴二百年,其间诗人,不可胜数。所可举者,陈子昂有《感遇》诗二十首,鲍防有《感兴》诗十五首。又诗之豪者,世称李、杜。(李)之作才矣,奇矣,人不逮矣;索其风雅比兴,十无一焉。杜诗最多,可传者千余首,至于贯穿今古,觇(luó)缕格律,尽工尽善,又过于李。然撮其《新安》《石壕》《潼关吏》《芦子》《花门》之章,"朱门酒肉臭,路有冻死骨"之句,亦不过三四十(首)。杜尚如此,况不逮杜者乎?

仆常痛诗道崩坏,忽忽愤发,或食辍哺,夜辍寝,不量才力,欲扶起之。嗟乎!事有大谬者,又不可一二而言;然亦不能不粗陈于左右。仆始生六七月时,乳母抱弄于书屏下,有指"无"字、"之"字示仆者,仆虽口未能言,心已默识;后有问此二字者,虽百十其试,而指之不差,则仆宿习之缘,已在文字中矣。及五六岁,便学为诗。九岁,谙识声韵。十五六,始知有进士,苦节读书。二十已来,昼课赋,夜课书,间又课诗,不遑寝息矣。以至于口舌成疮,手肘成胝(zhī),既壮而肤革不丰盈,未老而齿发早衰白,瞥瞥然如飞蝇垂珠在眸子中也,动以万数。盖以苦学力文所致,又自悲矣!家贫多故,二十七,方从乡赋。既第之后,虽专于科试,亦不废诗。及授校书郎时,已盈三四百首。或出示交友,如足下辈,见皆谓之工;其实未窥作者之域耳。自登朝来,年齿渐长,阅事渐多。每与人言,多询时务;每读书史,多求理道:始知文章合为时而著,歌诗合为事而作。

微之!古人云:"穷则独善其身,达则兼济天下。"仆虽不肖,常师此语。大丈夫所守者道,所待者时。时之来也,为云龙,为风鹏,勃然突然,陈力以出;时之不来也,为雾豹,为冥鸿,寂兮寥兮,奉身而退。进退出处,何往而不自得哉?故仆志在兼济,行在独善。奉而始终之则为道,言而发明之则为诗。谓之"讽谕诗",兼济之志也;谓之"闲适诗",独善之义也。故览仆诗,知仆之道焉。其余"杂律诗",或诱于一时一物,发于一笑一吟,率然成章,非平生所尚者;但以亲朋合散之际,取其释恨佐欢。今铨次之间,未能删去;他时有为我编集斯文者,略之可也。(白居易撰《白居易集笺校》卷45《与元九书》,顾学颉校点,中华书局1979年10月第1版)

导读:

《与元九书》是白居易论诗的纲领性文献。在这封信中,他追叙了自己学习、创作的历程,表达了对诗歌价值、意义的看法,并明确提出了自己的观点和主张,认为诗歌要关注现实、干预时弊。基于这样的认识,他平生倾注极大热情来创作了大量的讽喻诗,提出"文章合为时而著,歌诗合为事而作"。此种思想是他一贯坚守的,在《新乐府序》中说诗要"为君、为臣、为物、为事而作"(《全唐诗》卷426白居易《新乐府序》,第4689页);而在《读张籍古乐府》中,又说自己"未尝著空文"。(《全唐诗》卷424,第4654页)

这里所选的三个论诗段落,主要表达其写实主义观点:

第一段,以风雅比兴标准衡量唐代多家的诗作价值,肯定陈子昂、鲍防、杜甫等人的艺术成就。其中以杜甫的评价最高,而对李白则有贬低倾向。这与元稹看法,是基本相同的。

第二段,记叙了自己学习和成长的经历,表达其对诗歌认识的不断深化。特别是"自登朝来,年齿渐长,阅事渐多。每与人言,多询时务;每读书史,多求理道：始知文章合为时而著，歌诗合为事而作"。可见，他最富有社会责任感的诗学主张，是进入社会与步入官场后确立的。

第三段，他从"穷则独善其身，达则兼济天下"的观念出发，将自己诗歌创作分为讽喻诗、闲适诗和杂律诗三类。前二类对应于他兼济与独善的人生观，因而同等重要可留存不删；后一类"率然成章，非平生所尚者"，因而未来或可在删削之列。这表明其诗论有一定的狭隘性，并未能完全涵盖他的创作实际。

安史之乱以后，社会动荡不安，矛盾日益激化尖锐，有识之士忧心日增，意欲奋起改革，挽救政治危机。这在理论批评上，便相应地产生文学应当反映现实的要求，而白居易所论正是顺应这个时代的潮流。

第十讲
晚唐五代文学批评

晚唐五代,大致是指从唐文宗登基至五代末,共约一百二三十年。这一阶段的文学批评已进入唐代尾声。随着国势衰落和社会危亡转深,中唐古文运动、新乐府运动所倡导的理论主张,尤其是写实主义精神重新引起了文学家的重视。这是思想内容的一面;而在诗歌艺术的一面,自伪王昌龄《诗格》提出"三境"论以来,中经皎然、刘禹锡等人的进一步丰富发展,至司空图《二十四诗品》提出"外"论,中国古典诗学的意境理论就已基本定型。此外,晚唐五代艳体诗词写作抬头,并出现相应的理论批评观点。

一 古文运动及其理论

安史之乱爆发后,社会矛盾更激化,一些有识之士开始谋求变革,相应地引发文学批评的新变。特别是在散文的创作与批评领域,韩愈、柳宗元等人倡导古文运动。古文运动是一次从思想内容到语言形式的革新运动,其根本目的在于以儒家的道德理想来指导文学创作,企图用文统来修复道统,以重振儒学的正宗地位。从韩、柳前的玄宗时代起,已有文人开始不满于骈文,而提倡散语写作,发表复古的观点。他们是引导古文运动的先驱,韩、柳古文运动即受其启迪。韩、柳文学影响盛极之后,古文运动的风势日渐减弱,除了局限在韩门后学少数人的坚守之中,还残留为晚唐皮日休等关注现实的论说。

(一) 古文运动前驱者文论

追复经典的反骈文论/萧颖士政教功利文论/李华的尚质轻文论/贾至

的经典文章论

在韩、柳等人发起古文运动之前,玄宗天宝年间骈文写作日益流行;这已引起一些作家的不满,而开始主张用散语来写作。他们因发表了复古言论,被视为古文运动的前驱。对此,独孤及曰:"天宝中,公(李华)与兰陵萧茂挺(颖士)、长乐贾幼几(至)勃焉复起,振中古之风,以宏文德。"(《全唐文》卷388《检校尚书吏部员外赵郡李公中集序》,第3946页)这里所提到的追复经典人士,有萧颖士、李华和贾至等人。

萧颖士(约717—760),字茂挺,颍州汝阴(今安徽阜阳)人,郡望兰陵(今江苏常州)。曾任秘书正字、扬州功曹参军等职。《全唐文》载文两卷。萧颖士自谓"以明教为己任","平生属文,格不近俗。凡所拟议,必希古人;魏晋以来,未尝留意"。(《全唐文》卷323《赠韦司业书》,第3276页)可见,他信奉儒家的正统诗教,有鲜明的文学复古倾向。他有诗为门人归江南而作,乃模仿《诗》四言体写成,并有序标举雅正的文学观:

> 猗!尔之所以求,我之所以诲,学乎,文乎?学也者,非云征辨说,撷文字,以扇夫谈端,轹厥词意。其于识也,必鄙而近矣。所务乎宪章典法、膏腴德义而已。文也者,非云尚形似,牵比类,以局夫俪偶,放于奇靡。其于言也,必浅而乖矣。所务夫激扬雅训,彰宣事实而已。……孔门四科,吾是以窃其一矣。然夫德行、政事,非学不言;言而无文,行之不远,岂相异哉?四者一,夫正而已矣。(《全唐诗》卷154《江有归舟并序》,第1594页)

萧颖士的主张,是简捷明快的。他反对形似比类、俪偶奇靡之风,而主张激扬雅训、彰宣事实之正。亦即把政教功利放在第一位,而轻视语言艺术和审美特质。

李华(约715—774),字遐叔,赵郡赞皇(今属河北省赞皇县)人。曾任监察御史、右补阙等职。《全唐文》载文八卷。他与萧颖士为同年进士,交谊深厚。李华文学主张,也推崇儒家经典,尚本质而轻文艺。其有文曰:

> 文章本乎作者,而哀乐系乎时。本乎作者,六经之志也;系乎时者,乐文武而哀幽厉也。立身扬名,有国有家,化人成俗,安危存亡。于是乎观之,宣于志者曰言,饰而成之曰文。有德之文信,无德之文诈。皋陶之歌,史克之

颂,信也;子朝之告,宰嚭之词,诈也;而士君子耻之。夫子之文章,偃、商传焉;偃、商殁而孔伋、孟轲作,盖六经之遗也。屈平、宋玉哀而伤,靡而不返,六经之道遁矣。论及后世,力足者不能知之,知之者力或不足,则文义寖以微矣。(《全唐文》卷315《赠礼部尚书清河孝公崔沔集序》,第3196页)

这所论完全以儒家的六经为最高标准,对屈原、宋玉以下则从道义上予以否定。其观点与隋初李谔、王通的主张一脉相承,也是把文艺之美和六经之道对立起来看待,因而显得板正,走向狭隘偏执。

贾至(718—772),字幼几,一作幼邻,河南洛阳(今属河南)人。与萧颖士、李华为同年进士。曾任起居舍人知制诰、右散骑常侍等职。《全唐文》载文3卷。贾至与萧、李一样,以教化天下为己任,将《诗》《书》《春秋》等儒家经典视为文章典范,并以此为标准来全盘否定《楚辞》以下的文学成就。其有文曰:

《易》曰:"观乎天文以察时变;观乎人文以化成天下。"然则唐虞赓歌、殷周雅颂,美文之盛也。厥后四夷交侵,诸侯征伐,文王之道将坠地;于是仲尼删《诗》、述《易》、作《春秋》,而叙帝王之书,三代文章,炳然可观。洎骚人怨靡;扬、马诡丽;班、张、崔、蔡,曹、王、潘、陆,扬波扇飙,大变风雅;宋、齐、梁、隋,荡而不返。昔延陵听乐,知诸侯之兴亡;览数代述作,固足验乎理乱之源也。(《全唐文》卷368《工部侍郎李公集序》,第3736页)

由此可见,贾至所倡复古是要文学完全为教化服务,而不许成为蛊惑人心、伤风败俗的工具。

(二) 古文运动的理论前奏

独孤及质文衰变论/梁肃的文章道衰论/柳冕强调文道合一

稍后于萧、李、贾三人的,有独孤及、梁肃、柳冕等。他们也倡导古文运动,并在创作中付诸实践;其质文衰变、文章道衰等论调,实际成为古文运动的理论前奏。

独孤及(725—777),字至之,河南洛阳人,曾为左拾遗、常州刺史,有《毗陵集》传世。他同样尊崇儒家学说,主张文学为政教服务,对屈原以后抒发个人情怀的文学动向表示不满,但他并不否定抒情而对诗歌另有一套评价标准。其有文曰:

> 五言诗之源,生于《国风》,广于《离骚》,著于李、苏,盛于曹、刘,其所自远矣。当汉魏之间,虽以朴散为器,作者犹质有余而文不足。以今揆昔,则有朱弦疏越、太羹遗味之叹。历千余岁,至沈詹事、宋考功,始裁成六律,彰施五色,使言之而中伦,歌之而成声,缘情绮靡之功,至是乃备。虽去《雅》寝远,其丽有过于古者,亦犹路轚出于土鼓、篆籀生于鸟迹也。沈、宋既殁,而崔司勋颢、王右丞维复崛起于开元、天宝之间。得其门而入者,当代不过数人,补阙其人也。(《全唐文》卷388《唐故左补阙安定皇甫公集序》,第3940页)

这里所述虽无强调儒家教化的言论,但认定律体诗已"去《雅》寝远",即隐含质文衰变论,还是有复古的意向。不过,他并没有一概否定诗歌由质向文的转化,而对这一转化过程作出贡献的诗人有所肯定。这里所论虽是诗歌,而与古文是相通的。

梁肃(753—793),字敬之,一字宽中,世居河南陆浑,后迁于新安(今属河南),曾任右补阙、翰林学士等职。《全唐文》载其文6卷。他推崇两汉文章,曾撰文申论之曰:

> 炎汉制度,以霸王道杂之,故其文亦二:贾生、马迁、刘向、班固,其文博厚,出于王风者也;枚叔、相如、扬雄、张衡,其文雄富,出于霸途者也。

无论是出于王风,还是出于霸途;他对两汉的文章,总体上是肯定的。值得注意的是,在下文中他还提出了文章道衰论,并探讨文章与道、气、辞的关系:

> 故文本于道,失道则博之以气,气不足则饰之以辞。盖道能兼气,气能兼辞,辞不当则文斯败矣。……若乃其气全,其辞辨,驰骛古今之际,高步天地之间,则有左补阙李君。……议者又谓君之才若崇山出云,神禹导河,触石而弥六合,随山而注巨壑,盖无物足以遏其气而阂其行者也。(《全唐文》卷518《补阙李君前集序》,第5261页)

所谓"道"是儒道,即认为文出自儒道;而在道、气、辞与文的关系上,则有一个逐级衰变的过程:道失去了,就衰降而为气;气不足了,则以辞来修饰;而反过来,道能兼有气,气能兼有辞。也就是说,上一级兼有下一级,而辞的级别最低下;若辞不当的话,文也就毁败了。这段话看起来玄虚,其实不过是为了突出儒道的正统地位,将儒家的经典视为文的最高典范而已。这显然是一种复古的论调,是为古文运动的理论前奏。

柳冕(生卒年不详),字敬叔,河东(治所在今山西永济)人,贞元年间曾任吏部郎中、福州刺史等职。《全唐文》载其文1卷。柳冕论文更持正,强调文与道合一:"故在君子之心为志,形君子之言为文,论君子之道为教。"(《全唐文》卷527《与徐给事论文书》,第5356页)当然志、文、道、教四者一体,只是他心目中文章的理想状态;实际情况更复杂,文与道未必合一。所以他又说:"文而知道,二者兼难;兼之者,大君子之事。"(《全唐文》卷527《答徐州张尚书论文武书》,第5358页)他所谓的"大君子",其实就是指圣人孔子;而文与道合一典范,就非儒家经传莫属。他正是从这个文道合一的理论预设出发,才攻击屈原、宋玉以至齐梁的辞赋诗歌:

> 屈宋以降,则感哀乐而亡雅正;魏晋以还,则感声色而亡风教;宋齐以下,则感物色而亡兴致。教化兴亡,则君子之风尽;故淫丽形似之文,皆亡国哀思之音也。(《全唐文》卷527《与滑州卢大夫论文书》,第5356页)

把屈原以后的文学一概斥为亡国之音,可见柳冕的复古立场更为固执和偏激。

(三) 韩柳及韩门后学文论

韩愈气盛言宜、不平则鸣论/柳宗元文以明道的古文理论/韩门后学尚怪奇的文学主张

韩愈(768—824),字退之,河南河阳(今河南孟县东南)人,唐代杰出的古文家、诗人。晚年官吏部侍郎,人称"韩吏部"。他是唐代古文运动的倡导者,提出了一些重要的文学主张,对古文创作具有极大的指导意义,被后人推为"唐宋八大家"之首。

韩愈所推崇的"古文",是特指先秦西汉散体文。为推动"古文"的创作,他提出气盛言宜的观点:

> 气,水也;言,浮物也。水大而物之浮者大小毕浮;气之与言犹是也,气

盛则言之长短与声之高下皆宜。(《全唐文》卷552《答李翊书》,第5588页)

其所谓气是孟子所提倡的浩然之气,即指以道德修养为主导的精神状态。韩愈还认为,这种气"不可以不养",须通过一定途径来培养;其培养途径为:"行之乎仁之途,游之乎《诗》《书》之源。"(同上)这种气一旦养成,就成为言的承载;而气饱满有力之"盛",又使语言声调各得其宜。

若说气盛言宜论有儒家思想倾向,那么作为对该论说的修正与补充,他又提出不平则鸣之论,以强调自然性情之发挥。其有文曰:

大凡物不得其平则鸣。草木之无声,风挠之鸣;水之无声,风荡之鸣。其跃也,或激之;其趋也,或梗之;其沸也,或炙之。金石之无声,或击之鸣。人之于言也亦然,有不得已者而后言,其歌也有思,其哭也有怀,凡出乎口而为声者,其皆有弗平者乎!乐也者,郁于中而泄于外者也,择其善鸣者而假之鸣。……其于人也亦然。人声之精者为言,文辞之于言,又其精也,尤择其善鸣者而假之鸣。(《全唐文》卷555《送孟东野序》,第5612页)

所谓的"物不得其平而鸣",大致是指处于平衡静止状态的物之所以会发出声响必有其客观的原因,如草木因风而鸣,金石因击打而鸣,等等。人也一样,其发言为声,或歌或哭,宣泄出某种情感,也是有客观原因的。这个客观原因,乃与个人的遭遇,以及时代的盛衰、国家的兴亡等有关。韩愈认为,文章著作,同样是"不得其平而鸣"的产物。

在创作实践上,韩愈重视创新,提出务去陈言,故曾感慨地说:"唯陈言之务去,戛戛乎其难哉!"(《全唐文》卷552《答李翊书》,第5588页)在另一篇文章中,他有类似的言论:"必出于己,不蹈袭前人一言一句,又何其难也。"(《全唐文》卷563《南阳樊绍述墓志铭》,第5705页)所谓陈言,既指语言俗套,还指缺乏见解。故知,他倡导古文运动,不但要吸取古人的经验,同时还强调个人的创新,亦即在复兴古文传统中有所创新,而非像先驱者那样一味强调复古。

柳宗元(773—819),字子厚,河东(今山西夏县西北)人,唐代杰出的古文家、诗人,与韩愈共同倡导古文运动。顺宗时参与王叔文集团,企图改革弊政然遭失败,官终于柳州刺史任上,有《柳河东集》传世。

柳宗元论文,认为作文的根本目的是要明道,因此反对那种徒有其表的虚饰:

> 始吾幼且少,为文章,以辞为工。及长,乃知文者以明道;是故不苟为炳炳烺烺、务彩色、夸声音而以为能也。(《全唐文》卷575《答韦中立论师道书》,第5814页)

这里提出文以明道的主张,而鄙弃徒求词采声律之美。至于所明之道为何物,柳宗元另有文解释曰:"道之及,及乎物而已耳。"(《全唐文》卷575《报崔黯秀才论为文书》,第5817页)又曰:"且子以及物行道为是耶?非耶?伊尹以生人为己任,管仲雩浴以伯济天下,孔子仁之。凡君子为道,舍是宜无以为大者也。"(《全唐文》卷575《与杨诲之疏解车义第二书》,第5810页)于此可概见,其道有两点:一是"君子为道",即儒家圣人之道;二是"及物行道",即道具现于物事。这就使所明之道贴近人情事理,而不是高悬着的形而上的理念。

柳宗元论文重明道,这与韩愈是一致的。也正是出于看法的一致,故特加推崇韩愈的古文:

> 退之所敬者,司马迁、扬雄。迁于退之,固相上下。若雄者,如《太玄》《法言》及《四愁赋》,退之特未作耳;使作之,加恢奇。至他文过扬雄远甚。雄之遣词措意,颇短局滞涩,不若退之猖狂恣睢,肆意有所作。(《全唐文》卷575《答韦珩示韩愈相推以文墨事书》,第5816页)

他既看重的是韩愈古文恢奇的一面,又重其猖狂恣睢、肆意而作的一面;也就是在文以明道之外,还注重语言艺术的创新。

韩柳为同时代人,柳宗元推崇韩愈,可以看作是两人同倡古文运动,也可以看成是柳服膺韩的主张。而除了柳宗元之外,当时服膺韩者不少,其中较著名的作家,有李翱、皇甫湜等。还有晚唐作家孙樵,曾向来无择学古文;而来无择是皇甫湜学生,故亦间接出自韩愈之门。这些直接或间接服膺者,被史上统称为韩门后学。

李翱(约774—约836),字习之,陈留(今河南开封)人,郡望陇西成纪(今甘肃秦安)。曾任国子博士、山南东道节度使等职。有《李文公集》传世。李翱论文,一方面突出文章的义理,将教化视为文章的根本:"言语不能根教化,是人之文纰缪也。"(《全唐文》卷637《杂说上》,第6427页)另一方面又重视词章之工,要求文、理、义三者兼得。其有文曰:

> 故义虽深、理虽当,词不工者不成文,宜不能传也。文、理、义三者兼并,乃能独立于一时而不泯灭于后代,能必传也。仲尼曰:"言之无文,行之不远"子贡曰:"文犹质也,质犹文也,虎豹之鞟,犹犬羊之鞟。"此之谓也。(《全唐文》卷 635《答朱载言书》,第 6412 页)

文、理、义三者中,义、理虽然是根本;但文显然不可或缺,故文的地位很重要。总之,他是相当重视文的,视为传达义理关键。

皇甫湜(约 777—约 835),字持正,睦州新安(今浙江淳安市)人。曾任工部郎中、东都判官等职。有《皇甫持正文集》传世。他论文推崇怪奇,明确标举怪奇论:

> 夫意新则异于常,异于常则怪矣;词高则出于众,出于众则奇矣。虎豹之文不得不炳于犬羊;鸾凤之音,不得不锵于乌鹊;金玉之光,不得不炫于瓦石:非有意于先之也,乃自然也。(《全唐文》卷 685《答李生第一书》,第 7020 页)

这里所谓怪奇,主要体现两点:一为意新,一为词高。意新是作意,即艺术构思的怪异;词高是语辞,即语言表达的新奇。他强调,这种怪奇并不是刻意追求来的,而是艺术本质内容的自然流露。不过,他没有一味强调怪奇而忽视道理,而认为文奇与理正并不天然对立,两者虽难以兼容,但可以通过努力,实现两者的统一,以求文章之不朽:

> 夫文者非他,言之华者也,其用在通理而已,固不务奇,然亦无伤于奇也。使文奇而理正,是尤难也。……以非常之文,通至正之理,是所以不朽也。(《全唐文》卷 685《答李生第二书》,第 7021 页)

可见皇甫湜心目中理想的文章,是"以非常之文通至正之理"。这样,就从文与理相统一的角度,为文学创新争得一席之地。

孙樵(生卒年不详),字可之。自称"家本关东,代袭簪缨"(《全唐文》卷 794《自序》,第 8326 页)。有《孙可之文集》传世。他的文学主张与韩柳所论一脉相承,也以"明道"作为文章的根本目的,并看重艺术创新,强调文章的怪奇。其有文曰:

> 鸾凤之音必倾听,雷霆之声必骇心。龙章虎皮,是何等物?日月五星,是何等象?储思必深,摛词必高。道人之所不道,到人之所不到。趋怪走奇,中病归正。以之明道,则显而微;以之扬名,则久而传。前辈作者正如是。譬玉川子《月蚀诗》、杨司城《华山赋》、韩吏部《进学解》、冯常侍《清河壁记》,莫不拔地倚天,句句欲活。读之如赤手捕长蛇,不施控骑生马,急不得暇,莫可捉搦。又似远人入太兴城,茫然自失,讵比十家县,足未及东郭,目已极西郭耶?(《全唐文》卷794《与王霖秀才书》,第8325页)

孙樵之标举"趋怪走奇",是指立意作文要不落俗套,"道人之所不道,到人之所不到"。文章之所以称为怪奇,就在于辞与思的高深,此即所谓创新,可以传之久远。

总之,韩门后学古文创作虽然各呈风貌,但理论主张上都有尚怪奇的特点。这对文以明道说,无疑是一种补救。

二 司空图的诗学思想

司空图(837—908),字表圣,河中虞乡(今山西永济)人。僖宗时曾任知制诰、中书舍人等职。后因战乱,隐居山中。唐亡,绝食而死。有《司空表圣文集》传世。司空图是晚唐诗论大家,他上承殷璠、皎然等人,而又有创新发展,对后世影响极大。

(一) 外论及重韵味说

独标一格的外论/韵味说及其施用/追求思与境偕美

司空图论诗较前人更精深,注意到诗意的结构和层次,认为追求诗意应超越具体景象,才能进入到更高妙的审美境界。这种审美超越理论,是对意境说的发展。其有文曰:

> 戴容州云:"诗家之景,如蓝田日暖,良玉生烟,可望而不可置于眉睫之前也。"象外之象,景外之景,岂容易可谈哉?(《全唐文》卷807《与极浦书》,第8487页)

所谓"象外之象,景外之景",是指诗歌创作触发于具体景象,而又超越此景象,以获得审美超验。即如阳光暖照蓝田,良玉生出烟霭,可远望不可近观,在若有若无之间。这种创作对象已不是客观实在景象,而是借助想象实现审美超越的产物。因此可以说,"外"就是审美超越,先是由具体景象触发,然后再借助艺术想象,最终创造出高妙境界。这是对意境理论的深化,探触了意境的生成机制。

与其外论相关的,是他提出的韵味说。其说以味论诗,注重审美体验,实际上就是对"外"论的具体施用,即体味"象外之象,景外之景"。其另有文曰:"文之难,而诗之(难)尤难。古今之喻多矣,愚以为辨于味而后可以言诗也。"又说:"近而不浮,远而不尽,然后可以言韵外之致耳";"倘复以全美为工,即知味外之旨矣。"(《全唐文》卷807《与李生论诗书》,第8486页)这是"外"论在创作上的具体施用,要求诗歌追求韵外之致与味外之旨。韵,即声韵,指诗歌的语言形式;韵外,指对语言形式的超越;韵外之致,指超越语言形式之兴致。味,即趣味,指诗歌的审美趣味;味外,指对审美趣味的超越;味外之旨,指超越审美趣味之意旨。从语言到兴致,从兴致到趣味,从趣味到意旨,如此层层推进,终至高妙境界。这就是其韵味说的主要内含,司空图还用具体诗例来说明:

> 愚窃尝自负,既久而愈觉缺然。然得于早春,则有"草嫩侵沙长[短],冰轻著雨销";又"人家寒食月。花影午时天";又"雨微吟足思,花落梦无憀";又"夜短猿悲减,风和鹊喜灵"。得于山中,则有"坡暖冬生笋,松凉夏健人";又"川明虹照雨,树密鸟冲人"。得于江南,则有"日带潮声晚,烟和楚色秋";又"曲塘春尽雨,方响夜深船"。得于塞上,则有"马色经寒惨,雕声带晚饥"。得于丧乱,则有"骅骝思故第,鹦鹉失佳人";又"鲸鲵人海涸,魑魅棘林幽"……虽庶几不滨于浅涸,亦未废作者之讥诃也。(《全唐文》卷807《与李生论诗书》,第8485—8486页)

这里所列举的诗句,都认为是有韵味者。如写早春"草嫩侵沙短,冰轻著雨销",从中能够看出早春物象景色的微妙变化:野草很嫩,刚刚从沙地里冒出来;冰很轻薄,不堪载重而遇雨即化。一个"侵"字,可以见出春天勃勃生机;一个"销"字,可以见出寒冬即将过去。从审美角度来说,这种描写的微妙韵味,实已超越了具体景象。

上述诗句抓住早春的景象特征进行描写,虽只写沙里草长和雨中冰销之微妙神态;却仿佛置身于早春的情景中,令人感到韵味隽永意旨悠长。这种境界浑然之美,亦即"思与境偕":"五言所得,长于思与境偕,乃诗家之所尚者。"(《全唐文》卷 807《与王驾评诗书》,第 8486 页)思是人的主观情思,境是客观对象,偕是合一;"思与境偕",就是情景交融。是可以说,凡思与境偕的诗,就是有韵味的诗,就有象外之象、景外之景,就得韵外之致、味外之旨。

(二)《二十四诗品》

该著的真伪问题/该书通行的版本/二十四种诗风格/象喻的批评方式

《二十四诗品》是否确为司空图所作,自 20 世纪末以来学界一直存在争论。该著未收入司空图本集,宋文献中亦未提及著录。延至元人所编《诗家一指》,《诗品》才初次被著录其中;但书中未署作者姓名,故不能确认为司空图。至明代晚期编刊的一些丛书,如吴永《续百川学海》、毛晋《津逮秘书》等书,著录《诗品》始署名司空图。许学夷《诗源辨体》云:"《诗家一指》出于元人。"(《诗源辩体》,第 3928 页)故而一些学者据以推测,《诗品》出自元人之手。又据陈尚君、汪涌豪的考证,《诗家一指》乃明怀悦所著。此后张健根据《诗家一指》不同版本及有关资料考证,否定《诗家一指》及其中收录的《诗品》作者是怀悦,而可能是虞集,或伪托是虞集。(参见汪泓《司空图〈二十四诗品〉真伪辨综述》,《复旦学报》1996 年第 2 期,第 32—37 页)目前学界对此尚无一致的看法,有些学者仍归之于司空图名下,有些学者则对此持存疑的态度,本教程则维持学界习惯的看法。

今通行的《二十四诗品》版本,主要有郭绍虞撰《诗品集解》(人民文学出版社 1963 年 10 月第 1 版)、赵福坛笺释《诗品新释》(花城出版社 1986 年 8 月第 1 版)、杜黎均注《二十四诗品译注评析》(北京出版社 1988 年 6 月第 1 版)、罗仲鼎、蔡乃中译注《二十四诗品》(浙江古籍出版社 2013 年 11 月第 1 版)等。

《二十四诗品》的主旨,是专谈诗歌的艺术风格。共有 24 首诗,每首四言 12 句,每诗分别论说一种风格,故所论风格为 24 种。具体为:雄浑、冲淡、纤秾、沉著、高古、典雅、洗炼、劲健、绮丽、自然、含蓄、豪放、精神、缜密、疏野、清奇、委曲、实境、悲慨、形容、超诣、飘逸、旷达、流动。四库馆臣称之为"诸体毕备,不主一格"(《四库全书总目》卷 195《诗品》提要,第 1781 上页);但作者实际更偏好诗歌幽雅、冲淡的情境。

《二十四诗品》批评方法的特点,是大量使用形象化的生动的语言,通过比喻、象征等方式，来描述诗歌的风格特征。如论"纤秾"品："采采流水，蓬蓬远春。窈窕深谷，时见美人。碧桃满树，风日水滨。柳阴路曲，流莺比邻。乘之愈往，识之愈真。如将不尽，与古为新。"(《诗品集解·纤秾》，第7页)这其实是一首四言诗，而尽显纤秾风格特征，犹如一幅幅春日的画卷，具体内涵则需读者想象。这就是一种象喻式批评，极富本土文学批评特色。

（三）推重王维一派诗

推崇王维、韦应物等诗人/欣赏大历、元和诸家诗作/崇尚淡泊平静的诗歌意趣

司空图生活在晚唐时期，有条件统观唐代的诗歌；他对诸多唐诗大家的评论，颇能反映出他的审美倾向。如他评价初盛唐的诗人，有《与王驾评诗书》云：

> 国初，主上好文雅，风流特盛。沈、宋始兴之后，杰出于江宁，宏肆于李、杜，极矣。左[右]丞、苏州，趣味澄夐，若清风之出岫。(《全唐文》卷807，第8486页)

对于初盛唐时期的诗人，司空图先推崇沈佺期、宋之问、张九龄，之后更是极度推崇王昌龄、李白和杜甫；而他最倾心激赏的，还是王维与韦应物。

对中晚唐诗人，尤其是大历、元和诸名家，其《与王驾论诗书》又曰：

> 大历十数公，抑又其次焉。（元、白）力勍而气孱，乃都市豪估耳。刘公梦得，杨公巨源，亦各有胜会。浪仙、东野、刘得仁辈，时有佳致，亦足涤烦。厥后所闻，逾褊浅矣。(《全唐文》卷807，第8486页)

"大历十数公"，指代宗大历年间的一批诗人，包括了大历十才子及其外围。这时期的诗歌，长于抒情写景，语言极清新工整，与王维一脉相承；但元稹、白居易诗作贴近市民，写得较为通俗易懂、缺乏韵味，故而不甚喜，乃有差评之语；至于刘禹锡、杨巨源、贾岛等人的诗，因写得含蓄有趣而符合他的审美好尚。

司空图特重王维、韦应物一派的诗歌，赞之为"趣味澄夐，若清沇之贯达"，即说其诗清新自然、趣味悠远，就像清澈的沇水一样流贯通达。其《与李生论诗书》亦曰：

> 诗贯六义,则讽谕、抑扬、渟蓄、渊雅,皆在其间矣。……王右丞、韦苏州,澄澹精致,格在其中,岂防于道学哉!(《全唐文》卷807,第8485页)

说他们诗写得清澄淡远,有一种精致、高雅之美。司空图上承皎然,论诗重清淡之格。王维、韦应物爱恋平静的生活,所作诗歌表达一种淡泊的志趣;而司空图晚年弃官隐居,思想情趣与二者实相通。

三 唐末五代文学批评

唐末五代是晚唐的延续,故唐末可纳入晚唐时段。正是基于这个考量,兹将诸家一并讨论。杜牧、李商隐诗有明显的艳体倾向,这与晚唐的文学创作风气是一致的;与该创作风尚相呼应,他们重意气、求清丽,具有张扬的个性色彩,也有强烈的创新意识。但到了唐末此种绮丽风气有所逆转,皮日休与陆龟蒙明显回归政教立场。另出现张为《诗人主客图》,其批评方式对后世颇有影响。此外还有一些闲杂语体,其批评形式也值得注意。

(一) 杜李皮陆四家诗文评论

杜牧重意气的文学主张/李商隐反宗经师圣之论/皮陆回归政教功能之论

杜牧(803—852),字牧之,京兆万年(今陕西西安)人。曾任司勋员外郎、中书舍人等职。有《樊川文集》传世。与李商隐同为晚唐诗人,被史家合称"小李杜"。杜牧以意气论文,其有书信商论曰:

> 凡为文以意为主,气为辅,以辞彩章句为之兵卫。未有主强盛而辅不飘逸者,兵卫不华赫而庄整者。四者高下圆折,步骤随主所指,如鸟随凤,鱼随龙,师众随汤、武,腾天潜泉、横裂天下,无不如意。苟意不先立,止以文彩辞句绕前捧后,是言愈多而理愈乱,如入阛阓,纷纷然莫知其谁,暮散而已。是以意全胜者,辞愈朴而文愈高;意不胜者,辞愈华而文愈鄙。是意能遣辞,辞不能成意,大抵为文之旨如此。(《樊川文集》卷13《答庄充书》,第195页)

杜牧熟知兵书,故以兵法为喻。他认为文章写作要以意为主,就像军队一样应当有个主脑;而文气与辞彩章句之类,只是主意的辅翼与旁卫。这是强调内容与形式的主从关系,而反对单纯追求语言形式的华美。

正是出于此论,杜牧虽极尽赞美李贺诗,但也严正指出它的不足:"骚之苗裔,理或不及,辞或过之";"若稍加以理,奴仆命骚可也"。(《樊川文集》卷10《李贺集序》,第149页)这里所谓"理",也就是文章主意。同是出于此论,他还贬低元稹、白居易,尝借李戡的言论而评曰:

> 尝痛自元和以来,有元、白诗者,纤艳不逞,非庄士雅人,多为其所破坏。流于民间,疏于屏壁,子父女母,交口教授,淫言媟语,冬寒夏热,入人肌骨,不可除去。(《樊川文集》卷9《唐故平卢军节度巡官陇西李府君墓志铭》,第137页)

这话虽是李戡说的,却很为杜牧所认同。就是这样,杜牧把意或理看得无比重要,认定"意不胜者,辞愈华而文愈鄙"。(《樊川文集》卷13《答庄充书》,第195页)

李商隐(约811—约858),字义山,怀州河内(今河南沁阳)人。有《李义山诗文集》传世。他主张为文要有创新,而反对宗经复古之说。他有文曰:

> 愚生二十五年矣,五年诵经书,七年弄笔砚,始闻长老言:学道必求古,为文必有师法。常悒悒不快,退自思曰:"夫所谓道,岂古所谓周公、孔子独能邪?盖愚与周孔俱身之耳。"以是有行道不系今古,直挥笔为文,不爱攘取经史,讳忌时世。百经万书,异品殊流,又岂能意分出其下哉!(《樊南文集》卷8《上崔华州书》,第443页)

李商隐不唯周公、孔子之道为道,实际上是想跳出儒家思想的牢笼。他主张不拘古今,"直挥笔为文",既"不爱攘取经史",也不愿"讳忌时世",即要求为文不受束缚,而自由发挥创作才能。他甚至敢于质疑前人征圣的文学观,其《容州经略使元结文集后序》曰:

> 论者徒曰次山不师孔子为非。呜呼!孔氏于道德仁义外有何物?百千万年,圣贤相随于涂中耳。次山之书曰:"三皇用真而耻圣,五帝用圣而耻

明,三王用明而耻察。"嗟嗟此书,可以无书。孔氏固圣矣,次山安在其必师之邪!(《樊南文集》卷7,第436—437页)

他未必真的要非毁圣人孔子,而只是说道德与文学本二途,不可用道德仁义来陵替文学的创造精神,也就是想摆脱儒家束缚而进行自由创造。

皮日休(约834—883),字逸少,后改字袭美,襄阳(今属湖北)人。唐朝时曾任太常博士;黄巢入长安称帝,改任为翰林学士,后被杀。有《皮子文薮》传世。皮日休关心现实,讽切世病。在思想上,明显受到儒家道统观的影响,尊崇孟子、王通、韩愈等人;在诗论上,明显受到元结、元稹、白居易的影响,重视乐府诗反映现实、针砭时弊之格。其有文曰:

> 乐府,盖古圣王采天下之诗,欲以知国之利病,民之休戚者也。得之者,命司乐氏入之于埙篪,和之以管籥。诗之美也,闻之足以劝乎功;诗之刺也,闻之足以戒乎政。故周礼,太师之职掌教六诗;小师之职掌讽诵诗。由是观之,乐府之道大矣。今之所谓乐府者,唯以魏、晋之侈丽,陈、梁之浮艳,谓之乐府诗,真不然矣!(《皮子文薮》卷10《正乐府十篇序》,第107页)

诗之美用以劝功,诗之刺用以戒政,这见解和元、白如出一辙。除最为重视关切现实的乐府诗之外,皮日休对其他类型诗歌也多有肯定。如评价李白诗作"五岳为辞锋,四溟作胸臆"(《皮子文薮》卷10《七爱诗·李翰林》,第106页);称赞刘言史诗篇"美丽恢赡,自(李)贺外,世莫得比"(《皮子文薮》卷4《刘枣强碑》,第39页)。

陆龟蒙(?—约881),字鲁望,号江湖散人、甫里先生、天随子,吴郡(今江苏苏州)人。有《泽笠丛书》、《甫里先生文集》传世。陆龟蒙是个不第的秀才,长期过着江湖闲散生活;尽管未参政,但时值乱世,他与皮日休一样关心社会现实,在文论上颇重视文学教化功能。其有文曰:

> 江文通尝著《青苔赋》,置苔之状则有之,惩劝之道雅未闻也。如此则化下风上之旨废。因复为之,以嗣其声云。(《全唐文》卷800《苔赋·序》,第8392页)

他解读江淹所作《青苔赋》,认定它没有化下风上的寓意;因而他重作一篇同名赋,而寄寓讽切现实的意义。

此外,陆龟蒙比较关注六朝文论著作,尝在《酬谢袭美先辈》一诗中,评述《文赋》《文心雕龙》,提供了极珍贵的批评史语料。其称《文赋》是"一篇迈华藻,万古无子遗";赞《文心雕龙》为"岂但标八索,殆将包两仪"。(《全唐诗》卷 617,第 7110 页)这在唐文论中不多见,故此予以特别的提示。

(二)《诗人主客图》等论著

张为其人及其《诗人主客图》/主客六系之体例及其疏漏缺憾/摘句、品第、流别的批评方式

张为(生卒年不详),生活于晚唐,袁州(今江西省宜春市)人。今本《诗人主客图》有清代李调元《函海》等刻本,应是从宋计有功《唐诗纪事》中辑录有关资料而成。这是个残缺不全的辑本,其原书大约久已散佚了。

《诗人主客图》所著录的,绝大多数是中晚唐的诗人,共 84 人,区分为六系。每系诗人按诗作品第高下分为主、客两类,其中"上入室、入室、升堂、及门"为客。每一系诗人为一共同体,其创作艺术有相同之处。每位诗家及作品编排相对独立,名下摘录其代表性的诗句若干。其序云:"若主人门下处其客者,以法度一则也。"(《全唐文》卷 817《诗人主客图·序》,第 8604 页)但具体什么法则,书中并未作说明。有些编排在同一系的诗人,今日看并无多少共同之处;而韩愈、李商隐、温庭筠等名家,竟然都未能编入《诗人主客图》。这些疏漏缺憾,颇为后人诟病。

《诗人主客图》批评方式略有三种,即摘句、品第作者高下和区分流派。具体来说,该书将所选录诗人分为六系,六系即六个流派:第一系以白居易为广大教化主;第二系以孟云卿为高古奥逸主;第三系以李益为清奇雅正主;第四系以孟郊为清奇僻苦主;第五系以鲍溶为博解宏拔主;第六系以武元衡为瑰奇美丽主。每系所录诗人分主客,且依次分为五个层次,以此品第作者高下,并摘录其诗句若干。

这些做法是对早前批评形式的综合运用,故《诗人主客图》具有承上启下的意义。南朝梁萧子显《南齐书·文学传论》记载"张眎摘句褒贬"之事,唐代褚亮《古文章巧言语》、玄鉴《续古今诗人秀句》、元兢《古今诗人秀句》、黄滔《泉山秀句集》均为摘句批评;南朝梁钟嵘《诗品》是品第诗人高下的理论专著;唐代已有《琉璃堂墨客图》(今存残本)等图谱类著作。这些都成为《诗人主客图》的理论资源。

总之,《诗人主客图》虽有不妥之处,但它亦有体例直观新颖的优点,对后世摘句、品第、流别之批评产生一定影响,宋代吕本中《江西诗社宗派图》明显受其启发。

(三) 多样而闲杂的批评形式

《旧唐书》的文学观/诗格、诗法等类批评/艳体诗选本及其批评

《旧唐书》编成于后晋,是当时官修的一种史书,作者署名刘昫,其文学观如下:

(1) 更注重今体诗文写作,肯定文学形式之创新。唐代诗文有古今体之分。今体诗(即近体诗)、今体文(骈文、四六文)讲究声律、对偶、辞藻之美,而古体诗、古文则相反。《旧唐书》编者更为注重今体诗文,其《文苑传序》主张是厚今观点:

> 臣观前代秉笔论文者多矣,莫不宪章《谟》《诰》,祖述《诗》《骚》;远宗毛、郑之训论,近鄙班、扬之述作。谓"采采芣苢",独高比兴之源;"湛湛江枫",长擅咏歌之体。殊不知世代有文质,风俗有淳醨,学识有浅深,才性有工拙。昔仲尼演三代之《易》,删诸国之《诗》,非求胜于昔贤,要取名于今代;实以淳朴之时伤质,民俗之语不经,故饰以文言,考之弦诵。然后致远不泥,永代作程,即知是古非今,未为通论。(《旧唐书》卷190《文苑传序》,第4981—4982页)

这段文字与复古论调相反,反对"是古非今"之论说,肯定汉魏以来文学新变,表现出一定的进步意义。

(2) 出于对古文运动不满,对韩愈整体评价不高。韩愈是唐代古文运动的倡导者,《旧唐书》编者基于是今立场,对韩愈的古文创作颇有微词,而在《韩愈传》中有所指摘。编者虽肯定其文章"自成一家新语";却又列举《柳州罗池神碑》《讳辨》《毛颖传》,称之为"文章之甚纰缪者",还指责《顺宗实录》"繁简不当,叙事拙于取舍"。(《旧唐书》卷160《韩愈传》,第4204页)

(3) 在唐代诸诗文大家中,最推崇元稹和白居易。其《元白传论》云:

> 昔建安才子,始定霸于曹、刘;永明辞宗,先让功于沈、谢;元和主盟,微

之、乐天而已。臣观元之制策,白之奏议,极文章之壶奥,尽治乱之根荄;非徒谣颂之片言,盘盂之小说。……赞曰:文章新体,建安、永明。沈、谢既往,元、白挺生。(《旧唐书》卷166,第4360页)

元、白本传的论及赞语表明,《旧唐书》编者推崇元、白,并将他们与建安曹、刘和永明沈、谢相提并论,即是着眼于他们在元和新变中发挥的巨大作用。

随着唐代诗歌创作的繁荣与发展,探讨格律、作法、体制之著渐多。唐前期,就已出现不少探讨近体诗作法的书籍,形成"盛谈四声,争吐病犯,黄卷溢箧,缃帙满车"的局面(《文镜秘书论》天卷《序》,第14页),如上官仪《笔札华梁》、元兢《诗髓脑》等;唐中期,这类著作相对较少,仅有伪王昌龄《诗格》、皎然《诗式》、托名白居易《金针诗格》、贾岛《二南密旨》等;晚唐以后,这类著作突然增多起来,现存有王叡《炙毂子诗格》、李洪宣《缘情手鉴诗格》、齐己《风骚旨格》、虚中《流类手鉴》、徐衍《风骚要式》、王玄《诗中旨格》、王梦简《诗要格律》等。这些多为初学者而作,内容较为琐碎,浅薄;但也有一些值得注意的地方。如论律诗联句的地位和作用,尤重视第二、第三联之偶对;再如强调字句的锤炼,以及含蓄表达之手法。总的来看,中晚唐五言律诗创作较发达,论诗重味,崇尚苦吟,这类诗格就反映了这种风气。

中唐以后,随着大城市的发展,市民阶层迅速兴起,文人冶游之风盛行,艳体诗创作便兴起。这与关注时弊的讽喻诗、乐府诗同时并行,如元稹、白居易辈就创作了不少的艳体诗。特别是到了晚唐五代,政治黑暗而社会混乱,士人意志消沉,失去理想抱负,更加追逐感官享受,致使此风气愈益流行。李商隐、温庭筠写过不少艳体诗,而韩偓更是以写艳体诗闻名于世。其有文曰:

遐思官体,未敢称庾信工文;却诮《玉台》,何必倩徐陵作序。粗得捧心之态,幸无折齿之惭。柳巷青楼,未尝糠秕;金闺绣户,始预风流。咀五色之灵芝,香生九窍;咽三危之瑞露,春动七情。若有责其不经,亦望以功掩过。(《全唐文》卷829《香奁集自序》,第8739页)

这公开表示,其诗作与宫体诗是同一类型;与之相呼应,有关艳体诗的选本也出现了。如五代前蜀韦縠(生卒籍贯均不详)编《才调集》,自序称:"韵高而桂魄争光,词丽而春色斗美。"(《唐人选唐诗新编》,第919页)其选诗标准可想而知,其所选对象即为艳体。全书共分 10 卷,每卷选录多人,首位选诗最多,是为重点诗人。第一卷,选白居易 19 首,不乏冶游之作;第二、三、四、五卷,以温庭筠、韦庄、杜牧、元稹四家居首,多为艳情之作;此外,所选李白、李商隐的作品,亦有韵高词丽之艳体特征。

再有后蜀赵崇祚所编《花间集》,是一种词集选本,所选以艳体为准。欧阳炯《花间集序》云:

> 镂玉雕琼,拟化工而迥巧;裁花剪叶,夺春艳以争鲜。是以唱云谣则金母词清,挹霞醴则穆王心醉。名高《白雪》,声声而自合鸾歌;响遏青云,字字而偏谐凤律。杨柳大堤之句,乐府相传;芙蓉曲渚之篇,豪家自制。莫不争高门下,三千玳瑁之簪;竞富樽前,数十珊瑚之树。则有绮筵公子,绣幌佳人,递叶叶之花笺,文抽丽锦;举纤纤之玉指,拍按香檀。不无清绝之辞,用助娇娆之态。(《全唐文》卷 891,第 9305—9306 页)

该序明确指出,词乃是配乐的歌曲,歌儿舞女欢娱所唱,其体承袭自宫体诗,多为"清绝之辞"。欧阳炯极力称赞这些词曲的美艳,反映了晚唐五代文学观念之巨变。

附　文论选读

一　送孟东野序
［唐］韩愈

大凡物不得其平则鸣,草木之无声,风挠之鸣;水之无声,风荡之鸣。其跃也,或激之;其趋也,或梗之;其沸也,或炙之。金石之无声,或击之鸣;人之于言也亦然:有不得已者而后言,其歌也有思,其哭也有怀,凡出乎口而为声者,其皆有弗平者乎!

乐也者,郁于中而泄于外者也,择其善鸣者而假之鸣。金石丝竹匏(páo)土革木八者,物之善鸣者也。维天之于时也亦然,择其善鸣者而假之鸣;是故以鸟鸣春,以雷鸣夏,以虫鸣秋,以风鸣冬。四时之相推夺,其必有不得其平者乎?其于人也亦然。人声之精者为言,文辞之于言,又其精也,尤择其善鸣者而假之鸣。其在唐虞,咎陶、禹其善鸣者也,而假以鸣;夔弗能以文辞鸣,又自假于韶以鸣。

夏之时,五子以其歌鸣。伊尹鸣殷。周公鸣周。凡载于《诗》《书》六艺,皆鸣之善者也。周之衰,孔子之徒鸣之,其声大而远。传曰:"天将以夫子为木铎。"其弗信矣乎!其末也,庄周以其荒唐之辞鸣。楚,大国也,其亡也,以屈原鸣。臧孙辰、孟轲、荀卿,以道鸣者也。杨朱、墨翟、管夷吾、晏婴、老聃、申不害、韩非、慎到、田骈、邹衍、尸佼、孙武、张仪、苏秦之属,皆以其术鸣。秦之兴,李斯鸣之。汉之时,司马迁、相如、扬雄,最其善鸣者也。其下魏晋氏,鸣者不及于古,然亦未尝绝也。就其善者,其声清以浮,其节数以急,其辞淫以哀,其志弛以肆,其为言也乱杂而无章。将天丑其德莫之顾邪?何为乎不鸣其善鸣者也!

　　唐之有天下,陈子昂、苏源明、元结、李白、杜甫、李观,皆以其所能鸣。其存而在下者,孟郊东野始以其诗鸣。其高出魏晋,不懈而及于古,其他浸淫乎汉氏矣。从吾游者,李翱、张籍其尤也。三子者之鸣信善矣。抑不知天将和其声,而使鸣国家之盛邪?抑将穷饿其身,思愁其心肠,而使自鸣其不幸邪?三子者之命,则悬乎天矣。其在上也奚以喜,其在下也奚以悲!东野之役于江南也,有若不释然者,故吾道其命于天者以解之。(董诰等《全唐文》卷555《送孟东野序》,中华书局1983年11月第1版)

导读:

　　孟郊,字东野,湖州武康人,中唐时期著名诗人。他一生困顿,年过五旬方出任溧阳尉。韩愈的这篇序就是送他去就任时写的。

　　这篇序最大理论贡献是提出了不平而鸣说。韩愈以自然现象发论,先从草木、水、金之类自然物受外界的作用而鸣,进而指出人之鸣也有不得已的原因。在自然现象中,天和时会选择万物中善鸣者来鸣,如鸟鸣春、雷鸣夏等;人之鸣,也同样选择最善长的文辞来鸣。以下便列举自古以来不同时代最善鸣者以为佐证。但韩愈认为,到魏晋时代,其鸣者不及于古:"其声清以浮,其节数以急,其辞淫以哀,其志弛以肆,其为言也乱杂而无章。"也就是此时善鸣者大多慷慨多气,更注重个体的感受与情感的抒发,是为己而鸣。这显然与早前的为时代而鸣、为公众而鸣有了本质的区别。

　　韩愈标举魏晋时代,显然是寄寓深意的。唐朝自安史之乱后,社会混乱,人民困苦,一些底层文人如孟郊、李翱、张籍前途无望,生活潦倒,内心郁结着怨愤之气,只好借诗文来宣泄。所以他才有这样的发问"抑不知天将和其声,而使鸣国家之盛邪?抑将穷饿其身,思愁其心肠,而使自鸣其不幸邪?"结合那个时代来看,韩愈的不平而鸣说,主要是指自鸣其不幸,这与司马迁的发愤著书说一脉相承。

二 答李翊书

[唐] 韩愈

六月二十六日,愈白李生足下:

生之书辞甚高,而其问何下而恭也! 能如是,谁不欲告生以其道? 道德之归也有日矣,况其外之文乎! 抑愈所谓望孔子之门墙而不入于其宫者,焉足以知是且非邪? 虽然,不可不为生言之:

生所谓"立言"者,是也;生所为者与所期者,甚似而几矣。抑不知生之志,蕲(qí)胜于人而取于人耶? 将蕲至于古之立言者耶? 蕲胜于人而取于人,则固胜于人而可取于人矣。将蕲至于古之立言者,则无望其速成,无诱于势利,养其根而俟(sì)其实,加其膏而希其光。根之茂者其实遂,膏之沃者其光煜。仁义之人,其言蔼如也。

抑又有难者,愈之所为,不自知其至犹未也。虽然,学之二十余年矣。始者非三代两汉之书不敢观,非圣人之志不敢存,处若忘,行若遗,俨乎其若思,茫乎其若迷。当其取于心而注于手也,惟陈言之务去,戛戛乎其难哉! 其观于人,不知其非笑之为非笑也。如是者亦有年,犹不改,然后识古书之正伪,与虽正而不至焉者,昭昭然白黑分矣。而务去之,乃徐有得也。当其取于心而注于手也,汩汩然来矣。其观于人也,笑之则以为喜,誉之则以为忧,以其犹有人之说者存也。如是者亦有年,然后浩乎其沛然矣。吾又惧其杂也,迎而距之,平心而察之,其皆醇也,然后肆焉。虽然,不可以不养也,行之乎仁义之途,游之乎《诗》《书》之源,无迷其途,无绝其源,终吾身而已矣。

气,水也;言,浮物也。水大而物之浮者大小毕浮。气之与言犹是也,气盛则言之短长与声之高下者皆宜。虽如是,其敢自谓几于成乎? 虽几于成,其用于人也奚取焉? 虽然,待用于人者,其肖于器邪? 用与舍属诸人。君子则不然,处心有道,行己有方,用则施诸人,舍则传诸其徒,垂诸文而为后世法。如是者,其亦足乐乎? 其无足乐也?

有志乎古者,希矣。志乎古,必遗乎今。吾诚乐而悲之。亟称其人,所以劝之,非敢褒其可褒,而贬其可贬也。

问于愈者多矣,念生之言不志乎利,聊相为言之。愈白。(董诰等《全唐文》卷552《答李翊书》,中华书局1983年11月第1版)

导读：

这是韩愈写给李翊的一封回信。在这封信中，他以自己切身的体会解答了李翊关于古文创作方面的一些问题和疑惑。概括起来，大致有四个方面：

第一，肯定李翊以立言为古文创作根本目的的观点。立言，即追求道德理想。这是根本。因此，不断提升自身的道德修养，才是从事古文创作最重要的事。"根之茂者其实遂，膏之沃者其光晔。仁义之人，其言蔼如也"，这也就是说，一个具有崇高品德的仁义之人，他的语言自然会好。

第二，文道合一，古文学习应当与自我修养之自觉提升相结合。在这个过程中，最难的事是"惟陈言之务去"。所谓陈言，不仅是语言形式的陈旧，更是指思想内容的陈腐。而这一切的关键在于"行之乎仁义之途，游之乎《诗》《书》之源，无迷其途，无绝其源，终吾身而已矣"，即不断地进行自身道德修养的提升。

第三，因为古文学习根本在于自身的道德境界，故不是一朝一夕的事，不能希望速成，要有足够的耐心和信心。

第四，古文创作以气为先。这个气，类似于孟子所谓的浩然之气，与个人道德修养相关。气与言的关系，韩愈喻为水与浮物的关系。大小之物能不能浮起来，关键要看水量的多少。

总之，从这封书信所表达的观点来看，韩愈古文理论是以儒家仁义道德为根本，但同时亦注重创新而要求"陈言务去"。

三 与李生论诗书

[唐] 司空图

文之难，而诗（之难）尤难。古今之喻多矣。愚以为辨于味而后可以言诗也。江岭之南，凡足资于适口者，若醯（xī），非不酸也，止于酸而已。若鹾（cuó），非不咸也，止于咸而已。中华之人所以充饥而遽辍者，知其咸酸之外，醇美者有所乏耳。彼江岭之人，习之而不辨也，宜哉！诗贯六义，则讽谕、抑扬、渟（tíng）蓄、渊雅，皆在其中矣。然直致所得，以格自奇。前辈诸集，亦不专工于此，矧其下者耶！王右丞、韦苏州，澄澹精致（zhì），格在其中，岂妨于道学哉？贾阆（làng）仙诚有警句，然视其全篇，意思殊馁，大抵附于蹇涩，方可致才，亦为体之不备也，矧其下者哉！噫！近而不浮，远而不尽，然后可以言韵外之致耳。

愚窃尝自负，既久而逾觉缺然。然得于早春，则有"草嫩侵沙长[短]，冰轻著雨销"；又"人家寒食月，花影午时天"；又"雨微吟足思，花落梦无憀"。又"夜短猿悲减,风和鹊喜灵"。得于山中,则有"坡暖冬生笋,松凉夏健人";又"川明虹照雨,树密鸟冲人"。得于江南,则有"日带潮声晚,烟和楚色秋";又"曲塘春尽雨,方响夜深船"。得于塞上,则有"马色经寒惨,雕声带晚饥"。得于丧乱,则有"骅骝思故第,鹦鹉失佳人";又"鲸鲵人海涸,魑魅棘林幽"。得于道宫,则有"棋声花院闭,幡影石坛高"。得于夏景,则有"地凉清鹤梦,林静肃僧仪"。得于佛寺,则有"松日明金像,苔龛响木鱼";又"解吟僧亦俗,爱舞鹤终卑"。得于郊园,则有"暖景鸡声美,微风蝶影繁";又"远陂春早渗,犹有水禽飞"。得于乐府,则有"晚妆留拜月,春睡更生香"。得于寂寥,则有"孤萤出荒池,落叶穿破屋"。得于惬适,则有"客来当意惬,花发遇歌成"。虽庶几不滨于浅涸,亦未废作者之讥诃也。七言云:"逃难人多分隙地,放生鹿大出寒林";又"得剑乍如添健仆,亡书久似忆良朋";又"孤屿池痕春涨满,小栏花韵午晴初";又"五更惆怅回孤枕,犹自残灯照落花"。又(五言云:)"殷勤元旦日,欹(qī)午又明年"。皆不拘于一概也。

盖绝句之作,本于诣极。此外千变万状,不知所以神而自神也。岂容易哉?足下之诗,时辈固有难色,倘复以全美为上,即知味外之旨矣。勉旃(zhān)。司空表圣再拜。(董诰等《全唐文》卷807《与李生论诗书》,中华书局1983年第1版)

导读:

《与李生论诗书》是一篇集中体现司空图诗歌理论的重要文献。文中主要探讨了诗歌的审美问题,尤其是提出审美超越之"外"论。概括而言,大致三点:

首先,以味论诗,指出诗味具有"外"的特性。他举例说明:"若醯,非不酸也,止于酸而已。若鹾,非不咸也,止于咸而已";而诗味与之不同,在"咸酸之外",更有一种味道。这种味道来自味觉,但又超出实在味觉。这显然是指意味,即所谓"醇美"。代表醇美的诗味,出自具体的感觉;但又不局限于具体实在的感觉,故而"近而不浮,远而不尽"。

其次,推崇王维、韦应物澄澹精致的诗歌风格。司空图以格论诗,欣赏诗中体现的淡泊平静的人格。他所说诗味使从审美体验角度看,是一个持续稳定的内在体验过程,即提倡抒发情感不宜过于激烈,恰与他欣赏的人格精神相关联。

第三,提出"全美"的观念。"全美"亦即"醇美",指诗歌整体的审美境界。这审美境界就是"外",即韵外之致、味外之旨。"外"包含诗内和诗外,诗内是有限的文辞,诗外是无穷的意味;诗内诗外的意蕴兼通,方可得诗之"全美"。

文中"而诗(之难)"句,原无"之难"字,兹据《唐文粹》卷85校增。

四 二十四诗品

[唐]司空图

雄浑

大用外腓(féi),真体内充。反虚入浑,积健为雄。具备万物,横绝太空。荒荒油云,寥寥长风。超以象外,得其环中。持之非强,来之无穷。

冲淡

素处以默,妙机其微。饮之太和,独鹤与飞。犹之惠风,荏苒在衣。阅音修篁,美曰载归。遇之匪深,即之愈希。脱有形似,握手已违。

纤秾

采采流水,蓬蓬远春。窈窕深谷,时见美人。碧桃满树,风日水滨。柳阴路曲,流莺比邻。乘之愈往,识之愈真。如将不尽,与古为新。

沉着

绿林野屋,落日气清。脱巾独步,时闻鸟声。鸿雁不来,之子远行。所思不远,若为平生。海风碧云,夜渚月明。如有佳语,大河前横。

高古

畸人乘真,手把芙蓉。泛彼浩劫,窅(yǎo)然空踪。月出东斗,好风相从。太华夜碧,人闻清钟。虚伫神素,脱然畦封。黄唐在独,落落玄宗。

典雅

玉壶买春,赏雨茅屋。坐中佳士,左右修竹。白云初晴,幽鸟相逐。眠琴绿阴,上有飞瀑。落花无言,人淡如菊。书之岁华,其曰可读。

洗炼

如矿出金,如铅出银。超心炼冶,绝爱缁磷。空潭泻春,古镜照神。体素储洁,乘月返真。载瞻星气,载歌幽人。流水今日,明月前身。

劲健

行神如空,行气如虹。巫峡千寻,走云连风。饮真茹强,蓄素守中。喻彼行健,是谓存雄。天地与立,神化攸同。期之以实,御之以终。

绮丽

神存富贵,始轻黄金。浓尽必枯,淡者屡深。雾余水畔,红杏在林。月明华屋,画桥碧阴。金尊酒满,伴客弹琴。取之自足,良殚美襟。

自然
俯拾即是,不取诸邻。俱道适往,着手成春。如逢花开,如瞻岁新。真与不夺,强得易贫。幽人空山,过雨采苹。薄言情悟,悠悠天均。

含蓄
不着一字,尽得风流。语不涉己,若不堪忧。是有真宰,与之沉浮。如渌满酒,花时反秋。悠悠空尘,忽忽海沤。浅深聚散,万取一收。

豪放
观花匪禁,吞吐大荒。由道反气,处得以狂。天风浪浪,海山苍苍。真力弥满,万象在旁。前招三辰,后引凤凰。晓策六鳌,濯足扶桑。

精神
欲返不尽,相期与来。明漪绝底,奇花初胎。青春鹦鹉,杨柳楼台。碧山人来,清酒深杯。生气远出,不着死灰。妙造自然,伊谁与裁。

缜密
是有真迹,如不可知。意象欲生,造化已奇。水流花开,清露未晞(xī)。要路愈远,幽行为迟。语不欲犯,思不欲痴。犹春于绿,明月雪时。

疏野
惟性所宅,真取不羁。控物自富,与率为期。筑室松下,脱帽看诗。但知旦暮,不辨何时。倘然适意,岂必有为。若其天放,如是得之。

清奇
娟娟群松,下有漪流。晴雪满汀,隔溪渔舟。可人如玉,步屟寻幽。载瞻载止,空碧悠悠,神出古异,澹不可收。如月之曙,如气之秋。

委曲
登彼太行,翠绕羊肠。杳(yǎo)霭流玉,悠悠花香。力之于时,声之于羌。似往已回,如幽匪藏。水理漩洑,鹏风翱翔。道不自器,与之圆方。

实境
取语甚直,计思匪深。忽逢幽人,如见道心。清涧之曲,碧松之阴。一客荷樵,一客听琴。情性所至,妙不自寻。遇之自天,泠(líng)然希音。

悲慨
大风卷水,林木为摧。适苦欲死,招憩不来。百岁如流,富贵冷灰。大道日丧,若为雄才。壮士拂剑,浩然弥哀。萧萧落叶,漏雨苍苔。

形容

绝伫灵素,少回清真。如觅水影,如写阳春。风云变态,花草精神。海之波澜,山之嶙峋。俱似大道,妙契同尘。离形得似,庶几斯人。

超诣

匪神之灵,匪几之微。如将白云,清风与归。远引若至,临之已非。少有道气,终与俗违。乱山乔木,碧苔芳晖。诵之思之,其声愈希。

飘逸

落落欲往,矫矫不群。缑(gōu)山之鹤,华顶之云。高人惠中,令色氤氲。御风蓬叶,泛彼无垠。如不可执,如将有闻。识者期之,欲得愈分。

旷达

生者百岁,相去几何。欢乐苦短,忧愁实多。何如尊酒,日往烟萝。花覆茅檐,疏雨相过。倒酒既尽,杖藜行歌。孰不有古,南山峨峨。

流动

若纳水輨,如转丸珠。夫岂可道,假体如愚。荒荒坤轴,悠悠天枢。载要其端,载闻其符。超超神明,返返冥无。来往千载,是之谓乎。(司空图撰《诗品集解》,郭绍虞撰,人民文学出版社1963年10月第1版)

导读:

晚唐司空图《二十四诗品》是一部论说诗歌风格的著作。它将诗的风格细分为24种。四库馆臣称之为"诸体毕备,不主一格。"(《四库全书总目》卷195《诗品》提要,第1781上页)徐印芳云:"(司空图)尝撰《二十四诗品》,分题系辞,字字新创,比物取象,目击道存。然品格必成家而后定,如《雄浑》《高古》之类,其目凡十有二;至若《实境》《精神》之类,乃诗家功用,其目亦十有二。"(《诗品集解》附录二《二十四诗品跋》,第73页)许氏认为《诗品》中有一半是风格论,一半是功用论,未免过于武断;但他指出司空图在论风格的同时,如《委曲》《实境》《形容》等,涉及一些艺术创作手法,则符合该书著论之事实。

《二十四诗品》主要的理论贡献在于:

首先,肯定风格多样性。它以诗的形式,形象化的语言,表现出了诗歌不同的风格和意境。司空图所论,对某种诗歌风格虽无明显倾向,但结合其他相关文献资料看,还是可以感觉到他的诗风好尚,是偏好"典雅""冲淡"风格。

其次,论诗注重意境美。如云"意象欲出,造化已奇",所强调的就是诗歌意境的营造。意境,是诗歌呈现出来的整体的审美境界,其基本意蕴见于《与李生论诗书》。后者所谓"醇美""全美"云云,或"味外之旨""韵外之致"等,与该著所论说的"离形得似"、"超以象外,得其环中"相通。

不过,司空图该著对诗歌风格的论述,主要采取了是以诗说诗的方式,喜用比喻、象征的修辞来表达观点,尽管语言优美却难免迷离恍惚之感。这是中国文学批评特有的方法,其特点、优点和不足值得研讨。

第十一讲
北宋文学批评

北宋的文学批评,出现诸多新面貌。文人大量登上政治舞台,成为各自时代风云人物,诗歌阑入散文的元素,文章注入理道之内涵。苏轼、黄庭坚诗风树立了宋调楷模,黄氏引领的江西诗派更是风靡一时,多以学问为诗而尤重理趣,因使其诗学思想泽被一代。北宋还出现诗话这种新型的批评样式,并进入之后的诗词、辞赋、小说批评。这些新面貌呈现繁荣景象,充实丰富着北宋文学批评。

一 六大家古文理论

赵宋立国结束了五代战乱局面,但初期文教沿袭晚唐五代余绪;以四六为基础的、讲究声律对偶的"时文"颇为盛行,模仿李商隐、崇尚富丽华美的西昆体诗及文风靡一时。随着政治图新和儒学复兴的推进,一批有识之士发起诗文革新运动,冀革除"文教衰落,风俗靡靡"。其初,柳开、石介等起来声讨时文,想通过提倡古道来复兴古文;但直至稍后的欧阳修六大家陆续鸣世,古文写作及其理论才取得实质性建树。六大家为欧阳修、苏洵、苏轼、苏辙、王安石和曾巩,兹就其古文理论择要而述之。

(一) 文道说的复归

柳开等人的文道说/石介等人的文道说/王安石适用为本论

时文与西昆体诗文侧重修辞之美,虽说能切合一时的开国升平气象;但不能满足经世致用的要求,缺乏规谏、劝诫等辅国之用。这就难免被视为华而不实,招致有识之士的激烈批评。柳开、石介、孙复等人,正是着眼于文章之致用,而强调文的工具性,要求以古道为依据,继承文学原道、宗经之传统,反复标举文道说以革新古文。他们倡导的古文理论,一方面将文的范围限定在政教之内,强调文的公共性与实用性;一方面将文的根本建立在儒道之上,推崇六经的文学典范意义。其目的是强化文以载道功能,彰显文道的普遍性与根本性。

柳开(947—1000),名肩愈,字绍先,号东郊野夫、补亡先生,大名(今河北省大名市)人,著有《河东集》。他命名"肩愈"择字"绍先",即寄寓志比韩愈、柳宗元之意,欲师法韩愈的"文以载道"说,效仿柳宗元的"文以明道"论。凭借孔孟韩柳等先圣先贤压阵,他激烈地抨击当时的浮靡文风。故而在理论认识上,他积极倡导文道说,明确限定了文与道的统绪和范围,甚至僵化地规定文学的功能地位。他撰文指出:"文章为道之筌。"(《河东集》卷5《上王学士第三书》,第269页)还有文曰:"吾之道,孔子、孟轲、扬雄、韩愈之道;吾之文,孔子、孟轲、扬雄、韩愈之文也";"古文者,非在辞涩言苦,使人难读诵之;在于古其理,高其意,随言短长,应变作制,同古人之行事:是谓古文也。"(《河东集》卷1《应责》,第244页)其又有文曰:"文取于古,则实而有华;文取于今,则华而无实。实有其华,则曰经纬人之文也,政在其中矣;华无其实,则非经纬人之文也,政亡其中矣。"(《河东集》卷6《答臧丙第二书》,第277页)所谓"经纬人之文",即是有政教功用之文。为呼应振兴文教之需,为文就须从根本做起,而这一根本,即圣人之道。

柳开还提出"法先正"之说,以为根本于圣人之道的方法,即通过学习韩愈来领会圣意,以达到与古人同的写作目标:同其行事,同其道理,同其立意,同其文饰。于此可见,文教的范围被泛化,文学的空间被挤压;道在远古、在他人、在异己,而始终难以立定自家的脚跟。这样,文道关系就成为单向决定论,其复兴古文之预期势必落空。

上述柳开的文道观,在宋初很有代表性。那是以掌天下文教自命者的一般论调,即是从功利着眼要求文学为政教服务。嗣后石介、孙复等人,都是该论调的支持者。

石介(1005—1045),字守道,兖州奉符(今山东省泰安市)人,著有《徂徕集》。他构建一个包含甚广、层级甚多的道论系统。他力图用道、气来解释世界之本原,而赋予道以某种程度的形而上含义,确立道常行不易、普遍无亏的属性;同时又提出道统说,设计了包括伏羲、神农、黄帝、少昊、颛顼、唐尧、虞舜、夏禹、汤、文、武、周公、孔子等"圣人",以及孟轲、扬雄、王通、韩愈等"贤人"在内的道统传承谱系。(《徂徕集》卷7《尊韩》,第227页)这就将孔孟之道、仁义之道视为普遍的,而文学则是其道统观的等而下之的体现。而更极端者,石介所贵之文仅限于早期儒家经典,其古文观就依附在这个认识架构上。这种古文认知明显有缺陷,既在理论上不圆融,也在趣味上显狭隘,却对后来道学家影响很大。

孙复(992—1057年),字明复,号富春,晋州平阳(今山西省临汾市)人,著有《明复集》。他同样服膺道统说,以圣人之道为极致,以六经之文为典范,主张文学为道用,要求作文心存名教,以辅助圣人为目的。与此同论调,范仲淹亦曰:"臣闻国之文章,应于风化;风化厚薄,见乎文章。"(《范文正集》卷7《奏上时务书》,第625页)后来之儒者,如李觏也说:"文者岂徒笔札章句而已,诚治物之器焉。"(《旴江集》卷27《上李舍人书》,第226页)这些儒学家所持论,都有重道轻文倾向。

名列六大家的王安石,平生眼界高、学养富,其文不乏精深华妙、文质彬彬之作,其对诗文的认知也是相当丰富复杂;然而一旦涉入治国理政的语境,其观点便与上述论调如出一辙。他明确提出"文贯乎道"说。(《临川先生文集》卷75《上邵学士书》,第124页)一则主张:"若欲以明道,则离圣人之经,皆不足以有明也"(《临川先生文集》卷74《答吴孝宗书》,第92页);二则提倡:以"礼教治政"为文,文"务为有补于世","辞"仅限于"刻镂绘画"之语言修饰,要"以适用为本,以刻镂绘画为之容"。(《临川先生文集》卷77《上人书》,第156页)这仍在道、经、文序列中,来认识文学的作用和性质,有偏重文的工具性、适用性的认知倾向。

(二)欧阳修的文道观

依据:道胜文至/方法:心意为主/境界:纵横如意

宋初重道轻文的古文观,延至欧阳修才有所改变。他纠正前驱者的偏弊之论,拓展且深化了文道论内涵。这对革新古文理论,具有十分重要意义。

欧阳修(1007—1072),字永叔,号醉翁,晚年又号六一居士,谥文忠,世称欧阳文忠公,吉州永丰(今江西省永丰县)人。他领导了北宋诗文革新运动,继承并发展韩愈的古文理论;其散文创作与古文理论相辅相成,均取得高度成就并成为文坛典范,从而开创了一代文风,引导诸大家古文理论。欧阳修在变革散文风气的同时,也对诗风、词风进行有效革新。

他明确宣称："我所谓文,必与道俱。"(《苏轼文集》卷 63《颍州祭欧阳文忠公夫人文》引语,第 1956 页)他还提出:"道胜者,文不难自至也"。然若"道未足",则"不能纵横高下皆如意";"若道之充焉,虽行乎天地,入乎渊泉,无不之也。"(《欧阳修诗文集校笺》卷 47《答吴充秀才书》,第 1176 页)故他撰文敷论曰:

> 然闻古人之于学也,讲之深而信之笃,其充于中者足,而后发乎外者大以光。譬夫金玉之有英华,非由磨饰染濯之所为,而由其质性坚实,而光辉之发自然也。《易》之《大畜》曰:"刚健笃实,辉光日新。"谓夫畜于其内者实,而后发为光辉者日益新而不竭也。故其文曰:"君子多识前言往行,以畜其德。"此之谓也。古人之学者非一家,其为道虽同,言语文章未尝相似。孔子之系《易》,周公之作《书》,奚斯之作《颂》,其辞皆不同,而各自以为经。子游、子夏、子张与颜回同一师,其为人皆不同,各由其性而就于道耳。今之学者或不然,不务深讲而笃信之徒,巧其词以为华,张其言以为大。夫强为则用力艰,用力艰则有限,有限则易竭。又其为辞不规模于前人,则必屈曲变态以随时俗之所好,鲜克自立。此其充于中者不足,而莫自知其所守也。(《欧阳修诗文集校笺》外集卷 19《与乐秀才第一书》,第 1849 页)

类似的论说,还见于另文:"学者当师经,师经必先求其意,意得则心定,心定则道纯,道纯则充于中者实,中充实则发为文者辉光。"(《欧阳修诗文集校笺》外集卷 18《答祖择之书》,第 1819 页)

显然,欧阳修承袭了自韩愈至宋初的文道之论,使用了诸多文本于道、师法六经的话语;但欧阳修论古文的特殊之处,在于改变了文道的理论关系。道不再是被悬置的形而上存在,而是作为古文的手段被提出的,是为达"纵横高下皆如意"境界,而取资于道无乎不在的普遍性的。其关折点是,文与道、经的关系,被改造为中外关系,文、道、经都被心意所函摄,心、道形成互函互生的关系:道,不再被推寻至上古之圣贤,而在普遍性情与一己心意;心,不再是触处有碍的私意,而是充实有光辉的灵明,既非纯然客观,也非纯然主观。其宗经的方向与目的,就不再是求同于古人,而是既非"规模于前人",也非追随时俗的"自立"。即通过原道、宗经的过程,迎合圣人之"意"来涵养己心,使心充实灵敏而自然辉光外发,能够随时随事而应,达到"如意"境界。这样的文,既能适用,也能适己。这就从根本上扭转了宋初的文道论腔调,而在为文境界、本体及主体上更立新说。

（三）苏轼等古文理论

苏轼的文意论/苏洵的文道观/曾巩的古文观/苏辙的养气论

苏轼（1037—1101），字子瞻，号东坡居士，四川眉山（今四川省眉山市）人。苏轼是北宋中期文坛领袖，在诗、词、散文、书、画等方面取得很高成就。诗题材广阔、清新豪健，与黄庭坚并称"苏黄"；词壮美阔大、开豪放派，与辛弃疾并称"苏辛"；文纵横恣肆、著述宏富，与欧阳修并称"欧苏"。擅长书法、文人画，墨竹、怪石画奇绝。散文名列"唐宋八大家"，书法名列"宋四家"之一。作品有《东坡七集》《东坡易传》《东坡乐府》《潇湘竹石图卷》《枯木怪石图卷》等。今人编刊其诗文为《苏轼文集》《苏轼诗集》。

苏轼论文，以意为主。据葛立方称述，"东坡诲葛延之以作文之法，曰：儋州虽数百家之聚，人之所须，取之市而足，然不可徒得也。必有一物以摄之，然后为己用；所谓一物者，钱是也。作文亦然，天下之事，散在经、子、史中，不可徒使，必得一物以摄之，然后为己用；所谓一物者，意是也。不得钱不可以取物，不得意不可以明事，此作文之要也。"（《韵语阳秋》，第509页）苏轼还有文曰：文"以意为主"，又说"古之真人，以心为法"。（《苏轼文集》卷19《广州东莞县兹福寺舍利塔铭》，第580页）这种文意论应出自苏轼晚年，故可视为其一生文论的精髓。

文意关系与文道关系实属同构，故文意是对文道的升华与超越。在文意关系中，意不是纯然外在的、客观的，而是函摄在作家心灵之内，否则就回归道，难以自由遣用。然而，意散布经史之中，也贯穿百事之内；故知，意并非纯然主观，也有其真实性相。意看似是为文的起点，实则又是体道的终点。一言以蔽之，文意实为道与心的融会，体现了对道的切己体察。对此中思理，苏轼设喻曰：

> 世之言道者，或即其所见而名之，或莫之见而意之，皆求道之过也。然则道卒不可求欤？苏子曰："道可致而不可求。何谓致？孙武曰：'善战者致人，不致于人。'子夏曰：'百工居肆，以成其事；君子学，以致其道。'……南方多没人，日与水居也。七岁而能涉，十岁而能浮，十五而能没矣。夫没者岂苟然哉？必将有得于水之道者。日与水居，则十五而得其道；生不识水，则虽壮见舟而畏之。故北方之勇者，问于没人而求其所以没，以其言试之河，

未有不溺者也。故凡不学而务求道,皆北方之学没者也。"(《苏轼文集》卷64《日喻》,第1980页)

道是万事万物的总根源,要追溯万事万物的本根,就势必推原于道,故而为文亦有道。然而,道从何处追寻求,由何种途径获致?这是不可回避的问题,也是需要探究的问题。道毕竟是形而上的存在,要对之切己体察实属不易。为能破解此类谜题,苏轼引入学的概念,主张学而致道,实现切己体察。致,是使道来归我,其道是内生的;求,是往外追逐道,其道是外在的。故道可学而内致,不可弃学而外求;道之内生不是凭空而生,而是要经过修学的激发。此种修学功夫,亦即所谓学道:"古之学道,无自虚空入者。轮扁斫轮,佝偻承蜩,苟可以发其智巧,物无陋者。"(《苏轼文集》卷10《送钱塘僧思聪归孤山叙》,第326页)这里所说学道与智巧是对立的,学道就像轮扁斫轮,佝偻承蜩,须勤奋刻苦练习,使技艺高度娴熟,达到技进乎道的境界,而无弄智取巧之余地。这样,原本是客观外在的道体,就化为主观内在的技艺。苏轼就是基于这个根本认知,而引申出古文理论若干层面:

一是关于文之本体,贵在传达理妙。世间万事万物各有理妙,作文就是要传达其理妙。他有文曰:"物固有是理,患不知之;知之,患不能达之于口与手。所谓文者,能达是而已矣。"(《苏轼文集》卷59《答虔倅俞括》,第1793页)他还有文论曰,孔子所谓"辞达"就是"达意",即以表现"物之妙"为文之极致。(《苏轼文集》卷49《与谢民师推官书》,第1418—1419页)他还借"传形写影,都在阿睹中"故实,阐说文之语言表达贵在传神写照的宗旨。(《苏轼文集》卷12《传神记》,第400页)与作文同理,绘画也如此。他另有文,可为印证:"与可论画竹木,于形既不可失,而理更当知。生死、新老、烟云、风雨,必曲尽真态,合于天造,厌于人意,而形理两全;然后,可言晓画。"(《苏轼文集》附录《自跋所画竹赠方竹逸》,第2675页)形是竹木的表象,理是竹木的本体。善画竹木者,要以形写理,使形理两全,方可称晓画。与可论画如此说,诚可谓苏轼知音。

二是关于文之境界,贵在自然自如。苏轼有文曰:"吾文如万斛泉源,不择地而出,在平地滔滔汩汩,虽一日千里无难。及其与山石曲折,随物赋形,而不可知也;所可知者,常行于所当行,常止于不可不止。如是而已矣;其他,虽吾亦不能知也。"(《苏轼文集》卷66《自评文》,第2069页)以此论衡文,他评人文曰:"行云流水,初无定质,但常行于所当行,常止于所不可不止,文理自然,姿态横生。"

(《苏轼文集》卷49《与谢民师推官书》,第1418—1419页)谢民师的文理自然,就是一种自然境界。同样他以此理论评画,尤重"得自然之数"。(《苏轼文集》卷70《书吴道子画后》,第2210页)总之,文是对事物理妙的传达,而对象物是外在自然的,须转化为作者内在的文意,方可操纵自如、文理自然。自文妙传对象物的神理而言,是谓自然;自文变化无端皆如人意而言,是谓自如。

苏轼之外,其他四家,苏洵、苏辙、王安石、曾巩的古文理论,与欧阳修文道观多有相互印证发挥之处。

苏洵(1009—1066),字明允,苏轼之父,亦称老苏。他尝自述作文经历,以表明自家文学观:他于仁宗庆历七年(1047),举进士、茂才异等皆不中;返家后,尽烧旧作,闭门不出,潜心六经、百家之文,时日既久而研读益精,使"胸中豁然以明……胸中之言日益多,不能自制",故发而为文。(《嘉祐集笺注》卷12《上欧阳内翰第一书》,第327页)这里叙述的学习作文之进路,是学于古、涵于己而出于胸。相较于早前柳开的言论,苏洵古文观有明显改进:学习的对象范围拓宽了,由六经而及于诸子之书;学习的方向目标变通了,不再模拟古人以求同似。其作文之法,是先开拓胸襟,使心豁然以明;然后指事陈理,便可自然成文。此中创作主体之"心",成为对象物与文的关节。对此关节点,他更有文曰:"苟有得乎吾心而言也,则其辞不索而获"。如孔子作《易》,是"思焉而得,故其言深";作《春秋》,是"感焉而得,故其言切";《论语》之产生,是"触焉而得,故其言易"。(《嘉祐集笺注》卷7《太玄论上》,第169—170页)这也强调,道充于心,发而为文,无所不可。

曾巩(1019—1083),字子固,号南丰先生,江西南丰(今江西省南丰县)人。他主张文要明圣人之道,当圣人之意而言当于理。他尝论说史书编撰,而提出为文之要求:"古之所谓良史者,其明必足以周万事之理,其道必足以适天下之用,其智必足以通难知之意,其文必足以发难显之情,然后其任可得而称也。"(《曾巩集》卷11《南齐书目录序》,第187页)史著的目标是探究"是非得失、兴坏理乱之故",为此史家须具备"明""道""智""文"素质。他尝述读自己《贾谊传》的感受,惊叹于三代两汉之书的"气壮";而究其成因,乃缘于作者:"资之者深,而得之者多",故能"遇事辄发,足以自壮其气"。(《曾巩集》卷51《读贾谊传》,第700页)这其中的思理结构,与欧、苏所论相通。

苏辙(1039—1112),字子由,一字同叔,晚号颍滨遗老。苏洵之子,苏轼之弟,合成三苏。他论文主张"养气"之说,认为"文者,气之所形",作文并非通过直接学文而能,而是要借助养气迂回来达到。养气之法,途径多端,可周览四海名山大川,可阅读古书、结交豪杰、激发意志,涵养文气。文与气实相感应激荡,在不同作家各有特质:孟子养浩然之气,故其文宽厚宏博;司马迁与燕赵豪俊交游,故其文疏荡、颇有奇气。(《苏辙集》卷22《上枢密韩太尉书》,第381页)相较而言,曹丕的文气论注重体气,韩愈的文气论侧重气势;苏辙则注重以外养内、由内发外,故在中国文学批评史上颇为独特。

二 江西诗派活法论

以苏、黄为代表的宋代诗人,在富于风神情韵的唐音之外,开创了以筋骨思理见长的宋调,从而转移古典诗学批评的方向。这一宋型诗学趣味的生成,既源于诗歌创作经验总结,也离不开自觉的理论探寻。而以黄庭坚为代表的江西诗派诸家,在诗学理论上有更细致深微的探索。

(一) 江西诗派名目由来

《江西诗社宗派图》/"一祖三宗"之谱系

江西诗派长期运行,至北宋末年方得名。吕本中作《江西诗社宗派图》,以黄庭坚为社首,社中列入陈师道、潘大临、谢逸等25人,编刻《江西宗派诗集》115卷,以此标举确立"江西诗派"这一名目。对此,南宋刘克庄曰:"豫章(黄庭坚)稍后出,荟萃百家句律之长,究极历代体制之变,搜猎奇书,穿穴异闻,作为古律,自成一家,至只字半句不轻出,遂为本朝诗家宗祖,在禅学中比得达摩,不易之论也。"(《后村集》卷24《江西诗派小序》,第253页)南宋严羽亦曰:"至于东坡、山谷始,自出己意以为诗,唐人之风变矣。山谷用工尤为深刻,其后法席盛行,海内称为江西宗派。"(《沧浪诗话校释·诗辨》,第26—27页)

宋元之际,方回更倡一祖三宗之说:"古今诗人,当以老杜(杜甫)、山谷(黄庭坚)、后山(陈师道)、简斋(陈与义)四家为一祖三宗;余可预配飨者,有数焉。"(《瀛奎律髓汇评》卷26"变体",第1149页)可见,江西诗派是以黄庭坚为源头,以学杜为师法取向,而大变唐风,更创制宋调,影响久远,地位显赫。江西诗派的诗人,并非都是江西人,而颇含有占籍江西者,甚至包含旨趣近同者。其复杂的成员构成,正如杨万里所论曰:"以味不以形","诗江西也,人非皆江西也"。(《杨万里集笺校》卷79《江西宗派诗序》,第3230页)故江西诗派成员常有出入,其群派边界并不斩截清晰;这也表明其辐射面之广,以及其带动影响之深远。

(二)黄庭坚的诗学思想

学与法度/点铁成金/夺胎换骨

作为宋代诗坛领军人物的黄庭坚,其诗歌创作和理论批评都很繁富。他虽是江西诗社的开宗立派者,但所持观点并不等同诗派主张;而江西诗派的理论标志,则是强化学与法的观念。在对待学与法的问题上,黄庭坚与诗派是一致的。

黄庭坚曰:"所送新诗皆兴寄高远,但语生硬不谐律吕,或词气不逮初造。意此病只是读书未精博耳。'长袖善舞,多钱善贾',不虚语也。"(《山谷集》卷19《与王观复书》其一,第183页)还有文曰:"词意高胜,要从学问中来尔。……作文须摹古人,百工之技,亦无有不法而成者也。"(《山谷别集》卷6《论作诗文》,第596页)又有文曰:"天下之学,要之有宗师,然后可臻微入妙。……文章之工难矣;而有左氏、庄周、董仲舒、司马迁、相如、刘向、扬雄、韩愈、柳宗元,及今世欧阳修、曾巩、苏轼、秦观之作,篇籍具在,法度灿然,可讲而学也。"(《山谷别集》卷3《杨子建通神论序》,第559页)这些论说兼通诗、文,都重视讲学古今佳作,以之为正途,揣摩其法度,勤而后工,臻微入妙。

具体说,一方面黄庭坚强调学,以诸大家为学习对象。如他指导外甥学作文,既说"熟读司马子长、韩退之文章",又说"更须治经,深其渊源"。(《山谷集》卷19《答洪驹父书》,第183页)至于学诗,则指斥曰:"其未至者,探经术未深,读老杜、李白、韩退之诗不熟悉耳。"(《山谷集》卷19《与徐师川书》,第188页)他甚至认为,学诗不能停留在杜甫诗之妙处,还需上溯《诗》经、《楚辞》:"子美诗妙处乃在无意于文。夫无意而意已至,非广之以《国风》《雅》《颂》,深之以《离骚》《九歌》;安能咀嚼其意味,闯然入其门邪!"(《山谷集》卷17《大雅堂记》,第163页)

另一方面则强调法度,讲究立意布置炼句。他注重揣摩古人文章之法度,来提升自己的绳墨布置能力。为指示文法,他尝具论曰:"凡作一文,皆须有宗有趣,终始关键,有开有阖。如四渎虽纳百川,或汇而为广泽,汪洋千里,要自发源注海耳。"(《山谷集》卷19《答洪驹父书》,第83页)还论曰:"每作一篇,先立大意。长篇须曲折三致意,乃可成章。"(《苕溪渔隐丛话(前集)》卷47引黄庭坚语,第 320 页)又论曰:"言文章必谨布置,每见后学,多告以《原道》命意曲折。"(《范温诗话》之《潜溪诗眼》"山谷言诗法"条,第 1250 页)在立意布置之外,他还留意炼句法,如有诗曰:"一洗万古凡马空,句法如此今谁工?"(《山谷外集》卷 4《题韦偃马》,第 374 页)"句法提一律,坚城受我降"。(《山谷集》卷 2《子瞻诗句妙一世,乃云效庭坚体,盖退之戏效孟郊、樊宗师之比,以文滑稽耳。恐后生不解,故以韵道之》,第 21 页)作诗、作文之法度既立,辄可据以判别作品利病,如有文曰:"好作奇语,自是文章病;但当以理为主,理得而辞顺,文章自然出群拔萃。"(《山谷集》卷 17《与王观复书》,第 163 页)

当然,以上所论学与法,还只是泛泛而谈;他另有点铁、夺胎之说,是授予社人的独门心法。黄庭坚大抵在书本中讨活计,因而论诗极注重学古而出新。其有文曰:

> 《青琐》祭文,语意甚工;但用字时有未安处。自作语最难,老杜作诗,退之作文,无一字无来处。盖后人读书少,故谓韩、杜自作此语耳。古之能为文章者,真能陶冶万物,虽取古人之陈言入于翰墨,如灵丹一粒,点铁成金也。(《山谷集》卷 19《答洪驹父书》,第 183 页)

"点铁成金"针对"言"而发,要求遣词用字作语能推陈出新。字词意义先于作者存在,并保存于历史文献之中,有其延续性和惯常用法;作家想要措辞准确,就必须多读古人书,化用古人已有之言。但同时,语言文字又因其惯性而有顽固的惰性,会钝化作家对事物的直觉鲜活之感知;这就可能导致掇拾陈言之积弊,遮蔽甚至阻碍当下的真切体验。他对语言的认知,是敏锐而到位的。然他意犹未惬,更从诗意立说:

> 诗意无穷,而人之才有限;以有限之才追无穷之意,虽渊明、少陵不得工也。然不易其意而造其语,谓之换骨法;窥入其意而形容之,谓之夺胎法。(《冷斋夜话》卷 1 载黄庭坚语,第 17 页)

"夺胎换骨"针对"意"而发,要求将古人诗意更新表现方式。其法有二:一是换骨法,即"不易其意而造其语",也就是用新语直接袭用古人诗意;二是夺胎法,即"窥入其意而形容之",也就是用新语间接化用古人诗意。

这种以故为新之法,虽能化腐朽为神奇;但毕竟是在向古人讨生活,终非文学创新的康庄大道。对此,黄庭坚本人是清醒的,故又有许多补救之论。如有诗曰:"随人学人成旧人,自成一家始逼真。"(《山谷外集》卷9《论写字法》,第449页)还自勉曰:"听它下虎口着,我不为牛后人"(《山谷集》卷12《赠高子勉》,第94页)即谓自成一家,力求开新独创。所以,他推重崇高、雄壮之创作,反对拘守绳墨而流于俭陋;亦即不拘法度、超越法度而自然浑成,最终达到"不烦绳削而自合"之效果。

然而,派中后学并不能完全领会宗主的良苦用心,而选择更易效仿的技巧与法门理论来遵从。这使得江西诗派技法风靡一时,导致了"资书以为诗"之弊病,所作诗歌雕琢刻意、陈陈相因,虽好作奇语却终难见自家性情。对此中偏弊,钱锺书评曰:"从古人各种著作里收集自己诗歌的材料和词句,从古人的诗里孳生出自己的诗来,把书架子和书箱砌成了一座象牙之塔,偶尔向人生现实居高临远地凭栏眺望一番。内容就愈来愈贫薄,形式也愈变愈严密。偏重形式的古典主义发达到极端,可以使作者丧失了对具体事物的感受性,对外界视而不见,恰像玻璃缸的金鱼,生活在一种透明的隔离状态里。"(《宋诗选注·序》,第14页)

(三) 变化、活法与悟入

规矩备具而能变化/胸中与纸上之活法/诸家说之悟入关捩

当江西诗派法席盛行时,其理论弊端也得以放大。为此,江西诗派后学便思改革图新,而活法论便是其代表性成果。

活法说的提出,得力于吕本中。他尝论曰:

> 学诗当识活法。所谓活法者,规矩备具而能出于规矩之外,变化不测而亦不背于规矩也。是道也,盖有定法而无定法,无定法而有定法,如是者则可以与语活法矣。谢玄晖有言:"好诗流转圆美如弹丸。"此真活法也。近世惟豫章黄公首变前作之弊,而后学者知所趣向,毕精尽知,左规右矩,庶几至于变化不测。然予区区浅末之论,皆汉、魏以来有意于文者之法,而非无意于文者之法也。子曰:"兴于《诗》。"又曰:"《诗》可以兴,可以观,可以群,可以怨,迩之事父,远之事君,多识于鸟兽草木之名。"今之为诗者,读之果可以

使人兴起其为善之心乎,果可以使人兴、观、群、怨乎,果可以使之知事父事君而能识鸟兽草木之名之理乎?为之而不能使人如是,则如勿作。吾友夏均父贤而有文章,其于诗,盖得所谓规矩备具而出于规矩之外变化不测者。后更多从先生长者游,闻圣人之所以言诗者,而得其要妙,所谓无意于文之文,而非有意于文之文也。(《江西诗派小序》"吕紫微"条引吕本中《夏均父集序》语,第 485 页)

这里吕本中坦然承袭黄庭坚所论法度,并追寻至谢朓"流转圜美如弹丸"语;但此非活法说之全部内容,只是"有意于义者之法"。活法说的内涵要更丰富深微,除了"有意于文者之法",还有"无意于文者之法",且后者才是其说精义所在。至于其所谓"无意于文者之法",则非上述黄庭坚之著论所能牢笼;而是直接从孔子兴观群怨说中汲取理论资源,实已超出技法的范围并涉及诗歌内容与功能。

活法说并非出自吕本中独创,而有其思想渊源和理论呼应。如早在苏轼,便斥言死法,提倡活法,尝有言曰:"法而不智,则天下之死法也。道不患不知,患不凝;法不患不立,患不活。以信合道,则道凝;以智先法,则法活。道凝而法活,虽度世可也。"(《东坡志林》卷 3"信道智法说"条,第 64 页)又俞成《萤雪丛说》,引述了多家的活法说,并提出"胸中之活法""纸上之活法"等说法,极有助于理解活法,丰富了活法说内涵。其文曰:

> 文章一技,要自有活法。若胶古人之陈迹,而不能点化其句语,此乃谓之死法。死法专祖蹈袭,则不能生于吾言之外。活法夺胎换骨,则不能毙于吾言之内。毙吾言者,生吾言也,故为活法。伊川先生尝说《中庸》鸢飞戾天,须知天上者更有天;鱼跃于渊,须知渊中更有地。会得这个道理,便活泼泼地。吴处厚尝作《剪刀赋》,第五隔对"去瓜为牺,救汤王之旱岁;断须烧药,活唐帝之功臣。"当时屡窜易"唐帝"上一字,不妥帖;因看游鳞,顿悟"活"字,不觉手舞足蹈。吕居仁尝序《江西宗派诗》,若言:"灵均自得之,忽然有入,然后惟意所出,万变不穷,是名活法。"杨万里又从而序之,若曰:"学者属文当悟活法。所谓活法者,要当优游厌饫。是皆有得于活法也。"如此所有胸中之活法,蒙于伊川之说得之;有纸上之活法,蒙于处厚、居仁、万里之说得之。(《萤雪丛说》卷上"文章活法"条,第 743—744 页)

要言之,活法论是针对规矩法度提出,为的是解除因陈模仿之困局。创作中法度之困局,当有文学自身根源:它资源于过去,却要面对当下;它适合于彼物,却要传写此物;它起于他人创设,却要能自抒胸臆;它只是工具手段,却指向审美目标。总之,法度因有准则,故而不能应变,转成死法;若能变化无穷,而仍不悖法度,才是活法。

这就要求在过去与当下之间、手段与目标之间、彼此之间、人我之间有切当中介,以完成法度转化,以达至自然浑成。而此中介就是作者的心意,使法度被活化为灵心悟入。故曾季貍总结曰:"后山(陈师道)论诗说换骨,东湖(徐俯)论诗说中的,东莱(吕本中)论诗说活法,子苍(韩驹)论诗说饱参,入处虽不同,然其实皆一关捩,要知非悟入不可。"(《艇斋诗话》,第 296 页)而吕本中也宣称:"作文要有悟入处,悟入必自工[功]夫中来,非侥幸可得也。"(《吕本中诗话·童蒙诗训》,第 2898 页)活法、悟入、换骨、饱参,此类说法颇通禅理,而禅宗是讲悟入的,其要旨在于澄明心性,以直切事物情理本身。以上诸家试图以悟入来创通活法说,是要通过学习规矩法度来养心炼意,以作家自得灵便之心意,去应对物理变化之不穷。这就从理论上救治死于陈言之病,进而开启南宋诗歌创作的新气象。

三 诗话与话体批评

自欧阳修《六一诗话》之后,诗话这一批评样式逐渐繁盛。据今人郭绍虞《宋诗话考》《宋诗话辑佚》考证,宋代计有 130 多种诗话。北宋末期以至南宋,出现了汇编前人诗话的总集,表明诗话有了相当的积累,时人对之有了长足的兴趣。

(一) 话体及汇编

诗话之体式/诗话之优劣/诗话之汇编/宋三大诗话

诗话起初为"资闲谈"而作,欧阳修曰:"居士退居汝阴,而集以资闲谈也。"(《六一诗话·序》,第 264 页)其《六一诗话》即退休无事之时,欧阳修汇编多则随笔而成,以用作与二三知己的交际漫谈。诗话的体式很灵活自由,带有笔记、随笔的优长,内容很宽泛庞杂,说理、叙事、品人、志传、说法、评诗、考索、摘句,立意多样,不一而足。如许𫖮《彦周诗话》所说:"诗话者,辨句法,备古今,纪圣德,录异事,正讹误也。"(《彦周诗话》,第378页)

诗话之作难免良莠杂糅,其庸劣者"以不能名家之学,人趋风好名之习气;挟人尽可能之笔,著惟意所欲之言"(《文史通义校注》卷4《诗话》,第560页)。其优秀者则往往具有舒卷自如、片言微中、兴味盎然的特征,蕴含着精辟通达的诗学见解。而具体到每一部诗话著作,虽包罗宽广,却也会各有侧重,并因时而异。如继《六一诗话》之后,司马光从记事角度作《续诗话》,而以品评精密著称;刘攽具有极其深厚的史学修养,其《中山诗话》以考证和述事见长;江西诗派中人,如吕本中、陈师道,则著诗话以传扬具有倾向性的诗学主张;到了南宋,严羽的《沧浪诗话》俨然一部观点鲜明、颇有系统的理论著作。

郭绍虞《宋诗话考》说:"诗话之体既为论诗开一方便法门,于是作者日众。作者既多,则汇纂之作自不可少。"(《宋诗话考》,第23页)北宋末年以后,出现以汇编多家诗话为主而体例各异的诗话总集,其中《诗话总龟》《苕溪渔隐丛话》《诗人玉屑》,被史家成为宋三大诗话。

阮阅的《诗话总龟》共10卷,成书于北宋末年,取材于诸家小史、别传、杂记、野录,引书近百种,共得1400余事,共2400余诗,分圣制、忠义、讽谕、达理、博识、幼敏、志气、知遇等46种门类来编排,举例详细,并设有"评论门",保留了大量诗人、诗学材料,也可见出编者关注诗歌批评的倾向。

南宋胡仔的《苕溪渔隐丛话》共100卷,含前集60卷,后集40卷。该书以时代先后为序,以大诗人为纲,从《国风》、汉魏六朝以至宋室南渡,共列100多位诗人,而类聚众多关于该诗人的诗话,并后附简要的评说。《苕溪渔隐丛话》既保存了包括李清照《词论》在内的重要文献,也在编选和评说之中体现他的理论主张。

魏庆之的《诗人玉屑》共20卷,前11卷论诗艺和诗法,第十二卷以后汇集对两汉以下作家作品之评论。《诗人玉屑》是诗话的辑录,或辑录诗话全书,如姜夔的《白石道人诗说》与严羽的《沧浪诗话》即被全书辑入,或大量引用诗话著作,如惠洪《冷斋夜话》、杨万里《诚斋诗话》,表明其时诗话已作为一种诗文评体式而得到独立重视。诗话总集保存了文献资料,也一定程度上显示了诗歌与诗学的发展样貌。

(二) 诗话之品评

推敲字句/摘句批评/标举风尚/阐述理论

诗话以欧阳修、司马光、刘攽之作,号为最古,而品评诗家与诗作是其重头内容。基于这种坚实的品评,字词疑问得到辨析,名篇佳句得以标出,就有可能概括诗人诗作之风格,进而评断高下优劣,指陈诗风源流。

欧阳修的《六一诗话》即多有品评字句的篇幅。如记载宋初推敲文字之事,云:"陈舍人从易当时文方盛之际,独以醇儒古学见称,其诗多类白乐天。盖自杨、刘唱和,《西昆集》行,后进学者争效之,风雅一变,谓'西昆体'。由是唐贤诸诗集几废而不行。陈公时偶得杜集旧本,文多脱误,至《送蔡都尉》诗云:'身轻一鸟',其下脱一字。陈公因与数客各用一字补之。或云'疾',或云'落',或云'起',或云'下',莫能定。其后得一善本,乃是'身轻一鸟过'。陈公叹服,以为虽一字,诸君亦不能到也。"(《六一诗话》,第266页)此事虽有推崇杜甫而贬抑宋初西昆体诸人的倾向,但由此实可见文人习气。后来诗话中也多载述此类轶事,表明诗人作诗锤炼文字,读者品诗也落实在语言文字层面,或品评诗家用字造语之工,或叹赏骚人一句一联之妙。

《六一诗话》还有不少摘句批评内容。如记载梅尧臣激赏严维的诗句"柳塘春水漫,花坞夕阳迟",认为"天容时态,融和骀荡"如在目前;而刘攽则指出其不足:"细较之,夕阳迟则系花,春水漫何须柳也。工部诗云:'深山催短景,乔木易高风。'此可无瑕颣。"(《六一诗话》,第267页)可见,诗人对诗句有细密明敏的感知,故摘出诗中的佳句秀句特加品评。稍后司马光的《续诗话》更以鉴赏精密著称,四库馆臣认为:其"品第诸诗,乃极精密",通过精到点评和褒奖,诸多诗作得以显名而流传,"寇准之《江南春诗》,陈尧佐之《吴江诗》,畅当、王之涣之《鹳雀楼诗》,及其父《行色诗》,相沿传诵,皆自光始表出之"(《四库全书总目》卷195《续诗话》提要,第1781页)。如评林逋的《梅花诗》"疏影横斜水清浅,暗香浮动月黄昏"句为"曲尽梅之体态"(《续诗话》,第275页),又如认为"古人为诗,贵于意在言外,使人思而得之"(《续诗话》,第277页),而杜甫的《春望》足以当之:"山河在,明无余物矣;草木深,明无人矣;花鸟,平时可娱之物,见之而泣,闻之而悲,则时可知矣。"(《续诗话》,第278页)诗话中实有不少此种极具启发意义的品评佳作,如杨万里的《诚斋诗话》评析苏轼《煎茶》诗"自临钓石汲深清"句云"七字而具五意:水清,一也;深处清,二也;石下之水,非有泥土,三也;石乃钓石,非寻常之石,四也;东坡自汲,非遣卒奴,五也。"(《诚斋诗话》,第140页)又如罗大经《鹤林玉露》品读杜甫的名句"万里悲秋常作客,百年多病独登台"说:"万里,地之远也;悲秋,时之惨凄也;作客,羁旅也;常作客,久旅也;百年,暮齿也;多病,衰疾也;台,高迥处也;独登台,无亲朋也;十四字之间含有八意,而对偶又精确。"(《罗大经诗话》,第 7654 页)既有整体的涵泳照察,也有细密的体感分析,几乎是以治经之法来显明诗之意味,其精神几近于今天标举的文本细读。

宋诗话的论诗评人,还会在有意无意间,偶叙自己或他人的诗学主张,因以提升其话体的理论含量。这起初还不系统精密,尚属随笔札记之漫话;及至某种诗风尚笼罩一代,相应的诗学主张深入人心;则主张者反复申说发挥,反思者彻底破立重建,就使得诗话从随笔札记学理化,成为阐述某种理论的诗学著作。刘攽《中山诗话》偶而阐述"诗以意为主,文词次之"之观念。宋调的代表诗人苏轼、黄庭坚,其诗学主张也多被诗话记录在案。欧阳修《六一诗话》也表明其诗学观点,如提出"穷而后工""意新语工"之说。其书篇幅虽短,但从评论梅尧臣等人的措辞抑扬中,还是能看出欧阳修标举的诗学风尚。

再如魏泰的《临汉隐居诗话》倡"余味"说:"诗者述事以寄情,事贵详,情贵隐,及乎感会于心,则情见于词,此所以入人深也。如将盛气直述,更无余味,则感人也浅。"(《临汉隐居诗话》,第 322 页)又说:"凡为诗,当使挹之而源不穷,咀之而味愈长。至如永叔之诗,才力敏迈,句亦清健,但恨其少余味耳。"(《临汉隐居诗话》,第 323 页)此种崇尚含蓄、余味的诗学趣味也能反映两宋之际的诗学风尚。及至南宋,对江西诗派诗学及诗风的反思渐成潮流,诗话的理论性及系统性就更趋明显。又如姜夔提出:"诗有四种高妙:一曰理高妙,二曰意高妙,三曰想高妙,四曰自然高妙。碍而实通,曰理高妙;出自意外,曰意高妙;写出幽微,如清潭见底,曰想高妙;非奇非怪,剥落文采,知其妙而不知其所以妙,曰自然高妙。"(《白石诗说》,第 682 页)此所谓四种高妙,既能概括前人的诗风,又能看出诗人的价值取向,且形成一个话语系统,显示诗家的理论洞见。有宋一代,理论主张鲜明且论述较为丰富完整的,以张戒《岁寒堂诗话》、姜夔《白石诗说》、严羽《沧浪诗话》为代表。

(三)诗话之记事

记录本事/考证典故/叙述风流

诗话的另一项重要内容,是记载文坛轶事和考订故实。诗话本受笔记的影响,又有"资闲谈"的旨趣;故对记载文人轶事、考证文坛事实也饶有兴致。在以才学为诗的风气形成之后,诗人更爱用典故成语入诗;故诗话便用来考证典故出处及造语由来。如欧阳修《六一诗话》的第一条便是考证:"李文正公进《永昌陵挽歌辞》云:'奠玉五回朝上帝,御楼三度纳降王。'当时群臣皆进,而公诗最为首出。所谓三降王者,广南刘𬬮、西蜀孟昶及江南李后主是也。若五朝上帝则误矣。太祖建隆尽四年,明年初郊,改元乾德。至六年再郊,改元开宝。开宝五年又郊,而不改元。九年已平江南,四月大雩,告谢于西京。盖执玉祀天者,实四也。李公当时人,必不缪,乃传者误云五耳。"(《六一诗话》,第264页)

此外,还有记载文人轶事的篇幅,有的很能展示诗人的精神风采,有的则显出诙谐幽默的风趣,显示出诗人的风流意态。如云:"石曼卿自少以诗酒豪放自得,其气貌伟然,诗格奇峭,又工于书,笔画遒劲,体兼颜、柳,为世所珍。余家尝得南唐后主澄心堂纸,曼卿为余以此纸书其《筹笔驿诗》。诗,曼卿平生所自爱者,至今藏之,号为三绝,真余家宝也。曼卿卒后,其故人有见之者,云恍惚如梦中,言我今为鬼仙也,所主芙蓉城,欲呼故人往游,不得,忿然骑一素骡去如飞。其后又云,降于亳州一举子家,又呼举子去,不得,因留诗一篇与之。余亦略记其一联云:'莺声不逐春光老,花影长随日脚流。'神仙事怪不可知,其诗颇类曼卿平生语,举子不能道也。"(《六一诗话》,第271页)欧阳修与石曼卿交情深厚,对他了解很深,这一叙述堪为石曼卿超越世俗的诗人风采的传神写照。

又刘攽以史学见称,学问有根柢,其《中山诗话》记录了很多古今朝野轶闻,也考证了一些故实,如载:"太宗好文,每进士及第,赐闻喜宴,常作诗赐之,累朝以为故事。仁宗在位四十二年,赐诗尤多,然不必尽上所自作。景祐初,赐诗落句云:'寒儒逢景运,报德合如何?'论者谓质厚宏壮,真诏旨也。"(《中山诗话》,第284页)颇能显示一时君臣心理。又如魏泰《东轩笔录》记载:"庆历中,西师未解,晏元献公殊为枢密使,会大雪,欧阳文忠公与陆学士经同往候之,遂置酒于西园。欧阳公即席赋《晏太尉西园贺雪歌》,其断章曰:'主人与国共休戚,不惟喜悦将丰登。须怜铁甲冷彻骨,四十余万屯边兵。'晏深不平之,尝语人曰:'昔日韩愈亦能作诗词,每赴裴度会,但云"园林穷胜事,钟鼓乐清时",却不曾如此作闹。'"(《东轩笔录》卷11,第126—127页)晏殊与欧阳修两代人的精神风貌与冲突给读者以亲切的观感。

与此类似,魏泰《临汉隐居诗话》、叶梦得《石林诗话》、吴开《优古堂诗话》、曾季貍《艇斋诗话》等,都有记述诗人事迹、诗歌本事、诗酒风流、诗坛逸事之内容。

附　文论选读

一　六一诗话(选录)
[北宋] 欧阳修

　　圣俞尝语余曰:"诗家虽率意,而造语亦难。若意新语工,得前人所未道者,斯为善也。必能状难写之景如在目前,含不尽之意见于言外,然后为至矣。贾岛云:'竹笼拾山果,瓦瓶担石泉。'姚合云:'马随山鹿放,鸡逐野禽栖。'等是山邑荒僻,官况萧条,不如'县古槐根出,官清马骨高'为工也。"余曰:"语之工者固如是。状难写之景,含不尽之意,何诗为然?"圣俞曰:"作者得于心,览者会以意,殆难指陈以言也。虽然,亦可略道其髣髴:若严维'柳塘春水漫,花坞夕阳迟',则天容时态,融和骀荡,岂不如在目前乎?又若温庭筠'鸡声茅店月,人迹板桥霜',贾岛'怪禽啼旷野,落日恐行人',则道路辛苦,羁愁旅思,岂不见于言外乎?"

　　退之笔力,无施不可,而尝以诗为文章末事,故其诗曰:"多情怀酒伴,余事作诗人"也。然其资谈笑,助谐谑,叙人情,状物态,一寓于诗,而曲尽其妙。此在雄文大手,固不足论,而余独爱其工于用韵也。盖其得韵宽,则波澜横溢,泛入傍韵,乍还乍离,出入回合,殆不可拘以常格,如《此日足可惜》之类是也。得韵窄,则不复傍出,而因难见巧,愈险愈奇,如《病中赠张十八》之类是也。余尝与圣俞论此,以谓譬如善驭良马者,通衢广陌,纵横驰逐,惟意所之。至于水曲蚁封,疾徐中节,而不少蹉跌,乃天下之至工也。圣俞戏曰:"前史言退之为人木强,若宽韵可自足而辄傍出,窄韵难独用而反不出,岂非其拗强而然与?"坐客皆为之笑也。(欧阳修撰《六一诗话》,何文焕辑《历代诗话》本,中华书局1981年4月第1版,第267、272页)

导读:

　　欧阳修晚年自号"六一居士",退居汝阴(今安徽省阜阳市)时作《诗话》,后人冠以"六一"以示区别,这标志着诗话体的形成。《六一诗话》共有28则,以"资闲谈"为宗趣,实则包含"资谈笑,助谐谑,叙人情,状物态"等内容,并在风趣之中,时有精警之论。如所载梅尧臣名句"状难写之景如在目前,含不尽之意见于言外",即能在简要之中显示宋调的特点。同时,在并不一本正经的品评之中,也能看出欧阳修的诗学观念。如其点评韩愈的诗"无施不可""惟意所之",即昭示一种欧阳修欣赏,也为苏轼、张戒及江西诗派诸人所推崇的境界:以雄文博学为基,以笔力胸襟为主,不限于某一类题材某一种风格,而随物赋形、涉笔有趣之佳制。

二 与谢民师推官书（节录）
［北宋］苏轼

所示书教及诗赋杂文,观之熟矣。大略如行云流水,初无定质,但常行于所当行,常止于所不可不止,文理自然,姿态横生。孔子曰:"言之不文,行而不远。"又曰:"辞达而已矣。"夫言止于达意,即疑若不文,是大不然。求物之妙,如系风捕影,能使是物了然于心者,盖千万人而不一遇也。而况能使了然于口与手者乎？是之谓辞达。辞至于能达,则文不可胜用矣。

扬雄好为艰深之词,以文浅易之说,若正言之,则人人知之矣。此正所谓雕虫篆刻者,其《太玄》《法言》,皆是类也。而独悔于赋,何哉？终身雕篆,而独变其音节,便谓之经,可乎？屈原作《离骚经》,盖风雅之再变者,虽与日月争光可也。可以其似赋而谓之雕虫乎？使贾谊见孔子,升堂有余矣,而乃以赋鄙之,至与司马相如同科！雄之陋,如此比者甚众,可与知者道,难与俗人言也。因论文偶及之耳。

欧阳文忠公言:"文章如精金美玉,市有定价,非人所能以口舌定贵贱也。"纷纷多言,岂能有益于左右,愧悚不已！（《苏轼文集》卷49《与谢民师推官书》,中华书局1986年3月第1版,第1418—1419页）

导读:

这封书信高度评价了谢民师的诗文；然而由于谢作不传于今,无从判断是否名实相符。但苏轼《自评文》也有类似说法,故可看作是苏轼本人的文学见解。苏轼吸收了庄子的自然理念,重新解释了孔子的辞达说,提出圆融通达的文学见解。文学的极境是"言达于意",是"意"通过言的"达"而"了然",故文之效果要通过是否"达"来论定。而要达至此种效果,就要顺从对象"物"的引导,要映照对象"物"而修辞。故其中的意并非纯然主观的思绪,而是"物了然于心",也即受到"物"限制并充实的"心",是心物的互相澄明；临文之际,并不预设现成固定的旨意,而是顺应"物"自身的条理脉络,犹如庖丁解牛,随其行止而行止。由于修辞以"达"为准的,故不取有意的雕琢与艰深;由于文在于达意而达物,故文章价值有其客观性,既不因品评抬高而升高,也不因品评贬低而降低。

三　上人书
[北宋] 王安石

尝谓文者,礼教治政云尔,其书诸策而传之人,大体归然而已。而曰"言之不文,行之不远"云者,徒谓辞之不可以已也,非圣人作文之本意也。

自孔子之死久,韩子作,望圣人于百千年中,卓然也。独子厚名与韩并。子厚非韩比也,然其文卒配韩以传,亦豪杰可畏者也。韩子尝语人以文矣,曰云云,子厚亦曰云云。疑二子者,徒语人以其辞耳,作文之本意不如是其已也。

孟子曰:"君子欲其自得之也。自得之,则居之安;居之安,则资之深;资之深,则取诸左右逢其原。"孟子之云尔,非直施于文而已,然亦可托以为作文之本意。且所谓文者,务为有补于世而已矣。所谓辞者,犹器之有刻镂绘画也。诚使巧且华,不必适用;诚使适用,亦不必巧且华。要之以适用为本,以刻镂绘画为之容而已。不适用,非所以为器也。不为之容,其亦若是乎?否也。然容亦未可已也,勿先之,其可也。

某学文久,数挟此说以自治。始欲书之策而传之人,其试于事者,则有待矣。其为是非邪,未能自定也。执事正人也,不阿其所好者,书杂文十篇献左右,愿赐之教,使之是非有定焉。(《王安石全集·临川先生文集》卷77《上人书》,复旦大学出版社2016年9月第1版,第1369—1370页)

导读:

一种文学观念的提出,有时并非完全出于对真理的探研,而或受到论者身份与立场的限制。柏拉图不能说没有为真理而求真理的精神,但为了建造理想国,也只好忍心将诗人逐出城邦。大约与本文同时撰写的,王安石还有《上张太博书》:"谨书所为原、说、志、序、书、词凡十篇献左右",希望出仕,并说"文者,言乎志者也"。当王安石携"杂文十篇"献某执事,以求有"试于事"的机会时,他就汲汲然以"有补于世"为志,而将文屈从于适用政教的语言修饰了。政教成了文学的绝对起点与直接归宿,殊不知政教也有其根据和目的;文学即便为政教服务,也不仅限于"刻镂绘画"的功能。这便是以天下风教自任者的心态,时至今日,其论犹有强大的影响力。

四　答洪驹父书

[北宋] 黄庭坚

驹父外甥教授：别来三岁，未尝不思念。闲居绝不与人事相接，故不能作书，虽晋城亦未曾作书也。专人来，得手书。审在官不废讲学，眠食安胜，诸稚子长茂，慰喜无量。

寄诗语意老重，数过读，不能去手；继以叹息，少加意读书，古人不难到也。诸文亦皆好，但少古人绳墨耳，可更熟读司马子长、韩退之文章。凡作一文，皆须有宗有趣，终始关键，有开有阖，如四渎虽纳百川，或汇而为广泽，汪洋千里，要自发源注海耳。老夫绍圣以前，不知作文章斧斤，取旧所作读之，皆可笑；绍圣以后，始知作文章，但已老病惰懒，不能下笔也。外甥勉之，为我雪耻。

《骂犬文》虽雄奇，然不作可也。东坡文章妙天下，其短处在好骂，慎勿袭其轨也。甚恨不得相见，极论诗与文章之善、病。临书不能万一，千万强学自爱，少饮酒为佳。

所寄《释权》一篇，词笔纵横，极见日新之效。更须治经，深其渊源，乃可到古人耳。《青琐》祭文，语意甚工，但用字时有未安处。自作语最难，老杜作诗，退之作文，无一字无来处。盖后人读书少，故谓韩、杜自作此语耳。古之能为文章者，真能陶冶万物，虽取古人之陈言入于翰墨，如灵丹一粒，点铁成金也。

文章最为儒者末事，然索学之，又不可不知其曲折，幸熟思之。至于推之使高，如泰山之崇崛，如垂天之云；作之使雄壮，如沧江八月之涛，海运吞舟之鱼。又不可守绳墨令俭陋也。（《黄庭坚全集·宋黄文节公全集》正集卷18《答洪驹父书》，四川大学出版社2001年4月第1版，第474—475页）

导读：

本文是黄庭坚晚年写给外甥洪驹父的一封信，谆谆教诲之意溢于言表。黄庭坚将修身、读书、作文综合起来考量。他认为，作文有其自身的审美规范，而他欣赏崇高、雄壮的趣味；作文还有其自身的技艺规范，要注意立意、结构、措辞，而在措辞用字一端，贵在能"点铁成金"，活用古人陈言。要掌握技艺规范，就要师法司马迁、韩愈，体会其法度；因法度而可衡估诗文之善、病。此外，还要读经，"深其渊源"，加强修养，革除好骂之病。这不是文人之文的理想，也不是学者之文的纲领；而是士人之文的指南，对江西诗派影响深远。

第十二讲
南宋文学批评

南宋时期,江西诗派的雕琢、因陈、生硬、险仄、僻奥等弊病日渐显露,张戒、姜夔、严羽、叶适、刘克庄等人皆探寻救治新变之路;同样是出于对江西诗派弊败诗风的厌弃,中兴四大家也在创作和理论上作出探索;理学家从文道和性情两个维度,对艺文作出精致而深入的阐释,既提升了诗文理论的思想水准,同时也表现出某种歧解与迷思。此外,产生自北宋的诗话,至南宋有长足发展,其理论性和体系性都大大增强,出现影响深远的《沧浪诗话》。词学建构意识,日益趋于自觉,王灼《碧鸡漫志》、沈义父《乐府指迷》、张炎《词源》等,多从辨明词的文体特征着眼而树立讲明了宋词的主流价值观。

一 中兴四大家的诗论

尤袤、杨万里、范成大与陆游,史称宋室南渡后的中兴四大家。方回说:"宋中兴以来……言诗必曰尤、杨、范、陆。其先或曰尤、萧(德藻),然千岩早世不显,诗刻留湘中,传者少。尤、杨、范、陆特擅名天下。"(《桐江集》卷3《跋遂初尤先生尚书诗》,第234页)此四家能突破江西诗派之牢笼,在理论和创作上都有新颖之处。

(一)杨万里诗论

透脱说/去辞去意说/含蓄说

杨万里(1127—1206),字廷秀,号诚斋,吉水(今江西省吉安市)人,有《诚斋集》传世。

他的诗论来源于创作心得,突破江西诗派而自出己见。关于其学诗历程,杨万里有自述曰:

> 予之诗始学江西诸君子,既又学后山五字律,既又学半山老人七字绝,晚乃学绝句于唐人。学之愈力,作之愈寡……戊戌三朝时节,赐告少公事,是日即作诗,忽若有悟。于是,辞谢唐人及王、陈、江西诸君子,皆不敢学,而后欣如也。试令儿辈操笔,予口占数首,则浏浏焉无复前日之轧轧矣。自此每过午,吏散庭空,即携一便面,步后园,登古城,采撷榿菊,攀翻花竹,万象毕来献予诗材;盖麾之不去,前者未酬而后者已迫,涣然未觉作诗之难也。(《杨万里集笺校》卷 82《荆溪集序》,第 3260 页)

他学江西诗派 30 年,后由学王安石以过渡,终向晚唐绝句汲取诗思,至"戊戌三朝"而悟入。其所谓"戊戌"之年,是指淳熙五年(1178)。也就是在这一年,杨万里 52 岁,方于诗学"忽若有悟",遂摆落前人而自辟一体。

由此可见,他有强烈的空诸依傍意识,力图摆脱束缚而独立成家,尝曰:"传派传宗我替羞,作家各自一风流。黄陈篱下休安脚,陶谢行前更出头。"(《杨万里集笺校》卷 26《跋徐恭仲省乾近诗》其三,第 1369 页)从杨万里学诗自身经历来说,摆脱江西诗派是一重要转关。江西诗派讲求法度,讲究"点铁成金";而他将法度解构,直寻法外之本相。他有诗曰:"问侬佳句法如何?无法无盂也没衣。"(《杨万里集笺校》卷 38《酬阁皂山碧崖道士甘叔怀赠美名人不及佳句法如何十古风》,第 1985 页)又有诗曰:"学诗须透脱,信手自孤高。衣钵无千古,丘山只一毛。句中池有草,字外目俱蒿。可口端何似?霜螯略带糟。"(《杨万里集笺校》卷 3《和李天麟》其一,第 199 页)表明他要跳出师法的窒碍,而追求透脱、自然的境界。

杨万里借鉴了禅宗思想,尤取资于庄子"外"论,以通达圆活的眼光,来观照现前的事物,观其外而入其内,故论诗能知真味。他有文曰:

> 读书必知味外之味;不知味外之味而曰我能读书者,否也。《国风》之诗曰:"谁谓荼苦,其甘如荠。"吾取以为读书之法焉。夫含天下之至苦,而得天下之至甘,其食者同乎人,其得者不同乎人矣。同乎人者味也,不同乎人者

非味也。(《杨万里集笺校》卷77《习斋论语讲义序》,第3176页)

他还有《江西宗派诗序》提倡"以味不以形似"之说,会解"江瑶柱似荔子""杜诗似《太史公书》"之理,以形器之外的"无待",来阐明诗歌的神悟之境:"阖尝观乎列御寇、楚灵均之所以行天下者乎?行地以舆,行波以舟,古也。而子列子独御风而行,十有五日而后反,彼其于舟车,且乌乎待哉?然则舟车可废乎?灵均则不然,饮兰之露,餐菊之英,去食乎哉!芙蓉其裳,宝璐其佩,去饰乎哉!乘吾桂舟,驾吾玉车,去器乎哉!然朝闻阆风,夕不周,出入乎宇宙之间,忽然耳,盖有待乎舟车,而未始有待乎舟车者也。今夫四家者流,苏似李,黄似杜;苏李之诗,子列子之御风也;杜、黄之诗,灵均之乘桂舟、驾玉车也。无待者,神于诗者欤?嗟乎!离神与圣,苏、李,苏、李乎尔!杜、黄,杜、黄乎尔!合神与圣,苏、李不杜、黄,杜、黄不苏、李乎?然而诗可以易而言之哉!"(《杨万里集笺校》卷79《江西宗派诗序》,第3230—3231页)舟车可喻指法度,都不是终极之物;虽不可废,而有所待。因有所待,故不可待,而须"外之"以入乎内,入乎内而方可自由无碍。以此印证诗人诗作,最终悟入诗之神境。

与倡导不受法度之束缚同理,杨万里又主"去辞去意"说。其有文曰:"夫诗何为者也?尚其辞而已矣。曰善诗者去辞,然则尚其意而已矣。曰善诗者去意,然则去辞去意则诗安在乎?曰去辞去意而诗有在矣,然则诗果焉在?曰尝食夫饴与荼乎?人孰不饴之嗜也?初而甘,卒而酸。至乎荼也,人病其苦也;然苦未既而不胜其甘。诗亦如是而已矣。"(《杨万里集笺校》卷83《颐庵诗稿序》,第3332页)诗歌固然不能脱离言语,但诗意却有更深层本源;故不能拘泥于言语的局限,而须在言语之外寻求诗意。黄庭坚"点铁成金""脱胎换骨"说在言语之内,而杨万里则认为诗意的本源恰好发生在言语之外。他又有文曰:"至其诗皆感物而发,触兴而作,使古今百家、景物万象,皆不能役我而役于我。"(《杨万里集笺校》卷83《应斋杂著序》,第3339页)又曰:"大抵诗之作也,兴,上也;赋,次也;赓和,不得已也。我初无意于作是诗,而是物、是事适然触乎我,我之意亦适然感乎是物、是事。触先焉,感随焉,而是诗出焉,我何与哉?天也!斯之谓兴。"(《杨万里集笺校》卷67《答建康府大军门库监门徐达书》,第2842页)杨万里改造了传统的赋比兴说,而将"兴"提高到最上层位置,赋予其新异内涵,以适然感物立义。"兴"在物我结构中,被赋以无意无我之义,并要求不预设宗旨,以浑然无我来感物;即以感物之天为终极,而以感兴为诗意之源。他彻悟之作多能"以天合天",即以我之天机而发见物之活泼。如有诗曰:"晚爱肥仙诗自然,何曾绣绘更雕镌。春花秋月冬冰雪,不听陈言只听天。"(《杨万里集笺校》卷40《读张文潜诗》,第2111页)

如上所述,诗意之本源在言语之外,而诗又不能不运用语言;故其救正变通之道,仍是不离语言文字。为破语障,杨万里倡含蓄说,以营造言外余味。如他论曰:"《金针法》云:'八句律诗,落句要如高山转石,一去无回。'予以为不然。诗已尽而味方永,乃善之善也。"(《诚斋诗话》,第137页)"诗已尽"指言已尽,"味方永"即意有余。基于这种诗歌趣味好尚,他尤其赞赏诗意的含蓄:或"一句七言而三意",或"一句五言而两意",或"句中无其辞,句外有其意",皆以有限的文字来传达丰厚意味。(《诚斋诗话》,第138页)又评苏轼《煎茶》诗句:"枯肠未易禁三椀,卧听山城长短更",其"长短"虽属简易字,却能写出"山城更漏无定"之情状,是为语言含蓄"有无穷之味"典范。(《诚斋诗话》,第138页)以有余味为归趋,来锤炼修饰语言,既不废语言修饰,又不拘泥于语言。这就增强了语言的韵味,而削弱其工具理性意味。

(二) 陆游等诗论

功夫在诗外说/崇尚宏大风格/尤袤的诗论

陆游(1125—1210),字务观,号放翁,山阴(今浙江省绍兴市)人。有《剑南诗稿》,收录诗九千余首;另有《渭南文集》《老学庵笔记》等传世。他曾师从曾几学诗,领会师训之活法论。其有诗曰:"我得茶山一转语,文章切忌参死句。"(《剑南诗稿》卷31《赠应秀才》,第501页)陆游亦很神往吕本中,受江西诗派影响很深,早期也好炼字炼句,有雕绘、怪奇之习;但中年后渐悟其非而颇有新知,主张诗歌源自真切的生活体验。

关于陆游诗学观的形成,他在诗文中屡有自述。如有诗曰:

> 我昔学诗未有得,残余未免从人乞。力孱气馁心自知,妄取虚名有惭色。四十从戎驻南郑,酣宴军中夜连日。打球筑场一千步,阅马列厩三万匹。华灯纵博声满楼,宝钗艳舞光照席。琵琶弦急冰雹乱,羯鼓手匀风雨疾。诗家三昧忽见前,屈贾在眼元历历。天机云锦用在我,剪裁妙处非刀尺。世间才杰固不乏,秋毫未合天地隔。放翁老死何足论,广陵散绝还堪惜。(《剑南诗稿》卷25《九月一日夜读诗稿有感走笔作歌》,第423页)

陆游中年有一段军旅生活经历，从中获得真切壮阔的生活体验；因使其诗作注入勃勃生气，其诗学认知上也步入新境。对这种诗歌理论认知的转变，他在训导后学时也屡有叙述。如有诗曰："我初学诗日，但欲工藻绘；中年始少悟，渐若窥宏大。怪奇亦间出，如石漱湍濑。数仞李杜墙，常恨欠领会。元白才倚门，温李真自郐。正令笔扛鼎，亦未造三昧。诗为六艺一，岂用资狡狯？汝果欲学诗，工夫在诗外。"（《剑南诗稿》卷78《示子遹》，第225页）陆游通过回顾自己的学诗经历，追寻"李杜"诗境所示之三昧，从中真切领会诗歌奥秘之所在，道出了"工夫在诗外"之心得。

综观陆游诗论，主要有三层面：第一，反对雕琢锻炼。陆游驳斥沉溺于技艺，反对拘执于形式规则，认为向前人的陈言之中讨生活，以及锻炼字句雕琢声韵的藻绘，皆偏离诗歌正道坦途，难以达到屈贾的高度。其有文曰："大抵诗欲工，而工亦非诗之极也。锻炼之久，乃失本指；斫削之甚，反伤正气。"（《渭南文集》卷39《何君墓表》，第618页）又有诗曰："雕琢自是文章病，奇险尤伤骨气多。"（《剑南诗稿》卷78《读近人诗》，第219页）

第二，提倡真切体验。陆游认为，诗意不是闭门觅句、向壁虚构所能获得，而是源于当下生活体验以及诗家之正气。而除了社会生活可以激发诗兴，得"江山之助"也是诗兴来源。其有诗曰："法不孤生自古同，痴人乃欲镂虚空。君诗妙处吾能识，正在山程水驿中。"（《剑南诗稿》卷50《题庐陵萧彦毓秀才诗卷后》其二，第741页）这就明确否定了自我封闭的作诗方法，而提倡亲近鲜活的社会生活与自然界，其中真切直致的观感体验，才是诗歌妙境的根本成因。

第三，推崇宏大风格。陆游对于诗歌风格，有特别的趣味好尚。其有诗曰："文章要须到屈宋，万仞青霄下鸾凤。区区圆美非绝伦，弹丸之评方误人。"（《剑南诗稿》卷16《答郑虞任检法见赠》，第279页）"圆美流转如弹丸"的风格，一度被江西诗派后学所推崇，其妙处在精致小巧，易成新鲜活泼之作；但陆游不受其说限制，而更赞赏宏大的诗风，有鸾凤下青霄之气势，有鲸鱼掣碧海之力度。

尤袤（1127—1194），字延之，自号遂初，无锡（今江苏省无锡市）人。著有《遂初小稿》60卷、《内外制》30卷、《梁溪集》50卷，皆散佚不传；仅存《遂初堂书目》44卷，以及辑佚的《梁溪遗稿》2卷。

由于尤袤存世作品极少，今难以获知其诗论全貌，仅能从其少量诗作分享其趣味，并从其若干序文推知诗学趋尚。其有诗曰："梁溪西畔小桥东，落叶纷纷水映红。五夜客愁花片里，一年春事角声中。歌残《玉树》人何在？舞破《山香》曲未终。却忆孤山醉归路，马蹄香雪衬东风。"(《梁溪遗稿》卷1《落梅》，第512页)诗中寄寓他对战事时局的忧虑，表达对偏安犹醉生梦死的愤慨；但诗人却注意拉开距离，以相对超然态度观照之，化愁绪于晚春景致之中，有情感投注却极为克制。诗歌虽用典故，却与时事关合；处理时政的刚性题材，却也注重诗味的含蓄，从中能看出尤袤的追求，即自然真切、细腻含蓄。

尤袤有《朱逢年诗集序》，虽是就他人诗集而发议论；但从其对朱逢年诗的抑扬处，也能窥见他的诗歌理论认知。如其文曰：

> 英伟豪杰之士，生亦有所自来。故其亡也，决不泯泯与草木同腐。观玉澜先生之集，顾不异哉。夫得则喜，失则悲，有所不平则怨刺，此诗人之情也。惟深于道者不然，无入而不自得，先生近之。先生少有轶材，自负其长，不肯随俗俯仰，厄穷任命，有人所难堪，而其节愈厉，其气愈高。其诗闲暇，略不见悲伤憔悴之态。其视富贵利达直糠秕土苴尔。《春风》一篇，雍容广大，有圣门舞雩气象；《感事》三篇，慨然见经世之志；自作挽歌词，齐得丧，一死生，直欲友渊明于千载。至所谓"自我识兴废，于天无怨尤"，非深于道者，能如是乎！(《梁溪遗稿》卷2《朱逢年诗集序》，第528页)

该序所论实基于人之常情，因患得患失而生悲喜之情，有不平而发于诗，乃抒写怨刺之志；然又指出，而深于道者之诗，却别有一番境界：首先能自得于道，其次超拔于富贵，因而超脱于憔悴，而别有闲暇之致。这就在诗缘情的传统之外，从先哲的人格襟怀处悟入，将道转化为超然的诗心意境，而与理学家诗歌趣味相默契。

（三）范成大诗论

诗歌源于自然论/诗应自然写意论/诗的自适功能论/诗代言贫苦者论

范成大(1126—1193)，字致能，一字幼元，晚号石湖居士，吴县(今江苏省苏州市)人。有《石湖集》《揽辔录》《桂海虞衡集》等传世。

范成大传世诗文作品不多，也没有专门论诗文的篇章，仅能从他有限的诗作中，约略看出他的诗学主张。他较为重视诗歌与自然的关系，有诗源于自然、自然写意之论。

诗歌与自然关系涉及主客问题，对此诗学史上已多有相关论述。如刘勰曰：

"登山则情满于山,观海则意溢于海。"(《文心雕龙注》卷 6《神思》,第 493—494 页)登山临海而引起神思勃发,这是诗人对自然景象的感应。刘勰还在《文心雕龙·物色》中,集中论述了心物往还吐纳的情状。(《文心雕龙注》卷 10,第 693 页)范成大汲取前人有关思理,建立诗歌与自然亲近关系,以救正江西诗派因陈的流弊,走出了一条温润清新的路子。

关于诗歌源于自然,范成大有诗句论曰:

宝林寺里逢修竹,方有诗情约略生。(卷 9《题宝林寺可赋轩》,第 115 页)
犯寒书剑出春梦,风雪桥边得句多。(卷 28《李子永赴溧水过吴访别戏书送之》,第 385 页)
未熟灯前梦,闲寻道上诗。(卷 13《宿清湘城外田家》,第 172 页。以上《范石湖集》)

这都是说,诗意出自生活感触,或触发于自然景象。除了诗意源于自然景象,他还说诗法来自然物象。如曰:

漏箭声中断角哀,桊窗犹有月徘徊。心兵休为一蚊动,句法却从孤雁来。(《范石湖集》卷 20《睡觉》,第 291 页)

不仅以自然触感看待自家诗法,他也如此概述诗友的作诗经验。如有诗曰:"金鹤飞来尺素通,新诗字字挟光风。三年湖海关心处,都在先生句子中。"(《范石湖集》卷 9《次韵乐先生吴中见寄》其一,第 116 页)又有诗曰:"水尾山腰树影苍,一天风露不供香。谁家镜里能消得,付与诗人古锦囊。"(《范石湖集》卷 8《次韵马少伊木犀》,第 99 页)从中可见,范成大注重从自然美景中感发诗情,将眼前的光风霁月转化为锦囊妙句。这作诗心法运用熟悉后,就打破那些无形的障隔,而不待勉强刻意,更无须任用智巧,自然万物络绎奔赴笔端,仿佛能够自发催生诗情。他用诗描述此种体验曰:"惊雷隐地送凉飔,起舞看山不自持。说与骚人须早计,片云催雨雨催诗。"(《范石湖集》卷 5《雨凉二首呈宗诲》其二,第 64 页)在他看来,诗歌与自然有一种感应关系,使诗人自发产生内在驱动力;诗意是自然对人的深情回馈,而无须刻意搜寻、任力为之。他还有诗曰:"溅瓦排檐散万丝,颠狂风筿要扶持。恩深到骨吾能报,急赋新凉第一诗。"(《范石湖集》卷 5《明日复雨凉,再用韵》其二,第64页)正是在诗歌与自然的关系中,他确认了自然是诗歌的源泉。

基于诗歌源于自然的认知,他主张诗歌应该自然写意。其有诗曰:

云容雪意将诗问,柳眼花心待酒媒。(卷21《立春后一日作》,第306页)
欲知万顷陂中意,但向三篇句里寻。(卷33《次韵徐提举游石湖》其三,第442页)
新诗腾说山中妙,我不曾游先梦到。(卷4《题金牛洞》,第51页。以上《范石湖集》)

大意是说,诗揭示传达了自然的意趣和妙处,而将客观的自然转化为人文境界。他还对比绘画,突出诗的长处,宣称:"悬知画不到,未省诗能说。"(《范石湖集》卷6《赏雪骑鲸轩……邀宗伟同作》,第71页)就是说对于同样的景致,诗更能在图貌之外写心。他还有诗曰:"诗无杰语惭风物,赖有丹青传小笔。"(《范石湖集》卷18《万景楼》,第254页)言下之意,诗歌能为风物传神,要较绘画高出一筹。可见,诗歌既不失主体性,又与自然互相酬答;因此,诗人要主动应和自然,以求"对得起"自然。其诗所云:"傥无诗句子,将奈月明何!"即含此意。(《范石湖集》卷1《夏夜》,第11页)

于自然中追寻诗意,以诗歌来酬答自然,实有安顿人生、慰藉身心的意义,这也体现了范成大的诗歌价值观。范成大尝质疑诗歌的意义,流露诗歌无用的悲观认知。其有诗曰:"凌空累箸仙无术,半夜撞钟句漫豪。枵腹题诗将底用?真成兔角与龟毛。"(《范石湖集》卷8《中秋无月复次韵》,第98页)但在以诗酬答自然之际,却能每得自然江山之助,超脱于功名利达之外,体认诗歌的自适功能:"浪随儿女怨萍蓬,笑拍阑干万事空。宇宙勋名无骨相,江山得句有神功。"(《范石湖集》卷6《晚集南楼》,第70页)

范成大在指出诗歌的自适功能之外,还突出诗为贫苦无告者代言的意义。其有诗曰:"忧渴焦山业海深,贪渠刀蜜坐成禽。一身冒雪浑家暖,汝不能诗替汝吟。"(《范石湖集》卷26《雪中闻墙外鬻鱼菜者,求售之声甚苦,有感三绝》其二,第361页)又有文曰:"吴中号多嘉穀,而公私之输顾重,田家得粒食者无几,峡农之不若也。作诗以劳之。"(《范石湖集》卷16《劳畲耕》,第217页)所谓"替汝吟""作诗以劳之",即要求用诗歌来慰劳贫苦无告者。这其中蕴含的悲悯情怀,与乐府诗写实传统相通,而又融入自身的亲切体验,显得真挚动人、感人至深。

二 理学家的诗文理论

两宋理学,又称道学,是返本开新发展起来的新儒学,也是宋型文化代表性思想形态。它吸收了佛学造理入微、博大渊深的一面,而将以孔孟所代表儒学思想推向精微完密。其论体用合一,辨性命之精微,以独特的眼光观照文艺,提出了别致的诗文理论。

(一) 理学家文章论

理学家的文道论/理学家的性情论/文章选本之批评/早期文章学论著

理学家对待诗文的态度并不严整一贯,盖缘于他们经由两种路径来论述诗文:一是文道论,二是性情论。基于文道论之视阈,他们往往重道轻文,以"道"为大体,视"文"为小用;而以性情论为根据,则重文学的艺术性,要求作家涵养性情、感发志意,"性其情"而赋予文学超越性。(《程氏文集》卷8《颜子所好何学论》,第577页)

北宋周敦颐就从文道关系立论,依据道的崇高地位而视文为陋。周敦颐(1017—1073),字茂叔,号濂溪,道州营道县(今湖南省道县)人。其有文曰:

> 文所以载道也。轮辕饰而人弗庸,徒饰也;况虚车乎!文辞,艺也;道德,实也。笃其实,而艺者书之,美则爱,爱则传焉。贤者得以学而至之,是为教。故曰:"言之无文,行之不远。"然不贤者,虽父兄临之,师保勉之,不学也;强之,不从也。不知务道德而第以文辞为能者,艺焉而已。噫!弊也久矣!(《周濂溪集》卷6《通书·文辞》,第117—118页)

此提出"文所以载道",有明确的崇道抑文倾向。他进而曰:"圣人之道,入乎耳,存乎心,蕴之为德行,行之为事业。彼以文辞而已者,陋矣!"(《周濂溪集》卷6《通书·陋》,第24页)在我国思想文化传统中,道的地位历来至高无上,即便发展至两宋理学,其论调仍无根本改变。在这种思维模式的制约之下,文辞文艺只有修饰性的小用。

但毕竟圣人孔子并无轻视文饰之意,反而阐说《诗》篇章句之艺术精蕴;且儒家六艺之中还有吟咏情性的诗教,这就给后人从正面扶植诗文提供理据。周敦颐吸收孔子《诗》说思想,从体道修身所获致的乐境出发,指出诗文所蕴涵的气韵趣味,则非完全排斥文学的艺术性。据说他并不剪除居所窗前的青草,为的是从中体察天地生生之气象。另据程颐、程颢的相关著作之回忆,周敦颐"每令寻颜子、仲尼乐处"。(《程氏遗书》卷 2 上,第 16 页)程颢正是受周敦颐思想言行的教化感染,乃"吟风弄月以归,有吾与点也之意"。(《程氏遗书》卷 3,第 59 页)可见,作家涵泳道德所得性情气象,正与乐境相通而有诗心文意。只是,周敦颐未认识到:道德与性情相通,性情与诗意相通,道德与诗意相通;因而,道德与性情在文论中时有分离,这就为后人歧解诗文埋下伏笔。

程颐、程颢侧重文道关系,将性情限定在修身范围内。尽管其语录注意文学性表达,常用形象的比喻来阐道说理;然而,一旦对文学形成理性认识,则断然认定"作文害道",视文学为"玩物",担心"玩物丧志"。(《程氏遗书》卷 18,第 239 页)他们将"今之学"分三类,而将文章之学列为最末等:"一曰文章之学,二曰训诂之学,三曰儒者之学。"(《程氏遗书》卷 18,第 187 页)具体说,儒者之学崇尚理道,用以维系世道人心;文章之学专务章句,无补于"养情性"。甚至被推崇的韩愈、杜甫,都难免被道学家批评嗤点:韩愈作文被斥为"倒学了",杜甫诗句被视为"闲言语"。(《程氏遗书》卷 18,第 239 页)这是将文限定为言辞修饰,而不可企及至高无上的道。由于文、道的地位悬殊,就很难给文肯定性评判。此观念影响深远,至南宋陆游犹曰:"文词害道第一事,子能去之其庶几。"(《剑南诗稿》卷 55《杂感》其四,第 794 页)

理学家以道为标准来论文章,将必然导致文章被轻视贬低。然而,出于文以载道的实用目的,又不能完全无视文法技巧。这是因为,宋代理学家在重视修身论道之外,还在教学层面训导诸生以应科考,需要编撰文章选本,用来教习作文之法。为达作文明理目标,就需追求义正辞达。由于以圣人之道为是非标准,就只能戴着镣铐作有限发挥;而其取胜之道,反在技艺层面。

因此,文章作为明道的工具,其技法就应引起关注。如吕祖谦作《左氏博议》,作为诸生课试的参考范本;同时编选《文章关键》,标举文章范本以供仿习,随文评点,提举纲目,分析句法,指示品读应当留心处,揣摩作文的方法门径。这种针对文章范本的圈点评议,能使抽象理论落实在技法之中,不仅有较强的适用性,而且有利于普及推广。此外,真德秀《文章正宗》、谢枋得《文章轨范》,也是理学家所编文章选本中影响较大的书目。《文章正宗》共 30 卷,分辞命、议论、叙事、诗歌四类,标举明义理、切世用的文学主张。《文章轨范》共七卷,所选文章凡 69 篇,其中唐宋文占绝大部分,而韩愈文所占比重尤高。尤其有意味的,是其卷次标目:卷一至卷二为"放胆文",卷三至卷七为"小心文",大多文章有批注圈点,不乏精到中肯的见解。

随着此类评点的积累,其写作法就逐步显明;若将之集中整编起来,就形成了文章学专书。如《文章精义》《文则》,就是此类早期文章学论著;众理学家的文章观,赖以获得集中表述。总之,理学家的诗文选本兼备选与评,体现选家与评家的眼光与主张,是文章学的重要组成部分,对后世评点之学影响深远。但因局限于科场实用与理学视阈,其识度难免偏狭浅小和琐碎刻板。

(二)邵雍性情诗说

《击壤集序》/诗吟咏情性论/情累都忘去说/平和自然风调

邵雍(1012—1077),字尧夫,自号安乐先生,谥康节,后世称邵康节,河南百源(今河南省辉县)人。有《皇极经世》《伊川击壤集》传世。

邵雍是位著名的理学家,同时也是诗人和诗论家。其诗论观点及语料较为零散,而集中表述于《击壤集序》。他侧重从性情来论说诗歌,所论内涵宏富、义理精微。大抵以性情为关节点,构建一系列诗学概念;因以界定诗歌体性,呈现出别样的旨趣。其《击壤集序》曰:

> 《击壤集》,伊川翁自乐之诗也。非唯自乐,又能乐时,与万物之自得也。伊川翁曰:子夏谓:"诗者志之所之也。在心为志,发言为诗,情动于中而形于言,声成其文而谓之音。"是知,怀其时则谓之志,感其物则谓之情,发其志则谓之言,扬其情则谓之声,言成章则谓之诗,声成文则谓之音;然后闻其诗,听其音,则人之志情可知之矣。

此是捡拾《诗大序》"言志"旧说,而细分为志、情、言、声、音诸项;却并无真切的创作体验,显然是理性分析的结果。出于理道的归趣,他不是张扬情感;而用天下大义来抑制情感,以防止诗人"溺于情好"。其下文曰:

> 且情有七，其要在二。二，谓身也、时也。谓身，则一身之休戚也；谓时，则一时之否泰也。一身之休戚，则不过贫富贵贱而已；一时之否泰，则在夫兴废治乱者焉。是以仲尼删诗，十去其九。诸侯千有余国，《风》取十五；西周十有二王，《雅》取其六。盖垂训之道，善恶明著者存焉耳。近世诗人，穷戚则职于怨憝，荣达则专于淫泆。身之休戚，发于喜怒；时之否泰，出于爱恶。殊不以天下大义而为言者，故其诗大率溺于情好也。噫！情之溺人也，甚于水。

因其宗旨是垂训圣道、明著善恶，故而警示"情之溺人也甚于水"。也正是出于这种理道考量，其性情诗论乃先性而后情。其下文曰：

> 性者，道之形体也，性伤则道亦从之矣；心者，性之郭廓也，心伤则性亦从之矣；身者，心之区宇也，身伤则心亦从之矣；物者，身之舟车也，物伤则身亦从之矣。是知以道观性，以性观心，以心观身，以身观物；治则治矣，然犹未离乎害者也。不若以道观道，以性观性，以心观心，以身观身，以物观物；则虽欲相伤，其可得乎！若然，则以家观家，以国观国，以天下观天下，亦从而可知之矣。

他说"性者，道之形体"，就是要突出性的中心地位，推导出"以性观性""以物观物"之思理，从而去除"情累"以消泯诗家的主体性。其下文曰：

> 诚为能以物观物，而两不相伤者焉，盖其间情累都忘去尔；所未忘者，独有诗在焉。然而，虽曰未忘，其实亦若忘之矣。何者？谓其所作异乎人之所作也。所作不限声律，不沿爱恶，不立固必，不希名誉，如鉴之应形，如钟之应声。其或经道之余，因闲观时，因静照物，因时起志，因物寓言，因志发咏，因言成诗，因咏成声，因诗成音，是故哀而未尝伤，乐而未尝淫。虽曰吟咏情性，曾何累于性情哉！（以上《击壤集》卷首《序》，第3—4页）

由此邵雍归结说，诗虽是吟咏情性；但不可"累于性情"，也就是不能伤性害道。

总之，诗人应限制情感的表现，使不伤害自发自主之性。这是理道对情感的超越，彰显了性情诗说之节度；而诗家对诗歌自发自主之性的体认，则偏尚无累自得、平和自然之风调。

(三) 朱熹诗文理论

感物兴情之本体论/涵养心性之价值论/超然平和之风格论/以道为本之文章论

朱熹诗文理论是理学家文学观的集成,系统综合了文道论与性情论两大论旨,既有深微之见,也有若干歧误。

朱熹在诗论方面,主张诗本缘于情。这是就诗之本体范畴,所作的探本求源之论。其有文曰:

> 人生而静,天之性也;感于物而动,性之欲也。夫既有欲矣,则不能无思;既有思矣,则不能无言;既有言矣,则言之所不能尽,而发于咨嗟咏叹之余者,必有自然之音响节族而不能已焉。(《晦庵集》卷39《诗集传·序》,第110页)

朱熹继承了性情诗说传统,而又对情感作中性之把握:它感动于物,也持正于性;既可陷溺,也可超拔;可善亦可恶,有正邪是非。总之,情可立足于德性,也可牵累与外物;故而说诗要看情之趋向,而贵在秉持性情之中正。换言之,诗虽出于物感,然终不违心性。故有文曰:

> 人之生,不能不感物而动,曰感物而动,性之欲也,言亦性所有也。而其要系乎心君宰与不宰耳。心宰,则情得其正,率乎性之常,而不可以欲言矣;心不宰,则情流而陷溺其性,专为人欲矣。(《晦庵集》卷64《答何俌》,第230页)

这揭示诗歌吟咏性情的本质,肯定其涵养心性之价值功能;但只给情感预留次要位置,且防止其陷溺而流荡忘返,至于诗歌的声律技艺,则更在轻视排斥之列。

朱熹认为,诗虽感物而兴情,但其主宰却是性。物出自于外,由外而动内;而性本自足,可自主自持。盖感物而动,因境而变,情感常趋于波动,自不免怨怼不平;然守性自持,涵养心性,却能超然于物外,常保持平和从容。与此相应之风格论,他便追求超然平和。出于此识度,他评屈原曰:"原之为人,其志行虽或过于中庸而不可为法,然皆出于忠君爱国之诚心;原之为书,其辞旨虽或流于跌宕怪神,怨怼激发而不可为训,然皆出于缱绻恻怛、不能自已之至意。虽其不知学于北方,以求周公、仲尼之道;而独驰骋于变风、变雅之末流,以故醇儒庄士或羞称之。"(《楚辞集注》卷首《楚辞集注目录》,第2页)这是说,屈原辞赋虽出于一己之诚心,但其"怨怼激发"并不可取;因为这有失于性理之明,与超然平和之志趣悬隔。相对于传统诗学"发乎情止乎礼义"之说,朱熹以性理论诗体现了理学家的文学精神。

至于文章理论方面,朱熹主张以道为本,既以道为文的本根本原,也以道为文的价值标准。其有文曰:

> 道者文之根本,文者道之枝叶,惟其根本乎道,所以发之于文者皆道也。三代圣贤文章皆从此心写出,文便是道。(《朱子语类》卷139,第3251页)

前人也多论及文道关系,而多能为文章预留地位;但朱熹却以道为根本,以道为最高价值判准,认为文章再好终究难至上乘,而专务文艺则更在下流之列。

朱熹基于这种认识,校正前人的文道观。曾宣称曰:"这文皆是从道中流出,岂有文反能贯道之理!文是文,道是道,文只是吃饭时下饭耳。若以文贯道,却是把本为末。以末为本,可乎?其后作文者皆是如此。"(《朱子语类》卷139,第3253页)此"文能贯道"观念,既承认道的优先地位,又肯定文的地位与价值,故能兼顾文与道之关系;而标举"文从道中流出",却意味着有道则万事具足。可见,文的定位价值,终取决于理道。

在朱熹的文章理论中,道处于绝对根本地位;道是万物之本源,也是文章之本源。其要义有两点:其一,文以道为本,文为道之末,反对舍本逐末,或者离本求末;其二,文在道之内,道贯文之中,反对文道分离,也不道外作文。如此,则不仅文的本体在于道,作文的工夫也在于体道。总之,体道而外无余事,体道之中万事足,文显得无足轻重,为文亦不受重视。

因此,朱熹既批评了李汉的"文者贯道之器"说,也否定了欧阳修、苏轼的"文与道俱"说,突出道的绝对地位,以理道来统领一切,使道成为单向度的决定者,而文章则成为无关宏旨者。这样文章势必屈从于理道,从根本上侵蚀了文道分界,取消了文的独立性,挤占文的应有空间。朱熹将道孤悬,而与万物分离,势必使道流于空洞贫乏,而缺少丰富生动的内容。与此相应,其偏执文道观的后果,就难免陷于质木枯槁,如评论苏轼等人文章,其肯定性评价就嫌少。

三　严羽《沧浪诗话》

严羽(约1192—1245),字丹丘,一字仪卿,号沧浪逋客,世称严沧浪,邵武(今属福建省邵武市)人,有《沧浪集》传世。《沧浪诗话》正文有五大部分,包括《诗辨》《诗体》《诗法》《诗评》《考证》;附录《答出继叔临安吴景仙书》,以说明自家实证实悟的要旨所在。该书有一贯的理论宗旨,也有很严密的论说统序,是一部理论性强的诗话著作,代表当时诗话发展的新高度。

严羽自述作《诗辨》,是"断千百年公案";而"辨白是非、定宗旨"之重点,就在于以禅喻诗并确认诗歌体性。他说,有此"至当归一之论"作为准的,方能评判诗的质性以及优劣高下。(《沧浪诗话》附录《答出继叔临安吴景仙书》,第251页)

严羽阐述诗之问题,从三个层面来展开:一是分析诗歌的体性特征,即所谓"诗之法有五";二是探讨诗歌的创作机制,即所谓诗道"在妙悟";三是辨明诗歌的审美趣味,即所谓诗歌"有别趣"。(《沧浪诗话·诗辨》第二、四、五条,第7、12、26页)

(一) 兴趣说

诗有别趣/诗而入神/无迹可求

关于诗歌的审美趣味,严羽提出"别趣"说。其文曰:

夫诗有别材,非关书也;诗有别趣,非关理也。然非多读书、多穷理,则不能极其至。所谓不涉理路、不落言筌者,上也。诗者,吟咏情性也。盛唐诸人惟在兴趣,羚羊挂角,无迹可求。故其妙处透彻玲珑,不可凑泊,如空中之音,相中之色,水中之月,镜中之象,言有尽而意无穷。近代诸公,乃作奇特解会,遂以文字为诗,以才学为诗,以议论为诗。夫岂不工?终非古人之诗也。盖于一唱三叹之音,有所歉焉。且其作多务使事,不问兴致,用字必有来历,押韵必有出处,读之反覆终篇,不知着到何处。其末流甚者,叫噪怒张,殊乖忠厚之风,殆以骂詈为诗。诗而至此,可谓一厄也。(《沧浪诗话·诗辨》第五条,第 26 页)

"兴趣"与"别趣""兴致"相通,它针对的是诗的指向、目的、归趣,是诗的"着落处""趋向处""止泊处""休歇处",也就是理路所致之处、言筌所指之处、舟车所达之处,是诗的极致,是诗的本质。

作为诗的终极关怀,趣味显示双重特征:一是超越性,二是情感性。严羽沿用"吟咏情性"之说,并借盛唐诗人来为兴趣张本。"情性"一词,理论来源久远;然经过宋代理学家的阐释,其内涵已凝定为两大方面:一是情感,情感介于性与物之间,往往因感物而生情感;二是心性,心性自发自主无形迹,却是人与万物之主宰。诗歌既然是"吟咏情性",其美便有超越性与情感性。

兴趣作为一种情感性超越,决定诗歌不滞于任何一物;故而严羽描述诗歌兴趣,只能选用否定性的表述,如"无迹可求""不可凑泊"云云,并顺势对学问、道理作出否定判断:"书"(学问)可做诗素材,却终究不能契合诗歌的本体;"理"(道理)可做诗内容,却终究无法体现诗歌的美质。在此理论认知上,诗与宗教实相通,有其终极之指向,即"诗而入神"。为明此旨,他申论曰:"诗之极致有一,曰入神。诗而入神,至矣,尽矣,蔑以加矣!"(《沧浪诗话·诗辨》第八条,第 8 页)但诗歌毕竟异于宗教,因其超越是情感性的。为此,严羽特别重视诗歌阅读的情感体验:"读《骚》之久,方识真味。须歌之抑扬,涕洟满襟,然后为识《离骚》;否则,如戛釜撞瓮耳"(《沧浪诗话·诗评》第三四条,第 184—185 页);"《胡笳十八拍》混然天成,绝无痕迹,如蔡文姬肺肝间流出"(《沧浪诗话·诗评》第三八条,第 189 页)。可见,诗歌审美趣味离不开情感,"兴趣"乃是情感性超越。

兴趣作为一种超越性情感,决定诗歌不拘于某种技艺;故而严羽描述诗歌兴趣,反对去作"奇特解会",要求不以"文字""才学""议论"为诗,戒除多务使事用典、刻意雕琢语言之弊。目的是要体现诗歌情感的超越性,使诗歌不留人工痕迹而浑然天成。为此,严羽特别重视感情表达的审美超越:"诗有词、理、意兴。南朝人尚词,而病于理;本朝人尚理,而病于意兴;唐人尚意兴,而理在其中;汉魏之诗,词、理、意兴无迹可求。"(《沧浪诗话·诗评》第九条,第 148 页);"汉魏古诗,气象混沌,难以句摘;晋以还方有佳句,如渊明'采菊东篱下,悠然见南山',谢灵运'池塘生春草'之类。谢所以不及陶者;康乐之诗精工,渊明之诗质而自然耳。"

(《沧浪诗话·诗评》第十条,第151页)词、理、意兴等事项,均属诗歌美质的要素;但汉魏盛唐诗歌未尝执其一端以遗落他项,而是将词、理、意兴蕴含在自然浑化之中。可见,诗歌审美趣味不能无超越,"兴趣"乃是超越性情感。

(二) 妙悟说

标举以禅喻诗/诗道亦在妙悟/第一义与熟参

关于诗歌的创作机制,严羽提出"妙悟"说。严羽论诗歌创作之"妙悟",是与诗歌审美兴趣相连贯的。其文曰:

> 大抵禅道惟在妙悟,诗道亦在妙悟;且孟襄阳学力下韩退之远甚,而其诗独出退之之上者,一味妙悟而已。惟悟乃为当行,乃为本色。(《沧浪诗话·诗辨》第四条,第12页)

妙悟说的来源,可追溯至禅宗。妙悟所探触的问题是,如何达致超越性境界。经验世界可以通过感觉、推理来体察,但这些方式对于超验世界却无能为力;故南禅宗开创者慧能倡顿悟说,指示了从内心顿悟真如的法门,即采取直觉内悟的方式来通达极境,而使实现佛性超越之论具有可操作性。诗歌审美兴趣之超越性,与禅宗顿悟之境相通;故严羽汲取其中思理,主张采用妙悟的方式,即用超经验、内悟式的直觉,来描述诗歌创作的心理机制。

但诗道"妙悟"不限于自心,与禅宗"顿悟"仍不尽相同。参禅要摒除一切,甚至可不立文字;而诗道却有其情感性,且不能离弃语言文字。因此,严羽"以禅喻诗"同时,又对"顿悟"加以改造:一则转换"妙悟"对象,由佛性转换成诗歌兴趣;二则更新"妙悟"途径,增加了"熟参"之过程。

严羽所论"妙悟"的对象,是诗歌审美之"第一义",即向上追求透彻澄明,以达诗歌创作之极境。为此,他要诗家"入门须正,立志须高,以汉魏晋盛唐为师,不作开元天宝以下人物",以便能够在作诗"顿门"之内"直截根源"、"单刀直入"而寻求"向上一路"。(《沧浪诗话·诗辨》第一条,第1页)他之所以突出"妙悟"第一义,是因为"悟"也有程度之差别,即谓:"悟有浅深,有分限,有透彻之悟,有但得一知半解之悟。汉魏尚矣,不假悟也;谢灵运至盛唐诸公,透彻之悟也;他虽有悟者,皆非第一义也。"(《沧浪诗话·诗辨》第四条,第12页)还说:"禅家者流,乘有小大,宗有南北,道有邪正。学者须从最上乘具正法眼,悟第一义。若小乘禅,声闻辟支果,皆非正也。论诗如论禅,汉魏晋与盛唐之诗,则第一义也;大历以还之诗,则小乘禅也,已落第二义矣;晚唐之诗,则声闻辟支果也。学汉魏晋与盛唐之诗者,临济下也;学大历以还之诗者,曹洞下也。"(《沧浪诗话·诗辨》第四条,第11—12页)这是借用禅宗之分流,来凸显诗歌的第一义;而又指明典范之所在,以汉魏盛唐诗为极致。

严羽还指出,对第一义的"妙悟",须自"熟参"而获得。"熟参"一词移植参禅用语,并不是指一般的模仿与学习;而是包含熟练、反复、持续修习之功夫,更是包含亲证、内证、自得、超越之义。为此,严羽曰:

> 先须熟读楚词,朝夕讽咏,以为之本;及读古诗十九首、乐府四篇,李陵、苏武、汉魏五言皆须熟读,即以李、杜二集枕藉观之,如今人之治经,然后博取盛唐名家,酝酿胸中,久之自然悟入。(《沧浪诗话·诗辨》第一条,第1页)

> 试取汉魏之诗而熟参之,次取晋宋之诗而熟参之,次取南北朝之诗而熟参之,次取沈、宋、王、杨、卢、骆、陈拾遗之诗熟参之,次取开元、天宝诸家之诗而熟参之,次取李、杜二公之诗而熟参之,又取大历十才子之诗而熟参之,又取元和之诗而熟参之,又尽取晚唐诸家之诗而熟参之,又取本朝苏、黄以下诸家之诗而熟参之,其真是非自有不能隐者。(《沧浪诗话·诗辨》第四条,第12页)

"熟参"是学习作诗的一种入门手段,目的是让心灵澄明而领会"第一义",使得下笔之时,能够自由无碍。即所谓:"及其透彻,则七纵八横,信手拈来,头头是道矣。"(《沧浪诗话·诗法》第十六条,第131页)

(三) 体制论

注重诗歌辨体/以时代论诗风/以诗人论风格

关于诗歌的体制特征,严羽提出"别材"说。前引"诗有别材"之说,已标明诗歌的体制特征;他又设《诗体》篇,用来专论诗歌体制。他十分看重诗歌辨体,也颇得意于能够辨体。其文曰:

> 作诗正须辨尽诸家体制,然后不为旁门所惑。今人作诗,差入门户者,正以体制莫辨也。世之技艺,犹各有家数。市缣帛者,必分道地,然后知优劣;况文章乎?仆于作诗,不敢自负,至识则自谓有一日之长,于古今体制,若辨苍素,甚者望而知之。(《沧浪诗话》附录《答出继叔临安吴景仙书》,第252页)

可见,他在意的是辨体制,擅长的也是辨体制;故全书除了整体辨明诗歌体性,也具体辨别诗歌的体裁与风格。

综观《诗辨》并参考《诗评》,可考见严羽诗歌风格论及流变论。大抵说,严羽辨明体制,有两个着眼点:一是"以时而论",二是"以人而论"。

"以时而论",主要是概括一个时代的诗风,或包举某个流派的整体风貌。全书拈出建安体、黄初体、正始体、太康体、元嘉体、永明体、齐梁体、南北朝体、唐初体、盛唐体、元和体、晚唐体、本朝体、元祐体、江西宗派体等十六种,各体附有简要的解释说明,介绍体性来源与代表作家。(《沧浪诗话·诗体》第二条,第52—53页)严羽以时代论诗歌风格,尤其注意辨别唐宋诗风。他从诗歌气象着眼,来论唐音宋调之别,标举并崇尚盛唐诸大家之诗作"唯在兴趣",而指斥宋人以"文字""才学""议论"为诗。(《沧浪诗话·诗辨》第五条,第26页)以此衡之,可为有唐一代诗歌分期提供有价值的理论参照,而细分出唐初、盛唐、大历、元和、晚唐五体。

"以人而论",主要是讨论诗家个人的风格,或评骘诗家风调旨趣之优劣。《沧浪诗话》以时代先后为序,提出苏李体至诚斋体36种,其中对作家个人风格的概说较为精当,对不同诗人创作之优劣也有切当评述。如曰:"子美不能为太白之飘逸,太白不能为子美之沈郁"(《沧浪诗话·诗评》第二二条,第168页);"高岑之诗悲壮,读之使人感慨;孟郊之诗刻苦,读之使人不欢"(《沧浪诗话·诗评》第三十条,第181页)所论都很公允贴切,故常被世论者袭用。

附　文论选读

一　词论

[南宋]李清照

乐府、声诗并著,最盛于唐。开元、天宝间,有李八郎者,能歌擅天下。时新及第进士开宴曲江,榜中一名士先召李,使易服,隐姓名,衣冠故敝,精神惨沮,与同之宴所,曰:"表弟愿与座末。"众皆不顾。既酒行乐作,歌者进,时曹元谦、念奴为冠。歌罢,众皆咨嗟称赏。名士忽指李曰:"请表弟歌。"众皆哂,或有怒者。及转喉发声,歌一曲,众皆泣下。罗拜曰:"此必李八郎也?"自后郑、卫之声日炽,流靡之变日烦,已有《菩萨蛮》《春光好》《莎鸡子》《更漏子》《浣溪沙》《梦江南》《渔父》等词,不可遍举。

五代干戈,四海瓜分豆剖,斯文道熄。独江南李氏君臣尚文雅,故有"小楼吹彻玉笙寒""吹皱一池春水"之词。语虽甚奇,所谓"亡国之音哀以思"者也。逮至本朝,礼乐文武大备,又涵养百余年,始有柳屯田永者,变旧声,作新声,出《乐章集》,大得声称于世。虽协音律,而词语尘下。又有张子野、宋子京兄弟、沈唐、元绛、晁次膺辈继出。虽时时有妙语,而破碎何足名家?至晏元献、欧阳永叔、苏子瞻,学际天人,作为小歌词,直如酌蠡水于大海,然皆句读不葺之诗尔,又往往不协音律者。何耶?盖诗文分平侧,而歌词分五音,又分五声,又分六律,又分清浊轻重。且如近世所谓《声声慢》《雨中花》《喜迁莺》,既押平声韵,又押入声韵;《玉楼春》本押平声韵,又押上、去声,又押入声。本押仄声韵,如押上声则协;如押入声,则不可歌矣。王介甫、曾子固,文章似西汉;若作一小歌词,则人必绝倒,不可读也。

乃知词别是一家,知之者少。后晏叔原、贺方回、秦少游、黄鲁直出,始能知之。又晏苦无铺叙;贺苦少典重;秦即专主情致而少故实,譬如贫家美女,虽极妍丽丰逸,而终乏富贵态;黄即尚故实而多疵病,譬如良玉有瑕,价自减半矣。(李清照撰《李清照集笺注》卷3《词论》,徐培均笺注,上海古籍出版社2002年4月第1版,第266—267页)

导读:

李清照(1084—1151?),号易安,济南人。有《易安居士文集》《易安词》,已散佚,后人有《漱玉词》《李清照集》辑本。

宋代词论初兴,尚乏系统之作。如杨湜《古今词话》、胡仔《苕溪渔隐丛话》等,只是笔记、诗话、序、跋之类零星记录及片段评论。词学发展至南宋时期,方有理论性较强之作。张炎《词源》总结婉雅一派的创作旨趣,提出了"清空""骚雅"等核心词观念。整体来看,宋代词学批评对词体的定位比较卑下,以"艳科""婉约"为词的"本色";而将苏轼等人的豪放词视为词之别调,李清照正是声律为词之本色论的代表。

词话是一种重要的词学样式,往往闪烁着词家的真知灼见。据唐圭璋编校《词话丛编》(增订新编本)载录,最早的词话专著是宋杨绘的《时贤本事曲子集》;而重要的词话著作有王灼《碧鸡漫志》5卷、沈义父《乐府指迷》29则,以及张炎《词源》2卷等。今所见宋代词话之作,共有11种被该书收录。

李清照《词论》,系胡仔《苕溪渔隐丛话》所载,因后人冠之以"词论"而得名。该文勾勒词在北宋之前的发展轨迹,也评述了代表作家词品的优劣高下;从中体现了李清照的自家趣味,也指出了宋词的主流价值倾向。李清照不偏一隅,而具有圆照之观,既将"新声""文雅""妙悟""情致"并重,又将"铺叙""典重""故实""清空"兼顾。尤其特出之处,是她着眼于音律特征,而强调词"别是一家";由此突出词的体性特征和文学地位,不过也有窄化填词艺术取径之流弊。

二 答杨宋卿

[南宋] 朱熹

前辱束启一通及所为诗一编,吟讽累日,不忍去手。足下之赐甚厚,吏事匆匆,报谢不时,足下勿过。熹闻:"诗者,志之所之,在心为志,发言为诗。"然则,诗者岂复有工拙哉?亦视其志之所向者高下如何耳。是以古之君子,德足以求其志,必出于高明纯一之地,其于诗固不学而能之;至于格律之精粗、用韵属对、比事遣辞之善否,今以魏晋以前诸贤之作考之,盖未有用意于其间者,而况于古诗之流乎?近世作者,乃始留情于此,故诗有工拙之论;而葩藻之词胜,言志之功隐矣。熹不能诗,而闻其说如此,无以报足下意,姑道一二。盛编再拜封纳,并以为谢。(《朱文公文集》卷39《答杨宋卿》,《朱子全书》第22册,上海古籍出版社、安徽教育出版社2002年12月第1版,第1728页)

导读:

朱熹(1130—1200),字元晦,又字仲晦,号晦庵,谥文,世称朱子、朱文公。生于尤溪(今福建省尤溪县),祖籍婺源(今江西省婺源县)。朱熹著述甚丰,遍注群经之外,还考史解文,并取得多方面的杰出成就,对后世有极其深远的影响。

此文承袭"诗言志"旧说,认为诗歌出于志而形于言。诗以情志为最切近的起点,但情志因介于物、性之间,而呈现为中性状态,不能作为评判标准;故评判诗作的高下优劣,就要"视其志之所向"。而志向之主宰是诗家的德性,即"高明纯一"之道德本原。诗若进入"高明纯一"之境，便自然而然富含意蕴与技艺；因此，诗家无须在体道修德之外，刻意从事诗歌技艺之训练。此中蕴含思理，体用本末兼备：以德性为体，以情志为用；以道德为本，以声辞为末。如此，不仅确定了形式、技艺的地位，也间接阐述了情性合一的诗观。

三　岁寒堂诗话（选录）
（南宋）张戒

建安、陶、阮以前，诗专以言志；潘、陆以后，诗专以咏物；兼而有之者，李、杜也。言志乃诗人之本意，咏物特诗人之余事。古诗、苏、李、曹、刘、陶、阮，本不期于咏物，而咏物之工，卓然天成，不可复及。其情真，其味长，其气胜，视《三百篇》几于无愧，凡以得诗人之本意也。潘、陆以后，专意咏物，雕镌（juān）刻镂之工日以增，而诗人之本旨扫地尽矣。

诗以用事为博，始于颜光禄，而极于杜子美；以押韵为工，始于韩退之，而极于苏、黄。然"诗者，志之所之也"，"情动于中而形于言"，岂专意于咏物哉？子建"明月照高楼，流光正徘徊"，本以言妇人清夜独居愁思之切，非以咏月也；而后人咏月之句，虽极其工巧，终莫能及。渊明"狗吠深巷中，鸡鸣桑树颠"，本以言郊居闲适之趣，非以咏田园；而后人咏田园之句，虽极其工巧，终莫能及。故曰："言之不足，故长言之；长言之不足，故咏叹之；咏叹之不足，故不知手之舞之，足之蹈之。"后人所谓"含不尽之意"者，此也。用事押韵，何足道哉！苏、黄用事押韵之工，至矣尽矣；然究其实，乃诗人中一害，使后生只知用事押韵之为诗，而不知咏物之为工、言志之为本也。风雅自此扫地矣！

王介甫只知巧语之为诗，而不知拙语亦诗也；山谷只知奇语之为诗，而不知常语亦诗也；欧阳公诗专以快意为主，苏端明诗专以刻意为工，李义山诗只知有金玉龙凤，杜牧之诗只知有绮罗脂粉，李长吉诗只知有花草蜂蝶，而不知世间一切皆诗也。惟杜子美则不然，在山林则山林，在廊庙则廊庙，遇巧则巧，遇拙则拙，遇奇则奇，遇俗则俗，或放或收，或新或旧，一切物，一切事，一切意，无非诗者。故曰"吟多意有余"，又曰"诗尽人间兴"，诚哉是言。（张戒撰《岁寒堂诗话》，何文焕辑《历代诗话》本，中华书局1981年4月第1版，第450、452、464页）

导读：

张戒，生卒年不详，正平（今山西省新绛县）人。北宋宣和末年进士。所著

《岁寒堂诗话》，文中包括摘句式评论，以及用事造语的考证。其中蕴含一贯的宗旨，即以言志为诗之本意，兼论"情真""味长""气胜"，而特别强调诗歌需要韵味与含蓄。以此为标准批评苏、黄诗风，反对"议论为诗""补缀奇字""冶容太甚"，并对好"用事押韵"的学匠习气几乎深恶痛绝，乃有诗"坏于苏、黄"之论。总之，张戒批评江西派诗歌弊端，探寻诗之为诗的真义所在，促成传统诗论从北宋向南宋过渡，具有破旧立新、推前启后的意义。

四 诗辨

[南宋] 严羽

夫学诗者以识为主：入门须正，立志须高；以汉、魏、晋、盛唐为师，不作开元、天宝以下人物。若自退屈，即有下劣诗魔入其肺腑之间；由立志之不高也。行有未至，可加工力；路头一差，愈骛愈远；由入门之不正也。故曰：学其上，仅得其中；学其中，斯为下矣。又曰：见过于师，仅堪传授；见与师齐，减师半德也。工夫须从上做下，不可从下做上。先须熟读楚词，朝夕讽咏，以为之本；及读古诗十九首、乐府四篇、李陵、苏武、汉魏五言皆须熟读，即以李、杜二集枕藉观之，如今人之治经，然后博取盛唐名家，酝酿胸中，久之自然悟入。虽学之不至，亦不失正路。此乃是从顶颗（nǐng）上做来，谓之向上一路，谓之直截根源，谓之顿门，谓之单刀直入也。

诗之法有五：曰体制，曰格力，曰气象，曰兴趣，曰音节。

诗之品有九：曰高，曰古，曰深，曰远，曰长，曰雄浑，曰飘逸，曰悲壮，曰凄婉。其用工有三：曰起结，曰句法，曰字眼。其大概有二：曰优游不迫，曰沉着痛快。诗之极致有一，曰入神。诗而入神，至矣，尽矣，蔑以加矣！惟李、杜得之，他人得之盖寡也。

禅家者流，乘有小大，宗有南北，道有邪正。学者须从最上乘、具正法眼，悟第一义，若小乘禅，声闻辟支果，皆非正也。论诗如论禅：汉、魏、晋与盛唐之诗，则第一义也；大历以还之诗，则小乘禅也，已落第二义矣；晚唐之诗，则声闻辟支果也。学汉、魏、晋与盛唐诗者，临济下也；学大历以还之诗者，曹洞下也。大抵禅道惟在妙悟，诗道亦在妙悟。且孟襄阳学力下韩退之远甚，而其诗独出退之之上者，一味妙悟而已。惟悟乃为当行，乃为本色。然悟有浅深，有分限，有透彻之悟，有但得一知半解之悟。汉、魏尚矣，不假悟也；谢灵运至盛唐诸公，透彻之悟也；他虽有悟者，皆非第一义也。吾评之非僭也，辩之非妄也。天下有可废之人，无可废之言。诗道如是也。若以为不然,则是见诗之不广,参诗之不熟耳。试取汉、魏之诗而熟参之,次取晋、宋之诗而熟参之,次取南北朝之诗而熟参之,次取沈、宋、王、杨、卢、骆、陈拾遗之诗而熟参之,次取开元、天宝诸家之诗而熟参之,次独取李、杜二公之诗而熟参之,又取大历十才子之诗而熟参之,又取元和之诗而熟参之,又尽取晚唐诸家之诗而熟参之,又取本朝苏、黄以下诸家之诗而熟参之,其真是非自有不能隐者。倘犹于此而无见焉,则是野狐外道,蒙蔽其真识,不可救药,终不悟也。

夫诗有别材,非关书也;诗有别趣,非关理也。然非多读书、多穷理,则不能极其至。所谓不涉理路、不落言筌者,上也。诗者,吟咏情性也。盛唐诸人惟在兴趣,羚羊挂角,无迹可求;故其妙处透彻玲珑,不可凑泊,如空中之音,相中之色,水中之月,镜中之象,言有尽而意无穷。近代诸公,乃作奇特解会,遂以文字为诗,以才学为诗,以议论为诗。夫岂不工?终非古人之诗也。盖于一唱三叹之音,有所歉焉。且其作多务使事,不问兴致,用字必有来历,押韵必有出处,读之反覆终篇,不知着到何在。其末流甚者,叫噪怒张,殊乖忠厚之风,殆以骂詈为诗。诗而至此,可谓一厄也。然则近代之诗无取乎?曰:有之,吾取其合于古人者而已。国初之诗尚沿袭唐人:王黄州学白乐天,杨文公、刘中山学李商隐,盛文肃学韦苏州,欧阳公学韩退之古诗,梅圣俞学唐人平澹处;至东坡、山谷始自出己意以为诗,唐人之风变矣。山谷用工尤为深刻,其后法席盛行海内,称为江西宗派。近世赵紫芝、翁灵舒辈,独喜贾岛、姚合之诗,稍稍复就清苦之风;江湖诗人多效其体,一时自谓之唐宗。不知止入声闻辟支之果,岂盛唐诸公大乘正法眼者哉!嗟乎!正法眼之无传久矣!唐诗之说未唱,唐诗之道或有时而明也。今既唱其体曰唐诗矣,则学者谓唐诗诚止于是耳,得非诗道之重不幸邪!故予不自量度,辄定诗之宗旨,且借禅以为喻,推原汉、魏以来,而截然谓当以盛唐为法;虽获罪于世之君子,不辞也。(严羽撰《沧浪诗话校释·诗辨》,郭绍虞校释,人民文学出版社 1961 年 5 月第 1 版,第 1—27 页)

导读:
　　诗话产生之初,大多为随笔体,内容比较庞杂,理论意味不浓。至张戒《岁寒堂诗话》、姜夔《白石诗说》出,其理论性才明显增强。而严羽的《沧浪诗话》,已有纲领性的理论宗旨和较为严密完备的论述,称得上是一部具有理论性和系统性的诗话著作。

《诗辨》集中体现了《沧浪诗话》宗旨,是严羽著论最为看重、最为得意的篇章。该文以"兴趣"为诗"第一义",而以汉、魏、盛唐诗歌为之典范。严羽认为,诗有"兴趣"要"妙悟"与"饱参",通过熟读经典诗作来领悟"第一义"。这借鉴禅宗话语及思维方式,即"以禅喻诗"来申说表述。"以禅喻诗"并非以禅境律诗境,而只是借用禅宗话语来喻示诗境,其关键在体悟诗境的"兴趣",而以"妙悟""饱参"为手段。若领会了诗的兴趣,便悟入"第一义",具备正法眼之识度,足以明辨诗歌体制。

　　严羽评论众多诗人的风格及优劣,尤其对盛唐及苏、黄诗最为措意;其中不无取则盛唐针砭宋调流弊之用心,亦体现了突破江西诗派笼罩的诗学探寻。

第十三讲
金元文学批评

宋南迁之后，中原及以北地区处在金（1115—1234）的统治之下；及至元朝（1206—1368）最终统一南北，其疆域得到空前扩展，各族文化进一步融合。这一时期的文学发展十分不均衡。之前曾一度统治中原及北方地区的辽，本为游牧民族，与汉文化隔膜颇深，且十分排斥汉字及书籍的传播，故而辽代文学未得到很好发展；金朝入主中原伊始，即重视吸收汉文化。对此，史家曰："金用武得国，无以异于辽，而一代制作能自树立唐、宋之间，有非辽世所及，以文而不以武也。"（《金史》卷125《文艺传·序》，第2713页）至南宋灭亡、元统一海内后，文学承袭了唐、宋风尚，呈现新的繁荣发展局面。

公元10至14世纪的辽、金、元三朝，皆属于少数民族建立的政权；其统治者对汉文化排斥或接受的做法，引导着该时段文学的发展进程与性状。虽然此时文学不能像前代那样繁荣，却也有各自的时代特色和贡献影响。本讲选取金、元时期几位主要文人，以讨论其文学理论及诗文批评观点。

一　元好问等大家诗文批评

史载："金初未有文字，世祖以来渐立条教。太祖既兴，得辽旧人用之。使介往复，其言已文。太宗继统，乃行选举之法，及伐宋，取汴经籍图，宋士多归之。"（《金史》卷125《文艺传·序》，第2713页）金人本为游牧民族，文化十分封闭落后。金灭北宋后统治中国北方，开始广罗宋代文献典籍和文士，大量文士被搜罗或延聘，由辽、宋络绎奔赴金朝。从此金代文化繁荣起来，出现"借才异代"盛况（《金文雅》卷首《金文雅序》，第107页）；更因金朝统治者重视来附文士，而使文学得到快速良好的发展。至金中叶,蔡珪、党怀英、赵秉文等表率"国朝文派",开启了金代文学的发展历程并形成新的风尚。

(一)"借才异代""国朝文派"

"借才异代"的文化策略/"国朝文派"的理论批评/"多学坡谷"的文学风尚

所谓"借才异代",乃清人庄仲方之说。他有文描述曰:"金初无文字也,自太祖得辽人韩昉而言始文;太宗入宋汴州,取经籍图书。宋宇文虚中、张斛、蔡松年、高士谈辈后先归之,而文字焜兴,然犹借才异代也。"(《金文雅》卷首《金文雅序》,第107页)由此,"借才异代"之识度及文化策略,便成为促进金初文学发展之关键。

金初的作家基本上都是来自辽、宋等朝,是谓"楚材而晋用之,亦足为一代之文"(《金史》卷126《文艺传·下》,第2743页)。由辽入金的文人,主要有韩昉、虞仲文、张通古、左企弓等;由北宋入金的文人,主要有宇文虚中、高士谈、蔡松年、张斛等。这些入金文士都来自中原以北,即所谓"金朝名士大夫多出北方"(《归潜志》卷10,第118页)。这些作家汇入新朝,共同推进了金代文学的发展;不过,由于由辽入金者少,且其文学创作不多,故而活跃在金初文坛的作家,大都是由宋入金的汉族文士。因此元好问《中州集》所存录诗歌也都是宋人所作,有宇文虚中诗50首、吴激诗25首、张斛诗18首、蔡松年诗59首、高士谈诗30首。这几乎囊括整个金初诗坛,且其风调明显有宋代遗风。究其原由,乃因宇文虚中、蔡松年、吴激皆为北宋遗民,他们应该属于"楚才晋用"之"南渡派别"(《金诗选》卷首《例言》,第6页)。

及至金朝中叶,国家渐趋安定。尤其是世宗大定(1161—1189)、章宗明昌(1190—1195)年间,朝廷对外停战议和、对内推行汉制,形成了30余年社会繁荣昌盛的局面。对此,刘祁评述曰:

> 世宗天资仁厚,善于守成,又躬自俭约以养育士庶,故大定三十年几致太平。所用多敦朴谨厚之士,故石琚辈为相,不烦扰,不更张,偃息干戈,修崇学校,议者以为有汉文、景风。此所以基明昌、承安之盛也。宣孝太子最高明绝人,读书喜文,欲变夷狄风俗,行中国礼乐如魏孝文。天不祚金,不即

大位早世。章宗聪慧，有父风，属文为学，崇尚儒雅，故一时名士辈出。大臣执政，多有文采学问可取，能吏直臣皆得显用，政令修举，文治烂然，金朝之盛极矣。(《归潜志》卷12《辩亡》，第136页)

金大定时期的政治安稳，促进了文学的活跃态势，涌现一批在金源大地成长的作家，将诗文创作提高到一个新的水准；也正是政治稳定和民生安详，引导金代文学风尚趋于雅正。即如杨奂所言："金大定中，君臣上下以淳德相尚，学校自京师达于郡国，专事经术教养，故士大夫之学少华而多实。"(《还山遗稿》卷上《跋赵太常拟试赋稿后》，第279页)其卓有成就的著名作家多为当朝文士，有蔡珪、党怀英、赵秉文、李纯甫等，此即所谓"国朝文派"者，属真正意义上的金代作家。

对"南渡派别"与"国朝文派"之转换，元好问曾借当朝萧贡语作过切实的概说："国初文士如宇文大学、蔡丞相、吴深州之等，不可不谓之豪杰之士，然皆宋儒，难以国朝文派论之；故断自正甫为正传之宗，党竹溪次之，礼部闲闲公又次之。自萧户部真卿倡此论，天下迄今无异议云。"(《中州集》卷1《蔡太常珪小传》，第170—171页)

金代文学承自北宋，不论"南渡派别"还是"国朝文派"，其文学创作状貌都有明显的宋代遗风，故元好问评曰："百年以来，诗人多学坡、谷。"(元好问《赵闲闲书拟和韦苏州诗跋》，第719页)落实到具体作家，如蔡珪"煎胶续弦复一韩，高古劲欲摩欧苏"(《郝文忠公陵川集》卷9《书蔡正甫集后》，第109页)；完颜璹"只缘酷爱东坡老，人道前身赵德麟"(《中州集》卷5《自题写真》，第1424页)等等。还有不少诗人对黄庭坚开创的江西诗派风格颇多摹仿，如金前期施宜生、王寂、刘仲尹及后期张毂、雷渊等。当然，其时文士不都拘泥于宋诗的雅质理趣，他们也追慕魏晋风流或向慕盛唐气象。如党怀英诗"兴寄高妙，有陶、谢之风"(《赵秉文集》卷15《竹溪先生文集引》，第345页)；李汾"工于诗，专学唐人，其妙处不减太白、崔颢"(《归潜志》卷2"李汾"条，第19页)。他们文学创作活动的师法与宗尚，自然会反映到文学理论批评上来。

但金章宗明昌之后，社会风尚渐趋奢靡。金源作家一味地模拟苏、黄，致使文学创作由雅正偏于工丽，崇尚"尖新"，流为"浮艳"。故杨奂评曰："明昌以后，朝野无事，侈靡成风，喜歌诗，故士大夫之学多华而少实。"(《还山遗稿》卷上《跋赵太常拟试赋稿后》，第279页)这一风气转变遭到了不少文士的批评，为金代后期文学师古风尚奠定了基础。

(二) 李纯甫、赵秉文的师古倾向

诗文创作风尚转变／李纯甫的师古倾向／赵秉文的师古倾向／李、赵师古之异同

1214年金宣宗南迁汴京后，李纯甫与赵秉文共主文坛，接引士流，推挽后进。为破除前期浮艳文风，摆脱宋型诗文的局限，他们追效汉魏唐代诗歌，在创作上力求雄健奇崛。对此，刘祁评曰："南渡后，文风一变，文多学奇古，诗多学风雅。由赵闲闲、李屏山倡之"；"赵于诗最细，贵含蓄工夫；于文颇粗，止论气象大概。李于文甚细，说关键宾主抑扬；于诗颇粗，止论词气才巧。故余于赵则取其作诗法，于李则取其为文法。"（以上《归潜志》卷8，第85、88页）而赵、李创作各有所长，代表了当时的诗文风尚。

李纯甫(1177—1223)，字之纯，别号屏山居士，弘州襄阴（今河北阳原县）人。金承安二年(1197)进士，在章宗、宣宗两朝三入翰林，深受金廷倚重。李纯甫为人谦恭，礼贤下士，有不少文士追随其门下，如雷希颜、李经、宋九嘉、赵宜之等人，成为当时一大文学派别。其诗收入《中州集》中，著作主要有《中庸集解》《鸣道集解》等。

李纯甫十分推崇庄子、左氏。他尝自称："吾所学者，净名庄周。"（《归潜志》卷1"李纯甫"条，第7页）刘祁评曰："（李纯甫）为文法庄周、左氏，故其词雄奇简古。"（《归潜志》卷1"李纯甫"条，第6页）他对诗文创作，主张不拘一格、各言其志，追求奇特峻峭、造语险异，强调文随心作、惟意所适。如他论诗曰：

> 人心不同如面，其心之声发而为言，言中理谓之文，文而有节为之诗。然则诗者，文之变也，岂有定体哉！故《三百篇》，什无定章，章无定句，句无定字，字无定音，大小长短，险易轻重，惟意所适。虽役夫室妾悲愤感激之语，与圣贤相杂而无愧，亦各言其志也已矣。（《中州集》卷2《刘西岩汲小传》引李纯甫《西岩集序》语，第383页）

这是说，诗无定体，惟意所适；作诗只要是出于各言其志，则役夫室妾亦无愧于圣贤。如此胆大的话，还见于他自况："语言謇吃而连环可解，笔札讹痴而挽回万牛。宁为时所弃，不为名所因。是何人也耶？"（《归潜志》卷1"李纯甫"条，第7

页)可知其人特立不羁,为文恣肆不拘,是庄、左之流,非趋风附俗者。

他论诗宗尚魏晋以上风调,而指斥南朝以来诗歌之弊。前引之下文曰:

> 何后世议论之不公邪?齐梁以降,病以声律,类俳优然。沈宋而下,裁其句读,又俚俗之甚者。自谓灵均以来,此秘未睹,此可笑者一也。李义山喜用僻事、下奇字,晚唐人多效之,号西昆体,殊无典雅浑厚之气,反詈杜少陵为村夫子,此可笑者二也。黄鲁直天资峭拔,摆出翰墨畦径,以俗为雅,以故为新,不犯正位,如参禅着末后句为具眼。江西诸君子,翕然推重,别为一派,高者雕镌尖刻,下者模影剽窜。公言:"韩退之以文为诗,如教坊雷大使舞。"又云:"学退之不至,即一白乐天耳。"此可笑者三也。嗟乎!此说既行,天下宁复有诗邪?(《中州集》卷2《刘西岩汲小传》引李纯甫《西岩集序》语,第383—384页)

这里指斥"可笑者"三,既是针对南朝以来诗弊,也是针砭当代浮艳风气,因以反陈他的文学主张。其主张主要有三点:其一,作诗应"各言其志",不必拘泥于声韵格律之类外在程式;其二,诗格应"典雅浑厚",反对乏真情之辞藻华丽、求僻恋奇;其三,创新应"不犯正位",反对江西派的雕镌尖刻、模影剽窜。这些观点得到学诗之士的追捧,对金代文风转变具有重要意义:"后进宗之,文风由此一变。"(《归潜志》卷1"李纯甫"条,第6页)赵秉文也坦承"经学与文章不及李之纯"。(《赵秉文集》卷19《答麻知几书》,第380页)

赵秉文(1159—1232),字周臣,号闲闲,磁州滏阳(今河北磁县)人。大定二十五年(1185)进士及第,任应奉翰林直学士,官至礼部尚书。其著述颇丰,诗文集为《闲闲老人滏水文集》30卷。

其文学地位和学问人品,曾被元好问倾心赞叹曰:"盖自宋以后百年,辽以来三百年,若党承旨世杰、王内翰子端、周三司德卿、杨礼部之美、王延州从之、李右司之纯、雷御史希颜,不可不谓之豪杰之士!若夫不溺于时俗,不汨于利禄,慨然以道德仁义、性命祸福之学自任,沉潜乎六经,从容乎百家;幼而壮,壮而老,怡然涣然,之死而后已者,惟我闲闲公一人!"(《元好问全集》卷17《闲闲公墓铭》,第347—348页)其各体诗文的创作风格,则被元好问概括为:"大概公之文出于义理之学,故长于辨析,极所欲言而止,不以绳墨自拘;七言长诗,笔势纵放,不拘一律;律诗壮丽,小诗精绝,多以近体为之;至五言,则沉郁顿挫似阮嗣宗,真淳古淡似陶渊明；以它文较之，或不近也。"(《元好问全集》卷17《闲闲公墓铭》，第350页)可知，赵秉文与李纯甫一样，都厌薄时俗浮艳之风，为文不拘绳墨，为诗博采众家。

赵秉文十分推崇欧阳修的文章，认为散文创作应追求简洁达意，而不应虚饰务奇，也不求尖新艰险。其有文曰：

> 文以意为主，辞以达意而已。古之人不尚虚饰，因事遣词，形吾心之所欲言耳。间有心之所不能言者，而能形之于文，斯亦文之至乎？譬之水不动则平，及其石激渊洄，纷然而龙翔，宛然而凤蹇，千变万化，不可殚穷，此天下之至文也。亡宋百余年间，惟欧阳公之文，不为尖新艰险之语，而有从容闲雅之态；丰而不余一言，约而不失一辞，使人读之者，亹亹不厌。盖非务奇之为尚，而其势不得不然为尚也。(《赵秉文集》卷15《竹溪先生文集引》，第345页)

这虽是评说欧阳修文，却也表明自己的好尚；故清人翁方纲赞许曰："所奉为一代文宗如欧阳六一者，赵闲闲也。"(《石洲诗话》卷5，第78页)

当然，赵秉文认为古诗文家各有优长，因而主张学习前代诸家之所长，既不刻意师法古人，也不有意摈弃古人，要师古人意而不师其辞，化古人意为己有，而终成自我风格。他论列魏晋以来诸家诗，似性情之真而各得一偏：

> 尝谓古人之诗，各得其一偏，又多其性之似者。若陶渊明、谢灵运、韦苏州、王维、柳子厚、白乐天得其冲淡，江淹、鲍明远、李白、李贺得其峭峻，孟东野、贾阆仙又得其幽忧不平之气。若老杜可谓兼之矣。然杜陵知诗之为诗，未知不诗之为诗。而韩愈又以古文之浑浩，溢而为诗，然后古今之变尽矣。太白词胜于理，乐天理胜于词，东坡又以太白之豪、乐天之理合而为一。(《赵秉文集》卷19《答李天英书》，第376页)

有鉴于此，他主张"高视古人，然亦不能废古人"(《赵秉文集》卷19《答李天英书》，第376页)；故要力求得诸家之所长，而后能够卓然自成一家。其文曰：

> 故为文当师六经、左丘明、庄周、太史公、贾谊、刘向、扬雄、韩愈；为诗当

师《三百篇》《离骚》《文选》《古诗十九首》,下及李、杜;学书当师三代金石、钟、王、欧、虞、颜、柳。尽得诸人所长,然后卓然自成一家。非有意于专师古人也,亦非有意于专摈古人也。……吾师其意,不师其词。(《赵秉文集》卷19《答李天英书》,第377页)

相比较而言,赵秉文与李纯甫都强调学习古人,但两人的师古主张同中也有差异。对照两者,刘祁记曰:

李屏山教后学为文,欲自成一家,每曰:"当别转一路,勿随人脚跟。"故多喜奇怪。然其文亦不出庄、左、柳、苏,诗不出卢仝、李贺。晚甚爱杨万里诗,曰:"活泼剌底,人难及也。"赵闲闲教后进为诗文,则曰:"文章不可执一体,有时奇古,有时平淡,何拘?"(《归潜志》卷8,第87页)

可知,李纯甫的师古强调张扬个性、不随人后,赵秉文的师古强调不执一体、广泛师法。而李、赵两家互评,也颇能说到点子上:"李尝与余论赵文曰:'才甚高,气象甚雄,然不免有失支堕节处,盖学东坡而不成者。'赵亦语余曰:'之纯文字止一体,诗只一句去也。'"(《归潜志》卷8,第87页)李、赵对师法古人的这种分歧与差异,还体现在两人对时人王子端的评议上:

赵闲闲于前辈中,文则推党世杰怀英、蔡正甫珪,诗则最称赵文孺沨、尹无忌拓;尝云:"王子端才固高,然太为名所使,每出一联一篇,必要使人皆称之,故止是尖新。其曰'近来陡觉无佳思,纵有诗成似乐天',不免为物议也。"李屏山于前辈中,止推王子端庭筠,尝曰:"东坡变而山谷,山谷变而黄华,人难及也。"或谓赵不假借子端,盖与王争名;而李推黄华,盖将以轧赵也。(《归潜志》卷10,第119页)

可见,李、赵师法古人之差异,还夹杂着个人意气之争。而他们的诗文创作,亦难免有可非议者。李、赵之所作,确实各有弊端,一个是多杂禅宗语,一个是好用古人语。对此,刘祁记曰:

屏山南渡后,文字多杂禅语葛藤,或太鄙俚不文,迄今刻石镂板者甚众。

(《归潜志》卷10,第119页)

又,赵诗多犯古人语,一篇或有数句,此亦文章病。(《归潜志》卷8,第87页)

(三) 元好问及其《论诗三十首》

正与真的文学主张/《论诗三十首》等/元好问的诗学思想

元好问(1190—1257),字裕之,号遗山,太原秀容(今山西省忻县)人,鲜卑族后裔,系出北魏拓跋氏。金兴定五年(1211)中进士,先后调内乡、南阳令,入为尚书省掾,转行省左司员外郎;金亡,不仕,晚年以著作自任。曾编选金诗总集《中州集》10卷,辑录251人诗作2 062首,并附小传以存史。有《遗山集》传世。

元好问是金元之际文坛集大成者,被后世评为"开启百年后文士之脉"。(《石洲诗话》卷5,第78页)四库馆臣亦评曰:"好问才雄学赡,金元之际屹然为文章大宗;所撰《中州集》,意在以诗存史,去取尚不尽精。"元好问为文兼备众体,"绳尺严密";作诗奇崛深邃,"无宋南渡末江湖诸人之习,亦无江西派生拗粗犷之失"。(《元好问全集》卷53附录一《四库全书总目·〈遗山集〉提要》,第1050页)他身处金元之际,多有兴亡之感,诗风愈益深沉悲凉,令人可歌可泣,取得了很高的成就。这就使他所论气度恢宏,包融正变之思,带有理论集大成的性质,允为金元之际文坛领袖。徐世隆序其文集曰:

窃尝评金百年以来,得文派之正而主盟一时者,大定、明昌则承旨党公(怀英),贞祐、正大则礼部赵公(秉文),北渡则遗山先生一人而已。自中州祈丧,文气奄奄几绝,起衰救坏,时望在遗山。遗山虽无位柄,亦自知天之所以畀付者为不轻,故力以斯文为己任,周流乎齐、鲁、燕、赵、晋、魏之间,几三十年。其迹益穷,其文益富,其声名益大以肆。(《元好问全集》卷53附录一《徐世隆序》,第1054页)

元好问膺斯文之任而论诗文,集中表达了对正与真的追求。正,就是典雅中正;真,就是真情实感。他一方面崇尚典雅中正,以风雅之义为作诗的根本,进而评判汉魏以来的各家各派之诗歌创作;另一方面追求真情实感,推崇充满真性情的诗作,甚至肯定百无聊赖之语和滑稽玩世之作。他还认为,雅正与真实是相辅相成的,特别强调若没有真情实感,诗歌便不可能典雅中正,更不能"动天地、感鬼神"。

元好问的诗歌理论观点,集中体现在其《论诗三十首》中。《论诗三十首》摹仿杜甫的《戏为六绝句》,以绝句形式论诗,为宋至元间规模最大、最为著名的论诗诗。他通过这 30 首颇有理趣的诗作,完整论述了汉魏以来的诗学问题,包括作家作品、诗歌流派、诗歌风尚、创作原理等项。

元好问在组诗开篇表达了对诗歌"正体"的推崇,倡言《诗经》所代表的正风、正雅才是典范体制。其诗曰:

> 汉谣魏什久纷纭,正体无人与细论。谁是诗中疏凿手?暂教泾渭各清浑。(其一,第 229 页)

此为《论诗三十首》开篇第一首,讲明了该组诗的写作缘起和目标。

元好问以《诗经》的风雅传统为"正体",认为汉乐府和建安文学延续了风雅传统。这看法大概是缘于宋金时期,诗坛"伪体"盛行、雅正传统淆乱;故而对诗歌作正本清源之研讨,欲以"诗中疏凿手"自任,从而区别诗之正伪、清浑,从而廓清诗歌发展之道路。这俨然以文坛主盟的身份,怀抱文学回归正体的理想。元好问就是以文坛盟主的气度,纵论魏晋以来各家诗歌之利弊。其具体内容,有如下几点:

第一,论魏晋诗歌。魏晋文学最近"正体",故他对魏晋诗歌极为推崇。如推崇建安文学,其第二、第三首曰:

> 曹刘坐啸虎生风,四海无人角两雄。可惜并州刘越石,不教横槊建安中。(其二,第 229 页)
> 邺下风流在晋多,壮怀犹见缺壶歌。风云若恨张华少,温李新声奈尔何?(其三,第 229 页)

而对于正始文学,其第五首推崇曰:

> 纵横诗笔见高情,何物能浇块垒平?老阮不狂谁会得,出门一笑大江横。(其五,第 230 页)

当然,他也欣赏陶渊明诗的清新真淳、天然无琢,以表达对雕琢粉饰、矫揉造作诗风的反感。其第四首曰:

> 一语天然万古新,豪华落尽见真淳。南窗白日羲皇上,未害渊明是晋人。(其四,第230页)

不过,元好问对魏晋诗歌亦非一味叫好,而是根据自我判断作出公允批评。元好问注重真情实感,反对语言形式之华艳,故对晋代文学的卑陋绮靡,进行有针对性的指瑕斥责。如第六、第九首,对潘岳的"言不真诚""言行不一",对陆机争相绮靡、篇幅冗长予以批判:

> 心画心声总失真,文章宁复见为人?高情千古《闲居赋》,争信安仁拜路尘。(其六,第230页)
> 斗靡夸多费览观,陆文犹恨冗于潘。心声只要传心了,布谷澜翻可是难。(其九,第230页)

第二,论唐代诗歌。元好问以唐诗为师法对象,并提出了相应的理论主张。这主要有三点:(1)强调真实感受。元好问认为好的诗作不是纯凭想象或摹写出来的,而是通过对现实对象的感触和体验才激发出来的;由此他批评缺乏真情实感的模拟文风,提倡像杜甫那样的"亲到长安"之作,要在"眼处心生",而非"暗中摸索"。其第十一首曰:"眼处心生句自神,暗中摸索总非真。画图临出秦川景,亲到长安有几人?"(其十一,第230页)(2)推崇风骨兴象。元好问将沈佺期、宋之问与陈子昂相比,一方面肯定沈、宋在声律论方面的贡献,确立了律诗的体格形式,促进了唐代近体诗发展;但另一方面也认为,沈、宋辈犹有不足,在创作上没有摆脱齐梁诗风,而待陈子昂才复归风雅兴寄。正是因陈子昂的倡导,唐诗才承接汉魏传统,最终清除齐梁颓风,而重现风骨与气象;故而,元好问推崇陈子昂,其第八首盛赞之曰:"沈宋横驰翰墨场,风流初不废齐梁。论功若准平吴例,合着黄金铸子昂。"(其八,第230页)(3)提倡自然文风。元好问崇尚雄浑自然的风格,反对雕琢、苦吟、险怪之作。其第十五首,盛赞李白诗的雄奇豪放:"笔底银河落九天";而讥讽杜甫式刻苦精思:"何曾憔悴饭山前"(其十五,第230页)。"饭山"典出李白《戏赠杜甫》:"饭颗山头逢杜甫,顶戴笠子日卓午。借问别来太瘦生,总为从前作诗苦。"(《李太白全集》卷三十,第 1644 页)此盖为杜甫开启的苦吟诗派而发,故第十八首讥刺孟郊之穷愁苦思:"东野穷愁死不休,高天厚地一诗囚。江山万古潮阳笔,合在元龙百尺楼。"(其十八,第 231 页)

第三,论宋代文学。宗廷辅《古今论诗绝句》载:"自苏、黄更出新意,一洗唐调,后遂随风而靡,生硬放佚,靡恶不臻,变本加厉,咎在作俑。先生(元好问)慨之,故责之如此。"(《宗月锄先生遗著八种》)而《论诗三十首》末十首,正是专门讨论宋代的诗歌,其主要观点是反对苏黄习气,如第二十二、第二十六首所云:

奇外无奇更出奇,一波才动万波随。只知诗到苏黄尽,沧海横流却是谁?(其二十二,第 231 页)

金入洪炉不厌频,精真那计受纤尘。苏门果有忠臣在,肯放坡诗百态新?(其二十六,第 231 页)

这两首评论苏轼诗,而连带论苏门后学。他高度赞扬苏诗新奇天成,就像是经得起锤炼的真金;而苏门后学为了继承苏轼的诗学思想和创作风格,往往只在文字、典故、辞藻、技法上追求新奇,以至怪样百出,令人窒息不满。特别是对江西诗派,元好问也多有批评。其二十八首曰:

古雅难将子美亲,精纯全失义山真。论诗宁下涪翁拜,未作江西社里人。(其二十八,第 231 页。以上《元好问全集》卷 11《论诗三十首》)

这是认为,黄庭坚开创的江西诗派虽标榜学杜,但并无杜甫和李商隐的古雅与真义,而专在形式上模拟因袭,完全失去了唐诗的风致。

二 方回等大家的诗文批评

蒙古王朝自 1206 年建立以来,凭借铁骑,东征西讨,至 1234 年灭金、1279 年灭南宋,最终实现了南北统一,建立蒙古族统治的元朝。然元政权在统一之初,并没有消泯文化分异。一者,蒙、汉民族文化隔阂,短时间难以消除;二者,南、北区域文化差异,也一时难以泯合。前者,赖忽必烈推行汉化政策而得到很大程度的改善；后者，则因朝廷实行民族等级制，而加重了南方文士的疏离。尤其后者的长期存在，对元代文学影响巨大。

故元初文坛，仍南北分立。北方文坛，仍承继金代文学传统，正如元大家虞集所说："国初，中州袭赵礼部、元裕之之遗风，宗尚眉山之体。"（《虞集全集·傅与砺诗集序》，第591页）南方文坛，则延续江西诗派余响，并因袭江湖诗派故习。然而及至大德年间，随着政治局势稳定，加上社会经济繁荣，南北文化逐渐融合。这反映在文学上，南北文士都认识到需要矫正扭转当下不良文风，对金末浮靡风气和江西诗派流弊进行反思批判。正如欧阳玄所说："宋金之季，诗人高者不必论，其众人之作，宋之习近靦骸，金之习尚号呼。南北混一之初，犹或守其故习；今则皆自刮劘而不为矣。"（《欧阳玄全集·此山先生诗集序》，第607页）元中后期，风气骤变，虞集、杨载、范梈、揭傒斯、杨维桢、萨都剌、张翥、王冕等人，相继倡导宗唐，书写盛世之音。对此，顾嗣立曰："延祐、天历之间，风气日开，赫然鸣其治平者，有虞、杨、范、揭，一以唐为宗，而趋于雅。推一代之极盛，时又称虞、揭、马、宋。"（《寒厅诗话》，第274—275页）

（一）元初诸大家诗文批评

卢挚和王恽的诗文批评／戴表元和袁桷的宗唐倾向／刘埙和吴澄的诗文批评

元初，卢挚、王恽等人推崇汉魏诗风，坚持以理为本的诗歌创作主张，使北方文坛风气渐变，开始向平淡自然过渡。对此，清人顾嗣立称："北方之学，变于元初。自遗山以风雅开宗，苏门以理学探本。一时才俊之士，肆意文章，如初阳始升，春卉方苗，宜其风尚之日趣于盛也。"（《元诗选》初集"王学士恽"条，第444页）而南方文坛则呈现另一番景象，是由南宋入元者占据主导地位；他们延续宗唐风气，同时革新江西诗派，代表诗人有戴表元、袁桷、方回、刘埙、吴澄等。

卢挚（1242—1314），字处道，号疏斋，涿州（今河北省涿州市）人。至元五年（1268）入仕，官至翰林学士，诗文创作成绩斐然，有《疏斋集》传世。

卢挚博学而有文思，创作风格清新飘逸，肇开古诗宗汉魏两晋之先声，是元初北方诗坛的重要诗人。苏天爵评曰："涿郡卢公始以清新飘逸为之倡。"（《滋溪文稿》卷29《书吴子高诗稿后》，第346页）《新元史》亦曰："元初能文者，曰姚卢，谓姚燧及挚也；古今体诗，则以挚与刘因为首。"（《新元史》卷237《文苑上》"卢挚"条,第 916 上页)可见,卢挚在元初文坛,占据重要的地位。

卢挚认为,诗文创作应古朴雅正,尝作《文章宗旨》曰:

> 盖清庙茅屋,谓之古;朱门大厦,谓之华屋可,谓之古不可。大羹玄酒谓之古,八珍谓之美味可,谓之古不可。知此者,可与言古文之妙矣。夫古文以辨而不华、质而不俚为高,无排句,无陈言,无赘辞。(《南村辍耕录》卷 9《文章宗旨》,第 107 页)

此强调诗文创作的神髓是高古质朴,而与其清新飘逸的创作风尚相呼应。这一诗风刚兴起,即受到时人赞许。如吴澄曰:"比年涿郡卢学士处道所作古诗,类皆魏晋清言,古文出入盘诰中,字字土盆瓦釜;而倏有三代虎蜼珊琏之器,见者能不为之改视乎?"(《吴文正集》卷 22《盛子渊撷稿序》,第 232 页)

王恽(1227—1304),字仲谋,号秋涧,卫州汲县(今河南省卫辉县)人。中统元年(1260),先为姚枢所征,旋即选到京师,为中书省详定官;至元五年(1268),建御史台,首拜监察御史;后出为河南、河北、山东、福建等地提刑按察副使;至元二十九年(1282),授翰林学士;成宗即位,加通议大夫,知制诰,参与修国史,奉旨纂修《世祖实录》。王恽师从元好问,好学问,善诗文,有《秋涧先生大全集》传世。

在文章学领域,王恽主张文章经世致用,使之成为"有用之学"。其文章观属道学一派,有时等同于道德学问;故其经世致用之文,实为明道有用之学。这是其文学思想核心内容,故他不惜文墨反复申明之。如有文曰:

> 要当明德志学,思求其致用之方可也。世之所谓学者多矣,有有为之学,有无用之学。穷经洞理,粹我言议,俾明夫大学之道者,此有用之学也;如分章摘句,泥远古而不通今,攻治异端,昧天理而畔于道,是皆无益之学也。(《王恽全集汇校》卷 44《贱生于无用说》,第 2132 页)

此提倡有用之学,而不为无益之学。其所谓有用,是指穷经洞理、言能明道;而所谓无益,是指分章摘句、昧理畔道。有鉴于此,他断然曰:"君子之学,贵乎有用;不志于用,虽曰未学可也。"(《王恽全集汇校》卷 41《南廊诸君会射序》,第 1959 页)

由此推之,他进而将文章与德业两途归一,以为若无片善及物不可称文士。

其有文曰：

> 然士君子之学,文章、德业名为两途,其实一致。有以事业而垂世,有以文章而名家者。……吾侪孰不欲得时行道,使利泽施于人,名声昭于代？盖有幸不幸、遇不遇者焉。如仕宦利达,复擅文雅,以事业盛而掩其所谓文者,从其重焉可也。若文彩缔绘,竟不得以片善及物者,其或曰:"若何克为一文士而已？"此真为妄人,尚何知两途一致之理者哉？（《王恽全集汇校》卷42《礼部尚书赵公文集序》,第2004—2005页）

为此,他要求摒弃虚浮无用、艰险怪异之文,而代之以真实质朴的情感内容之表达,以此强调文学功利性,来实现经世致用目标。这种实用的文学思想为当时文士指明道路,与郝经反对"事虚文而弃实用"相呼应。（《郝文忠公陵川集》卷20《文弊解》,第301页）

王恽因师从元好问,对其观点有所承继,从而在诗文创作实践上,得袭元好问正、真之说。他提出创作要自得有用:"惟就其材地,所至学问,能就以自得有用为主,尽名家而传不朽。"（《王恽全集汇校》卷43《西岩赵君文集序》,第2049页）此契合"真"。又要求言辞有道学气象:"温醇典雅,曲尽己意,能道所欲言,平淡而有涵蓄,雍容而不迫切,类其行己,蔼然仁义道德之余。"（《王恽全集汇校》卷43《遗安郭先生文集引》,第2051页）此契合"正"。

戴表元（1244—1310）,字帅初,一字曾伯,号剡源,庆元奉化剡源榆林（今属浙江省奉化市）人。宋咸淳七年（1271）中进士,元大德八年（1304）荐为信州教授,再调婺州,因病辞归。有《剡源集》传世。

戴表元被誉为"东南文章大家",不满"宋季文章气萎薾而辞骫骳","慨然以振起斯文为己任"。（《元史》卷190《戴表元传》,第4336—4337页）为了革除文坛旧弊,他主张宗唐得古。其有文曰：

> 诗自盛古至于唐,不知几变,每变愈下;而唐人者,变之稍差者也。……至于为诗,去唐远甚;然谈及之,则不以为古。诚古不止此,抑充其类焉,姑无深诛唐乎？（《剡源集》卷8《张仲实诗序》,第126页）

> 诗体三四百年来,大抵并缘唐人数家：豁达者主乐天,精赡者主蒙山,刻苦者主阆仙,古淡者主子昂,整健者主许浑;惟豫章黄太史主子美。子美

之于唐,为大家;豫章之于子美,又亢其大宗者也。故一时名人大老举倾下之,无问诸子。(《剡源集》卷24《蜜谕赠李元忠秀才》,第368页)

他理论上这么主张,实践上也是这么做,所作诗文清新含蓄,都能缘于人情世物,且多伤时悯乱、悲忧感愤之辞。诗则"清深整雅,蓄而始发。间事摹画,而隅角不露"(《袁桷集校注》卷28《戴先生墓志铭》,第1350页);文则"新而不刻,清而不露,如晴峦出云,姿态横逸而连翩弗断;如通川紫纡,十步九折而无直泻怒奔之失"。(《宋濂全集·銮坡前集》卷6《剡源集序》,第468页)

袁桷(1266—1327),字伯长,号清容居士,庆元路鄞县(今浙江省宁波市)人。元大德初,被荐为翰林国史院检阅官;延祐年间,任集贤直学士,未几任翰林直学士;至治元年(1321)迁侍讲学士,参与纂修累朝学录。卒后,追封陈留郡公,谥文清。著有《清容居士集》《易说》《春秋说》《延祐四明志》等。

袁桷师承戴表元,亦主张宗唐复古。他极为推崇唐诗,以之为师法对象,宣称:"诗盛于唐,终唐盛衰,其律体尤为最精,各得所长;而音节流畅,情致深浅,不越乎律吕。后之言诗者,不能也。"(《袁桷集校注》卷49《书番阳生诗》,第2149页)故对唐代诸大家,予以积极的评价,如李白、杜甫、韦应物等,均进入他的诗学批评视野。尤赞赏李商隐诗富丽精工,推崇其"为中唐警丽之作"(《袁桷集校注》卷48《书郑潜庵李商隐诗选后》,第2110页)。又称赞李白等人的清逸诗风:"读陈子昂、李太白诸贤诗,飘飘然清逸冲远,纤言腐语,刊落俱尽。"(《袁桷集校注》卷50《书薛严二道士双清编》,第2241页)他也评议宋人的诗歌,有著名的"三宗"说:

> 而(宋)诗有三宗焉:夫律正不拘,语腴意赡者,为临川之宗;气盛而力夸,穷抉变化,浩浩焉沧海之夹碣石也,为眉山之宗;神清骨爽,声振金石,有穿云裂竹之势,为江西之宗。(《袁桷集校注》卷48《书汤西楼诗后》,第2104页)

刘埙(1240—1319),字起潜,号水云村,江西南丰(今江西省南丰县)人。年55,以郡庠缺官而荐署盱郡学正;年70,受朝命为延平郡教授。(《吴文正集》卷71《故延平路儒学教授南丰刘君墓表》,第688页)延祐六年(1319)卒,享年80岁。著有《隐居通议》《水云村稿》等。

刘埙文学理论批评观点,主要体现在推尊唐诗上。如他有关律诗的批评见

解,见于《新编七言律诗序》:

> 七言近体,肇基盛唐,应虞韶、协汉律不传之妙,风韵掩映千古,花萼夹城。……意旨高骞,音节遒丽。宋三百年,理学接洙泗,文章追秦汉,视此若不屑为。然桃李春风,弓刀行色,犹堪并辔分镳。近世诗宗数大家,拔出风尘,各擅体致,皆自出机轴,则工古体有人,工绝句有人;而桂舟谌氏律体尤精,咸谓唐律中兴焉。(《水云村稿》卷5《新编七言律诗序》,第376页)

这是以唐律为高标,而于近世诗家谌氏,有"唐律中兴"之说,可见其宗法唐诗意向。有关绝句的批评,见于《新编绝句序》:

> 唐人翻空幻奇,首变律绝,独步一时。广寒霓裳,节拍余韵,飘落人间,犹挟青冥浩邈之响。后世乃以社鼓渔榔,欲追仙韵;千古吟魂,应为之窃笑矣。诗至于唐,光岳英灵之气为之汇聚,发为风雅,殆千年一瑞世。为律,为绝,又为五言绝,去唐愈远,而光景如新。欧、苏、黄、陈诸大家,不以不古废其篇什,品诣殆未易言。世俗士下此数百级,乃或卑之。(《水云村稿》卷5《新编绝句序》,第376—377页)

此以唐人律绝,为独步一时,实千年一瑞世,而不可多得。过此以后,去唐愈远,虽光景如新,却气格日卑。由此可知,刘埙论诗尊崇盛唐,乃承南宋以来绪余。

吴澄(1249—1333),字幼清,晚字伯清,后人称为草庐先生,抚州崇仁(今江西省崇仁县)人。元世祖时,程钜夫赴江南求贤,得吴澄而起至京师,然澄居京不久,即以母老辞归;成宗大德末,除江西儒学副提举,以疾去;武宗即位,召为国子监丞,升司业,迁翰林学士;泰定帝时,主持修《英宗实录》。病死后,追封临川郡公,谥文正。著有《吴文正集》《易纂言》《仪礼逸经传》《礼记纂言》《春秋纂言》《学基》《学统》等。

吴澄在诗学方面主张个性自由、崇尚自然,推动了元贞、大德间诗歌自然风尚的发展。他以此而推阐江西诗派宗风,力倡学习陈简斋的平淡自然。其有文反复申论曰:

> 近代参政简斋陈公,比之陶、韦,更巧更新。今观临江何敏则,句意到

处,清俊绝伦,盖亦参透此机。(《吴文正集》卷 22《何敏则诗序》,第 235 页)

> 宋参政简斋陈公,于诗超然悟入。吾尝窥其际,盖古体自东坡氏,近体自后山氏,而神化之妙,简斋自简斋也。近世往往尊其诗,得其门者,或寡矣。(《吴文正集》卷 15《董震翁诗序》,第 164 页)

陈与义,号简斋。方回《瀛奎律髓》有"一祖三宗"之说,陈与义与黄庭坚、陈师道并列"三宗"。陈与义崇尚杜甫诗,诗风与陈师道相似,讲锤炼、重意境、擅白描,而与黄庭坚奇崛僻典不同。故吴澄推重陈与义之平淡自然,是取江西诗派后学的活法一路。

(二) 方回的诗歌理论批评

《文选颜鲍谢诗评》/《瀛奎律髓》之诗评/"一祖三宗"的提出/"老杜之派"的构拟

方回(1127—1307),字万里,号虚谷、紫阳,徽州歙县(今属安徽省歙县)人,宋末元初著名诗评家、诗人、学者。著有《文选颜鲍谢诗评》4 卷、《瀛奎律髓》49 卷、《桐江集》8 卷、《桐江续集》36 卷、《续古今考》37 卷、《虚谷闲抄》1 卷等。

方回诗歌创作成绩卓著,师法众家,得各家之所长,而能融贯自得。戴表元评之曰:"平生于诗无所不学。盖于陶、谢学其纤徐,于韩、白学其条达,于黄、陈学其沉鸷;而居常自说,欲慕陆放翁。"(《剡源集》卷 8《桐江诗集序》,第 119 页)他也是著名的诗评家,其有关诗歌理论观点和诗学批评实践,见于《文选颜鲍谢诗评》《瀛奎律髓》。兹先介绍两书。

《文选颜鲍谢诗评》 方回选择萧统《文选》所录颜延之、鲍照、谢灵运、谢混、谢瞻、谢惠连、谢朓等 7 人的五言古体诗,约 107 首,逐篇评注,汇编成书。该书多以建安诗歌作为选评标准,比如:

> 此诗九章,章十句……"三陟"字颇巧,"原隰多悲凉"以下四句,"岁暮临空房"以下四句,颇有建安风味。(卷 1 评颜延年《秋胡诗一首》,第 1438 页)
>
> "原隰荑绿柳"一联,艳而过于工,建安诗岂有是哉?(卷 1 评谢灵运《从游京口北固应诏一首》,第 1442 页)
>
> 于陈琳云:"夜听极星阑,朝廷穷瞳黑。"于徐幹云:"华屋非蓬居,时髦岂

余匹。"皆不似建安……于曹植云:"徙倚穷骋望,目极尽所讨。西顾太行山,北眺邯郸道。"此四句亦高古。然他皆规行矩步,凳砌妆点而成,无可圈点,全无所谓建安风调,故予评其诗而不书其全篇。(卷 4 评谢灵运《拟魏太子邺中集诗八首》,第 1485—1486 页)

如古诗及建安诸子,"明月照高楼""高台多悲风"及灵运之"晓霜枫叶丹",皆天然浑成,学者当以是求之。(卷 1 评谢灵运《登池上楼》,第 1443 页)

由这些论例可知,方回极为推崇建安文学,以之为诗歌评判的标准。而在所评诗人中,他尤为赞赏谢灵运的自然诗风,认为谢灵运的诗歌不堆砌词藻,不讲究对偶,不刻意用典,却能寓目辄书,达到情景交融。如云:"灵运所以可观者,不在于言景,而在于言情。'虑澹物自轻,意惬理无违。'如此用工,同时诸人皆不能逮也。至其所言之景,如'山水含清晖''林壑敛暝色'及他日'天高秋月明''春晚绿野秀',于细密之中时出自然,不皆出于织组。颜延年、鲍明远、沈休文虽各有所长,不到此地。"(卷 1 评谢灵运《石壁精舍还湖中作》,第 1445 页)

《瀛奎律髓》 该书选录唐宋五、七言律诗 385 家,共 3014 首(其中重出 22 首,实为 2992 首),其中唐代诗人有 164 位,诗歌作品 1227 首;宋代诗人有 221 位,诗歌作品 1765 首。全书按题材分为 49 类,包含了唐代的沈宋、初唐四杰、陈子昂、李白、边塞诗派、山水田园诗派、韩孟诗派、元白诗派等,以及宋代的西昆体派、江西派、永嘉四灵、江湖派等。各类编排注评,对唐宋不同诗派兼收并蓄,博采众长,诚为当时较为完备的唐宋诗歌批评论著。

方回论诗大抵主江西诗派,为救补宋末江西诗派弊病,并扩大江西诗派的影响,遂标举"一祖三宗"说。其文曰:

惟山谷法老杜,后山弃其旧而学焉,遂名黄、陈,号"江西派";非自为一家也,老杜实初祖也。(卷 1 评晁端友《甘露寺》,第 18 页)

古今诗人当以老杜、山谷、后山、简斋四家为一祖三宗,余可配飨者有数焉。(卷 26 评陈与义《清明》,第 1149 页。以上《瀛奎律髓汇评》)

此所标举的"一祖三宗",即以唐代杜甫为"一祖",宋代黄庭坚、陈师道、陈与义为"三宗"。方回推崇杜甫,极力称赞之曰:"凡老杜七言律诗,无有能及之者。而冬至四诗,检唐宋他集殆遍,亦无复有加于此矣。"(卷 16 评杜甫《至日遣兴奉寄北

省旧阁老两院故人二首》,第 602 页)

他还以杜诗为评判标准,品第诸诗家创作之高下。如评陈与义《道中寒食二首》(其二),称:"简斋诗即老杜诗也。予平生持所见:以老杜为祖,老杜同时诸人皆可伯仲;宋以后,山谷一也,后山二也,简斋为三,吕居仁为四,曾茶山为五,其他与茶山伯仲亦有之。此诗之正派也,余皆傍支别流,得斯文之一体者也。"再如评陈师道《次韵李节推九日登山》,称:"重九诗自老杜之外,便当以杜牧之《齐山》诗为亚,已入'变体'诗中。陈简斋一首亦然。陈后山二首,诗律瘦劲,一字不轻易下,非深于诗者不知,亦当以亚老杜可也。"(以上《瀛奎律髓汇评》卷 16、17,第 591、636 页)

由此可见,方回提出"老杜之派",勾勒出唐宋诗歌之正脉,以期修正江西诗派之弊端,批判四灵和江湖诗派缺陷。他构拟"老杜之派"曰:"论今之诗,五、七言古律与绝句凡五体。五言古汉苏李、魏曹刘,晋陶谢,七言古汉《柏梁》、临汾张平子《四愁》;五言律、七言律及绝句自唐始盛。唐人杜子美、李太白兼五体造其极,王维、岑参、贾至、高适、李泌、孟浩然、韦应物,以至韩、柳、郊、岛、杜牧之、张文昌,皆老杜之派也;宋苏、梅、欧、苏、王介甫、黄、陈、晁、张、僧道潜、觉范,以至南渡吕居仁、陈去非;而乾淳诸人,朱文公诗第一,尤、萧、杨、陆、范,亦老杜之派也。是派至韩南涧父子、赵章泉而止。别有一派曰昆体,始于李义山,至杨、刘及陆佃绝矣。炎祚将讫,天丧斯文,嘉定中,忽有祖许浑、姚合为派者,五、七言古体并不能为,不读书亦作诗,曰学四灵,江湖晚生皆是也。呜呼,痛哉!"(《桐江续集》卷 33《恢大山西山小稿序》,第 683—684 页)

总之,方回《瀛奎律髓》并举唐宋,意欲打破唐诗、宋诗的界限。这是"南北宋一朝多数大家递变日新、最后结晶之思想的总汇",为后世学诗者提供了很好的写作理论指导(方著《中国文学批评》,第 135 页)。不过,他把唐宋诸大家归为"老杜之派",则颇有胶柱鼓瑟、强为之说的嫌疑;既不能准确地描述唐宋诗史之演变,也不利于后世诗歌创作的多样发展。

(三) 元中后期的诗文批评

倡导治世雅正诗风/四大家宗唐复古论/杨维桢诗本情性论

仁宗延祐年间,时际社会承平,文教事业复兴,科举试士恢复,广大文士激发仕进之心,文学也焕发出新的气象。对此,时人称述曰:"我元延祐以来,弥文日盛,京师诸名公咸宗魏、晋、唐,一去金、宋季世之弊,而趋于雅正,诗丕变而近于古。江西士之游京师者,其诗亦尽弃其旧习焉……诗雅且正,治世之音也,太平之符也。"(《欧阳玄全集》卷8《罗舜美诗序》,第160页)当时,虞集、范梈、杨载、揭傒斯四大家,正是这种兴盛的文学风尚之引领者。故清人顾嗣立曰:"延祐、天历之间,风气日开,赫然鸣其治平者,有虞、杨、范、揭。……一以唐为宗,而趋于雅,推一代之极盛。"(《寒厅诗话》,第274—275页)

元诗四大家,当首推虞集。虞集(1272—1348),字伯生,号邵庵,临川崇仁(今江西省崇仁县)人。历经三朝,领修《经世大典》,卒谥文靖。著有《道园学古录》《道园遗稿》。

虞集宏才博识,工于诗文,倡导宗唐复古,而尤重李、杜。其有文曰:

> 诗之为学,盛于汉、魏者,三曹、七子;至于诸谢,备矣。唐人诸体之作,与代终始,而李、杜为正宗。子美论太白,比之阴常侍、庾开府、鲍参军,极其风流之所至,赞咏之意远矣;浅浅者,未足以知子美之所以为言也。崔颢人品非雅驯,太白见其《黄鹤》之篇,自以为不可及,至金陵而后仿佛焉。其高怀慕尚如此,谁谓其恃才傲物者乎?求诸子美之所自谓,盛称《文选》,而远师苏、李;咏歌之不足者,王右丞、孟浩然;而所与者,岑参、高适,实相羽翼。(《虞集全集·傅与砺诗集序》,第590—591页)

他如此看重汉魏盛唐诗,并把杜诗立为师法榜样;但又认为,即使北宋诸大家,所作亦有所不逮:"后之学杜者多矣,有能旁求其所以自致自得者乎?是以前宋之盛,亦有所不逮矣。"(《虞集全集·傅与砺诗集序》,第591页)

他还极力标举诗歌的"情性之正",要求诗人"嗜欲淡泊、思虑安静"。其有文曰:

> 《离骚》出于幽愤之极,而《远游》一篇,欲超乎日月之上,与泰初以为邻;陶源明明乎物理,感乎世变,《读山海经》诸作,略不道人世间事;李太白汗漫浩荡之辞,盖伤乎大雅不作,而自放于无可奈何之表者矣。后世诗人,深于怨者多工,长于情者多美,感慨者不能知所归,放浪者不能有所返,是皆非得情性之正。惟嗜欲淡泊,思虑安静,最为近之。然学有以致其道,思所以达其才,庶几古诗人作者之能事乎?(《虞集全集·盱江胡师远诗集序》,第475页)

这里特别推重屈原、陶渊明和李白的诗歌,而指出近世诗家不得情性之正的种种表现;其言下之意,还是宗尚魏晋盛唐,而终复古诗之风雅。

与虞集持相近诗学主张的,还有范梈、杨载、揭傒斯。如范梈曰:"诗贵乎实而已,实则随事命意,遇景得情,如传神写照,各尽状态,自不致有重复套袭之患";"诗能不失家数,不失法度,虽疏拙不害也";"吾平生作诗,稿成,思之不似古人,则削去改作。"(《诗法正论》引范梈语,第 1087 页)杨载称:"诗当取材于汉、魏,而音节则以唐为宗"(《元史》卷 190《杨载传》,第 4341 页);"须先将汉、魏、盛唐诸诗,日夕沉潜讽咏,熟其词、究其旨,则又访诸善诗之士,以讲明之。若今人之治经,日就月将,而自然有得,则取之左右逢其源。苟为不然,我见其能诗者鲜矣!"(《诗法家数》,第 60 上页)揭傒斯说:"学诗当以唐人为宗。而其法寓诸律,心神节制,字数经纬,小能使大,大能使小,远能使近,近能使远,下抗高抑,变化无穷。……然诗至唐方可学。欲学诗,且须宗唐诸名家;诸名家又当以杜为宗。"(《诗宗正法眼藏》,第 499 页)此三家所论尽管各有侧重,但大抵不出宗唐复古范围。

也正是出于宗唐复古之追求,他们还强调诗歌的教化功能,以颂扬盛世景象,并能够教世化俗。如揭傒斯称:"夫为诗与政同……纪纲欲明,法度欲齐,而温柔敦厚之教常行其中也……读韦苏州诗,如单父之琴、武城之弦歌,不知其政之化而俗之迁也。"(《揭傒斯全集·文集》卷 3《萧孚有诗序》,第 306 页)虞集称:"骚人胜客,和墨濡翰,以自悦于花竹之间,欣叹怨适,流连光景,非不流传于一时;然与治政无所关系,于名教无所裨补,久而去之,亦遂湮没而已,何足算哉?"(《虞集全集·陈文肃公秋冈诗集序》,第 501 页)范梈称:"有德斯有言,新诗敷道腴。"(《范德机诗集》卷 1《寄谢周文学》,第 167 页)

及至元末,商业经济繁荣,市民阶层兴起,东南文坛出现了一种世俗化、个性化诗歌创作倾向,以杨维桢为代表的诗人群体从雅正风范中解脱出来,力主张扬个性,肆意发挥才情。如杨维桢称:"诗者,人之情性也。人各有情性,则人各有诗也。得于师者,其得为吾自家之诗哉!"(《东维子文集》卷 7《李仲虞诗序》,第 2016 页)又曰:"诗不可以学为也;诗本情性,有性此有情,有情此有诗也。"(《东维子文集》卷 7《郯韶诗序》,第 2019 页)其诗学既主张如此,则其诗歌创作近之,故李东阳评之曰:"率意而作,不能一一合度。"(《怀麓堂诗话》,第 114 页)杨维桢这种随情性而发的诗歌创作,实超越了儒家温柔敦厚诗教之规范,背弃了宗唐复古论,而明显有师心倾向。不过,杨维桢有时仍呈复古倾向,尤其是古乐府体式的创作。他宣称:"古乐府,雅之流、风之派也,情性近也。"(《杨铁崖先生文集全录》卷 4《玉笥集序》,第 3111 页)这既凸显诗歌教化的功能,又张扬了诗人性情之抒发。

三 元代诗坛宗唐抑宋风尚

当南宋中后期,北方有元好问,南方有严羽,彼此相呼应,同时以盛唐为倡,挺然崛起于诗坛。二人旨趣,固有不同;但他们都厌薄江西体,反对效法晚唐诗卑格,开启了宗唐抑宋的风尚,并一直延续到元明时期。王恽曾师事元好问,颇能知解师辈所倡:"金自南渡后,诗学为盛,其格律精严,辞语清壮,度越前宋,直以唐人为指归。"(《王恽全集汇校》卷43《西岩赵君文集序》,第 2048 页)

(一)元初文坛的宗唐之风

引导宗唐抑宋的诗歌发展趋向/反理学、江西、四灵诸诗派/倡导学习唐诗以回归诗之本体

及至元朝统一初期,蒙古族包容汉文化,因使南方文坛居主导地位,并逐渐呈现压倒北方之势。在诗坛上,除了少数人继续为江西、四灵、江湖诸派张目外,大多数人都力求摆脱季宋颓风、晚唐卑格的范围,合力宗唐抑宋,其风有盛无减。其所持论者,大略有两点:

一是追寻唐诗冲淡、雄浑、清圆的风调。持论者有戴表元、袁桷等。如袁桷批评理学家"理学兴而诗始废,大率皆以模写宛曲为非道"(《乐侍郎诗集序》,第1117 页),批评江西诗派"律吕失而浑厚乖"(《书梅圣俞诗后》,第 2010 页),批评四灵派"风云月露,几于晚唐之悲切"(《书郑潜庵李商隐诗选》,第 2110 页。以上见《袁桷集校注》卷 21、46、48);而戴表元所论更加切实,已由宋诗追寻唐诗风调:"始时汴梁诸公言诗,绝无唐风,其博赡者谓之义山,豁达者谓之乐天而已矣。宣城梅圣俞出,一变而为冲淡,冲淡之至者可唐,而天下之诗于是非圣俞不为;然及其久也,人知为圣俞,而不知为唐。豫章黄鲁直出,又一变而为雄厚,雄厚之至者尤可唐,而天下之诗于是非鲁直不发;然及其久也,人又知为鲁直而不知为唐,非圣俞、鲁直之不使人为唐也,安于圣俞、鲁直而不自暇为唐也。迩来百年间,圣俞、鲁直之学皆厌,永嘉叶正则倡'四灵'之目,一变而为清圆,清圆之至者亦可唐;而凡椠中捷口之徒,皆能托于'四灵'而益不暇为唐,唐且不暇为,尚安得古?"

(《剡源集》卷9《洪潜甫诗序》,第130—131页)

二是提倡诗以自然为本及抒发真情实感。持论者有赵文、赵孟頫、圆至等。如王若虚反复强调,诗歌要写自然真情:"哀乐之真,发乎情性,此诗之正理也。"(《王若虚集》卷38《诗话》,第471页)刘祁也称:"古人歌诗,皆发其心所欲言,使人诵之至有泣下者。今人之诗,惟泥题目、事实、句法,将以新巧取声名;虽得人口称,而动人心者绝少,不若俗谣俚曲之见其真情而反能荡人血气也。"(《归潜志》卷13,第146页)

总上诸家所论之归趣,就是要回归诗的本体,得性情之真、得自然之旨,写出像唐人那样能打动人的诗作,而去除理障、酸腐、轻佻之习气。

(二) 元中独尊盛唐之转变

由宽泛宗唐转向独尊盛唐/《唐音》主张专取乎盛唐

元中期延祐朝复科后,虞集、杨载、范梈、揭傒斯辈主导文坛,沿袭宗唐抑宋主张而持论宗旨有所调整,除了力矫宋末诗坛弊病之外,更由泛泛尊唐转而独尊盛唐。这一转变,盖因元朝统一30余年,政治经济渐呈强盛之势;为了顺应时势,虞集等人认为,文章当鸣国家之盛和生民之幸,因使盛唐文学成了追慕的典范。他们竭力张扬盛唐诗歌雅正恢宏气象,而力除金末宋季乱世之音的颓废衰败。如虞集曰:"某尝以为,世道有升降,风气有盛衰,而文采随之。其辞平和而意深长者,大抵皆盛世之音也。"(《虞集全集·李仲渊诗稿序》,第569页)又杨翮曰:"今天下承平日久,学士大夫颂咏休明而陶写性情者,皆足以追袭盛唐之风。"(《全元文》卷1844《秦淮棹歌序》,第444页)

要之,当时诗人多以世运盛衰论诗,而特别尊崇盛唐时期的诗歌;其所偏重者为雅正和平一格,明显有宣扬国力强盛之意味。恰在此时杨士弘选编《唐音》,更是此类诗学见解的具体实施;其开宗明义,于卷首云:"专取乎盛唐者,欲以见其音律之纯,系乎世道之盛;附之以中唐、晚唐者,所以幸其遗风之变而仅存也。"(《唐音·唐诗正音序》,第74页)

(三) 元末宗唐及后世余响

元末宗唐抑宋风尚渐生流弊/盛唐诗歌成为明初追慕的典范/宋濂对宋诗大家的尊崇与评价

延至元代末季,宗唐抑宋之风愈演愈烈,日趋苛严、极端而片面。对此,周霆震曰:"宋世虽不及唐,然半山、东坡诸大篇苍古,慷慨激发,顿挫抑扬,直与太白、少陵相上下。后来作者,其能仿佛之邪?近年风气益漓,士习好异,妄庸辈剽闻先进一二语,遂谓宋诗举不足观,弃去之唯恐不远。专务直致,傲然自列于唐人;后生小子争慕效之,相率以归于浅陋。诗之道,固若是乎哉?"(《石初集》卷6《刘遂志诗序》,第144页)

此风余波所及,流弊亦不少。诸如剽掠潜窃、纤媚浮华、题材狭窄、师心自用、师古无法等。以至明初,不少作家奋起,力图有所矫正。如汪广洋"诗格清刚典重,一洗元人纤媚之习"(《凤池吟稿》卷首四库馆臣《提要》,第493页);徐一夔"文皆谨严有法度,无元季冗沓之习"(《始丰稿》卷首四库馆臣提要,第139页)只不过,其矫治弊病途径,依然是宗法盛唐。

当时部分有识之士,在仍宗法盛唐之余,犹能正确认识宋诗地位,对宋代一些杰出的诗人,亦予以充分尊崇,并给出恰当评价。如宋濂的做法,就颇具代表性。他对学唐得法的欧阳修、梅圣俞予以肯定,称:"迨王元之以迈世之豪,俯就绳尺,以乐天为法;欧阳永叔痛矫西昆,以退之为宗;苏子美、梅圣俞介乎其间。梅之覃思精微,学孟东野;苏之笔力横绝,宗杜子美,亦颇号为诗道中兴。"(《宋濂全集·潜溪后集》卷4《答章秀才论诗书》,第209页)但此论调既出,当时即遭反对,未能主导诗坛,故难广为流行。

总之,由宗唐进一步宗法盛唐,以矫金末宋季诗坛流弊,这是元代诗家的一贯认知,也为明初诗人所承继认同。明朝一统,国运复苏,人心向治,气象恢弘,这亟需一种气势宏大的文学风尚与之相适应,而盛唐诗歌正好提供了明初诗家追慕的典范。

附 文论选读

一 论诗三十首(选录)

[金] 元好问

慷慨歌谣绝不传,穹庐一曲本天然。中州万古英雄气,也到阴山敕勒川。(其七)

沈宋横驰翰墨场,风流初不废齐梁。论功若准平吴例,合着(zhuó)黄金铸子

昂。(其八)

排比铺张特一途,藩篱如此亦区区。少陵自有连城璧,争奈微之识碔(wǔ)砆(fū)。(其十)

望帝春心托杜鹃,佳人锦瑟怨华年。诗家总爱西昆好,独恨无人作郑笺。(其十二)

万古文章有坦途,纵横谁似玉川卢?真书不入今人眼,儿辈从教鬼画符。(其十三)

出处殊途听所安,山林何得贱衣冠?华歆一掷金随重,大是渠侬被眼谩。(其十四)

切切秋虫万古情,灯前山鬼泪纵横。鉴湖春好无人赋,岸夹桃花锦浪生。(其十六)

切响浮声发巧深,研摩虽苦果何心?浪翁水乐无宫徵,自是云山《韶》《濩(hù)》音。(其十七)

万古幽人在涧阿,百年孤愤竟如何?无人说与天随子,春草输赢较几多?(其十九)

谢客风容映古今,发源谁似柳州深?朱弦一拂遗音在,却是当年寂寞心。(其二十)

窘步相仍死不前,唱酬无复见前贤。纵横正有凌云笔,俯仰随人亦可怜。(其二十一)

曲学虚荒小说欺,俳谐怒骂岂诗宜?今人含笑古人拙,除却雅言都不知。(其二十三)

"有情芍药含春泪,无力蔷薇卧晓枝。"拈出退之《山石》句,始知渠是女郎诗。(其二十四)

乱后元都失故基,看花诗在只堪悲。刘郎也是人间客,枉向春风怨兔葵。(其二十五)

百年才觉古风回,元祐诸人次第来。讳学金陵犹有说,竟将何罪废欧梅?(其二十七)

池塘春草谢家春,万古千秋五字新。传语闭门陈正字,"可怜无补费精神"。(其二十九)

撼树蚍蜉自觉狂,书生技痒爱论量。老来留得诗千首,却被何人校短长?(其三十)(以上元好问撰《元好问全集》卷11《论诗三十首》,姚奠中主编,三晋出

版社 2015 年 8 月第 1 版）

导读：

　　元好问（1190—1257），字裕之，号遗山，太原秀容（今山西省忻县）人，鲜卑族后裔。金兴定五年（1211）中进士，仕至行省左司员外郎；金亡，不仕，晚年以著作自任。编选金诗总集《中州集》10 卷，有《遗山集》传世。《论诗三十首》是其论诗代表作，这里选录前文未论析的 17 首诗。

　　他是金、元文学大家，开启后世文学之正脉；为文兼备众体，作诗奇崛深邃；诗论气度恢宏，允为集大成者。其诗歌理论诗学批评观点，集中在《论诗三十首》中。该组诗摹仿杜甫《戏为六绝句》而作，是宋元间规模最大影响最著的论诗诗。它完整论述了汉魏以来重要的诗学问题，有诗家作品、流派风尚、创作原理等项；否定了齐梁诗风、西昆体和江西诗派，而推崇杜甫之于后世诗学的宗主地位。这表达了元好问的诗史观与艺术追求，对他及后学的诗歌创作有着积极影响。清人潘德舆说："自李、杜后，诗遂无大句；元裕之崛起四百年后，有志追而复之"（《养一斋诗话》卷 7，第 119 页）；又说："（元好问）诗在金、元无敌手，其高者，即南宋诚斋、至能、放翁诸名家，均非其敌。"（《养一斋诗话》卷 8，第 128 页）

　　此所选录 17 首，主要论述了历代诗歌的艺术风格与诗学成就，兹择要提示如下：其七，赞赏《敕勒川》等北朝民歌，肯定其慷慨多气之地域特质；其八，论说初唐沈佺期、宋之问继承齐梁诗风，以及陈子昂开创盛唐诗风调之历史地位；其十，盛赞杜甫诗歌的艺术成就，为元白不能鉴识之而遗憾；其十二，批评宋初杨亿等人师法晚唐李商隐诸大家诗，认为西昆体辞藻华丽、声律和谐而内容空虚；其二十四，批评秦观《春日》等诗作女儿态，而缺乏韩愈《山石》诗之奇绝美；其二十七，肯定北宋元祐诗人苏轼、黄庭坚、陈师道等回归古风，并将其艺术来源上溯欧阳修和梅圣俞等人的积极倡导；其二十九，赞赏谢灵运"池塘生春草"诗句之自然清新，批评陈师道闭门苦思、注重形式技巧之弊病；其三十，谦称技痒论诗实在是不自量力，唯愿将所作诗歌留与后人评说。

二　瀛奎律髓(选录)

［元］方回

　　予取此篇者，以人或尚晚唐诗，则盛唐且不取，亦不取宋。殊不知宋诗有数体：有九僧体，即晚唐体也；有香山体者，学白乐天；有西昆体者，祖李义山。如苏子美、梅圣俞并出欧公之门,苏近老杜,梅过王维,而欧公直拟昌黎,东坡暗合太白。惟山谷法老杜,后山弃其旧而学焉,遂名黄、陈,号江西派;非自为一家也,老杜实初祖也。如君成诗,当黄、陈未出之前,自为元和间唐诗,不可不拈出,使世人知之也。(卷1,第18页)

　　老杜诗为唐诗之冠,黄、陈诗为宋诗之冠。黄、陈学老杜者也;嗣黄、陈而恢张悲壮者,陈简斋也;流动圆活者,吕居仁也;清劲洁雅者,曾茶山也。七言律,他人皆不敢望此六公矣。若五言律诗,则唐人之工者无数。宋人当以梅圣俞为第一,平淡而丰腴;舍是,则又有陈后山耳。此余选诗之条例,所谓正法眼藏也。(卷1,第42页)

　　山谷教人作诗,必学老杜;今所选,亦以老杜为主。不知老杜亦何所自乎?盖出于其祖审言,同时诸友陈子昂、宋之问、沈佺期也。子昂以《感遇》诗名世,其实尤工律诗,与审言、之问、佺期皆唐律诗之祖。《唐史》谓:"魏建安后迄江左,诗律屡变,至沈约、庾信以音韵相婉附,属对精密。及之问、佺期,又加靡丽,拘忌声病,约句准篇,如锦绣成文,学者宗之,号曰沈宋体。语曰:'苏、李居前,沈、宋比肩。'"然则学古诗必本苏武、李陵,学律诗必本子昂、审言辈,不可诬也。此四人者,老杜之诗所自出也。特老杜才高气劲,又能致广大而尽精微耳。(卷4,第151页)

　　予选诗以老杜为主。老杜同时人皆盛唐之作,亦皆取之;中唐则大历以后元和以前,亦多取之;晚唐诸人,贾岛开一别派,姚合继之;沿而下,亦非无作者,亦不容不取之。(卷10,第338页)

　　予谓诗家有大判断,有小结果。姚之诗,专在小结果,故"四灵"学之。五言八句,皆得其趣;七言律及古体,则衰落不振。又所用料,不过花、竹、鹤、僧、琴、药、茶、酒,于此几物,一步不可离,而气象小矣。是故,学诗者必以老杜为祖,乃无偏僻之病云。(卷10,第340页。以上方回《瀛奎律髓汇评》,李庆甲汇评点校,上海古籍出版社2005年4月新1版)

导读:

　　方回(1127—1307),字万里,号虚谷、紫阳,徽州歙县(今属安徽省歙县)人,宋末元初著名诗人、诗评家。有《文选颜鲍谢诗评》4卷、《瀛奎律髓》49卷、《桐江集》4卷、《桐江续集》36卷等传世。

　　生平节操,为世所讥。南宋理宗时初登第,即以《梅花百咏》献媚贾似道;后见贾奸势败,又上十可斩之疏,以此得官,任严州知府。元兵将至,他高唱死守之论,及元兵至,又望风纳城迎降,以此得任建德路总管。不久罢官,徜徉于杭州、歙县一带。晚年在杭州以卖文为生,以至老死。

方回作诗,师法众家,得各家之所长,而能融贯自得;又力倡江西诗派"一祖三宗"之说,诗亦学黄庭坚、陈师道而失之粗劲;晚年自谓平易,实际却入鄙俚。罢官之后,致力论诗,选唐、宋近体诗加以评论,得《瀛奎律髓》49卷。

《瀛奎律髓》专选唐宋两代的五、七言律诗,故名"律髓";自谓取十八学士登瀛洲、五星照奎之义,故称"瀛奎"。共选唐代作家180余家、宋代作家190余家。方回论诗,宗主杜甫,盛赞杜甫夔州以后诗剥落浮华而境界高迈。但他该书选评诗歌,并不只凭一己偏爱,而是兼顾不同诗歌流派,并注意其艺术渊源关系。如入选宋诗,有江西派、四灵体、江湖派;也选承袭晚唐诗的西昆体,称"组织故事有绝佳者"(《瀛奎律髓汇评》卷22,第925页)。

全书共49卷,分列为49类;每类诗歌都设有题解,说明各类的性质特点。不过其所分类目过于琐细,以类选诗亦偶有充数之嫌。如卷9《睢阳五老图》,并非佳作竟然被选入。然也因精粗俱取,而富有文献价值:宋人别集不传于今者,颇赖是书以窥其鳞爪。每诗之后多附以评语杂记,保存了一些宋人遗闻轶事。清纪昀撰《瀛奎律髓刊误》,指出方回该书评论诗有三弊:一是党援,二是攀附,三是矫激;选诗也有三弊:一是矫语古谈,二是标题句眼,三是好尚生新。这意见有持平之论,也有片面苛求之失。

《瀛奎律髓》版本,有元至元二十年刻印巾箱本、明成化三年紫阳书院刻本、清康熙五十二年石门吴之振黄叶村庄刻本,今人李庆甲撰有《瀛奎律髓汇评》。

兹选录五段文字,其主要理论观点是以杜甫诗学为宗主,从多角度论说杜诗对江西诗派的意义。第一段,论杜甫诗学为江西诗派初祖,以为黄、陈所创江西派张目;第二段,自标"正法眼藏",以明江西派之流变;第三段,论杜甫的江西诗派宗主地位,并探寻杜甫诗歌艺术的来源;第四段,强调论诗要宗主杜甫,但也不弃唐代诸大家;第五段,重申学诗必以杜甫为宗祖,唯如此方可避免偏僻之病。

三　词源(选录)

[元]张炎

古之乐章、乐府、乐歌、乐曲,皆出于雅正。粤自隋、唐以来,声诗间为长短句;至唐人,则有《尊前》《花间》集;迄于崇宁,立大晟府,命周美成诸人讨论古音,审定古调。沦落之后，少得存者。由此八十四调之声稍传，而美成诸人有复增演慢曲、引、近，或移宫换羽，为三犯、四犯之曲，按月律为之，其曲遂繁。美成负一代词名，所作之词，浑厚和雅，善于融化诗句，而于音谱，且间有未谐，可见其难矣。作词多效其体制，失之软媚，而无所取。此惟美成为然，不能学也。所可效仿之词，岂一美成而已？旧有刊本《六十家词》，可歌可诵者，指不多屈。中间如秦少游、高竹屋、姜白石、史邦远、吴梦窗，此数家格调不侔，句法挺异，俱能特立清新之意，删削靡蔓之词，自成一家，各名于世。作词能取诸人之所长，去诸人之所短，精加玩味，象而为之，岂不能与美成辈争雄长哉！余疏陋谫才，昔在先人侍侧，闻杨守斋、毛敏仲、徐南溪诸公商榷音律，尝知绪余，故平生好为词章，用功逾四十年，未见其进。今老矣，嗟古音之寥寥，虑雅词之落落，僭述管见，类列于后，与同志者商略之。（卷下《序》）

　　词要清空，不要质实。清空，则古雅峭拔；质实，则凝涩晦昧。姜白石词如野云孤飞，去留无迹；吴梦窗词如七宝楼台，眩人眼目，碎拆下来，不成片段。此清空、质实之说。梦窗《声声慢》云："檀栾金碧，婀娜蓬莱，游云不蘸芳洲。"前八字恐亦太涩。如《唐多令》云："何处合成愁，离人心上秋，纵芭蕉不雨也飕飕。都道晚凉天气好，有明月，怕登楼。前事梦中休，花空烟水流，燕辞归，客尚淹留。垂柳不萦裙带住，漫长是，系行舟。"此词疏快，却不质实。如是者集中尚有，惜不多耳。白石词如《疏影》《暗香》《扬州慢》《一萼红》《琵琶仙》《探春》《八归》《淡黄柳》等曲，不惟清空，又且骚雅，读之使人神观飞越。（卷下《清空》）

　　词以意为主，不要蹈袭前人语意。如东坡中秋《水调歌》……夏夜《洞仙歌》……王荆公金陵怀古《桂枝香》……姜白石《暗香》赋梅……《疏影》……此数词皆清空中有意趣；无笔力者，未易到。（卷下《意趣》）

　　簸弄风月，陶写性情，词婉于诗。盖声出莺吭燕舌间，稍近乎情可也。若邻乎郑卫，与缠令何异也？如陆雪溪《瑞鹤仙》……辛稼轩《祝英台近》……皆景中带情，而有骚雅。故其燕酬之乐，别离之愁，回文、题叶之思，岘首、西州之泪，一寓于词。若能屏去浮艳，乐而不淫，是亦汉魏乐府之遗意。（卷下《赋情》）

　　词之作必须合律；然律非易学，得之指授方可。若词人方始作词，必欲合律，恐无是理；所谓"千里之程，起于足下"，当渐而进可也。正如方得离俗为僧，便要坐禅守律，未曾见道，而病已至，岂能进于道哉？音律所当参究，词章先宜精思。俟语句妥溜，然后正之音谱，二者得兼，则可造极玄之域。今词人才说音律，便以为难，正合前说，所以望望然而去之。苟以此论制曲，音亦易谐，将于于然而来

矣。(卷下《杂论》)。以上张炎撰《词源》,唐圭璋编《词话丛编》本,中华书局1986年11月第1版)

导读:

张炎(1248—约1320),字叔夏,号玉田,又号乐笑翁,临安(今浙江省杭州市)人,祖籍秦州成纪(今甘肃天水),南宋末元初著名词人。为名将张俊六世孙,父祖皆能词善音律,故前半生富贵无忧,妙识音律而善填词。1276年元兵攻破临安,南宋覆灭而家道中落,靠卖卜营生,以至落魄死。有《山中白云词》8卷、《词源》2卷等著传世。

张炎幼承家族音律之学,是南宋著名格律派词人。他早年词学周邦彦,又受姜夔词风影响,注重声韵格律、形式技巧,多写湖山游赏、风花雪月;南宋灭亡之后,国破家亡的伤痛,浪迹江湖的凄苦,使其词风渐变。他长于写景咏物,格调凄清,情思宛转;词作音律协洽,句琢字炼,雅丽清畅。张炎精通音律,审音拈韵,细致入微,遣词造句,流丽清畅,时有精警之处。论词主张清空骚雅,倾慕周邦彦、姜夔,常以清空之笔,叙写沦落之悲。史家重其词作而将之与名家姜夔并称"姜张",又与蒋捷、王沂孙、周密并称"宋末四大家"。

《词源》,是一部词论专著,分为上、下两卷。卷上是音乐论,论词音律尤为详赡;卷下为创作论,所论多为词的形式,分为音谱、拍眼、制曲、句法、字面、虚字、清空、意趣、用事、咏物、节序、赋情、离情、令曲、杂论15类目。他认为好词要意趣高远、雅正合律、意境清空,并以之为论词最高标准;但他把辛弃疾、刘过豪放词看作"非雅词",则反映了他偏重词的语言、音律等艺术形式。书中所论作词法,包含他个人的创作经验,某些论述颇为新颖有用。

兹选录五段文字,其主要论旨如下:第一段,论《词源》的学术前提、写作动机及理论主旨,盖承周邦彦音调论、填词经验及张氏家学而来;第二段,论词要清空、不要质实,崇尚清空、骚雅之词风;第三段,例举具体词作,论析清空意趣;第四段,论析词之情景骚雅,要求去除浮艳淫丽;第五段,强调初学者填词必须谐音、合律,但也要遵循先词章后音律之次序。

四 《唐音》序

[元] 杨士弘

夫诗莫盛于唐,李、杜文章冠绝万世,后之言诗者皆知李、杜之为宗也。至如子美所尊许者,则杨、王、卢、骆;所推重者,则薛少保、贺知章;所赞咏者,则孟浩然、王摩诘;所友善者,则高适、岑参;所称道者,则王季友。若太白登黄鹤楼,独推崔颢为杰作;游郎官湖,复叹张谓之逸兴;拟古之诗,则仿佛乎陈伯玉。古之人不独自专其美,相与发明斯道者如是,故其言皆足以没世不忘也。

余自幼喜读唐诗,每慨叹不得诸君子之全诗。及观诸家选本,载盛唐诗者,独《河岳英灵集》。然详于五言,略于七言,至于律、绝,仅存一二。《极玄》姚合所选,止五言律百篇,除王维、祖咏,亦皆中唐人诗。至如《中兴间气》《又玄》《才调》等集,虽皆唐人所选,然亦多主于晚唐矣。王介甫百家选唐,除高、岑、王、孟数家之外,亦皆晚唐人诗。《诗吹》万以世次为编,于名家颇无遗漏,其所录之诗,则又驳杂简略。他如洪容斋、曾苍山、赵紫芝、周伯弼、陈德新诸选,非惟所择不精,大抵多略于盛唐而详于晚唐也。

后客章贡,得刘爱山家诸刻初、盛唐诗,手自抄录,日夕涵泳。于是审其音律之正变,而择其精粹,分为《始音》《正音》《遗响》,总名曰《唐音》,凡十五卷,共诗一千三百四十一首。始于乙亥,成于甲申。

嗟夫!诗之为道,非惟吟咏情性、流通精神而已。其所以奏之郊庙,歌之燕射,求之音律,知其世道,岂偶然也哉?观是编者,幸恕其僭妄,详其所用心,则自见矣。至正四年八月朔日,襄城杨士弘谨志。(杨士弘编选《唐音评注》,张震辑注,顾璘评点,陶文鹏等整理点校,河北大学出版社 2006 年 10 月第 1 版)

导读:

杨士弘(生卒年不详),元朝人,字伯谦。许昌襄城(今属河南省襄城县)人,寓临江(今属江西省樟树市)。好学能文,尤工于诗,与江西万白,河南辛敬,江南周贞、郑大同等,皆以诗争雄而名声相埒,入"江西十才子"之列。著有《览池春草集》(已佚),编纂唐诗总集《唐音》15 卷。

《唐音》之编纂,始自元统三年(1335),成于至正四年(1344),杨士弘"积十年之力而成,去取颇为不苟"(《唐音评注》附录《四库全书总目·〈唐音〉提要》,第 895 页)。全书 15 卷,分为《始音》《正音》《遗响》3 部分,共收唐诗 1 341 首。《凡例》说"李、杜、韩诗世多全集",所以不收李、杜、韩三家诗。虞集《唐音序》:"襄城杨伯谦好唐人诗,五言、七言古诗、律诗、绝句以盛唐、中唐、晚唐别之。凡几卷,谓之《唐音》。"(《唐音评注》卷首《唐音序》,第 1 页)当时诗人多以世运盛衰论诗,而特别尊崇盛唐时期的诗歌。杨士弘选编《唐音》,印证了此类诗学见解;故云:

"专取乎盛唐者,欲以见其音律之纯,系乎世道之盛;附之以中唐、晚唐者,所以幸其遗风之变而仅存也。"

《唐音》选诗原则,是"审其音律之正变,而择其精粹"。《始音》收王勃、杨炯、卢照邻、骆宾王等"四杰"诗,《遗响》收唐代大家不入《正音》之作及方外等人之诗,这两部分都以人分列编次;《正音》为本书主要部分,以五、七言古律绝进行分类,又按"唐初盛唐""中唐""晚唐"三个时期进行编次。

这种编纂体例有三个要点:一为唐诗的分期。承《沧浪诗话》所谓"盛唐之诗""大历以还之诗""晚唐之诗"而来,又开启了明代高棅《唐诗品汇》初唐、盛唐、中唐、晚唐的四分法。二为推崇盛唐诗。继承严羽以盛唐诗为"第一义"的观点,并开启明代复古派"诗必盛唐"的端倪。三为以体裁分类。以音律品评作品并注意唐诗各体的发展流变,这是对《沧浪诗话》诸体音律正变论之推进。

本文是《唐音》总序,主要有三个思想要点:第一,特别推崇李白、杜甫,以李、杜为唐诗宗主;第二,对早前唐诗选本作出评价,以为《唐音》编纂的前提;第三,确立《唐音》编纂体例,并讲明其诗体正变思想。

第十四讲
明代诗文批评

关于明代文学之源流,清初史臣描述为 6 段。(《明史》卷 285《文苑一·序论》,第 7307—7308 页)其 6 时段之说虽是论明代诗文之流变,却也隐括了当代文学批评的发展脉络:(一)散文批评方面,浙东文人宋濂等主张文道合一,开启了明初文章学批评之先声;唐宋派宗欧、曾之文而主张以文载道,对明中期诗文复古论进行反思与批判;明末思想解放,诸多文社兴起,文学风尚走向多元并存,理论批评亦呈众声喧哗。(二)诗歌批评方面,明初台阁体盛行,持论中正平和;明中期李梦阳首倡诗文复古,前后七子主张"诗必盛唐",形成声势浩大的文学复古运动,对馆阁体进行反思、批评、矫正;明晚期随着诗文复古弊端日益凸显,以三袁为代表的公安派倡导性灵论,主张宋诗高于唐诗,为性灵派理论张目;嗣后竟陵派领袖钟惺、谭元春以幽深孤峭为主,欲以救正前后七子宗盛唐、公安派崇宋诗之弊。本讲即从散文和诗歌两个方面,对明代文学理论批评择要论说。

一 明代的散文理论批评

与金、元文章学发展迟缓不同,明代散文理论批评的演变迅速。明代这种散文理论批评现象,固与文学思潮频繁更替有关,也与政治经济变迁、风俗文化发展有关。大抵说,明开国初,政局稳定,人心向治,以宋濂为首的浙东文人将理学融入文学中,提出了文以明道、文道合一的文章学理论,提倡宗经学古、缮性养气,形成务实致用的批评主张;明代中叶,秦汉派与唐宋派相交替,文章复古之风再度兴起,宗秦汉文还是宗唐宋文,成为散文批评争论的焦点;晚明时期,文社蜂起,流派并竞,多方文士力倡革新,散文理论渐趋多元。

(一) 宋濂及其文道观

浙东文派理论及其来源/宋濂《文原》《文说》/绍述者方孝孺之五法论

浙东文派,既是对金华、绍兴、台州等浙东地区文人集群的统称,也是特指元末明初金华等府县的散文创作与批评流派。自南宋以来,浙东文派深受理学之影响,标举文道合一的文章学观念;及至元末,浙东文派诸大家如吴莱、黄溍、柳贯等人,大都绍承宋元理学而提出文以明道之主张,注重通经致用,强调儒学教化。及至明初,浙东文派传人宋濂、刘基、王祎等人,多曾从学于吴莱、黄溍、柳贯诸大家,入明后更积极投身于政治革新,尤其重视文章的宣德辅政功能;故在高调主张文以明道的同时,宣称"文之所存,道之所存"(《宋濂全集·浦阳人物记》卷下《文学篇》,第1838页。本讲所引宋濂子集均出自《宋濂全集》)。

明立国之初,应政治之需,文臣之首宋濂调适浙东文派的文道观,将文以明道的功能扩展到教世化民上,宣称:"明道之谓文,立教之谓文,可以辅俗化民之谓文。"(《芝园续集》卷6《文说》,第1568页)又将文道合一思想阐释为"文外无道,道外无文"(《芝园后集》卷1《徐教授文集序》,第1352页),并用形与影来比况道、文关系:"道与文犹形影然,有形斯有影,其可岐[歧]而二之乎?"(《芝园前集》卷5《故新昌杨府君墓铭》,第1242页)这种调适了的文道观影响很大,终至升格为明初散文写作准式,形成了"文者,非道不立,非道不充,非道不行"之风尚(《鑾坡前集》卷8《白云稿序》,第495页)。

宋濂调适了的文道观,具体表述为两篇文论:一是为弟子浦江郑楷等人所作《文原》,一是应虎林王黼问文法而作的《文说》。其文曰:

> 余之所谓文者,乃尧、舜、文王、孔子之文,非流俗之文也,学之固宜。浦江郑楷、义乌刘刚、楷之弟柏,尝从予学,已知以道为文。……故凡有关民用及一切弥纶范围之具,悉囿乎文,非文之外别有其他也。(《芝园后集》卷5《文原》上篇,第1403—1404页)

> 世之论文者有二:曰载道,曰纪事。纪事之文,当本之司马迁、班固;而载道之文,舍六籍,吾将焉从?虽然,六籍者,本与根也;迁、固者,枝与叶也。此固近代唐子西之论,而予之所见,则有异于是也。六籍之外,当以孟子为宗,韩子次之,欧阳子又次之。此则国之通衢,无榛荆之塞,无蛇虎之祸,可

以直趋圣贤之大道。(《芝园后集》卷5《文原》下篇,第1406页)

这里提出"以道为文",其所谓道是指圣人之道,其所谓文是指载道之文,即尧、舜、文王、孔子之文,且文、道赖"六籍"而合一。六籍,指《诗》《书》《礼》《易》《乐》《春秋》,西汉以后去《乐》而形成专属儒家之《五经》。他还将文二分,即载道与纪事。载道之文是指儒家之经典,纪事之文出自史家迁、固;前者为根本,后者为枝叶。这是北宋以来唐庚等文家之通论,宋濂对之亦表赞同而又有所调适。其调适之策略做法,就是推重三贤之文,将孟子、韩愈、欧阳修看成是继圣者,并判定其文"可以直趋圣贤之大道"。这实际上是推崇孔孟圣贤之文和唐宋大家之文,在强调文道合一的前提下提出宗经复古之主张,从而落实文以明道之功用:"大之用天下国家,小而为天下国家用,始可以言文;不然,不足以与此也。"(《芝园后集》卷1《徐教授文集序》,第1352页)

基于文道合一的散文观念,他认定圣贤之文才是至文。而至文根本于道,是道自然生成的,不是人为造作得出来的,也不是经由学习获得的。其文曰:

> 斯文也,果谁之文也?圣贤之文也。非圣贤之文也;圣贤之道充乎中、著乎外、形乎言,不求其成文而文生焉者也。不求其成文而文生焉者,文之至也。……圣贤未尝学为文也,沛然而发之,卒然而书之,而天下之学为文者莫能过焉,以其为本昌、为源博也。……圣贤非不学也,学其大、不学其细也,穷乎天地之际,察乎阴阳之妙,远求乎千载之上,广索乎四海之内,无不知矣,无不尽矣,而不止乎此也。及之于身以观其诚,养之于心而欲其明,参之于气而致其平,推之为道而验其恒,蓄之为德而俟其成。德果成矣,道果至矣:视于其身,俨乎其有威,烨乎其有仪,左礼而右乐,圆规而方矩,皆文也;听乎其言,温恭而不卑,皎厉而不亢,大纲而纤目,中律而成章,亦皆文也。(《芝园续集》卷6《文说》,第1568—1569页)

按照这个说法,除了圣贤之文,别的文章就不在称赏之列。这样就会导致理论之困局,还会导致写作无从措手,甚至引发散文写作消亡。宋濂当然不愿看到这情况,为了解救上述理论之困局,他又从作家修养等方面着眼,提出积蓄道德仁义之养气说。其文曰:

>　　为文必在养气。气与天地同,苟能充之,则可配序三灵,管摄万汇;不然,则一介之小夫尔。……气得其养,无所不周,无所不极也;揽而为文,无所不参,无所不包也。……呜呼!人能养气,则情深而文明,气盛而化神,当与天地同功也。(《芝园后集》卷5《文原》下篇,第1404—1405页)

>　　圣贤之心,浸灌乎道德,涵泳乎仁义;道德仁义积,而气因以充;气充,欲其文之不昌,不可遏也。(《芝园续集》卷6《文说》,第1569页)

上述积蓄道德仁义以养气之论,显然承袭孟子"养气"说而来。(《孟子》卷3《公孙丑上》,第2685页)故宋濂赞称:"上下一千余年,惟孟子能辟邪说、正人心,而文始明。"(《潜溪前集》卷5《华川书舍记》,第57页)宋濂如此重视作家之养气,就是要积蓄道德仁义于心,而与圣贤并立,以成载道之文。

宋濂文道观,不仅在他的生前得以推行,且在其身后有方孝孺绍述。方孝孺是宋濂嫡传弟子,被托付以浙东正学之传。他在洪武后期有众多追随者,且在建文帝朝又膺帝师之任;作为宣扬推行文道观的最佳代表,他因论文之重理尚道而为人尊崇。其散文理论主要表述为两个方面:

一是强调文章之教化功用。他宣称:"凡文之为用,明道、立政二端而已。道以淑斯民,政以养斯民。民非养不能群居以生,非教不能别于众物。故圣人者出,作为礼乐教化刑罚以治之,修其五伦六纪、天衷人极以正之,而一寓之于文。"(《方孝孺集》卷11《答王秀才书》,第410—411页)文章明道、立政功能,实与宋濂所论相一致。而且,他也绍承宋濂说,糅合了养气理论:"道者,气之君;气者,文之师[帅]也。道明则气昌,气昌则辞达。文者,辞达而已矣。然辞岂易达哉!六经、孔、孟,道明而辞达者也。"(《方孝孺集》卷11《与舒君书》,第435页)。

二是提出文学创作五法论。他论曰:"盖文之法,有体裁,有章程,本乎理,行乎意而导乎气;气以贯之,意以命之,理以主之,章程以核之,体裁以正之。体裁欲其完,不完则端大而末微,始龙而卒蚓,而不足以为文矣;章程欲其严,不严则前甲而后乙,左凿而右枘,而不足以为文矣;气欲其昌,不昌则破碎断裂而不成章;意欲其贯,不贯则乖离错糅而繁以乱;理欲其无疵,有疵则气沮词惭,虽工而于世无所裨。此五者,太史公与待制君能由其法而不蹈其蔽;而务乎奇怪者,皆反之。此世之公言,所以推诸此,而不居乎彼也。"(《方孝孺集》卷10《答王仲缙五首》其三,第379—380页)这创作五法论虽仍不出文道合一,但较宋濂所论明显更具可操作性。

（二）唐宋派的文统说

*唐宋文派之兴起／秦汉唐宋之文统／唐宋派选本批评／兼重文法与文道／
唐顺之的本色论*

唐宋派是明中后期重要的散文流派，与前后七子派（秦汉派）递相兴起。早在弘、正年间，李梦阳、何景明等前七子倡言文学复古，提出了"文必秦汉，诗必盛唐"之主张。（《明史》卷286《李梦阳传》，第7348页）此论一度消歇而至嘉靖中期继起，为李攀龙、王世贞等后七子信奉。然其论过于苛刻，称诗则"大历以后书勿读"（《明史》卷287《王世贞传》，第7381页），文则"西京之后作者无闻"（《空同子·论学》上篇，第431页）；况且偏重文辞，专事摹章拟句，乃至剽夺窃取，以此遭人厌弃。王慎中、唐顺之、归有光、茅坤等起来批评之，他们先后提出诗宗初唐、文宗北宋的文学主张，尤其看重"唐宋八大家"的散文，希望通过研习效法之以修复文统。这就形成了有特定师法对象、有明确理论主张的散文流派，史家称之为唐宋派，以与秦汉派相区别。

唐宋派诸家论文，并不排斥秦汉文；其实他们也十分推崇秦汉古文，而对七子派只学秦汉文辞不满，认为只学文辞而不重其道，是买椟还珠的不得法行为。故王慎中曰："今人何尝学马、班？只是每篇中抄得三五句《史》《汉》全文，其余文句皆举子对策与写柬寒温之套，如是而谓之学马、班，亦可笑也。"（《遵岩先生文集》卷41《寄道原弟书（十六）》，第520页）他们认为唐宋诸大家能学得秦汉古文之"道"，所谓"学马迁莫如欧，学班固莫如曾"即指此（《遵岩先生文集》卷41《寄道原弟书（十六）》，第520页）；故而力倡师法唐宋之古文，学习韩、柳、欧、苏诸家。如王慎中宣称：

> 学六经、《史》《汉》，最得旨趣根领者，莫如韩、欧、曾、苏诸名家。今观诸贤尚有薄宋人之心，故其文如此。……不知此正所谓《史》《汉》而兼根六经也。（《遵岩先生文集》卷41《寄道原弟书（九）》，第516页）

这经由唐宋文而上溯秦汉文，尤其是根本于《史》《汉》、六经，正是唐宋派构建文统观的基本路径。此正如孙慎行所说："文章有真千古一脉"；"唐之韩、柳，即汉之马迁"；"宋之欧、苏、曾、王，即唐之韩、柳"；"国朝之先生，即宋之欧、

苏、曾、王,唐之韩、柳"。(《玄晏斋集·读外大父荆翁集识(十一月初六日)》,第 46 页)

从理论批评层面看,唐宋派文统观由唐宋入秦汉之构建,主要表现在文章总集的编选批点上。他们试图通过编选批点秦汉、唐宋古文,来纠正当时重秦汉、贬唐宋的文学风气。如茅坤《唐宋八大家文钞》,专门评选唐宋八大家散文,并在指斥秦汉派弊端的同时,展示唐宋诸大家所继承的文统。其总序曰:

> 孔子之所谓"其旨远",即不诡于道也;"其辞文",即道之灿然若象纬者之曲而布也。斯固包牺以来人文不易之统也,而岂世之云乎哉?我明弘治、正德间,李梦阳崛起北地,豪隽辐辏,已振诗声,复揭文轨,而曰:"吾《左》吾《史》与《汉》矣!"……予于是手掇韩公愈、柳公宗元、欧阳公修、苏公洵、轼、辙、曾公巩、王公安石之文,而稍为批评之,以为操觚者之券,题之曰《八大家文钞》。(《唐宋八大家文钞》卷首《原序》,第 14 页)

除这部总集之外,类似的选集还有:唐顺之《文编》《荆川先生精选批点史记》《荆川先生批点精选汉书》《六家文略》《唐会元精选批点唐宋名贤策论文萃》,茅坤《史记钞》《汉书钞》《三苏文百家评林》,归有光《文章指南》,等等。这些编选批点评本,既传播了唐宋古文,又将唐宋文上接秦汉文,从而构建秦汉唐宋文统。

随着上述选本批评的不断深入细化,王慎中、唐顺之等对文法也有突破。早前李、何诸子也论文法,但偏重篇法、字法、句法。这些都是琐碎的文辞之法,凭以遣词造句,多拘忌无序;故遭"决裂以为体,饾饤以为词"之讥。(《明文海》卷 159《答陈人中论文书》,第 1594 页)而王、唐、归、茅诸子,则兼顾文辞与神理之法。唐顺之曾曰:"汉以前之文,未尝无法,而未尝有法,法寓于无法之中;故其为法也,密而不可窥。唐与近代之文,不能无法,而能毫厘不失乎法,以有法为法,故其为法也,严而不可犯。"(《重刊荆川先生文集》卷 10《董中峰侍郎文集序》,第 365 页)为了避免蹈陷秦汉派流弊,王、唐诸子便取法于唐宋,以"有法"窥"无法",使一切文都有法度可循。唐宋派就这样兼重文法与文道,纠正了秦汉派重文轻道之弊病。

唐宋派论文,除了兼重文法与文道来构建秦汉唐宋文统,还能在社会变革中,呼应人性解放思潮,提出文章"本色"论,以救苛求文法之偏枯。对此,唐顺之有文曰:

虽其绳墨布置、奇正转折,自有专门师法;至于中一段精神命脉骨髓,则非洗涤心源、独立物表、具今古只眼者,不足以与此。今有两人:其一人心地超然,所谓具千古只眼人也,即使未尝操纸笔呻吟、学为文章,但直据胸臆,信手写出,如写家书,虽或疏卤,然绝无烟火酸馅习气,便是宇宙间一样绝好文字;其一人犹然尘中人也,虽其专专学为文章,其于所谓绳墨布置,则尽是矣,然翻来覆去不过是这几句婆子舌头语,索其所谓真精神与千古不可磨灭之见,绝无有也,则文虽工而不免为下格。此文章本色也。(《重刊荆川先生文集》卷7《答茅鹿门知县(二)》,第286—287页)

这是说,文章有专门师法,但更需独具见识。此实一体而二分,即如以两人设喻:一人独具见识,即使不学作文,也能写出佳作,此即所谓本色;一人墨守文法,即便专学文章,虽工亦难免下格,此即所谓习气。本色与习气,当有所趋避,唐顺之显然更重前者,而对后者颇示以警惕。

(三) 明末诸子文章论

豫章诸子文章论/复社诸子文章论/几社诸子文章论

万历朝之后,社会政治分崩离析,思想文化混乱失序,这导致八股取士之风敝败,使古文正统受到严重冲击。对此,沈受祺曰:"文,自万历之季至天启,而乱斯为极。号为经生者,不复省章句传注为何语,诸子百家二氏皆可宗,几不知孔、孟、曾、思为何人。此岂复有文字哉?"(《钱吉士先生全稿》卷首《序》,第81页)正是在这一背景下,不少文士为革除时文之弊而提倡复兴古学,其著论最突出者有豫章、复社和几社诸子。兹以艾南英、张溥、陈子龙为代表,分别阐释明末文社诸子的散文理论。

以艾南英为代表的豫章诸子。艾南英是明末著名散文家,在南昌发起成立豫章文社,与同郡诸文士一起,致力于八股文改革。史载:"万历末,场屋文腐烂,南英深疾之,与同郡章世纯、罗万藻、陈际泰以兴起斯文为任,乃刻四人所作行之世。世人翕然归之,称为章、罗、陈、艾。"(《明史》卷288《艾南英传》,第7402页)他们论文大抵宗尚唐宋诸大家,而不满前后七子仿习古文之法,厌弃其摹拟剽窃,尝作文抨击之曰:"浮华补缀,涂东抹西,左剽右窃"(《明文海》卷158《答夏彝仲论文书》,第1585上页);"棘喉钩吻,险涩鄙诞"(《明文海》卷159《四与周介士论文书》,第1592上页)。其论旨基本承袭唐宋派所构建的文统,认为学古复古应先取径于唐宋诸大家,由唐宋文而溯源秦汉文,方可回归典雅质朴传统;故尤推重韩、欧文:"役秦汉之神气而御之者,舍韩、欧奚由？……夫韩、欧者,吾人之文所由以至于秦汉之舟楫也。由欧、韩而至于秦汉者无他,韩、欧得其神气而御之耳。"(《明文海》卷159《答陈人中论文书》,第1593下页)韩愈、欧阳修之外,也重苏轼与曾巩文:"韩、欧、苏、曾数大家,存其神而不袭其糟粕。"(《明文海》卷159《四与周介士论文书》,第1592上页)。

以张溥为代表的复社诸子。张溥为明末文学家和政治活动家,与好友张采被称为"娄东二张"。他们二人首先组织同乡文上成立"应社",在崇祯年间积极联络海内文士及多方文社;及至声气日益隆盛,又扩展为"复社"。其宗旨为:"应社之始立也,所以志于尊经。复古者,盖其至也。"(《七录斋集》卷1《五经征文序》,第565页)张溥论文,虽也主张宗经复古,但偏重古文中人事;故持论更能接人气,颇为社中成员响应。如曰:

> 夫好奇则必知古,知古则必知经,知经则必知所以为人。至于知所为人,而文已毕精矣。故驳而不纯之文,予所甚恶也;才而不德之士,亦予所甚恶也。(《七录斋集》卷2《程墨表经序》,第590页)

行古人之事、知古必知经、知所为人、恶不德之士,都是从人着眼,并以人为旨归;这虽说是论文,其实是在论人,体现了张溥以人品论文品的文学主张,而文亦确能"强人气骨,正人学问"(《七录斋集》卷1《宋宗玉稿序》周钟眉评,第555页)。

以陈子龙为代表的几社诸子。崇祯初年,陈子龙与夏允彝、杜麟征、周立勋、彭宾、徐浮远等,在晚明"雅音渐远,曼声并作"(《皇明诗选》卷首李雯《序》,第4页)背景下创立"几社",高举雅正旗帜,力排钟谭诗风。几社与复社一样,亦旨在复兴古学,故时人称之为:"心古人之心,学古人之学。"(《清闶全集·响玉集》卷8《几社诗文合刻序》,第397页)但几社宗旨较复社更进一层,不只寄寓"兴复绝学之义";而且寓"绝学有再兴之几,而得知几其神之义也。"(《社事始末》,第458页)所谓"知几"并非单纯复兴古学,而是强调应重视文学之兴替新变,既要兴复古学,而又肯定时文,颇有时代气息,态度相对灵活。特别是陈子龙,其兴复古之绝学,不屑于摹字摘句,相对轻忽对古诗文体格修辞之摹拟,而更重视文学的本源、意境和情辞。

二 台阁体与文学复古论

依四库馆臣所论,"明之诗派,始终三变":一变,"洪武开国之初,人心浑朴,一洗元季之绮靡,作者各抒所长,无门户异同之见。永乐以迄宏[弘]治,沿三杨台阁之体,务以舂容和雅,歌咏太平。其弊也冗沓肤廓,万喙一音,形模徒具,兴象不存";二变,"正德、嘉靖、隆庆之间,李梦阳、何景明等崛起于前,李攀龙、王世贞等奋发于后,以复古之说,递相唱和,导天下无读唐以后书,天下响应,文体一新。七子之名,遂竞夺长沙之坛坫,渐久而摹拟剽窃,百弊俱生";三变,"厌故趋新,别开蹊径。万历以后,公安倡纤诡之音,竟陵标幽冷之趣,幺弦侧调,嘈囋争鸣,佻巧荡乎人心,哀思关乎国运,而明社亦于是乎屋矣"。总之,"二百七十年中,主盟者递相盛衰,偏袒者互相左右";有明一代诗歌理论批评,即大抵在这三变中推进。(以上《四库全书总目》卷190《明诗综》提要,第1730下页)

(一)明初诗论及台阁体

明初东南文坛之格局/多地域群落诗歌理论/台阁体诗论及其反响

明初的诗文批评之取向,关乎元明之际文坛格局。元末扰乱,军阀割据,东南文坛格局呈地域群落分布,主要分布有五大地方文人集群。这五个地域文人群落的活动,合成了明代诗文开篇的前奏。(《明初诗文的走向》,《江西师范大学学报》2001年第2期,第44—51页)

元明易代之后,各方文士受明廷征聘,汇聚奉职于朝堂之上,以此形成多方文学并存局面,共同敷饰明初开国太平气象。在相对宽松的文治环境中,各地文人也得以施展所长,诗文创作繁荣,文学批评活跃。对此文坛实况,四库馆臣引胡应麟《诗薮》语,评曰:"当明之初,吴中诗派昉于高启,越中诗派昉于刘基,闽中诗派昉于林鸿,岭南诗派昉于孙蕡,而江右诗派则昉于崧。"(《四库全书总目》卷169《槎翁诗集》提要,第1467中页)作为各地域文学之领衔作家,高启、刘基、林鸿、孙蕡、刘崧的相关论说,正代表明初诗文理论批评的发展性状与方向。

吴中诗派高启诗论。高启(1336—1374),字季迪,号槎轩,苏州府长洲(今江苏省苏州市)人;当张士诚据吴时,隐居吴淞江青丘,故而自号青丘子。高启与杨基、张羽、徐贲并称吴中四杰,又与王行等被时人称为"北郭十友"。他博览群书,精熟史事;洪武初荐修《元史》,授翰林院国史编修官;后辞归故里,被腰斩于市。著有《高太史大全集》《凫藻集》等。高启工于诗并开创新的诗风,誉为"明三百年诗人称首"。(《明诗纪事》甲签卷7,第578页)其诗歌理论主张,主要有两个方面:一是主张兼师众长。他重视以古人为师,强调"兼师众长,随事模拟,待其时至心融,浑然自成。"(《凫藻集》卷2《独庵集序》,第885页)当然,高启"兼师众长"也有缺陷,会导致个人艺术风格的丧失,所谓"备有古人之格,反不能名启为何格"(《四库全书总目》卷169《大全集》提要,第1472上页)。二是主张自我表现。他认为诗歌要有"格""意""曲",强调凸显个性、抒写真情、追求自适。如曰:"诗之要,有曰格、曰意、曰趣而已。格以辩其体,意以达其情,趣以臻其妙也。体不辩则入于邪陋,而师古之义乖;情不达则堕于浮虚,而感人之实浅;妙不臻则流于凡近,而超俗之风微。"(《凫藻集》卷2《独庵集序》,第885页)

  浙中诗派刘基诗论。刘基(1311—1375),字伯温,浙江青田(今浙江省文成县)人。元至顺年间进士,官至元帅府都事;最终弃官回乡,招募义勇自保。入明,以开国功臣官御史中丞,兼太史令,封诚意伯;后辞官归居青田,为胡惟庸所谗害,忧愤而死,追谥文成。著有《覆瓿集》《犁眉公集》等。他不仅在政治上有作为,在文学上也颇多建树。时人将他与高启媲美,称:"才情之美,无过季迪;声气之雄,次及伯温。"(《艺苑卮言》卷5,第71页)刘基诗雄浑博大、苍深高阔,被称为"士君子言志之诗"(《养一斋诗话》卷6,第100页)。他强调诗的教化功能,而反对纤弱浮艳诗风,批评"吟风月、弄花草"之作,主张诗歌讽切现实和抒发性情。如尝曰:"言生于心而发为声,诗则其声之成章者也。故世有治乱,而声有哀乐,相随以变,皆出乎自然,非有能强之者。"(《诚意伯文集》卷5《项伯高诗序》,第603页)

  闽中诗派林鸿诗论。林鸿(生卒年不详,1383年前后在世),字子羽,福建福清(今属福建省福州市)人。洪武初授将乐县训导,历礼部精膳司员外郎,后自请免官而归隐闽中。著有《鸣盛集》。林鸿颇工于诗,在当时诗坛影响很大,尊为闽中十才子之首。"十才子"是对林鸿、郑定、王褒、唐泰、高棅、王恭、陈亮、王偁、周玄、黄玄的并称,时论以为"闽人言诗者率本于鸿"(《明史》卷286《林鸿传》,第7336页)。林鸿论诗主张学习盛唐,要求"神秀"与"声律"皆备,"骨气"与"菁华"并足,"春华"与"秋实"相兼;故宣称:"汉魏骨气虽雄,而菁华不足;晋祖玄虚,宋尚条畅,齐梁以下,但务春华,殊欠秋实。唯李唐作者,可谓大成。然贞观尚习故陋,神龙渐变常调;开元、天宝,神秀声律粲然大备。故学者当以是楷式。"(《唐诗品汇》卷首《凡例》,第14页)林鸿的这种诗学论调,确立了闽诗派的纲目。

岭南诗派孙蕡诗论。孙蕡(1334—1389),字仲衍,号西庵,广东顺德(今广东省顺德市)人。博学工诗文,与王佐、赵介、李德、黄哲并称南园五先生。洪武中,历虹县主簿、翰林典籍,修《洪武正韵》;后出为平原簿,坐事被逮输作,罚筑京师城垣,又坐累戍辽东;以尝为蓝玉题画,连坐奸党罪论死。著有《西庵集》。他远师汉魏乐府,又推崇盛唐诗风,形成自己独特的风格,被誉为"岭南诗宗",又称"岭南明诗之首",清初朱彝评赞其诗作曰:"五古远师汉魏,近体亦不失唐音,歌行尤琳琅可诵。"(《粤东诗海》卷8,第116页)所作诗文多受杜甫、韩愈影响,追求博大雄直之气,是谓"炉锤独运,自铸伟词"(《粤东诗海》卷首《例言》,第17页)。

江右诗派刘崧诗论。刘崧(1321—1381),原名楚,字子高,江西泰和(今江西省泰和县)人。洪武三年(1370),举经明行修,授兵部职方司郎中,迁北平按察司副使。坐事谪输作,不久即放归;十三年(1380),召拜礼部侍郎,擢吏部尚书,寻致仕归;次年,复征为国子司业,竟卒于官。谥恭介。著有《北平八府志》《槎翁诗文集》《职方集》。其诗思致典正、言辞雅驯,以雅正平和为宗尚。尝论诗曰:"诗本诸人情,咏于物理。凡欢欣哀怨之节之发乎其中也,形气盛衰之变之接乎其外也,吾于是而得诗之本焉;知邪诞之不如雅正也,艰僻之不如和平也,委靡碨礧之不如雄浑而深厚也,于是而得诗之体焉;知成乐必本于众钧,故未尝执一器以求八音之备,知调膳必由于庶味,故未尝泥一品以求八珍之全,于是而又得夫诗之变焉。"(《槎翁文集》卷10《自序诗集》,第132页)

综观之,以上五家的诗歌理论,一洗元季诗风之绮靡,而强调诗歌的艺术特性和教化功能,多种论调共同呈现明初诗学之繁盛。

至洪熙、宣德朝,四海升平,文治鼎盛,内阁首辅杨士奇所主导的馆阁文学盛行,庙堂文学以宣扬圣恩、歌颂功德为主调,并向朝野推广,被称为台阁体。当时台阁体代表作家为"三杨",即西杨士奇(1365—1444)、东杨荣(1371—1440)、南杨溥(1372—1446)。他们倡导典雅平和、自然醇正的文风。如杨荣所言:"嗟夫!诗自三百篇之后,作者不少,要皆以自然醇正为佳。世之为诗者,务为新巧而风韵愈凡,务为高古而气格愈下;曾不若昔时闾巷小夫女子之为。岂非天趣之真与夫模拟掇拾以为能者,固自有高下哉!"(《文敏集》卷11《逸世遗音集序》,第438页)此种文风形成与他们身居馆阁、多与帝王及权贵宴游唱和有关。这是一种御用文学,故李东阳评之曰:"馆阁之文,铺典章,裨道化,其体盖典则正大,明而不晦,达而不滞,而惟适于用。"(《怀麓堂集》卷9《倪文僖公集序》,第314页)杨士奇表率馆阁文臣及朝野作家,倡导舂容典雅、富丽平和的文风,正为"适于用",以敷饰文治鼎盛;当然,这种御用文学,也有明显弊端,故遭后人讥评:"冗踏肤廓,万喙一音,形模徒具,兴象不存。"(《四库全书总目》卷190《明诗综》提要,第1730下页)

明初馆阁文风之转移,是从诗文分体推进的。在诗歌方面,刘崧《自序诗集》倡导本体正变之说,既是虞集、范梈诗歌艺术的理论总结,又导源于赵蕃开创的学道而工诗传统。与这种诗学主张不谋而合的是,杨士弘以《唐音》来阐明诗道。《唐音》所蕴涵的诗学思想,就推广为馆阁文臣共享的资源,填补浙东文脉不通声变之阙漏。(参见《接引地方文学的生机活力——西昌雅正文学的生长历程》,《文学评论》2012年1期)在文章方面,则经历了由浙东文派向江右文脉的转换。早前,宋濂论文统曰:"六籍之外,当以孟子为宗,韩子次之,欧阳子又次之"。(《芝园后集》卷5《文原》下篇,第1406页)欧文被排在"又其次",置于孟子、韩愈文之后。然而,在历代江右文人看来,欧文是乡邦文学典范,应自觉继承欧阳文统,故杨士奇评欧阳修曰:"欧阳文忠公以古文奥学,直言正行,卓卓当时,其凛然忠义之气,知有君而已,知有道而已,身不暇恤,其暇恤小人哉?"(《东里文集》卷2《滁州重建醉翁亭记》,第497页)他还利用东宫老师的身份,诱导太子朱高炽研习欧文;由于君臣相得,共同好尚欧文,"故馆阁文字,自士奇以来,皆宗欧阳体"(《翰林记》卷11《评论诗文》,第148页)。

(二) 前七子文学复古论

诗道旁落与李何兴起/文学复古运动的发起/前七子文学复古论调/李、何论辩及其分异

明初以来,流行百余年的馆阁文学,与现实生活竟日益疏远。原来赖以歌功颂德的文治盛况已不复存在,馆阁重臣也逐渐丧失领导文学风尚的势能;特别是馆阁文风敝败,到了难以为继的地步,或萎弱肤廓、声势不振,或无病呻吟、虚饰浮华;及至李东阳入阁柄文,馆阁文学流为茶陵派。

茶陵派是以李东阳为核心的、因翰林职缘组合的文学集群,其成员主要是翰林系统官属,包括同年、同僚及门生故吏。该派也有较成熟的文学主张,在正德初刊《麓堂诗话》中,李东阳明确标举宗唐、复古观念,追求典雅流丽、深厚浑雄的文风;但因阁臣不与协作,甚或门生反叛异趋,李东阳就面临质疑挑战,实无力推广馆阁文风。对此文坛实况,胡应麟描述曰:"成化以还,诗道旁落,唐人风致几于尽矣。独文正才具宏通,格律严整,高步一时,兴起何李,厥工甚伟。是时,中晚唐、宋、元诸调杂兴,此老砥柱其间,固不易也。"(《明诗综》卷26"李东阳"条注引胡应麟语,第498页)这评语虽是为赞誉李东阳立说,却提供了文坛变局的若干信息。

明中期李梦阳辈发起文学复古运动,其实是复兴中原文学以陵替台阁体。对此番转折,前文已引述,盖谓李梦阳、何景明反叛李东阳所领导的馆阁文学声气,"文自西京,诗自中唐而下,一切吐弃,操觚谈艺之士翕然宗之"。(《明史》卷285《文苑一·序论》,第7307页)当时参与复古的主要成员,除了主将李梦阳、何景明,还有康海、王九思、边贡、徐祯卿、王廷相,这就是集中活动在弘治、正德年间的前七子。他们共同倡导"文必秦汉,诗必盛唐"(《明史》卷286《李梦阳传》,第7348页),而以李梦阳、何景明的复古论调最高张。

李梦阳以复兴古学相号召,文尊秦汉而诗宗汉魏盛唐,宣称:"诗至唐,古调亡矣。然自有唐调,可歌咏,高者犹足被管弦。宋人主理不主调,于是唐调亦亡。"(《空同集》卷51《缶音序》,第379页)他十分注重法度和格调,认为:"文必有法式,然后中谐音度"(《空同集》卷61《答周子书》,第449页);"高古者格,宛亮者调"(《空同集》卷61《驳何氏论文书》,第447页);又充分肯定抒写真情,论曰:"窍遇则声,情遇则吟,吟以和宣,宣以乱畅,畅而永之,而诗生焉。"(《空同集》卷50《鸣春集序》,第376—377页)

何景明与李梦阳齐名,也是复古运动的核心,故"天下语诗文,必并称何、李"。(《明史》卷286《何景明传》,第7350页)对于李梦阳尊唐抑宋倾向,何景明亦表赞同而趋附之:"景明学歌行、近体,有取于二家,旁及唐初、盛唐诸人;而古作必从汉魏求之。"(《大复集》卷34《海叟集序》,第595页)然而在学古的具体实践中,他更重对古诗神韵之领悟,要求"领会神情,临景构结,不仿形迹"。他还批评李梦阳诗摹拟太严之弊:"刻意古范,铸形宿镆,而独守尺寸"(以上《大复集》卷32《与李空同论诗书》,第575页)。

也正是因为存有这些分歧,李梦阳后来与何景明论辩。其分歧主要有两个层面:其一,摹仿抑或创造。李梦阳主张"法尝由,不求异",偏重摹仿,虽应学古求变,但不得背弃古法(《空同集》卷61《驳何氏论文书》第447页);何景明主张要能"千载独步",偏重创造,虽有拟议古人,却不得拘守古法(《大复集》卷32《与李空同论诗书》,第576页)。其二,何为"古法"。李、何皆关注词句、篇章、语言及结构之法(参见《空同集》卷61《再与何氏书》《答周子书》,第448、449—450页;《大复集》卷32《与李空同论诗书》,第575—577页);至于如何对待古法,二人却是各持己见,李强调拘守古法,何看重变化古法。

如何对待古法问题,是李何论辩的重点。李主张拘守古法而不舍,称"文必有法式,然后中谐音度。如方圆之于规矩,古人用之,非自作之,实天生之也"(《空同集》卷61《答周子书》,第449页);何则主张法古而无迹可寻,称为文"欲博大义,不守章句,而于古人之文,务得其宏伟之观、超旷之趣"(《大复集》卷1《述归赋序》第6页),为诗要"推类极变,开其未发,泯其拟议之迹,以成神圣之功"(《大复集》卷32《与李空同论诗书》,第576页)。以此李、何互相指责:李认为何诗文支离失真,入"野狐外道"(《空同集》卷61《再与何氏书》,第448页);何认为李诗文刻意古范,是"古人影子"(《空同集》卷61《驳何氏论文书》,第446页)。

(三) 后七子文学复古论

李攀龙高标文学复古/谢榛的《四溟诗话》/王世贞《艺苑卮言》

兴起于嘉、隆之间的后七子承继前七子之复古主张,对当时轻靡绮丽、以理入诗的风尚进行批判与革新。对此,王世贞论曰:"当德、靖间,承北地、信阳之创而秉觚者,于近体畴不开元与少陵之是趣。而其最后,稍稍厌于剽拟之习,靡而初唐,又靡而梁、陈月露;其拙者,又跳而理性。"(《弇州山人四部续稿》卷41《徙倚轩稿序》,第566页)

后七子核心成员主要有李攀龙、王世贞、谢榛、宗臣、梁有誉、吴国伦和徐中行。这个成员组成及名位后来有所变动,谢榛因与李攀龙论旨相异而被排挤;王世贞在李攀龙逝后替掌文盟,引领后期文学复古运动的发展。对此中情节,钱谦益描述曰:"于鳞既殁,元美著作日益繁富,而其地望之高、游道之广,声力气义,足以翕张贤豪、吹嘘才俊。于是天下咸望走其门,若玉帛职贡之会,莫敢后至。操文章之柄,登坛设墠,近古未有。"(以上《列朝诗集小传》丁集上"王尚书世贞"条,第436页)

李攀龙继李、何之后,重拾文学复古之绪论,成为后七子领袖人物。他高标复古论调,论诗只推崇汉魏古诗及盛唐近体诗,为文更要求"无一字不出汉以前"。李攀龙持论偏狭,片面地模拟古调;尤其是拟古乐府,曾遭王世贞批评。(以上参见《艺苑卮言》卷7,第112—115页)他还编选了《古今诗删》,承李梦阳"宋无诗"之论,选目自上古至明代,唯独不取宋元诗。故四库馆臣评曰:"盖自李梦阳倡不读唐以后书之说,前后七子率以此论相尚;攀龙是选,犹是志也。"(《四库全书总目》卷189《古今诗删》提要,第1717中页)总之,李攀龙之复古,虽也能"拟议成变,日新富有"(《弇州四部稿》卷83《李于鳞先生传》,第301页);但其创作实践,则暴露偏狭激切、诘屈聱牙之弊。

谢榛是文学复古主将,持论虽与李攀龙有异;但仍以复古为主调,著有《诗家直说》,其中提出不少真知灼见,被奉为复古派诗学纲领。其主要论旨为:其一,师法盛唐,且应兼备众长。他宣称:"予以奇古为骨,平和为体,兼以初唐、盛唐诸家,合而为一,高其格调,充其气魄,则不失正宗矣。"(《诗家直说》卷4"子夜观李长吉孟东野诗集"条,第472页)但他的论调比李攀龙更融通,而反对泥乎盛唐、摹拟太甚。其二,强调超悟,尤重自然之妙。他认为,学习前人应不露痕迹,作诗应"悲欢皆由乎兴,非兴则造语弗工"(《诗家直说》卷3"凡作诗悲欢皆由乎兴"条,第382页),要"发自然之妙"(《诗家直说》卷2"碧鸡漫志"条,第225页),要"人各有悟性……有一字之悟,一篇之悟。"(《诗家直说》卷4"诗乃模写情景之具"条,第479页)其三,高标格调,兼重格调声韵。他宣称:"凡作近体,诵要好,听要好"(《诗家直说》卷1,第24页),"《扪虱新话》曰:'诗有格有韵。渊明"悠然见南山"之句,格高也;康乐"池塘生春草"之句,韵胜也。格高似梅花,韵胜似海棠。'欲韵胜者易,欲格高者难;兼此二者,惟李、杜得之矣。"(《诗家直说》卷2,第176页)这是对前七子格调论的发挥,颇为复古阵营追随者所宗奉。

在后七子中,除了李攀龙,就属王世贞声望最高、影响最大,为嘉、万年间文学复古运动领袖。他前后执掌文盟30余载,连通复古阵营与吴中文苑。他也主张文崇秦汉、诗法汉唐,但并没有李攀龙那样苛严偏执,而是持论更加灵活和包容,能吸纳复古阵营外的作家。其论诗专著《艺苑卮言》,就是一部较为平实的诗话。该书较为客观地考察历代作家作品的风格特征,能够完整具体地展现王世贞文学理论批评观点。这有两个突出论点:一是论诗重格调。他以"格调"说为出发点,称:"才生思,思生调,调生格。思即才之用,调即思之境,格即调之界。"(《艺苑卮言》卷1,第14页)二是论法无定规。在论诗法时,他认为"文无定规,巧运规外";故学古应"铨择佳者,熟读涵泳之,令其渐渍汪洋";而作者要"一师心匠",才能"气从意畅""神与境合"。(《艺苑卮言》卷1,第15页)这种论调宽松适度而又灵巧可行,显然与一味拘执摹古拟古者不同。除此之外,王世贞还批评前后七子及唐宋派,强调论诗要多元并包、兼剂众说。这种兼剂多地域和众流派的思想,既调和了复古派与唐宋派的分歧,也沟通了复古阵营与各地域群派,为文学复古运动注入了新鲜血液。

三 李贽与公安派性灵论

明代中后期,反理学、反传统的文学思想风潮逐渐形成,出现一批追求思想解放、文学革新的文士。对此中情实,钱谦益论曰:"万历中年,王、李之学盛行,黄芽白苇,弥望皆是。文长、义仍,崭然有异,沉痼滋蔓,未克芟薙。中郎以通明之资,学禅于李龙湖,读书论诗,横说竖说,心眼明而胆力放,于是乃昌言击排,大放厥词。"(《列朝诗集小传》丁集中"袁稽勋宏道"条,第567页)正是李贽、徐渭、汤显祖、袁宏道等人,先后对传统礼教和复古主张进行了反思,并提出了童心、至情、性灵等论说,为中国文学批评史贡献新锐的思想。

(一) 李贽与童心说

李贽与《童心说》/童心说的理论内涵/童心说的批评实践/童心说的价值影响

李贽(1527—1602),号卓吾、宏甫,别号温陵居士、龙湖叟,泉州晋江(今属福建省泉州市)人。原姓林,名载贽,嘉靖三十一年(1552)中举后,改姓李;嘉靖三十五年(1556),为避穆宗载垕讳,取名贽;万历年间,任姚安知府,旋即弃官,寄寓黄安、麻城等地。后剃发为僧,因言论偏激、行为狂诞、鄙薄孔孟,而被弹劾拘囚,自刎死于狱中。著有《焚书》《续焚书》《藏书》《续藏书》《史纲评要》等。还评点过《水浒传》《西厢记》《浣纱记》《拜月亭》等。

李贽《童心说》见录于《焚书》卷3,是对假道学、假文学的一次严厉批判,也是其文学理论的核心内容,对中国文学批评有重大影响。该文称:

夫童心者,真心也。若以童心为不可,是以真心为不可也。夫童心者,绝假纯真,最初一念之本心也。若失却童心,便失却真心;失却真心,便失却

真人。人而非真，全不复有初矣。童子者，人之初也；童心者，心之初也。（《焚书》卷3《童心说》，第98页）

所谓童心，就是真心，亦即初心，是为未受到世俗浸染的赤子之心，是"绝假纯真"的人最初之本心。

李贽统合佛道思想，主张人性回归自然，向慕本真，杜绝虚假。他还考察当世之人，发现大都失去童心；而究童心丢失的原由，则因于人有闻见道理。盖人在成长涉世过程中，有"闻见从耳目而入"，有"道理从闻见而入"，因使闻见道理日益增多，人便开始扬美掩丑，变得虚假而泯灭真心；真心不存，童心便失。而童心既失，乃诸事难成："发而为言语，则言语不由衷；见而为政事，则政事无根柢；著而为文辞，则文辞不能达。非内含于章美也，非笃实生辉光也，欲求一句有德之言，卒不可得。"以此落实到文学上，闻见道理是有害的；这是因为人之"道理闻见，皆自多读书、识义理而来。……既以闻见道理为心矣，则所言者皆闻见道理之言，非童心自出之言也。言虽工，于我何与？岂非以假人言假言，而事假事、文假文乎！"（以上《焚书》卷3《童心说》，第98—99页）这就在童心自文与闻见道理对照中，将真人真言与假人假言相对立起来；因以批判流行的假道学、假言语，为真性情，真文学争得一席之地。他所认定的文学，是为最好的文学，即所谓"至文"，主要有如下特性：

其一，"至文"皆出于童心。李贽认为，"至文"不受闻见道理束缚，而应脱离体格规范等的限制，故宣称："天下之至文，未有不出于童心焉者也。苟童心常存，则道理不行，闻见不立，无时不文，无人不文，无一样创制体格文字而非文者。诗何必古选？文何必先秦？降而为六朝，变而为近体，又变而为传奇，变而为院本、为杂剧、为《西厢曲》、为《水浒传》、为今之举子业，皆古今至文，不可得而时势先后论也。"（《焚书》卷3《童心说》，第99页）为此，他反对矫揉造作，为作文而作文；主张自然而然，随心称意而发："世之真能文者，比其初皆非有意于为文也。其胸中有如许无状可怪之事，其喉间有如许欲吐而不敢吐之物，其口头又时时有许多欲语而莫可所以告语之处，蓄极积久，势不能遏；一旦见景生情，触目兴叹；夺他人之酒杯，浇自己之垒块，诉心中之不平，感数奇于千载。"（《焚书》卷3《杂说》，第97页）

其二，追求真实而拒绝虚假。除了上述《童心说》《杂说》诸篇，《焚书》中还有《赞刘谐》《何心隐论》，以及《答耿中丞》《答耿司寇》等书论，无情揭露了道学家的虚伪面目,反对以孔子之是非为是非标准。其具体内容,有如下几点:(1) 指斥当权者(参见《焚书》卷5《复使君》,第213页),(2) 抨击假道学(参见《续焚书》卷1《复焦弱侯》,第10页),(3) 还原圣人孔子为"庸众人类"(《焚书》卷1《答周柳塘》,第26—27页),(4) 强调"穿衣吃饭即人伦物理"(《焚书》卷1《答邓石阳》,第4页)。这为破除假道学的伪饰、倡导真实之文廓清道路,故而大胆放言:"吾因是而有感于童心者之自文也,更说什么六经,更说什么《语》《孟》乎!……然则六经、《语》《孟》,乃道学之口实、假人之渊薮也,断断乎其不可以语于童心之言明矣。呜呼!吾又安得真正大圣人、童心未曾失者而与之一言文哉!"(《焚书》卷3《童心说》,第99页)

由上可见,李贽童心说强调自然本真,要求固守初心,肯定自然情欲,主张童心自文。这对晚明文学自我意识觉醒具有启蒙意义,为稍后的公安派性灵论的提出奠定了基础。

(二) 公安派性灵论

公安派的形成/性灵论的来源/性灵论的内涵/性灵文学风貌

明中后期出现的公安派,是一个反复古文学流派。对此,朱彝尊论曰:"嘉靖七子之派,徐文长欲以李长吉体变之,不能也;汤义仍欲以尤、萧、范、陆体变之,亦不能也;王百穀、王承父、屠长卿虽迭有违言,然寡不敌众。自袁伯修出,服习香山、眉山之结撰,首以白、苏名斋,既导其源;中郎、小修继之,益扬其波。由是,公安流派盛行。"(《静志居诗话》卷16"袁宗道"条,第483页)这是说,前后七子复古以来,摹拟剽窃之风盛行,徐渭、汤显祖、王稚登、屠隆等人极力批判之,在嘉、隆间文坛上掀起了一股反复古主义思潮。正是在此基础上,万历年间三袁代表公安派崛起,成为当时文坛的一股革新力量。

公安派倡言文学革新,反对一味复古。如袁宗道学习白居易、苏轼,主张文发乎精神;陶望龄学习唐、宋八大家,主张缘情而抒文;江盈科打破复古"正脉",追求新变与真实;袁宏道要求为文不拘格套,主张独抒性灵。此诸家强调抒写性灵的文学主张,在文学批评史上产生了重要影响,而以袁宏道提出的性灵论,最为振聋发聩、卓有见识。诚可谓:"中郎之论出,王、李之云雾一扫,天下之文人才士始知疏瀹心灵,搜剔慧性,以荡涤摹拟涂泽之病,其功伟矣。"(《列朝诗集小传》丁集中"袁稽勋宏道"条,第567页)

袁宏道所提出的性灵论,明显受李贽童心说影响。对此中情实,袁中道述曰:

> 先生既见龙湖,始知一向掇拾陈言,株守俗见,死于古人语下;一段精光,不得披露。至是浩浩焉如鸿毛之遇顺风,巨鱼之纵大壑。能为心师,不师于心;能转古人,不为古转。发为语言,一一从胸襟流出;盖天盖地,如象截急流,雷开蛰户,浸浸乎其未有涯也。(《珂雪斋集》卷17《吏部验封司郎中中郎先生行状》,第756页)

这是说,袁宏道深受李贽影响,抛开理学思想之束缚,敢于打破对圣贤之崇拜,从而走向了精神的解脱;与之相应,其创作率性而发,以彰显自我胸襟。而袁宏道从文学定势着眼,亦有明确的文学革新认知:"世道既变,文亦因之。今之不必摹古者也,亦势也。……何也?人事物态,有时而更;乡语方言,有时而易。事今日之事,则亦文今日之文而已矣。"(《袁宏道集笺校》卷11《江进之》,第515—516页)为此,袁宗道呼应曰:"中郎极不满近时诸公诗,亦自有见。三四年前,太函新刻至燕肆,几成滞货。……可见摹拟文字,正如书画赝本,决难行世,正不待中郎之喃喃也。"(《袁宗道集笺校》卷16《答陶石篑》,第289页)

性灵论的核心内容,是"独抒性灵,不拘格套",其说见袁宏道《叙小修诗》:

> 大都独抒性灵,不拘格套;非从自己胸臆流出,不肯下笔。有时情与境会,顷刻千言,如水东注,令人夺魄。其间有佳处,亦有疵处;佳处自不必言,即疵处亦多本色独造语。然予则极喜其疵处;而所谓佳者,尚不能不以粉饰蹈袭为恨,以为未能尽脱近代文人气习故也。(《袁宏道集笺校》卷4《叙小修诗》,第187—188页)

所谓"独抒性灵",就是抒写从胸臆中流出的真性情;所谓"不拘格套",就是超脱了程式规矩而率然为文。这两项是相辅相成的:独抒性灵,就要去除闻见道理的壁障;不拘格套,就是抛弃格律文法的约束。两项结合,即为率真。这是对李贽童心说的发挥,而将真作为最高审美标准。

性灵论既以真为本,表现在创作上则为:

> 诗何必唐,何必初与盛?要以出自性灵者为真诗尔。夫性灵窍于心,寓于境。境所偶触,心能摄之;心所欲吐,腕能运之。心能摄境,即蝼蚁蜂虿皆足寄兴,不必《雎鸠》《驺虞》矣;腕能运心,即谐词谑语皆是[足]观感,不必法言

庄什矣。以心摄境,以腕运心,则性灵无不毕达,是之谓真诗;而何必唐,又何必初与盛之为沾沾!(《袁宏道集笺校》附录三《敝箧集序》,第1685页)

这是江盈科对袁宏道的补充,表述了"真诗"的生成机制。具体而言,"境所偶触,心能摄之",是诗人将有所感触的情境运用到诗歌创作,强调题材的选取;"心所欲吐,腕能运之",是诗人通过语言文字表达当时的情感状态,强调语言的表达。袁宏道突破了初、盛唐诗歌传统的局限,认为不必效法古人题材选取和语言表达,"蝼蚁蜂虿"即足以起兴,"谐词谑语"亦可达情,实丰富了文学取材范围,且拓宽了文学表达空间。这种观点的提出,虽对复古摹拟是一种打击,但也难免会走向鄙俚轻率。

(三) 性灵论的补救

对性灵论诗学的批判/公安派自我反思救正/竟陵派的调和论

随着公安派性灵论诗学的发展,其鄙俚轻率的弊端也日益凸显。对此,钟惺评曰:"大凡诗文,因袭,有因袭之流弊;矫枉,有矫枉之流弊。前之共趋,即今之偏废;今之独响,即后之同声。此中机掞,密移暗度,贤者不免,明者不知。"(《隐秀轩集》卷28《与王稚恭兄弟》,第539页)"因袭之流弊",是指七子派复古之摹拟剽窃;"矫枉之流弊",是指公安派后期之鄙俚轻率。对此性灵论诗学之流弊,四库馆臣更从诗史着眼:"前后七子,遂以仿汉摹唐,转移一代之风气;迨其末流,渐成伪体,涂泽字句,钩棘篇章,万喙一音,陈因生厌。于是公安三袁,又乘其弊而排抵之。……其诗文变板重为轻巧,变粉饰为本色,致天下耳目于一新,又复靡然而从之。然七子犹根于学问,三袁则惟恃聪明。学七子者,不过赝古;学三袁者,乃至矜其小慧,破律而坏度。名为救七子之弊,而弊又甚焉。"(《四库全书总目》卷179《袁中郎集》提要,第1618下页)由此可见,公安派对复古派虽有所矫正,然矫枉过正又流为新的弊病。

其实,在性灵论诗学发展后期,公安派成员也自我反思。比如袁宏道在后期,编辑自己的诗文集,就将早前许多率易之作删除,或者改写作品章句使归平正。再如袁中道称:"不肖谬谓本朝修词,历下诸公力救后来凡近之习,故于诗字字取则盛唐;然愈严愈隘,迫胁情境,使不得畅。穷而必变,亦其势然。先兄中郎矫之,多抒其意中之所欲言,而刊去套语,间入俚易。惟自秦中归,始云:'我近来稍悟诗道'今《华嵩游草》是也,紧严深厚,较往作又一格矣。天假以年,进未可量。前此诸撰,原非税驾之所。"(《珂雪斋集》卷24《答须水部日华》,第1047页)袁中道还针对"情无所不写,景无所不收",提出修正之说:"情无所不写,而亦有不必写之情;景无所不收,而亦有不必收之景。"(《珂雪斋集》卷10《蔡不瑕诗序》,第458—459页)如此,则持论更趋平和,所守更为中正。袁中道还与竟陵派成员合作,来去取公安派性灵论之短长。如袁中道述曰:"友人竟陵钟伯镜意与予合。其为诗,清绮遒逸,每推中郎,人多窃訾之。自伯镜之好尚出,而推中郎者愈众。湘中周伯孔意又与伯镜及予合。……予三人誓相与宗中郎之所长,而去其短。"(《珂雪斋近集》卷6《花雪赋引》,第621页)

随着公安派衰落,竟陵派逐渐崛起。以钟惺、谭元春为代表的竟陵派为补偏救弊,独抒己见,标新立异,对七子派复古论和公安派性灵论进行了调和。他们标举"幽深孤峭"诗旨,明确宣称欲达古人必求诸己:

夫真有性灵之言,常浮出纸上,决不与众言伍。而自出眼光之人,专其力,一其思,以达于古人;觉古人亦有炯炯双眸,从纸上还瞩人,想亦非苟然而已。(《谭元春集》卷22《诗归序》,第594页)

侧闻近时君子有教人反古者,又有笑人泥古者,皆不求诸己,而皆舍所学以从之。庚戌以后,乃始平气精心,虚怀独往,外不敢用先入之言,而内自废其中拒之私,务求古人精神所在。(《隐秀轩集》卷17《隐秀轩集自序》,第314页)

这是说,作者要与古人连通,先通过"求诸己",做到"专其力,一其思",才能求得古人之精神所在。如此既学古人又重自我,看似颇能弥合七子派与公安派的分歧,但因过于求偏求异而最终走向妖魔化。

附　文论选读

一　文原

[明] 宋濂

余讳人以文生相命。丈夫七尺之躯,其所学者,独文乎哉?虽然,余之所谓文者,乃尧、舜、文王、孔子之文,非流俗之文也,学之固宜。浦江郑楷、义乌刘刚、楷之弟柏，尝从予学，已知以道为文，因作《文原》二篇以贻之。

其上篇曰：人文之显，始于何时？实肇于庖牺之世。庖牺仰观俯察，画奇偶以象阴阳，变而通之，生生不穷，遂成天地自然之文。非惟至道含括无遗，而其制器尚象，亦非文不能成。如垂衣裳而治，取诸《乾》《坤》；上栋下宇，而取诸《大壮》；书契之造，而取诸《夬（guài）》；舟楫牛马之利，而取诸《涣》《随》；杵臼棺椁之制，而取诸《小过》《大过》；重门击柝（tuò），而取诸《豫》；弧矢之用，而取诸《睽（kuí）》。何莫非粲然之文？自是推而存之，天衷民彝之叙，礼乐刑政之施，师旅征伐之法，井牧州里之辨，华夷内外之别，复皆则而象之。故凡有关民用及一切弥纶范围之具，悉囿乎文，非文之外别有其他也。

然而事为既著，无以纪载之，则不能以行远；始托诸词翰，以昭其文。略举一二言之：

禹敷土，随山刊木，奠高山大川。既成功矣，然后笔之为《禹贡》之文。周制聘觐、燕飨、馈食、昏丧诸礼，其升降揖让之节，既行之矣，然后笔之为《仪礼》之文。孔子居乡党，容色言动之间，从容中道，门人弟子既习见之矣，然后笔之为《乡党》之文。其他格言大训亦莫不然，必有其实而后文随之，初未尝以徒言为也。譬犹聆众乐于洞庭之野，而后知其音声之抑扬、缀兆之舒疾也；习大射于矍（jué）相之圃，而后见观者如堵墙，序点之扬觯（zhì）也。苟逾度而臆决之，终不近也。昔者游、夏以文学名，谓观其会通而酌其损益之宜而已，非专止乎辞翰之文也。

呜呼！吾之所谓文者，天生之，地载之，圣人宣之，本建则其末治，体著则其用章。斯所谓乘阴阳之大化，正三纲而齐六纪者也；亘宇宙之始终，类万物而周八极者也。呜呼！非知经天纬地之文者，恶足以语此！

其下篇曰：为文必在养气。气与天地同，苟能充之，则可配序三灵，管摄万汇；不然，则一介之小夫尔。君子所以攻内不攻外，图大不图小也。力可以举鼎，人之所难也，而乌获能之，君子不贵之者，以其局乎小也；智可以搏虎，人之所难也，而冯妇能之，君子不贵之者，以其骛乎外也。

气得其养，无所不周，无所不极也；揽而为文，无所不参也，无所不包也。九天之属，其高不可窥，八柱之列，其原不可测，吾文之量得之；规毁魄渊，运行不息，基地万荧，躔（chán）次弗紊，吾文之焰得之；昆仑县圃之崇清，层城九重之严邃，吾文之峻得之；南桂北瀚，东瀛西溟，杳眇而无际，涵负而不竭，鱼龙生焉，波涛兴焉，吾文之深得之；雷霆鼓舞之，风云禽张之，雨露润泽之，鬼神恍惚，曾莫穷其端倪，吾文之变化得之；上下之间，自色自形，羽而飞，足而奔，潜而泳，植而茂，若洪若纤,若高若卑,不可以数计,吾文之随物赋形得之。

呜呼!斯文也,圣人得之,则传之万世为经;贤者得之,则放诸四海而准。辅相天地而不过,昭明日月而不忒,调燮四时而无愆,此岂非文之至者乎?

大道湮微,文气日削,骛乎外而不攻其内,局乎小而不图其大。此无他,四瑕、八冥、九蠹有以累之也。何谓四瑕?《雅》《郑》不分之谓荒,本末不比之谓断,筋骸不束之谓缓,旨趣不超之谓凡。是四者,贼文之形也。何谓八冥?讦(jié)者将以疾夫诚,撱[楕]者将以蚀夫圜,庸者将以混夫奇,瘠者将以胜夫腴,粗者将以乱夫精,碎者将以害夫完,陋者将以革夫博,眯者将以损夫明。是八者,伤文之膏髓也。何谓九蠹?滑其真,散其神,揉其氛,徇其私,灭其知,丽其蔽,违其天,昧其几,爽其贞。是九者,死文之心也。有一于此,则心受死而文丧矣。春葩秋卉之争丽也,猨(yuán)号林而蛩(qióng)吟砌也。水涌蹄涔(cén)而火炫萤尾也,衣被土偶而不能视听也,蠛(miè)蠓(měng)死生于瓮(wèng)盎,不知四海之大、六合之广也,斯皆不知养气之故也。

呜呼!人能养气,则情深而文明,气盛而化神,当与天地同功也。与天地同功,而其智卒归之一介小夫,不亦可悲也哉!

予既作《文原》上下篇,言虽大而非夸,唯智者然后能择焉。去古远矣,世之论文者有二:曰载道,曰纪事。纪事之文,当本之司马迁、班固;而载道之文,舍六籍,吾将焉从?虽然,六籍者,本与根也;迁、固者,枝与叶也。此固近代唐子西之论,而予之所见,则有异于是也。六籍之外,当以孟子为宗,韩子次之,欧阳子又次之。此则国之通衢,无榛荆之塞,无蛇虎之祸,可以直趋圣贤之大道;去此则曲狭僻径耳,荦(luò)确邪蹊(qī)耳,胡可行哉!予窃怪世之为文者不为不多,骋新奇者,钩摘隐伏,变更庸常,甚至不可句读,且曰:"不诘曲聱牙,非古文也";乐陈腐者,一假场屋委靡之文,纷糅庞杂,略不见端绪,且曰:"不浅易轻顺,非古文也。"予皆不知其何说。大抵为文者,欲其辞达而道明耳。吾道既明,何问其余哉?虽然,道未易明也,必能知言养气,始为得之。予复悲世之为文者,不知其故,颇能操觚遣辞,毅然以文章家自居,所以益摧落而不自振也。今以二三子所学,日进于道,聊一言之。(《芝园后集》卷5《文原》,罗月霞主编《宋濂全集》本,浙江古籍出版社1999年12月第1版)

导读:

宋濂(1310—1381),初名寿,字景濂,号潜溪,别号龙门子、玄真遁叟等。祖籍金华潜溪(今浙江省义乌市),后迁居金华浦江(今浙江省浦江县)。元末明初著名政治家、文学家、史学家、思想家,与高启、刘基并称为"明初诗文三大家",又与章溢、刘基、叶琛并称为"浙东四先生"。被明太祖朱元璋誉为"开国文臣之首",学者称其为太史公、宋龙门。

宋濂家境贫寒,自幼聪敏好学,号称"神童"。曾受业于闻人梦吉、吴莱、柳贯、黄溍等人。元末,辞朝廷征命,修道著书。入明,受朱元璋礼聘,被尊为五经师,为太子朱标讲经,并教导皇家子弟。洪武二年(1369),奉命主修《元史》。累官至翰林学士承旨、知制诰,朝廷礼仪多由他制定。洪武十年(1377),以老辞官还乡,后因长孙宋慎牵连胡惟庸党案而被流放茂州,途中病逝于夔州。明武宗时追谥文宪,故史家称"宋文宪"。

宋濂以散文创作闻名,被称为"一代之宗"。他主张文章要明道致用、宗经师古;而所作或质朴简洁,或雍容典雅,明道言理,颇有特色。他表率台阁制作,为开国文臣之首。所作合刻为《宋学士全集》75 卷,今人黄灵庚辑有《宋濂全集》5 卷本。

宋濂是浙东文派领衔者,又是明初文坛领袖人物;他以程朱理学正宗自居,而得"浙东正学"之传。提倡载道之文,主张以道为文。其文道观强调道的本体地位,而相对忽略文学的艺术特质。这种文学观念集中表述于本讲所选的《文原》上下篇,亦体现于纂修《元史》用《儒学传》取消《文苑传》。

本文是为弟子郑楷等人而作,强调以道为文的思想观点。这既是为浙东文派的散文理论观张目,也是为适应新朝而对文道观作出调适。主要论旨为:(1)文道合一,以道为文;(2)宗经师圣,养气为文;(3)文气日削,病出三途。其具体内容,前文已论述;至于导致文气日削的原因,则是四瑕、八冥、九蠹。

二　与李空同论诗书(节录)

[明] 何景明

追昔为诗,空同子刻意古范,铸形宿镆,而独守尺寸。仆则欲富于材积,领会神情,临景构结,不仿形迹。《诗》曰:"惟其有之,是以似之。"以有求似,仆之愚也。近诗以盛唐为尚,宋人似苍老而实疏卤,元人似秀峻而实浅俗。今仆诗不免元习;而空同近作,间入于宋。仆固蹇拙薄劣,何敢自列于古人? 空同方雄视数代,立振古之作,乃亦至此,何也? 凡物有则及者,及而退者,与过焉者,均谓之不至。譬之为诗,仆则可谓勿及者,若空同求之则过矣。

夫意象应曰合,意象乖曰离,是故乾、坤之卦,体天地之撰,意象尽矣。空同丙寅间诗为合,江西以后诗为离。譬之乐,众响赴会,条理乃贯;一音独奏,成章则难。故丝竹之音要眇,木革之音杀直。若独取杀直,而并弃要眇之声,何以穷极至妙,感精饰听也？试取丙寅间作,叩其音,尚中金石;而江西以后之作,辞艰者意反近,意苦者辞反常,色澹黯而中理披慢,读之若摇鞞（pí）铎耳。空同贬清俊响亮,而明柔澹、沉著、含蓄、典厚之义,此诗家要旨大体也。然究之作者命意敷辞,兼于诸义,不设自具。若闲缓寂寞以为柔澹,重浊剜（wān）切以为沉著,艰诘晦塞以为含蓄,野俚辏积以为典厚,岂惟缪于诸义,亦并其俊语亮节悉失之矣！

鸿荒邈矣。书契以来,人文渐朗,孔子斯为折中之圣;自余诸子,悉成一家之言。体物杂撰,言辞各殊,君子不例而同之也,取其善焉已尔。故曹、刘、阮、陆,下及李、杜,异曲同工,各擅其时,并称能言。何也？辞有高下,皆能拟议以成其变化也。若必例其同曲,夫然后取;则既主曹、刘、阮、陆矣,李、杜即不得更登诗坛,何以谓千载独步也？

仆尝谓诗文有不可易之法者,辞断而意属,联类而比物也。上考古圣立言,中征秦、汉绪论,下采魏、晋声诗,莫之有易也。夫文靡于隋,韩力振之,然古文之法亡于韩;诗弱于陶,谢力振之,然古诗之法亦亡于谢。比空同尝称陆、谢,仆参详其作：陆诗语俳体不俳也,谢则体语俱俳矣;未可以其语似,遂得并例也。故法同则语不必同矣。仆观尧、舜、周、孔、子思、孟氏之书,皆不相沿袭而相发明,是故德日新而道广,此实圣圣传授之心也。后世俗儒,专守训诂,执其一说,终身弗解,相传之意背矣。今为诗不推类极变,开其未发,泯其拟议之迹,以成神圣之功;徒叙其已陈,修饰成文,稍离旧本,便自杌（wù）棿（ní）,如小儿倚物能行,独趋颠仆。虽由此即曹、刘,即阮、陆,即李、杜,且何以益于道化也？佛有筏喻,言舍筏则达岸矣,达岸则舍筏矣。

今空同之才,足以命世,其志金石可断,又有超代轶俗之见。自仆游从,获睹作述,今且十余年来矣。其高者不能外前人也,下焉者已践近代矣。自创一堂室,开一户牖,成一家之言,以传不朽者,非空同撰焉,谁也？《易·大传》曰:"神而明之,存乎德行""成性存存,道义之门"。是故可以通古今,可以摄众妙,可以出万有;是故殊途百虑,而一致同归。夫声以窍生,色以质丽。虚其窍,不假声矣;实其质,不假色矣。苟实其窍,虚其质,而求之声色之末,则终于无有矣。（何景明撰《何大复集》卷32《与李空同论诗书》,李淑毅点校,中州古籍出版社1989年7月第1版）

导读:

何景明(1483—1521),字仲默,号白坡,又号大复山人,信阳浉河区(今河南省信阳市东北)人。弘治十五年(1502)中进士,授中书舍人;正德初,谢病归;及刘瑾诛,后官复原职,仕至陕西提学副使。作为"前七子"文学复古运动主将,与李梦阳领袖文坛而并称"李何",作诗取法汉魏、盛唐,为文则重视经术世务。有《大复集》38卷传世。

弘治、正德年间,李、何声气相应,共同倡言学古,交谊意气契洽,彼此相与颉颃而齐名,成为复古运动的核心。及至李东阳正德七年乞休,馆阁柄文之职能顿然消失。中央庙堂丢失了文柄,便需新贵来主持文盟;而最有资格柄文者,就瞩望李、何二人。然此二人谁占鳌头,仍需展开新一轮争夺。

分异的具体展开,就是李、何论辩。李何论辩话题多端,但潜台词只有一个,就是两人共倡学古,究竟谁的方法对头、谁的作品写得更好,谁有优势陵替对方。结果是谁也占不了上风,这场论辩只好不了了之。但分异并未因此打住,而是李、何越走越远。先是彼此反目,不再发生交往;接着以李何为核心的阵营瓦解,各自的门生及追随者分左右袒;最后分异,各走一路。李则接引中原以外的文学力量,将学古主张往复古道路上推进,从而改变复兴中原文学之初衷;何则发挥自身的儒学素养,利用督学关中之权位优势,诱导诸生走经术世务之路。

本文论辩的主要问题,就是诗学观点之分异。大略有两点:其一摹仿抑或创造,李梦阳看重摹仿,何景明注重创造;其二如何对待古法,李主张拘守古法,何主张变化古法。其具体内容,上文已论说。(以上参见《李何论衡》,《文学批评》2007年第3期,第69—72页)

三 童心说

[明] 李贽

龙洞山农叙《西厢》,末语云:"知者勿谓我尚有童心可也。"夫童心者,真心也。若以童心为不可,是以真心为不可也。夫童心者,绝假纯真,最初一念之本心也。若失却童心,便失却真心;失却真心,便失却真人。人而非真,全不复有初矣。

童子者,人之初也;童心者,心之初也。夫心之初曷可失也!然童心胡然而遽失也?盖方其始也,有闻见从耳目而入,而以为主于其内而童心失。其长也,有道理从闻见而入,而以为主于其内而童心失。其久也,道理闻见日以益多,则所知所觉日以益广,于是焉又知美名之可好也,而务欲以扬之而童心失;知不美之名之可丑也,而务欲以掩之而童心失。夫道理闻见,皆自多读书识义理而来也。古之圣人,曷尝不读书哉!然纵不读书,童心固自在也;纵多读书,亦以护此童心而使之勿失焉耳,非若学者反以多读书识义理而反障之也。夫学者既以多读书识义理障其童心矣,圣人又何用多著书立言以障学人为耶?童心既障,于是发而为言语,则言语不由衷;见而为政事,则政事无根柢;著而为文辞,则文辞不能达。非内含于章美也,非笃实生辉光也,欲求一句有德之言,卒不可得。所以者何?以童心既障,而以从外入者闻见道理为之心也。

夫既以闻见道理为心矣,则所言者皆闻见道理之言,非童心自出之言也。言虽工,于我何与?岂非以假人言假言而事假事、文假文乎?盖其人既假,则无所不假矣。由是而以假言与假人言,则假人喜;以假事与假人道,则假人喜;以假文与假人谈,则假人喜。无所不假,则无所不喜。满场是假,矮人何辩也?然则虽有天下之至文,其湮灭于假人而不尽见于后世者,又岂少哉!何也?天下之至文,未有不出于童心焉者也。苟童心常存,则道理不行,闻见不立,无时不文,无人不文,无一样创制体格文字而非文者。诗何必古选,文何必先秦。降而为六朝,变而为近体,又变而为传奇,变而为院本、为杂剧、为《西厢曲》、为《水浒传》、为今之举子业,皆古今至文,不可得而时势先后论也。故吾因是而有感于童心者之自文也,更说甚么六经,更说甚么《语》《孟》乎?

夫六经、《语》《孟》,非其史官过为褒崇之词,则其臣子极为赞美之语。又不然,则其迂阔门徒、懵懂弟子记忆师说,有头无尾,得后遗前,随其所见,笔之于书。后学不察,便谓出自圣人之口也,决定目之为经矣,孰知其大半非圣人之言乎?纵出自圣人,要亦有为而发,不过因病发药,随时处方,以救此一等懵懂弟子、迂阔门徒云耳。药医假病,方难定执,是岂可遽以为万世之至论乎?然则六经、《语》《孟》,乃道学之口实、假人之渊薮也,断断乎其不可以语于童心之言明矣。呜呼!吾又安得真正大圣人、童心未曾失者,而与之一言文哉!(李贽《焚书》卷3《童心说》,中华书局1975年1月第1版)

导读:

李贽在寓居湖北黄安期间,依耿定向、耿定理以求食;后因不满耿定向的假道学,被迫离开而入麻城芝佛院,以狂禅自居,颇收女弟子。在万历二十一年,李贽住持芝佛院;袁宏道兄弟来访,再次与李贽晤面,宾主相交甚为投契,从此接受李贽影响。袁宗道作游记《龙湖》,已显露独抒性灵之特质。(《袁宗道集笺校》卷

14《龙湖》,第243页)可见,狂禅思想是《童心说》理论来源之一,而"童心说"又启迪了公安派性灵论。

《童心说》的理论来源,除了出自李贽狂禅思想,还受《老子》道旨的影响,也是王学左派的顺势发展。老子曰:"含德之厚者,比于赤子。毒虫不螫,猛兽不据,攫鸟不搏。[蜂虿虺蛇弗螫,攫鸟猛兽弗搏]。骨弱筋柔而握固,未知牝牡之会而朘怒,精之至也;终日号而不嗄,和之至也。知和曰常,知常曰明,益生曰祥,心使气曰强。"(《老子》第55章,第218—225页)李贽是何心隐之后,王学左派杰出代表;他力辟众议撰《何心隐论》,盛赞何心隐的亢龙无悔精神。(《焚书》卷3《何心隐论》,第88—90页)这些思想观点犹依稀可辨,无形之中都启迪了童心说。

童心说论旨,大略有四点:(1)童心是人之初心,有初心即有真心;有真心方为真人,唯真人才有真文。(2)世人因闻见道理,大都失去了童心;若要保护此童心,须去除闻见道理。(3)有童心即可自文,童心所出为至文;至文无所不在,不必是圣贤著作。(4)《西厢》《水浒》时文等,皆堪称天下至文;这突破正统观念,为小说戏曲解套。

四 叙小修诗

[明] 袁宏道

弟小修诗,散逸者多矣,存者仅此耳。余惧其复逸也,故刻之。

弟少也慧,十岁余即著《黄山》《雪》二赋,几五千余言。虽不大佳,然刻画饤饾,傅以相如、太冲之法,视今之文士矜重以垂不朽者,无以异也。然弟自厌薄之,弃去。顾独喜读老子、庄周、列御寇诸家言,皆自作注疏,多言外趣。旁及西方之书、教外之语,备极研究。既长,胆量愈廓,识见愈朗,的然以豪杰自命,而欲与一世之豪杰为友。其视妻子之相聚,如鹿豕之与群而不相属也;其视乡里小儿,比牛马之尾行,而不可与一日居也。泛舟西陵,走马塞上,穷览燕、赵、齐、鲁、吴、越之地,足迹所至,几半天下,而诗文亦因之以日进。大都独抒性灵,不拘格套,非以自己胸臆流出,不肯下笔。有时情与境会,顷刻千言,如水东注,令人夺魄。其间有佳处,亦有疵处。佳处自不必言,即疵处亦多本色独造语。然予则极喜其疵处;而所谓佳者,尚不能不以粉饰蹈袭为恨,以为未能尽脱近代文人气习故也。

盖诗文至近代而卑极矣。文则必欲准于秦、汉,诗则必欲准于盛唐,剿袭模拟,影响步趋。见人有一语不相肖者,则共指以为野狐外道。曾不知文准秦、汉矣,秦、汉人曷尝字字学六经欤?诗准盛唐矣,盛唐人曷尝字字学汉、魏欤?秦、汉而学六经,岂复有秦、汉之文?盛唐而学汉、魏,岂复有盛唐之诗?唯夫代有升降,而法不相沿,各极其变,各穷其趣,所以可贵,原不可以优劣论也。且夫天下之物,孤行则必不可无,必不可无,虽欲废焉而不能;雷同则可以不有,可以不有,则虽欲存焉而不能。故吾谓今之诗文不传矣。其万一传者,或今闾阎妇人孺子所唱《擘破玉》《打草竿》之类,犹是无闻无识真人所作,故多真声。不效颦于汉、魏,不学步于盛唐,任性而发,尚能通于人之喜怒哀乐、嗜好情欲,是可喜也。

  盖弟既不得志于时,多感慨;又性喜豪华,不安贫窘,爱念光景,不受寂寞,百金到手,顷刻都尽,故尝贫;而沉湎嬉戏,不知樽[撙]节,故尝病;贫复不任贫,病复不任病,故多愁。愁极则吟,故尝以贫病无聊之苦,发之于诗,每每若哭若骂,不胜其哀生失路之感。予读而悲之。大概情至之语,自能感人,是谓真诗,可传也。而或者犹以太露病之,曾不知情随境变,字逐情生,但恐不达,何露之有?且《离骚》一经,忿怼之极,党人偷乐,众女谣诼,不揆中情,信谗赍(jī)怒,皆明示唾骂,安在所谓怨而不伤者乎?穷愁之时,痛哭流涕,颠倒反覆,不暇择音,怨矣,宁有不伤者?且燥湿异地,刚柔异性,若夫劲质而多怼,峭急而多露,是之谓楚风,又何疑焉!(袁宏道撰《袁宏道集笺校》卷4《叙小修诗》,钱伯城笺校,上海古籍出版社1981年7月第1版)

导读:

  袁宏道(1568—1610),字中郎,一字无学,号石公,又号六休。湖北公安(今湖北省公安县)人。万历十九年(1591)进士,历任吴县知县、礼部主事、吏部验封司主事、稽勋郎中、国子博士等职。与兄宗道、弟中道并有才名,故史家称之为"公安三袁";又因三袁是公安县人,故称之为"公安派"。在"公安三袁"中,袁宏道的成就最高。著有《潇碧堂集》20卷、《潇碧堂续集》10卷、《瓶花斋集》10卷、《锦帆集》4卷、《解脱集》4卷、《瓶史》《袁中郎先生全集》23卷、《梨云馆类定袁中郎全集》24卷、《袁中郎全集》40卷等。今人钱伯城整理有《袁宏道集笺校》。

  袁宏道是晚明反文学复古的主将,既反对前、后七子摹拟剽窃之弊,亦反对唐顺之、归有光摹拟唐宋古文,认为文学"代有升降,而法不相沿"。尤其反对"文必秦汉,诗必盛唐"论调,而提出"独抒性灵,不拘格套"之论说。本文是其性灵论的集中表述,实为公安派文学理论之纲领。

  公安派的性灵论,大略有三个来源:(1)受李贽童心说的启迪。袁宏道于万历十九、二十一年,先后两次晤见李贽并深相交契,其间有诗作,坦言闻教事:"宿昔假孔势,白云铁步障。一闻至人言,垂头色沮丧。"(《袁宏道集笺校》卷2《狂歌》,第62页)(2)对净土宗的灵心妙悟。袁宏道著有《西方合论》,参悟出净土宗的净妙境界,提出"悟到净妙而不入",以此为独抒性灵之哲学基础。(参见《袁宏道集笺校》附录一《西方合论》,第1637—1644页)(3)承续当代自然情性论。因受晚明人性解放思潮冲击,徐渭、汤显祖等有尊情思想,徐渭提出自然本色论,汤显祖则宣扬至情论;袁宏道撰有《徐文长传》等文,理应受到他们相关论说的影响。

  本文主要观点,上文已有论列。兹补充提示如下:(1)述及性灵论的思想来源:"独喜读老子、庄周、列御寇诸家言,皆自作注疏,多言外趣。旁及西方之书、教外之语,备极研究。"(2)提出公安派的文学主张:"大都独抒性灵,不拘格套,非以自己胸臆流出,不肯下笔。……即疵处亦多本色独造语。"(3)反对近代复古摹拟论调:"诗文至近代而卑极矣。文则必欲准于秦、汉,诗则必欲准于盛唐,剿袭模拟,影响步趋。见人有一语不相肖者,则共指以为野狐外道。"(4)提出代有升降的发展观:"唯夫代有升降,而法不相沿,各极其变,各穷其趣,所以可贵,原不可以优劣论也。"(5)肯定民歌真声任性而发:"今闾阎妇人孺子所唱《擘破玉》《打草竿》之类,犹是无闻无识真人所作,故多真声。不效颦于汉、魏,不学步于盛唐,任性而发,尚能通于人之喜怒哀乐、嗜好情欲,是可喜也。"(6)承认真诗之情至太露语:"大概情至之语,自能感人,是谓真诗,可传也。而或者犹以太露病之,曾不知情随境变,字逐情生,但恐不达,何露之有?"

第十五讲
明代小说批评

在中国古代文学批评史中,小说批评有其自身的特点。中国小说批评经过长期酝酿,才逐步萌芽、发展、成熟的。大略说,先秦至元代是中国小说理论批评的成形期,明清是中国小说理论批评的高峰期,近代是中国小说理论批评的转型期。其中,明清小说理论批评尤其值得关注。郭豫适指出:"明清时期的小说理论批评是中国古代小说理论批评的高峰,同时也可以说是中国古代小说批评史的主体。"(《中国小说批评史略》卷首《关于中国古代小说批评特点问题(代序)》,第8页)明代是明清时期的前半时段,是中国小说批评第一个高峰。

一 早前小说理论批评的成形

从先秦到元朝这个漫长的历史时段,是小说理论批评从萌芽渐趋成形期。魏晋以前,小说批评关注的主要是在文言小说方面,研究的方法主要使用目录、训诂、辨伪等文献学的手段,指导思想主要是以"经"的道德伦理、"史"的叙事方法为根本。唐宋元时期,随着小说本身从文学诸体中独立出来,小说批评也开始走向独立和发展,出现了一批专门的小说研究成果。

(一) 汉代小说批评之萌芽

先秦"小说"观念的萌芽/《汉书·艺文志》小说家/早期小说之为"稗官"说

中国古代"小说"观念的萌芽,要略早于小说作为文体的产生。"小说"一词,最早见于《庄子·外物》:"饰小说以干县令,其于大达亦远矣。"(《庄子集释》卷9

上《外物》,第925页)"县"同"悬",指崇高声望;"令"即"美",指美好名誉。这句话的本意是说,修饰浅屑偏鄙之论,以求崇高声望和美好名誉,是不可能达到大道之境的。此所谓"小说",是指不合大道的浅薄琐碎偏颇鄙陋之言论,与后世作为文体的小说用语完全是两回事。但两者也并非毫不相关,因该"小说"之义包含:在民间及下层流传、浅屑偏鄙的小言论、无关政教的小道理、不可企及治国大道。这些义项都是构筑后世文体小说的基本要素,故知《庄子·外物》中已有小说观念的萌芽。

类似的小说观念萌芽,也可见于《论语》中。如《子张》:"虽小道,必有可观者焉";《述而》:"子不语怪、力、乱、神。"(《论语注疏》卷19《子张》、卷7《述而》,第2531下、2483上页)这些未使用"小说"语的表述,实均指可观或不屑的"小道",而非为政化民之"大道",故也隐含"小说"的因素。

汉代既是小说观念的生成期,也是中国小说研究的发轫期。汉代人在编录子书目录的"小说家"时,已初步探讨了小说的性质、地位和起源。其要义有三点:

首先是小说归类定位,把"小说家"归为"诸子十家"之一。班固曰:

> 小说家者流,盖出于稗官。街谈巷语,道听涂说者之所造也。孔子曰:"虽小道,必有可观者焉,致远恐泥,是以君子弗为也。"然亦弗灭也。闾里小知者之所及,亦使缀而不忘。如或一言可采,此亦刍荛狂夫之议也。(《汉书》卷30《艺文志·诸子》,第1745页)

班固编撰《艺文志》,主要根据刘歆《七略》增改而成。其意见与《庄子》一脉相承,认为小说虽难登大雅之堂;但也有一定的价值,毋需加以限制,可任其保存流传。

其次是小说内容旨趣,视"小说家"为逸闻琐记之一类书目。这种"小说家"书目分类法,已接近魏晋以后的小说观念。桓谭《新论》曰:"若其小说家,合丛残小语,近取譬论,以作短书,治身治家,有可观之辞。"(《六臣注文选》卷31李陵"樽酒送征人"注,第570下页)指出小说篇幅"短小",是一些"丛残小语",而对"治身治家"有一定帮助。班固《汉书·艺文志》记录了《伊尹说》27篇、《鬻子说》19篇、《周考》76篇、《青史子》57篇等"小说"。这些都是介于子史之间的杂撰文字,而且只是文言小说,不包括宋元以后的白话小说。

再次是小说形成机制,"出于稗官""道听涂说者之所造"。《汉书》如淳注曰:"《九章》:'细米为稗'。街谈巷说,其细碎之言也。王者欲知闾巷风俗,故立稗官使称说之。"(《汉书补注》卷 30《艺文志》,第 890 页)意思是说,与设置乐府机关采集民歌一样,汉朝政府也设立了专门采集小说的小官员。"稗官"说虽受到质疑,而历来以赞成的意见居多。

(二) 唐代小说批评之成形

小说文体成熟之"传奇"/刘知幾的"偏记小说"观

及至唐宋金元时期,小说创作走向繁荣,小说文体亦渐趋成熟,其理论批评基本成形。

唐传奇被视为中国小说创作成熟的标志,并涌现了大量经典性的中短篇小说作品。对此,鲁迅说:"小说亦如诗,至唐代而一变。虽尚不离于搜奇记逸;然叙述宛转,文辞华艳,与六朝之粗陈梗概者较,演进之迹甚明。而尤显者,乃在是时则始有意为小说。"(《中国小说史略》第 8 篇《唐之传奇文》(上),第 50 页)在唐代,"传奇"本是某些文言小说的专名,如元稹的《莺莺传》本名"传奇",裴铏所作小说集也题名为《传奇》,故宋人用"传奇"通称唐以后小说。

有关唐小说传奇的起源,宋人提出了"行卷"说。如赵彦卫云:

> 唐之举人,先藉当世显人,以姓名达之主司,然后以所业投献;逾数日又投,谓之温卷,如《幽怪录》《传奇》等皆是也。盖此等文备众体,可以见史才、诗笔、议论。至进士则多以诗为贽,今有唐诗数百种行于世者是也。(《云麓漫钞》卷 8,第 135 页)

据此说来,传奇常被唐代举子用作"行卷",即考试前投献给有关官员的诗文,以显示自己多方面的写作才能,包括"史才、诗笔、议论"等。正是出于这种世俗功利的需要,才大力促进了唐代传奇的发展。

与传奇创作繁荣几乎同步,唐代小说观念也更趋成熟。唐代城市繁荣,商业经济发达,因而产生了多种面向市井民众的俗文学形式,如说话、变文等都是以虚构故事来吸引听众。它们不仅受到普通民众的欢迎,也引起士大夫文人的浓厚兴趣。如《酉阳杂俎》记载,段成式的弟弟生日时,请艺人来表演"杂戏",其中就有"市人小说"。市人小说也就是民间白话短篇说书,是中国白话小说正式进入文坛之始。(参见《酉阳杂俎·续集》卷 4《贬误》,第 178 页)又元稹《酬翰林白学士代书一百韵》，在"光阴听话移"一句下自注云："尝于新昌宅说《一枝花话》，自寅至巳，犹未毕词也。"（《全唐诗》卷405，第4520页）由此可知，白行简应与元稹、白居易一起，尝听赏白话说书《一枝花话》；后由白行简将它改编，成为传奇《李娃传》。

此后的唐代小说研究论著，有刘知幾《史通·杂述》。刘知幾首次提出了"偏记小说"概念，其含义相当于今人所称"笔记小说"。他将笔记小说单独分为一个大类，其初衷是为补充史家文献之不足："是知偏记小说，自成一家，而能与正史参行，其所由来尚矣。"（《史通·内篇》卷10《杂述》，第140页）此外，还将"偏记小说"，具体分为十个小类：

> 爰及近古，斯道渐烦，史氏流别，殊途并骛。榷而为论，其流有十焉：一曰偏纪，二曰小录，三曰逸事，四曰琐言，五曰郡书，六曰家史，七曰别传，八曰杂记，九曰地理书，十曰都邑簿。（《史通·内篇》卷10《杂述》，第141页）

而在这十个小类之下，又各含多个不同细目，几乎涵盖了正统史学之外的所有野史笔记，对此前文言小说做了较全面的概括和归类。刘知幾对"偏记小说"的分类论说，在客观上提升了小说的地位和价值；尽管其中部分类目与后来的文言小说有差异，但首次对准文言小说进行研讨是难能可贵的。

（三）宋代小说批评之发展

罗烨的小说"九流"说/刘辰翁评《世说新语》

宋代小说理论批评之代表论著，主要有罗烨《醉翁谈录·小说开辟》、刘辰翁《世说新语》评注。

罗烨编撰《醉翁谈录·甲集》卷1中的《舌耕叙引》，包含《小说引子》和《小说开辟》两篇白话小说专论。这是颇为专门的白话小说研究，标志着白话小说进入学术视野。

罗烨首次把小说从第十家，正式提升到"九流"之中。其《小说引子》称"世有九流"，其九乃"小说者流，出于机戒之官，遂分百官记录之司"。（《新编醉翁谈录·甲集》卷1《舌耕叙引》，第2页）相较于《汉书·艺文志》所论，班固将小说家作为诸子第十家，且排斥小说曰"其可观者，九家而已"，罗烨"九流"说显著提升了小说的地位。

罗烨《醉翁谈录》首次把白话小说正式纳入了批评视野,因该书"是一本记载宋代说话伎艺和说话资料的专书"。(《话本小说概论》第 8 章《宋元以来官私著述中所载的宋人话本名目》,第 301 页)罗烨所谓"小说",专指"白话小说":

> 小说家者流,出于机戒之官,遂分百官记录之司。由是有说者,纵横四海,驰骋百家。以上古隐奥之文章,为今日分明之议论;或名演史,或谓合生,或称舌耕,或作挑闪,皆有所据,不敢谬言。言其上世之贤者可为师,排其近世之愚者可为戒。言非无根,听之有益。(《新编醉翁谈录·甲集》卷 1《舌耕叙引·小说引子》,第 2 页)

此所谓"舌耕""挑闪"是"说话"的别名,"演史""合生"是"说话四家"中之 2 种。(《都城纪胜》"瓦舍众伎"条,第 98 页)

罗烨《醉翁谈录》全面梳理了通俗小说的相关类型及各类具体书目,略"有灵怪、烟粉、传奇、公案,兼朴刀、杆棒、妖术、神仙"等。如列举"灵怪"类:"说《杨元子》《汀州记》《崔智韬》《李达道》《红蜘蛛》《铁瓮儿》《水月仙》《大槐王》《妮子记》《铁车记》《葫芦儿》《人虎传》《太平钱》《芭蕉扇》《八怪国》《无鬼论》,此乃是灵怪之门庭。"(《新编醉翁谈录·甲集》卷 1《舌耕叙引·小说开辟》,第 4 页)从这些类目中可以想见,宋人"说话"已很繁荣。

罗烨还对说书艺术加以提炼和总结。他指出,说书艺人要"曰得词,念得诗,说得话,使得砌"。说书要有强烈的艺术感染力:"说国贼怀奸从佞,遣愚夫等辈生嗔;说忠臣负屈衔冤,铁心肠也须下泪。"(《新编醉翁谈录·甲集》卷 1《舌耕叙引·小说开辟》,第 5 页)这些描述充分肯定了通俗小说的艺术价值。

刘辰翁对《世说新语》的评点,标志古代小说评点的文体独立。总体上看,刘辰翁评点《世说新语》,采用了眉批和夹批等形式,评点体式上偏重于艺术品评而非字词注释,评点内容上多关注人物形象和审美鉴赏等,这对明清以后的小说、戏曲评点有示范意义。如明代许自昌《樗斋漫录》,评论李卓吾对《水浒传》的评点,就认为它模仿了刘辰翁小说评点。

二 明代小说理论批评的发展

明代前期的小说批评,基本延续了宋元态势;中后期在心学的触动之下,小说理论得到长足的发展。郭豫适指出:"明清时期的小说理论批评是中国古代小说理论批评的高峰,同时也可以说是中国古代小说批评史的主体。"(《中国小说批评史略》卷首《关于中国古代小说批评特点问题(代序)》,第 8 页)明代小说批评的成就,主要表现为如下方面:有关小说研究的论著大量涌现,小说序跋的质量有明显的提升,小说评点体例完善,并且理论含量增重。总体上,白话小说研究已超越文言小说,成为明代小说批评的主要板块。

明代小说理论主要有补史说、奇幻论、世情论等,特别是晚明时期出现了多位重要的小说批评大家。

(一) 补史说

论历史与小说异同/张尚德提出补史说/冯梦龙通俗小说观

明代通俗小说领域的补史说,首先见于对历史小说的论述。庸愚子(即蒋大器)分析历史与小说,指出两者差别不在义理而在雅俗虚实:

> 夫史,非独纪历代之事,盖欲昭往昔之盛衰,鉴君臣之善恶,载政事之得失,观人才之吉凶,知邦家之休戚,以至寒暑灾祥、褒贬予夺,无一而不笔之者,有义存焉。……至朱子《纲目》,亦由是也,岂徒纪历代之事而已乎?然史之文,理微义奥,不如此,乌可以昭后世?语云:"质胜文则野,文胜质则史。"此则史家秉笔之法,其于众人观之,亦尝病焉。故往往舍而不之顾者,由其不通乎众人,而历代之事愈久愈失其传。前代尝以野史作为评话,令瞽者演说,其间言辞鄙谬,又失之于野,士君子多厌之。若东原罗贯中以平阳陈寿《传》,考诸国史,自汉灵帝中平元年,终于晋太康元年之事,留心损益,目之曰《三国志通俗演义》。文不甚深,言不甚俗,事纪其实,亦庶几乎史。盖欲读诵者,人人得而知之,若诗所谓里巷歌谣之义也。书成,士君子之好事者,争相誊录,以便观览,则三国之盛衰治乱、人物之出处臧否,一开卷,千百载之事,豁然于心胸矣。其间亦未免一二过与不及,俯而就之,欲观者有所进益焉。(《三国志通俗演义》卷首《〈三国志通俗演义〉序》,第 1—2 页)

蒋大器对比分析认为,历史和小说互有异同。从相异的方面来说,历史纪实皆典雅,但"理微义奥"难懂,仅在士大夫中间流传;而"庶几乎史"的小说,"未免一二过与不及",还存在鄙陋和虚构,不为士君子所喜爱,但其语言通俗易晓,深受里巷百姓欢迎。从相同的方面来说,历史和小说在义理上是相通的,都可以用来辨别人之忠奸善恶、判断行事之得失吉凶、鉴识家国之休戚存亡,从而使读者受到感化,发挥移风易俗之功能。

同样是讨论历史与小说,张尚德除分析两者异同,还深入探研了两者关系,并明确地提出了补史说。他宣称:"史氏所志,事详而文古,义微而旨深,非通儒夙学,展卷间鲜不便思困睡;故好事者以俗近语隐括成编,欲天下之人入耳而通其事,因事而悟其义,因义而兴乎感……羽翼信史而不违者矣。"(《三国志通俗演义》卷首《〈三国志通俗演义〉引》,第3页)张尚德补史说的目的和宗旨,在于肯定和提高小说的地位;其"孰谓稗官小说不足为世道重轻哉"驳语,打破了上古以来长期存在的轻视小说的偏见。

其后补史说日益流行,贯通于所有通俗小说。如冯梦龙曰:

> 史统散而小说兴……大抵唐人选言,入于文心;宋人通俗,谐于里耳。天下之文心少而里耳多,则小说之资于选言者少,而资于通俗者多。试今说话人当场描写,可喜可愕,可悲可涕,可歌可舞;再欲捉刀,再欲下拜,再欲决胆,再欲捐金。怯者勇,淫者贞,薄者敦,顽钝者汗下。虽小诵《孝经》《论语》,其感人未必如是之捷且深也。噫,不通俗而能之乎?(《古今小说》卷首《〈古今小说〉叙》,第1页)

冯氏抛开历史事实不论,认为小说都在"义理"上与史书相通,读小说可以起到与读史书同样的效果。正是出于对通俗小说的推崇,冯梦龙才持更新进的文学观,认为"皇明文治既郁,靡流不波,即演义一斑,往往有远过宋人者"。(《古今小说》卷首《〈古今小说〉叙》,第4页)在他看来,明代专写"一人一事"的短篇小说实超越了"史统"和"唐人选言",甚至超越《三国演义》《水浒传》《平妖传》等"巨观"之作的价值。(《古今小说》卷首《〈古今小说〉叙》,第1页)

(二) 奇幻论

文言小说之"奇书"论/神魔小说之"奇幻"论/由真到极幻之层级推进/从魔幻之奇到寻常之奇

"奇"与"正",是一对哲学范畴。正是常规,奇是变化,两者相辅而行,相反而又相对。明代将此论引入小说批评,而称奇幻故事为"奇书"。如屠隆较早以"奇书"指称小说:

> 《山海经》《穆天子传》、东方朔《神异经》、王子年《拾遗记》、葛稚川《抱朴子》、梁四公、谭九州之外,陶弘景《真诰》,此至人得道、通明彻玄、神明而照了者也。邹衍谭天、刘向传列仙、郭子横《洞冥》、张华《博物》、任昉《述异》、段成式《酉阳杂俎》,此文士博学冥搜、广采见闻而纪载者也。奇书一耳,其不同如此,具眼者不可不知也。(《鸿苞》卷21《奇书》,第350页)

这里所指"奇书"大多为文言小说,相当于小说史家通常所谓志怪小说;但屠隆更精细,区分之为两类:一类是道家神仙传,一类是小说家异闻。

此后明末张无咎等批评家,亦称通俗小说为"奇书"。其有文曰:

> 小说家以真为正,以幻为奇。然语有之:"画鬼易,画人难。"《西游》幻极矣,所以不逮《水浒》者,人、鬼之分也。鬼而不人,第可资齿牙,不可动肝肺。《三国志》,人矣,描写亦工;所不足者,幻耳。然势不得幻,非才不能幻,其季孟之间乎!(《三遂平妖传》附录《批评北宋〈三遂新平妖传〉叙》,第141页)

这里提出了"以真为正""以幻为奇"之说,指出正的关键要素是真、奇的关键要素是幻。现实世界是真实存在的,奇幻则存显于虚拟世界。小说写现实世界,则要求写的真实,即"以真为正";小说写虚拟世界,则要求写的奇幻,即"以幻为奇"。这两者都是小说的写法,然艺术上却有高低之分,盖奇幻高于真正,而鬼幻不如人幻。故而他还说,描写"幻极"而工的小说《西游记》、戏曲《牡丹亭》,与描写人事亦工的小说《三国演义》、戏曲《琵琶记》,都远不如奇幻结合的小说《水浒传》和戏曲《西厢记》;其余写人事的《玉娇梨》《金瓶梅》等世情小说,写史的《七国》《西汉》《两唐》《宋》等演义,甚至写神魔的《西洋记》,其艺术水准更是等而下之。不过,张无咎的"奇幻"论,更适用于指神魔小说。(参见《批评北宋〈三遂新平妖传〉叙》,第141页)另外他还有"幻笔"之说,与现代小说虚构比较接近。

此后,论者对"真""奇""幻",在理论认识上逐渐有所变化。首先,打破"真"与"幻"的简单对立。袁于令曰:"文不幻不文,幻不极不幻。是知天下极幻之事,乃极真之事;极幻之理,乃极真之理。故言真不如言幻,言佛不如言魔。魔非他,即我也。我化为佛,未佛皆魔。魔与佛力齐而位逼,丝发之微,关头匪细。摧挫之极,心性不惊。此《西游》之所以作也。"(《李卓吾批评〈西游记〉》卷首《题辞》,第1页)这就打破了真与幻的简单对立,而建立起相辅相成的互补关系。基于此而进一步说,"言真不如言幻","文不幻不文,幻不极不幻",形成真、幻、极幻之层级推进。

其次,从魔幻之"奇"到寻常之"奇"。凌濛初曰:"今之人,但知耳目之外,牛鬼蛇神之为奇;而不知耳目之内,日用起居,其为谲诡幻怪、非可以常理测者固多也。"(《拍案惊奇》卷首《序》,第1页)这是说,叙"耳目之内,日用起居"的写实小说,比叙"牛鬼蛇神"的志怪小说更"奇"。又睡乡居士批评说,有的小说家"知奇之为奇,而不知无奇之所以为奇",即为了片面追求"奇",而"舍目前可纪之事",结果反而流于"失真"。(《二刻拍案惊奇》卷首《序》,第1页)还有笑花主人曰:"天下之真奇者,未有不出于庸常者也。"(《今古奇观》卷首《序》,第5页)可见,当时不少小说批评家已达成共识,奇人奇事就蕴含在日常生活之中。

(三) 世情论

"世情小说"概念的产生/《新刻绣像批评金瓶梅》/"世情小说"内涵之发展

王阳明心学流行及对"世情"的关注,引起"世情小说"概念的产生和发展。王艮宣称:"圣人之道,无异于百姓日用;凡有异者,皆谓之异端。"(《王心斋全集》卷1《语录》,第10页)这是说,百姓日用就是圣人之道,脱离百姓日用即为异端。李贽也说:"穿衣吃饭,即是人伦物理;除却穿衣吃饭,无伦物矣。世间种种皆衣与饭类耳,故举衣与饭而世间种种自然在其中,非衣饭之外更有所谓种种绝与百姓不相同者也。"(《焚书》卷1《答邓石阳》,第4页)这是说,穿衣吃饭之百姓日用,本身就寄寓人伦物理。其所谓百姓日用,也就是"世情"。正是出于对"世情"的关注,才引发文学观念的巨大变化。在当时不论诗词歌赋还是小说戏曲,都涌现了大量描写社会生活的作品;而文学批评家也把"世情"作为讨论焦点,如前后七子、公安派都积极倡导人间真情。特别是《金瓶梅》评点,大都具有浓厚心学倾向,多次提及"世情"与"人情",并视之为批评的核心问题之一;其对"世情""人情"之关注,实隐含着"世情小说"的概念。如第一回开场诗,概括全文内容曰:

豪华去后行人绝,箫筝不响歌喉咽。雄剑无威光彩沉,宝琴零落金星灭。玉阶寂寞坠秋露,月照当时歌舞处。当时歌舞人不回,化为今日西陵灰。(《新刻绣像批评金瓶梅》卷1第一回《西门庆热结十弟兄 武二郎冷遇亲哥嫂》,第1页)

该页眉批曰:"一部炎凉景况,尽此数语中。"炎凉景况,就是世情;而一部炎凉景况,就是指世情小说。又如第五十二回,经纪人黄四因借用西门庆银子获利,命小厮黄宁儿送了四盒子礼来:一盒鲜乌菱、一盒鲜荸荠、四尾冰湃的大鲥鱼、一盒枇杷果。西门庆吩咐讨三钱银子赏黄宁儿。伯爵道:"今日造化了这狗骨秃了,又赏他三钱银子。"眉批曰:"此书只一味要打破世情。故不论事之大小冷热,但世情所有,便一笔刺入。"(《新刻绣像批评金瓶梅》卷11第五十二回《应伯爵山洞戏春娇　潘金莲花园调爱婿》,第278页)这条批语多次出现"世情"一词,表明《金瓶梅》是一部世情小说。

　　由上可知,批评家评点《新刻绣像批评金瓶梅》,心目中确有一个"世情小说"的概念。因此说《金瓶梅》的问世,代表章回体长篇"世情小说"正式诞生;而崇祯本《金瓶梅》评点,则代表了"世情小说"概念的正式形成。此后数百年间,"世情小说"从一个概念,发展为一种新的文学潮流,最后成为一种广为接受的古典小说类型,其起点就在于《新刻绣像批评金瓶梅》。

三　晚明诸大家小说理论批评

　　明代晚期的小说理论批评堪称鼎盛,出现李贽、胡应麟、金圣叹等大家。特别是崇祯末年金圣叹评点《水浒传》,树立了中国小说理论批评的第一个高峰。

(一) 李贽的小说理论批评

李贽"童心说"及其思想倾向/《水浒传》是出于童心的至文/《水浒传》是忠义、发愤之作

　　在明代的小说评点家中,率先引人注目的是李贽。作为"王学"左派代表,他公然以"异端"自居,肯定人欲,张扬个性,提出"童心说",反对"假道学",掀起一股人性解放热流,推动一场思想批判运动。他认为,"童心"就是"真心",是人的最初一念之本心;而最初一念之本心,即未有成见之我心。(《焚书》卷3《童心说》,第98页)其所谓童心、真心、初心,说的都是绝假纯真之意思。它是万物(含人类)的本源,也是人类意识最根本的概念,物质和精神皆存显于"真心",是"我妙明真心中一点物相"(《焚书》卷4《解经文》,第137页)。这观点颇合心学创始人陆九渊之说:"宇宙便是吾心,吾心即是宇宙"(《象山先生全集》卷36《年谱》,第226页);与王阳明的"心即理"说,也是精义贯通、一脉相承。(《传习录》卷上《徐爱录》,第6页)

李贽"童心说"突破传统文学宗经观念,明确提出"童心者之自文"的创作机制。其文曰:

> 天下之至文,未有不出于童心焉者也。苟童心常存,则道理不行,闻见不立,无时不文,无人不文,无一样创制体格文字而非文者。诗何必古选,文何必先秦。降而为六朝,变而为近体;又变而为传奇,变而为院本、为杂剧、为《西厢曲》、为《水浒传》、为今之举子业,皆古今至文,不可得而时势先后论也。故吾因是而有感于童心者之自文也;更说甚么《六经》,更说甚么《语》《孟》乎?(《焚书》卷3《童心说》,第99页)

此明确断言凡童心所出之文,不论古今体式皆为"至文"。这就以"童心"为评判标准,改变了传统的文学价值取向:一方面不再以儒家经书为文学至尊,而贬斥六经、《论语》《孟子》是假道学之口实;一方面不再拘守诗文为正宗的观念,而提升《西厢记》《水浒传》等戏曲小说的地位。李贽这种石破天惊的看法,彻底颠覆了正统文学观念。

正是在这种文学价值观念驱动下,李贽"逐字批点"《水浒传》,称之为"发愤之所作",并以此震动了当时文坛:

> 太史公曰:"《说难》《孤愤》,贤圣发愤之所作也。"由此观之,古之贤圣,不愤则不作矣。不愤而作,譬如不寒而颤、不病而呻吟也,虽作何观乎?《水浒传》者,发愤之所作也。盖自宋室不竞,冠履倒施,大贤处下,不肖处上;驯致夷狄处上,中原处下。一时君相犹然处堂燕鹊,纳币称臣,甘心屈膝于犬羊已矣。施、罗二公身在元,心在宋;虽生元日,实愤宋事。是故愤二帝之北狩,则称大破辽以泄其愤;愤南渡之苟安,则称灭方腊以泄其愤。敢问泄愤

者谁乎？则前日啸聚水浒之强人也，欲不谓之忠义不可也。是故施、罗二公传《水浒》，而复以忠义名其传焉。(《焚书》卷3《〈忠义水浒传〉序》，第109页)

"发愤著书"说，事典出自司马迁。太史公司马迁遭遇极度屈辱之腐刑，乃用古代圣贤发愤著书来激励自己，终成《史记》，以此泄愤雪耻。(《史记》卷130《太史公自序》，第3300页)。李贽在所作序中重申司马迁之说，假借《水浒传》作者之"愤"心，提升《水浒传》的"忠义"思想，进而建构了通俗小说的价值基础。

此后，叶昼评点《水浒》《三国》《西游》，金圣叹评点《水浒传》《西厢记》等，冯梦龙评点"三言"，还有《金瓶梅》评点，不断丰富充实了小说理论批评，使得晚明的小说评点一时蔚然成风。

（二）胡应麟的小说史批评

文言小说分类及概念/勾勒文言小说发展史/针对具体作品的批评

明代的小说理论批评家甚众，李贽、金圣叹等皆名闻一时；而以小说史名家者，仅胡应麟一人而已。胡应麟(1551—1602)，字元瑞，号少室山人，后又更号为石羊生，浙江兰溪(今浙江省兰溪县城北)人。万历丙子(1576)举人，以疾病缠身未尝出仕，虽布衣一生，却广交天下，酷嗜藏书，阅读著述，广涉书史，学问淹博，成为著名学者、诗人和文艺批评家，名入王世贞标榜的"末五子"之列。尝著有诗论专著《诗薮》、诗文集《少室山房集》；另有论学专著《少室山房笔丛》，其中还包含《四部正讹》3卷等。

胡应麟小说史评述的主要对象是文言小说，其所论见录于《少室山房笔丛》部分章节。其重点是小说史，主要表述为两点：

其一，提出了明确的文言小说分类概念。其有文曰：

> 小说家一类，又自分数种，一曰志怪，《搜神》《述异》《宣室》《酉阳》之类是也；一曰传奇，《飞燕》《太真》《崔莺》《霍玉》之类是也；一曰杂录，《世说》《语林》《琐言》《因话》之类是也；一曰丛谈，《容斋》《梦溪》《东谷》《道山》之类是也；一曰辨订，《鼠璞》《鸡肋》《资暇》《辨疑》之类是也；一曰箴规，《家训》《世范》《劝善》《省心》之类是也。(《少室山房笔丛·丙部》卷29《九流绪论下》，第282页)

在上述六类小说中,志怪、传奇、杂传属于故事性小说,丛谈是与史料关系密切的笔记小说,辨订与箴规则近于所谓琐语类小说。其突出贡献是,明确把志怪与传奇作为两个独立的小说类型来看待,特别是首次让传奇在文言小说二级分类中独占一类。

其二,明确用历史眼光来梳理文言小说。其一方面,他按照小说的分类来描述小说的起源与发展。他说《山海经》是"古今语怪之祖",《燕丹子》是"古今小说杂传之祖"。(《少室山房笔丛·丁部》卷32《四部正讹下》,第314、316页)又说汲冢《琐语》"盖古今纪异之祖","《飞燕》,传奇之首也;《洞冥》,《杂俎》之源也;《搜神》,《玄怪》之先也;《博物》,《杜阳》之祖也"。(《少室山房笔丛·丙部》卷29《九流绪论下》,第282、284页)

另一方面,他以艺术虚构为标准来探讨文言小说发展史。他认为小说滥觞于《庄子》和《列子》:"古今志怪小说,率以祖夷坚、齐谐。然《齐谐》即《庄》,《夷坚》即《列》耳。二书固极诙诡,第寓言为近,纪事为远。"这就是说,《庄子》《列子》是"纪事"之作,还不是严格意义上的小说;受其启发而产生的《夷坚》《齐谐》是虚构的"寓言",才是真正意义上的小说。他指出唐传奇是中国小说成熟的标志。曰:"凡变异之谈,盛于六朝,然多是传录舛讹,未必尽幻设语。至唐人乃作意好奇,假小说以寄笔端。"(《少室山房笔丛·己部》卷36《二酉缀遗中》,第362、371页)所谓"作意好奇""尽幻设语",就是指脱离"纪事"的叙事虚构。这个叙事虚构的观点影响深远,为鲁迅《中国小说史略》继承。

胡应麟以小说史家的眼光,对若干重要作品进行评价。他评价《世说新语》:"读其语言,晋人面目气韵恍忽生动,而简约玄澹,真致不穷,古今绝唱也。"(《少室山房笔丛·丙部》卷29《九流绪论下》,第285页)这评语成为后世小说审美批评的经典范例。他评文言纪实小说总集曰:"惟《广记》所录唐人闺阁事,咸绰有情致,诗词亦大率可喜。"(《少室山房笔丛·己部》卷36《二酉缀遗中》,第371页)他还联系作者社会关系,来分析小说的创作动机,评曰:"《周秦行记》,李德裕门人伪撰,以构牛奇章者也";又曰:"《白猿传》,唐人以谤欧阳询者。询状颇瘦削,类猿猱,故当时无名子造言以谤之。此书本题《补江总白猿传》,盖伪撰者托总为名,不惟诬询,兼以诬总。"(以上《少室山房笔丛·丁部》卷32《四部正讹下》,第320页)

胡应麟对不少小说作详细考辨,展现了较卓越的理论批评水平;而其对文言小说史的相关论说颇有创建,奠定了《四库全书总目》小说理论基础。

(三) 金圣叹评《水浒传》

历史与小说异同/"因文生事"论/人物性格个性化/文法论与结构/

金圣叹(1608—1661),名采,字若采;一说原姓张,明亡后改名人瑞,字圣叹,自称泐庵法师。苏州吴县(今江苏省苏州市)人,著名的文学家、文学批评家。其主要成就在于文学批评,对《水浒传》《西厢记》《左传》等书及杜甫诸家唐诗都有评点;提高了通俗文学的地位,创立"六才子书"之说,使小说戏曲得与传统经传诗歌并驾齐驱,被后世推崇为中国白话文学运动的先驱。

金圣叹从叙事艺术层面,概括历史与小说的异同。他认为,历史和小说写作都是"为文计不为事计",但也有历史因事生文而小说因文生事之别。其中具体情实,可概括为两点:

其一,他承认历史与小说有"国家之事""文人之事"之别。他评曰:"尝怪宋子京官给椽烛,修《新唐书》。嗟乎!岂不冤哉!夫修史者,国家之事也;下笔者,文人之事也。国家之事,止于叙事而止,文非其所务也。若文人之事,固当不止叙事而已,必且心以为经,手以为纬,踌躇变化,务撰而成绝世奇文焉。"(《第五才子书施耐庵水浒传》卷33第二十八回总评,第529页)盖"国家之事"专注于"叙事",而"文人之事"惟务于"奇文",其间蕴含了国家与个人、主观与客观、实录与虚构的区别。

其二,他又认为历史和小说都是有志于"为文计不为事计"。他评曰:"马迁之传伯夷也,其事伯夷也,其志不必伯夷也;其传游侠、货殖,其事游侠、货殖,其志不必游侠、货殖也;进而至于汉武本纪,事诚汉武之事,志不必汉武之志也。恶乎志?文是已。马迁之书,是马迁之文也;马迁书中所叙之事,则马迁之文之料也。……是故马迁之为文也,吾见其有事之钜[巨]者而隐括焉,又见其有事之细者而张皇焉,或见其有事之阙者而附会焉,又见其有事之全者而轶去焉,无非为文计,不为事计也。"(《第五才子书施耐庵水浒传》卷33第二十八回总评,第529—530页)这是说历史叙事与小说叙事相通,都是有志于文饰而不只限于记事。因此,读稗官小说与读正史传记,其阅读体验是基本相同的。

然而,对"事"与"文"的处理,历史与小说还是有区别的。金圣叹评曰:"《史记》是以文运事,《水浒》是因文生事。以文运事,是先有事生成如此如此,却要算计出一篇文字来。虽是史公高才,也毕竟是吃苦事。因文生事即不然,只是顺着笔性去,削高补低都由我。"(《第五才子书施耐庵水浒传》卷3《读〈第五才子书〉法》,第29—30页)这用"以文运事""因文生事",来加区分历史与小说之叙事策略。历史"以文运事",其事必须为实有的,则文笔自然受限制;小说"因文生事",其事可以是虚构的,则文笔就会更自由。此前批评家论小说叙事,虽然也多认可艺术虚构,但都很保守,似不够自信;金圣叹如此大胆为小说叙事之虚构张目,认为小说之事与文远胜于历史之事与文,确实在前人理论认知的基础上,显著地提高了小说的艺术价值。

金圣叹首次使用"性格"一词,来指称小说中人物形象的个性。其文曰:

> 别一部书,看过一遍即休;独有《水浒传》,只是看不厌,无非为他把一百八个人性格,都写出来。《水浒传》写一百八个人性格,真是一百八样。若别一部书,任他写一千个人,也只是一样;便只写得两个人,也只是一样。(《第五才子书施耐庵水浒传》卷3《读〈第五才子书〉法》,第30页)

他把人物性格塑造确定为小说艺术的中心,并认为这才是《水浒传》独特魅力之所在。

金圣叹不仅提出了人物性格论,还具体探讨了性格的不同表现:其一,性格是共性和个性统一。他评曰:"《水浒传》只是写人粗卤处,便有许多写法。如鲁达粗卤是性急,史进粗卤是少年任气,李逵粗卤是蛮,武松粗卤是豪杰不受羁靮,阮小七粗卤是悲愤无说处,焦挺粗卤是气质不好。"(《第五才子书施耐庵水浒传》卷3《读〈第五才子书〉法》,第31页)"粗卤"是这类人物共性,但又各有不同的个性特点;因而性格鲜明,不容易被混淆。

其二,不同个性有不同的表现。他评曰:"《水浒》所叙,叙一百八人,人有其性情,人有其气质,人有其形状,人有其声口。"(《第五才子书施耐庵水浒传》卷1《序三》,第20页)这就是说,小说中不同人物性格之个性往往会有多种表现,可通过情感、气质、面貌、声音等侧面来展示。

其三,性格个性化的塑造方法。这一点是对人物形象个性化的深层次探讨。性格高度个性化是很不容易的,需要作者独具匠心的艺术创造。他评曰:"施耐庵以一心所运,而一百八人各自入妙者,无他,十年格物而一朝物格。斯以一笔而写百千万人,固不以为难也。"为进一步阐明"十年格物而一朝物格"之说,他又提出了"忠恕"和"因缘生法"的意见:"格物之法,以忠恕为门。何谓忠?天下因缘生法,故忠不必学而至于忠,天下自然,无法不忠";"忠恕,量万物之斗斛也;因缘生法,裁世界之刀尺也。施耐庵左手握如是斗斛,右手持如是刀尺,而仅乃叙一百八人之性情、气质、形状、声口者,是犹小试其端也。"(以上《第五才子书施耐庵水浒传》卷1《序三》,第20页)其所谓"忠恕",指作者设身处地地忖度人物的个性;而"因缘生法",指按情节发展逻辑来塑造人物性格。唯此两者相结合才能达成"物格",即作者主观性和人物客观性的统一。

  金圣叹还非常重视小说叙事艺术之"文法",称"《水浒传》有许多文法非他书所曾有"。所谓"文法",具体是指三法:"章有章法,句有句法,字有字法。"而在此三法中,他最重视的是章法,所作论述也最精彩。其所谓章法,即篇章结构,有"弄引法""大落墨""獭尾法"等。"弄引法",就是"使文情渐渐隐隆而起",即在高潮之前安排引子与铺垫;"大落墨",则是使用浓墨重彩,以叙小说主体部分;"獭尾法",是"谓一段大文字后,不好寂然便住,更作余波演漾之"。(以上《第五才子书施耐庵水浒传》卷3《读〈第五才子书〉法》,第34—35页)在此三项"文法"的基础上,金圣叹总结了多种叙事方法:有所谓"草蛇灰线法",指情节线索的延续,"如景阳冈勤叙许多'哨棒'字,紫石街连写若干'帘子'字等是也";有所谓"横云断山法",指在主要故事叙事中插叙次要故事;有所谓"移云接月法",指两个重要故事板块的链接;有所谓"鸾胶续弦法",指把两个原本不相干的故事融为一体。(以上《第五才子书施耐庵水浒传》卷3《读〈第五才子书〉法》,第34—36页)

  金圣叹可谓是中国文学批评史上全面总结小说叙事方法的第一人,他评点《水浒传》及入清后对"六才子书"中《西厢记》的评点,其影响力不断叠加而深受后人重视,至今仍被视为中国文学评点的翘楚。

附 文论选读

一 《三国志通俗演义》序

[明] 蒋大器

  夫史,非独纪历代之事,盖欲昭往昔之盛衰,鉴君臣之善恶,载政事之得失,观人才之吉凶,知邦家之休戚,以至寒暑灾祥、褒贬予夺,无一而不笔之者,有义存焉。

  吾夫子因获麟而作《春秋》。《春秋》,鲁史也。孔子修之,至一字予者,褒之;

否者,贬之。然一字之中,以见当时君臣父子之道,垂鉴后世,俾识某之善、某之恶,欲其劝惩警惧,不致有前车之覆。此孔子立万万世至公至正之大法,合天理,正彝伦,而乱臣贼子惧。故曰:"知我者其惟《春秋》乎,罪我者其惟《春秋》乎!"亦不得已也。孟子见梁惠王,言仁义而不言利;告时君必称尧、舜、禹、汤;答时臣必及尹、傅、周、召。至朱子《纲目》,亦由是也,岂徒纪历代之事而已乎?然史之文,理微义奥;不如此,乌可以昭后世?语云:"质胜文则野,文胜质则史。"此则史家秉笔之法,其于众人观之,亦尝病焉。故往往舍而不之顾者,由其不通乎众人,而历代之事愈久愈失其传。前代尝以野史作为评话,令瞽者演说,其间言辞鄙谬,又失之于野,士君子多厌之。若东原罗贯中,以平阳陈寿《传》考诸国史,自汉灵帝中平元年,终于晋太康元年之事,留心损益,目之曰《三国志通俗演义》。文不甚深,言不甚俗,事纪其实,亦庶几乎史。盖欲读诵者,人人得而知之,若诗所谓里巷歌谣之义也。书成,士君子之好事者,争相誊录,以便观览;则三国之盛衰治乱,人物之出处臧否,一开卷,千百载之事,豁然于心胸矣。其间亦未免一二过与不及,俯而就之,欲观者有所进益焉。

予谓"诵其诗,读其书,不识其人,可乎?"读书例曰:若读到古人忠处,便思自己忠与不忠;孝处,便思自己孝与不孝。至于善恶可否,皆当如此,方是有益。若只读过,而不身体力行,又未为读书也。

予偿读《三国志》,求其所以,殆由陈蕃、窦武立朝未久,而不得行其志,卒为奸宄(guǐ)谋之,权柄日窃,渐浸炽盛,君子去之,小人附之,奸人乘之。当时国家纪纲法度坏乱极矣。噫,可不痛惜乎!矧(shěn)何进识见不远,致董卓乘衅而入,权移人主,流毒中外,自取灭亡,理所当然。曹瞒虽有远图,而志不在社稷,假忠欺世,卒为身谋;虽得之,必失之。万古奸贼,仅能逃其不杀而已,固不足论。孙权父子虎视江东,固有取天下之志,而所用得人,又非老瞒可议。惟昭烈,汉室之胄,结义桃园,三顾草庐,君臣契合,辅成大业,亦理所当然。其最尚者,孔明之忠,昭如日星,古今仰之;而关、张之义,尤宜尚也。其他得失,彰彰可考,遗芳遗臭,在人贤与不贤;君子小人,义与利之间而已。观演义之君子,宜致思焉。

弘治甲寅仲春几望庸愚子拜书。(罗贯中《三国志通俗演义》卷首《序》,上海古籍社1980年4月第1版)

导读:

蒋大器(生卒年不详),号庸愚子,浙江金华(今浙江省金华市)人,弘治间举人。

宋元以前小说理论,尚处于萌芽之状态;论者大都是偶尔涉及之,无意以小说批评为己任。他们对小说与史文的区别,在理论认知上还比较模糊。蒋大器《〈三国志通俗演义〉序》,是我国今日见最早的关于历史演义小说之专论,试图区分历史演义叙事与历史著作叙事之不同。其具体内容有三点:

首先,史书"理微义奥""不通乎众人",故难以在大众传播中得到广泛普及;而《三国志通俗演义》则"庶几乎史",故在语言上"文不甚深""言不甚俗",既雅正又通俗,能供雅俗共赏,为人所喜爱,能广为流传。

其次,《三国志通俗演义》取材于三国历史,通过臧否人物而触发读者忠孝道德感。其谓:"读到古人忠处,便思自己忠与不忠;孝处,便思自己孝与不孝。"是说读者在阅读历史演义小说时,自觉地以书中道德对照自己德行,身体力行,以求益处。

再次,演义小说既有社会历史之批评,又有依乎儒家道德功利之批评。通过对曹魏、东吴、蜀汉主要人物性格分析,指出曹操"假忠欺世"、孙权用人不及曹操;唯有蜀汉政治集团拥有贤才君子,孔明之忠、关张之义"尤宜尚"。

二 《忠义水浒传》序
[明] 李贽

太史公曰:"《说难》《孤愤》,贤圣发愤之所作也。"由此观之,古之贤圣,不愤则不作矣。不愤而作,譬如不寒而颤,不病而呻吟也,虽作何观乎?《水浒传》者,发愤之所作也。盖自宋室不竞,冠履倒施,大贤处下,不肖处上。驯致夷狄处上,中原处下,一时君相犹然处堂燕鹊,纳币称臣,甘心屈膝于犬羊已矣。施、罗二公身在元,心在宋;虽生元日,实愤宋事。是故愤二帝之北狩,则称大破辽以泄其愤;愤南渡之苟安,则称灭方腊以泄其愤。敢问泄愤者谁乎?则前日啸聚水浒之强人也,欲不谓之忠义不可也。是故施、罗二公传《水浒》,而复以忠义名其传焉。

夫忠义何以归于水浒也?其故可知也。夫水浒之众,何以一一皆忠义也?所以致之者可知也。今夫小德役大德、小贤役大贤,理也。若以小贤役人,而以大贤役于人,其肯甘心服役而不耻乎?是犹以小力缚人,而使大力者缚于人,其肯束手就缚而不辞乎?其势必至驱天下大力大贤而尽纳之水浒矣。则谓水浒之众,皆大力大贤有忠有义之人可也。然未有忠义如宋公明者也。今观一百单八人者,同功同过,同死同生,其忠义之心,犹之乎宋公明也。

独宋公明者,身居水浒之中,心在朝廷之上,一意招安,专图报国。卒至于犯大难,成大功,服毒自缢,同死而不辞,则忠义之烈也!真足以服一百单八人者之心;故能结义梁山,为一百单八人之主。最后南征方腊,一百单八人者阵亡已过半矣;又智深坐化于六和,燕青涕泣而辞主,二童就计于"混江"。宋公明非不知也,以为见几明哲,不过小丈夫自完之计,决非忠于君义于友者所忍屑矣。是之谓宋公明也,是以谓之忠义也。传其可无作欤? 传其可不读欤?

故有国者不可以不读,一读此传,则忠义不在水浒,而皆在于君侧矣;贤宰相不可以不读,一读此传,则忠义不在水浒,而皆在于朝廷矣;军部掌军国之枢,督府专阃外之寄,是又可以不读也,苟一日而读此传,则忠义不在水浒,而皆为干城心腹之选矣。否则不在朝廷,不在君侧,不在干城腹心,乌乎在? 在水浒。此传之所为发愤矣。若夫好事者资其谈柄,用兵者借其谋画,要以各见所长,乌睹所谓忠义者哉!(李贽《焚书》卷3《〈忠义水浒传〉序》,《焚书 续焚书》本,中华书局1975年1月第1版)

导读:

李贽在《与焦弱侯》中说:"《水浒传》批点得甚快活人,《西厢》《琵琶》涂抹改窜得更妙。"可知,他确实批点过小说、戏曲。明代后期,署名"李卓吾"的小说、戏曲评点本多达几十种,但学界多认为多是伪托李贽之名。

这篇《〈忠义水浒传〉序》,见于万历三十八年(1610)容与堂本《李卓吾先生批评忠义水浒传》和万历四十二年(1614)袁无涯本《李卓吾先生批评忠义水浒全书》,并收录于《焚书》卷3杂述类。胡适《〈水浒传〉新考》、黄霖《〈焚书〉原本的几个问题》对此序是否为李贽所作存疑。

《〈忠义水浒传〉序》直接继承司马迁"发愤著书"说,将《水浒传》与韩非子《说难》《孤愤》并列为"贤圣之作",认为《水浒传》作者的创作精神是为"宋室不竞,冠履倒施"不平,寓含着浓烈的"泄愤"情绪,肯定了《水浒传》的创作动机。

《〈忠义水浒传〉序》肯定了水浒人物的正义性。《水浒传》中的英雄生活在"大贤处下,不肖处上"的混乱时代,他们的忧愤通过破辽、灭方腊得到宣泄;故断言"敢问泄愤者谁乎? 则前日啸聚水浒之强人也。"由此指出,梁山好汉是匡世救民的"忠义"之士,将"忠义"的代表认定为水浒强人,而非文臣武将,这可以说是李贽异端思想的一种表现。《〈忠义水浒传〉序》进一步分析"忠义"归于"水浒之众"的原因,在于他们都是"大力大贤、有忠有义"之人。其中最为核心的代表即是"身居水浒之中,心在朝廷之上"的宋江。他在明知朝廷赐毒而不肯"小丈夫自完"，而选择"同生同死"，是于君于友"忠义"精神的集中体现。

《〈忠义水浒传〉序》从读者的接受层面，指出《水浒传》的传播价值。国君、宰相、军部、督府等读完《水浒传》，应明白"忠义"在于"君侧""朝廷""干成心腹"；若他们不守职责，履行"忠义"，则"忠义"最终只能靠水浒英雄来实现。

三　读《第五才子书》法（节录）
［明］金圣叹

大凡读书，先要晓得作书之人是何心胸。如《史记》，须是太史公一肚皮宿怨发挥出来，所以他于《游侠》《货殖》传特地着精神；乃至其余诸记、传中，凡遇挥金杀人之事，他便啧啧赏叹不置。一部《史记》，只是"缓急人所时有"六个字，是他一生著书旨意。《水浒传》却不然。施耐庵本无一肚皮宿怨要发挥出来，只是饱暖无事，又值心闲，不免伸纸弄笔，寻个题目，写出自家许多锦心绣口，故其是非皆不谬于圣人。后来人不知，却于《水浒》上加"忠义"字，遂并比于史公"发愤著书"一例，正是使不得。

《水浒传》有大段正经处，只是把宋江深恶痛绝，使人见之，真有犬彘不食之恨。从来人却是不晓得。

或问：施耐庵寻题目写出自家锦心绣口，题目尽有，何苦定要写此一事？答曰：只是贪他三十六个人，便有三十六样出身、三十六样面孔、三十六样性格，中间便结撰得来。

题目是作书第一件事。只要题目好，便书也作得好。

《水浒传》方法，都从《史记》出来，却有许多胜似《史记》处。若《史记》妙处，《水浒》已是件件有。

某尝道《水浒》胜似《史记》，人都不肯信，殊不知某却不是乱说。其实《史记》是以文运事，《水浒》是因文生事。以文运事，是先有事生成如此如此，却要算计出一篇文字来。虽是史公高才，也毕竟是吃苦事。因文生事即不然，只是顺着笔性去，削高补低都由我。

作《水浒传》者，真是识力过人。某看他一部书，要写一百单八个强盗，却为头推出一个孝子来做门面，一也；三十六员天罡、七十二座地煞，却倒是三座地煞先做强盗，显见逆天而行，二也；盗魁是宋江了，却偏不许他便出头，另又幻一晁盖盖住在上，三也；天罡地煞，都置第二，不使出现，四也；临了收到"天下太平"四字作结，五也。

别一部书,看过一遍即休。独有《水浒传》,只是看不厌,无非为他把一百八个人性格,都写出来。

《水浒传》写一百八个人性格,真是一百八样。若别一部书,任他写一千个人,也只是一样;便只写得两个人,也只是一样。

《水浒传》章有章法,句有句法,字有字法。人家子弟稍识字,便当教令反复细看,看得《水浒传》出时,他书便如破竹。

江州城劫法场一篇,奇绝了;后面却又有大名府劫法场一篇,一发奇绝。潘金莲偷汉一篇,奇绝了;后面却又有潘巧云偷汉一篇,一发奇绝。景阳冈打虎一篇,奇绝了;后面却又有沂水县杀虎一篇,一发奇绝:真正其才如海!

《水浒传》只是写人粗卤处,便有许多写法。如鲁达粗卤是性急,史进粗卤是少年任气,李逵粗卤是蛮,武松粗卤是豪杰不受羁靮,阮小七粗卤是悲愤无说处,焦挺粗卤是气质不好。

李逵是上上人物,写得真是一片天真烂熳[漫]到底。看他意思,便是山泊中一百七人,无一个人得他眼。《孟子》"富贵不能淫,贫贱不能移,威武不能屈",正是他好批语。

只如写李逵,岂不段段都是妙绝文字?却不知正为段段都在宋江事后,故便妙不可言。盖作者只是痛恨宋江奸诈,故处处紧接出一段李逵朴诚来,做个形击。其意思自在显宋江之恶,却不料反成李逵之妙也。此譬如刺枪,本要杀人,反使出一身家数。

近世不知何人,不晓此意,却节出李逵事来,另作一册,题曰《寿张文集》,可谓咬人屎撅[橛],不是好狗。

写李逵色色绝倒,真是化工肖物之笔。他都不必具论,只如逵还有兄李达,便定然排行第二也,他却偏要一生自叫"李大",直等急切中移名换姓时,反称作"李二",谓之乖觉。试想他肚里,是何等没分晓。

任是真正大豪杰好汉子,也还有时将银子买得他心肯。独有李逵,便银子也买他不得,须要等他自肯,真又是一样人。

林冲自然是上上人物,写得只是太狠。看他算得到、熬得住、把得牢、做得彻,都使人怕。这般人在世上,定做得事业来,然琢削元气也不少。

《水浒传》有许多文法,非他书所曾有,略点几则于后。

有倒插法:谓将后边要紧字,蓦地先插放前边。如五台山下铁匠间壁父子客店,又大相国寺岳庙间壁菜园,又武大娘子要同王干娘去看虎,又李逵去买枣糕收得汤隆等是也。

有草蛇灰线法：如景阳冈勤叙许多"哨棒"字，紫石街连写若干"帘子"字等是也。骤看之，有如无物，及至细寻，其中便有一条线索，拽之通体俱动。

有大落墨法：如吴用说三阮、杨志北京斗武、王婆说风情、武松打虎、还道村捉宋江、二打祝家庄等是也。

有背面铺粉法：如要衬宋江奸诈，不觉写作李逵真率；要衬石秀尖利，不觉写作杨雄糊涂是也。

有弄引法：谓有一段大文字，不好突然便起，且先作一段小文字在前引之。如索超前，先写周谨；十分光前，先说五事等是也。《庄子》云："始终青萍之末，盛于土囊之口。"《礼》云："鲁人有事于泰山，必先有事于配林。"

有獭尾法：谓一段大文字后，不好寂然便住，更作余波演漾之。如梁中书东郭演武归去后，知县时文彬升堂；武松打虎下冈来，遇着两个猎户；血溅鸳鸯楼后，写城壕边月色等是也。

有横云断山法：如两打祝家庄后，忽插出解珍、解宝争虎越狱事；又正打大名城时，忽插出截江鬼、抽里鳅谋财倾命事等是也。只为文字太长了，便恐累坠，故从半腰间暂时闪出，以间隔之。

有鸾胶续弦法：如燕青往梁山泊报信，路遇杨雄、石秀，彼此须互不相识；且由梁山泊到大名府，彼此既同取小径，又岂有止一小径之理？看他将顺手借如意子打鹊求卦，先斗出巧来，然后用一拳打倒石秀，逗出姓名来等是也。都是刻苦算得出来。

旧时《水浒传》，子弟读了，便晓得许多闲事。此本虽是点阅得粗略，子弟读了，便晓得许多文法。不惟晓得《水浒传》中有许多文法，他便将《国策》《史记》等书，中间但有若干文法，也都看得出来。旧时子弟读《国策》《史记》等书，都只看了闲事，煞是好笑。（金圣叹撰《第五才子书施耐庵水浒传》卷3《读〈第五才子书〉法》，《金圣叹全集》本，陆林辑校整理，凤凰出版社2008年12月第1版）

导读：

金圣叹为人放诞倜傥，异于流俗。入清后绝意仕进，以评点文史为主，曾将《离骚》《庄子》《史记》《杜诗》《水浒传》《西厢记》并列为"六才子书"，打算一一评点；最终真正完成的仅《第五才子书施耐庵水浒传》《第六才子书西厢记》2部。顺治十八年(1661)，金圣叹因"哭庙案"被处死。后人将其作品辑为《金圣叹全集》。

崇祯十四年(1641),金圣叹完成《水浒传》评点,以《贯华堂第五才子书》刊行,其卷3为《读〈第五才子书〉法》。在评点作品中加入"读法",首创于金圣叹。《读〈第五才子书〉法》共70则,此处所附为其文之节录。

金圣叹先对李贽的《水浒传》"发愤著书"说提出不同看法,认为作者写《水浒传》的创作动机与司马迁写《史记》不同,并没有"一肚皮宿怨要发挥出来",而是"饱暖无事,又值心闲"所作,乃是于无聊中做出的才子之文,故不同于《史记》之发愤著书。金圣叹还强调,《水浒传》写作是"因文生事",与《史记》"以文运事"很不同。前者着意于艺术虚构,故事、人物都是为"文"服务;后者则着意于历史纪实,叙事、行文都是为"事"服务。

金圣叹指出,《水浒传》之所以能"锦心绣口",是因为写出了各色人物的不同性格。他说:"只是贪他三十六个人,便有三十六样出身、三十六样面孔、三十六样性格","把一百八个人性格,都写出来。"如同样是粗卤,金圣叹分析了鲁达、史进、李逵、武松、阮小七、焦挺等不同之处;并对李逵"一片天真烂漫到底""无一个入得他眼""朴诚""没分晓"及不为利动等性格作了具体分析。

金圣叹称"章有章法、句有句法、字有字法",并总结了多种故事情节的叙事结构与方法策略。如倒插法、草蛇灰线法、大落墨法、背面铺粉法、弄引法、獭尾法、横云断山法、鸾胶续弦法等。

金圣叹揭示小说"因文生事"的虚构特点,重视人物性格的塑造及共性与个性之分析,善于总结故事情节的叙事结构,对古代小说理论产生深远影响。

四 少室山房笔丛(节录)

[明] 胡应麟

小说家一类,又自分数种:一曰志怪,《搜神》《述异》《宣室》《酉阳》之类是也;一曰传奇,《飞燕》《太真》《崔莺》《霍玉》之类是也;一曰杂录,《世说》《语林》《琐言》《因话》之类是也;一曰丛谈,《容斋》《梦溪》《东谷》《道山》之类是也;一曰辨订,《鼠璞》《鸡肋》《资暇》《辨疑》之类是也;一曰箴规,《家训》《世范》《劝善》《省心》之类是也。谈丛、杂录二类最易相紊,又往往兼有四家,而四家类多独行,不可搀入二类者。至于志怪、传奇,尤易出入,或一书之中二事并载,一事之内两端俱存,姑举其重而已。(卷29《九流绪论下》)

刘义庆《世说》十卷,读其语言,晋人面目气韵恍忽生动,而简约玄澹,真致不穷,古今绝唱也。孝标之注博赡精核,客主映发,并绝古今。考隋、唐《志》,义庆

又有《小说》十卷,孝标又有《续世说》十卷,今皆不传。怅望江左风流,令人扼腕云。(卷29《九流绪论下》)

《白猿传》,唐人以谤欧阳询者。询状颇瘦削类猿猱,故当时无名子造言以谤之。此书本题《补江总白猿传》,盖伪撰者托总为名,不惟诬询,兼以诬总。(卷32《四部正讹下》。以上胡应麟撰《少室山房笔丛》,上海书店2009年4月第1版)

导读:

  胡应麟(1551—1602),字元端,一字明瑞,号少室山人,浙江兰溪(今浙江省兰溪县)人。万历四年(1576)举人,不仕。著有《诗薮》《少室山房集》《少室山房类稿》《少室山房笔丛》等论著、文集,对文献学、考证辨伪、小说、戏曲学都有很大贡献。

  《少室山房笔丛》是胡应麟的文学史料著作,刊于万历十七年(1589)。该书48卷,含《经籍会通》《丹铅新录》《史书占毕》《艺林品评》《九流绪论》《四部正讹》《三坟补逸》《二酉缀遗》《华阳博议》《庄岳委谈》《玉壶遐览》《双树幻钞》等内容,对经史子集、世风时俗都有考证和述评。

  此处节录《九流绪论》,体现了胡应麟对文言小说的分类,即分为志怪、传奇、杂录、丛谈、辨订、箴规6种。他指出,丛谈类和杂录类容易相混,传奇、志怪也容易同时存在于一书之中;面对这种情况,胡应麟提出"举其重而已"的划分标准。

  《九流绪论下》还对刘义庆《世说新语》进行考证、论述,概括其特点是人物"气韵恍惚生动",语言"简约玄澹"。而刘孝标的《世说新语注》也具备了"博赡精核"的特点,二者并为"绝唱"。此外,胡应麟还据《隋书·经籍志》和《旧唐书·经籍志》,指出刘义庆另有《小说》,刘孝标另有《续世说》。

  《四部正讹下》节文指出,唐传奇《白猿传》的创作缘起,是为了讽刺欧阳询和诬谤江总,揭示唐代"无名子造言以谤"的写作心态,及唐传奇"假小说以寄笔端"的创作风习。

第十六讲
明清戏曲批评

戏曲起源于原始歌舞,是一种综合性的舞台艺术形式;故王国维认为"以歌舞演故事"是其基本特质。(《王国维戏曲论文集·戏曲考原》,第163页)中国古典戏曲起源虽很早,但到宋金时期才初具雏形,到元代便日臻成熟,明清两代到达鼎盛。基于这个认知,本讲主要述说早前戏曲理论批评、明代戏曲理论批评和清代戏曲理论批评。

一　早前戏曲理论批评

明代之前,戏曲虽已发展成熟,且产生的作品众多;但成熟的戏曲理论著作并不多。今所存者,钟嗣成《录鬼簿》、周德清《中原音韵》和燕南芝庵《唱论》,堪为代表。

(一) 钟嗣成《录鬼簿》所载戏曲观

钟嗣成与《录鬼簿》/专门为戏曲作家立传/为戏曲另立一门户/使人感动咏叹之旨归

钟嗣成(约1279—约1360),字继先,号丑斋,汴京(今河南省开封市)人。少年居住杭州,与知名曲家施君美、曾瑞卿交好;师事邓善之、曹克明、刘声之三先生。元代重要戏曲史家、散曲作家,屡试不中,一生坎坷。撰戏曲史著作《录鬼簿》,又作杂剧《章台柳》《钱神论》《蟠桃会》《郑庄公》《斩陈余》《诈游云梦》《冯驩烧券》等7种,均佚传;今存小令59首、套数1套,其中有19支小令哀吊19位曲家,是为后人研究元曲的最重要的资料。

《录鬼簿》是今存最早曲论著作,大约成书于元至顺元年(1330)。书中记录了金朝末年至元朝中叶的散曲作家和杂剧艺人及其相关作品。书名所谓"鬼",实为"戏子",其序曰:"人之生斯世也,但知以已死者为鬼,而不知未死者亦鬼也。酒罂饭囊,或醉或梦,块然泥土者,则其人虽生,与死鬼何异?"(《录鬼簿新校注》卷首《序》,第1页)书中共记述152位杂剧、散曲作家,著录各类戏曲作品名目400余种。全书分为上、下两卷,上卷分为"前辈名公有乐府行于世者""方今名公""前辈已死名公才人有所编传奇行于世者"三类,下卷分为"方今已亡名公才人余相知者(为之作传以〔凌波曲〕吊之)""已死才人不相知者""方今才人相知者(纪其姓名行实并所编)""方今才人闻名而不相知者"四类。(《录鬼簿新校注》,第6、9、101、144、145、146页)

是书除了保存元曲家的相关史料外,还表现出钟嗣成较为先进的文艺观,有重要的理论价值,兹分三点论列如下:

第一,独具慧眼,专为戏曲作家立传。元代有"九儒十丐"说法,知识分子的地位非常卑微,戏曲家之低下,就更不用提了。钟嗣成《录鬼簿》独具慧眼,专为金元戏曲作家传名立传,裨补经史所不传的缺憾,成为一部开创性的著作。其文曰:"冀乎初学之士,刻意词章,使水寒乎冰,青胜于蓝。"(《录鬼簿新校注》卷首《序》,第2页)这是要激励后学之士,以推动杂剧创作发展。

第二,抬高地位,为戏曲另立一门户。其书序曰:"若夫高尚之士,性理之学,以为得罪于圣门者;吾党且啖蛤蜊,别与知味者道。"(《录鬼簿新校注》卷首《序》,第2页)这是在"性理之学"外,大胆为戏曲另立一门户,努力提升其艺术价值地位,可谓独具慧眼、胆识过人。

第三,提升特质,要能使人感动咏叹。与其他传统文学样式相比,戏曲形式自有其新的特点,提倡鼓励杂剧作家"搜奇索古""翻腾古今",编演动人情节来达到"感动咏叹"的观赏效果。(以上《录鬼簿新校注》,第103、113页)

除了上述对戏曲理论观念的记述外,书中还存录杂剧作家活动组织情况。如关于罗贯中、贾仲明等人的活动事迹,该书为元代戏曲史保留仅有的重要史料。

(二) 周德清《中原音韵》的戏曲观

周德清及其《中原音韵》/体制、音律、语言之规范/标举元曲"四大家"之说周德清(1277—1365)，字日湛，号挺斋，江西高安(今江西省高安市)人，终身不仕。元代杰出音韵学家、戏曲作家和理论家，工乐府、善音律，著《中原音韵》。《全元散曲》录存其小令 31 首、套数 3 套，《录鬼簿续篇》对他散曲创作有很高评价。

《中原音韵》大约写作于 1324 年，是我国最早出现的曲韵学著作。全书分为 3 个部分：第一部分是韵谱，按照韵书的形式，收集北曲常用韵脚 5866 字，分成 19 个韵部依序排列；第二部分是《正语作词起例》，是韵谱编例、审音原则之说明，主要包括北曲谱、作曲法两项内容。第三部分是《作词十法》，阐述著者的戏曲理论主张。综合而言，书中所载述观点，主要有如下两点：

第一，对北曲的体制、音律、语言等事项，做出明确规范以达到更佳艺术效果。在《中原音韵》成书之前，作曲、唱曲不太讲究格律，致使混乱不堪，艺术效果不佳。对此，周德清自序曰："欲作乐府，必正言语；欲正言语，必宗中原之音。"(《中原音韵》中附《中州乐府音韵类编·中原音韵自序》，第 12 页)乃以中原语音为依据，专门为北曲用韵而作，意在纠正早前作曲家用韵混乱的问题，确立北曲创作、表演审定格律的标准。故欧阳玄称赞之曰："通声音之学，工乐章之词。"(《圭斋文集补编》卷 8《中原音韵序》，第 589 页)

第二，提出元曲"四大家"之说，以标示元杂剧之黄金时代。其文曰：

> 乐府之盛、之备、之难，莫如今时。其盛，则自缙绅及闾阎歌咏者众。其备，则自关、郑、白、马一新制作，韵共守自然之音，字能通天下之语。……诸公已矣，后学莫及！(《中原音韵》中附《中州乐府音韵类编·中原音韵自序》，第 12 页)

此"四大家"名目之提出，标志了元杂剧的黄金时代。除了关、郑、白、马"四大家"之外，周德清还十分推崇王实甫的戏曲成就。由此亦可看出，著者识力卓越。

(三)燕南芝庵《唱论》所载戏曲观

燕南芝庵与《唱论》/强调唱腔的旋律之美/总结优秀的演唱经验

《唱论》是一部产生于元代的音乐论著，其最早的版本附刻于《阳春白雪》卷首。《阳春白雪》是杨朝英所编选的散曲集，载称《唱论》为"燕南芝庵先生撰"。"燕南"当为作者里籍，"芝庵"当为作者字号；然其真实姓名及生平事迹已无从可考,唯知他是元至正元年(1341)以前人。周德清《中原音韵》多处引用《唱论》,说明其成书当在《中原音韵》写作之前。

《唱论》是我国古代重要的演唱理论著作,全文仅以 1800 余字简要论述了唱曲的要领,对宋元时期的演唱艺术,从声音、唱字、表情、乐曲等方面,提出了明确的审美要求。全文最有价值的部分,当属其总结歌唱规律。兹摘录如下:

> 歌之格调:抑扬顿挫、顶叠垛换、萦纡牵结、敦拖呜咽、推题丸转、捶欠遏透。
> 歌之节奏:停声、待拍、偷吹、拽棒、字真、句笃、依腔、贴调。
> 凡歌一声,声有四节:起末、过度、揾簪、撅落。
> 凡歌一句,声韵有一声平、一声背、一声圆。声要圆熟,腔要彻满。
> 凡一曲中,各有其声:变声、敦声、杌声、啀声、困声、三过声;有偷气、取气、换气、歇气、就气;爱者有一口气。(《唱论》,第 159—160 页)

盖《唱论》强调唱腔的旋律之美,要求"抑扬顿挫""萦纡牵结""敦拖呜咽"等。"歌之节奏"中,要求"字真、句笃、依腔、贴调";后文又要求"声要圆熟,腔要彻满",与后代艺人强调的"字正腔圆"如出一辙,只不过要求更为细致。此外,对气息的运用,也进行了总结,如"偷气、取气、换气、歇气、就气"等,都是演唱经验之谈,显示演唱理论精华。

除了正面提出这些歌唱的要诀之外,文中还指出歌唱过程中存在的弊病。比如:

> 凡歌节病,有唱得困的、灰的、涎的、叫的、大的。有乐官声、撒钱声、拽锯声、猫叫声。不入耳、不着人、不撒腔、不入调,工夫少、遍数少、步力少、官场少,字样讹,文理差,无丛林,无传授。嗓拗、劣调、落架、漏气。
> 有唱声病:散散,焦焦;乾乾,冽冽;哑哑,嘎嘎;尖尖,低低;雌雌,雄雄;短短,憨憨;浊浊,赸赸。有:格嗓、囊鼻、摇头、歪口、合眼、张口、撮唇、撇口、昂头、咳嗽。
> 凡添字节病:则他、兀那、是他家、俺子道、我不见、兀的、不呢;一条了、唇撒了、一片了、团圝了、破孩了、茄子了。(《唱论》,第 161 页)

歌唱家要想唱腔好听，必须熟练地运用气息。《唱论》提出了"偷气、取气、换气、歇气、爱者有一口气"等一系列方法，也指出了"散散，焦焦；乾乾，冽冽；哑哑，嘎嘎；尖尖，低低；雌雌，雄雄；短短，憨憨；浊浊，赸赸"等唱声之病，以及"则他、兀那、是他家、俺子道、我不见、兀的、不呢"等添字节病。（《唱论》，第 160 页）这些都是演唱经验的总结，足见其演唱理论水平之高。

当然，《唱论》也有一些缺憾，比如多用方言、术语等，文字又过于简略，使后人理解起来，带来极大的困难。此外，很多对于技巧的论说，也有点流于技巧本身；而没有结合具体内容来分析，故对演唱实践的指导性不强。

二　明代戏曲理论批评

明代是戏曲繁盛期，不仅戏曲作品众多，而且戏曲理论批评兴盛，展现出蓬勃发展的态势。然在前明，即洪武至正德 150 年间，曲坛总体创作成就较为低落，批评论著甚少，理论水平不高，唯朱权《太和正音谱》和贾仲明《录鬼簿续编》略有建树；嘉靖以后，曲坛风气大变，剧作剧评活跃，产生了大量的戏曲作品和剧评论著，尤其是何良俊、王世贞、徐渭等，热心参与戏曲批评活动，对曲论发展有深远影响；至万历朝，吴江派和临川派占据了戏曲舞台中心，双方论争为戏曲舞台注入了新的活力。

（一）何良俊和王世贞曲论

何良俊"词曲"/本色论与正叶论/王世贞《曲藻》/嬗代论与动人论

何良俊（1506—1573），字元朗，号柘湖居士，南直隶松江华亭（今上海市奉贤区柘林）人。曾聘著名曲师顿仁，相与研讨戏曲音律；因仕途屡不得意，乃辞官归隐著述，自称与庄周、王维、白居易为友，故而题自己书房名为"四友斋"。明代重要的戏曲理论家。何良俊戏曲理论批评相关资料，主要集中在《四友斋丛说》中，其第 37 卷"词曲"部里，提出一系列鲜明独特的见解。这些见解虽篇幅不长、也不成体系，却提供了明中晚期曲论的重要命题，有广泛而深刻的影响，主要表征为如下两点：

第一，戏曲本色论。"本色"的概念，借用自诗学术语。它进入戏曲理论批评领域后,内涵和功用发生了很大变化。如顾瑛、冯梦龙、徐大椿等都使用过"本色"一词,而何良俊本色论则主要强调曲辞的口语化、白描化。何良俊标举本色论,是针对邵灿《香囊记》"以时文为南曲"风气,反对堆砌辞藻、搬弄典故而要求曲辞的口语化;同时强调曲辞的"蕴藉",以之为标准而不流于粗俗。他认为《西厢记》的有些曲辞过于粗俗,如指摘"魂灵儿飞在半天,我将你做心肝儿看待,魂飞在九霄云外。少可有一万声长吁短叹,五千遍捣枕椎床"语,以为太过直露,全无蕴藉之意。(《四友斋丛说》卷37"词曲"条,第245页)而对《西厢记》的【仙吕】混江龙一曲"落红成阵,风飘万点正愁人。池塘梦晓,阑槛辞春。蝶粉轻沾飞絮雪,燕泥香惹落花尘。系春心情短柳丝长,隔花阴人远天涯近。香消了六朝金粉,清减了三楚精神"则赞赏有加,认为"如此数语,虽李供奉复生,亦岂能有以加之哉"。(《四友斋丛说》卷37"词曲"条,第245页)

第二,曲辞声叶论。何良俊曰:"夫既谓之辞,宁声叶而辞不工,无宁辞工而声不叶。"(《四友斋丛说》卷37"词曲"条,第248页)也就是说,当曲辞与声律无法兼顾时,要把"声叶"放在首要位置,而把"辞工"放在次要位置;若曲辞能够达到"声叶",即便"辞不工"也没关系。当然,他理想的曲辞,还是辞工声叶。这一观点,对沈璟领导的吴江派影响极大,也为晚明汤沈之争预设了命题。

正是基于上述认知,何良俊品评《琵琶》《拜月》之优劣,认为《拜月亭》高出《琵琶记》远甚。这个评判两剧孰优孰劣之见,也成为后世论争不休的焦点。

王世贞(1526—1590),字元美,号凤洲,又号弇州山人,南直隶太仓州(今江苏省太仓市)人,明后期重要的文学家、史学家,名列文学复古运动"后七子"。复古领袖李攀龙过世后,王世贞独领文坛20年。其戏曲理论批评见于《艺苑卮言》附录,经后人摘出,题曰《曲藻》,以单行本行世。

第一,戏曲嬗代论。其言:"《三百篇》亡,而后有骚、赋;骚、赋难入乐,而后有古乐府;古乐府不入俗,而后以唐绝句为乐府;绝句少宛转,而后有词;词不快北耳,而后有北曲;北曲不谐南耳,而后有南曲。"(《曲藻》,第27页)这是认为北曲、南曲的产生各有缘由,是因早前文学形式不适用"而后有",即如诗、骚、赋、乐府、绝句、词嬗代,北曲、南曲的发展规律也是一贯相承的。

第二,戏曲动人论。王世贞认为,戏曲作品"不唯其琢句之工、使事之美",还应"体贴人情,委曲必尽;描写物态,仿佛如生;问答之际,了不见扭造"。此即强调作品要有真实感。准依于此,他称赞《荆钗记》"近俗而时动人",批评《香囊记》"近雅而不动人",指责《拜月亭》"不能使人堕泪",均将能否打动观众、催人泪下,

作为评判戏曲成功的重要标准。(《曲藻》,第 33—34 页)

(二) 徐渭的南戏理论批评

徐渭《南词叙录》/提升南传奇的地位/主张曲辞的本色论/曲律不乱亦不拘限

徐渭(1521—1593),初字文清,改字文长,号青藤老人,浙江山阴(今浙江省绍兴市)人。明代重要的文学家、书画家和戏曲家,与解缙、杨慎并称为"明代三才子"。徐渭命途多舛,然亦多才多艺,号称书法第一、诗第二、文第三、画第四,在诗文、戏剧、书、画等领域都颇有建树。其所著《南词叙录》,是首部南戏理论专著,论述了有关南戏的诸多问题,集中体现他的戏曲理论批评。其主要内容,有如下三点:

第一,推重南戏,对轻南重北的倾向进行尖锐的批判。南戏在宋徽宗时就已开始流行,也称"永嘉杂剧"或"戏文"。当北曲杂剧兴起之后,南戏在民间仍很流行;及至继承南戏传统的明传奇盛极一时,北曲杂剧就日渐衰微而让位与南传奇。但南戏在兴起之初,实遭士大夫的轻视;徐渭对此非常不满,而进行尖锐的批判。他争辩曰:"有人酷信北曲,至以伎女南歌为犯禁,愚哉是子!北曲岂诚唐、宋名家之遗?不过出于边鄙裔夷之伪造耳。夷、狄之音可唱,中国村坊之音独不可唱?"(《南词叙录》,第 241 页)他从本源上说明,南北曲都是起源于民间,两者并无高下尊卑之别。除了努力转变时人戏曲认知之偏颇,徐渭还在南戏著录上进行清理正名:"北杂剧有《点鬼簿》,院本有《乐府杂录》,曲选有《太平乐府》,记载详矣。惟南戏无人选集,亦无表其名目者,予尝惜之。客闽多病,咄咄无可与语,遂录诸戏文名,附以鄙见。"(《南词叙录》,第 239 页)《南词叙录》之编撰即出于该动机,而在戏曲史上具有非常重要的意义。

第二,主张本色,要求语言符合人物身份而反对典饰。徐渭曰:"世事莫不有本色,有相色。本色,犹俗言正身也;相色,替身也。替身者,即书评中'婢作夫人,终觉羞涩'之谓也。婢作夫人者,欲涂抹成主母,而多插带,反掩其素之谓也。故余于此本中贱相色,贵本色。众人嘖嘖者,我哟哟也。岂惟剧者,凡作者莫不如此。"(《徐文长佚草》卷 1《西厢序》,第 1089 页)此所谓本色,即真实无伪,反对涂饰,反对模拟,也就是要通俗浅近易懂,曲辞应如"家常自然"。(《中国历代剧论选注·题昆仑奴杂剧后》,第 133 页)

第三,亦讲曲律,认为声律不乱即可,进而反对拘限刻板。前引"贱相色,贵本色"语,亦表明徐渭更看重自然声律。他不是不关注戏曲声律,而是在遵守传统音律时,要求不拘泥于戏曲声律规则,不可因讲究声律而影响情辞。然他又指出南曲虽本无宫调,却也不可完全不讲声类次第。故曰:"南曲固无宫调,然曲之次第,须用声相邻以为一套,其间亦自有类辈,不可乱也。"(《南词叙录》,第241页)徐渭这种不拘限曲律的思想,对临川派作家产生深远影响。

除了《南词叙录》外,徐渭还有杂剧之编创。其戏曲集《四声猿》,既采用北曲杂剧形式,又吸收了南曲的格律,打破杂剧的固定格式。其四个独立作品,《狂鼓史渔阳三弄》《玉禅师翠乡一梦》《雌木兰替父从军》《女状元辞凰得凤》,丰富了戏曲形式。

(三) 吴江派与临川派之争

沈璟及其吴江派/汤显祖与临川派/汤沈之争及影响

沈璟(1533—1610),字伯英,晚字聃和,号宁庵,又号词隐,南直隶吴江(今江苏省苏州市吴江区)人,明代戏曲家、曲论家。沈璟致力于戏曲声律的研究,与当时曲家王骥德等人切磋,著有《增定查补南九宫十三调曲谱》《唱曲当知》等作,其戏曲理论对苏浙一带剧作家和曲论家产生很大影响。

根据沈自晋〔临江仙〕曲词的说法,吴江派主要包括沈璟、沈自晋、吕天成、叶宪祖、王骥德、冯梦龙、范文若、袁于令、卜大荒等,而沈璟是吴江派的理论家和领导者。沈璟的戏曲理论主张,实代表吴江派的曲论,大抵偏重艺术形式,简要来说略有两点:

第一,主张严守格律。其有曲文论曰:

> 〔二郎神〕何元朗,一言儿启词宗宝藏。道欲度新声休走样,名为乐府,须教合律依腔。宁使时人不鉴赏,无使人挠喉捩嗓。说不得才长,越有才,越当着意斟量。
> 〔啄木鹂〕《中州韵》,分类详,《正韵》也因他为草创。今不守《正韵》填词,又不遵中土宫商。制词不将《琵琶》仿,却驾言韵依东嘉样。这病膏肓,东嘉已误,安可袭为常?
> 〔前腔〕曾记少陵狂,道细论诗晚节详。论词亦岂容疏放?纵使词出绣

肠,歌称绕梁,倘不谐律吕,也难褒奖。耳边厢,讹昔俗调,羞问短和长。(《沈璟集》"清曲·套数"之《商调[二郎神]论曲》,第849—850页)

强调作曲须"合律依腔",要辨平仄、严句法、守古韵,若不谐律吕则难获褒奖,这论调显然承袭何良俊。

第二,提倡语言本色。沈璟提倡"本色"的语言,是从舞台演唱的角度着眼,这与早前语言本色论并无二致,即是强调在语言协律的基础上,能满足舞台演出和观众接受的需要,绝不堆砌辞藻以导致曲辞晦涩难懂。

汤显祖(1550—1616),字义仍,号海若、若士、清远道人,明代戏曲家、文学家,"临川派"的开创者。"临川派"也称为"玉茗堂派","玉茗堂"是汤显祖书斋的名字。该派曲家主要有汤显祖、来集之、冯延年、陈情表、邹兑金、阮大铖、吴炳、孟称舜、凌濛初等。临川派曲论主张,主要有以下三点:

第一,重视曲意论。在形式和内容的关系问题上,汤显祖将曲本内容放在首位,认为格律是为思想内容和艺术特质服务的,反对沈璟偏重格律、轻视内容的理论倾向。其有文曰:"《牡丹亭记》,要依我原本;其吕家改的,切不可从。虽是增减一二字以便俗唱,却与我原做的意趣大不同了。"(《汤显祖全集》卷49《与宜伶罗章二》,第1519页)汤显祖从"意趣"着眼,强调戏曲的思想与情感;而吕玉绳改本虽更适合演唱,但已经改变了原作的意蕴。不仅如此,汤显祖还偏激地喊出"不妨拗折天下人嗓子",其实质是反对将格律作为评价剧作的主要标准。(《汤显祖全集》卷46《答孙俟居》,第1392页)

第二,崇尚至情论。汤显祖非常看重曲本的情感表达,强调"情"在戏曲创作中的作用,其有文曰:"如丽娘者,乃可谓之有情人耳。情不知所起,一往而深,生者可以死,死可以生。生而不可与死,死而不可复生者,皆非情之至也。"(《汤显祖全集》卷33《牡丹亭记题词》,第1153页)这是将至情作为曲本鉴赏的主要标准,要求剧本创作流露真情而不矫揉造作。

第三,戏曲发生说。汤显祖认为戏曲的发生源于人类的感情,是一种情感引起的"啸歌"与"动摇"。其有文曰:"人生而有情。思欢怒愁,感于幽微,流乎啸歌,形诸动摇。"(《汤显祖全集》卷34《宜黄县戏神清源师庙记》,第1188页)此外,汤显祖还认为,曲本中所蕴含的感情,会产生强烈的感染力,进而与读者观众产生共鸣,对他们有积极的感奋作用。

及至万历年间,曲坛发生论争。吴江派主曲律而临川派尚意趣,由此引发著名的"汤沈之争"。在这一场有关曲律和意趣的论争中,许多曲学家看出二人的优势与不足。如王骥德曰:"临川之于吴江,故自冰炭。吴江守法,斤斤三尺,不欲令一字乖律,而毫锋殊拙;临川尚趣,直是横行,组织之工,几与天孙争巧,而屈曲聱牙,多令歌者龃舌。"(《曲律·杂论》第39下,第164页)吕天成则折中两家意见,提出"合之双美"主张:"二公譬如狂、狷,天壤间应有此两项人物。不有光禄,词硎弗新;不有奉常,词髓孰抉?倘能守词隐先生之矩矱,而运以清远道人之才情,岂非合之双美者乎?"(《曲品》卷上"右具品"条,第213页)这基本代表时人对这一场论争的看法,对后世戏曲创作和批评产生深远影响。

三 清代戏曲理论批评

继明代南传奇繁盛之后,清代戏曲取得突出成就。一方面,许多文士开始在创作诗文之余,纷纷加入戏曲创作的队伍里,传奇和杂剧都进一步发展,带来戏曲编创的空前繁荣;另一方面,市民阶层的兴起并快速壮大,使戏曲的审美旨趣发生变化,"雅部"逐渐衰落,"花部"日渐勃兴,戏曲理论批评之旨趣,也随之发生深刻变化。

(一) 金圣叹的戏曲评点

金圣叹与《西厢记》评点/提高戏曲等俗文学的地位/关注戏曲人物形象的塑造

金圣叹的戏曲理论批评贡献,集中在对《西厢记》评点上。其主要观点如下:

第一,推《西厢》为"天地妙文",提高了戏曲等俗文学的地位。《西厢记》自诞生之日起,就一直被搬演且长盛不衰;但也遭卫道士污蔑,被指斥为"淫书"。金圣叹则认为男女相爱,乃情之所至而并无不妥。评曰:"夫张生,绝代之才子也;双文,绝代之佳人也。以绝代之才子,惊见有绝代之佳人,其不辞千死万死,而必求一当,此亦必至之情也。"(《金圣叹批本西厢记》,第132页)他还进一步认为:"《西厢记》不同小可,乃是天地妙文",根本不是卫道士们所批斥污蔑的"淫书"。(《金圣叹批本西厢记》,第10页)金圣叹肯定《西厢记》的爱情主题,对于提高戏曲的地位具有重要意义。

第二,关注戏曲中的人物形象塑造,揭示人物关系对形象的作用。金圣叹曰:"《西厢记》止写得三人,一个是双文,一个是张生,一个是红娘;其余如夫人、如法本、如白马将军、如欢郎、如法聪、如孙飞虎、如琴童、如店小二,他俱不曾着一笔半笔写,俱是写三人时所忽然应用之家伙耳。"(《金圣叹批本西厢记》,第18—19页)金圣叹注意主要人物和次要人物的区别,认为次要人物都是"忽然应用之家伙",即为塑造主要人物形象服务,这揭示了人物关系创造价值。

此外,金圣叹还总结了《西厢记》成功的创作经验及其艺术手法,如"妙处不传""狮子滚球""目注彼处,手写此处"法等。(《金圣叹批本西厢记》,第13页)他这些理论认知与经验总结,对戏曲和小说创作影响深远。

(二)李渔戏曲理论批评

《闲情偶寄》/强调结构第一/强调要立主脑/强调舞台属性/宾白曲文并重

李渔(1611—1680),原名仙侣,字谪凡,号天徒;后改名渔,字笠鸿,号笠翁,别号觉世稗官、笠道人、随庵主人、湖上笠翁等。金华兰溪(今浙江省兰溪县)人,生于南直隶雉皋(今江苏省如皋市)。明末清初文学家、戏剧家、戏剧理论家、美学家,素有才子之誉,称"李十郎"。

李渔曾经营过戏班,带领班子四出巡演,积累了丰富的戏曲创作和表演经验,创立了一套较完善的戏剧理论体系。他所持戏曲观念及相关理论,集中表述在《闲情偶寄》中。该书从结构、词采、音律、宾白、科诨、格局等6个方面,对戏曲创作进行阐述;同时又从选剧、变调、授曲、教白、脱套等5个方面,对戏曲表演进行总结。李渔对戏曲理论有较大的丰富和发展,在中国古代戏曲史上占据重要的地位。

《闲情偶寄》分词曲、演习、声容、居室、器玩、饮馔、种植、颐养8部,其中《词曲部》谈论戏剧的结构、词采、音律、宾白、科诨、格局等项目,《演习部》谈论选剧、变调、授曲、教白、脱套等项目,《声容部·习技》讲述教女子读书、写诗、学习歌舞和演奏乐器的方法。这些都与戏曲创作和戏曲表演有关,是李渔的戏曲理论批评的集中体现。其具体内容如下:

第一,戏曲创作方面,强调结构第一。元明以来的曲论,一直较为关注声律问题,而结构问题则较少论及。《闲情偶寄·词曲部》标举"结构第一",并坦言

"填词首重音律,而予独先结构"。(《闲情偶寄·词曲部》,第17页)围绕着"结构第一"这个原则,李渔还提出"立主脑"等理论。这都是以深厚的舞台经验为基础,对戏曲实践具有重要的指导意义。

李渔为说明结构是第一要素,还引用"工师之建宅"设喻:

> 工师之建宅亦然,基址初平,间架未立,先筹何处建厅,何方开户,栋需何木,梁用何材,必俟成局了然,始可挥斤运斧。倘造成一架而后再筹一架,则便于前者不便于后,势必改而就之,未成先毁,犹之筑舍道旁,兼数宅之匠资,不足供一厅一堂之用矣。故作传奇者,不宜卒急拈毫,袖手于前,始能疾书于后。有奇事,方有奇文,未有命题不佳,而能出其锦心、扬为绣口者也。(《闲情偶寄·词曲部》,第18页)

这是说,建宅必须预先做好各部件的设计,编剧也要在动笔前做好结构安排。

第二,人物事件方面,强调要立主脑。在"结构第一"大标题下,李渔还罗列了"戒讽刺、立主脑、脱窠臼、密针线、减头绪、戒荒唐、审虚实"等7个小题,其中"立主脑"最为关键。他强调剧作先要立一个主脑,即凸出剧中的"一人一事"。其文曰:"一部《西厢》,止为张君瑞一人;而张君瑞一人,又止为白马解围一事。其余枝节,皆从此一事而生……是'白马解围'四字,即作《西厢》之主脑也"。(《闲情偶寄·词曲部》,第24页)可见,李渔所谓"立主脑",并非"立言之本意",而是指确立中心人物和中心事件,围绕它才可形成完整集中的结构。至于"密针线""减头绪"等项,则只是"立主脑"的旁枝侧叶。

"密针线"是情节上照应,即要求突出结构的完整性。其文曰:"务使承上接下,血脉相连。即于情事截然绝无相关之处,亦有连环细笋伏于其中,看到后来方知其妙。如藕于未出之时,先长暗丝以待;丝于络成之后,才知作茧之精。"(《闲情偶寄·词曲部》,第36页)此即前后照应和贯穿衔接,显得不着痕迹而浑然天成。"减头绪"是为贯彻"立主脑"原则,抓牢"一人一事"而不使头绪繁杂。其文曰:"头绪繁多,传奇之大病也。《荆》《刘》《拜》《杀》之得传于后,止为一线到底,并无旁见侧出之情。三尺童子,观演此剧,皆能了了于心,便便于口,以其始终无二事,贯串只一人也。"(《闲情偶寄·词曲部》,第28页)

第三,戏曲表演方面,强调舞台属性。李渔认为"填词之设,专为登场",而批评金圣叹对《西厢记》的点评,不该将之置于案头把玩,而应提供给优伶来扮演。

(《闲情偶寄·演习部》,第 86 页)以此为出发点,便要求戏曲辞采浅显、富有机趣,而反对曲辞粗俗鄙俚和堆砌辞藻。戏曲与诗文不同:诗文语言贵典雅,戏曲语言贵浅显;戏曲切忌晦涩难懂,而应力求雅俗共赏。其文曰:"凡读传奇而令人费解,或初阅不见其佳,深思而后得其意之所在者,便非绝妙好词。"(《闲情偶寄·词曲部》,第 34 页)是说,唯辞意浅显,才是绝妙好词;当然,浅显绝非粗俗,而是词浅意深。

除了上述三个要点,李渔还有其他论说。例如,针对以往剧作家和批评家重曲轻白现象,他提出宾白和曲文应该等而视之的看法:"宾白一道,当与曲文等视。有最得意之曲文,即当有最得意之宾白。但使笔酣墨饱,其势自能相生。"(《闲情偶寄·词曲部》,第 61 页)他还从戏曲表演实际出发,对宾白提出了一系列要求,"语求肖似""少用方言""忌恶俗"等,都是出于对戏曲表演的舞台经验之总结。

再如,在戏曲的鉴赏活动中,他提出"情"的因素,认为"文生于情,非情人不能为文人",强调"情"在戏曲创作过程中的重要性(《李渔全集》卷 18 评《秦楼月》,第 103 页);又曰:"传奇无冷热,只怕不合人情。如其离合悲欢,皆为人情所必至,能使人哭,能使人笑,能使人怒发冲冠,能使人惊魂欲绝。"(《闲情偶寄·演习部》,第 90 页)即是说在戏曲鉴赏活动中,"情"是不可或缺的因素。可见,"情"是连通作者和观众的媒介,也是产生情感交流与共鸣的基石;否则,戏曲给观众带来的,不是享受而是厌恶。

李渔的戏曲理论最重要的贡献,是摆脱前人偏重声律论之片面。他从更广阔的戏曲语境出发,涉及了创作和鉴赏两个维度,在戏曲的案头属性之外,放大了戏曲的舞台属性,对后世戏曲创作和鉴赏,产生了极为深远地影响。

(三)焦循戏曲理论批评

《花部农谭》/提升花部地位/重视观剧反应

从康熙末年开始,地方戏纷纷出现,以其蓬勃旺盛的生命力,而与昆曲论短长争席地;及至乾隆朝以后,地方戏达至全盛,凭借其关目排场和独特风格,赢得了越来越多的读者观众,成为清代后期剧坛上的宠儿。在这股风潮的引领下,诞生了焦循、徐大椿、李调元、杨潮观、刘熙载等一批戏曲理论家,而以焦循最具代表性。

焦循(1763—1820),字理堂,清代戏曲理论家,擅长地方戏研究。其曲论著作甚多,有《曲考》《剧说》《花部农谭》等。《曲考》早已亡佚;《剧说》主要辑录前人言论,具有重要的戏曲史料之价值;《花部农谭》,理论价值甚高。

《花部农谭》专论"花部"剧目,集中体现了焦循的戏曲理论批评。其主要内容,大略有两点:

第一,发掘"花部"优点,并着力提升其地位。在焦循生活的年代,"梨园共尚吴音","花部"虽也被社会各阶层所看好,在士大夫眼里却难与"雅部"媲美。焦循并不认同此类成见,而肯定"花部"的优点。他比较曰:吴音多"男女猥亵","花部"多忠孝节义。吴音婉转一唱三叹,"花部"慷慨激昂。吴音文辞富丽典雅,不便下层观众欣赏;"花部"通俗浅显,为老百所喜闻乐见。(《花部农谭》卷首《序》,第173页)这种观点虽与当时的主流看法相背离,却是文人为"花部"的一次重要发声,颇有振聋发聩之效,有利于提升其地位。

第二,强调观众观剧反应,以此作为评剧标准。焦循认为观众观看戏曲演出之后,应该有一种"奇痒得搔"的感觉。他谈自己观剧的感受曰:"余忆幼年随先子观村剧,前一日演《双珠·天打》,观者视之漠然;明日演《清风亭》,其始无不切齿,既而无不大快。铙鼓既歇,相视肃然,罔有戏色;归而称说,浃旬未已。"(《花部农谭》,第178页)在焦循看来,《清风亭》对观众的冲击更大,具有感人至深、回味无穷效果。《清风亭》一剧,是根据张仁龟遗弃养父母故事改编的,将张仁龟自缢而死改编为被雷电殛死。这种改编更能触动观众的心灵,引发天道轮回、报应不爽之想,因而对于普通观众内心,能起到极强的震撼作用。

附 文论选读

一 南词叙录(选录)

[明] 徐渭

南戏始于宋光宗朝,永嘉人所作《赵贞女》《王魁》二种实首之,故刘后村有"死后是非谁管得,满村听唱蔡中郎"之句。或云:"宣和间已滥觞,其盛行则自南渡,号曰'永嘉杂剧',又曰'鹘伶声嗽'"。其曲,则宋人词而益以里巷歌谣,不叶宫调,故士夫罕有留意者。元初,北方杂剧流入南徼,一时靡然向风,宋词遂绝,而南戏亦衰。顺帝朝,忽又亲南而疏北,作者猬兴,语多鄙下,不若北之有名人题咏也。永嘉高经历明,避乱四明之栎社,惜伯喈之被谤,乃作《琵琶记》雪之,用清丽之词，一洗作者之陋；于是村坊小伎，进与古法部相参，卓乎不可及已。相传：则诚坐卧一小楼，三年而后成。其足按拍处，板皆为穿。尝夜坐自歌，二烛忽合而为一，交辉久之乃解。好事者以其妙感鬼神，为创瑞光楼旌之。我高皇帝即位，闻其名，使使征之，则诚佯狂不出，高皇不复强。亡何，卒。时有以《琵琶记》进呈者，高皇笑曰："《五经》《四书》，布、帛、菽、粟也，家家皆有；高明《琵琶记》，如山珍海错，贵富家不可无。"既而曰："惜哉，以宫锦而制鞵（xié）也！"由是日令优人进演。寻患其不可入弦索，命教坊奉銮史忠计之。色长刘杲者，遂撰腔以献，南曲北调，可于筝琶被之；然终柔缓散戾，不若北之铿锵入耳也。（以上第239—240页）

今南九宫不知出于何人，意亦国初教坊人所为，最为无稽可笑。夫古之乐府，皆叶宫调；唐之律诗、绝句，悉可弦咏，如"渭城朝雨"演为三叠是也。至唐末，患其间有虚声难寻，遂实之以字，号长短句，如李太白《忆秦娥》《清平乐》、白乐天《长相思》，已开其端矣；五代转繁，考之《尊前》《花间》诸集可见；逮宋，则又引而伸之，至一腔数十百字，而古意颇微。徽宗朝，周、柳诸子，以此贯彼，号曰"侧犯""二犯""三犯""四犯"，转辗波荡，非复唐人之旧。晚宋，而时文、叫吼，尽入宫调，益为可厌。"永嘉杂剧"兴，则又即村坊小曲而为之，本无宫调，亦罕节奏，徒取其畸农、市女顺口可歌而已，谚所谓"随心令"者，即其技欤？间有一二叶音律，终不可以例其余，乌有所谓九宫？必欲穷其宫调，则当自唐、宋词中别出十二律、二十一调，方合古意。是九宫者，亦乌足以尽之？多见其无知妄作也。（第240页）

今之北曲，盖辽、金北鄙杀伐之音，壮伟佷戾，武夫马上之歌，流入中原，遂为民间之日用。宋词既不可被弦管，南人亦遂尚此，上下风靡，浅俗可嗤。然其间九宫、二十一调，犹唐、宋之遗也，特其止于三声，而四声亡灭耳。至南曲，又出北曲下一等，彼以宫调限之，吾不知其何取也。或以则诚"也不寻宫数调"之句为不知律，非也，此正见高公之识。夫南曲本市里之谈，即如今吴下【山歌】、北方【山坡羊】，何处求取宫调？必欲宫调，则当取宋之《绝妙词选》，逐一按出宫商，乃是高见。彼既不能，盍亦姑安于浅近。大家胡说可也，奚必南九宫为？（第240页）

南曲固无宫调，然曲之次第，须用声相邻以为一套，其间亦自有类辈，不可乱也。如【黄莺儿】则继之以【簇御林】，【画眉序】则继之以【滴溜子】之类，自有一定之序，作者观于旧曲而遵之可也。（第241页）

南之不如北有宫调，固也；然南有高处，四声是也。北虽合律，而止于三声，非复中原先代之正。周德清区区详订，不过为胡人传谱，乃曰《中原音韵》，夏虫、井蛙之见耳！（第241页）

胡部自来高于汉音。在唐，龟兹乐谱已出开元梨园之上。今日北曲，宜其高于南曲。（第241页）

有人酷信北曲，至以伎女南歌为犯禁，愚哉是子！北曲岂诚唐、宋名家之遗？不过出于边鄙裔夷之伪造耳。夷、狄之音可唱，中国村坊之音独不可唱？原其意，欲强与知音之列，而不探其本，故大言以欺人也。（第241页）

今唱家称"弋阳腔"，则出于江西，两京、湖南、闽、广用之；称"余姚腔"者，出于会稽，常、润、池、太、扬、徐用之；称"海盐腔"者，嘉、湖、温、台用之。惟"昆山腔"止行于吴中，流丽悠远，出乎三腔之上，听之最足荡人，妓女尤妙此，如宋之嘌（piāo）唱，即旧声而加以泛艳者也（今宿倡曰"嘌"，宜用此字）。隋、唐正雅乐，诏取吴人充弟子习之，则知吴之善讴，其来久矣。（第242页）

南易制，罕妙曲；北难制，乃有佳者。何也？宋时，名家未肯留心；入元又尚北，如马、贯、王、白、虞、宋诸公，皆北词手；国朝虽尚南，而学者方陋——是以南不逮北。然南戏要是国初得体。南曲固是末技，然作者未易臻其妙。《琵琶》尚矣，其次则《玩江楼》《江流儿》《莺燕争春》《荆钗》《拜月》数种，稍有可观，其余皆俚俗语也；然有一高处：句句是本色语，无今人时文气。（第242页）

以时文为南曲，元末、国初未有也；其弊起于《香囊记》。《香囊》乃宜兴老生员邵文明作，习《诗经》，专学杜诗，遂以二书语句匀入曲中，宾白亦是文语，又好用故事作对子，最为害事。夫曲本取于感发人心，歌之使奴、童、妇、女皆喻，乃为得体；经、子之谈，以之为诗且不可，况此等耶？直以才情欠少，未免裒补成篇。吾意：与其文而晦，曷若俗而鄙之易晓也？（第242页。以上徐渭《南词叙录》，中国戏曲研究院编《中国古典戏曲论著集成》本，中国戏剧出版社1959年7月第1版）

导读：

《南词叙录》是明代徐渭所撰写的一部中国古代戏曲理论专著。该篇之中，徐渭简述了南戏的起源，一为"宋光宗朝"，一为"宣和间已滥觞，其盛行则自南渡。"此二说对南戏的发展源流阐述已颇为清晰，随后进一步阐述南戏从宋至明的发展历史。

称"宋人词而益以里巷歌谣"，既肯定了南戏中曲与词的关系；同时又肯定"里巷歌谣"，确立其对南戏形成的作用。随后两节谈南曲的宫调问题，指出至明代因文人参与度高，使得南曲创作"规范化""律化"，甚至出现严重的"官化"等趋势。

除此之外,还较为全面地分析了南戏的特色,对南北曲的异同也有详细的论述:"听北曲使人神气鹰扬,毛发洒淅,足以作人勇往之志……南戏则纤徐绵渺,流丽婉转。"他还认为,南戏"有一高处:句句是本色语,无今人时文气"。提倡"本色"语,是其曲论的核心。徐渭还对在民间流行的南曲四大声腔,做了较早的考察、分析、对比和评价,特别对昆山腔给予了有力的辩护,将其与隋唐雅乐并论以提高地位。

二 词隐先生论曲(节录)

[明]沈璟

[二郎神]何元朗,一言儿启词宗宝藏,道欲度新声休走样。名为乐府,须教合律依腔,宁使时人不鉴赏,无使人挠喉捩嗓,说不得才长,越有才越当着意斟量。

[前腔]参详,含宫泛徵,延声促响,把仄韵平音分几项。倘平音窘处,须巧将入韵埋藏。这是词隐先生独秘方,与自古词人不爽。若遇调飞扬,把去声儿填他几字相当。

[啭林莺]词中上声还细讲,比平声更觉微茫。去声正与分天壤,休混把仄声字填腔,析阴辨阳,却只有那平声分党。细商量,阴与阳还须趁调低昂。

[前腔]用律诗句法须审详,不可厮混词场。[步步娇]首句堪为样,又须将[懒画眉]推详。休教卤莽,试一比类当知趋向。岂荒唐?请细阅《琵琶》,字字平章。

[啄木鹂]《中州韵》,分类详,《正韵》也因他为草创。今不守《正韵》填词,又不遵中土宫商,制词不将《琵琶》仿,却驾言韵依东嘉样。这病膏肓,东嘉已误,安可袭为常?

[前腔]《北词谱》,精且详,恨杀南词偏费讲。今始信旧谱多讹,是鯫生稍为更张,改弦又非翻新样,按腔自然成绝唱。语非狂,从教顾曲,端不怕周郎。

[金衣公子]奈独力怎堤防?讲得口唇干,空闲攘,当筵几度添惆怅。怎得词人当行,歌客守腔,大家细把音律讲。自心伤,萧萧白发,谁与共雌黄?

[前腔]曾记少陵狂,道细论诗晚节详。论词亦岂容疏放?纵使词出绣肠,歌称绕梁,倘不谐律吕,也难褒奖。耳边厢,讹昔俗调,羞问短和长。

[尾声]吾言料没知音赏,这流水高山逸响,直待后世钟期也不妨。(沈璟撰《沈璟集》"清曲·套数"《商调[二郎神]论曲》,徐朔方辑校,上海古籍出版社1991年12月第1版,第849—850页)

导读：

《词隐先生论曲》，是沈璟用套曲形式写成的著名曲论，附刻于他所编剧作《博笑记》卷首。该套曲全文由9支曲牌组成，提出其戏曲格律的系列主张：其一，要求戏曲编创"依腔合律"；其二，区别戏曲与律诗句法之不同。以【前腔】、【啭林莺】、【前腔】3支曲牌，较深入地谈论平声和仄声在填词中的具体运用。其三，要求以《中原音韵》为准则。填南曲应遵循南曲谱的原则。该套曲中所展现的格律之说，体现沈璟对曲词创作的重视；其中涉及的曲学观点，奠定了昆曲声律学基础。这被曲坛尊奉为昆曲理论之正宗，具有一定的理论价值与实用价值。

三 闲情偶寄（选录）

[清] 李渔

　　填词首重音律，而予独先结构者，音律有书可考，其理彰明较著。自《中原音韵》一出，则阴阳平仄画有塍（chéng）区，如舟行水中，车推岸上，稍知率由者，虽欲故犯而不能矣。《啸余》《九宫》二谱一出，则葫芦有样，粉本昭然。前人呼制曲为填词。填者，布也，犹棋枰之中画有定格，见一格，布一子，止有黑白之分，从无出入之弊；彼用韵而我叶之，彼不用韵而我纵横流荡之。至于引商刻羽之先，戛玉敲金，虽曰神而明之，匪可言喻，亦由勉强而臻自然，盖遵守成法之化境也。至于结构二字，则在引商刻羽之先，拈韵抽毫之始。如造物之赋形，当其精血初凝，胞胎未就，先为制定全形，使点血而具五官百骸之势。倘先无成局，而由顶及踵，逐段滋生，则人之一身，当有无数断续之痕，而血气为之中阻矣。

　　工师之建宅亦然。基址初平，间架未立，先筹何处建厅，何方开户，栋需何木，梁用何材，必俟成局了然，始可挥斤运斧。倘造成一架而后再筹一架，则便于前者，不便于后，势必改而就之，未成先毁，犹之筑舍道旁，兼数宅之匠资，不足供一厅一堂之用矣。故作传奇者，不宜卒急拈毫；袖手于前，始能疾书于后。有奇事，方有奇文；未有命题不佳，而能出其锦心，扬为绣口者也。尝读时髦所撰，惜其惨淡经营，用心良苦；而不得被管弦、副优孟者，非审音协律之难，而结构全部规模之未善也。

　　词采似属可缓，而亦置音律之前者，以有才技之分也。文词稍胜者，即号才人；音律极精者，终为艺士。师旷止能审乐，不能作乐；龟年但能度词，不能制词。使之作乐制词者同堂，吾知必居末席矣。事有极细而亦不可不严者，此类是也。

（以上第17—18页）

○立主脑。古人作文一篇,定有一篇之主脑。主脑非他,即作者立言之本意也。传奇亦然。一本戏中,有无数人名,究竟俱属陪宾;原其初心,止为一人而设。即此一人之身,自始至终,离合悲欢,中具无限情由,无穷关目,究竟俱属衍文,原其初心,又止为一事而设。此一人一事,即作传奇之主脑也。然必此一人一事果然奇特,实在可传而后传之,则不愧传奇之目,而其人其事与作者姓名皆千古矣。如一部《琵琶》,止为蔡伯喈一人;而蔡伯喈一人,又止为"重婚牛府"一事,其余枝节,皆从此一事而生。二亲之遭凶,五娘之尽孝,拐儿之骗财匿书,张大公之疏财仗义,皆由于此。是"重婚牛府"四字,即作《琵琶记》之主脑也。一部《西厢》,止为张君瑞一人;而张君瑞一人,又止为"白马解围"一事,其余枝节,皆从此一事而生。夫子之许婚,张生之望配,红娘之勇于作合,莺莺之敢于失身,与郑恒之力争原配而不得,皆由于此。是"白马解围"四字,即作《西厢记》之主脑也。余剧皆然,不能悉指。后人作传奇,但知为一人而作,不知为一事而作。尽此一人所行之事,逐节铺陈,有如散金碎玉,以作零出则可,谓之全本,则为断线之珠,无梁之屋。作者茫然无绪,观者寂然无声,又怪乎有识梨园望之而却走也。此语未经提破,故犯者孔多,而今而后,吾知鲜矣。

○脱窠臼。"人惟求旧,物惟求新。"新也者,天下事物之美称也。而文章一道,较之他物,尤加倍焉。戛戛乎陈言务去,求新之谓也。至于填词一道,较之诗赋古文,又加倍焉。非特前人所作,于今为旧,即出我一人之手,今之视昨,亦有间焉。昨已见而今未见也,知未见之为新,即知已见之为旧矣。古人呼剧本为"传奇"者,因其事甚奇特,未经人见而传之,是以得名,可见非奇不传。"新"即"奇"之别名也。若此等情节,业已见之戏场;则千人共见,万人共见,绝无奇矣,焉用传之?是以填词之家,务解"传奇"二字。欲为此剧,先问古今院本中曾有此等情节与否?如其未有,则急急传之;否则枉费辛勤,徒作效颦之妇。东施之貌,未必丑于西施;止为效颦于人,遂蒙千古之诮。使当日逆料至此,即劝之捧心,知不屑矣。吾谓填词之难,莫难于洗涤窠臼;而填词之陋,亦莫陋于盗袭窠臼。吾观近日之新剧,非新剧也,皆老僧碎补之衲衣,医士合成之汤药。即众剧之所有,彼割一段,此割一段,合而成之,即是一种"传奇"。但有耳所未闻之姓名,从无目不经见之事实。语云"千金之裘,非一狐之腋",以此赞时人新剧,可谓定评。但不知前人所作,又从何处集来?岂《西厢》以前,别有跳墙之张珙?《琵琶》以上,另有剪发之赵五娘乎?若是,则何以原本不传,而传其抄本也?窠臼不脱,难语填词,凡我同心,急宜参酌。

○密针线。编戏有如缝衣,其初则以完全者剪碎,其后又以剪碎者凑成。剪碎易,凑成难;凑成之工,全在针线紧密。一节偶疏,全篇之破绽出矣。每编一折,必须前顾数折,后顾数折。顾前者欲其照映,顾后者便于埋伏。照映埋伏,不止照映一人、埋伏一事,凡是此剧中有名之人、关涉之事,与前此后此所说之话,节节俱要想到,宁使想到而不用,勿使有用而忽之。吾观今日之传奇,事事皆逊元人,独于埋伏照映处胜彼一筹。非今人之太工,以元人所长全不在此也。若以针线论,元曲之最疏者,莫过于《琵琶》。无论大关节目背谬甚多,如子中状元三载,而家人不知;身赘相府,享尽荣华,不能自遣一仆,而附家报于路人;赵五娘千里寻夫,只身无伴,未审果能全节与否,其谁证之?诸如此类,皆背理妨伦之甚者。再取小节论之,如五娘之剪发,乃作者自为之,当日必无其事。以有疏财仗义之张大公在,受人之托,必能终人之事,未有坐视不顾,而致其剪发者也。然不剪发,不足以见五娘之孝。以我作《琵琶》,《剪发》一折亦必不能少,但须回护张大公,使之自留地步。吾读《剪发》之曲,并无一事照管大公,且若有心讥刺者。据五娘云:"前日婆婆没了,亏大公周济。如今公公又死,无钱资送,不好再去求他,只得剪发"云云。若是,则剪发一事乃自愿为之,非时势迫之使然也;奈何曲中云:"非奴苦要孝名传,只为上山擒虎易,开口告人难。"此二语虽属恒言,人人可道,独不宜出五娘之口。彼自不肯告人,何以言其难也?观此二语,不似怼怨大公之词乎?然此犹属背后私言,或可免于照顾。迨其哭倒在地,大公见之,许送钱米相资,以备衣衾棺椁,则感之颂之,当有不啻口出者矣;奈何曲中又云:"只恐奴身死也,兀自没人埋,谁还你恩债?"试问公死而埋者何人?姑死而埋者何人?对埋殪公姑之人而自言暴露,将置大公于何地乎?且大公之相资,尚义也,非图利也,"谁还恩债"一语,不几抹倒大公,将一版热肠付之冷水乎?此等词曲,幸而出自元人,若出我辈,则群口讪之,不识置身何地矣。予非敢于仇古,既为词曲立言,必使人知取法,若扭于世俗之见,谓事事当法元人,吾恐未得其瑜,先有其瑕。人或非之,即举元人借口,乌知圣人千虑,必有一失;圣人之事,犹有不可尽法者,况其他乎?《琵琶》之可法者原多,请举所长以盖短。如《中秋赏月》一折,同一月也,出于牛氏之口者,言言欢悦;出于伯喈之口者,字字凄凉。一座两情,两情一事,此其针线之最密者。瑕不掩瑜,何妨并举其略。然传奇一事也,其中义理分为三项:曲也,白也,穿插联络之关目也。元人所长者止居其一,曲是也;白与关目,皆其所短。吾于元人,但守其词中绳墨而已矣。

○减头绪。头绪繁多,传奇之大病也。《荆》《刘》《拜》《杀》之得传于后,止为一线到底，并无旁见侧出之情。三尺童子观演此剧，皆能了了于心，便便于口，以其始终无二事，贯串只一人也。后来作者不讲根源，单筹枝节，谓多一人可谓一人之事。事多则关目亦多，令观场者如入山阴道中，人人应接不暇。殊不知戏场脚色，止此数人，便换千百个姓名，也只此数人装扮，止在上场之勤不勤，不在姓名之换不换。与其忽张忽李，令人莫识从来，何如只扮数人，使之频上频下，易其事而不易其人，使观者各畅怀来，如逢故物之为愈乎？作传奇者，能以"头绪忌繁"四字，刻刻关心，则思路不分，文情专一，其为词也，如孤桐劲竹，直上无枝，虽难保其必传，然已有《荆》《刘》《拜》《杀》之势矣。（以上第23—28页。李渔《闲情偶寄》，江巨荣、卢寿荣校注，上海古籍出版社2000年5月第1版）

导读：

《闲情偶寄》共包括《词曲部》《演习部》《声容部》《居室部》《器玩部》《饮馔部》《种植部》《颐养部》等8个部分，其中"词曲""演习"等部，是对戏曲创作的具体论述。

在该篇所选录文字之中，重点论说剧作"本意"。"本意"是作家创作"动因""动力"，或是引起作家戏曲创作灵感的人和事，这些必须是扣住全剧间架，才能首尾贯通、结构稳妥。此外还有：论述戏剧创作时所需具备的创新精神，戏剧情节安排要周密完备、前后映照，故事主线要分明，"头绪忌繁"等。这些是李渔对戏曲创作的经验性总结，有着十分重要的理论价值和实践意义。

李渔有书信曰："庙堂智虑，百无一能；泉石经纶，则绰有余裕。惜乎不得自展，而人又不能用之。他年赍志以没，俾造化虚生此人，亦古今一大恨事。故不得已而著为《闲情偶寄》一书，托之空言，稍舒蓄积。"由此可见，李渔在其代表之作《闲情偶寄》中，还较深刻地展示了他对人生的思考。

《荆》《刘》《拜》《杀》，是《荆钗记》《刘知远》《拜月亭》《杀狗记》4部剧作的简称。

四 《花部农谭》序

[清] 焦循

梨园共尚吴音。花部者，其曲文俚质，共称为乱弹者也。余乃独好之。盖吴音繁缛，其曲虽极谐于律，而听者使未睹本文，无不茫然不知所谓。其《琵琶》《杀狗》《邯郸梦》《一捧雪》十数本外，多男女猥亵，如《西楼》《红梨》之类，殊无足观。

花部原本于元剧,其事多忠孝节义,足以动人;其词直质,虽妇孺亦能解;其音慷慨,血气为之动荡。郭外各村,于二、八月间,递相演唱,农叟渔父,聚以为欢,由来久矣。自西蜀魏三儿倡为淫哇鄙谑之词,市井中如樊八、郝天秀之辈,转相效法,染及乡隅。近年渐反于旧。余特喜之,每携老妇幼孙,乘驾小舟,沿湖观阅。天既炎暑,田事馀闲,群坐柳荫豆棚之下,侈谭故事,多不出花部所演;余因略为解说,莫不鼓掌解颐。有村夫子者笔之于册,用以示余。余曰:此农谭耳,不足以辱大雅之目。为芟之,存数则云尔。嘉庆己卯六月十八日立秋,雕菰(gū)楼主人记。(以上第173页。焦循《花部农谭》卷首《序》,韦明铧点校《焦循论曲三种》本,广陵书社2008年6月第1版)

导读:

《花部农谭》是一部戏曲论著,成书于嘉庆二十四年(1819),是焦循在柳荫豆棚之下和乡邻谈"花部"剧目的札记。古代戏曲发展到清中叶,众多地方剧种蓬勃兴起;但遭文人雅士鄙视,绝少被留意和论述。焦循论戏曲,不同于流俗,提出"梨园共赏吴音,而余独好花部"之说。《花部农谭》序中,他更是明确地宣称:"此农谭耳,不足以辱大雅之目。"以"农谭"一词来命名其书,足见其不同时俗的志趣胆识。

"花部"戏之所以受到焦循的推崇,就在于其文"质直"而富"性情","其音慷慨"而感人至深,使观众"血气为之动荡"。焦循本着对"花部"的特殊爱好,选取了其中10部较为著名的剧目,叙其情节本事,加以考证评论。其中他最推崇的是《赛琵琶》和《清风亭》,而指斥"谓花部不及昆腔"之说为鄙夫之见(《花部农谭》,第178页);他还竭力赞扬花部《赛琵琶》,以为"高氏《琵琶》未能及"(《花部农谭》,第179页)。

此书不仅提供了许多地方戏曲的珍贵史料,而且提出了不少关于戏曲批评的真知灼见;尤其是作为研究地方戏曲的第一部专著,它在中国戏曲批评史上具有重要的价值。

第十七讲
清代诗文批评

清代文学发展包罗万象，取得了令人瞩目的成就。郭绍虞曾指出："周秦以子称，楚人以骚称，汉人以赋称，魏晋六朝以骈文称，唐人以诗称，宋人以词称，元人以曲称，明人以小说、戏曲或制艺称。至于清代的文学，则于上述各种中间，或于上述各种之外，没有一种比较特殊的足以称为清代的文学，却也没有一种不成为清代的文学。盖由清代文学而言，也是包罗万象而兼有以前各代的特点的。"（郭著《中国文学批评史》下，第 11 页）与清代文学包罗万象相匹配，清代文学批评也是包举大成，并经历一个漫长、起伏的发展过程，涌现出一批极其重要的文学批评家。如吴伟业、王士禛、沈德潜、翁方纲、袁枚、方苞、阮元等，以各具特色的诗文学理论共同呈现清代文学批评的繁盛局面。

一　清代诗歌理论批评

清诗歌创作与批评，大抵是同步发展的。清前期，诗学批评总体上有两大倾向，即经世致用与情感关怀并存，前者以"遗民三大家"的诗学批评为代表，后者以"江左三大家"的诗学批评为代表。此外，叶燮《原诗》承上启下，呈述了诗学变革之性状；而以王士禛"神韵说"为代表，标志诗坛审美标准与批评成就。清中期，格调、肌理、性灵等多种诗论并存，呈现一派活跃繁荣的诗学批评景象；另有赵翼、舒位、洪亮吉、张问陶诸大家闻名诗坛，亦为乾嘉诗坛带来了颇具时代气息的诗学批评宗尚。至于清后期的诗歌理论批评，本讲暂不予论说而留待后文。

（一）清初期诗歌理论批评

遗民三大家的诗学批评/江左三大家的诗学批评/叶燮《原诗》理论批评/王士禛神韵说及其批评

明清易代之际，黄宗羲痛惩于明代文学之弊端，提出了有现实关怀的性情诗论；但他所谓"性情"非一时触发之性情，而是有历史厚重感的"万古之性情"。其有文曰：

> 诗以道性情，夫人而能言之。然自古以来，诗之美者多矣；而知性者何其少也。盖有一时之性情，有万古之性情。夫吴歈越唱，怨女逐臣，触景感物，言乎其所不得不言，此一时之性情也；孔子删之，以合乎"兴观群怨""思无邪"之旨，此万古之性情也。吾人诵法孔子；苟其言诗，亦必当以孔子之性情为性情。如徒逐逐于怨女逐臣，逮其天机之自露，则一偏一曲，其为性情亦末矣。（《黄宗羲全集》第10册《马雪航诗序》，第91页）

由此可知，黄宗羲所重视的诗歌之性情，实为强调要有家国天下情怀。这是鼎革之际士大夫强烈的心声，而被表述为指向现实的性情诗论。

顾炎武重视文章社会功用，反对空谈性理的空疏之学，为此，他把明道当作重要的救世手段，要求作家考察现实、勇于担当。他在此文学观的引导下，提出"有益于天下"论：

> 文之不可绝于天地者，曰明道也，纪政事也，察民隐也，乐道人之善也。若此者，有益于天下，有益于将来，多一篇多一篇之益处矣。（《日知录》卷19《文须有益于天下》，第739页）

这是以学人眼光看待文学，以"有益"作为评判标准，强调文章要讽切政治得失，能够明道纪事、导民向善。当然，顾炎武论诗也重视情性的抒发，力图在"真我"与"真诗"中，寻找诗歌发展的规律，走质实包容稳健之路。

王夫之重视诗歌的经世致用，也把"志"作为诗歌的起点。在他看来，"情"不但是志的表现方式，反过来也影响"志"的阐发；而读者对"志"的接受，则基于对

"情"的理解。他将这一观念贯穿其整个文论体系中,如评唐代诗人杨巨源《长安春游》诗,提出:"只平叙去,可以广通诸情,故曰诗无达志。"(《唐诗评选》卷4《杨巨源〈长安春游〉评语》,第1440—1441页)所谓"诗无达志",即强调读者的阅读期待,以与诗作产生情感共鸣。

王夫之重视情感抒发,并强调情与景的融合。尝论曰:"不能作景语,又何能作情语邪?"又论曰:"景以情合,情以景生,初不相离,唯意所适。"可见,他特别标举诗歌的情与景,视之为不可分割的两要素,两者相互交融、相互作用,才能创造上乘的诗歌作品。故而,又重申曰:"情景名为二,而实不可离。神于诗者,妙合无垠;巧者则有情中景,景中情。景中情者,如'长安一片月',自然是孤栖忆远之情;'影静千官里',自然是喜达行在之情。情之景成难曲写,如'诗成珠玉在挥毫',写出才人翰墨淋漓,自心欣赏之景。"(以上《姜斋诗话笺注》卷2《夕堂永日绪论》二四、十七、十四条,第91、76、72页)这是把诗歌的"妙合无垠"看作情景交融的至高境界,对清代诗学长远而健康的发展起到了强力的推动作用。

钱谦益历仕明、清二朝,入清后以贰臣身份立朝,抑郁苦闷,备受煎熬;以此其诗歌创作具有鲜明的个性特征,而又致力于明诗总集编纂和诗学构建。他编纂《列朝诗集》并撰诗人小传,对有明一代诗歌进行全面清理评议;他倡言诗歌"有本"论,强调以真诚感情为核心,力求性情、世运、学养三者并举,从而创作出富有时代气息的诗歌。(《钱牧斋全集》第5册《周元亮赖古堂合刻序》,第766页)他还主张文章与天地偕变,为清诗新变发展寻找方向。其有文曰:

> 夫文章者,天地变化之所为也。天地变化与人心之精华交相击发,而文章之变,不可胜穷。(《钱牧斋全集》第6册《复李叔则书》,第1343页)

即是说,天地变化无穷,人心与之交击;而使文章之变,亦显无穷无尽。这所论不名一家、不主一格,却为清诗发展指示多种可能。

吴伟业论诗有明确"诗史"意识,企图建立作诗与纪史之互证关系。他本人的诗史写作,往往采用小说手法,用诗歌形式把人物与事件串联起来,将整个时代的兴亡感浓缩于作品中,以诗证史,以诗传史,使之既能感情浓烈,又有厚重的历史感。基于此种诗歌创作之实况,他并重才华、性情与学问,视之为"诗史"的三大要素,并作为具体写作的艺术标准:"选词之缛丽,使事之精切,遣调之隽逸,取意之超诣"。(《吴梅村全集》卷28《龚芝麓诗序》,第664页)

龚鼎孳论诗,在重视学问时更强调性情,并把性情当作学问的根柢。他有文曰:"性情得者,其人必真,其言必素。真与素合,言与人合,夫然后情与性合也。"(《龚鼎孳全集》卷3《贺黄以实奉使旋里序》,第1674页)这是说,性情之真是根本,也是创作的起点。他进而曰:

> 盖其胸中洒然,实有得乎道者,而后发为文辞,无意为工而天下之工者莫逾焉。(《龚鼎孳全集》卷3《程匪凡先生诗序》,第1648页)

其思理是:得性情之真,即胸中洒然;能胸中洒然,实有得乎道;既有得乎道,方可文辞工。他还上推性情之本源,乃出自作家元气;是作家元气之流露,才引发情感的自然抒写。他所提出的元气说,引导清代文风归于质实,对矫正复古派诗歌之模拟剽窃,对克除唐宋派散文之沉闷空疏,实注入了新鲜气息,具有重大文学意义。

叶燮特别重视诗体"正变",为的是寻求诗歌新的生命力,把诗歌的"正"体遵奉为范式,而视"变"体为救"正"之衰。为此,他断言:"惟正有渐衰,故变能启盛。"(《原诗》内篇上,第8页)在他看来,"正"是标的,"变"是动因;求"变"才是诗歌发展的必由之径,唯"变"才能使诗体复归于"正"。

叶燮在厘清诗歌源流正变的基础上,又把体式正变与作家主体结合起来,在诗歌流变中考察诗人的主观因素,以构建其诗学批评的美学理论内涵。叶燮认为,审美认知是客观的"美"与主体的"人"之相互结合,即"理""事""情"与"才""胆""识""力"相调配,以此强化诗品与人品之兼善,表现出清初诗学的时代特性。他还展望诗学的发展前景,提出诗歌美学的最高标准:"诗之至处,妙在含蓄无垠,思致微渺,其寄托在可言不可言之间,其指归在可解不可解之会,言在此而意在彼,泯端倪而离形象,绝议论而穷思维,引人于冥漠恍惚之境,所以为至也";"作诗者,实写理事情,可以言言,可以解解,即为俗儒之作;惟不可名言之理,不可施见之事,不可径达之情,则幽渺以为理,想象以为事,惝恍以为情,方为理至事至情至之语。"(《原诗》内篇下,第30、32页)

王士禛标举"神韵"说,以适应清初文治之需要,引领着一代的诗学风气,代表了清诗的发展方向。其"神韵"诗风以清远冲淡为宗,以盛唐王、孟一派作为师法对象。其有文曰:

> 汾阳孔文谷(天胤)云:"诗以达性,然须清远为尚。"……总其妙在神韵矣。神韵二字,予向论诗,首为学人拈出,不知先见于此。(《池北偶谈》,第430页)

王士禛论诗特重妙悟,讲求诗味的含蓄蕴藉,又好通过选诗与诗评的批评形式,把神韵诗风的审美内涵展现出来。他所宗尚的"神韵"诗风,除了清远冲淡,还含雄浑之力,力求避旧补缺,深化学诗路径,对清初诗学作出重要贡献。

(二) 清中叶诗歌理论批评

沈德潜的格调说/翁方纲的肌理说/袁枚的性灵说

清中叶随着康乾盛世的到来,诗学批评朝着雅正方向发展,呈现多种理论并存局面,并产生各不相同的影响。

沈德潜受到乃师叶燮的影响较大,重视诗人的"胸襟"与"学识"。他提出:"有第一等襟抱,第一等学识,斯有第一等真诗。如太空之中,不着一点;如星宿之海,万源涌出;如土膏既厚,春雷一动,万物发生。古来可语此者,屈大夫一下,数人而已。"(《说诗晬语》卷上,第187页)这种目空一切的理论识度,使其诗论有较强道德情感。故他又曰:"诗之为教,不外孔子教小子、教伯鱼数言,而其立言,一归于温柔敦厚,无古今一也。"(《清诗别裁集》卷首《凡例》,第3页)沈德潜论诗所讲的"性情",乃特指温柔敦厚之情感态度;并以此为诗学基石,来构建"格调"说。其所谓"格调",是指意高、律清而有唐人声韵,并以盛唐大家李白、杜甫为宗。盖沈德潜重视诗歌的正与复,主张溯源古诗并尊唐诗典范;故推崇李白、杜甫诗歌的格调,而反对明七子派"株守太过"。但对于七子派诗歌复古,他所作评论犹留有余地,认为其"以唐诗振天下",仍未丢失格高调逸之传统。(《古诗源》卷首《序》,第1页)可见,他是企图修正七子派的理论缺陷,提出"以意运法"以为唐诗张目。(《说诗晬语》卷上,第188页)尤其是编选《唐诗别裁》,极大提高了沈德潜的声望。这不仅标举出他独树一帜的格调说,而且给诗坛带来广泛而深远的影响。

比同时期的其他诗人更进一步,翁方纲重视学问的高度与广度,提倡在"观书""研理"中,寻求开启诗歌发展的新方向。他提倡"观书""研理"是为了培植"实学",并以"实学"来纠正王士禛"神韵"说之空疏。如曰:"为学必以考证为准,为诗必以肌理为准";又曰:"检之于密理,约之于肌理。"(《复初斋文集》卷 4《志言集序》,第 52—53 页)为此,翁方纲明确提出"肌理"说,以对传统诗教作出理论阐发。其有文曰:"诗必研诸肌理,而文必求其实际;夫非仅为空谈格韵者言也,持此足以定人品学问矣。"(《复初斋文集》卷 4《延晖阁集序》,第 52 页)这是说,人品学问与空谈格韵对立,可用前者来矫治补救后者。他还撰文申述阐说,以明"肌理"之内涵:

> 理者,民之秉也,物之则也,事境之归也,声音律度之矩也。……义理之理,即文理之理,即肌理之理也。(《复初斋文集》卷 4《言志集序》,第 52—53 页)

翁方纲所论诗之"肌理",是内容与形式之高度抽象。它包含人事物的理则,也包含声音律度的规矩,前者为"义理之理",后者为"文理之理"。所以说,义理、文理、肌理,三"理"实可归一;或者说,"肌理"是诗歌的"义理"与"文理"之结合,即"义理""文理"共同构成"肌理"的内涵。总之,"肌理"所说导源于重学问,目标是重建儒家诗学之传统,以呈现质厚的诗学形态,将当代诗学导向节制和内敛。

袁枚标举性情诗说,重视人的真情实感。其有文曰:"诗者,由情生者也。有必不可解之情,而后有必不可朽之诗。情所最先,莫如男女。"(《小仓山房诗文集》卷 30《答蕺园论诗书》,第 1802 页)他将男女之情置于首位,实挣脱了传统礼教束缚。但袁枚所论不止于性情诗说,而在性情之外更重诗家性灵。其有文曰:"自《三百篇》至今日,凡诗之传者,都是性灵,不关堆垛。"(《随园诗话》卷 5"三三"条,第 146 页)"堆垛"是为学问道理,"性灵"则与之相对待,是为诗家真性情,而非诗教之代言。故他排斥文章之伪饰,反看好草野自然真声:

> 尝谓千古文章,传真不传伪。……今人浮慕诗名而强为之,既离性情,又乏灵机,转不若野氓之击辕相杵,犹应《风》《雅》焉。(《小仓山房诗文集》文集卷 28《钱玙沙先生诗序》,第 1754 页)

于此可知,性灵说融摄真情和灵机两要素,真情是诗歌的核心内容,灵机是诗家的主体机能,真情和灵机相结合方为有性灵。袁枚标举性灵诗说,是更看重诗家主体;因此,他评论诗歌能够从诗家着眼,尊重其才性技艺和独特风格。如曰:

"诗有工拙,而无今古。"(《小仓山房诗文集》文集卷 17《答沈大宗伯论诗书》,第 1502 页)又曰:"艳诗宫体,自是诗家一格。"(《小仓山房诗文集》文集卷 17《再与沈大宗伯书》,第 1505 页)这都表现出尊性灵的、反传统的诗学特征。

(三) 清中期其他诸家诗说

赵翼的诗学批评/舒位的诗学批评/洪亮吉的诗学批评/张问陶的诗学批评

清中期诗坛名家辈出,除上述三位诗人之外,赵翼、舒位、洪亮吉、张问陶等先后鸣世,为乾嘉诗坛带来了不同的诗学风气和影响。

赵翼认为,诗歌本质是抒写性情而不是拟古,故他强调要用发展眼光看待诗歌。他的诗论除集中在《瓯北诗话》中,也还散见于其他许多论诗的文字中。其有文曰:

> 试平心论之,诗本性情,当以性情为主。奇警者,犹第在词句间争难斗险,使人荡心骇目,不敢逼视,而意味或少焉;坦易者,多触景生情,因事起意,眼前景、口头语,自能沁人心脾,耐人咀嚼。(《瓯北诗话》卷 3,第 29 页)

由此可知,赵翼强调诗本性情,而以自然有味为尚。这主要表现在三个方面:其一,诗歌是个人性情的表现,应当流泻自然;其二,诗歌是诗人真心的表达,应当不加雕饰;其三,诗歌应触景生情口语化,应当用俚俗语。同时,赵翼还追求诗歌创新,而反对一味摹拟古人。他有诗曰:"诗文随世运,无日不趋新"(《瓯北集》卷 28《论诗》,第 630 页)这是要求诗人紧跟时代,创作出新、争新的作品。

舒位尝试创新诗学批评文体,利用"点将录"品评诗人。其文曰:

> 夫笔陈千人,必谋元帅;诗城五字,厥有偏师。故登坛而选将才,亦修史而列人表。(《乾嘉诗坛点将录》卷首《并序》,第 2335 页)

可见,舒位创立诗坛"点将录"批评方式,意在从整体上把握一代诗歌之全貌。其主要特点有:其一,信息丰富,可将被比附诗人的水平高下及相属关系清晰地呈现出来;其二,精准定位,能在宏大群体中将诗人的艺术特征形象完整地凸显出来;其三,涉及面广,以一个诨号来对应多位诗人而统摄数量庞大的批评对象。"点将录"体式是诗坛不断探索尝试的结果,是诗家不拘守古法、追求创新的一种体现,对后来大量产生"点将录",开创清代诗学批评的新局面,实具有示范带动作用,并产生广泛深远影响。

洪亮吉是学者型诗人,具有典型的儒者情怀。他用独到的儒家学者眼光,对"性灵"等说颇有别解。其有文曰:

> 诗文之可传者有五:一曰性,二曰情,三曰气,四曰趣,五曰格。诗文之以至性流露者,"六经""四始";而代代殊不乏,然不数数觏也。其情之缠绵悱恻,令人可以生,可以死,可以哀,可以乐,则《三百篇》及《楚骚》等皆无不然。(《北江诗话》卷2,第23页)

由此可知,洪亮吉诗论较关注创作主体,这大略体现在以下三个方面:其一,重视真性情。与"真情"相较,他更重视"性",认为经书所载忠孝,才是人之真"性"。其二,重视气与趣。其所崇尚的真"气",是基于真性情的雄健气势;而所雅尚的"趣",则表现为出自自然的趣味。其三,重视有学问。要求诗人提高学问修养,注重对传统经典的研习。洪亮吉的诗学思想较为稳实精到,对神韵、格调、肌理、性灵诸说,皆有所批评与补正,因而有独特的价值。

张问陶是清代性灵派又一重要代表诗人,其诗论主要表述在《论诗十二绝句》中。其有诗曰:

> 凭空何处造情文,还仗灵光助几分。奇句忽来魂魄动,真如天上落将军。(其四)
> 名心退尽道心生,如梦如仙句偶成。天籁自鸣天趣足,好诗不过近人情。(其十二)(《船山诗草》卷11《京朝集》,第262页)

"情文"是说诗歌乃情感表现,"灵光"是指诗家的才性气质;而"天趣""人情"之说,则使诗作更接人间地气。这思理与袁枚如出一辙,而表述得更为精妙到位。性灵作为他诗说的核心观念,其理论内涵主要表现为三点:其一,十分注重诗歌的抒情性,追求主客体交融之本真;其二,尤其重视诗歌艺术创新,推陈出新而不厚古薄今;其三,特别看重诗之"灵光",强调诗歌主体人格养成。

二 清代散文理论批评

明末清初鼎革之际,学者力倡经世致用,散文开始回归载道传统,并对道统有所修正扩展。先是清初三大家散文最著盛名,并产生了相应的理论批评论著;从清前中期开始,桐城派悄然鸣世,方苞、刘大櫆、姚鼐等人提倡古文,形成在清民两代影响巨大的桐城派;大约同时,章学诚、阮元等汉学家的理论开拓,对清中后期散文创作产生重要影响。

(一) 清初三大家的散文批评

侯方域散文批评/魏禧的散文批评/汪琬的散文批评

邵长蘅曾指出:"侯氏以气胜,魏氏以力胜,汪氏以法胜。"(《青门剩稿》卷4《三家文钞序》,第469页)四库馆臣亦曰:"国初风气还淳一时,学者始复讲唐宋以来之矩矱,而琬与宁都魏禧、商邱侯方域称为最工,宋荦尝合刻其文以行世。然禧才杂纵横,未归于纯粹;方域体兼华藻,稍涉于浮夸;惟琬学术既深,轨辙复正。"(《四库全书总目》卷173《尧峰文钞》提要,第1522页)由此可见,侯方域偏向才人之文,而魏禧偏向策士之文,宋琬则偏向儒者之文,三大家散文各有特色。

侯方域重视文章的气,同时又强调气中有骨。他把文章区分为两派:秦以前文与汉以后文。秦以前文章风格奇峭,故能"敛气于骨";汉以后文章风力非凡,故能"运骨于气"。他主张"操柁觇星,立意不乱",又要求"以神朴而思洁者御之",即抓住了立意与神采、思理,以之为散文创作的关键要素。(《侯方域全集校笺》卷3《答孙生书》,第134—135页)其有文曰:

> 行文之旨,全在裁制,无论细大,皆可驱遣。当其闲漫纤碎处,反宜动色而陈,凿凿娓娓,使读者见其关系,寻绎不倦。至大议论,人人能解者,不过数语发挥,便须控驭,归于含蓄。若当快意时,听其纵横,必益;至于摧锋陷敌,必更有牙队健儿,衔枚而前。若徒恃此,鲜有不败。今之为文,解此者罕矣。(《侯方域全集校笺》卷3《与任王谷论文书》,第137页)

这里强调对行文的"裁制",就是重视散文家的操控能力,并列举"见其关系""控驭"等情状,也就是前文所引"不乱""御之"之意。

这是侯方域的现身说法,亦即其散文创作经验谈。如其传记《李姬传》《马伶传》等,继承汉代古文以及韩、欧散文传统,叙事简要,形象生动,豪宕流畅,语言畅达,尤其融入小说写作手法,用典型细节来传神写照,外具平和之气,内含锋芒之姿。此外,侯方域散文还重视"指画当时",即使赠序、书信、杂记与传记等,大都密切联系当时社会生活状况,并杂糅个人身世之感、故国之思,情感真实,能打动人。(《郑板桥集》卷1《与舍弟书十六通》,第3页)

魏禧提倡文章抒写"志",重视"经济有用之文学"。(《持雅堂文集》卷5《书魏叔子文集后》,第14页)其有文曰:"文章之道,必先立本,本丰则末茂。"(《魏叔子文集》卷6《答蔡生诗》,第264页)其所谓文章"必先立本"之道,除了正性情、治行谊等文教观;还提出文章卓然自立,"在于积理而练识"。(《魏叔子文集》卷6《答施愚山侍读书》,第288页)这是从作家个人修养角度,强调积理与练识的重要性。

当然,魏禧所说"理",含义实比较宽广,不但包括学习古人的文章作法,也包括见闻亲历所呈现"理"。故又曰:"人生平耳目所见闻、身所经历,莫不有其所以然之理。"这是从社会实践出发,进行细致观察和积累。然后才能"深思而谨识之,酝酿蓄积,沉浸而不轻发。"(以上《魏叔子文集》卷8《宗子发文集序》,第411页)至于所说"识",也是更看重实践。其有文曰:"博学于文;而知理之要,练于物务,识时之所宜。"这也是重视世务、时宜,并强调反复练习的重要,以为唯有"练识如炼金,金百炼则杂气尽而精光发",才能达到"至醇而不流于弱,至清而不流于薄"境地。(《魏叔子文集》卷6《答施愚山侍读书》,第288页)此外,魏禧在重视实践同时,进而讲求法度的阐发。如他以八股时文为例证,批评其一成不变的法则,明确提出:"变者,法之至者也,此文之法也。"(《魏叔子文集》卷8《陆悬圃文序》,第429页)

汪琬重视道与文合一,并对之作出新的阐发。其友计东评之曰:"益黾勉窥测于道之原而得其所以为流者,遂能贯经与道为一。"(《改亭文集》卷1《钝翁类稿序》,第94页)而汪琬也主张经济、义理与诗文相融合:"为诗文者要以义理、经济为之原。"(《尧峰文钞别录》卷2《拾瑶录序》,第2162页)这重视经济、义理的论调,实为桐城派文论导夫先路。

除了关注散文的经义等外在因素,汪琬还看重作者才气等内在因素。其有文曰:

> 仆尝遍读诸子百氏、大家、名流与夫神仙、浮屠之书矣,其文或简炼而精丽,或疏畅而明白,或汪洋纵恣,逶迤曲折,沛然四出而不可御,盖莫不有才与气者在焉。……夫文之所以有寄托者,意为之也;其所以有力者,才与气举之也。(《尧峰文钞》卷19《答陈霭公论文书一》,第480页)

这指出文章的感染力,实来自才、气之托举;则文章所载道德、经济与义理,就表现为才、气所托举的意蕴。在此基础上,他还积极探索文章的作法,强调法不可无而尤重自得。其有文曰:

> 大家之有法,犹弈师之有谱、曲工之有节、匠氏之有绳度,不可不讲求而自得者也。(《尧峰文钞》卷19《答陈蔼公书二》,第484页)

他想通过学习文章法度,来超越前人的创作成就。此即所谓:"凡为文者,其始也,必求其所从入;其既也,必求其所从出。"(《尧峰文钞》卷20《与梁日缉论类稿书》,第506页)入,就是依循法度;出,就是超越法度。

总之,清初三大家都强调寓"学"、载"道"于文,而真正深入传统学问中的只有汪琬一人而已。故四库馆臣评曰:"惟琬学术既深,轨辙复正,其言大抵原本六经,与二家迥别。"(《四库全书总目》卷173《尧峰文钞》提要,第1522中页)

(二)桐城派诸家的散文批评

方苞"义法""雅洁"说/刘大櫆论神气及音节字句/姚鼐论义理、考据、文章/桐城派古文的地位与影响

桐城派是清代一个重要的古文流派,在中国文学批评史上占有一席之地。因该派成就杰出的作家,如方苞、刘大櫆、姚鼐,皆是安徽安庆府桐城人,故史家统称之为桐城派。实际上,该派成员复杂,人数众多,属地并不限于桐城,影响甚至辐射全国。正式打出"桐城派"旗号的,是道光、咸丰年间的曾国藩。其有文曰:"姚先生治其术益精。历城周永年书昌为之语曰:'天下之文章,其在桐城乎?'由是学者多归向桐城,号桐城派。"(《曾国藩全集》诗文卷《欧阳生文集序》,第245页)

方苞起家"志乎古文",以之为终身的学习目标。(《方望溪全集》卷6《答申谦居书》,第81页)他自励曰:"学行继程朱之后,文章介韩欧之间。"(《方望溪全集》集外文卷4《古文约选序例》,第303页)希望通过对唐宋诸大家古文的学习,以达到《史记》《左传》至高境界。他从前代古文的优秀传统中,发掘出义法和雅洁两大要义,并对之作出深入的理论探讨,从而奠定桐城派文论的基础。

义法,是方苞散文理论的最核心观点,也是其最重要的古文主张之一。他有文曰:

> 六经、《语》《孟》,其根源也。得其支流,而义法最精者,莫如《左传》《史记》。……惟两汉书疏及唐宋八家之文,篇各一事,可择其尤;而所取必至约,然后义法之精可见。(《方望溪全集》集外文卷4《古文约选序例》,第303页)

至于义法理论内涵,则他撰文另有论说:

> 《春秋》之制义法,自太史公发之;而后之深于文者,亦具焉。义,即《易》之所谓"言有物"也;法,即《易》之所谓"言有序"也。义以为经而法纬之,然后为成体之文。(《方望溪全集》卷2《又书〈殖货传〉后》,第29页)

所谓"言有物""言有序",乃分别指文章的内容与形式;两者需要相辅相成,才能达到经纬相织。他批点《史记》,也是从义法着眼:"约其文辞,去其烦重,以制义法。"(《古文辞类纂》卷6《十二诸侯年表序》,第91页)可见,其"义法"说出自精研《春秋》《史记》之心得,并在具体的古文创作与散文批评中得以落实运用。在方苞看来,义、法运用得最精善者,莫如《左传》《史记》。

与"义法"说相呼应,他还大力提倡"雅洁"。雅洁是针对文辞而言,是义法说的具体实施。方苞奉敕编《钦定四书文》,其大旨亦以清真雅正为宗。在《进四书文选表》中,他也明确标举清真雅正:"皆以发明义理、清真古雅、言必有物为宗,庶可以宣圣主之教思,正学者之趋向。"(《方望溪全集》集外文卷2《进四书文选表》,第288页)他承袭古文大家韩愈"文无难易,惟其是耳"之语,以"清真"为理之"是"、"古雅"为辞之"是",从而与其所论"有物""有序"之义法相契合。他曾教导门人沈廷芳曰:

> 南宋、元、明以来,古文义法不讲久矣。吴越间遗老尤放恣,或杂小说,

或沿翰林旧体,无一雅洁者。古文中不可入语录中语、魏晋六朝人藻丽俳语、汉赋中板重字法、诗歌中隽语、南北史佻巧语;老生所闻《春秋》三传、《管》《荀》《庄》《骚》《国语》《国策》《史记》《汉书》《三国志》《五代史》、八家文,贤细观当得其概矣。(《隐拙斋集》卷41《方望溪先生传后》,第517页)

方苞之"雅洁"说,即出自其门下教言。"雅"是指语言上的要求,即文辞"古雅""雅驯";"洁"是指文气上的要求,即以儒家经典简洁为典范。其有文曰:"子厚以洁称太史,非独辞无芜累也;明于义法,而所载之事无杂,故其气体为最洁也。此意惟退之得之,欧、曾以下,不能与于斯。"(《方望溪全集》集外文补遗卷2《史记评语》,第417页)方苞认为,作文要做到"雅洁",就必须刊落行文浮辞,删繁就简,淘汰杂质,文以达意,最终实现:"古文气体,所贵澄清无滓,澄清之极,自然而发其精光"之极境。(《方望溪全集》集外文卷4《古文约选序例》,第303页)

与方苞相比而言,稍晚出的刘大櫆,其政治情结和理学意味较为淡薄,是桐城派中一个承上启下的人物。他概括文章的三要义,即义理、书卷、经济。这不仅是对方苞"义法"说的升华,更是对桐城派古文内涵的充实拓展。同时,他说"行文自另是一事",尤重文章写作之情韵生动。(《论文偶记》,第3页)既把文章的内容放在首位,又强调艺术的相对独立性。这上承方苞,而下启姚鼐,确实为古文注入新的活力,成为桐城派"三祖"之一。

追求情韵生动的关键因素,是文章的"神"与"气"。"神"是指文章蕴涵的精神风貌,"气"是指行文气势和作家气质。两者关系,又分主次,以"神为主",而"气辅之",要"气随神转",才能写出好文章。(《论文偶记》,第3页)但是,鉴于文章的"神气"过于虚化模糊,他乃用"音节""字句"来充实之。其有文曰:

神气者,文之最精处;音节者,文之稍粗处;字句者,文之最粗处;然论文而至于字句,则文之能事尽矣。盖音节者,神气之迹也;字句者,音节之矩也。神气不可见,于音节见之;音节无可准,以字句准之。(《论文偶记》,第6页)

这是说,"神气"可通过"音节""文字"来体现,才使文章的"神气"有迹象、规矩可依循。此即所谓:"学者求神气而得之音节,求音节而得之于字句,则思过半矣。"(《论文偶记》,第12页)也就是作文因声求气,不断推敲字句和音节,才有神气俱佳之文,达至古文创作极境。这明显增强古文创作的可操作性,是对桐城派古文理论的重要贡献。

姚鼐是桐城派古文的发扬光大者,兼方苞、刘大櫆之长而有所创新,使桐城派文法更充实完善,其所作文论也达到集大成。他在前人有关古文各种论说的基础上,提出义理、考据、辞章相结合之文法。其有文曰:

> 余尝论学问之事,有三端焉,曰义理也、考证也、文章也。是三者,苟善用之,则皆足以相济;苟不善用之,则或至于相害。(《惜抱轩诗文集》卷4《述庵文集序》,第61页)

又有文曰:

> 天下学问之事,有义理、文章、考据之分,异趋而同为不可废。(《惜抱轩诗文集》卷6《复秦小岘书》第93页)

这并重义理、考证、文章,将之视为古文写作的灵魂,三者结合,不可分离,义理是文章的中心,考据是文章灵魂。盖意在融合汉学与宋学,试图以宋学来主导汉学,以探求桐城派古文写作要妙,使其论具有包容性和趋时性。

为了彰显桐城派古文理论,他还细分古文的写作要素。其有文曰:

> 凡文之体类十三,而所以为文者八。曰:神、理、气、味、格、律、声、色。神、理、气、味者,文之精也;格、律、声、色者,文之粗也。(《古文辞类纂》卷首《序》,第4页)

这是说,古文略有13种体类,而共存8种审美元素,其神、理、气、味是内在的,而格、律、声、色是外在的,前4项精微而虚,后4项粗浅而实。写得好的文章,就需内虚外实,做到虚实结合,终期臻至极境。只有精研古人作品,透过外在的格、律、声、色,深入内在的神、理、气、味,才能够御精而遗粗。这是学古的过程,也是创新的目标,两者并行不悖,方得古文之法。此外,他又区分文章的阳刚、阴柔之美,从总体认识古文的不同艺术风格。(《惜抱轩诗文集·文集》卷6《复鲁絜非书》,第61页)

桐城派是规模最大、时间最长、影响最著的文学流派,大约从康熙年间兴起盛行并一直延续至清末民初时期;其影响不限于桐城,而是遍及全国各地。尤其是"雅洁"说,实标志着一个时代。对此中情实,郭绍虞评曰:"惟雅故能通于古,惟洁故能适于今,这是桐城文所以能为清代古文中坚的理由。"(郭著《中国文学批评史》下,第370页)但是,末期桐城派弊端,也逐渐暴露出来,如内容脱离现实、极端的复古主义,甚至徒有形式,乃至华而不实。直到"五四"新文化运动以后,逐渐退出历时舞台而销声匿迹。

(三) 汉学诸大家的散文批评

章学诚的"文理"说/阮元标举"文言"说/其他汉学家散文批评

清中叶以乾嘉考据学为主体形态的汉学盛行,汉学家章学诚、阮元的散文批评最具代表性。兹就两家著论,分别讲述如下。

章学诚认为,古文与史学相贯通,有共同的文学传统。他明确指出:"夫史有三长,才、学、识也。古文辞而不由史出,是饮食不本于稼穑也。"(《文史通义校注》卷3《文德》,第279页)这是试图以史学为根本而以古文为枝叶,把义理、考据、词章与才、学、识贯通。其有文曰:

> 由风尚之所成言之,则曰考订、词章、义理;由吾人之所具言之,则才、学、识也。……考订主于学,词章主于才,义理主于识,人当自辨其所长矣。(《文史通义新编新注》外篇卷3《答沈枫墀论学》,第716页)

由史学而联通古文之学,由古文而探触作家主体,先用史学传统来规范古文写作,再用古文体制来引导才性发挥,以克服徒事模拟、肆意夸饰之弊病。

为了发挥作家才性,他另标"文理"说。即重视文章的经世致用,要求古文发扬史学传统,以史家叙事之法来载述世事人情,进而体现其心目中的"文理"观。其有文曰:"文亦自有其理。……又不关于所载之理者,即文之理也。"(《文史通义校注》卷3《辨似》,第340页)这是重视散文艺术的相对独立性,在古文"义理"外独标"文理"。

而比章学诚更进一步,阮元标举"文言"说。他继承并发展南朝文笔说,严格区分文与非文的界限,认为两者区别不在于作品内容,而在于作品的语言结构与形式。为此,他提出"以文为本"之散文观,重视比偶、音韵、辞藻之结合。他指出,文章必须经过语言修饰,"以用韵比偶之法,错综其言",才能奇偶相生,排比有序,声韵流转,辞采富赡丽美。他还认为,文章的美质,非纯出自然,而出自人工修琢,是艺术化的结果。(《揅经室集》下《揅经室三集》卷2《文言说》,第605页)从该散文观出发,他更看重骈体文,以为骈体文的比偶、音韵、辞藻之美,与《文言》《诗大序》等秦汉文同质。

阮元"文言说"有复古宗经倾向,故他并不看好六朝以后的骈体文;他也不认同唐宋以来的古文传统,尤其对桐城派古文理论心存疑义。其有文曰:

> 然则,今人所作之古文,当名之为何?曰:凡说经讲学,皆经派也;传志记事,皆史派也;立意为宗,皆子派也。惟沉思翰藻,乃可名之为文也。非文者,尚不可名为文,况名之为古文乎。(《揅经室集》下《揅经室三集》卷2《书梁昭明太子文选序后》,第608页)

他认为,经、子、史之类只能皆属"笔",惟"沉思翰藻"者才可称"文"。以此衡之清代文坛,不仅考据家、理学家、史学家等所撰述的文章不属"文",即便并重义理、考据、辞章的桐城派古文也未必属"文"。阮元过于偏好骈体文,实未免矫枉过正之嫌;但能强调散文的艺术性,在当时是有进步意义的。

当时其他重要的汉学家论文者,还有戴震、段玉裁、钱大昕等。他们重视音韵和训诂,尤其注重事实和考据,主张实事求是,反对空谈性命。如戴震提倡"经世致用"说,主张"明道"是治学的目的,认为文章"义理"的获得,要建立在扎实的考据之上;如段玉裁以"求是"为治学目标,以"明义理"为治学的最终旨归,并重点从文字、音义等方面入手,通过训诂和考据来探明文章真义;如钱大昕提倡为学严谨笃实,主张从文字、音韵探求义理,不该好尚空谈,而应务实求真。这些汉学家大都具有批判意识,表现出一定的突破性和创新性,对清代学术的近代转化,起到了十分重要的作用。

三 清代词学理论批评

词学经历元、明两代沉寂后,至清代终于出现了中兴局面。据叶恭绰《全清词钞》不完全统计,仅顺治、康熙两朝就有词人 2 000 多,词作达 5 万多首,词论亦大量产生。其中,陈维崧、朱彝尊、纳兰性德等最著名,在清代词学批评史上产生了重要影响。

(一) 清初诸家词学批评

陈维崧词学批评/朱尊彝词学批评/厉鹗的词学批评

陈维崧(1625—1682),字其年,号迦陵,江苏宜兴(今江苏省宜兴市)人。早岁即能文,但怀才不遇,54 岁举博学鸿词科,授翰林检讨不久即病卒。有文才,善填词,创立阳羡词派。有《陈迦陵文集》《湖海楼诗集》《迦陵词集》等传世。

词学中兴,是清代一种突出的文化现象,一时众多词学流派竞相兴起;而以陈维崧为首的阳羡派,是个非常活跃的词学群体。他极力推尊词体,认为"天之生才不尽,文章之体格亦不尽","为经为史,曰诗曰词,闭门造车,谅无异辙也"。(《陈迦陵散体文集》卷 2《词选序》,第 54 页)同时,他认识到推尊词体有赖于提高词品,故而应拨转词风并开拓词的新疆域,摆脱"诗庄词媚"观念的束缚,通过选词存词来"存经存史"。(《陈迦陵散体文集》卷 2《词选序》,第 54 页)

陈维崧前期词作大抵沿袭云间词余绪,取南唐、北宋含蕴婉丽一体而多小令,以学云间词而登堂入室,所以被人称为云间词人;后期他命运坎坷不平,致使其词风发生转变,认为"穷而后工",强调词家抒情写恨,追求寄托,鸣悲道恨。其有词曰:"一卷《乌丝》绕寄托,怪时人、只道填词手。说诗者,固哉叟。"(《迦陵词全集》卷 26《贺新郎·寄兴呈邃庵先生》,第 1558 页)他欣赏穷困潦倒、屈抑失志者所作郁勃痛愤、豪顿感激之词,且视之为其以词"存经存史"理论主张的重要艺术表征之一,寄寓亡国哀思,萦旋黍离之悲。正是这种故国情思的不断流露,使其词论有较深沉的历史内涵。

陈维崧对所选词及所作批评比较宽容,主张婉约、豪放等风格的词全面撷取,认为风土、习俗、性情、传统不同,其相应的词作风格亦必然各不相同,故曰:"诸家既异曲同工,总制亦造车合辙。"(《陈迦陵散体文集》卷 2《词选序》,第 54 页)不过,他还是更神往苏轼、辛弃疾一派词的雄奇豪放,肯定其遭遇酿就千行悲泪,化为"狮儿怒吼"。(《迦陵词全集》卷 27《贺新郎·奉赠邃庵先生》,第 1557 页)

陈维崧所作词数量极多,有《湖海楼词》1600 多首。他善用典而浑化无迹,风格接近苏、辛一派,气格大度,骨力遒劲。陈廷焯评之曰:"国初词家,断以迦陵为巨擘。"(《白雨斋词话》卷3"六二"条,第71页)但也因发力过多、倾泻过甚,反而略显轻率不够浑厚沉郁。

朱彝尊(1629—1709),字锡鬯,号竹垞,浙江秀水(今浙江省嘉兴市)人。出为明大学士朱国祚曾孙,康熙十八年举博学鸿词科,授翰林院检讨,后入直南书房。曾参加纂修《明史》,为清浙西词派创始人,与陈维崧被并称为"朱陈",与王士禛并列"南朱北王"。有《曝书亭集》《经义考》《明诗综》《词综》等作品传世。

朱彝尊为人纯正,论词能根本经术。作为浙西词派代表人物,他持论尊南宋、重慢词,尝曰:"世人言词,必称北宋。然词至南宋始极其工,至宋季而始极其变。"(《词综》卷首《词综发凡》,第6页)虽然他也兼师南唐和北宋小令,但以南宋慢词为词法最高一格,故能兼得两宋词之美,且以慢词为宗尚重点;而在南宋词诸大家中,又以姜夔、张炎为典范。他称赞曰:"词莫善于姜夔。"(《曝书亭集》卷40《黑蝶斋诗余序》,第331页)又称赞曰:"倚新声、玉田(张炎)差进。"(《朱彝尊词集·江湖载酒集》,第100页)盖他提倡南宋及推尊姜、张词的目的,在于为词学发展确立思想艺术的标准,一言以蔽之,即曰"雅"。

"雅"是朱彝尊词论核心,主要包含两个方面的内容:其一,音声当须合律。他将"咀宫含商"、谐和"乐章"作为区别雅词与否的一个重要标准,尤推崇宋词的音律和谐、辞采精美。其二,语言当须蕴藉。他论词的语言,尤重含蓄俊逸,尝曰:"绮靡矣而不戾乎情,镂琢矣而不伤夫气。夫然后足与古人方驾焉。"(《曝书亭集》卷40《孟彦林词序》,第332页)又曰:"秾而不靡,直而不俚,婉曲而不晦,庶几可嗣古人之逸响。"(《曝书亭集》卷40《蒋京少梧月词序》,第331页)至于论说词的功能,他提出寄情含恨说,认为个人种种郁结幽愤,都可以借词来泄露抒吐;故而,他主张词人作词与《离骚》、变雅的精神相通,应将经国济世之政治抱负通过儿女感情来描写,用隐约婉曲的语言表达出来,以增强比兴寄托的艺术魅力。

总之,朱彝尊是清初词坛影响巨大的领袖人物,倡导宗法南宋词、尊崇姜夔和张炎一脉,使"数十年来浙西填词者家白石而户玉田",影响笼罩康熙、雍正、乾隆三朝百余年词坛。(《静惕堂词》卷首《序》,第267页)

厉鹗(1692—1752),字太鸿,号樊榭,钱塘(今浙江杭州市)人。清康熙年间举人,一生隐处未出仕。其人博学多识、精通辽宋史实而尤善工诗词,是继朱彝尊之后"浙西词派"最重要的作家。有《辽史拾遗》《宋诗纪事》《樊榭山房集》等作品传世。

作为浙西词派的后续领袖,厉鹗也提倡作词要"雅"。其有文曰:

> 词源于乐府,乐府源于《诗》,四诗大小《雅》之材,合三百有五。材之雅者,风之所由美,颂之所由成。南《诗》而乐府而词,必企夫雅之一言,而可以卓然自命为作者。(《樊榭山房集》卷4《群雅集序》,第755页)

此从风雅传统来推崇词,注重词作的抒情性功能。这有两个要点:首先,词需要"雅"。既要注重个人经历的触发,以托兴感赋;又要感事赋物、寄托深遥,使词旨清远。其次,反对俚语俗语。"雅"是词的灵魂,语言应当典雅清幽,富含言外之意,能超越诗之美。

厉鹗将词与抒发个体情感联系起来,在词坛树立了新的创作标准和典范。其以"雅"为核心的词学主张,对后世词美典范产生很大影响,不仅将浙西词派推为词坛主流,而且进一步提高词的艺术地位。其词幽隽清绮,情调婉约淡冷,多表现闲情逸致,时杂孤寂之感,感情纯正,托志不俗,遂为浙西词派中坚人物,占据极重要的词史地位。然因过于推尊姜、张词,不免陷入格局狭窄之病。

(二) 纳兰性德词学批评

纳兰性德其人与词作/纳兰性德的词学理论/纳兰性德的词学影响

纳兰性德(1655—1685),字容若,号楞伽山人,原名纳兰成德,为太子避讳而改;为满洲正黄旗人、大学士明珠长子;饱读诗书,文武兼修,康熙十五年进士,二十四年病逝,享年仅30岁。尝主持编纂《通志堂经解》,著有《通志堂集》《侧帽集》《饮水词》等。作词以真取胜,写景逼真传神,清丽婉约,格高韵远。

纳兰性德认为,词是诗亡之后继起的一种文学样式,是文体发展链条上自足的一个环节。其有文曰:

> 诗变而为骚,骚变而为赋,赋变而为乐府,乐府之流漫浸淫而为词曲,而其变穷矣。(《通志堂集》卷14《赋论》,第276页)

这勾勒了文体演变的历史进程与节律,把词放在诗、骚、赋、乐府同等地位,从文学发展的高度,来肯定并推尊词体。既强调词要继承诗歌的优良传统,又为词学保持自身特点留有余地。

纳兰性德还认为,填词同作诗一样,一是要重比兴、写忧患,二是要有寄托、

抒真情,即把比兴寄托放在至关重要的位置,以继承发扬古典诗歌的艺术传统。故有文曰:

> 《雅》《颂》多赋,《国风》多比兴;《楚辞》从《国风》出,纯是比兴,赋义绝少。唐人诗宗《风》《骚》,多比兴;宋词比兴已少;明人诗皆赋也,便觉版腐少味。(《通志堂集》卷18《渌水亭杂识四》,第335页)

看重诗之比兴,就是要有寄托。盖标举情兴、崇尚情致,是他作诗填词毕生追求。由此,他尤"爱《花间》致语,以其言情入微,音调铿锵,自然协律。"(《通志堂集》卷13《与梁药亭书》,第267页)而词境之最高者,还推李后主所作:"《花间》之词如古玉器,贵重而不适用;宋词适用而少贵重;李后主兼有其美,更饶烟水迷离之致。"(《通志堂集》卷18《渌水亭杂识四》,第335页)这以"贵重""适用"为核心,来标举他词学批评的价值追求。

纳兰性德词作不多,但皆能缘情而绮旎,故而佳品颇多,堪称风华绝代。其词清新俊逸、哀感顽艳,深得南唐后主词风之神髓。况周颐称赏他为"国初第一词手"(《蕙风词话》卷5"十九"条,第121页),王国维赞其"以自然之眼观物,以自然之舌言情。初入中原,未染汉人风气,北宋以来,一人而已"。(《人间词话》卷1"五二"条,第117页)然其词才力不足,难免有局促之感。

(三) 常州词派词学批评

张惠言意内言外说/周济的词史正变论/晚清四大词人词论/常州词派的得与失

常州词派是清代嘉庆朝以后重要的词学流派,是为扭转浙派词注重声律格调之流弊而兴起。当时,常州词人张惠言欲挽浙派词颓风,乃大声疾呼词与《风》《骚》同科,强调词应有比兴寄托,而反对琐屑叮咛之习,攻击无病呻吟之作,引起和者蔚然成风。嗣后,常州词派大为盛行,中经周济推阐发展,其理论更趋完善,又关切内忧外患、能顺应社会巨变之要求,影响直至清末犹不衰减。常州词派也是个地域性词学流派,张惠言与周济为最具代表性论家。

张惠言主要的词学观点,见于他所编《词选》中。他首先肯定词起源于唐:"盖出于唐之诗人,采乐府之音,以制新律,因系其词,故曰词。"即是说,词是继承乐府、合乎诗传统的新律体,这就将词推尊到了与诗歌同源的地位。因此,他论词特别重视"意",认为词"意内而言外",应抒写情志,以立意为本。在"意"的内涵上,他注重忠爱与美刺,追求词的政治意蕴,强调词的社会功能;而对于"意"的表达,他则提倡词要有比兴:"缘情造端,兴于微言";"低徊要眇,以喻其致"。(《词选·续词选》,第1页)唯其如此,才有兴味。

周济更加推尊词体,认为词应像诗一样,包含广泛现实内容和强烈社稷意识,甚至能帮后人阅词而认识历史真实。为此,他提出:"诗有史,词亦有史。……庶乎自树一帜。"(《介存斋论词杂著》,第1630页)同时他提出,词要有寄托:"非寄托不入,专寄托不出。"(《宋四家词选目录序论》,第1643页)并进一步阐述曰:

> 初学词求有寄托,有寄托则表里相宣,斐然成章。既成格调,求无寄托,无寄托则指事类情,仁者见仁,知者见知。(《介存斋论词杂著》,第1630页)

此外,周济还强调要以"正变"论词,以判定是否符合温柔敦厚诗教。(《介存斋论词杂著》,第1637页)他更在正变说之上,试图重新建立词统,以提供学词者仿习,循序渐进以达高境。他提出"问涂碧山,历梦窗、稼轩以还清真之浑化"路径,把周邦彦、辛弃疾、王沂孙、吴文英四人看作词学之大宗,而以其他两宋词人为之辅,从而有法可依、有法可行。(参见《宋四家词选》,第2页)

晚清以来,许多词人虽不自标常州词派,但或多或少仍受到它的影响,而其中最著盛名的有晚清四大词人:王鹏运、郑文焯、朱祖谋、况周颐。他们承接常州词派的余绪,却不墨守常州派词论成规。如王鹏运提出词学的"拙、重、大"之论(《清词序跋汇编》第4册《餐樱词自序》,第1923页),况周颐也指出"作词有三要:曰重、拙、大"之说(《蕙风词话》,第4406页);朱祖谋重视词集的校勘,陈廷焯则提出沉郁说:"作词之法,首贵沉郁。沉则不浮,郁则不薄。"(《白雨斋词话》,第3750页)

特别是郑文焯,提出骨、神说:"北宋词之深美,其高健在骨,空灵在神"(《大鹤山人词话》,第226页)。他要把空灵与高健相结合,使词作既有骨气又含神韵。他进而论曰:

> 词之难工,以届事遣词,纯以清空出之。务为典博,则伤质实;多著才语,又近猖狂。至一切隐僻怪诞、禅缚穷苦、放浪通脱之言,皆不得著一字,

类诗之有禁体。(《大鹤山人词话》,第220页)

这种以清空出现实的追求,与其骨、神说结合在一起,共同构成晚清词坛审美风尚,使常州词派的宗风发扬光大。

总之,常州词派影响甚深远,尤其以诗为词的理论,为清代词学带来新的生命力,显示了古典词学最后的辉煌。对此,龙榆生指出:"清词至常州派而体格日高,声情并茂,绵历百载,迄未全衰。"(《龙榆生词学论文集》,第441页)但该派词作也有缺点,其内容逐渐走向狭窄,境界也不够宏廓,持论亦后劲不足。

附 文论选读

一 夕堂永日绪论·内编(节录)
[清] 王夫之

兴、观、群、怨,诗尽于是矣。经生家析《鹿鸣》《嘉鱼》为群,《柏舟》《小弁》为怨,小人一往之喜怒耳,何足以言《诗》?"可以"云者,随所"以"而皆"可"也。《诗三百篇》而下,唯《十九首》能然。李、杜亦仿佛遇之,然其能俾人随触而皆可,亦不数数也。又下或一可焉,或无一可者。故许浑允为恶诗,王僧孺、庾肩吾及宋人皆尔。

无论诗歌与长行文字,俱以意为主。意犹帅也。无帅之兵,谓之乌合。李、杜所以称大家者,无意之诗十不得一二也。烟云泉石,花鸟苔林,金铺锦帐,寓意则灵。若齐、梁绮语,宋人抟(tuán)合成句之出处(宋人论诗,字字求出处)。役心向彼掇索,而不恤己情之所自发,此之谓小家数,总在圈缋中求活计也。

把定一题、一人、一事、一物,于其上求形模,求比似,求词采,求故实,如钝斧子劈栎柞,皮屑粉霏,何尝动得一丝纹理?以意为主,势次之。势者,意中之神理也。唯谢康乐为能取势,宛转屈伸,以求尽其意;意已尽则止,殆无剩语;夭矫连蜷,烟云缭绕,乃真龙非画龙也。

"池塘生春草""胡蝶飞南园""明月照积雪",皆心中目中与相融浃,一出语时,即得珠圆玉润,要亦各视其所怀来而与景相迎者也。"日暮天无云,春风散微和",想见陶令当时胸次,岂夹杂铅汞人能作此语?程子谓见濂溪一月坐春风中。非程子不能知濂溪如此,非陶令不能自知如此也。

"僧敲月下门",只是妄想揣摩,如说他人梦,纵令形容酷似,何尝毫发关心?知然者,以其沉吟"推""敲"二字,就他作想也。若即景会心,则或推或敲,必居其一,因景因情,自然灵妙,何劳拟议哉?"长河落日圆",初无定景;"隔水问樵夫",初非想得:则禅家所谓"现量"也。

诗文俱有主宾。无主之宾,谓之乌合。俗论以比为宾,以赋为主;以反为宾,以正为主,皆塾师赚童子死法耳。立一主以待宾,宾无非主之宾者,乃俱有情而相浃洽。若夫"秋风吹渭水,落叶满长安",于贾岛何与?"湘潭云尽暮烟出,巴蜀雪消春水来",于许浑奚涉?皆乌合也。"影静千官里,心苏七校前",得主矣,尚有痕迹。"花迎剑佩星初落",则宾主历然,熔合一片。

身之所历,目之所见,是铁门限。即极写大景,如"阴晴众壑殊""乾坤日夜浮",亦必不逾此限。非按舆地图,便可云"平野入青徐"也,抑登楼所见者耳?隔垣听演杂剧,可闻其歌,不见其舞;更远则但闻鼓声,而可云所演何出乎?前有齐、梁,后有晚唐及宋人,皆欺心以炫巧。

一诗止于一时一事,自《十九首》至陶、谢皆然。"夔府孤城落日斜",继以"月映荻花",亦自日斜至月出,诗乃成耳。若杜陵长篇,有历数月日事者,合为一章。《大雅》有此体。后唯《焦仲卿》《木兰》二诗为然。要以从旁追叙,非言情之章也。为歌行则合,五言固不互尔。

古诗无定体,似可任笔为之,不知自有天然不可越之榘矱。故李于鳞谓唐无五古诗,言亦近是;无即不无,但百不得一二而已。所谓榘矱者,意不枝,词不荡,曲折而无痕,戌削而不竞之谓。若于鳞所云无古诗,又唯无其形垮字句与其粗豪之气耳。不尔,则"子房未虎啸"及《玉华宫》二诗,乃李、杜集中霸气灭尽,和平温厚之意者,何以独入其选中?(以上王夫之撰《夕堂永日绪论·内编》,《船山全书》本,岳麓书社2011年1月第1版)

导读:

王夫之(1619—1692),字而农,号姜斋,湖南衡阳人。晚年隐居于石船山,著书立传,学者遂称之为船山先生。与顾炎武、黄宗羲并称"明清之际三大思想家"。著有《周易外传》《尚书引义》《永历实录》《春秋世论》等作。

《夕堂永日绪论》是王夫之的一部诗话作品,分内外二编。内编主要品评历代诗人及作品,外编主要讨论文法问题。王夫之论诗多独到见解,在文学创作中的文与质、意与势、真与假、空与实、形与神等诸多重要问题上,都对于传统美学思想有新的批评见解。

他提出："兴观群怨,诗尽于是矣。"把儒家事功观放在了文学批评的首要位置。另一方面,又重视诗人情感的表达,把诗歌感情放在重要地位,认为:"可性可情,乃《三百篇》之妙用。"(《唐诗评选》卷4)可见,他把"志"作为诗歌的起点,并把"情"贯于诗歌始终,具有更为宽泛的批评眼光。王夫之重视诗歌感情,尤为痛诋门户习气,把建安到唐、宋、元之际的门户结习逐一批判;论及明代诗坛现状,则云:"才立一门庭,则但有其格局,更无性情,更无兴会,更无思致,自缚缚人,谁为之解者?"七子派复古思潮的维持成也在门户的建立,败也在门户的建立。他们的审美趋向与美学规范得到同化和认可,同时也丧失了自我的"性情""兴会""思致",诗歌往往带来模拟剽窃之风的盛行,党同伐异之能的滥用。这对后世灵活把握艺术作品的美学价值和功效具有很大的启示作用。

二　原诗(节录)

[清]叶燮

且夫风雅之有正有变,其正变系乎时,谓政治、风俗之由得而失、由隆而污。此以时言诗,时有变而诗因之。时变而失正,诗变而仍不失其正,故有盛无衰,诗之源也。吾言后代之诗,有正有变,其正变系乎诗,谓体格、声调、命意、措辞、新故升降之不同。此以诗言时,诗递变而时随之。故有汉、魏、六朝、唐、宋、元、明之互为盛衰,惟变以救正之衰,故递衰递盛,诗之流也。从其源而论,如百川之发源,各异其所从出,虽万派而皆朝宗于海,无弗同也。从其流而论,如河流之经行天下,而忽播为九河;河分九而俱朝宗于海,则亦无弗同也。

历考汉、魏以来之诗,循其源流升降,不得谓正为源而长盛,变为流而始衰。惟正有渐衰,故变能启盛。如建安之诗,正矣,盛矣;相沿久而流于衰。后之人力大者大变,力小者小变。六朝诸诗人,间能小变,而不能独开生面。唐初沿其卑靡浮艳之习,句栉字比,非古非律,诗之极衰也。而陋者必曰:此诗之相沿至正也。不知实正之积弊而衰也。迨开宝诸诗人,始一大变。彼陋者亦曰:此诗之至正也。不知实因正之至衰,变而为至盛也。盛唐诸诗人,惟能不为建安之古诗,吾乃谓唐有古诗。若必摹汉、魏之声调字句,此汉、魏有诗,而唐无古诗矣。且彼所谓陈子昂以其古诗为古诗;正惟子昂能自为古诗,所以为子昂之诗耳。然吾犹谓子昂古诗,尚蹈袭汉魏蹊径,竟有全似阮籍《咏怀》之作者,失自家体段,犹訾子昂不能以其古诗为古诗;乃翻勿取其自为古诗,不亦异乎!杜甫之诗,包源流,综正变。自甫以前,如汉魏之浑朴古雅,六朝之藻丽秾纤,澹远韶秀,甫诗无一不备。然出于甫,皆甫之诗,无一字句为前人之诗也。自甫以后,在唐如韩愈、李贺之奇鷟,刘禹锡、杜牧之雄杰,刘长卿之流利,温庭筠、李商隐之轻艳,以至宋、金、元、明之诗家,称巨擘者,无虑数十百人,各自炫奇翻异;而甫无一不为之开先。此其巧无不到、力无不举,长盛于千古,不能衰、不可衰者也。今之人固群然宗杜矣,亦知杜之为杜,乃合汉、魏、六朝并后代十百年之诗人而陶铸之者乎?唐诗为八代以来一大变,韩愈为唐诗之一大变,其力大,其思雄,崛起特为鼻祖。宋之苏、梅、欧、苏、王、黄,皆愈为之发其端,可谓极盛。而俗儒且谓愈诗大变汉、魏,大变盛唐,格格而不许,何异居蚯蚓之穴,习闻其长鸣,听洪钟之响而怪之,窃窃然议之也!(以上叶燮《原诗》,人民文学出版社 1979 年 9 月第 1 版)

导读:

叶燮(1627—1702),字星期,号已畦。叶绍袁子,江苏吴江人。康熙九年进士,曾任江苏宝应知县。后因与巡抚慕天颜不合,被劾罢官,长居吴县横山。精研诗学理论,有《原诗》《已畦诗文集》《汪文摘谬》等作品传世。

《原诗》内外两篇,各分上下部分,共 4 卷。《原诗·内篇》上部分主要探讨诗歌的源流正变,是诗学批评的发展论;下部分主要探讨创作中的诗人与诗歌必备因素,是诗学批评的创作展论。《原诗·外篇》两部分主要探讨诗歌创作与诗人个性等关系,以及诗学批评标准和诗歌品评,是诗学批评的创作展论。其中,对诗歌创作主体、客体及相互关系关系的看法等方面,以流变为中心展开,也被视为《原诗》的核心部分。

《原诗》明确提出:"惟正有渐衰,故变能启盛。"在他看来,这种流变的源头正是从《诗经》开始的,又云:"《十九首》止自言其情;建安、黄初之诗,乃有献酬、纪行、颂德诸体,遂开后世种种应酬等类;则因而实为创,此变之始也。"流变是诗歌发展的原因,也是有利的推动因素。另一方面,诗歌的流变也有大小之分,在一般情况下呈现出"力大者大变,力小者小变"的态势。而诗歌发展到唐代,是其创作的高峰,也是流变的高潮时期。叶燮把唐诗看作诗歌发展的最高峰,而韩愈则是唐诗的典型代表,也是"力大者大变"的标志性人物;至于晚唐因不知变化,才走上了"尖新纤巧"的逼仄之路。这对厘清诗坛的复古之风和模拟之弊具有重要推动作用,故而它被认为是继《文心雕龙》之后最具逻辑性和系统性的一部理论专著。

三 《古文约选》序例

[清] 方苞

　　太史公《自序》："年十岁，诵古文。"周以前书皆是也。自魏、晋以后，藻绘之文兴，至唐韩氏起八代之衰，然后学者以先秦、盛汉辨理论事，质而不芜者为古文，盖六经及孔子、孟子之书之支流余肄也。我国家稽古典礼，建首善自京师始，博选八旗子弟秀异者，并入于成均。圣上爱育人才，辟学舍，给资粮，俾得专力致勤于所学；而余以非材，实承宠命以监临而教督焉。窃惟承学之士，必治古文，而近世坊刻，绝无善本，圣祖仁皇帝所定《渊鉴》古文，闳博深远，非始学者所能遍观而切究也，乃约选两汉书疏及唐宋八家之文，刊而布之，以为群士楷。

　　盖古文所从来远矣，六经、《语》《孟》，其根源也。得其支流，而义法最精者，莫如《左传》《史记》，然各自成书，具有首尾，不可以分剟(duō)。其次《公羊》《谷梁传》《国语》《国策》。虽有篇法可求，而皆通纪数百年之言与事，学者必览其全，而后可取精焉。惟两汉书、疏及唐、宋八家之文，篇各一事，可择其尤。而所取必至约，然后义法之精可见。故于韩取者十二，于欧十一，余六家或二十、三十而取一焉；两汉书疏，则百之二三耳。学者能切究于此，而以求《左》《史》《公》《谷》《语》《策》之义法，则触类而通，用为制举之文，敷陈论策，绰有余裕矣。虽然，此其末也。先儒谓韩子因文以见道，而其自称则曰："学古道，故欲兼通其辞。"群士果能因是以求六经、《语》《孟》之旨，而得其所归，躬蹈仁义，自勉于忠孝，则立德、立功，以仰答我皇上爱育人材之至意者，皆始基于此。是则余为是编，以助流政教之本志也夫。雍正十一年春三月，和硕果亲王序。

　　一、三传、《国语》《国策》《史记》为古文正宗，然皆自成一体，学者必熟复全书，而后能辨其门径，入其窔奥。故是编所录，惟汉人散文及唐宋八家专集，俾承学治古文者，先得其津梁，然后可溯流穷源，尽诸家之精蕴耳。

　　一、周末诸子，精深闳博，汉、唐、宋文家皆取精焉。但其著书主于指事类情，汪洋恣肆，不可绳以篇法。其篇法完具者间亦有之，而体制亦别，故概弗采录，览者当自得之。

　　一、在昔议论者，皆谓古文之衰自东汉始，非也。西汉惟武帝以前之文，生气奋动，倜傥徘宕，不可方物而法度自具。昭、宣以后，则惭觉繁重滞涩，惟刘子政杰出不群，然亦绳趋尺步，盛汉之风，邈无存矣。是编自武帝以后至蜀汉，所录仅三之一，然尚有以事宜讲问，过而存之者。

一、韩退之云："汉朝人无不能为文。"今观其书疏吏牍，类皆雅饬可诵。兹所录仅五十余篇，盖以辨古文气体，必至严乃不杂也。既得门径，必纵横百家而后能成一家之言。退之自言"贪多务得，细大不捐"是也。

一、古文气体，所贵澄清无滓。澄清之极，自然而发其光精，则《左传》《史记》之瑰丽浓郁是也。始学而求古求典，必流为明七子之伪体，故于《客难》《解嘲》《答宾戏》《典引》之类皆不录。虽相如《封禅书》，亦姑置焉，盖相如天骨超俊，不从人间来，恐学者无从窥寻而妄摹其字句，则徒敝精神于塞法耳。

一、子长《世表》《年表》《月表》序，义法精深变化，退之、子厚读经、子，永叔史志论，其源并出于此。孟坚《艺文志·七略序》，淳实渊懿，子固序群书目录，介甫序《诗》《书》《周礼》义，其源并出于此。概弗编辑，以《史记》《汉书》治古文者必观其全也。独录《史记自序》，以其文虽载家传后，而别为一篇，非《史记》本文耳。

一、退之、永叔、介甫俱以志铭擅长，但序事之文，义法备于《左》《史》，退之变《左》《史》之格调而阴用其义法，永叔摹《史记》之格调而曲得其风神，介甫变退之之壁垒而阴用其步伐。学者果能探《左》《史》之精蕴，则于三家志铭，无事规模而自与之并矣。故于退之诸志，奇崛高古清深者皆不录，录马少监、柳柳州二志，皆变调，颇肤近。盖志铭宜实征事迹，或事迹无可征，乃叙述久故交亲，而出之以感慨，马志是也；或别生议论，可兴可观，柳志是也。于永叔独录其叙述亲故者，于介甫独录其别生议论者，各三数篇，其体制皆师退之，俾学者知所从入也。

一、退之自言所学，在"辨古书之正伪，与虽正而不至焉者"，盖黑之不分，则所见为白者非真白也。子厚文笔古隽，而义法多疵，欧、苏、曾、王亦间有不合，故略指其瑕，俾瑜者不为掩耳。

一、《易》《诗》《书》《春秋》及"四书"，一字不可增减，文之极则也。降而《左传》《史记》、韩文，虽长篇，句字可薙者甚少。其余诸家，虽举世传诵之文，义枝辞冗者，或不免矣，未便削去，姑钩划于旁，俾观者别择焉。（以上方苞撰《方苞全集》第12册，复旦大学出版社2018年9月第1版）

导读：

方苞（1688—1749），字凤九，一字灵皋，号望溪，安徽桐城人。康熙四十五年中进士，后因戴名世《南山集》案被牵连入狱，遇赦后入值南书房。后充任武英殿修书总裁、翰林院侍讲学士、内阁学士兼礼部侍郎、经史馆总裁等职。有《方望溪先生全集》传世。

《古文约选》是方苞在雍正十一年(1733)奉和硕果亲王之命为八旗子弟选编的一部古文读本。名义上是和硕果亲王选编,本序例也署名"和硕果亲王",实际则由方苞代笔。方苞按照"义法"的标准,选录两汉至唐宋的历代古文,其中以选录汉人和唐宋八大家的散文为主。

方苞将古文分为"源"和"流"两部分,其"源"为六经、《论语》《孟子》;"流"为《左传》《史记》《公羊传》《谷梁传》《国语》《战国策》等,作为学习的对象。方苞强调首先从描摹"两汉书、疏及唐、宋八家之文"入手,然后上求《左传》《史记》等,通过探究古文篇法、体制等,触类旁通,以达到对古文精蕴的充分掌握。

该序例是方苞对"义法"说的一次全面阐释。他指出:"指事类情,汪洋恣肆,不可绳以篇法。"这把古文义法看作一种活法,具有宏观的眼光。同时强调行文的"雅洁","雅"一般为文体的典雅和语言的简洁,"洁"一般为取材的精当和行文的严整,即试图使作品达到"澄清无滓"的境界。只有"澄清之极,自然而发其光精",才是古文创作的最高境界和标准。

四 《词选》序

[清] 张惠言

叙曰:词者,盖出于唐之诗人,采《乐府》之音以制新律,因系其词,故曰"词"。《传》曰:"意内而言外谓之词。"其缘情造端,兴于微言,以相感动,极命风谣,里巷男女哀乐,以道贤人君子幽约怨悱、不能自言之情,低徊要眇,以喻其致。盖《诗》之比、兴,变风之义,骚人之歌则近之矣。然以其文小、其声哀,放者为之,或跌宕靡丽,杂以猖狂俳优,然要其至者,莫不恻隐盱愉,感物而发,触类条鬯(chàng),各有所归,非苟为雕琢曼辞而已。

自唐之词人,李白为首,其后韦应物、王建、韩翃、白居易、刘禹锡、皇甫松、司空图、韩偓,并有述造。而温庭筠最高,其言深美闳约。五代之际,孟氏、李氏,君臣为谑,竞作新调,词之杂流,由此起矣。至其工者,往往绝伦,亦如齐、梁五言,依托魏、晋,近古然也。

宋之词家,号为极盛。然张先、苏轼、秦观、周邦彦、辛弃疾、姜夔、王沂孙、张炎,渊渊乎文有其质焉。其荡而不反,傲而不理,枝而不物,柳永、黄庭坚、刘过、吴文英之伦,亦各引一端,以取重于当世。而前数子者,又不免有一时放浪通脱之言出于其间。后进弥以驰逐,不务原其指意,破析乖剌,坏乱而不可纪。故自宋之亡而正声绝,元之末而规矩隳。以至于今四百余年,作者十数,谅其所是,互有繁变,皆可谓安蔽乖方、迷不知门户者也。

今第录此篇,都为二卷。义有幽隐,并为指发。几以塞其下流、导其渊源,无使风雅之士惩于鄙俗之音,不敢与诗赋之流同类而风诵之也。嘉庆二年八月,武进张惠言。(以上张惠言《词选·序》,中华书局1957年11月第1版)

导读:

张惠言(1761—1802),字皋文,一作皋闻,号茗柯,江苏武进(今常州)人。清代词人、散文家。嘉庆四年进士,早岁治经学,工骈文辞赋。后受桐城派影响,与惠栋、焦循一同被后世称为"乾嘉易学三大家";与周济同为阳湖派开山人物。有《茗柯文编》《茗柯词》《词选》《七十家赋钞》等作品传世。

清嘉庆二年(1797),张惠言、张琦兄弟编辑了《词选》2卷,选录唐、五代、宋词凡44家共116首。清初以来,以朱彝尊为首的浙西词派重视姜夔、张炎一派的词风,但其末流之词题材狭窄,内容枯寂空虚。与此同时,以陈维崧为首的阳羡派标举苏轼、辛弃疾,却缺乏现实生活的基础,只是一味追求豪放昂扬,其末流日趋叫嚣粗率,造成了不良的影响。在此之际,常州词派乘时而起、乘势而起,产生了深远影响。

在这篇序中,张惠言首先肯定词的重要地位,指出它不仅是雕琢词章的"小道"之辞,甚至也和诗歌一样"恻隐盱愉,感物而发,触类条鬯,各有所归",具有重要的社会文化意义。故而,张惠言在《词选序》中提出了比兴寄托的理论,并强调词作同经史一样,都应该走"内而言外,意在笔先,缘情造端,兴于微言,以相感动,低回要眇,以喻其致"的温柔敦厚"词教"批评路线,以导源溯流,指示门户。同时,他主张从内容、风格、技法等方面阐述的词的特点,并针对唐宋元明词坛的发展,精要阐释其对词"正声"与"变音"的批评理论,为后世词人树立了一条厚重型、典型性、经典化的词学路径。

第十八讲
清代小说批评

史家通常将清代分为前中期和晚期。本讲将清代小说理论批评分为前期（顺治元年—乾隆中期）、中期（乾隆后期—道光末年）、后期（咸丰—光绪末年）。清前期小说理论批评大致延续了明代的批评形式，仍以评点、序跋和书信为主，而在内容上日趋创新；以毛氏父子评《三国演义》、张竹坡评《金瓶梅》、脂砚斋评《红楼梦》为代表，中国古代小说评点进入了一个繁荣期。清中期以纪昀等的文言小说批评、周春和哈斯宝等的《红楼梦》批评、冯镇峦等的《聊斋志异》批评为代表，小说理论批评有所发展。而后期，也就是历史上通常所谓的晚清或近代，是中国小说理论批评向现代发展的转型期，小说理论批评在观念与形式上都发生了巨变。

一 清代前期小说批评

清代顺治至乾隆中期，小说理论批评成果以毛纶与毛宗岗的《三国演义》评点、张竹坡的《金瓶梅》评点、脂砚斋的《红楼梦》评点为代表。

(一) 毛氏父子《三国演义》批评

毛氏对金圣叹的借鉴/力主"蜀汉正统说"/人物塑造三奇三绝说/崇尚实录而轻视虚构

毛纶、毛宗岗父子对《三国演义》的批评，借鉴了金圣叹评《水浒传》的理论和方法。如论"《三国》一书，总起总结之中，又有六起六结"，"《三国》一书，有同树异枝、同枝异叶、同叶异花、同花异果之妙。作文者以善避为能,又以善犯为能"云云,都是把金批《水浒》的文字改写到《三国演义》评点中。然而比起金圣叹《水浒传》评点,毛纶对叙事方法的概括更为明晰。如论情节的变化,云"星移斗转、雨覆风翻";论情节的断续,云"横云断岭、横桥锁溪";论情节的埋伏,云"将雪见霰、将雨闻雷";论情节的照应,云"浪后波纹、雨后霹雳";论更远的伏笔,云"隔年下种、先时伏着";论叙事的穿插,云"笙箫夹鼓、琴瑟间钟"。(《毛宗岗批评三国演义(上)》卷前《读〈三国志〉法》,第5—12页)毛纶特别喜欢用两组四字词对举,来对所论叙事方法加以形容渲染。

毛氏父子对《三国演义》,也是很有创造性贡献的。不仅其改编本是《三国演义》中最具文学性的,而且其评点本也是《三国演义》评点中的翘楚。

在思想旨趣方面,毛氏父子力主"蜀汉正统说":

> 读《三国志》者,当知有正统、闰运、僭国之别。正统者何?蜀汉是也。僭国者何?吴、魏是也。闰运者何?晋是也。魏之不得为正统者,何也?论地则以中原为主,论理则以刘氏为主。论地不若论理,故以正统予魏者,司马光《通鉴》之误也。以正统予蜀者,紫阳《纲目》之所以为正也。《纲目》于献帝建安之末,大书"后汉昭烈皇帝章武元年",而以吴、魏分注其下。盖以蜀为帝室之胄,在所当予;魏为篡国之贼,在所当夺。是以前则书"刘备起兵徐州讨曹操",后则书"汉丞相诸葛亮出师伐魏",而大义昭然揭于千古矣。夫刘氏未亡,魏未混一,魏固不得为正统;迨乎刘氏已亡,晋已混一,而晋亦不得为正统者。(《毛宗岗批评三国演义(上)》卷前《读〈三国志〉法》,第1页)

毛氏父子以蜀汉为正统,既与刘备出身为汉室之胄有关,又与痛惩史上割据、偏安有关。为此,他们把所采用的底本《李卓吾先生批评三国志》中,"多有唐突昭烈、谩骂武侯之语"尽皆"削去",并"以新评校正之",以彰显蜀汉正统地位。(《毛宗岗批评三国演义(上)》卷前《凡例》,第2页)

在人物批评方面,毛氏父子创造性提出三奇三绝说。其文云:

> 古史甚多,而人独贪看《三国志》者,以古今人才之聚未有盛于三国者也。观才与不才敌,不奇;观才与才敌,则奇。观才与才敌,而一才又遇众才之匹,不奇;观才与才敌,而众才尤让一才之胜,则更奇。吾以为三国有三

奇，可称三绝：诸葛孔明一绝也，关云长一绝也，曹操亦一绝也。(《毛宗岗批评三国演义(上)》卷前《读〈三国志〉法》，第2页)

详细分析诸葛亮是"古今来贤相中第一奇人"，关云长是"古今来名将中第一奇人"，曹操是"古今来奸雄中第一奇人"。他认为，此"三奇"人物形象的成功塑造，是《三国演义》超越史著的标志；而"三绝"说作为人物形象批评的经典用语，实隐含了现代文学理论批评中的人物典型论。

在取材写法方面，毛氏父子推崇"实录"而相对轻视小说的虚构。本来，晚明人基本确立了小说创作虚构胜于实录的观念，但毛氏父子通过回溯小说发展史而推崇"实录"。他们认为《三国演义》叙写历史之"真"，胜过全为幻笔的《西游记》和《水浒传》，故而宣称："读《三国》胜读《西游记》。《西游》捏造妖魔之事，诞而不经，不若《三国》实叙帝王之事，真而可考也。"(《毛宗岗批评三国演义(上)》卷前《读〈三国志〉法》，第16页)他们又曰：

> 读《三国》胜读《水浒传》。《水浒》文字之真，虽较胜《西游》之幻，然无中生有，任意起灭，其匠心不难，终不若《三国》叙一定之事，无容改易而卒能匠心之为难也。且三国人才之盛，写来各各出色，又有高出于吴用、公孙胜等万万者。吾谓才子书之目，宜以《三国演义》为第一。(《毛宗岗批评三国演义(上)》卷前《读〈三国志〉法》，第16页)

这是简单地以史事之"实录"为依据，来判定"以《三国演义》为第一"。

综上，毛氏父子由"正统""实录"观念出发，来推崇《三国演义》的艺术价值和地位。这种做法基本背离明代小说艺术的发展趋势，也违背李贽、金圣叹批评《水浒传》之传统；故在小说艺术上，未免是一种退步。当然，毛氏父子评点《三国演义》所代表的批评倾向，与清初整肃晚明思想文化之社会风向是一致的。

(二) 张竹坡对《金瓶梅》的评点

提出"苦孝"说/"发愤著书"说/人物"典型"论/人物性格之批评/"文本主体"论

张竹坡(1670—1698)，名道深，字自得，号竹坡，江苏铜山(今江苏省徐州市铜山区)人。有诗集《十一草》,曾评点过《东游记》《幽梦影》等。据他在《第一奇书非淫书论》所述说可知,他是26岁时快速完成《金瓶梅》评点。

张竹坡的评点对前人有所借鉴。如他提出的"发愤著书"说,与李贽《水浒传》评点相通;用冷、热对立阐释全书的构思,与崇祯本《金瓶梅》评点相通;认为《金瓶梅》的叙事艺术超过《史记》,与毛氏父子批评《三国演义》的看法相通。当然张竹坡的重要贡献不止于此,其《金瓶梅》评点有明显创新。其主要观点和成就如下:

(1) 主张"第一奇书非淫书论"。他认为,与《诗经》"有善有恶"不同,《金瓶梅》只专注于写"恶",为的是惩创人心,鞭策世人:

> 诗云"以尔车来,以我贿迁",此非瓶儿等辈乎?又云"子不我思,岂无他人",此非金、梅等辈乎?"狂且狡童",此非西门、敬济等辈乎?乃先师手订,文公细注,岂不曰此淫风也哉!……今夫《金瓶梅》一书作者,亦是将《褰裳》《风雨》《箨兮》《子衿》诸诗细为摹仿耳。夫微言之而文人知儆,显言之而流俗知惧。不意世之看者,不以为惩劝之韦弦,反以为行乐之符节,所以目为淫书;不知淫者,自见其为淫耳。(《张竹坡批评金瓶梅(上)》卷前《第一奇书非淫书论》,第20页)

这就赋予了《金瓶梅》与儒家经典《诗经》同等的价值和意义。他不仅旗帜鲜明地反对《金瓶梅》"淫书说",还抨击持"淫书"说者是"淫者自见其为淫"。

(2) 提出《金瓶梅》"苦孝说"。既然判定它不是"淫书",那《金瓶梅》是什么书呢?张竹坡明确提出"苦孝说",以此标新《金瓶梅》的主题。他认为,"玉楼一人"是"作者之自喻","作者固仁人也,志士也,孝子悌弟也"(《张竹坡批评金瓶梅(上)》卷前《竹坡闲话》,第8页);还认为,全书内容构架始终不脱"酸"和"孝":"故作《金瓶梅》者,一曰'含酸',再曰'抱阮',结曰'幻化',且必曰'幻化孝哥儿'。作者之心,其有余痛乎?则《金瓶梅》当名之曰《奇酸志》《苦孝说》。呜呼!孝子,孝子,有苦如是!"(《张竹坡批评金瓶梅(上)》卷前《苦孝说》,第19页)为明此义,他详析小说结尾叙西门庆托生为孝哥出家:"《金瓶》以空结,看来亦不是空到地的,看他以孝哥结便知。然则所云'幻化',乃是以孝化百恶耳。"(《张竹坡批评金瓶梅(上)》卷前《批评第一奇书金瓶梅读法》七六,第45页)张竹坡指出,孝哥出家"孝化百恶",可谓既惩了恶又扬了善。由此,《金瓶梅》的主题便得到升华。当然,张竹坡的评判未必全妥:认为孟玉楼是作者自喻,则不免有失偏颇处;而把

"孝"道拔得过高,明显暴露思想局限。

（3）丰富发展了"发愤著书"说。在张竹坡看来,《金瓶梅》苦与孝主题,实出于作者之"发愤"。李贽评点《水浒传》,倡"发愤著书说",主要是就作者而言;张竹坡评点《金瓶梅》,也是强调作者之"愤"。他说:"作者不幸,身遭其难,吐之不能,吞之不可,搔抓不得,悲号无益,借此以自泄。……是愤已百二十分,酸又百二十分,不作《金瓶梅》,又何以消遣哉? 甚矣! 仁人志士、孝子悌弟,上不能告诸天,下不能告诸人,悲愤呜唈,而作秽言,以泄其愤。"(《张竹坡批评金瓶梅(上)》卷前《竹坡闲话》,第8—10页)其强调作者之"发愤",是从创作动机角度着眼,故云:"夫作书者,必大不得于时势,方做寓言以垂世。"(《张竹坡批评金瓶梅(下)》第70回回评,第1069页)

除了重视作家主体之"愤",他还关注人物故事之"愤"。他认为小说中的人物故事,无不寄托着作者之"愤":

> 至其写玉楼一人,则又作者经济学问,色色自喻皆到。试细细言之:玉楼簪上镌"玉楼人醉杏花天",来自杨家,后嫁李家,遇薛嫂而受屈,遇陶妈妈而吐气,分明为"杏"无疑。"杏"者,幸也。身毁名污,幸此残躯留于人世,而住居臭水巷。盖言元无妄之来,遭此荼毒,污辱难忍;故著书以泄愤。(《张竹坡批评金瓶梅(上)》卷前《金瓶梅寓意说》,第16页)

张竹坡甚至放言曰,作《金瓶梅》之书,笔底实蕴含"复仇之义",是以刀笔"杀人于千古"。(《张竹坡批评金瓶梅(上)》卷前《竹坡闲话》,第10页)。张竹坡由创作动机与人物故事进一步推展开来,认为《金瓶梅》的读者和批评家也要"发愤"。如曰:"读《金瓶》,必须列宝剑于右,或可划空泄愤。"(《张竹坡批评金瓶梅(上)》卷前《批评第一奇书金瓶梅读法》九五,第49页)

（4）创立小说批评的理论与方法。这主要有5个要点:

其一,肯定评点者的主观化批评之立场。前引《竹坡闲话》云:"我自做我之《金瓶梅》,我何暇与人批《金瓶梅》?"旗帜鲜明地表达了主观批评的立场。古人解经有"六经注我""我注六经"之说,这是两种相对独立又相辅相成的理念和方法。简而言之,前者注重客观化批评,后者注重主观化批评。早前金圣叹曾提出,其《水浒传》评点,是他自己的"文章",这实为张竹坡的前驱;而张竹坡对主观批评的倡导,表现得更为自觉也更为坚定。

其二,创造使用"典型"这一批评术语。《金瓶梅》第 86 回叙:吴月娘令王婆发卖潘金莲,陈经济前来商议偷娶金莲。夹批云:"又一个要偷娶,西门典型尚在。"(《张竹坡批评金瓶梅(下)》第 86 回,第 378 页)这"典型"是榜样的意思,指西门庆惯于偷娶之旧事。它与现代艺术理论"典型"概念虽不完全等同,却都有"类型""范式"即指向某些共性之意。张竹坡在评论《金瓶梅》中的人物形象时,就常赞赏小说中的人物"写得人心如见"(《张竹坡批评金瓶梅(下)》第 62 回夹批,第 936 页),或个个"真是生龙活虎,非耍木偶人者"。(《张竹坡批评金瓶梅(下)》第 59 回夹批,第 882 页)就是说人物形象既具有鲜明的个性,又具有代表某类人共性的普遍意义。例如,从"百千市井小人之中,有一市井小人之西门庆"(《张竹坡批评金瓶梅(上)》第 34 回回评,第 506 页);而在应伯爵这个帮闲身上,"写趋附小人,真写尽了"(《张竹坡批评金瓶梅(上)》第 45 回回批,第 656—657 页)。可以说,现代文学的人物"典型"概念,已在张竹坡评语中呼之欲出。

其三,提倡依据"情理"塑造人物性格。其评点文曰:

> 做文章,不过是"情理"二字。今做此一篇百回长文,亦只是"情理"二字。于一个人心中,讨出一个人的情理,则一个人的传得矣。虽前后夹杂众人的话,而此一人开口,是此一人的情理;非其开口便得情理,由于讨出这一人的情理方开口耳。是故写十百千人皆如写一人,而遂洋洋乎有此一百回大书也。(《批评第一奇书金瓶梅读法》四三)

若要得人物"情理",则作家要通"情理":既要"入世最深",又要"专在一心"。(《张竹坡批评金瓶梅(上)》卷前《批评第一奇书金瓶梅读法》五九、六〇,第 42—43 页)前者要求有广泛而深入的阅历,后者要求对人物性格进行揣摩。对此中要义,其评点文曰:

> 作《金瓶梅》,若果必待色色历遍才有此书,则《金瓶梅》又必做不成也。何则?即如诸淫妇偷汉,种种不同,若必待身亲历而后知之,将何以经历哉?故知才子无所不通,专在一心也。(同上《批评第一奇书金瓶梅读法》六〇,第 42—43 页)

这一"现身"说,比金圣叹评《水浒传》的"动心"说,更强调作家对每一个人物形

象的揣摩。正因细心揣摩"情理",作家才写出了人的个性。如论潘金莲这个人物曰:

> 又有两"斜瞅"内,妙在要使斜瞅他一眼儿,是不知千瞅万瞅也。写淫妇至此,尽矣,化矣。再有笔墨能另写一样出来,吾不信也。然他偏又能写后之无数淫妇人,无数眉眼伎俩,则作者不知是天仙是鬼怪!(《张竹坡批评金瓶梅(上)》第 4 回回评,第 77 页)

这就是说,潘金莲这个达到了化境的形象,既是"无数淫妇人"中的一个,又是不能"另写一样出来"的一个,较金圣叹的"性格"论有显著发展。

其四,特别关注环境对人物性格的影响。例如,张竹坡揭示了潘金莲独特性格形成与其出身之间的关系,认为"王招宣府内,固金莲旧时卖入学歌学舞之处";又说:"作者盖深恶金莲,而并恶及其出身之处,故写林太太也。"(《张竹坡批评金瓶梅(上)》卷前《批评第一奇书金瓶梅读法》二三,第 32 页)又如,吴月娘在《金瓶梅》中是个"贤妻",张竹坡认为她是个"可以向上之人";却因所处环境的影响,终成为"奸险小人":

> 若其夫千金买妾为宗嗣计,而月娘百依百顺,此诚《关雎》之雅,千古贤妇人也;若西门庆杀人之夫,劫人之妻,此真盗贼之行也。其夫为盗贼之行,而其妻不涕泣而告之,乃依违其间,视为路人,休戚不相关,而且自以好好先生为贤,其为心尚可问哉?(《张竹坡批评金瓶梅(上)》卷前《批评第一奇书金瓶梅读法》二四,第 32 页)

这是说因为其丈夫西门庆是恶人,吴月娘百依百顺丈夫便成为恶人。在中国古代小说研究史上,论者一般只是注意到自然环境描写,对于渲染气氛、烘托性格所起作用;而张竹坡虽没有明确使用"环境"这个词,却能细致分析社会环境与人物性格的关系。这确实是并不多见,堪称一项理论创造。

其五,对"文本主体"理论的先知先觉。《金瓶梅》署名"兰陵笑笑生",而其作者的真实姓名并不可确知。这引起学者"探佚"热情,从古至今丝毫未不曾衰减。张竹坡认为,作者既然不愿留真实姓名,后人就不必白费工夫搜寻;而应把注意力放在精读原文上,以《金瓶梅》文本为关注中心。其有文评曰:

> 作小说者,概不留名,以其各有寓意,或暗指某人而作。夫作者既用隐恶扬善之笔,不存其人之姓名,并不露自己之姓名。乃后人必欲为之寻端竟委,说出名姓名何哉?何其刻薄为怀也!且传闻之说,大都穿凿,不可深信。总之,作者无感慨,亦必不著书,一言尽之矣。其所欲说之人,即现在其书内。彼有感慨者,反不忍明言;我没感慨者,反必欲指出,真没搭撒、没要紧也。(《张竹坡批评金瓶梅(上)》卷前《批评第一奇书金瓶梅读法》三六,第 36 页)

强调作者"所欲说之人,即现在其书内",又告诫批评者要"多曲折于其文之起尽",都是以文本为中心,以文本解读为要务。这颇暗合西方"文本主体论",因而有一定的创新性和前瞻性。

(三)脂砚斋对《石头记》的批评

强调作家"亲历"说/突出小说的"情理"/"今古未有之一人"

《红楼梦》研究第一人,自当是《红楼梦》作者。在第一回,作者假借青埂峰"石头"之言语,发表了一通完整的小说批评史论:一来,批评从前小说对"情"的描写限于"皮肤淫滥":"历来野史,或讪谤君相,或贬人妻女,奸淫凶恶,不可胜数。"故而作者倡导"意淫"。二来,批评从前才子佳人小说千篇一律:"更有一种风月笔墨,其淫秽污臭,涂毒笔墨,坏人子弟,又不可胜数。至若佳人才子等书,则又千部共出一套,且其中终不能不涉于淫滥,以致满纸潘安子建、西子文君。不过作者要写出自己的那两首情诗艳赋来,故假拟出男女二人名姓,又必旁出一小人其间拨乱,亦如剧中之小丑然。且鬟婢开口即者也之乎,非文即理。"故而作者倡导"情理"。作者宣称,其"情理"须建立在"亲睹亲闻"写实的基础上:"故逐一看去,悉皆自相矛盾,大不近情理之话,竟不如我半世亲睹亲闻的这几个女子,虽不敢说强似前代书中所有之人,但事迹原委,亦可以消愁破闷,也有几首歪诗熟话,可以喷饭供酒。至若离合悲欢,兴衰际遇,则又追踪蹑迹,不敢稍加穿凿,徒为供人之目,而反失其真传者。"(《红楼梦脂评汇校本》第 1 回,第 6—7 页)这"亲睹亲闻"说,就是强调写实手法。

脂砚斋批评呈现的思想倾向与艺术旨趣,与《红楼梦》第 1 回作者自评基本一致;但所论更具体,表达更详切。脂砚斋与曹雪芹的关系十分密切。根据甲戌本"至脂砚斋甲戌抄阅再评,仍用《石头记》"之语,可知脂砚斋重评《石头记》是在乾隆十九年(1754)完成的。他此后又有三评、四评乃至于五评。这与《红楼梦》作者"曹雪芹于悼红轩中披阅十载、增删五次"(《红楼梦脂评汇校本》第1回,第8页)的创作过程大体一致。庚辰本第75回缺中秋诗,回前单页记曰:"乾隆二十一年五月初七日对清。缺中秋诗,俟雪芹。"(《红楼梦脂评汇校本》第75回,第978页)据该条批语可知,曹雪芹的创作与脂砚斋的校正、批评几乎同步进行。

脂砚斋评点《石头记》的主要内容如下:

(1) 对作家"亲历说"的强调。脂砚斋的评语明显支持《红楼梦》乃作者亲身经历的说法。如第18回叙元妃省亲,庚辰本评曰:"非经历过如何写得出!"(《红楼梦脂评汇校本》第18回,第239页)如第21回叙湘云扶过宝玉的头来,一一梳篦,发现这四颗珠子中有一颗是掉了后补配的。庚辰本侧批:"梳头亦有文字,前已叙过,今将珠子一穿插,却天生有是事。"(《红楼梦脂评汇校本》第21回,第283页)又如第28回叙凤姐向宝玉道:"大红妆缎四十匹,蟒缎四十匹,上用纱各色一百匹,金项圈四个。"宝玉道:"这算什么?又不是帐,又不是礼物,怎么个写法?"凤姐儿道:"你只管写上,横竖我自己明白就罢了。"庚辰侧批:"有是语,有是事。"(《红楼梦脂评汇校本》第28回,第385—386页)这些批语都暗示,《红楼梦》中所写饮食起居、家常闲话,都为作者所历的实事。不仅作者"亲历"如此,连批评者自身也强调其"亲历"。与脂砚斋同时参评的,还有畸笏叟等人,亦为"亲历"者。如甲戌本第13回回末总批作:"'秦可卿淫丧天香楼',作者用史笔也。老朽因有魂托凤姐贾家后事二件,嫡是安富尊荣坐享人不能想得到处。其事虽未漏,其言其意则令人悲切感服,姑赦之,因命芹溪删去。"(《红楼梦脂评汇校本》第13回,第177页)命芹溪删去"淫丧天香楼"一事的人,正是畸笏叟;因而畸笏叟与脂砚斋的批语,在甲戌本中就是并存的。

(2) 以"情理"贯穿全书评点。以往的批评家所谈"情理",大都指人情物理,《红楼梦》评点也是如此。如22回叙众人猜元春送来的诗谜:"往常间只有宝玉长谈阔论,今日贾政在这里,便惟有唯唯而已。"庚辰本夹批:"写宝玉如此。非世家曾经严父之训者,断写不出此一句。"(《红楼梦脂评汇校本》第22回,第306页)这就是指事理。但《红楼梦》评点将"情理"贯穿全书,而且更深刻地与个性化人物塑造相联系。如第28回叙黛玉吟《葬花词》:"不想宝玉在山坡上,听见是黛玉之声,先不过是点头感叹;次后听到'侬今葬花人笑痴,他年葬侬知是谁''一朝春尽红颜老,花落人亡两不知'等句,不觉恸倒山坡之上,怀里兜的落花撒了一地。"甲戌本眉批:"不言炼句炼字、辞藻工拙,只想景、想情、想事、想理,反复推求,悲伤感慨,乃玉兄一生天性。真颦儿之知己,则实无再有者。"(《红楼梦脂评汇校本》第 28 回,第 380 页)该段批语揭示,《红楼梦》把推求"情理"而非文字,作为塑造人物形象的关键笔触。

(3) 标举"今古未有之一人"。《红楼梦》作者多用"囫囵"之语,来塑造"今古未有之一人"贾宝玉,这正是据"情理"塑造个性的表现。庚辰本第 19 回宝玉笑道:"你说的话,怎么叫我答言呢。我不过是赞他好,正配生在这深堂大院里,没的我们这种浊物倒生在这里。"庚辰本在"浊物"后双行夹批:"妙号!后文又曰'须眉浊物'之称。今古未有之一人,始有此今古未有之妙称妙号。"己卯本又在全句后双行夹批:"这皆是宝玉意中心中确实之念,非前勉强之词,所以谓今古未有之一人耳。听其囫囵不解之言,察其幽微感触之心,审其痴妄委婉之意,皆今古未见之人,亦是未见之文字。……余阅此书,亦爱其文字耳,实亦不能评出此二人终是何等人物。后观《情榜》评曰'宝玉情不情''黛玉情情',此二评自在评痴之上,亦属囫囵不解,妙甚!"(《红楼梦脂评汇校本》第 19 回夹批,第 258 页)这条脂批认为,宝玉作为"今古未有之一人",其根本就在于对女性有"真情",不管是出于爱情还是出于友谊。这宝、黛二人"囫囵不解"之语,最合"情痴情种"之"情理"。脂批从"情理"出发分析宝黛形象,既与《红楼梦》第 1 回正文中"大旨谈情"的创作意图相符,还明显具有张扬理想爱情的积极意义。

二 清代中期小说批评

乾隆后期到道光三十年的时间段,可作为清代小说批评的中期。其间小说理论批评的主要成果可以纪晓岚等人的文言小说批评,周春、哈斯宝、张新之、冯镇峦、但明伦等人的小说批评为代表。

(一) 诸家《红楼梦》批评

《红楼梦》的索隐论/哈斯宝论情节的突转/"指松述柏"之手法

清中期,《红楼梦》批评成为主流。继《脂砚斋重评石头记》刊行之后,出现了黄小田《新增批评绣像红楼梦》、姚燮《蛟川大某山民评点红楼梦》、王希廉《新评绣像红楼梦全传》等十几种评点本;另有多种偶说、杂记、闲笔等批评文字,如周春《阅红楼梦随笔》、二知道人《红楼梦说梦》、梦痴学人《梦痴说梦》。这些批评的主要特点是索隐《红楼梦》的本事，用考据法对文本作穿凿附会的考证。

此数家中，周春《阅红楼梦随笔》较有代表性。周春认为，《红楼梦》写的是金陵张侯之家事：

> 相传此书（案，指《红楼梦》）为纳兰太傅而作。余细观之，乃知非纳兰太傅，而序金陵张侯家事也。忆少时见《爵秩便览》，江宁有一等侯张谦，上元县人。癸亥、甲子间，余读书家塾，听父老谈张侯事，虽不能尽记，约略与此书相符，然犹不敢臆断。再证以《曝书亭集》《池北偶谈》《江南通志》《随园诗话》《张侯行述》诸书，遂决其无疑义矣。（《红楼梦资料汇编》三《评论编·红楼梦记》，第565页）

其后，周春围绕张侯家事作诸多索隐，如"靖逆襄壮侯勇长子恪定侯云翼，幼子宁国府知府云翰，此宁国、荣国之名所由起也"；"史太君者，即宗仁妻高氏也"；"林如海者，即曹雪芹之父楝亭也"等。（《红楼梦资料汇编》三《评论编·红楼梦记》，第565页）

周春还提出了索隐的具体方法，即曰："阅《红楼梦》者，既要通今，又要博古，既贵心细，尤贵眼明。当以何义门评十七史法评之。若但以金圣叹评《四大奇书》法评之，浅矣。"（《红楼梦资料汇编》三《评论编·红楼梦评例》，第566页）在具体运用时，其以构字法解释隐语，如"林"隐含"曹"："盖曹本作曺，与林并为双木"；以文献典故解释人物情节，如妙玉姓林说："杨升庵《丹铅录》云：'女进士者，林妙玉也。淳熙九年，女童林妙玉求试经书，四十三件并通，时年十二，虽赐为孺人，或云赐为进士。'妙语盖本于此。"以"灵敏能猜"作联想分析，如"以甄、贾为缘起，盖本于玉溪生'贾氏窥帘'一联。窥帘指甄后也。"（以上《红楼梦资料汇编》三《评论编·红楼梦约评》，第566—567页）此类索隐，贯穿于《阅红楼梦随笔》，是乾嘉之学在小说评论中的实际运用。

周春还提出了"半真半假"的观点。如曰："林如海即曹楝亭。案楝亭非科甲出身，由通政使出差外任。此曰探花者假也，曰兰台寺大夫者真也。书中半真半假，往往如此。"（《红楼梦资料汇编》三《评论编·红楼梦约评》，第567页）其解析李纨身份、应天府之名、黛玉惊梦、史太君不言诗等，都以"半真半假"作评。在索隐求证的同时，承认小说创作的虚构性，而非将小说等同于历史，实具有一定的进步意义。

这一时期的《红楼梦》批评除了上述索隐附会外,还有蒙古族哈斯宝《新译红楼梦》颇具特色。哈斯宝《新译红楼梦》受金圣叹评点影响较大,如在开端设《序》和《读法》,即借鉴金圣叹分析宋江之奸诈来分析宝钗:"看她行径,真是句句步步都象个极明智极贤淑的人,却终究逃不脱被人指为最奸最诈的人。"(《〈新译红楼梦〉回批》第 38 回回批,第 129 页)其《读法》《总录》则受张竹坡评《金瓶梅》"泄愤说""冷热真假说"影响。

此外,哈斯宝对小说还颇有新见,主要表述为如下三个要点:

一是对情节突转的分析。如所评王熙凤戏谑林黛玉情节:"你既吃了我们家的茶,怎么还不给我们家作媳妇?"一般被认为,这是贾母支持宝黛婚的证据;但哈斯宝却从小说情节的转折角度,指出"变化反复""事出突然""合乎情理",正是小说之"奇"的成功之处。同时,他又强调"奇"要符合事理,不能"故作惊人之语":"读诸才子书,见其每回之末定要故作惊人之语,以图读者必欲续读下去。此法屡用,千篇一律,便朽俗无味了,怎及本书务求实事实理,生奇处果真有奇,惊人处确属可惊。"(《〈新译红楼梦〉回批》第 26 回回批,第 95 页)此处哈斯宝着眼于其世情小说的本质,指出《红楼梦》在"实事实理"中生"奇"。

二是对情节关联的分析。他提出"拉来推去""图影之道""宾主之法""追根究源""隔年撒种""十画九遮""牵线动影"等文法结构,非常细密。如第 3 回《托内兄如海荐西宾　接外孙贾母惜孤女》评语:"所谓拉来推去之法,好比一个小姑娘想捉一只蝴蝶作耍,走进花园却不见一蝶;等了好久,好不容易看见一只蝴蝶飞来,巴望它落在花上以便捉住,那蝶儿却忽高忽低、忽近忽远地飞舞,就是不落在花儿上。忍住性子等到蝶儿落在花上,慌忙去捉,不料蝴蝶又高飞而去。折腾好久才捉住,因为费尽了力气,便分外高兴,心满意足。"(《〈新译红楼梦〉回批》第 3 回回评,第 32 页)此与金圣叹用通俗事例解释文法如出一辙。

三是"指松说柏"手法。《〈新译红楼梦〉读法》指出:"书中写出补天不成的顽石,痴情不得遂愿的黛玉,便是比喻作者自己的:我虽未能仕君,终不应象庶民一样声销迹匿,总会有知音的仁人君子;于是,有自悲自愧的顽石由仙人引至人间出世。你们虽然蒙蔽人主,使我坎坷不遇,但皇恩于我深厚,我至死矢不易志;于是,有黛玉怀着不移如一的深情死去。这一部书的真正关键就在于此。第一回里说书中写的是'亲见亲闻的这几个女子',不过是指松说柏的手法,并非其实。"(《〈新译红楼梦〉回批》之《新译红楼梦读法》,第 22 页)第 15 回《秋爽斋偶赋

海棠诗　藕香榭又和螃蟹咏》评语:"海棠诗虽字字咏花,实篇篇历数黛玉的前后始末;螃蟹咏虽是句句嘲弄螃蟹,但篇篇讽嘲宝钗的先后首尾。这又叫作指松评柏,文章的微妙于此毕露。"(《〈新译红楼梦〉回批》第 15 回回批,第 62 页)这都能指出情节背后暗含着的深层寓意。

(二) 文言小说理论的发展

小说分杂事、异闻、琐语三类/区分才子之笔与非著书者之笔

清代中叶的文言小说研究,在胡应麟相关论说基础上提升到一个新的高度,其代表作是《四库全书总目·小说家类小叙》。其文曰:

> 张衡《西京赋》曰:"小说九百,本自虞初。"《汉书·艺文志》载《虞初周说》九百四十三篇,注称"武帝时方士",则小说兴于武帝时矣。故《伊尹说》以下九家,班固多注依托也。……迹其流别,凡有三派:其一叙述杂事,其一记录异闻,其一缀辑琐语也。唐、宋而后,作者弥繁。中间诬谩失真、妖妄荧听者固为不少。然寓劝戒,广见闻,资考证者,亦错出其中。(《四库全书总目汇订》卷 140《小说家类一》,第 4362 页)

这段文字,述意如下:第一,赞成《汉书·艺文志》所录为小说,由此大致确定文言小说产生的历史;第二,分小说家为杂事、异闻、琐语三类,大体包含故事性小说与琐语类小说。与刘知幾十分法、胡应麟六分法相比,《四库全书》的三分法显然更为简明,把一些明显不属于小说家的作品剔除出去,厘清了过去容易混淆部分"小说类"书目。这个分类法对后世影响较大,至今还有不少书目照此编列。

对小说和历史书目的区分,四库馆臣的做法引人关注。《四库全书》在"小说家"内不列传奇书目,将《飞燕外传》《会真记》收入史部传记类,而把《穆天子传》归入小说,认为其书"旧皆入'起居注'类,徒以编年纪月,叙述西游之事,体近乎起居注耳。实则恍惚无征,又非《逸周书》之比。以为古书而存之可也;以为信史而录之,则史体杂,史例破矣。"(《四库全书总目汇订》卷 142《小说家类三》,第 4459—4460 页)故而,纪昀以才子、著书者之笔,来划分小说和历史之书目。(《阅微草堂笔记》卷 18《姑妄听之跋》,第 374 页)这尽管与今人看法有异当时却影响很大,有利于推进文言小说类型、体式之探讨。

(三)《聊斋志异》之批评

反驳"一书而兼二体"/说鬼狐有伦次、得性情/小说文法转字和蓄字诀

清代中期小说批评的成果,还包括嘉庆后期冯镇峦、道光年间但明伦所撰两部《聊斋志异》评点。

冯镇峦评点的《聊斋志异》,长期以抄本形式流传;直到光绪年间,喻焜将王士禛、冯镇峦、何守奇、但明伦四家评点合刻,冯评点本的价值才引起人们重视。

冯镇峦首先肯定《聊斋志异》的文学性和严肃性:"先生此书,议论纯正,笔端变化,一生精力所聚,有意作文,非徒纪事。"(《〈聊斋志异〉会校会注会评本》第1册《各本序跋题辞·读聊斋杂说》,第9页)指出《聊斋志异》蕴含着蒲松龄的精神寄托,提升了《聊斋志异》的思想价值;并打破六朝以来文言小说尚实的观点,将小说"纪事"的功能扩展为文人"运思入微"的艺术。这见识是符合小说观念演变潮流的。

冯氏检讨纪昀的"一书而兼二体"之说,以发掘《聊斋志异》体例的文学意味曰:"《聊斋》以传记体叙小说之事,仿《史》《汉》遗法,一书兼二体,弊实有之;然非此,精神不出。所以通人爱之,俗人亦爱之,竟传矣;虽有乖体例,可也。纪公《阅微草堂》四种,颇无二者之病;然文字力量精神,别是一种,其生趣不逮矣。"(同上第1册《各本序跋题辞·读聊斋杂说》,第15页)这是说,用列传体来写小说,反而更有"精神",更具"生趣",值得充分肯定。与纪昀相比,冯氏对小说"体例"的看法更开放,也更符合明清小说批评的主流意见。

他还论析《聊斋志异》的艺术性,特别是编造鬼狐故事的文学成就:

> 说鬼亦要有伦次,说鬼亦要得性情。谚语有之:"说谎亦须说得圆。"此即性情伦次之谓也。试观《聊斋》说鬼狐,即以人事之伦次、百物之性情说之。说得极圆,不出情理之外;说来极巧,恰在人意愿之中。(同上第1册《各本序跋题辞·读聊斋杂说》,第13页)

这肯定《聊斋志异》虚构的鬼狐故事,赋予其"人事之伦次、百物之性情",使故事看似叙写狐鬼世界,其实符合人间事理逻辑。

但明伦著《聊斋志异新评》,在清代小说批评中影响很大。对此,喻焜评曰:

"但氏新评出,披隙导窾,当头棒喝,读者无不颒[俯]首皈依,几于家有其书矣。"(同上第1册《各本序跋题辞·聊斋志异序》,第20页)但氏注重小说的文法,所论颇合宗经之旨趣:"惟喜某篇某处典奥若《尚书》,名贵若《周礼》,精峭若《檀弓》,叙次渊古若《左传》《国语》《国策》,为文之法,得此益悟耳。"(同上第1册《各本序跋题辞·聊斋志异序》,第19页)

为此,但明伦总结了多种篇法、文法、句法,这林林总总的技法论历来为人所看重;其中"转字诀""蓄字诀",尤能深入剖析小说情节技巧:

> 此篇纯用迷离闪烁,夭矫变幻之笔,不惟笔笔转,直句句转,且字字转矣。文忌直,转则曲;文忌弱,转则健;文忌腐,转则新;文忌平,转则峭;文忌窘,转则宽;文忌散,转则聚;文忌松,转则紧;文忌复,转则开;文忌熟,转则生;文忌板,转则活;文忌硬,转则圆;文忌浅,转则深;文忌涩,转则畅;文忌闷,转则醒:求转笔于此文,思过半矣。(同上第4册卷10《葛巾》总评,第1443页)
>
> 文夭矫变化,如生龙活虎,不可捉摸。然以法求之,只是一蓄字诀。前于《葛巾传》论文之贵用转字诀矣;蓄字诀与转笔相类,而实不同,愈蓄则文势愈紧,愈伸,愈矫,愈陡,愈纵,愈捷:盖转以句法言之,蓄则统篇法言也。(同上第4册卷12《王桂庵》总评,第1636页)

"转"是"以句法"言,强调用语造句的曲折、变化,要求打破单一、单调、常规;"蓄则统篇法"言之,强调故事情节的容量、矛盾冲突的弹性、故事发展的蓄力等。此二者都是以古文法论小说,而又贴合小说曲折性的特质。

冯镇峦和但明伦都受金圣叹评点的影响,从文法角度论《聊斋志异》的情节结构。此二人在同类论题上都有所发明,为小说批评的发展做出各自贡献。

三 清代后期小说批评

道光之后,近代传统的小说批评仍然有所发展,出现文龙《金瓶梅》评点此类力作;而批评方式与理念的创新,已然成为小说评论的主流。不仅专门从事作者与文献考证、理论创新、文本鉴赏的论著越来越丰富,而且以传统序跋和评点等形式承载的小说评论的理论水平也大大提升了;其中在批评史上产生重要影响的,很多都可以抽出来作为单篇论文。中国小说理论批评的发展历程,从古代到近代最关键的转折点,就是梁启超所倡导的"小说界革命",以及新著译小说的诞生和相应的评论。

(一) 梁启超的"小说界革命"

"小说界革命"口号与纲领/"小说为文学之最上乘"论/批判旧小说创办《新小说》/新小说概念及小说新式分类

1896年前后,康有为在日本国藏书中,遍寻明治维新成功之法,并撰《日本书目志》,介绍日本的思想文化,宣扬"泰西尤隆小说学"的文学理念,率先将小说作为西学重要成分来认知。1897年,夏曾佑在《国闻报》发表《本馆附印说部缘起》,这是近代国人论述小说社会功能的首篇理论文章。该文认为,小说的社会功能"出于经史之上",是能够左右"天下之人心风俗"者。他还宣称,"欧美东瀛,其开化之时,往往得小说之助",因而提出了用小说来"使民开化"的文学主张。(《中华百体文选》第5册第9卷《本馆附印说部缘起》,第247页)康有为、夏曾佑等这类论说,实开"小说界革命"之先声。

戊戌变法失败后,梁启超认识到思想宣传的重要性,先后提出了多项文学界革命口号,有"诗界革命""文界革命""小说界革命"。1898年,他在所撰《译印政治小说序》中,提倡借鉴"欧洲各国变革"经验,称"小说为国民之魂",企图用小说来启迪民众。(《饮冰室合集》第2册《饮冰室文集之三·译印政治小说序》,第238—239页)1902年,他发表"小说界革命"的纲领性文献,断言小说有"支配人道"的社会作用:

> 欲新一国之民,不可不先新一国之小说。故欲新道德,必新小说;欲新宗教,必新小说;欲新政治,必新小说;欲新风俗,必新小说;欲新学艺,必新小说;乃至欲新人心,欲新人格,必新小说。何以故?小说有不可思议之力支配人道故。(《饮冰室合集》第4册《饮冰室文集之十·论小说与群治之关系》,第864页)

他详细了分析小说的艺术魅力,为"熏""浸""刺""提",并称:"感人之深,莫此为

甚。"(同上,第864页)

综观梁启超小说观及其批评,主要取得了以下历史性突破:

第一,提出"小说为文学之最上乘"之论断。这一论断从根本上摆脱传统的小说"小道观",使小说作为一种独立文体的价值得到明确判定,并在中国文学谱系中,将之提升到首要位置。这较李贽、金圣叹为代表的批评家,以小说比拟经史的做法又进了一步,并对后世的文学发展格局,产生了重要而深远的影响。(参见《饮冰室合集》第4册《饮冰室文集之十·论小说与群治之关系》,第864页)

第二,明确提出中国"小说界革命"的口号。这场"小说界革命"所鼓吹的,是要以"新小说"代替旧小说,认为旧小说是"中国群治腐败之总根原",不能敦厚风俗、启迪民智、振奋士气、肇新国运,偏好传播状元宰相、佳人才子、江湖盗贼、妖巫狐鬼等不健康思想,导致众多国民"慕科第若膻,趋爵禄若鹜,奴颜婢膝,寡廉鲜耻"。因此,他呼吁:"今日欲改良群治,必自小说界革命始;欲新民,必自新小说始。"(《饮冰室合集》第4册《饮冰室文集之十·论小说与群治之关系》,第867—868页)1902年,梁启超在日本横滨创办《新小说》杂志,并率先创作政治小说《新中国未来记》,还翻译日本政治小说《佳人奇遇》,为小说界革命建立阵地、提供示范。

第三,提出"新小说"概念并采取新式分类。梁启超在所创办的《新民丛报》第14号,发表《中国唯一之文学报〈新小说〉》,根据新小说概念对小说进行新式的分类,包含历史小说、政治小说、侦探小说、哲理小说、科学小说、军事小说等,这些小说类型皆以"开启民智"为宗旨。其中,用"历史演义"概括中国古代历史小说,并增加现代的以及译自西方的历史小说;政治小说、侦探小说、科学小说都是新增品种,侧重于通过小说来传播民主、法制、科学精神;至于其他旅行小说之类,则打开了解世界的窗口。(《中国唯一之文学报〈新小说〉》,《新民丛报》第14号刊首,光绪二十八年(1902)七月十五日)他还指出:"文学之进化有一大关键,即由古语之文学变为俗语之文学"(梁著《小说丛话》,《新小说》第7号,第174页)这一论说成为现代小说语体变革的理论先导。

(二) 吴趼人等反思的小说新论

重新评价古代小说/重视小说的艺术性/"动吾之感情"论/"恢复旧道德"论

梁启超以政治家、思想家身份涉足小说批评,其影响力反而越居众多近代小说批评家之上。他拓展中国小说新内容,赋予其新的品格和价值,开创了近代小说新的发展方向,并开启"中国小说史"新篇章;但他也因过于偏重小说的政治性,相对忽视小说文学性而遭人质疑。即使在"新小说"阵营内部,也逐渐产生诸多不同的声音。

这些异议可归结为两点:一方面,对中国古代小说的评价越来越高标。曼殊曰:"《水浒》《红楼》两书,其在我国小说界中,位置当在第一级"(曼著《小说丛话》,《新小说》第8号,第362页);侠人曰:"西洋小说之所长,终不足以赎其短;中国之所短,终不足以病其所长。吾祖国之文学,在五洲万国中,真可以自豪也。"(侠著《小说丛话》,《新小说》第13号,171页)一方面,对中国古代小说艺术性越来越重视。摩西曰:"请一考小说之实质。小说者,文学之倾于美的方面之一种也。"(《〈小说林〉发刊词》,《小说林》第1期,第15页)而持此类批评意见的代表人物,要数《月月小说》总编吴趼人。

光绪三十二年(1906年)九月,《月月小说》在上海创刊出版,总编吴趼人发表了《月月小说序》。吴氏于序中申明拥护梁启超的小说界革命主张,并补充之曰:"吾于群治之关系之外,复索得其特别之能力焉。"此"特别之能力",一曰足以补助记忆力,一曰易输入知识,与梁氏"新民"说互为补充;但他也指出,小说界"随声附和"梁氏《小说与群治之关系》,已滋生弊端。(《月月小说序》,《月月小说》第1号,第18—19页)针对其种种弊端,他提出对治策略:

其一,增强小说要"动吾之感情"。其有文曰:

> 吾感夫饮冰子《小说与群治之关系》之说出,提倡改良小说,不数年而吾国之新著新译之小说,几于汗万牛充万栋,犹复日出不已,而未有穷期也。……今夫汗万牛充万栋之新著新译之小说,其能体关系"群治"之意者,吾不敢谓必无;然而怪诞支离之著作、诘曲聱牙之译本,吾盖数见不鲜矣!凡如是者,他人读之,不知谓之何;以吾观之,殊未足以动吾之感情也。于所谓"群治之关系",杳乎其不相涉也。然而,彼且嚣嚣然自鸣曰:"吾将改良社会也,吾将佐群治之进化也。"随声附和而自忘其真,抑何可笑也!(《月月小说序》,《月月小说》第1号,第18—19页)

这里质疑新著新译之不能"动吾之感情",就是要求小说界不能只关注小说的政治性;而提倡小说趣味,以增强其艺术性。

其二，利用小说来"恢复旧道德"。1907年，吴趼人明白宣称："以仆之眼，观于今日之社会，诚岌岌可危。固非急图恢复我固有之道德，不足以维持之；非徒言输入文明，即可以改良革新者也。意见所及，因以小说体一畅言之。"（《上海游骖录·附识》，《月月小说》第8号，第326页）吴趼人在为周桂笙所译的《自由结婚》所作评语中，亦明确表示："余与译者论时事，每格格不相入，盖译者主输入新文明，余则主恢复旧道德也。"他搜集古今奇案数十种，重加撰述，汇成一册，题名曰《中国侦探案》。这在传统法律文化中寻求"政教风俗"之努力，正是他利用小说来"恢复旧道德"的创作实践。（《自由结婚》，《月月小说》第14号，第335页）

与梁氏"小说界革命"初衷相较，吴趼人的这些主张并不完全合辙。盖梁氏的创新意识浓厚，但不大重视小说文学性；吴氏复古倾向浓厚，因而确实更懂小说。梁启超主办了《新小说》前几期之后，从第8期开始梁淡出而让位于吴趼人；从此"政治小说"随之退场，增加了社会小说、写情小说，小说的故事性增强，艺术性也得到提高。

（三）林纾小说翻译理论之开创

用古文翻译西方小说之实践／肯定"专为下等社会写照"／"叙家常平淡之事为最难"

1897年，林纾应邀请与精通法文的王寿昌合作译书，用古文译法国小仲马《巴黎茶花女遗事》；1899年其书译成，在福州畏庐刊行。这是中国介绍西洋小说的第一部，为国人见所未见而一时风行全国。严复有诗讽之曰："可怜一卷《茶花女》，断尽支那荡子肠。"（《严复集》第2册《诗文卷》下《甲辰出都呈同里诸公》，第365页）嗣后，林纾陆续译出《汤姆叔叔的小屋》《莎士比亚戏剧故事集》《伊索寓言》《鲁滨逊漂流记》《福尔摩斯探案集》等100多种世界名著，成了当时小说界的"译界之王"。对此，阿英称赞曰："使中国知识阶级接近了外国文学，认识了不少的第一流作家；使他们从外国文学里去学习，以促进本国文学的发展。"（《晚清小说史》第14章《翻译小说》，第246页）

林纾在翻译小说过程中，也会思考翻译理论问题。他撰有《孝女耐儿传序》等文，表达他对翻译小说的理论认知：

其一，听人口述再古文润色之翻译过程。林纾该文曰："予不审西文，其勉强厕身于译界者，恃二三君子为余口述其词，余耳受而手追之；声已笔止，日区四小时,得文字六千言。其间疵谬百出。"(《孝女耐儿传》卷首《孝女耐儿传序》,第 1 页)既然他本人不懂外语,则所译难免出现硬伤。其谓"疵谬百出",算是还有自知之明;钱锺书亦曾指责林译本"误译漏译随处都是"。(《林纾的翻译·林纾的翻译》,第 23—24 页)当然,用文言也是林译小说的一大特色,其所谓"六千言"应该都是古文。对此,胡适曾赞许曰:

> 古文不曾作过长篇的小说,林纾居然用古文译了一百多种长篇小说,还使许多学他的人也用古文译了许多长篇小说。古文里很少滑稽的风味,林纾居然用古文译了欧文与迭更司的作品。古文不长于写情,林纾居然用古文译了《茶花女》与《迦茵小传》等书。古文的应用,自司马迁以来,从没有这种大大的成绩。(《五十年来中国之文学、论文杂记·五十年来中国之文学》,第 24 页)

但也许正是因为林纾成功地使用古文译小说,竟在新文化运动中被打成拥护文言的保守派。如周作人撰《林琴南与罗振玉》,批驳了将林纾打成保守派的做法。(《周作人集外文(上)·林琴南与罗振玉》,第 624—625 页)

其二,表彰小说"专为下等社会写照"。林纾认为在世界小说家中,迭更司小说堪称"奇特"。其"奇特"之处在于:"能以至清之灵府,叙至浊之社会""刻画市井卑污龌龊之事,至于二三十万言之多,不重复,不支厉。"以此衡于中国小说,即便"登峰造极"之《石头记》,也只善于叙写"人间富贵"之家,却不能像迭更司小说那样,确能"扫荡名士美人之局,专为下等社会写照"。(《孝女耐儿传》卷首《孝女耐儿传序》,第 1—2 页)他这看法,明显流露出扬下等社会抑上等社会、扬西方小说抑中国小说的思想倾向。

其三,肯定"序家常平淡之事为最难"。林纾认为,小说写悲情、战争、爱情等题材相对容易,而"惟叙家常平淡之事为最难着笔"。迭更司《孝女耐儿传》"则专意为家常之言,而又专写下等社会家常之事,用意着笔为尤难"。如写耐儿之死,"迭更司则不写耐儿,专写耐儿之大父凄恋耐儿之状",通过这"一穷促无聊之愚叟",突出"下等社会之宗旨";这不同于《茶花女日记》写"死时必有一番死诀悲怆之言",而是"别成一种写法"。(《孝女耐儿传》卷首《孝女耐儿传序》,第 2—3 页)

总之,林纾表彰迭更司《孝女耐儿传》叙"下等社会""家常平淡之事",这与梁启超提倡以小说"新民"、培养中国人"公性情"是一致的。林纾曾反复表明自己

"志在维新"的政治立场(《斐洲烟水愁城录》卷首《斐洲烟水愁城录序》,第2页),宣扬"治新学""精实业""育人才"之宗旨。(《畏庐文集·大学堂师范毕业生纪别图记》,第54页;《林纾读本》之《〈爱国二童子传〉达旨》《〈不如归〉序》,第105、210页)他翻译评论西洋小说,是为辅助维新的手段。

正是在梁启超、林纾、吴趼人等小说名家大力推动之下,晚清"新小说"的思想境界和艺术水平才得以逐步提高;不仅推进了古代小说向近现代小说的成功转型,还使小说取代诗文成为后世文学的正宗和主流,并在"五四"新文学运动中,涌现出一大批优秀小说名著。

附　文论选读

一　读《三国志》法(节录)

[清] 毛宗岗

读《三国志》者,当知有正统、闰运、僭(jiàn)国之别。正统者何? 蜀汉是也。僭国者何? 吴、魏是也。闰运者何? 晋是也。魏之不得为正统者,何也? 论地则以中原为主,论理则以刘氏为主。论地不若论理,故以正统予魏者,司马光《通鉴》之误也。以正统予蜀者,紫阳《纲目》之所以为正也。《纲目》于献帝建安之末,大书"后汉昭烈皇帝章武元年",而以吴、魏分注其下。盖以蜀为帝室之胄,在所当予;魏为篡国之贼,在所当夺。是以前则书"刘备起兵徐州讨曹操",后则书"汉丞相诸葛亮出师伐魏",而大义昭然揭于千古矣。夫刘氏未亡,魏未混一,魏固不得为正统。迨乎刘氏已亡,晋已混一,而晋亦不得为正统者,何也? 曰:晋以臣弑君,与魏无异,而一传之后,厥祚不长,但可谓之闰运,而不可谓之正统也。

高帝以除暴秦、击楚之杀义帝者而兴,光武以诛王莽而克复旧物,昭烈以讨曹操而存汉祀于西川;祖宗之创之者正,而子孙之继之者亦正,不得但以光武之混一为正统,而谓昭烈之偏安非正统也。昭烈为正统,而刘裕、刘智远亦皆刘氏子孙,其不得为正统者,何也? 曰:裕与智远之为汉苗裔远而无征,不若中山靖王之后近而可考。又二刘皆以篡弑得国,故不得与昭烈并也。后唐李存勖(xù)之不得为正统者,何也? 曰:存勖本非李而赐姓李,其与吕秦、牛晋不甚相远,故亦不得与昭烈并也。南唐李昪(biàn)之亦不得继唐而为正统者,何也? 曰:世远代遐,亦裕与智远者比,故亦不得与昭烈并也。南唐李昪不得继唐而为正统,南宋高宗独得继宋而为正统者,何也?高宗立太祖之后为后,以延宋祚于不绝,故正统归焉。夫以高宗之杀岳飞用秦桧,全不以二圣为念,作史者尚以其延宋祚而归之以正统;况昭烈之君臣同心誓讨汉贼者乎!则昭烈之为正统愈无疑也。陈寿之《志》未及辨此,余故折衷于紫阳《纲目》,而特于《演义》中附正之。

　　古史甚多,而人独贪看《三国志》者,以古今人才之聚,未有盛于三国者也。观才与不才敌,不奇;观才与才敌,则奇。观才与才敌,而一才又遇众才之匹,不奇;观才与才敌,而众才尤让一才之胜,则更奇。吾以为《三国》有三奇,可称三绝:诸葛孔明一绝也,关云长一绝也,曹操亦一绝也。

　　历稽载籍,贤相林立,而名高万古者,莫如孔明。其处而弹琴抱膝,居然隐士风流;出而羽扇纶巾,不改雅人深致。在草庐之中,而识三分天下,则达乎天时;承顾命之重,而至六出祁山,则尽乎人事。七擒八阵,木牛流马,既已疑鬼疑神之不测;鞠躬尽瘁,志决身歼,仍是为臣为子之用心。比管、乐则过之,比伊、吕则兼之。是古今来贤相中第一奇人。

　　历稽载籍,名将如云,而绝伦超群者,莫如云长。青史对青灯,则极其儒雅;赤心如赤面,则极其英灵。秉烛达旦,人传其大节;单刀赴会,世服其神威。独行千里,报主之志坚;义释华容,酬恩之谊重。作事如青天白日,待人如霁月光风。心则赵抃焚香告帝之心,而磊落过之;意则阮籍白眼傲物之意,而严正过之。是古今来名将中第一奇人。

　　历稽载籍,奸雄接踵,而智足以揽人才而欺天下者,莫如曹操。听荀彧(yù)勤王之说而自比周文,则有似乎忠;黜袁术僭号之非,而愿为曹侯,则有似乎顺;不杀陈琳而爱其才,则有似乎宽;不追关公以全其志,则有似乎义。王敦不能用郭璞,而操之得士过之;桓温不能识王猛,而操之知人过之。李林甫虽能制禄山,不如操之击乌桓于塞外;韩侂胄虽能贬秦桧,不若操之讨董卓于生前。窃国家之柄而姑存其号,异于王莽之显然弑君;留改革之事以俟其儿,胜于刘裕之急欲篡晋。是古今来奸雄中第一奇人。

　　有此三奇,乃前后史之所绝无者,故读遍诸史而愈不得不喜读《三国志》也。(罗贯中撰《毛宗岗批评三国演义(上)》卷前《读〈三国志〉法》,毛宗岗批评,齐煙校点,齐鲁书社 2014 年 12 月第 1 版)

导读:

　　毛宗岗(1632—?),字序始,号孑庵,江苏长洲(今江苏省苏州市)人。清诸生。曾助其父毛纶(字声山)完成《第七才子书批评记》评点,并与毛纶共同完成《三国志演义》评点。毛宗岗评点改定的《三国演义》成书于康熙五年,被推为从清代至今日最通行的《三国演义》版本。

《毛宗岗批评三国演义》仿金圣叹评点《水浒传》《西厢记》,在卷前附有《读〈三国志〉法》,是全书具有纲领意义的导读。

首先,辨"正统"。毛宗岗明确提出"正统"所归,尊奉蜀汉为正统,以魏、吴为僭国,以晋为闰运;指出司马光《资治通鉴》以曹魏为正统之非,朱熹《通鉴纲目》以西蜀为正统之是。毛宗岗认为,弑君篡国的晋,不能为正统;取隋而代之的唐、陈桥兵变的宋,也不能算纯粹的正统;而刘裕、刘智远、李存勖、李昇等,虽存有姓氏,也因"世远代遐"或赐姓,而不能算作正统。这表明其"正统"界限甚严,并以历代史实来证明辨析之。

其次,论"三奇"。毛宗岗强调《三国演义》的"奇",分为情节之奇和人物之奇。情节之奇在于人才众聚,"才与才敌,而众才尤让一才之胜";人物之奇在于成功塑造了诸葛亮、关羽、曹操这人物"三绝"。毛宗岗对三人形象作了充分而细致的概括,称赞他们是古今贤相、名将、奸雄中"第一奇人"。这一评价,独出心眼,振聋发聩,影响深远。

毛宗岗重视人物的典型性,认为这是《三国演义》高出其余诸史的地方。需要说明的是,"三绝"的人物分析,尚偏重于从类型、共性角度来说明,而缺少对人物具体性格的深入阐述。

二　竹坡闲话
［清］张竹坡

《金瓶梅》,何为而有此书也哉?曰:此仁人志士、孝子悌弟不得于时,上不能问诸天,下不能告诸人,悲愤呜唈(yì),而作秽言以泄其愤。虽然,上既不可问诸天,下亦不能告诸人,虽作秽言以丑其仇,而吾所谓悲愤呜唈者,未尝便慊(qiàn)然于心,解颐而自快也。夫终不能一畅吾志,是其言愈毒,而心愈悲,所谓"含酸抱阮",以此固知玉楼一人,作者之自喻也。然其言既不能以泄吾愤,而终于"含酸抱阮",作者何以又必有言哉?曰:作者固仁人也,志士也,孝子悌弟也。欲无言,而吾亲之仇也吾何如以处之?欲无言,而又吾兄之仇也吾何如以处之?且也为仇于吾天下万世也,吾又何如以公论之?是吾既不能上告天子以申其隐,又不能下告士师以求其平,且不能得急切应手之荆、聂以济乃事,则吾将止于无可如何而已哉！止于无可如何而已，亦大伤仁人志士、孝子悌弟之心矣。展转以思，惟此不律可以少泄吾愤，是用借西门氏以发之。虽然，我何以知作者必仁人志士、孝子悌弟哉？我见作者之以孝哥结也。"磨镜"一回，皆《蓼(liǎo)莪(é)》遗意，啾啾之声刺人心窝，此其所以为孝子也。至其以十兄弟对峙一亲哥哥，未[末]复以二捣鬼为缓急相需之人，甚矣；《杀狗记》无此亲切也。

闲尝论之：天下最真者，莫若伦常；最假者，莫若财色。然而伦常之中，如君臣、朋友、夫妇，可合而成；若夫父子、兄弟，如水同源，如木同本，流分枝引，莫不天成。乃竟有假父、假子、假兄、假弟之辈。噫！此而可假，孰不可假？将富贵，而假者可真；贫贱，而真者亦假。富贵，热也，热则无不真；贫贱，冷也，冷则无不假。不谓冷、热二字，颠倒真假一至于此！然而冷、热亦无定矣。今日冷而明日热，则今日真者假，而明日假者真矣。今日热而明日冷，则今日之真者，悉为明日之假者矣。悲夫！本以嗜欲故，遂迷财色；因财色故，遂成冷热；因冷热故，遂乱真假。因彼之假者，欲肆其趋承，使我之真者皆遭其荼毒；所以此书独罪财色也。嗟嗟！假者一人死而百人来，真者一或伤而百难赎。世即有假聚为乐者，亦何必生死人之真骨肉以为乐也哉！

作者不幸，身遭其难，吐之不能，吞之不可，搔抓不得，悲号无益，借此以自泄。其志可悲，其心可悯矣。故其开卷，即以冷、热为言，煞末又以真、假为言。其中假父子矣，无何而有假母女；假兄弟矣，无何而有假弟妹；假夫妻矣，无何而有假外室；假亲戚矣，无何而有假孝子。满前役役营营，无非于假景中提傀儡。噫！识真、假，则可任其冷、热；守其真，则可乐吾孝悌。然而吾之亲父子已荼毒矣，则奈何？吾之亲手足已飘零矣，则奈何？上误吾之君，下辱吾之友，且殃及吾之同类，则奈何？是使吾欲孝，而已为不孝之人；欲弟，而已为不悌之人；欲忠欲信，而已放逐谗间于吾君、吾友之侧。日夜咄咄，仰天太息，吾何幸而遭此也哉？曰：以彼之以假相聚故也。噫嘻！彼亦知彼之所以为假者，亦冷、热中事乎！假子之子于假父也，以热故也。假弟、假女、假友，皆以热故也。彼热者，盖亦不知浮云之有聚散也。未几而冰山颓矣，未几而阀阅朽矣。当世驱己之假以残人之真者，不瞬息而己之真者亦飘泊无依，所为假者安在哉？彼于此时，应悔向日为假所误。

然而人之真者，已黄土百年。彼留假傀儡，人则有真怨恨。怨恨深而不能吐，日酿一日，苍苍高天，茫茫碧海，吾何日而能忘也哉！眼泪洗面，椎心泣血，即百割此仇，何益于事！是此等酸法，一时一刻，酿成千百万年，死而有知，皆不能坏。此所以玉楼弹阮来，爱姐抱阮去，千秋万岁，此恨绵绵无绝期矣。故用普净以解冤偶结之。夫冤至于不可解之时，转而求其解，则此一刻之酸，当何如含耶？是愤已百二十分，酸又百二十分，不作《金瓶梅》，又何以消遣哉？甚矣！仁人志士、孝子悌弟，上不能告诸天，下不能告诸人，悲愤呜唈，而作秽言，以泄其愤。自云含酸，不是撒泼，怀匕囊锤，以报其人，是亦一举。乃作者固自有志，耻作荆、聂，寓复仇之义于百回微言之中，谁为刀笔之利不杀人于千古哉！此所以有《金瓶梅》也。

　　然则《金瓶梅》，我又何以批之也哉？我喜其文之洋洋一百回，而千针万线，同出一丝；又千曲万折，不露一线。闲窗独坐，读史、读诸家文；少暇，偶一观之曰：如此妙文，不为之递出金针，不几辜负作者千秋苦心哉！久之心恒怯焉，不敢遽操管以从事。盖其书之细如牛毛，乃千万根共具一体，血脉贯通，藏针伏线，千里相牵，少有所见，不禁望洋而退。迩来为穷愁所迫，炎凉所激，于难消遣时，恨不自撰一部世情书，以排遣闷怀。几欲下笔，而前后拮(jié)构，甚费经营，乃搁笔曰：我且将他人炎凉之书，其所以前后经营者，细细算出。一者可以消我闷怀，二者算出古人之书，亦可算我今又经营一书。我虽未有所作，而我所以持往作书之法，不尽备于是乎！然则我自做我之《金瓶梅》，我何暇与人批《金瓶梅》也哉？（兰陵笑笑生撰《张竹坡批评金瓶梅（上）》，王汝梅、李昭恂、于凤树校点，齐鲁书社1991年2月第2版）

导读：

　　张竹坡(1670—1698)，名道深，字自得，号竹坡。彭城（今江苏省徐州市铜山区）人。性豪爽，少有才，一生穷愁，早逝。著有诗集《十一草》，评点《东游记》《金瓶梅》《幽梦录》等小说、杂录。

　　康熙三十四年(1695)，《皋鹤堂批评第一奇书金瓶梅》刊行，卷前附有《竹坡闲话》《冷热金针》《金瓶梅寓意说》《苦孝说》《第一奇书非淫书论》《批评第一奇书金瓶梅读法》等总论性的评语，并在正文有回前评、夹批等。

　　《竹坡闲话》围绕作者创作金瓶梅的动机展开论述。张竹坡认为，《金瓶梅》的作者是一个"仁人志士、孝子悌弟"，因为不得于时，"上不能问诸天，下不能告诸人"，所以"悲愤呜唈，而作秽言，以泄其愤"；以此提出"泄愤说"，而否定了"淫书说"，为《金瓶梅》正名。

　　张竹坡对"冷热真假"作了透彻的分析。"天下最真者，莫若伦常；最假者，莫若财色。""将富贵,而假者可真;贫贱,而真者亦假。富贵,热也,热则无不真;贫贱,冷也,冷则无不假。不料'冷、热'二字,颠倒真假一至于此!"因富贵钱财而产生出的"热",其实是各种各样的假关系,即书中的假父子、假母女、假兄弟、假弟妹、假夫妻、假外室、假亲戚、假孝子等。而"欲孝欲弟""欲忠欲信"者,在这样的环境中只能"眼泪洗面,椎心泣血",作者之"酸"正在于此。张竹坡道出了《金瓶梅》对世态炎凉的深透描画。

最后,张竹坡说明自己评点《金瓶梅》的原因:一方面,《金瓶梅》是"妙文",需要有人"递出金针";一方面,他"穷愁所迫"为"炎凉所激",而《金瓶梅》正是"炎凉之书"。他评点《金瓶梅》,正是"持往作书之法",以达"消我闷怀"之效。

三 论小说与群治之关系(节录)
[清] 梁启超

欲新一国之民,不可不先新一国之小说。故欲新道德,必新小说;欲新宗教,必新小说;欲新政治,必新小说;欲新风俗,必新小说;欲新学艺,必新小说;乃至欲新人心,欲新人格,必新小说。何以故?小说有不可思议之力支配人道故。

吾今且发一问:人类之普通性,何以嗜他书不如其嗜小说?答者必曰:以其浅而易解故,以其乐而多趣故。是固然;虽然,未足以尽其情也。文之浅而易解者,不必小说;寻常妇孺之函札、官样之文牍,亦非有艰深难读者存也,顾谁则嗜之?不宁惟是,彼高才赡学之士,能读《坟》《典》《索》《邱》,能注虫鱼草木,彼其视渊古之文与平易之文,应无所择,而何以独嗜小说?是第一说有所未尽。小说之以赏心乐事为目的者固多,然此等顾不甚为世所重;其最受欢迎者,则必其可惊、可愕、可悲、可感,读之而生出无量噩梦,抹出无量眼泪者也。夫使以欲乐故而嗜此也,而何为偏取此反比例之物而自苦也?是第二说有所未尽也。吾冥思之,穷鞫之,殆有两因:凡人之性,常非能以现境界而自满足者也。而此蠢蠢躯壳,其所能触能受之境界,又顽狭短局而至有限也。故常欲于其直接以触以受之外,而间接有所触有所受,所谓身外之身、世界外之世界也。此等识想,不独利根众生有之,即钝根众生亦有焉。而导其根器使日趋于钝、日趋于利者,其力量无大于小说。小说者,常导人游于他境界,而变换其常触常受之空气者也。此其一。人之恒情,于其所怀抱之想像,所经阅之境界,往往有行之不知、习矣不察者;无论为哀、为乐、为怨、为怒、为恋、为骇、为忧、为惭,常若知其然而不知其所以然。欲摹写其情状,而心不能自喻,口不能自宣,笔不能自传。有人焉和盘托出,澈底而发露之,则拍案叫绝曰:善哉善哉!如是如是!所谓"夫子言之,于我心有戚戚焉"。感人之深,莫此为甚。此其二。此二者实文章之真谛,笔舌之能事。苟能批此窾(kuǎn)、导其窍,则无论为何等之文,皆足以移人。而诸文之中能极其妙而神其技者,莫小说若,故曰小说为文学之最上乘也。由前之说,则理想派小说尚焉;由后之说,则写实派小说尚焉。小说种目虽多,未有能出此两派范围外者也。

抑小说之支配人道也,复有四种力:一曰熏。熏也者,如入云烟中而为其所烘,如近墨朱处而为其所染,《楞伽经》所谓"迷智为识,转识成智"者,皆恃此力。人之读一小说也,不知不觉之间,而眼识为之迷漾,而脑筋为之摇飏而神经为之营注,今日变一二焉,明日变一二焉,刹那刹那,相断相续;久之而此小说之境界,遂入其灵台而据之,成为一特别之原质之种子。有此种子故,他日又更有所触所受者,旦旦而熏之,种子愈盛,而又以之熏他人,故此种子遂可以遍世界。一切器世间、有情世间之所以成、所以住,皆此为因缘也。而小说则巍巍焉具此威德以操纵众生者也。

二曰浸。熏以空间言,故其力之大小,存其界之广狭;浸以时间言,故其力之大小,存其界之长短。浸也者,入而与之俱化者也。人之读一小说也,往往既终卷后数日或数旬而终不能释然。读《红楼》竟者,必有余恋有余悲;读《水浒》竟者,必有余快有余怒。何也?浸之力使然也。等是佳作也,而其卷帙愈繁事实愈多者,则其浸人也亦愈甚。如酒焉,作十日饮,则作百日醉。我佛从菩提树下起,便说偌大一部《华严》,正以此也。

三曰刺。刺也者,刺激之义也。熏、浸之力利用渐,刺之力利用顿;熏浸之力在使感受者不觉,刺之力在使感受者骤觉。刺也者,能使人于一刹那顷,忽起异感而不能自制者也。我本蔼然和也,乃读林冲雪天三限,武松飞云浦厄,何以忽然发指?我本愉然乐也,乃读晴雯出大观园、黛玉死潇湘馆,何以忽然泪流?我本肃然庄也,乃读实甫之《琴心》《酬简》,东塘之《眠香》《访翠》,何以忽然情动?若是者,皆所谓刺激也。大抵脑筋愈敏之人,则其受刺激力也愈速且剧,而要之必以其书所含刺激力之大小为比例。禅宗之一棒一喝,皆利用此刺激力以度人者也。此力之为用也,文字不如语言。然语言力所被不能广不能久也,于是不得不乞灵于文字。在文字中,则文言不如其俗语,庄论不如其寓言,故具此力最大者,非小说末由。

四曰提。前三者之力,自外而灌之使入;提之力,自内而脱之使出,实佛法之最上乘也。凡读小说者,必常若自化其身焉,入于书中,而为其书之主人翁。读《野叟曝言》者,必自拟文素臣;读《石头记》者,必自拟贾宝玉;读《花月痕》者,必自拟韩荷生若韦痴珠;读《梁山泊》者,必自拟黑旋风若花和尚。虽读者自辩其无是心焉,吾不信也。夫既化其身以入书中矣,则当其读此书时,此身已非我有,截然去此界,以入于彼界,所谓华严楼阁,帝网重重,一毛孔中万亿莲花,一弹指顷百千浩劫,文字移人,至此而极。然则吾书中主人翁而华盛顿,则读者将化身为华盛顿;主人翁而拿破仑,则读者将化身为拿破仑;主人翁而释迦、孔子,则读者将化身为释迦、孔子,有断然也。度世之不二法门,岂有过此!

此四力者,可以卢牟一世,亭毒群伦,教主之所以能立教门,政治家所以能组织政党,莫不赖是。文家能得其一,则为文豪;能兼其四,则为文圣。有此四力而用之于善,则可以福亿兆人;有此四力而用之于恶,则可以毒万千载。而此四力所最易寄者,惟小说。可爱哉,小说!可畏哉,小说!

小说之为体,其易入人也,既如彼;其为用之易感人也,又如此。故人类之普通性,嗜他文终不如其嗜小说。此殆心理学自然之作用,非人力之所得而易也;此天下万国凡有血气者莫不皆然,非直吾赤县神州之民也。夫既已嗜之矣,且遍嗜之矣,则小说之在一群也,既已如空气、如菽粟,欲避不得避,欲屏不得屏,而日日相与呼吸之餐嚼之矣。于此其空气而苟含有秽质也,其菽粟而苟含有毒性也,则其人之食息于此间者,必憔悴,必萎病,必惨死,必堕落,此不待蓍龟而决也。于此而不洁净其空气,不别择其菽粟,则虽日饵以参苓,日施以刀圭,而此群中人之老病死苦,终不可得救。知此义,则吾中国群治腐败之总根原,可以识矣。……呜呼!使长此而终古也,则吾国前途,尚可问耶,尚可问耶!故今日欲改良群治,必自小说界革命始;欲新民,必自新小说始。(梁启超《梁启超全集》第 2 册卷 4《新大陆游记·论小说与群治之关系》,北京出版社 1999 年 7 月第 1 版)

导读:

梁启超(1873—1929),字卓如,一字任甫,号任公,又号饮冰室主人,广东新会(今广东省江门市新会区)人,光绪间举人。中国近代思想家、政治家、教育家、文史家;戊戌变法领袖之一,曾倡导"史学革命""小说界革命"。其论著涉及教育、政治、文学、史学、佛学等多个方面,学术著作主要有《清代学术概论》《墨子学案》《中国近三百年学术史》《情圣杜甫》《屈原研究》《先秦政治思想史》《中国文化史》等。其著作合编为《饮冰室合集》。

《论小说与群治之关系》,是梁启超"小说界革命"的纲领性文章,作于戊戌维新变法运动失败之后的1902年。

首先,梁启超提出"欲新一国之民,不可不先新一国之小说",强调小说对思想进步的影响,其理由是"小说有不可思议之力支配人道"。然后,分析人们嗜好小说的原因有二:其一,"小说者,常导人游于他境界,而变换其常触常受之空气者";其二,小说有"夫子言之,于我心有戚戚焉"的触发感动之审美功能。由此断言,"小说为文学之最上乘",极度地提高了小说的地位。

其次,梁启超提出小说感染人的四种途径,即熏、浸、刺、提。熏指小说对人的境界识见的陶冶,"小说之境界,遂入其灵台而据之";浸指"人(小说)而与之俱化",对其中的喜怒哀乐不能释然;刺指从小说中受到刺激(情感的激荡),"于一刹那顷,忽起异感而不能自制";提指读者完全融入小说之中,而"为其书之主人翁"。梁启超别具新意地从佛法中,解读出这四种小说之"力"。

再次,梁启超从小说"易人""感人"的角度,指出"中国群治腐败"的根源即在于"百数十种小说之力直接间接以毒人"。他把国家社会出现的迷信愚昧、贪慕名利、背信弃义、轻薄无行、帮派社会等各种弊端都归结成"唯小说之故"。这是梁启超在新旧交替社会背景下的过激之言,同时也反映他迫切改革政治、革新民众的愿望。

四 《孝女耐儿传》序

[清] 林纾

予不审西文,其勉强厕身于译界者,恃二三君子为余口述其词,余耳受而手追之,声已笔止,日区四小时,得文字六千言,其间疵谬百出。乃蒙海内名公,不鄙秽其径率而收之,此予之大幸也。

予尝静处一室,可经月,户外家人足音,颇能辨了了,而余目固未之接也。今我同志数君子,偶举西士之文字示余,余虽不审西文,然日闻其口译,亦能区别其文章之流派,如辨家人之足音。其间有高厉者、清虚者、绵婉者、雄伟者、悲梗者、淫冶者,要皆归本于性情之正、彰瘅(dàn)之严。此万世之公理,中外不能僭越。而独未若却而司·迭更司文字之奇特。

天下文章,莫易于叙悲,其次则叙战,又次则宣述男女之情。等而上之,若忠臣、孝子、义夫、节妇,决胆(dòu)溅血,生气凛然,苟以雄深雅健之笔施之,亦尚有其人。从未有刻画市井卑污龌龊之事,至于二三十万言之多,不重复,不支厉,如张明镜于空际，收纳五蛊万怪，物物皆涵涤清光而出，见者如凭栏之观鱼鳖虾蟹焉；则迭更司盖以至清之灵府，叙至浊之社会，令我增无数阅历，生无穷感喟矣。

中国说部，登峰造极者无若《石头记》。叙人间富贵，感人情盛衰，用笔缜密，著色繁丽，制局精严，观止矣。其间点染以清客，间杂以村妪，牵缀以小人，收束以败子，亦可谓善于体物，终竟雅多俗寡，人意不专属于是。若迭更司者，则扫荡名士美人之局，专为下等社会写照：奸狯（kuài）驵（zǎng）酷，至于人意所未尝置想之局，幻为空中楼阁，使观者或笑或怒，一时颠倒，至于不能自已，则文心之邃曲宁可及耶？

余尝谓古文中序事，惟序家常平淡之事为最难著笔。《史记·外戚传》述窦长君之自陈，谓姊与我别逆旅中，丐沐沐我，饭我乃去。其足生人惋怆者，亦只此数语。若《北史》所谓隋之苦桃姑者，亦正仿此，乃百摹不能遽至，正坐无史公笔才，遂不能曲绘家常之恒状。究竟史公于此等笔墨，亦不多见；以史公之书，亦不专为家常之事发也。今迭更司则专意为家常之言，而又专写下等社会家常之事，用意著笔为尤难。

吾友魏春叔购得《迭更司全集》，闻其中事实，强半类此。而此书特全集中之一种，精神专注在耐儿之死。读者迹前此耐儿之奇孝，谓死时必有一番死诀悲怆之言，如余所译《茶花女之日记》。乃迭更司则不写耐儿，专写耐儿之大父凄恋耐儿之状，疑睡疑死，由昏愦（kuì）中露出至情，则又《茶花女日记》外别成一种写法。盖写耐儿，则嫌其近于高雅，惟写其大父一穷促无聊之愚叟，始不背其专意下等社会之宗旨：此足见迭更司之用心矣。

迭更司书多，不胜译。海内诸公请少俟之。余将继续以伧荒之人，译伧荒之事，为诸公解醒醒睡可也。书竟，不禁一笑。光绪三十三年八月十日，闽县林纾畏庐父叙于京师望瀛楼。（林纾《孝女耐儿传》卷首《序》，商务印书馆光绪三十三丁未[1907]12月初版）

导读：

林纾（1852—1924），字琴南，号畏庐，别号冷红生、春觉斋主人、畏庐老人等。福建闽县（今福建省闽侯县）人。光绪八年（1882）举人，善古文，学桐城派。中国近代文学家、翻译家、书画家。先后在金台书院、五城学堂、京师大学堂、高等实业学堂、闽学堂、正志学校、励志学校等处讲习。著有《畏庐文集》《畏庐诗存》及小说多种，先后翻译了170余种小说。

《孝女耐儿传序》,是林纾翻译狄更斯《孝女耐儿传》(今译作《老古玩店》)时所作的序,写于 1907 年。该文主要内容可述如下:

首先,林纾先对自己"不审西文""侧身于译界"的翻译身份做了说明,即用"辨家人之足音"的敏感,从友人的口译中"区别其文章之流派","得文字(古文)六千言"。他还提出"性情之正"为小说主旨之翻译思想。

其次,林纾肯定狄更斯小说对黑暗现实的关注。他指出小说"刻画市井卑污龌龊之事",与传统小说写"忠臣、孝子、义夫、节妇"存在着巨大的差别。称赞狄更斯在小说中秉持善与美的追求,"以至清之灵府,叙至浊之社会",使"物物皆涵涤清光"。

再次,林纾将《孝女耐儿传》与《红楼梦》《史记》《北史》等中国文学比较,指出《孝女耐儿传》"专为下等社会写照",比"雅多俗寡"的《红楼梦》更能牵动读者,"使观者或笑或怒,一时颠倒";肯定该书"叙家常平淡之事"的叙事艺术创新,以为优于史书"不能曲绘家常之恒状"之缺失。

又次,林纾将《孝女耐儿传》与西方小说《茶花女》比较,指出其"精神专注在耐儿之死",通过"无聊之愚叟""凄恋耐儿之状",最终"别成一种写法";进而说明这样的故事情节安排,取决于"专意下等社会之宗旨"。

第十九讲
近代诗文批评

近代是个开放时代,国粹主义开始崛起,商业文化快速兴起,文学观念发生巨变革。随着中西文化的碰撞与交流,近代文明之喜新和恋旧并存;而近代诗文批评之复古与革新之冲撞,则是中国文化与异域文明相融的结果。既具古代诗文的批评思路,又有近代文化的通变眼光,体现出转型期的文学批评特质,几乎涵盖文学遭遇的重大问题:文学复古与革新之消长,文学内部的整合与裂变,新体诗与旧体诗的论争等等。这些问题的提出发人深思,值得作深入而具体的探讨。

一 对传统诗文理论的反思

近代以来,传统诗文理论寻求反思变革,以适应时代的文学发展要求。这不仅是时代的变化使然,也是文学内部的一次调整;既是贯穿有清一代经世致用思想的再现,更是回应外来文学观念冲击的探触尝试。龚自珍、魏源、王韬、宋诗派,甚至以"顽固"著称的桐城派,都在进行理论反思和重构,以适应新的时代发展境遇。

(一) 龚自珍、魏源对传统诗文理论的反思

龚自珍的"尊情"说/魏源的诗"三要"说/其他诸家的诗文批评

"尊情"说是龚自珍诗文批评的核心,几乎贯穿在其一生的创作与理论之中。龚自珍19岁时即在所作《宥情》篇中,对朗朗无滓的感情抱以"姑自宥"态度。(《龚自珍全集》第一辑《宥情》,第90页)及至32岁所作《长短言自序》,已对"尊情"说作出较完整的阐发。其文曰:

> 情之为物也,亦尝有意乎锄之矣;锄之不能,而反宥之;宥之不已,而反尊之。龚子之为《长短言》,何为者耶? 其殆尊情者耶? 情孰为尊? 无住为尊,无寄为尊,无境而有境为尊,无指而有指为尊,无哀乐而有哀乐为尊。情孰为畅? 畅于声音;声音如何? 消瞀以终之;如之何其消瞀以终之? 曰:先小咽之,乃小飞之,又大挫之,乃大飞之,始孤盘之,闷闷以柔之,空阔以纵游之,而极于哀,哀而极于瞀,则散矣毕矣。(《龚自珍全集》第二辑《长短言自序》,第243页)

"无住""无寄",则情感便不受拘束。所谓"尊情",就是在此基础上,随顺情感之所至,自然地抒发内心,并获得自由表达。

龚自珍还认为,文学与时代、个人有密切关系;所尊"情",又有着鲜明的时代与个人特色。他生活在动荡的封建社会末期,常怀忧患意识和经世致用愿望,这使他较重视文学的现实功用,提倡创作要"泄天下之拗怒"。(《龚自珍全集》第二辑《送徐铁孙序》,第175页)故其所尊之"情",饱含哀怨拗怒成分。

与上述诗文理论相呼应,龚自珍在创作技艺方面,强调自然天成而反对人工矫造,提倡自主创新而反对模拟因袭。其有诗曰:"万事之波澜,文章天成好。"(《龚自珍全集》七辑《自春徂秋偶有所触拉杂书之漫不诠次得十五首》,第468页)其重视诗文的天然浑成,正呼应情感的自由无住。还有文曰:"予欲慕古人之能创兮,予命弗丁其时! 予欲因今人之所因兮,予莜然而耻之。"(《龚自珍全集》七辑《文体箴》,第439页)这种不受传统束缚而自主创新的精神,亦是勇于创新、追求进步的倾情体现。

魏源提倡"文以贯道""诗以言志",尝宣称"文之外无道,文之外无治"。(《魏源全集》第13册《古微堂内集》卷1《默觚上·学篇二》,第10页)其论诗文看似不出儒家传统范畴,却也有其立足于时代的思想考量。

魏源有文写道:"君子读《二雅》之厉、宣、幽、平之际,读《国风》之《二南》《豳》之诗,喟然曰:'六经其皆圣人忧患之书乎!'"(《魏源全集》第12册《古微堂内集》卷2《默觚上·治篇二》,第35页)又有诗云:"六经忧患书,世界忧患积。"(《魏源全集》第14册《古微堂诗集》卷1《睫古吟八首与陈太初修撰为连日谈诗而作》,第18页)可见,其所论文学传统内含忧患意识。他还从"书各有旨归,道存乎实用"的角度,立足作家的现实境遇而重视文学的社会功用,尤其要求文学能发挥济世之用,使之成为挽救衰乱的重要工具。(《魏源全集》第14册《补录》文诗《皇

朝经世文编五例》,第 243 页)

他在重视文学功用之"实"同时,也兼顾了文学语言表现之"华",对创作论问题有较完整看法,并提出文学创作"三要"说:

> 盖华者暂荣而易萎,实者坚朴可久,而又含生机于无穷,此其所以不贵彼而贵此也。然不华,安得有实? 窃谓此有三要:一曰厚,肆其力于学问性情之际,博观约取,厚积薄发,所谓万斛泉源也;一曰真,凡诗之作,必其情迫于不得已,景触于无心,而诗乃随之,则其机皆天也,非人也;一曰重,重者,难也,蓄之厚矣,而又不以轻泄之焉。(《魏源全集》第 14 册《补录》文诗《跋陈沆简学斋诗》,第 284 页)

此所提出的创作"三要",有兼重学问性情之"厚"、情感流露之"真"、创作态度之"重",较全面概括了创作问题,是其先进创作观的体现。

此外,冯桂芬和王韬等人所论,也带来了新的诗学趋向。冯桂芬强调经世之学,重视中西文化的结合,提出"以中国伦常文教为原本,辅以诸国富强之术"的主张,具有反思意识,也有时代特色。(《近代文学批评史》,第 46 页)王韬更重视诗人胸臆的抒发,其《蘅华馆诗录自序》提出:"余不能诗,而诗亦不尽与古合。而我之性情,乃足以自见。"(《王韬诗集》附录二《蘅华馆诗录自序》,第 376 页)他批评"同光体"诗歌的弊病,指斥其字字有来历之认识偏颇:"窃见今之所为诗人矣,搯拮播以为富,刻画以为工,宗唐祧宋以为高,摹杜范韩以为能;而于己之性情无有也,是则虽多奚为?"(《弢园文录外编》,第 311 页)可见,他主张诗要表现个人性情,要出机杼而成一家之风骨;唯其能如此,才是真诗人。这与黄遵宪"我手写我口"主张,实具有思想与艺术之内在一致性。(《人境庐诗草》卷 1《杂感》,第 75 页)

(二) 宋诗派诸大家对传统诗文理论的反思

何绍基的"人成"说/陈衍的诗学批评/其他人的诗文批评

何绍基论诗重视性情,讲求诗品与人品合一;在这一点上诗文是一致的,故又主张文论与诗论合一。而要做到这一点,作家就需要明理与养气,最后出以"不俗"之言。由此可以窥见,何氏重视学理,实超过了诗文理论本身,而更具有时代的共鸣性。至于他对诗学本身的论说,则特重视诗人性情之"正"。他有文曰:"诗贵有奇趣,却不是说怪话,正须得至理。理到至处,发以仄径,乃成奇趣;诗贵有闲情,不是懒散,心会不可意传。"(《何绍基诗文集》卷5《与汪菊士论诗》,第737页)这是说,性情之"正"乃合至理,"理"到至处乃有奇趣;"奇趣"出自闲情,"闲情"只可意会。

他还进一步推论曰,要达性情之"正",就需要人与文的高度合一,把"人成"作为诗学范式。其有文曰:

> 诗文不成家,不如其已也;然家之所以成,非可于诗文求之,先学为人而已矣。……是则人与文一。人与文一,是为人成,是为诗文之家成。(《何绍基诗文集》卷3《使黔诗钞序》,第695页)

此提出"人成"之诗学理念,是将诗人与学人身份相结合,将性情、阅历与真我发之于诗,从而潜移默化以达到性情之正。当然也应该看到,他对诗人之诗的理论推阐,终究缺少诗学批评的广度。

相比而言,陈衍对诗歌理论批评的完善,更加重视诗学史的理论架构。他认为,道光以来的诗学,乃"一大关捩"。(《石遗室诗话》卷3"第四条",第47页)他写作《石遗室诗话》,标举"同光体"之主旨,提出"不专宗盛唐"之说,采用更为广阔的诗学眼光,在广泛的取径中强调诗学的继承与发展,以区别道、咸以来专学苏、黄的宋诗派。(《石遗室诗话》卷1"第三条",第18页)

陈氏既要求学有根柢,字有来历;又强调诗有"别才",重视性情。他倾注大量心力所撰写的《石遗室诗话》,记载了道、咸以来宋诗风气的传播和兴盛,总结了近代宋诗运动的承接源流之进程,从而完善了"同光体"诗派的理论主张。他明确指出:

> 嘉、道以来,则程春海侍郎、祁春圃相国,而何子贞编修、郑子尹大令,皆出程侍郎之门,益以莫子偲大令、曾涤生相国诸公,率以开元、天宝、元和、元祐诸大家为职志,不规规于王文简之标举神韵、沈文悫之主持温柔敦厚;盖合学人、诗人之诗,二而一之也。(《近代诗钞》卷首《序》,第1页)

由此可见,陈衍重视诗家的学问根柢,试图打通学人与诗人之诗,融杜韩、苏黄的诗为一炉,以开创近代诗学的新境界。他通过品评"同光体"诸家诗歌,来承接宋诗传统和抬高宋诗地位。这契合他早前所提"三元"说,都是意图打破唐、宋诗之分隔,扩大"同光体"诗学影响,进而为诗歌"觅新世界"。(《石遗室诗话》卷1"第四条",第21页)

此外,程恩泽、祁寯藻、莫友芝等诗人为先驱,陈三立、沈曾植、范当世等诗家为后劲,一起致力于推动近代宋诗运动,使之在理论和创作上达至高峰。其虽云"宗宋",却不限于宋诗论;而是往往是出唐入宋,依违于杜韩苏黄之间。他们以"力破余地",来追求诗歌的独创性。(《石遗室诗话》卷1"第四条",第21页)

在这众多的先驱人物中,郑珍诗学理论值得关注。陈衍充分肯定郑珍对诗歌创作的开拓之功:"历前人所未历之境,状人所难状之状。"(《近代诗钞述评》"郑珍条",第882页)其诗似浅而不易,似沉而不僻,似朴而坚劲,实自成一家之言。在后劲人物中,陈三立为"同光体"诗人首领,被陈衍视为"生涩奥衍"一派。(《石遗室诗话》卷3"第四条",第47页)他热衷向于向黄庭坚学习,崇尚新奇、新意、新警;又力图"镂刻造化手,初不用意为",追求莽苍排奡、雄浑阔达的诗歌气魄。(《现代中国文学史》,第166页)然而,宋诗派的大量作品缺乏时代气息,辛亥革命后多有浓厚的遗老情结。

(三) 桐城后学诸家对传统诗文理论的反思

方东树的散文批评/姚莹的散文批评/其他人的散文批评

方东树撰有诗文理论著作《昭昧詹言》,主旨是标举义理来深化学人之诗的内涵。方东树认为,诗文在本质上是一理相通的,文之义理"皆可通之于诗"。(《昭昧詹言》卷1"通论五古"条,第11页)其有文曰:

> 古人作诗,各有其本领,心志所结,动辄及之不自觉,所谓雅言也。如阮公之痛心府朝,忧生虑患;杜公之系心国君,哀时悯人;韩公修业明道,语关世教,言言有物;太白胸中,蓄理至多,逐事而发,无不有兴观群怨之旨。是皆于《三百篇》、骚人未远也。(《昭昧詹言》卷5"大谢"条,第130页)

所谓诗人"本领",正是学人之诗与诗人之诗相结合的产物;而"本领"之内涵,包含"义理"之蕴蓄与"文法"之高妙。这试图融摄"义理",使诗兼兴、观、群、怨之旨,以实现文学的社会功利目的;又试图掌握"文法",使诗作达到高妙的创作境界,以攀跻古代名家的艺术高格。而对于"文法"的运用,他还有自己独到的见解:"不似则失其所以为诗,似之则失其所以为我。"(《昭昧詹言》卷 12"附论诸家诗话"条,第 481 页)可见,方氏的诗学主张有因陈有创新,以义理自得与造语独到为高格。这是对学人之诗的有力补救,也是对近代诗学批评的深化。

姚莹是姚鼐的侄孙,既得姚鼐诗学真传,又在诗文创作及理论上,对桐城派传统有所修正。他基于义理、考证、文章三要素,进一步提出为文治学"要端有四:曰义理也,经济也,文章也,多闻也"。(《东溟外集》卷 2《与吴岳卿书》,第 393 页)为顺应时代潮流,姚莹诗文理论较传统有所变更,强调文章"经济世务"之价值。(《东溟外集》卷 2《与陈恭甫书》,第 402 页)如他重视载道,尝明确提倡曰:"以为文者,所以载道,于以见天地之心,达万物之情,推明义理,羽翼六经,非虚也。"(《东溟外集》卷 2《复吴方子书》,第 396 页)这里所谓"道",是经世致用之道。此外,他还提倡"文贵沉郁顿挫",突破了桐城派古文创作传统。(《康輶纪行》卷 13《文贵沉郁顿挫》,第 411 页)

基于上述,姚莹还提倡以文为诗之作法,认为"诗之与文尤无二道"。(《东溟外集》卷 2《复杨君论诗文书》,第 396 页)他有《论诗绝句六十首》,系统论述中国诗歌发展史,较完整地总结了历代诗歌创作理论,尤其看重诗歌匡时济世的现实寄托。(《姚莹论诗绝句六十首注》,第 1—90 页)他还十分重视作家的素养,以为素养远比技巧更重要:"欲善其事者,要必有囊括古今之识、胞与民物之量,博通乎经史子集以深其理,遍览乎名山大川以尽其状;而一以浩然之气行之,然后可传于天下后世。岂徒求一韵之工,争一篇之能而已哉?"(《东溟外集》卷 2《复杨君论诗文书》,第 396 页)

曾国藩私淑桐城派巨擘姚鼐,在桐城文论基础上着意改造。首先,标举四要素。他顺应经世致用的文学潮流,在姚鼐三要素论中加入经济,提出"为学之术有四:曰义理,曰考据,曰辞章,曰经济。"(《曾国藩全集》杂著卷 3《劝学篇示直隶诸子》,第 166 页)为论证此四要素之合理性,他还比附孔门教学四科曰:

> 义理者,在孔门为德行之科,今世目为宋学者也;考据者,在孔门为文学之科,今世目为汉学者也;辞章者,在孔门为言语之科,从古艺文及今世制义诗赋皆是也;经济者,在孔门为政事之科,前代典礼政书及当世掌故皆是也。(《曾国藩全集》杂著卷 3《劝学篇示直隶诸子》,第 166 页)

其次，突出文艺性。曾国藩除注重文章的经世致用之外，还提出"道与文竟不能离而为二"。（岳麓版《曾国藩全集》书信1《与刘霞仙书》，第587页）"道"盖指义理、经济，"文"盖指辞章、考据；而尤重文章怡悦人心之艺术性，对桐城古文所存问题作出有效的补救。曾国藩主张转益多师，认为骈文与古文相通："名号虽殊，而其积字而为句，积句而为段，积段而为篇，则天下之凡名为文者一也。"故他进而主张骈散互用，取骈文之长补古文之短："以力去陈言、戛戛独造为始事；以声调铿锵、包蕴不尽为终事。"（《曾国藩全集》书札下《复许振祎》，第346页）这在一定程度上提升了古文的艺术性，并补救了桐城派古文趋于空疏的弊病。

再次，风格二分说。曾国藩将文章风格分为雄奇与惬适，这是对姚鼐的阳刚、阴柔说之发挥。其有文曰："雄奇者，得之天事，非人力所可强企；惬适者，诗书酝酿，岁月磨炼，皆可日起而有功。惬适未必能兼雄奇之长，雄奇则未有不惬适者。学者之识，当仰窥于瑰玮俊迈、诙诡恣肆之域，以期日进于高明。"（《曾国藩全集》杂著卷2《文》，第118页）在两种文章风格之间，曾国藩显然偏重雄奇，这可补桐城古文过于阴柔之不足，引导散文创作朝健康的方向发展。

此外，梅曾亮、吴汝纶等人文论，在当时也引起了很大反响。梅曾亮肯定文人的独立性，指出文学价值在于有真我。他坦然标举"真"曰："见其人而知其心，人之真者也。见其文而知其人，文之真者也。"（《柏枧山房诗文集》卷5《太乙舟山文房集叙》，第121页）这把"真"提升到人格高度，在文如其人中注入时代气息。吴汝纶以开明的态度明确表示，不应该将义理之学施于文章中；积极倡导"救时要策，自以讲习西文为务"。（《吴汝纶全集》卷3《与李赞臣》，第149页）他鼓吹学习西文，既是出于对古文的反思，也是顺应新文学的要求，因而是难能可贵。姚永朴重视作文的方法，强调作家对文法的悟入。为此撰有专文，论文法之悟入："始必有人指示途辙，然后知所以用力；终必自己依所指示者而实行之，然后有得力处。"（《文学研究法》，第209页）这是一种理论与实践的超越，为桐城文脉注入生机与活力。但其他桐城后学，则多抱残守缺，缺乏创新精神，终为时代所抛弃。

二　词学批评的繁盛与开新

遭遇了千年未有之变局的近代中国，词学批评也在繁盛中开创出新局面。

其新局主要表现在两个方面：其一，"风骚"传统在词史中占据更重要地位，从而开拓出近代词学新的艺术表现领域；其二，词学批评有较多关切现实之内容，比以往任何时候都更富有时代感。尤其是到王国维时代，词学与西方美学结合，焕发出新锐的理论活力，拓展了传统词论的视野。

（一）刘熙载的词学批评

刘熙载其人与词作/刘熙载的词学理论/刘熙载的词学影响

刘熙载（1813—1881），字伯简，号融斋，晚号寤崖子，江苏兴化（今江苏省兴化市）人。少孤而贫，笃行力学，官至广东学政、左春坊左中允，后主持上海龙门书院讲席多年。有《艺概》《四音定切》《古桐书屋六种》等传世。

刘熙载词学观点主要集中于《艺概》第4卷《词曲概》中，他善于运用艺术辩证法论列品评唐至金元间重要词人词作。《词概》核心观点是"词品说"，以儒家的传统文艺观为理论基础，将作家人品及词作联系起来，进行艺术分析和品评其优劣。他袭用陈亮《三部乐》，提出了词之"三品"说：

> "没些儿嫛姗勃窣，也不是、峥嵘突兀。""管做彻元分人物"，此陈同甫《三部乐》词也。余欲借其语以判词品：词以"元分"人物为最上，"峥嵘突兀"犹不失为奇杰，"嫛姗勃窣"则沦为侧媚矣。（《艺概》卷4《词曲概》，第121页）

这是将词家的人品与词品并论，依"嫛姗勃窣""峥嵘突兀""元分"3类人物，而区分出3个等级次第的词品。基于词品之等级次第，他强调词应具有正情、进德的作用，要求词作抒发正当的情感而非艳情，讥弹绮怨、自怜、旨荡、亵体之词，以充实扩大词作所抒写的情感内涵。

刘熙载还推尊词体，认为词与诗实同源："词导源于古诗，故亦兼具六义。"（《艺概》卷4《词曲概》，第106页）从这个观点出发，他高度评价苏轼、辛弃疾至情至性之词作，而力斥把苏、辛视为变体别调的偏颇之说，并将晚唐五代婉丽词列为变调，为词体回归雅正传统廓清道路。此外，他兼取浙、常二词派之优长，重视词"厚而清"之意与格，认为词应本色自然，既能含蓄又有寄托。（《艺概》卷4《词曲概》，第120页）

刘熙载词学批评当时产生较大影响,其重视词人品格和主体修养之主张,获得同好肯定,俞樾称赞之曰:"高论道德,下逮文章;至于声律,剖毫析芒;至于词曲,乃亦所长。"(《春在堂杂文》4编卷3《左春坊左中允刘君墓碑》,第384页)王国维撰写《人间词话》吸收了《艺概》个别论点,并采用其抽取词作语句以概括作家风格的评论方式。刘熙载论词能够不囿于传统见解,以苏轼、辛弃疾豪放词派为正调,以晚唐、五代婉约派词为变调,这论调在清末前后有一定反响。但是,他过于推崇苏、辛的词史观,也使得其词学取径有所偏囿。

(二)谭献及其词学批评

谭献其人与词作/谭献的词学理论/谭献的词学影响

谭献(1832—1901),原名廷献,字仲修,号复堂,浙江仁和(今浙江省杭州市)人。同治六年举人,后历任歙县、全椒、合肥知县;晚年应张之洞邀请,主讲湖北经心书院。工于词,擅骈文;论词之语散见于文集、日记等作品中,后由弟子徐珂辑辑成《复堂词话》传世。

谭献善填词,长调稍逊,而小词精绝,格高语隽,如《青门引》(人去栏杆静)《临江仙·和子珍》(芭蕉不展丁香结)等,皆凄婉深厚,纯乎骚雅。叶恭绰评赞曰:"仲修先生承常州派之绪,力尊词体,上溯风、骚之门庭,缘是益廓,遂开近三十年之风尚。论清词者,当在不祧之列。"(《广箧中词》卷2"谭献"条,第117页)

谭献词学与张惠言、周济一脉相承,尝自称"衍张茗柯、周介存之学"。(《复堂词话》"第四五条",第3999页)当然,他实际对常州派词论有所发展,清词史上一位承上启下的人物,对清季王鹏运、况周颐等人,都曾有过直接或间接的影响。

谭献论词喜用"柔厚"说品评历代词人,"以忧生念乱之时,寓温厚和平之教"。(《谭献集》复堂文卷1《明诗》,第8页)他强调词作应当关注国家衰亡,又要符合传统的儒家诗教精神;这是从其所处时代出发,而提出的词学理论要求。谭献对近代词学更突出的贡献,是完善了周济"寄托出入"说,将声乐学上的"潜气内转"理论,转释为词学上的"潜气内转"说。(《乐府指迷笺释》附录《乐府指迷笺释序》,第91页)所谓"潜气",就是要将"柔厚"之情隐藏于词的深处;所谓"内转",就是通过笔法婉转变化来调整全篇结构。词作家对"潜气内转"理论的运用,能曲折细腻、更有力度地表达情感。同时,他还从阅读角度强调寄托,肯定读者对词作的再创造:"作者之用心未必然,而读者之用心何不不然!"(《谭献集》复堂文卷1《复堂词录叙》,第20页)这就使常州词派的比兴寄托说更趋完善。

总之,谭献精于词学,承常州派之绪,力尊词体,崇其地位。他立足常州词派,却能不盲目因袭;不仅善于洞察其诸多流弊,而且完善了其比兴寄托说。尤其编选清人词《箧中词》6卷,因其精审之至而为学者奉为圭臬。他偏好以"柔厚"论词,而不满于雄浑高亢之作;故在词旨风格取向上难免有所偏颇,然终不失为"近代词坛一大宗师"。(《近三百年名家词选》,第360页)

(三) 晚清诸家词学批评

晚清四大家的词学批评/王国维撰《人间词话》/糅合中西的"境界"说

晚清四大词人是指王鹏运、朱孝臧、郑文焯、况周颐,他们词学承接常州派余绪而又不完全墨守常州派衣钵。还有王国维所撰《人间词话》,为近代词学构建作出重大贡献。

王鹏运(1849—1904),字佑遐,一字幼霞,中年自号半塘老人,又号骛翁,晚年号半塘僧骛,广西临桂(今广西区桂林市)人。他是晚清词坛领袖人物且拥有崇高地位,文廷式、朱孝臧、况周颐等都得其指教。他词作苍凉悲壮,近似辛弃疾词风。其早年所作词,多写身世之感;而甲午至辛丑间词,则多伤时感事之作。在词学批评上,王鹏运论旨实与常州词派一脉相承,又创造性提出"重、拙、大"之说,力尊词体,崇尚格律,深化常州词论,使之发扬光大。(《蕙风词话》卷2"第六条",第23页)

朱孝臧(1857—1931),字藿生,一字古微,号沤尹,又号彊村,后改名祖谋。浙江归安(今浙江省湖州市)人。他所作词风旨绵密,近似姜夔、吴文英,能破浙西、常州派偏见,形成了自己独特的风格。他在词学领域的最大贡献,是校刻唐宋金元百家词作,编撰为《彊村丛书》一书,考订词学源流与词派演变,保留大量词学资料,梳理了词学发展史。

郑文焯(1856—1918),字俊臣,号小坡,又号叔问,晚号鹤、鹤公、鹤翁、鹤道人,别署冷红词客,自号石芝崦主、大鹤山人,奉天铁岭(今辽宁省铁岭市)人,隶正黄旗汉军籍,而托为郑康成裔,故自称高密郑氏。晚清词人,最精音律,词风近姜夔、周邦彦,多写故国覆亡之痛切。他论词重比兴,典雅,撰有《词源斠律》,主要探讨词律理论,考核张炎《词源》所辑词乐资料来源,所论偏重声韵乐律和表现技巧等问题。(《大鹤山人词话》卷4《词源斠律》,第372—378页)

况周颐(1859—1926),原名周仪,改名周颐,字夔笙,一字揆孙,别号玉梅词人、玉梅词隐,晚号蕙风词隐,人称况古、况古人,室名兰云梦楼、西庐等,广西临桂(今广西区桂林市)人。他致力于词学达五十年,撰写《蕙风词话》5卷,并在王鹏运词学理论基础上,重新阐释"重、拙、大"说:"重",是指诚挚的感情和深沉的寄托,乃填词的首要标准和最高要求;"拙",是指反对过多的巧饰与浮艳,即力求词作浑朴自然之表达,;"大",是指避免格调平庸气象狭小,而追求意蕴深厚与词旨宏大。(《蕙风词话》卷1"第三条",第4页)此外,他还突出"性灵",讲究词的直抒性灵,创立词心、词境说,以深化词旨与境界。(《蕙风词话》卷1"第七条",第4页)他所作词多有感时伤事、悲愤郁闷之内容,尤其叙写甲午战争苦难的词风格沉郁顿挫。

王国维(1877—1927),初名国桢,字静安,晚号观堂,浙江海宁(今浙江省海宁市)人。早年追求新学,接受社会改良主义思想的影响;后攻词曲戏剧,在文学、美学等方面成就卓著。有《人间词话》《宋元戏曲史》《红楼梦评论》等著作传世。

王国维有深厚的国学功底,早年又受到过西学的洗礼;因此,他词学既承袭了古代文论传统,又吸取了一些新观点和新方法。如《人间词话》,就是糅合中西美学以论词的结晶,在当时对后世产生了深远的影响。

《人间词话》专论词,其核心是"境界"说:"词以境界为最上。有境界则自成高格,自有名句。五代、北宋之词,所以独绝在此。"(《人间词话疏证》,第323页)所谓"境界",是指诗词抒写情感和营造意象达到的高度。王国维认为,凡是能够真实而生动地写出作者内心感受和展现客观事物神态的作品,便是有境界。王国维除继承传统意境理论,还接受叔本华生命哲学影响,进一步提出"有我之境"和"无我之境"两层次,同时还提出"隔"与"不隔"两种境界创造方式。以抒情写景真实深挚、生动鲜明为"不隔",有境界;否则就是"隔",无境界。(《人间词话疏证》,第431页)王国维《人间词》也标举"意境",有时径用"意境"来指称"境界"。他以词有"意境"为艺术追求,反对张炎、吴文英的雕琢词风,注重"意"与"境"、"情"与"景"的交融。(《人间词话疏证》,第324页)

受"境界"说的引导,王国维阐说填词理论。他提出"入乎其内"和"出乎其外"说,要求词家观察体验生活、积累创作素材,有对生活本质的深刻感受,但又不能拘泥于现实生活,进而能够"跳出来",超然物外、默然静观。(《人间词话疏证》,第335页)是可以说,王国维词论克服了浙西派和常州派论词弊端,建立了第一个具有现代意义的词学批评体系。

王国维把旧学和新学融会贯通,将传统哲学与西方美学相糅合,借用西方哲学来阐发传统文化命题,真正践行"学无中西,学无新旧"。(《观堂集林》别集卷4《〈国学丛刊〉序》,第875页)他运用词话的传统形式,将西方美学观融摄进来,明确高调地提出"境界"说,率先超越传统文学批评范畴。吴文祺称其为"文学革命的先驱者",即着眼于他对近代词学的创造性贡献。(《文学革命的先驱者——王静安先生》,《小说月报》第17卷"号外")

三 对外来文学的接触容受

在近代文学批评发展进程中,中西文化碰撞融合是主旋律。因遭遇新异的文学语境,传统诗文理论发生变革:从到黄遵宪主张"我手写我口"(《人境庐诗草》卷1《杂感》,第75页),到梁启超提出的"诗界革命"论(《饮冰室合集·专集》第22册《夏威夷游记》,第191页),再到白话文与文言文论争,文学变革的呼声此起彼伏。显然,社会维新与文化革新的时代已然到来,外来文学对传统文学必造成巨大冲击。

(一) 黄遵宪、梁启超对外来文学接触容受

黄遵宪标举"别创诗界"/黄遵宪"我手写我口"论/梁启超鼓吹"诗界革命"/梁启超倡诗歌"新意境"

黄遵宪(1848—1905),字公度,别号人境庐主人,广东省梅州(今广东省梅州市)人。近代政治家、外交家、诗人。光绪二年举人,历充使日参赞、旧金山总领事、驻英参赞、新加坡总领事,曾助湖南巡抚陈宝箴推行新政。工诗且喜以新事物熔于诗,有"诗界革新导师"之称。(《二十世纪散文大系》第1册《先妣吴夫人墓志》,第17页)有《人境庐诗草》《日本国志》《日本杂事诗》等著作传世。

作为"放眼看世界"的重要诗人,黄遵宪标举"别创诗界"的旗帜,既重视传统诗歌言志、缘情的特征,又强调社会生活对诗歌创作的作用。(《上郑钦使第二十八号》,第478页)其有诗曰:"我手写我口,古岂能拘牵?即今流俗语,我若登简编,五千年后人,惊为古斓斑。"(《人境庐诗草》卷1《杂感》,第75页)他认为诗歌要具有显著的时代精神,着力表现新的社会生活与人格精神。其有文曰:

> 仆尝以为,诗之外有事,诗之中有人。今之世异于古,今之人亦何必与古人同。尝与胸中设一诗境:一曰复古人比兴之体;一曰以单行之神,运排偶之体;一曰取《离骚》、乐府之神理,而不袭其貌;一曰用古文家伸缩离难合之法以入诗。其取材也,自群经三史,逮于周、秦诸子之书,许、郑诸家之注,凡事名物名切于今者,皆采取而假借之;其述事也,举今日之官书会典、方言俗谚,以及古人未有之物、未辟之境,耳目所历,皆笔而书之。(《人境庐诗草》卷首《自序》,第68—69页)

于此可见,黄遵宪既重视学习传统文学,又强调诗歌要成为时代镜子,以使诗中"有事""有人",而形成诗人自己的独特风格。他主张吸收传统文化精华,为革新当代诗歌创作服务;这与他提出的"风雅不忘由善作,光丰之后益矜奇"有内在一致性。(《人境庐诗草》卷8《酬曾重伯编修并示兰史》,第149页)

总之,黄遵宪重视诗歌创作的主体感受,要求诗人勇于面对社会现实生活,用诗抒写时代精神,革新诗歌语言形式,使诗歌走"适用于今,通行于俗"之道路。(《日本国志》卷33《学术志二》,第1416页)这不但与资产阶级政治改良主张相适应,也在推进诗歌变革上发挥巨大推动作用;使其诗论成为从旧体诗到新体诗间的一种过渡,他也因此被誉为"近代中国走向世界第一人"。(《中国近代文学大系》第4集第14卷《诗词集一》,第484页)

梁启超(1873—1929),字卓如,号任公,别署饮冰室主人,广东新会(今广东省新会市)人;近代著名启蒙思想家、史学家和文学家;发动戊戌变法运动,为其领袖人物之一;曾主《万国公报》《时务报》笔政,先后创办《清议报》《新民丛报》,鼓吹社会改良,介绍西方学说;有《饮冰室全集》等传世。

他倡导诗歌改良运动,鼓吹"诗界革命",总结"诗界革命"主张,并发表诗歌理论和见解。他提出以新意境、新语句、古风格为三要素的"诗界革命"纲领:

> 若作诗,必为诗界之哥伦布、玛赛朗然后可。不可不具备三长:第一要新意境,第二要新语句,而又须以古人之风格入之,然后成其为诗。……三者具备,则可以为20世纪支那之诗王矣。(《饮冰室合集·专集》第22册《夏威夷游记》,第189页)

此时梁启超已开始思考,如何"输入欧洲之精神思想",以作为诗界革命的材料。

(《饮冰室合集·专集》第 22 册《夏威夷游记》,第 190 页)嗣后,他进一步作理论阐发,推重诗歌"新意境":

> 过渡时代,必有革命。然革命者,当革其精神,非革其形式。吾党近好言革命。虽然,若堆积满纸新名词为革命,是又满洲政府变法维新之类也;能以旧风格含新意境,斯可以举革命之实矣。苟能尔尔,则虽间杂一二新名词,亦不为病;不尔,则徒示人以俭而已。(《饮冰室合集》第 45 册《饮冰室诗话》,第 41 页)

这段话包含三层含义:其一,"新意境"乃是近代世界文明、社会理想的写照;其二,"新意境"饱含爱国情怀、图强变革等精神寄托;其三,"新意境"标榜经历社会改良洗礼的新人格情操。其具体批评实践,则表征为赞扬谭嗣同、康有为的忧国情怀,以及崇敬他们诗作中所呈现出的人格精神。

梁启超所提出的诗学理论批评观点,阐述了旧体诗适应时代变革的命题,推动了"诗界革命"的近代化进程,显示"开拓千古,推倒一时"雄心。(《饮冰室合集·专集》第 22 册《夏威夷游记》,第 191 页)但是由于受到时代条件的限制,他"革其精神、非革其形式",过于强调诗歌功利性,使得新语句偏于狭隘,其因袭旧体风格略显保守,未能重视诗歌艺术的革新。这影响"诗界革命"实践,因而明显带有过渡性特征。(《饮冰室合集·专集》第 22 册《夏威夷游记》,第 191 页)

(二)林纾及南社成员对外来文学接触容受

林纾小说翻译的理论与实践/林纾小说译本的特长与缺陷/南社的报刊舆论与理论批评

林纾(1852—1924),字琴南,号畏庐,别署冷红生,福建闽县(今福建省福州市)人;近代文学家,博学强记,能诗文画,善作古文,为桐城派大师吴汝纶所推重;辛亥革命后,以译书、卖文、卖画为生,曾翻译西方小说 100 余种。有《畏庐文集》等传世。

林纾主张学古,而又不拘于古;既要注重作者的真情实感,也要重视文章的风神意趣。他十分注重文章的写作手法,强调在师古基础上融汇贯通。尤其在翻译小说时,林纾以古写"情",将西方的文化和风土人情,用精炼语言来形象地表达。他翻译评介西方小说,拿它与中国史书对比,提出不少理论问题,发人深省且有趣味。他曾指出：

> 余译既，叹曰：西人文体，何乃甚类我史迁也。史迁传大宛，其中杂沓十余国，而归氏本乃联而为一贯而下。归氏为有明文章巨子，明于体例，何以不分别部落以清眉目，乃合诸传为一传？不知文章之道，凡鸿篇巨制，苟得一贯串精意，即虑委散。……哈氏此书，写白人一身胆勇，百险无惮，而与野蛮拼命之事，则仍委之黑人，白人则居中调度之，可谓自占胜着矣。然观其着眼，必描写洛巴革为全篇之枢纽，此即史迁联络法也。（《林琴甫书话》，第30—31页）

他首创用古文译述外国小说，故提倡古文创新和以情为文。他赞扬《史记》"务似而生情"，把真情当成创作催化剂和生命源。（《春觉斋论文》卷1《述旨》，第6页）他古文功力深厚且能传情动人，与归有光文章有异曲同工之妙。他曾自诩曰："六百年中，震川外无一人敢当我者。"（《林纾的翻译》，第5页）故他翻译外国小说，充分运用古文功底，突出译文的情感流露和心理描写，增强了译本小说对读者的吸引力。但是林译对原著作了较大改变，不利于对原著的精准解读。而且他采用文言文翻译国外作品，虽可迎合当时人的心理需求，却也限制了他能力的发挥，使译著水准并未达至上乘。

南社，是一个资产阶级革命文化团体，于1909年11月13日在苏州成立，其发起者是柳亚子、高旭和陈去病等人。出于民主革命斗争的需要，南社创立之初就重视报刊。1905年至1911年间，近代革命派在上海先后创办众多刊物，其中南社成员参与的报刊就有11家。1911年民国成立后，南社报刊更加活跃，有于右任、李叔同、戴季陶等编辑的革命性报刊，有周瘦鹃、包天笑、王蕴章等编辑的消闲性报刊，以至于柳亚子自豪地说："请看今日之域中，竟是南社天下。"（《南社丛谈》，第3页）

南社提倡文学大众化，主张文章合为时而作。他们通过创办报刊来反对满清统治，提倡文学为资产阶级民主革命服务。高旭《南社启》曰：

> 试问今之所谓文学者，何如乎？呜呼，今世之学为文章者、为诗词者，举丧其国魂者也。……此乃不特文学衰亡之患，且将为国家沉沦之忧矣！二三子有同情者乎？深望同声相应，同气相求，与之同步康庄。（《国学的盛宴·南社启》，第132—133页）

这标举南社文学主张,强调文学的社会功用,把文学当成社会现象的映射,以提倡爱国"气节"为宗旨。南社对文学的改革,应和了时代的需求。一方面,写实批判,言辞尖锐,揭露封建朝廷的黑暗罪恶;一方面,宣传革命,提倡气节,赞扬革命党人的奉献精神。其社员胡朴安,曾高调宣扬曰:

> 惟其出于激昂也。掊击清廷,排斥帝制,大声以呼,振启聋聩,垂涕而道,晓喻颛蒙,气类所通,薄海斯应。……流品虽杂,目标则一,略其心迹,论其文章,固一时代影响之反感而不可以忽略者也。(《南社丛选》卷首《自序》,第7页)

重视利用报刊舆论来宣传文学革命,用浅显的文学语言来鼓吹三民主义,"议国事""为民事""言独立","开民智""救民德""振民心",以唤醒民族意识,强国民的使命感。(《南社》,第43—44页)

出于上述文学主张和目标,南社贡献了不少文论著作。如姚鹓雏《赭玉尺楼诗话》、成舍我《天问庐诗话》、闻宥《悃簃诗话》、叶楚伧《读杜随笔》、周斌《妙员轩诗话》、庞树柏诗话《褒香簃诗词丛话》等,在当时都产生过重要影响,展现了南社文学批评状貌。

(三)胡适提倡白话文及文白、新旧之论争

胡适的白话批评/林纾的古文批评/文白之争的影响

民初新文化运动时期,以《新青年》为阵地,展开一场关于文言文与白话文的文学思潮论争,同时也是一场关于文学传统性与现代性的论争。

提倡白话文一派认为,应当从改变创作方法、文学语言等诸多方面,对传统文学进行革新,大力提倡白话文写作,让文学能够适世而变。1917年胡适在《新青年》,发表《文学改良刍议》,提出文学改革"八事":

> 一曰,须言之有物;二曰,不摹仿古人;三曰,须讲求文法;四曰,不作无病之呻吟;五曰,务去滥调套语;六曰,不用典;七曰,不讲对仗;八曰,不避俗字俗语。(《胡适文存·文学改良刍议》,第59页)

这是认为,文言文雕琢、迂腐、死板,有碍国民思想的开启发展;文学应该随世变迁,不能拘于古文古韵;所用文体需扩大,要进行言语改革,不用典故对仗,不做陈词滥语。

而传统文言派则认为,中国传统文学是国之根本,改良文言却无须废止文言。林纾有文曰:

> 知腊丁之不可废,则马、班、韩、柳亦有其不宜废者。吾识其理,乃不能道其所以然,此则嗜古者之癖也。(《论古文之不当废》,《新青年》1917年5月1日)

又有文曰:

> 即谓古文者,白话之根底,无古文安有白话?……古文一道已历尽灭之秋,何必再用革除之力。(《中国新文学大系》第2集《论古文白话之相消长》,第78页)

可见双方争论所产生的分歧点,在白话文与文言文孰重孰轻上;经过这种有针对性的文学论争,启发国人对国粹、国语的思考,进一步促进了新文化启蒙运动,引领传统文学向现代文学转变。

1919年,《新世界》曾连载了顾养吾与恽秋星关于新旧体诗论争之文。不同于白话文与文言文的"生死存亡"之论战,这次论争焦点不再是白话诗与文言诗孰优孰劣,更不是白话诗该不该存在,而是由谁来主导诗坛问题,以及白话、文言诗如何两存,并如何促进共同发展的问题。从此近代诗坛的主流理论与批评,倾向于白话、文言诗的调和容受,并为白话诗的成长发展探明方向,成为近代文学批评最后一道亮光。

附　文论选读

一　论近世文学之变迁

[清] 刘师培

宋代以前,"义理""考据"之名未成立,故学士大夫莫不工文。六朝之际,虽文与笔分,然士之不工修词者鲜矣。唐代之时,武夫隶卒均以文章擅长,或文词徒工,学鲜根柢。若夫于学则优,于文则拙,唐代以前未之闻也。至宋儒立"义理"之名,然后以语录为文,而词多鄙倍。顾亭林《日知录》曰:"典谟爻象,此二帝三王之言也。《论语》《孝经》,此夫子之言也。文章在是,性与天道亦在是,故曰:'有德者必有言。'善乎!游定夫之言曰:'不能文章而欲闻性与天道,譬犹筑数仞之墙,而浮埃聚沫以为基,无是理矣!'后之君子于下学之初即谈性道,乃以文章为小技,而不必用力。然则夫子不曰'其旨远,其辞文'乎!不曰'言之无文,行之不远'乎!曾子曰:'出词气,斯远鄙倍矣!'尝见今讲学先生,从语录入门者,多不善于修词,或乃反子贡之言以讥之曰:'夫子之言性与天道,可得而闻,夫子之文章不可得而闻也。'"又引杨用修之言曰:"文,道也;诗,言也。语录出,而文与道判矣;诗话出,而诗与言离矣。"又钱竹汀曰:"释子之语录始于唐,儒家之语录始于宋,儒其行而释其言,非所以垂教也。君子之出词气必远鄙倍,语录行而儒家有鄙倍之词矣。有德者必有言,语录行则有德而不必有言矣。"至近儒立"考据"之名,然后以注疏为文而文无性灵。夫以语录为文,可宣于口而不可笔之于书,以其多方言俚语也;以注疏为文,可笔于书而不可宣之于口,以其无抗堕抑扬也。综此二派,咸不可目之为文。何则?周代之时,文与语分,故言语、文学区于孔门。降及战国,士工游说,纵横家流列于九家之一,抵掌华屋,擅专对之才,泉涌风发,辩若悬河,虽矢口直陈,自成妙论,及笔之于书,复经史臣之修饰,如《国语》《国策》所载是也;在当时虽谓之语,自后世观之,则语而无异于文矣。若六朝之时,禅学输入,名贤辩难,间逞机锋,超以象外,不落言诠,善得言外之旨;然此亦属于语言,而语录之文盖出于此。且所言不外日用事物,与辞旨深远者不同。其始也,讲学家口述其词,弟子欲肖其口吻之真,乃以俗语笔之书以示征实。至于明代,凡自著书者,亦以语录之体行之,而书牍序记之文,杂以俚语,观其体制,与近世演说之稿同科,岂得列之为文哉?

若考据之作,则汉魏之笺疏均附经为书,未尝与文学相混。惟两汉议礼之文,博引数说,以己意折衷,近于考据;然修词贵工,无直情径行之语。若石渠、白虎观之议,则又各自为书。唐宋以降,凡考经定史之作咸列为笔记,附于说部之中,诚以言之无文,未可伺于文学之列也。近世以来,乃崇斯体。夫胪列群言,辨析同异,参互考验,末下己意,进退众说,以判是非,所解之书,虽各不同,然篇成万千,文无异轨。观其体制,又略与案牍之文同科,盖行文之法,固不外征引及判断二端也。昔阳湖孙氏分著述与考据为二:以考订经史者为考据,抒写性灵者为著作。立说虽疏,已为焦理堂所驳。然以考据之作与抒写性灵者不同,则固不易之确论,此亦不得谓之文者也。

乃近世以来学派有二:一曰宋学,一曰汉学。治宋学者,从语录入门;治汉学者,以注疏入门。由是以语录为文,以注疏为文,及其编辑文集也,则义理考订之作均列入集部之中,目之为文。学者互相因袭,以为文能如是,是亦已足,不复措意于文词,由是学日进而文日退。古人谓文原于学,汲古既深,摛辞斯美,(如杜诗"读书破万卷,下笔如有神"是。)所谓读千赋者自善赋也。今则不然,学与文分,义理考证之学,迥与词章殊科,而优于学者,往往拙于为文,文苑、儒林、道学遂一分而不可复合,此则近世之异于古代者也。故近世之学人,其对于词章也,所持之说有二:一曰鄙词章为小道,视为雕虫小技,薄而不为;一曰以考证有妨于词章,为学日益则为文日损。(如袁枚之箴孙星衍是。)是文学之衰,不仅于科举之业也,且由于实学之昌明。(证以物理之学,则各物均有不相容性。实学之明以近代为最,故文学之退亦以近代为最,此即物理家所谓不相容也。《左传》亦曰"物莫能两大"。)此文学均优之士所由不数觏(gòu)也。

然近世之文,亦分数派:明代末年,复社、几社之英以才华相煽,敷为藻丽之文。(如陈卧子、夏考功、吴骏公之流足。)顺、康之交,易堂诸子竟治古文,而藻丽之作,易为纵横。若商丘侯氏、大兴王氏(昆绳)、刘氏(继庄)所为之文悉属此派。大抵驰骋其词,以空辩相矜,而言不轨则,其体出于明允、子瞻。或以为得之苏、张、史迁,非其实也。余姚黄氏亦以文学著名,早学纵横,尤长叙事,然失之于芜辞多枝叶,且段落区分,牵连钩贯,仍蹈明人陋习。浙东学者多则之。季野、谢山咸属良史,惟斐然成章,不知所裁,然浩瀚明鬯(chàng),亦近代所罕觏(gòu)也。时江、淮以南,吴、越之间,文人学士应制科之征,大抵涉猎书史,博而不精,谙于目录词章之学。所为之文以修洁擅长,句栉(zhì)字梳,尤工小品。然限于篇幅,无奇伟之观。竹垞、次耕其最著者也,钝翁、渔洋、牧仲之文亦属此派。下逮雍、乾,董浦、太鸿犹沿此体,以文词名浙西,东南名士咸则之,流派所衍,固可按也。望溪方氏模仿欧、曾,明于呼应顿挫之法,以空议相演,又叙事贵简,或本末不具,舍事实而就空文,桐城文士多宗之。海内人士,亦震其名,至谓天下文章,莫大乎桐城。厥后桐城古文,传于阳湖、金陵,又数传而至湘、赣、西粤。然以空疏者为之,则枯木朽荄(gāi),索然寡味,仅得其转折波澜。惟姬传之丰韵,子居之峻拔,涤生之博大雄奇,则又近今之绝作也。若治经之儒,或治古文家言,或治今文学言,及其为文,遂各成派别。东原说经,简直高古,逼近《毛传》,辞无虚设,一矫冗长之习,说理记事之作,创意造词,浸以入古,唐宋以降,罕见其匹,后之治古学者咸宗之。虽诂经考古,远逊东原,然条理秩如,以简明为主,无复枝蔓之词。若高邮王氏,仪征阮氏是也。故朴直无文,不尚藻绘,属辞比事,自饶古拙之趣。及掇拾者为之,则剿袭成语,无条贯之可寻,侈征引之繁,昧行文之法,此其弊也。常州人士,喜治今文家言,杂采谶(chèn)纬之书,用以解经,即用之人文,故新奇诡异之词足以悦目。且江南之地,词曲尤工,哀怨清遒(qiú),近古乐府,故常州之文,亦词藻秀出,多哀艳之音,则以由词曲入手之故也。庄氏文词深美闳约,人所鲜知。其以文词著者,则阳湖张氏、长洲宋氏,均工绵邈之文,其音哀而多思,其词则丽而能则,盖征材虽博,不外谶纬、词曲二端。若曲阜孔氏,亦工俪(lì)词,虽所作出宋氏之上,然旨趣略与宋氏同,则亦治今文之故也。近人谓治《公羊》才必工文,理或然欤!若夫旨乖比兴,徒尚丽词,朝华已谢,色泽空存,此其弊也。(近人惟谭仲修略得张、宋之意。)数派以外,文派尤多。江都汪氏熟于史赞,为文别立机杼(zhù),上追彦升。虽字酌句斟,间逞姿媚,然修短合度,动中自然,秀气灵襟,超轶尘墟,于六朝之文得其神理。或以为出于《左传》《国语》,殆誉过其实。厥后荆溪周氏编辑《晋略》,效法汪氏,此一派也。邵阳魏氏、仁和龚氏,亦治今文之学,魏氏之文,明畅条达,然刻意求新,故杂奇语,以骇俗流。龚氏之文,自矜立异,语差雷同,文气偾声,不可卒读,或语求艰深,旨意转晦,此特玉川、彭原之流耳。或以为出于周秦诸子,则拟焉不伦。此又一派也。若夫简斋、稚威、仲瞿之流,以排奡自矜,虽以气运辞,千言立就,然俶乱而无序,泛滥而无归,华而不实,外强中干,或怪诞不经,近于稗官家言,文学之中,斯为伪体,不足以言文也。近代文学之派别大约若此。

然考其变迁之原,则顺、康之文,大抵以纵横文浅陋,制科诸公,博览唐、宋以下之书,故为文稍趋于实。及乾、嘉之际,通儒辈出,多不复措意于文,由是文章日趋于朴拙,不复发于性情,然文章之征实,莫盛于此时。特文以征实为最难,故椁腹之徒多托于桐城之派,以便其空疏,其富于才藻者,则又日流于奇诡。此近世文体变迁之大略也。

近岁以来,作文者多师龚、魏,则以文不中律,便于放言,然袭其貌而遗其神。其墨守桐城文派者,亦囿于义法,未能神明变化。故文学之衰,至近岁而极。文学既衰,故日本文体因之输入于中国。其始也译书撰报,据文直译,以存其真。后生小子厌故喜新,竞相效法。夫东籍之文,冗芜空衍,无文法之可言,乃时势所趋,相习成风,而前贤之文派,无复识其源流,谓非中国文学之厄欤?(刘师培《中

国中古文学史讲义》,凤凰出版社 2011 年 1 月第 1 版)

导读:

刘师培(1884—1919),字申叔,号左盦,江苏仪征人。1917 年,被蔡元培聘为北京大学教授。1919 年 1 月,与黄侃、朱希祖、马叙伦、梁漱溟等成立"国故月刊社",成为近代国粹派代表人物之一。后南桂馨、钱玄同等搜集整理遗著 74 种,编为《刘申叔先生遗书》。

这篇文章 1907 年刊载于《国粹学报》第 26 期,是刘师培对近世文学的学术理解和批评。刘师培讨论了三个方面的问题:(一)对文学的界定问题。刘师培认可的文学,是有文采、有性灵的文学,且有"抗坠抑扬"之美。在此基础上,他对抨击了"义理之名"、"语录为文"、"考据之名"、"注疏为文"的现象进行了批评。他更倾向于文言之文,而非"鄙倍"之白话。(二)对明以来文学流派的评判。刘师培所论明清之间作家如从明代陈子龙、夏允彝开始,直至清末龚自珍、魏源等,所论派别达十数家,所涉作家 40 余人。他对各派的得作了具体而深入的分析。他既肯定首创人物与中坚力量的优长,又批评其末流所带来的弊病。这种总体性学术眼光,对于把握该阶段的文学流变,进而取长避短,都大有裨益。(三)对近世文学的发展变化分析。出于对国学的热爱,刘师培未能分析揭示乾嘉之际"为文稍趋于实"的客观环境,亦未能区分汉学家与文学家的科目差异。对"近岁"文学的"变迁之由"亦视为"冗芜空衍,无文法之可言",表现出一定的保守性和失落感。

二 《人境庐诗草》自序
[清] 黄遵宪

余年十五六,即为学诗。后以奔走四方,东西南北,驰驱少暇,几几束之高阁。然以笃好深嗜之故,亦每以余事及之。虽一行作吏,未遽废也。士生古人之后,古人之诗,号专门名家者,无虑百数十家。欲弃去古人之糟粕,而不为古人所束缚,诚戛戛乎其难。虽然,仆尝以为诗之外有事,诗之中有人。今之世异于古,今之人亦何必与古人同? 尝于胸中设一诗境:一曰复古人比兴之体,一曰以单行之神,运排偶之体,一曰取离骚乐府之神理而不袭其貌,一曰用古文家伸缩离合之法以入诗。其取材也,自群经三史,逮于周秦诸子之书,许郑诸家之注。凡事名物名切于今者,皆采取而假借之。其述事也,举今日之官书会典方言俗谚,以及古人未有之物，未辟之境，耳目所历，皆笔而书之。其炼格也，自曹、鲍、陶、谢、李、杜、韩、苏，讫于晚近小家，不名一格，不专一体，要不失乎为我之诗。诚如是，未必遽跻古人，其亦足以自立矣。然余固有志焉，而未能逮也。诗有之曰："虽不能至，心向往之。"聊书于此，以俟他日。光绪十七年六月在伦敦使署，公度自序。（以上黄遵宪撰《人境庐诗草笺注》，钱仲联笺注，上海古籍出版社1981年6月第1版）

导读：

黄遵宪(1848—1905)，字公度，别署人境庐主人、观日道人、水苍雁红馆主人等，广东梅州人。光绪二年举人，历充驻日参赞、旧金山总领事、驻英参赞、新加坡总领事等，戊戌变法期间辅助陈宝箴推行新政。工诗，喜以新事物熔铸入诗，被誉为"近世诗界三杰"之一。有《人境庐诗草》《日本国志》《日本杂事诗》等作品传世。

《人境庐诗草·自序》光绪十七年六月，黄遵宪在伦敦公使馆所作。此序文原未被发现。1926年，吴宓偶然读到此序，发现其文学价值，当即刊载于其主编的《学衡》杂志第60期。至此，黄遵宪于生前所作的"自序"方被公之于世。吴宓直言此序文体现了黄遵宪"做诗之方法及旨趣"，也是对黄遵宪诗学的深刻解读。

《人境庐诗草·自序》有三方面的诗学批评观点。（一）讲求比兴寄托，将古人比兴之体与《离骚》乐府之神理相结合。黄遵宪提出"复古人比兴之体"，沿着"缘事而发"的乐府路线发展，把发扬美刺传统和比兴寄托手法用于现实主义诗歌的写作。（二）主张以文为诗，将单行之神运排偶之体，与古文家伸缩离合法相结合。黄遵宪力求"诗外有事，诗中有人"，并运用文章写作手法入诗。如《冯将军歌》和《度辽将军歌》等，产生了巨大的文学效果。（三）取材于经史，运以炼格，用古籍词汇表现新事物。黄遵宪重视对传统诗歌的改造和创新，力求通过"不名一格""不专一体"的手法将"耳目所历"之境界变为自己的独特诗格，开启了"酒瓶装新酒"的诗学批评先河。

三　人间词话（选录）

[清] 王国维

词以境界为最上。有境界，则自成高格，自有名句。五代、北宋之词所以独绝者在此。

有造境，有写境，此"理想"与"写实"二派之所由分。然二者颇难分别，因大诗人所造之境必合乎自然，所写之境亦必邻于理想故也。

有有我之境，有无我之境。"泪眼问花花不语，乱红飞过秋千去"，"可堪孤馆闭春寒，杜鹃声里斜阳暮"，有我之境也。"采菊东篱下，悠然见南山"，"寒波澹澹起，白鸟悠悠下"，无我之境也。有我之境，以我观物，故物皆著我之色彩。无我之境，以物观物，故不知何者为我，何者为物。古人为词，写有我之境者为多。然未始不能写无我之境，此在豪杰之士能自树立耳。

无我之境，人惟于静中得之。有我之境，于由动之静时得之。故一优美，一宏壮也。

自然中之物，互相关系，互相限制。然其写之于文学及美术中也，必遗其关系限制之处。故写实家亦理想家也。又虽如何虚构之境，其材料必求之于自然，而其构造亦必从自然之法律。故理想家亦写实家也。

境非独谓景物也，喜怒哀乐亦人心中之一境界。故能写真景物真感情者，谓之有境界。否则谓之无境界。

"红杏枝头春意闹"，着一"闹"字而境界全出；"云破月来花弄影"，着一"弄"字而境界全出矣。

境界有大小，不以是而分优劣。"细雨鱼儿出，微风燕子斜"，何遽不若"落日照大旗，马鸣风萧萧"？"宝帘闲挂小银钩"，何遽不若"雾失楼台，月迷津渡"也？

严沧浪《诗话》谓："盛唐诸公唯在兴趣，羚羊挂角，无迹可求。故其妙处，透澈玲珑，不可凑拍，如空中之音、相中之色、水中之影、镜中之象，言有尽而意无穷。"余谓，北宋以前之词亦复如是。然沧浪所谓"兴趣"，阮亭所谓"神韵"，犹不过道其面目，不若鄙人拈出"境界"二字为探其本也。

太白纯以气象胜。"西风残照，汉家陵阙"，寥寥八字，遂关千古登临之口。后世唯范文正之《渔家傲》、夏英公之《喜迁莺》，差足继武，然气象已不逮矣。

张皋文谓飞卿之词"深美闳约"，余谓，此四字唯冯正中足以当之。刘融斋谓"飞卿精艳绝人"，差近之耳。

"画屏金鹧鸪"，飞卿语也，其词品似之。"弦上黄莺语"，端己语也，其词品亦似之。正中词品，若欲于其词句中求之，则"和泪试严妆"，殆近之欤！

南唐中主词"菡萏香销翠叶残，西风愁起绿波间"，大有众芳芜秽、美人迟暮之感。乃古今独赏其"细雨梦回鸡塞远，小楼吹彻玉生寒"，故知解人正不易得。

温飞卿之词,句秀也;韦端己之词,骨秀也;李重光之词,神秀也。

词至李后主而眼界始大,感慨遂深,遂变伶工之词而为士大夫之词。周介存置诸温、韦之下,可谓颠倒黑白矣。"自是人生长恨水长东","流水落花春去也,天上人间",《金荃》《浣花》能有此气象耶!

词人者,不失其赤子之心者也。故生于深宫之中,长于妇人之手,是后主为人君所短处,亦即为词人所长处。

客观之诗人不可不多阅世,阅世愈深则材料愈丰富、愈变化,《水浒传》《红楼梦》之作者是也。主观之诗人不必多阅世,阅世愈浅则性情愈真,李后主是也。(以上《人间词话疏证》,王国维撰,彭玉平疏证,中华书局2014年10月第1版)

导读：

王国维(1877—1927),初名国桢,字静安,晚号观堂,浙江省海宁人。中国近代著名学者。1901年秋赴日留学,不久以病归,相继在南通师范学堂及江苏师范学堂任教,并编译《农学报》与《教育世界》等杂志。1927年6月2日在颐和园昆明湖投水而死。有《王忠悫公遗书》《王静安先生遗书》《王观堂先生全集》等传世。

《人间词话》把词的发展历程与词人风格的阐释相结合,并吸收近人对词的相关理论加以融合,形成自己的核心词学批评理论——"境界"。王国维开篇就提出:"词以境界为最上,有境界自成高格,自有名句。"可见境界的重要性。其后又详细地说明了"境界",认为境界有"造景"和"写景"之分,"有有我之境,有无我之境","境界有大小,不以是而分优劣"等。王国维认为"境界"是诗歌的核心和灵魂。

同时,《人间词话》对"情""景"关系亦有深入探讨。他提出:"昔人论诗词,有语境、情境之别,不知一切景语,皆情语也"。要创作好的作品,不仅需要有感情,还需情景交融。当然,王国维也试图融合中西方文艺思想,提出更符合时代的要求。他提出:"诗人对宇宙人生,须入乎其内,又须出乎其外。""客观之诗人,不可不多阅世。阅世愈深,则材料愈丰富。"一部好的作品既要有丰富阅历,也要勤于思考,并要有灵感,三者是不可分割的。

王国维是早年追求新学,并把西方美学与中国古典哲学相融合。《人间词话》正是中西结合的美学产物,是中国古典文艺美学史上的里程碑式作品。

四 摩罗诗力说(节录)

[清] 鲁迅

　　我们中国的哲学家们,却根本不同于西方。他们的心神所向往的,是在唐尧、虞舜那么遥远的时代,或者索性进入太古时代,神游于那个人兽杂居的世界之中。他们以为那时候什么祸害也没有,人们都可以顺从自然,不像现在这个世界这么污浊而艰险,使人无法生活下去。这种说法,同人类社会进化的历史事实对照起来,恰恰是背道而驰的。……老子写了五千字的著作,主要的意志就在于不触犯人心。为了不触犯人心的缘故,就得首先是自己做到心如槁木,提出"无为而治"的办法;用"无为"的"为"来改造社会,于是世界就会太平了。这方法真是好得很呵。然而,可惜自从星云凝固,人类出现之后,无论什么时候,什么事物无不存在着拼死的斗争。就算自然界进化也许会停止吧,但是生物绝不可能回到原来的样子了。如果阻止它向前发展,那就势必走向衰落。……这就是人世之所以可悲,而"摩罗诗派"之所以伟大的道理。人类得到这种力量,就可以生存,就可以发展,就可以进步,就可以达到人类所能达到的最高境界。

　　那些颂扬统治阶级,讨好豪门权贵的作品,不用说了;就是那些有感于鸣虫飞鸟,山林泉壑,从而产生的诗篇,往往也受到种种无形的拘束,不能抒写天地间真正的美妙东西。要不然,就只有那些悲痛愤盖世事,怀念从前的圣贤,可有可无的作品,勉强在世上流行。如果他们在吞吞吐吐的言辞中,偶尔流露出一点男女情爱的东西,那些儒家门徒便纷纷加以责备,更何况那些大反世俗的作品呢?

　　人民都有诗,也就是有诗人的才能,于是德国终于没有灭亡。这难道是那些死抱着功利,排斥诗歌,或者依靠外国的破烂武器,图谋保卫自己的衣食和家室的人们,所能意料得到的吗?不过,这只是把诗歌的力量同米和盐相比较,借以震醒那些崇拜实利的人们,使他们知道黄金和黑铁,绝对不能振兴国家;而且德、法这两个国家的外表,也不是我们中国所能生吞活剥的。这里我揭示他们的实质,只希望我们有所理解罢了。这篇文章的本意,还不在这里呢。

　　东方的恶习,在这寥寥数语中已经说尽了。但是,拜伦的灾祸,起因却不像上面所说的那样。相反地,倒是由于他的名气太大了。社会上是那么顽固愚蠢,仇人在他的身边窥伺,以抓住时机,便立刻进行攻击,而那些群众不了解情况,竟也随便符合。至于那些对高官显宦歌功颂德,而对穷迫的文人压制打击的人,那就更加卑劣了。而拜伦却从此就不能在英国住下去了。他自己说过:"如果诗人对我的批评是正确的,我在英国已毫无价值;如果那些批评是错误的,那么,英国对于我也是毫无价值了,我还是走吧?不过,事情还没有完,我即使到外国去,他们还要追踪我来的。"不久,他终于离开了英国,一八一六年十月到了意大利。从此以后,拜伦的创作就更加雄伟了。

拜伦也是这样。他自己一定要站在人群的前面,面对与那些落后于大众的人们,他感到很愤怒。如果他自己不站在别人前面,就不能使别人不落后于大众。但是让别人跟在后头,而自己却站在别人之前,这又是撒旦认为奇耻大辱的事情。所以,拜伦既宣扬威力,歌颂强者,又说:"我爱亚美利加,那自由的乡土,上帝的绿洲,不受压迫的地方啊!"这样看来,拜伦既喜欢拿破仑的毁灭世界,也敬爱华盛顿的为自由而斗争;既向往于海盗的横行,也独自去援助希腊的独立运动。压制与反抗,一个人都兼而有之了。然而,自由就在这里,人道也就在这里。(鲁迅《鲁迅全集》第1卷《摩罗诗力说》,人民文学出版社1981年1月第1版)

导读:

鲁迅(1881—1936),原名樟寿,后改名树人,字豫山,后改字豫才,浙江绍兴人。著名文学家、思想家、革命家、民主战士,新文化运动的重要参与者,中国现代文学奠基人之一。早年肄业于日本仙台医科专门学校,1918年发表《狂人日记》,以"鲁迅"为笔名,也是最为广泛的笔名。他在文学创作、文学批评、文学翻译、美术理论、古籍校勘等多个领域具有重大贡献,并对五四运动以后的中国社会思想文化产生了重大影响。有《中国小说史略》《华盖集》《呐喊》《彷徨》《朝花夕拾》《野草》等多种作品传世。

近代以来,当传统资源不足以代表诗学发展潮流时,西方的诗学潮流成为重要关注对象。故而《摩罗诗力说》重视对诗歌源流的探索,指出"求古源尽者将求方来之泉,将求新源。"重视以拜伦、雪莱为代表的欧洲浪漫主义诗歌流派,以西方的"摩罗"和东方的"诗力"与近代启蒙精神三位一体的结合,赋予了近代诗学批评"革新之潮"的现代化价值和意义。

进而,《摩罗诗力说》重视文学的国民性和革命性,指出:"别求新声于异邦,而其因即动于怀古。新声之别,不可究详。至力足以振人,且语之较有深趣者,实莫如摩罗诗派。"他把诗歌当作战斗的武器,力图以"无用之用"的诗学批评手段来改造国民性。

鲁迅《摩罗诗力说》的重要意义在于把个人与种族、国家的命运结合起来,呐喊出强烈的文学"心声",且这种"心声"已具有了重要时代内涵。它既是"民族精神的表现",也是"民族本质的标志",具有重要的"改造文明"意义。(《近代文学批评史》,第485页)

第二十讲
近代戏曲批评

在近代中国社会内部发生历史性转折的背景下,在中外政治、文化和文学观念空前碰撞汇合中,古典戏曲理论批评发生近代转型,实现了创造性传承和创新性发展。与古代戏曲理论批评相比,近代戏曲批评具有古典戏曲批评体系所无法容纳的新质;与现代戏曲理论批评相比,近代戏曲批评又过多带有中国古典戏曲批评传统的色彩。其新与旧、古与今、传统与现代、保守与进步之对立,正显示了近代戏曲批评由传统向现代转型的总体趋势。基于这个考量,本讲主要述说近代戏曲理论的继承与创新,并选取《二十世纪大舞台》、王国维《宋元戏曲史》等篇,作为曲论样本来考察以对之进行透视分析。

一 传统戏曲理论总结与创新

1840年鸦片战争始发,西方列强以舰炮敲开古老中国的大门,中国社会各方面都发生了急剧的变化。即就中国戏曲领域而言,一个新的发展阶段到来,无论是戏曲编演还是批评,都呈现出极鲜明的时代特色。这时一批先进的思想家,奋起大声疾呼戏曲改良。梁启超、柳亚子、陈去病等人,看到了戏曲艺术的巨大影响力,便力图增强戏曲与现实生活的联系,因使近代戏曲批评极富有时代色彩。

(一) 传统戏曲观的近代化

"小道""末技"观之变动/文学革命与戏曲观念的转型/余治"新戏"创作演出理论

在传统文化中,历来首重经史,戏曲不过是"小道""末技",不比诗文那样可登大雅之堂。元代是我国戏曲发展的黄金时代,但《元史》对于曲家却不着一字。直到清代《四库全书》编纂,才将词曲书目附著集部之末;但仍然颇受雅人轻视,以致四库馆臣认为:"词曲二体,在文章技艺之间,厥品颇卑,作者弗贵";"其于文苑,同属附庸,亦未可全斥为俳优也。"(《四库全书总目》卷198《词曲类总论》,第1807页中)

古人鄙视戏曲的原因大致有二:一是戏曲与"载道言志"的正统文学观念大有距离;二是戏曲艺术形式近俗远雅而流行于农工商贾中间。然而明清以来风气渐变,不乏推崇戏曲的士大夫。这种戏曲推崇,实际上分两种:一是因下层民众的喜爱,颇有"劝善惩恶"之功,能"资治体,助名教,供谈笑,广见闻",可以充当教世化民的工具(《中国历代小说序跋集》,第1779页);二是因文人雅士的参与,不断提高其文学艺术性,从传统文学观念和戏曲本身的艺术特征看,也在文学殿堂有一席之地。

总之,正统的文人士大夫虽然贬低戏曲,但对戏曲的社会影响还是很重视。他们也希望通过戏曲来宣扬治道风教,将之纳入传统文学行列来为统治服务。其实,从曲辞声乐表演的角度看,戏曲并不与儒家诗乐相悖,其所产生的教化作用,亦秉承儒家诗教精神;故可通过戏曲这种艺术形式来感动观众,使之思想感情和道德操守得到潜移默化。

中国戏曲观念的近代转型和变革,发生在甲午战争至辛亥革命前后。当此风起云涌、波澜壮阔之际,文学事业也被挟裹进社会洪流。早在鸦片战争之后,龚自珍、魏源等一批有识之士,首先发出要求变革现实的呼声,在文学上提出"经世致用"主张,并要求作家关心国事、面对现实,充分肯定文学的自身使命及审美价值,催生大批"歌哭无端字字真"的作品。(《龚自珍全集》第10辑《己亥杂诗》第169首,第526页)在这种思变潮流下,不少正统士大夫也开始改变对戏曲的看法,使金圣叹对戏曲的推崇在近代得以延续。如光绪年间有经学大师俞樾,就亲自出来为戏曲鼓吹正名。

清中叶以后,太平天国、捻军等民众运动此伏彼起,士大夫文人日感危机迫近而要求变革,以异常热情力图改造社会,冀加强对民众的宣化诱导。比如,致力于"新戏"编演的余治(1809—1874),便企图通过演剧这种方式来教化民众,强调戏曲应该宣扬忠孝节义,以达到"以戏报国"的目的。他有文曰:

  古乐衰而梨园之典兴,原以传忠孝节义之奇,使人观感激发于不自觉,善以劝、恶以惩,殆与《诗》之美刺、《春秋》之笔削无以异,故君子有取焉。贤士大夫主持风教者,固宜默握其权,时与厘定,以为警聩觉聋之助,初非徒沃心适志已也。(《庶几堂今乐》卷首《序》,第2257页)

此极力推崇戏曲劝善惩恶的教化作用,以挽救维护岌岌可危的封建社会秩序;但是,戏曲编演毕竟是艺术活动,过分强调其治世化民功能,必然会制约戏曲艺术的创造力,乃至成为政教的单纯的传声筒。

(二) 新民救亡与戏曲改良

启蒙思潮下戏曲改良运动/戏曲艺术自身的发展要求/域外新质戏曲观念的输入

戏曲改良运动兴起于20世纪初,其背景是近代资产阶级启蒙思潮。阿英曾指出:"当时中国处于'危急存亡之秋'。清廷腐朽,列强侵略,各国甚至提倡'瓜分',日本也公然叫嚣'吞并',动魄惊心,几有朝不保暮之势。于是爱国之士,奔走呼号,鼓吹革命,提倡民主,反对侵略;即在戏曲领域内,亦形成了宏大潮流,终于促进了辛亥革命的成功。"(《阿英全集》卷4《〈晚清文学丛钞·传奇杂剧卷〉叙例》,第510页)

除了顺应近代资产阶级启蒙思潮,戏曲改良也出于其自身发展要求。在传统社会中,戏曲编创以及戏曲演出,是常被用作娱乐消遣的。而在晚清时期,社会危机日趋严峻,戏曲舞台上搬演的,多是一些歌舞升平的吉祥戏,以及许多庸俗下流的黄色戏;传统戏曲虽有一些比较优秀的作品,但总体上很难担负唤醒民众的重任。鸦片战争以后,国际间的冲突和国内阶级矛盾日趋严重,一种大厦将倾的悲愤和救世乏人的焦虑,在部分敏感的戏曲作家中弥漫开来,引导某些剧作开始曲折地针砭现实。如黄燮清《帝女花》,通过对前明王朝覆亡悲剧的反思,表达对大清王朝衰败现实的忧虑;其人物周世显说"病剧医庸,棋输子乱",不啻是对时代危机和国族亡局所下的断语。(《帝女花》,第72页)

近代中国戏曲改良运动,也受域外戏曲观念影响。晚清戏曲变革的发生,固然有古老中国迈向新社会的不可逆转的内在原因;而在特定历史条件下,又与西方思想、文化、戏曲的触发性影响互为表里。国外戏曲资源的信息传播和艺术借鉴,是晚清戏曲革新运动的摹本和催化剂;西剧的语言形式和表现方式越来越多地被采用,特别是在舞台艺术设置上刻意追求写实化倾向。

虽说国人是从形式上看出中西戏曲差别,而产生的改良革新中国传统戏曲的愿望;但戏曲改良运动的展开,首先不是基于形式考量,而是从思想意义及社会效应上,对西方戏曲发生兴趣并借鉴之。如无涯生《观戏记》在鼓吹戏曲改良时,呼吁传统戏曲应像欧美日本的戏曲一样,承担起振奋民族精神的大任,以使中国自立于世界列强之间。其文曰:

> 记者闻:昔法国之败于德也,议和赔款,割地丧兵,其哀惨艰难之状,不下于我国今时。欲兴新政,费无所出,议会乃为筹款,并激起国人愤心之计,先于巴黎建一大戏台,官为收费,专演德法争战之事,摹写法人被杀、洗血、断臂、折臂、洞胸、裂脑之惨状,与夫孤儿寡妇、弱妻幼子之泪痕,无贵无贱、无上无下、无老无少、无男无女,顷刻惨死于弹烟炮雨之中,重叠裸葬于旗影马蹄之下,种种惨剧,种种哀声。而追原国家破灭,皆由官习于骄横,民流于淫佚,咸不思改革振兴之故。凡观斯戏者,无不忽而放声大哭、忽而怒发冲冠、忽而顿足捶胸、忽而摩拳擦掌,无贵无贱、无上无下、无老无少、无男无女,莫不磨牙切齿、怒目裂眦,誓雪国耻、誓报公仇,饮食梦寐,无不愤恨在心。故改行新政,众志成城,易于反掌、捷于流水,不三年而国基立焉、国势复焉;故今仍为欧洲一大强国。……日本有今日自由之乐,与地球六大强国并立,有演戏之功,自不待言。(《观戏记》,第67—68页)

从这段评述可知,戏曲改良倡导者要把戏曲编演与社会振兴联系起来,不仅让国人看到法、日戏曲的舞台情景和感人之状,而且转移国人对西方戏曲的态度,乐于受其鼓动并借鉴其艺术手法。这具煽动力的记述,对当时思想界、艺术界,以及后来戏曲改良运动,都产生了重要影响。

辛亥革命后,煊赫一时的戏曲改良运动便逐渐偃旗息鼓,欲使戏曲适应社会变革的努力也告一段落。

(三) 戏曲改良的理论创新

戏曲地位与功能凸显/革新旧戏与编演新戏/戏曲演员地位的提升/戏曲舞台艺术之革新

在近代风起云涌的变革中，维新派和革命派都意识到，戏曲对政治宣传、文化教育等方面有重要意义，乃促使戏曲界发生了史无前例的戏曲改良运动。在近代戏曲理论探讨方面，当时《新民丛报》《新小说》《月月小说》《二十世纪大舞台》等刊物，都相继发表戏曲改良文章。其理论上的建树，略有如下几方面：

第一，从社会学角度，肯定戏曲的文学地位和教育功能。近代资产阶级对戏曲的文学地位和教育功能的重视，与历来文以载道传统及戏曲"高台教化"说有不同。（《中国戏曲艺术思想史》，第138页）他们以先进的西方戏曲文化为参照系，以开启民智、促进社会改革为出发点，要求戏曲直接服务于资产阶级启蒙运动，从整体上提出具有新质的戏曲理论主张。

第二，从进化论出发，倡导革新旧戏内容并编演新戏剧。面对近代中国社会之巨变，新民救亡是时代的主旋律，一大批爱国志士参与了戏曲改良，认为其首要任务是革新戏曲内容。对于传统戏曲编演所表达的思想倾向，改良者们予以激烈批判甚至全盘否定；与此态度相对应，他们主张编演新戏，要求把戏曲内容从传统的英雄、儿女、鬼神之类，扭转到反映时代风云、针砭现实、关注社会之上，使君臣社稷之义让位于国家民族意识，自由平等思想取代三纲五常伦理教化。正是在这样的救亡新民思想鼓荡下，产生大批振奋国族、鼓吹民主剧作，或借古喻今，或洋为中用，或讽刺时政，或表扬忠义，在反清革命斗争中起到积极的宣传鼓动作用，顺应了近代社会发展潮流并彰显了时代精神。

第三，呼吁民主平等，保障并提高戏曲演员的社会地位。在传统社会的等级观念中，演员的地位是十分低下的。戏曲改良倡导者从资产阶级平等观念出发，明确提出戏曲演员的人格和地位应受尊重。他们认为："人类之贵贱，系品行善恶之别，而不在于执业之高低。我中国以演戏为贱业，不许与常人平等。泰西各国则反是，以优伶与文人学士同等，与一国风俗教化极有关系，决非可以等闲以轻视优伶也。"而对戏园和演员，也多有溢美之言："戏园者，实普天下之大学堂也；优伶者，实普天下之大教师也。"（《论戏曲》，第53、52页）

第四，借鉴西方戏曲，革新戏曲旧形式并改进舞台设置。改良者极力倡导戏曲艺术形式的革新，反对保守落后观念而接受外来新观念。他们提出要"采用西法"来编演戏曲，认为"戏中有演说，最可长人见识"（《论戏曲》，第54页）；要求采用"光学""电学"技术，改进舞台条件以丰富演出形式。为适应改良新戏的演出，相继建立了近代化剧场。辛亥革命前后，仅在上海一地，兴建竣工的新式剧场就达16处之多，如新舞台、大舞台、歌舞台、共舞台等。特别是"新舞台"，颇能起到示范作用：废弃旧式舞台，转向西方学习，改用镜框舞台，中间并用转台，采用了布景、灯光、声响等新技术，废除包银、泡茶、手巾、小帐之弊，整顿剧场风气，实行卖票制度，适应改良戏的演出条件，以满足观众的欣赏要求。

上述鼓吹戏曲改良的各项具体主张，都是为适应近代社会变革而提出的。为此，他们批判旧戏内容的封建糟粕，批判艺术上的保守和复古思想，批判贱视艺人的陈旧观念，提出新题材、新内容、新形式，建立新团体，培植新人才。虽然存有过分看重戏曲宣传作用，而相对忽视戏曲艺术特征的缺点；但在戏曲发展史上，仍有重要历史意义：第一次以富有近代意识的文学观念，肯定戏曲在艺术王国里的地位价值；第一次以反帝反封斗争需要为依据，革新了戏曲的思想内容和艺术形式；第一次以有组织、有计划的新方式，推动传奇、杂剧创作和地方戏繁荣。总之，近代戏曲改良在中国戏曲发展史上写下了辉煌的篇章，对促进戏曲观念更新和新兴话剧发展起到了推动作用。

二 《二十世纪大舞台》发刊

光绪三十年（1904）九月，陈去病等戏曲家在北平，创办最早的戏曲刊物《二十世纪大舞台》，同时以文言和白话两种语体形式编辑发行，内分传记、传奇、小说等十几个栏目，其中便包括许多经过改良的新式剧本。该刊以"改革恶俗、开通民智、提倡民族主义、唤起国家思想为唯一之目的"（《〈二十世纪大舞台丛报〉招股启事并简章》,《二十世纪大舞台》第1期），其反对清朝封建统治、反对帝国主义侵略的民族民主革命立场鲜明且影响甚大。柳亚子为该刊撰写发刊词，指出戏曲有强烈感化作用，号召戏曲家在舞台上激发人民的斗志，再现中国民族斗争及外国革命的历史。该刊仅出两期即遭到查禁，被清朝专制政府列为禁书。

（一）《二十世纪大舞台》之始末

陈去病主编《警钟日报》/陈去病评赞汪笑侬新编剧/《二十世纪大舞台》创刊/《二十世纪大舞台》停刊

清末，京剧在上海广为传播，有着坚实的群众基础。《同光梨园记略》一书，述当时上海观剧盛况曰："沪北十里洋场，中外巨商，荟萃于此，女闾三百，悉在租界,间有女班,唱皆徽调";几年之后,京剧登场,"沪人创见,举国若狂。"(《同光梨园记略》,第304页)京剧即以上海为重镇,进一步扩至整个南方。京剧在上海地区重视及普及程度如此之高,也为其成为戏曲改良运动起源地奠定基础。不仅如此,京剧在上海舞台的排演过程中,亦根据当地情况有适度的调整。这种调整与京剧传播几乎同时,再加上当地艺术家的大胆创新;因使"海派京剧"风格已初见端倪,尽管前期主要是京剧形式上的变化。正是海派戏曲家这种敢于创新的精神,给予了后来戏曲改良运动以极大帮助。这也是为何前期的戏曲改良运动以京剧为重头,而京剧改良运动以上海为开端而非诞生地北京。

陈去病等人1903年12月15日在上海创办《俄事警闻》,以提醒警觉国人俄国意图侵占中国土地的狼子野心。该刊发表题名《告优》的社论,希望戏曲演员积极向西方学习,用戏曲形式警醒国民,抨击时弊以抵挡外辱。该刊借《告优》向戏曲界发出的呼吁及评议,可视为《二十世纪大舞台》戏曲改良的先声。

陈去病1904年6月任《警钟日报》主编,并在此履职期间得以与汪笑侬相识合作。汪笑侬(1858—1918),北京人,满族,本名德克金,字仰天,号竹天农人,出身官宦家庭;1897年中举,但无意仕途,热衷于戏曲,投身戏曲界,独创京剧"汪派",成为京剧曲本作家,同时是著名的京剧演员,在当时戏曲界影响很大。

20世纪初的上海,民族民主革命日益兴盛,这种思想也波及戏曲界。汪笑侬有感于上海革命风潮之盛与京剧改良运动呼声之高,乃断言"南都乐部,独于黑暗世界,灼然放一线之光明"(《〈二十世纪大舞台〉发刊词》,第175页);故起身奔赴上海积极排演新剧,推出《瓜种兰因》《桃花扇》。前者根据波兰为土耳其侵略、波兰战败割地的历史而改编,借外国史事,来影射清廷;后者则是"老戏新唱",一改"种族之戚"论调(梁著《小说丛话》,第174—175页);"复取《桃花扇传奇》以京调谱演","直望我汉种青年日兴起其故国之思,而成光复之事业"。(《陈去病全集》第1册《瓜种兰因序·甲辰》,第292页)

陈去病对汪笑侬编演的京剧《瓜种兰因》尤为推崇,从中领悟"非结团体,用铁血主义,不足以自存"。他在所主编的《警钟日报》上连载了《瓜种兰因》剧本并为其作序,还先后刊登《剧坛之新生面〈瓜种兰因〉》《记续演〈瓜种兰因〉新剧》《〈瓜种兰因〉新戏班本之出现》等推介性文章。不仅如此,陈去病对汪笑侬本人的评价也极高,认为他"于辛丑编《党人碑》新戏,实为演剧改良主义之开山"(《陈去病全集》第1册《剧坛之新生面瓜种兰因》,第290页)。尽管在当时社会排满反清的历史背景下,汪笑侬满人身份会影响同陈去病的交往,然而陈去病对此竟毫不介怀,直言"笑侬洵吾党之知己",甚至消除满、汉之民族隔阂,称笑侬为"我汉族之功臣"。这是因为在陈去病看来,汪的新剧超越民族宿怨,惟愿"汉种志士得此激励……不以游晏戏乐为事;而慨然奋发,黾勉以达救国之目的"。(《陈去病全集》第1册《瓜种兰因序》,第292页)是可以说,与汪笑侬结识并论其新编京剧,给陈去病宣传革命以崭新视野;也给他的关注对象和宣传方式带来新的契机,使他开始思考戏曲在宣传教化中的巨大优势。随后,他在《警钟日报》发表《论戏曲之有益》,就已经发出了类似于戏曲改良的理论宣言。

1904年10月陈去病与汪笑侬联手,于上海创办《二十世纪大舞台》。这是一份集专业性与思想性于一身的报刊,也是第一种以戏曲及其理论为对象的报纸;既是戏曲改良运动的窗口,也是戏曲理论探索的前沿。由于创办者汪笑侬本人是著名京剧演员和戏曲剧本作家,舞台经验十分丰富;因此《二十世纪大舞台》发表的曲本有很强的可操作性,绝非一般案头曲本。也就是说,《二十世纪大舞台》以其专业性,为优秀戏曲作品提供了发表阵地。这对于此后"上海'新舞台'的建立,京剧改良运动的高涨以及海派京剧的发展都起到了直接的推动作用"。(《中国文学》,第337页)

然而《二十世纪大舞台》发刊不久,即因《警钟日报》被禁而过早停办。1905年春,《警钟日报》刊载揭露德国在山东密谋等新闻,因激烈指责清廷外交上的失败而招致查封命运,主笔金少甫、刘师培等一批志士被拘捕,《二十世纪大舞台》也连带被当局查禁。尽管《二十世纪大舞台》仅发行两期,却因发行范围较广而引起了不小反响,除国内之外,影响且及于日本、新加坡等地,孙中山创办于香港的《中国日报》评赞它:"精神高尚,词藻精工,歌曲弹词,自成格调,读之令我国家、民族之思想,悠然兴发。"(《中国历代著名文学家评传》第9卷,第627页)《二十世纪大舞台》最重要意义不限于两期,而在于首次以专门的戏曲理论期刊身份面世,开辟清末民初戏曲改良运动的前沿阵地,成为中国戏曲发展承上启下的重要一环。

(二)《二十世纪大舞台》发刊词

《二十世纪大舞台》与柳亚子/"唤醒钧天之梦"的改革宗旨

《二十世纪大舞台》1904年发刊,是中国境内创办的首种戏曲刊物。其发刊词出自柳亚子之手,发表于该杂志的创刊号;主旨是提倡近代戏曲改革,代表当时戏曲理论新进展。早前,蔡元培《告优》(1903年)、三爱(陈独秀)《论戏曲》(1903年)、陈去病《论戏曲之有益》(1904年)相继发表,为戏曲改革造势于先,该文也提倡戏曲改革;但观点更鲜明,言辞更为峻烈。它高调呼唤戏曲改革运动,主张戏曲为民主革命服务;且因富有极强大的宣传鼓动力,而代表革命派的戏曲改革主张。

该文旗帜鲜明地提出戏曲改革宗旨:"翠羽明鸡,唤醒钧天之梦;清歌妙舞,招还祖国之魂";明确主张戏曲为资产阶级民主革命服务,以激发广大民众的反清反帝的爱国精神。还热情赞颂了正在崛起的上海戏曲改革:"独于黑暗世界,灼然放一线之光明。"(《〈二十世纪大舞台〉发刊词》,第175页)为使戏曲能肩负开启民智、鼓动革命的历史使命,柳亚子呼吁人们彻底破除腐儒贱视戏曲的旧观念,强调剧曲感化广大国民应有普及性,同时认可不同剧曲社会效用之差异。

该文还对戏曲改革提出了明确要求:主张揭露清廷贵族统治集团的血腥暴虐,颂扬为民族解放事业而奋斗的爱国志士;进而展望未来,表达崇高理想:"他日民智大开,河山还我,建独立之阁,撞自由之钟,以演光复旧物、推倒虏朝之壮剧快剧。"(《〈二十世纪大舞台〉发刊词》,第177页)

总之,柳亚子该文代表了资产阶级革命派的戏曲理论,有强烈的现实主义关怀和鲜明的浪漫主义倾向。它导引近代众多剧种的改革运动,在戏曲界产生重大的历史性影响。但亦毋庸讳言,其理论有明显局限,如狭隘的排满宣传;过于强调戏曲的社会作用,却忽视其自身的艺术特性。

(三)《二十世纪大舞台》的余响

戏曲功用的新发掘/改良派与戏曲改良/借势于小说界革命

中国戏曲自诞生之日起,便与娱乐、俚俗相关联。相比于诗文之言志、载道的正宗地位,戏曲始终同小说一起被视为"小道"。然而这种顽固的偏见到清代已有所改变,有些戏曲家意识到了戏曲蕴含巨大力量,并作出较为深入且有条理的表述,如"乾隆三大家"之一蒋士铨曰:

> 天下之治乱、国之兴衰,莫不起于匹夫匹妇之心,莫不成于其耳目之所感触;感之善则善,感之恶则恶,感之正则正,感之邪则邪。感之既久,则风俗成,而国政亦因之固焉。故欲善国政,莫如先善风俗;欲善风俗,莫如先善

曲本。曲本者,匹夫匹妇耳目所感触易入之地,而心之所由生,即国之兴衰之根源也。(《观戏记》,第 67 页)

蒋士铨以戏曲创作闻名,对戏曲功能有深切认识。他肯定戏曲的社会功利价值,看到戏曲浸润感染人的能量,可以发挥教世化民之功用,甚至可以决定家国之兴衰。他的看法虽有夸大,难免矫枉过正之嫌;然这种高度重视戏曲功用的态度,对近代戏曲改良运动有积极影响。

晚清时期,改良派先后发起"诗界革命""文体革命"和"小说界革命",而"吾国戏曲,除一二新闻时事外,余均以小说为蓝本"。(《铁瓮烬余》,第 426 页)正是因为戏曲与小说向来有此特殊的近亲关系,故而戏曲改良运动与小说界革命几乎同步发生。二者在理论纲领上的确立,均可追溯至梁启超的论说。1902 年,梁启超在《新小说》创刊号上,发表《论小说与群治之关系》,强调小说的功利性及教化作用,并且无限拔高小说的价值地位,乃至宣扬:"今口欲改良群治,必自小说界革命始;欲新民,必自新小说始。"(《饮冰室合集》第 4 册第 10 卷《论小说与群治之关系》,第 6 页)同一年,梁启超也积极尝试新戏曲的编创活动,在《新民丛报》发表《劫灰梦传奇》,后又陆续发表《新罗马传奇》《侠情记传奇》等,以示范性的剧本创作为戏曲改良运动指明了道路。

然而正是受其"小说界革命"理论的影响,当时戏曲改良论多牵扯戏曲与小说之关系。如定一曰:"小说与戏曲有直接之关系,小说者,虚拟者也;戏曲者,实行者也。……欲改良戏曲,请先改良小说。"(《论小说与戏曲》,第 399 页)又狄平子曰:"今日欲改良社会,必先改良歌曲;改良歌曲,必先改良小说。诚不易之论,盖小说(传奇等皆在内)与歌曲相辅而行者也。"(《小说戏曲丛话》,第 405 页)此番做法,有利有弊。利处是,可借助小说界革命的影响为戏曲改良运动造势;弊处是,忽略了探讨戏曲作为单种文学样式的艺术特性。

三　王国维及《宋元戏曲史》

作为中国戏曲史研究的泰斗,王国维为学界贡献一批著作,如《曲录》《戏曲考原》《唐宋大曲考》《古剧脚色考》《宋元戏曲史》等,均为大手笔,影响甚巨。这些著作开启了 20 世纪中国戏曲研究进程,为建立中国戏曲史学取得了开创性的成就。其中《宋元戏曲史》是中国戏曲研究的开山之作，不仅是中国第一部史料完备、论证详尽的戏曲史，而且以其对新美学观念与新研究方法的成功探索，给学界带来了一股新鲜气息并开创一代学术新风。对此，郭沫若曾评赞曰："王国维的《宋元戏曲史》和鲁迅的《中国小说史略》，毫无疑问，是中国文艺史研究上的双璧。不仅是拓荒的工作，前无古人，而且是权威的成就，一直领导着百万的后学。"（《鲁迅与王国维》，第506页）对如此高张的评价，王国维实当之无愧。

（一）戏曲独立及其地位提升

一代有一代之文学／元剧最佳在有意境／元杂剧之文体独立

长期受儒家诗教观念束缚，国人习惯把诗文作为正宗，而视戏曲、小说为不入流，因使戏曲小说家地位甚低；他们的名字不仅不录于正史，而且也少见于其他文献记载，以至许多名著的作者，迄今仍不能查考确定。特别是元代戏曲，不惟少见于著录；而能研通其理者，则更是少之又少。对此，王国维大声疾呼：

> 凡一代有一代之文学：楚之骚、汉之赋、六代之骈语、唐之诗、宋之词、元之曲，皆所谓一代之文学，而后世莫能继焉者也。独元人之曲，为时既近，托体稍卑，故两朝史志与《四库》集部，均不著于录；后世硕儒，皆鄙弃不复道。而为此学者，大率不学之徒；即有一二学子，以余力及此，亦未有能观其会通、窥其奥突者。遂使一代文献郁堙沉晦者，且数百年。愚甚惑焉。（《宋元戏曲史》卷首《自序》，第1页）

王国维诚可谓独具学术识见，在"郁堙沉晦"中发现元曲，不仅强调其历史存在，而且高扬其文学价值，标举"一代有一代之文学"的判断，把元曲与楚辞、唐诗等相提并论。这翻转了元曲所受不公正待遇，还其在中国文学史上应有地位。

王国维为论析元杂剧的艺术成就，还借用诗文正宗的"意境"理论。他认为，文章妙处在于有意境，而元剧也是有意境的："元剧最佳处，不在其思想结构，而在其文章。其文章之妙，亦一言以蔽之，曰有意境而已矣。"（《宋元戏曲史》，第116页）这里所说的"意境"，是他评价文学的标准；正因为元曲和诗词、文章都有意境，所以元曲和楚辞、唐诗有同等地位。

但在看重戏曲与其他文体都有意境之外，他更把戏曲作为一种独立的文体来看待。其有文论曰:"杂剧之为物,合动作、言语、歌唱三者而成。故元剧对此三者,各有其相当之物。其纪动作者,曰科;纪言语者,曰宾、曰白;纪所歌唱者,曰曲。"又论曲白曰:"元剧之词,大抵曲白相生;苟不兼作白,则曲亦无从作。"如评论《老生儿》,"其妙处全在于白;苟去其白,则其曲全无意味"。(《宋元戏曲史》,第110、111页)这写论析意在说明,元剧是一种新文体。

王国维还高度评价了元曲的历史价值,认为元曲是反映社会生活的一面镜子。他指出:"元剧自文章上言之,优足以当一代之文学;又以其自然故,故能写当时政治及社会之情状,足以供史家论世之资者不少。"(《宋元戏曲史》,第123页)

(二) 对戏曲起源迭代的探索

中国戏曲的起源/驳斥戏曲外来说/元曲的革新与缺陷

王国维对戏曲起源作历时性研究,从古优、巫觋、春秋战国的优孟,到汉唐舞百戏、滑稽戏,再到宋、金杂剧、院本,对各种乐曲、说唱文学、小说、傀儡戏、影戏等,都逐一考证其来源、内容、表现形式和艺术特点,查考戏曲体制之变迁,描述戏曲发展的历程。他认为,戏曲由单一艺术形式发展而来,直至宋代才开始歌和舞之分家,并"渐由歌舞以缘饰故事,于是向之歌舞戏,不以歌舞为主,而以故事为主。至元杂剧出,体制遂定;南戏出而变化更多。于是,我国始有纯粹之戏曲"。(《宋元戏曲史》,第153页)

当时适逢西方文化传入,有人便鼓吹文艺西来说。王国维平生论学虽多受西方文化影响,但能坚守中国本位而力排戏曲外来说。其有文曰:

> 至于戏曲,则除"拨头"一戏,自西域入中国外,别无所闻。辽金之杂剧、院本,与唐宋之杂剧,结构全同。吾辈宁谓辽、金之剧皆自宋往,而宋之杂剧不自辽、金来,较可信也。至元剧之结构,诚为创见;然创之者,实为汉人。而亦大用古剧之材料与古典之形式,不能谓之自外国输入也。(《宋元戏曲史》,第158—159页)

这是以颇为翔实的戏曲史料,来说明中国戏曲的本土来源。

王国维认为,戏曲是发展的,不会一成不变;在发展过程中,总会有新的艺术形式,取代陈旧的艺术形式。新的兴起,旧的消亡,这是自然规律,戏曲亦不例

外。为此,他在看重元杂剧艺术成就及历史意义的同时,也对元杂剧缺点与弊病提出比较中肯的批评。其有文曰:

> 元剧大都限于四折,且每折限一宫调,又限一人唱,其律至严,不容逾越。故庄严雄肆,是其所长;而于曲折详尽,犹其所短也。至除此限制,而一剧无一定之折数,一折无一定之宫调;且不独以数色合唱一折,并有以数色合唱一曲,而各色皆有白有唱者,此则南戏之一大进步,而不得不大书特书以表之也。(《宋元戏曲史》,第131页)

这指出元杂剧格律太严、曲折不足,而判定其不如南戏唱白之丰富多样。正因杂剧宫调太严,又仅限于一人主唱;故不容易展开剧中人物之冲突,且限于四折不能演述复杂情节。由此,元杂剧在高度发展之后,渐由停滞状态走向衰微,终至明清戏曲编演活动日益繁盛时期,为形式自由、声乐多变的传奇所取代。

(三) 中国戏曲美学特质新论

中国戏曲审美主体与审美效应/元曲佳处乃在"自然而已矣"/论《窦娥冤》与《赵氏孤儿》

王国维曾研究过亚里士多德《诗学》,以及康德、叔本华、尼采的美学思想,并深受这些西方先哲的美学思想之影响,而成为我国首个引进西方美学观的学者。

王国维注意到了中国戏曲的审美主体与审美效应问题。他在谈到古代俳优时,就指出它与巫的区别:"巫以乐神,而优以乐人。"(《宋元戏曲史》,第4页)在谈到元杂剧时又说,元人作剧非为"藏之名山",而是意兴所至以自娱和娱人。(《宋元戏曲史》,第116页)"乐人""娱人"以人为中心,都是指示戏曲编演的审美主体;而与审美主体相关的,就是戏曲的审美效应。故他又曰:"优施鸟鸟之歌,优孟爱马之对,皆以微词托意,甚有谑而为虐者。"(《宋元戏曲史》,第3页)这说明,中国戏曲在萌芽状态就带有讽谕世事的审美效应,至于元杂剧则自当"写当时政治及社会之情状"。(《宋元戏曲史》,第123页)王国维也发现审美主体会制约戏曲发展,认为元杂剧从北方移至南方而逐渐衰微,其一个重要原因就是审美主体错位,即北杂剧不太适合南方观众的趣味。

王国维还把戏曲作为一种独立的美学形态来研究,从大量客观材料中概括中国戏曲艺术的审美特征。他借鉴亚里士多德的悲剧定义,对中国戏曲艺术作了如下概括:"必合言语、动作、歌唱,以演一故事,而后戏曲之意义始全。"(《宋元戏曲史》,第 39 页)这就指出戏曲具有综合性审美特征,熔歌唱、动作、说白、舞蹈于一炉。

对于戏曲文学的综合性审美特征,王国维还提出了自己的美学标准。他称曰:"元曲之佳处何在?一言以蔽之,曰:自然而已矣。古今之大文学,无不以自然胜,而莫著于元曲。"(《宋元戏曲史》,第 116 页)这种崇尚自然的戏曲审美思想,除了继承"本色""天然"等论外,也受到西方文学思潮的影响,如现实主义、自然主义等。他所说戏曲编创之自然,主要是指感情自然流露:"彼但摹写其胸中之感想与时代之情状,而真挚之理与秀杰之气,时流露于其间。"(《宋元戏曲史》,第 116 页)亦即要求作者以真挚的感情、自然的笔触,来描写时代现实景况并抒发胸中真实感想。根据这一美学标准,他便推崇关汉卿曰:"关汉卿一空依傍,自铸伟词;而其言曲尽人情,字字本色,故当为元人第一。"(《宋元戏曲史》,第 122 页)

王国维还率先把西方悲剧理论引入中国曲论。他说:"明以后,传奇无非喜剧,而元则有悲剧在其中。就其存者言之:如《汉宫秋》《梧桐雨》《西蜀梦》《火烧介子推》《张千替杀妻》等,初无所谓先离后合,始困终亨之事也。其最有悲剧之性质者,则如关汉卿之《窦娥冤》、纪君祥之《赵氏孤儿》。剧中虽有恶人交构其间,而其蹈汤赴火者,仍出于其主人翁的意志。即列于世界大悲剧中,亦无愧色也。"(《宋元戏曲史》,第 116 页)这是以《窦娥冤》《赵氏孤儿》为元代悲剧的典范,认为两剧打破了传统的先离后合的"大团圆"格局,即便列入世界大悲剧中,都是无愧色的伟大剧作。

附　文论选读

一　艺概·词曲概(节录)
[清] 刘熙载

曲之名古矣。近世所谓曲者,乃金、元之北曲,及后复溢为南曲者也。未有曲时,词即是曲;既有曲时,曲可悟词。苟曲理未明,词亦恐难独善矣。

词如诗,曲如赋。赋可补诗之不足者也。昔人谓金、元所用之乐,嘈杂凄紧缓急之间,词不能按,乃更为新声,是曲亦可补词之不足也。

南北成套之曲,远本古乐府,近本词之过变。远如汉《焦仲卿妻诗》,叙述备首尾,情事言状,无一不肖;梁《木兰辞》亦然。近如词之三叠、四叠,有《戚氏》《莺啼序》之类。曲之套数,殆即本此意法而广之;所别者,不过次第其牌名以为记目耳。

乐曲一句为一解,一章为一解,并见《古今乐录》。王僧虔启云:"古曰章,今曰解。"余案:以后世之曲言之,小令及套数中牌名,并非章、解遗意。

洪容斋论唐诗戏语,引杜牧"公道世间惟白发,贵人头上不曾饶",高骈"依稀似曲才堪听,又被吹将别调中",罗隐"自家飞絮犹无定,争解垂丝绊路人"。余谓观此则南、北剧中之本色当家处,古人早透消息矣。

《魏书·胡叟传》云:"既善为典雅之词,又工为鄙俗之句。"余变换其义以论曲,以为其妙在借俗写雅。面子疑于放倒,骨子弥复认真。虽半庄半谐,不皆典要,何必非庄子所谓"直寄焉以为不知己者诟厉"耶?

王元美云:"词不快北耳而后有北曲,北曲不谐南耳而后有南曲。"何元朗云:"北字多而调促,促处见筋;南字少而调缓,缓处见眼。"二说其实一也,盖促故快,缓故谐耳。

元张小山、乔梦符为曲家翘楚,李中麓谓犹唐之李、杜。《太和正音谱》评小山词:"如披太华之天风,招蓬莱之海月。"中麓作《梦符词序》云:"评其词者,以为若天吴跨神鳌,喷沫于大洋,波涛汹涌,有截断众流之势。"案:小山极长于小令。梦符虽颇作杂剧、散套,亦以小令为最长。两家固同一骚雅,不落俳语,惟张尤翛然独远耳。

曲以破有、破空为至上之品。中麓谓小山词"瘦至骨立,血肉销化俱尽,乃炼成万转金铁躯",破有也;又尝谓其"句高而情更款",破空也。

北曲名家,不可胜举,如白仁甫、贯酸斋、马东篱、王和卿、关汉卿、张小山、乔梦符、郑德辉、宫大用,其尤著也。诸家虽未开南曲之体,然南曲正当得其神味。观彼所制,圆溜潇洒,缠绵蕴藉,于此事固若有别材也。(刘熙载撰《艺概》卷4《词曲概》,上海古籍出版社1978年12月第1版,第123—125页)

导读:

刘熙载(1813—1881),字伯简,号融斋,晚号寤崖子,江苏兴化(今江苏省兴化县)人。清道光年间进士,官至左春坊左中允、广东学政,后主讲上海龙门书院多年。著名的文艺理论家和语言学家,被称为"东方黑格尔"。著有《艺概》《昨非集》《四音定切》《说文双声》《古桐书屋六种》《古桐书屋续刻三种》,其中以《艺概》最为著名,是一部重要文学批评论著。

《艺概》是刘熙载平时论文谈艺的汇编,成书于晚年。全书共 6 卷,分为《文概》《诗概》《赋概》《词曲概》《书概》《经义概》,分别论述文、诗、赋、词、书法及八股文的体制流变、体性特征、表现技巧,并评论重要作家和作品等。他谈艺"好言其概"(《自叙》),故以"概"命名其书。其所谓"概"的涵义,是"举少以概乎多"。即言其概要,以简驭繁;使人明其指要,触类旁通。

该篇论述曲的性质,以及词与曲的关系,并引用王世贞与何良俊的观点,来简释古今歌词历时流变的种种现象及其变化原因。刘熙载简要概述了元代作曲名家及其曲作的艺术特色,而后又根据《太和正音谱》《曲律》等明代曲论著作,并结合具体的作家作品,探讨曲的作法及其韵律。

二　顾曲麈谈(节录)

〔清〕吴梅

填词一道,世人皆以为难,顾亦有极乐之处。

今请先言其难。诗古文辞,专在气韵风骨。世之治此者,求其工稳,与汉、魏、唐、宋作家争衡,固非易事。若论入手之始,仅在平仄妥协而已。况高论汉魏者,有时平仄亦可不拘,是其难在胎息,不在格律之间也。曲则不然,平仄四声而外,须注意于清浊高下。字之宜阴者,不可填作阳声;字之宜阳者,又不可填作阴声。况曲牌之名,多至数百,各隶属于各宫调之下;而宫调之性,又有悲欢喜怒之不同,则曲牌之声,亦分苦乐哀悦之致。作者须就剧中之离合忧乐而定诸一宫,然后再取一宫中曲牌,联为一套,是入手之始,分宫配角,已煞费苦心矣。

乃套数既定,则须论字格。所谓字格者,一曲中必有一定字数,必有一定阴阳清浊,某句须用上声韵,某句须用去声韵,某字须阴,某字须阳,一毫不可通借。如仙吕调之【长拍】,其第六句共四字,而此四字又必须全用上声,故吴石渠用"我有斗酒",万红友用"只我与尔",洪防思用"两载寡侣",蒋心馀用"睍(xiàn)睆(huǎn)好鸟",盖不如是则不合也。又如商调之【集贤宾】,其第一句必须用平平去上平去平,故陈大声用"西风桂子香正幽",李玄玉用"三春夜短花睡浓",袁于令用"愁魔病鬼朝露捐",吴骏公用"晴窗凭几倾细茶"。诸如此类,谓之字格。

至于用韵,尤宜谨严。盖曲中之韵,既非诗韵,又非词韵,其间去取分合,大抵以入声分派三声,而各将一韵分清阴阳,以便初学之检取。如世传之《中原音韵》与《中州音韵》，皆是也。惟作者必须恪守韵律，不可彼此通借。《琵琶记》之《廊会》合歌罗、家麻为一，《玉簪记》之《琴挑》合真文、庚青、侵寻为一，在古人犹有此失，可不慎诸？

是故作曲者为音律所拘缚，左支右绌，求一套之中，无支离拙涩之语，已是十分难事，而欲文字之工，足以与古作者相颉颃，不且难之又难哉。

今之曲家，往往以典雅凝练之语，施诸曲中，虽觉易动人目，究非此道之正宗。曲之胜场，在于本色。试遍看元人杂剧，有一种涂金错采、令人不可句读否？惟明之屠赤水所作《昙花》《彩毫》诸记，喜搬用类书，至今藉为口实，黄韵珊至比为房科墨卷，确是至言。然则配调填字协韵而外，尤须出以本色，何其难也。

调得平仄成文，又恐阴阳错乱；配得宫调合律，更虞字格难谐；及诸般妥帖，而出语苟有晦涩，又非本色当行之作。黄九烟云"三仄应须分上去，两平还要辨阴阳"，岂知所论犹未尽乎。

故论其难，几令人无从下笔；论其乐事，即亦有不可胜言者。自来帝王卿相、神仙鬼怪，皆不可随意而为之；古今富贵寿考，如郭令公者，能有几人？惟填词家能以一身兼之。我欲为帝王，则垂衣端冕，俨然纶綍之音；我欲为神仙，则霞佩云裙，如带朝真之驾。推之万事万物，莫不称心所愿，屠门大嚼，聊且快意。士大夫伏处蓬庐，送穷无术，惟此一种文字，足泄其抑塞磊落不平之气，借彼笔底之烟霞，吐我胸中之云梦，不亦荒唐可乐乎！

且词曲之间，亦有较他种文字略宽者，例如作一赋，通篇不能重韵，而曲则不妨。如【仙吕点绛唇】【混江龙】一套，其间所用之曲，不过十八支，而前曲所押之韵，后曲不妨重押。又诗古文辞，一篇中总须一意到底，而曲则视全出之关目，以为变化，白中如何说法，则曲亦如何做法，往往前曲与后曲，未必可以连属者，此亦无害。是曲律虽严，亦有可以通融之处也。

第就愚见论之，凡作曲切不可畏其难，且愈难愈容易好。余尝为陈佩忍去病题《徐寄尘女史西泠悲秋图》，图为悲秋瑾而作者，余用【越调小桃红】一套，其中【下山虎】，固举世所谓难作者也。《幽闺记》【下山虎】原文云："大家体面，委实多般，有眼何曾见。懒能向前，他那里弄盏传杯，怎般腼腆。这里新人忒煞虔，待推怎地展。主婚人，不见怜，配合夫妻事，事非偶然，好恶因缘总在天。"曲中"大"字，及"懒能向前"句，"待推怎地展"句，"事非偶然"句，四声一字不可移易，可谓难矣。余词云："半林夕照，照上峰腰，小冢冬青少。有柳丝数条，记麦饭香醪（láo），清明拜扫。怎三尺孤坟，也守不牢，这冤怎样了？土中人，血泪抛，满地红心草。断魂可招,你敢也侠气英风在这遭。"以较原文,似乎青出于蓝,可见天下无难事也。(吴梅撰《顾曲麈谈》,商务印书馆1935年1月第2版)

导读:

吴梅(1884—1939),字瞿安,号霜厓,江苏长洲(今江苏省苏州市)人。现代戏曲理论家、教育家和诗词曲作家,曾任东南大学、中央大学、南京大学教授。他度曲、谱曲皆极为精通,对近代戏曲史有深入研究,尤其在戏曲创作、研究、教学与传播等方面成就突出,被誉为"近代著、度、演、藏各色俱全之曲学大师"。著有《霜厓诗录》《霜厓曲录》《霜厓词录》,又有《风洞山》《霜厓三剧》等传奇、杂剧十余种;曲律理论方面,有《顾曲麈(zhǔ)谈》《曲学通论》《南北词简谱》等专著;曲学史论方面,与《中国戏曲概论》《元剧研究》《曲海目疏证》;另有《霜厓曲话》《奢摩他室曲话》《奢摩他室曲旨》等传统曲话著作多种。

吴梅《顾曲麈谈》分为原曲、制曲、度曲、谈曲4章,详细论述了南北曲的宫调、音韵、作法、唱法诸问题,对元明清部分戏曲作家、作品作了评介,并对戏曲的声律、字格、本色详细论说;还追溯南北曲的源流,分析南北曲制作技法,再到填词、度曲等事项,都从实用角度详加阐述。

本节文字出自《顾曲麈谈》第一章《原曲》,是对戏曲之填词原理及操作技法的重要说明。他首先提出填词的难处,包括曲辞的平仄四声与清浊高下之把握、曲牌名、诸宫调、套数、字格等限制;随即又指出其独具妙处,包括"填词家能以一身兼之"之优势,作曲较诗词类文学体裁之更为宽容等。其所论述既能借鉴前人经验,并将自身创作体验融入其中;不仅列举了古曲名篇,还分享赏曲所得感受,充满生趣,引人入胜。

三 《二十世纪大舞台》发刊词

[清] 柳亚子

风尘颎(hóng)洞,天地坏(qiū)墟,莽莽神州,虏骑如织。男儿不能提三尺剑,报九世仇,建义旗以号召宇内,长驱北伐,直捣黄龙,诛虏酋以报民族;复不能投身游侠之林,抗志虚无之党,炸丸匕首,购我自由,左手把民贼之袂(mèi),右手揕(zhèn)其胸,伏尸数十,流血五步,国魂为之昭苏,同胞享其幸福,而徒唏嘘感泣,赤手空拳,抱攘夷恢复之雄心,朝视天,暮画地,未由一逞,寤而梦之,寐而言之,执途人而聒(guō)之,大声疾呼而震之,缠绵忠爱以感之。然而明珠投暗,遭按剑之叱;陈钟鼓于鲁庭,爱居弗享也。泪枯三字,才尽万言,日暮途穷,人间何世;盖仰天长恸,力而不能已。

"朝从屠沽游,夕拉驺(zōu)卒饮;此意不可道,有若茹大鲠(gěng)"。跼(jú)天踏地,郁郁无聊,已耳已耳。吾其披发入山,不复问人间事乎?然而情有难堪矣。张目四顾,山河如死:匪种之盘距如故,国民之堕落如故。公德不修,团体无望;实力未充,空言何补;偌大中原,无好消息;牢落文人,中年万恨。而南都乐部,独于黑暗世界,灼然放一线之光明:翠羽明珰(dāng),唤醒钧天之梦;清歌妙舞,招还祖国之魂;美洲三色之旌旗,其飘飘出现于梨园革命军乎!基础既立,机关斯备,组织杂志,以谋普及之方,则前途一线之希望,或者在此矣。一缕情丝,春蚕未死;十年磨剑,髀(bì)肉复生。吾乃挥秃笔,贡卮言,以此《二十世纪大舞台》开幕之祝典。

研究群理,昌言民族,仰屋梁而著书,鲰(zōu)生狗曲,见而唾之;以示屠夫牧子,则以为岣(gǒu)嵝(lǒu)之神碑也。登大演说台,陈平生之志愿,舌敝唇焦,听者充耳。此仁人志士所由伤心饮恨者矣。顾我国民非无优美之思想与激刺之神经也。万族疮痍(yí),国亡胡虏,而六朝金粉,春满江山;覆巢倾卵之中,笺传《燕子》;焚屋沉舟之际,唱出《春灯》。世固有一事不问,一书不读,而鞭丝帽影,日夕驰逐于歌衫舞袖之场,以为祖国之俱乐部者。事虽民族之污点乎,而利用之机,抑未始不在此。又见夫豆棚柘社间矣,春秋报赛,演剧媚神,此本不可为善良之风俗。然而父老杂坐,乡里剧谈,某也贤,某也不肖,一一如数家珍:秋风五丈,悲蜀相之陨星;十二金牌,痛岳王之流血。其感化何一不受之于优伶社会哉?世有持运动社会、鼓吹风潮之大方针者乎,盍一留意于是!

蟪(huì)蛄(gū)不知春秋,朝菌不知晦朔,其生命短而思虑浅也。《麟经》三世,有所见世,有所闻世,有所传闻世。大抵钝根众生,往往泥于现在,不知有未来,抑并不知有过去;此二百六十一年之事,国民脑镜所由不存其旧影欤!忘上国之衣冠,而奉豚尾为国粹;建州遗孽,本炎黄世胄之公仇,反嵩高以为共主:以如此之智识,而强聒不舍以"驱除""光复"之名词,宜其河汉也。今以《霓裳羽衣》之曲,演玉树铜驼之史,凡扬州十日之屠,嘉定万家之惨,以及虏酋丑类之饕(tāo)淫,烈士遗民之忠荩(jìn),皆绘声写影,倾筐倒箧而出之。华夷之辨既明,报复之谋斯起,其影响捷矣。欧、亚交通,几五十年,而国人犹茫昧于外情。吾侪崇拜共和,欢迎改革,往往倾心于卢梭、孟德斯鸠、华盛顿、玛志尼之徒,欲使我同胞效之,而彼方以吾为邹衍谈天、张骞凿空,又安能有济?今当捉碧眼紫髯儿,被以优孟衣冠,而谱其历史;则法兰西之革命,美利坚之独立,意大利、希腊恢复之光荣,印度、波兰灭亡之惨酷,尽印于国民之脑膜,必有欢然兴者。此皆戏剧改良所有事,而为此《二十世纪大舞台》发起之精神。

波尔克谓报馆为第四种族。拿破仑曰:"有一反对之报章,胜于十万毛瑟枪"。此皆言论家所援以自豪之语也。虽然,热心之士无所凭借,而徒以高文典册,讽诏世俗,则权不我操;而《阳春白雪》,曲高和寡,崇论闳(hòng)议,终淹殁而未行者,有之矣。今兹《二十世纪大舞台》,乃为优伶社会之机关,而实行改良之政策;非徒以空言自见,此则报界之特色,而足以优胜者欤!嗟嗟!西风残照,汉家之陵阙已非;东海扬尘,唐代之冠裳莫问。黄帝子孙受建虏之荼毒久矣;中原士庶愤愤于腥膻异种者,何地蔑有?徒以民族大义,不能普及;亡国之仇,迁徙为复。今所组织,实于全国社会思想之根据地崛起异军,拔赵帜而树汉帜。他日民智大开,河山还我,建独立之阁,撞自由之钟,以演光复旧物、推倒虏朝之壮剧快剧;则中国万岁,《二十世纪大舞台》万岁!(柳亚子撰《〈二十世纪大舞台〉发刊词》,阿英主编《晚清文学丛钞·小说戏曲研究卷》,新文丰出版公司1989年4月第1版,第175—177页)

导读:

柳亚子(1887—1958),本名慰高,字安如,号亚庐,后改名人权,再改名弃疾,字稼轩,号亚子,江苏吴江(今江苏省苏州市吴江区)人,近现代政治家、民主人士、诗人。光绪二十九年(1903)参加中国教育会,后入同盟会和光复会;光绪三十一年(1905)创办《复报》;宣统元年(1909)创办南社;民国三年(1914)至民国七年(1918)任南社主任。曾与宋庆龄、何香凝等从事抗日民主活动;还曾任孙中山总统府秘书、中国国民党中央监察委员、上海通志馆馆长等职;中华人民共和国成立后,曾任中央人民政府委员、中央文史馆副馆长等职。

《二十世纪大舞台》是近代中国最早以戏剧为主的文艺期刊。它1904年10月在上海创刊,为半月刊,共出2期;发起人为陈去病、汪笑侬等;分设论说、传记、小说、传奇、班本等栏目。它以"改革恶俗,开通民智,提倡民族主义,唤起国家思想为唯一之目的"。该刊物出版后,"购者甚众",反应热烈,影响甚巨。所刊作品有反清革命色彩,而为清朝统治者不能容忍,乃在次年初,被强令封禁。

该发刊词,言辞激烈,鞭辟入里,惊世骇俗。他站在资产阶级民族主义立场,号召广大民众反对清廷之统治,发出支持社会政治改良的舆论导向,借戏剧宣传西方资产阶级革命经验,以期建立自由民主的政权,促成国内各阶层对共和的认同。该文肯定戏剧功用,倡导戏剧改良运动,以向民众宣传反清革命思想和西方资产阶级革命经验,并表达了当时积极求变的资产阶级革命派的戏剧主张;但过于夸大戏剧的社会作用,也未能重视戏剧的艺术特质。

四 宋元戏曲史·余论(节录)

[清] 王国维

由此书所研究者观之,知我国戏剧,汉魏以来与百戏合,至唐而分为歌舞戏及滑稽戏二种。宋时滑稽戏尤盛,又渐藉歌舞以缘饰故事,于是向之歌舞戏,不以歌舞为主,而以故事为主。至元杂剧出而体制遂定。南戏出而变化更多。于是我国始有纯粹之戏曲;然其与百戏及滑稽戏之关系,亦非全绝。此于第八章论古剧之结构时,已略及之。元代亦然。意大利人马哥朴禄《游记》中,记元世祖时曲宴礼节云:"宴毕彻案,使人入,优戏者,奏乐者,倒植者,弄手技者,皆呈艺于大汗之前,观者大悦。"则元时戏剧,亦与百戏合演矣。明代亦然。吕毖(bì)《明宫史》(木集)谓:"钟鼓司过锦之戏,约有百回,每回十余人不拘。浓淡相间,雅俗并陈,全在结局有趣。如说笑话之类,又如杂剧故事之类,各有引旗一对,锣鼓送上。所装扮者,备极世间骗局俗态,并闺阃(kǔn)拙妇呆男,及市井商匠刁赖词讼杂耍把戏等项。"则与宋之杂扮略同。至杂耍把戏,则又兼及百戏,虽在今日,犹与戏剧未尝全无关系也。

由前章观之,则北剧、南戏,皆至元而大成,其发达,亦至元代而止。嗣是以后,则明初杂剧,如谷子敬、贾仲名辈,矜重典丽,尚似元代中叶之作。至仁宣间,而周宪王有燉(tūn),最以杂剧知名,其所著见于《也是园书目》者,共三十种。即以平生所见者论:其所自刊者九种,刊于《杂剧十段锦》者十种,而一种复出,共得十八种。其词虽谐隐,然元人生气,至是顿尽;且中颇杂以南曲,且每折唱者不限一人,已失元人法度矣。此后唯王渼陂九思、康对山海,皆以北曲擅场。而二人所作《杜甫游春》《中山狼》二剧,均鲜动人之处。徐文长渭之《四声猿》,虽有佳处,然不逮元人远甚。至明季所谓杂剧,如汪伯玉道昆、陈玉阳与郊、梁伯龙辰鱼、梅禹金鼎祚、王辰玉衡、卓珂月人月所作,搜于《盛明杂剧》中者,既无定折,又多用南曲,其词亦无足观。

南戏亦然。此戏明中叶以前,作者寥寥,至隆、万后始盛,而尤以吴江沈伯英璟、临川汤义仍显祖为巨擘。沈氏之词,以合律称,而其文则庸俗不足道。汤氏才思，诚一时之隽；然较之元人，显有人工与自然之别。故余谓北剧、南戏限于元代，非过为苛论也。

　　杂剧、院本、传奇之名，自古迄今，其义颇不一。宋时所谓杂剧，其初殆专指滑稽戏言之。孔平仲《谈苑》卷五："山谷云：'作诗正如作杂剧，初时布置，临了须打诨。'"吕本中《童蒙训》亦云："如作杂剧，打猛诨入，却打猛诨出。"《梦粱录》亦云："杂剧全用故事，务在滑稽。"故第二章所集之滑稽戏，宋人恒谓之杂剧，此杂剧最初之意也。至《武林旧事》所载之官本杂剧段数，则多以故事为主，与滑稽戏截然不同；而亦谓之杂剧，盖其初本为滑稽戏之名，后扩而为戏剧之总名也。元杂剧又与宋官本杂剧截然不同。至明中叶以后，则以戏曲之短者为杂剧，其折数则自一折以至六七折皆有之，又舍北曲而用南曲，又非元人所谓杂剧矣。

　　院本之名义亦不一。金之院本，与宋杂剧略同。元人既创新杂剧，而又有院本，则院本殆即金之旧剧也。然至明初，则已有谓元杂剧为院本者，如《草木子》所谓"北院本特盛，南戏遂绝"者，实谓北杂剧也。顾起元《客座赘语》谓：南都万历以前，"大席则用教坊打院本，乃北曲四大套者"。此亦指北杂剧言之也。然明文林《琅玡漫钞》（《苑录汇编》卷一百九十七）所纪太监阿丑打院本事，与《万历野获编》卷六十二所纪郭武定家优人打院本事，皆与唐宋以来之滑稽戏同，则犹用金元院本之本义也。但自明以后，大抵谓北戏或南戏为院本。《野获编》谓"逮本朝院本久不传，今尚称院本者，犹沿宋元之旧也。金章宗时，董解元《西厢》尚是院本模范"云云。其以《董西厢》为院本固误；然可知明以后所谓院本，实与戏曲之意无异也。

　　传奇之名，实始于唐。唐裴铏（xíng）所作《传奇》六卷，本小说家言，为传奇之第一义也。至宋则以诸宫调为传奇，《武林旧事》所载诸色伎艺人，诸宫调传奇有高郎妇、黄淑卿、王双莲、袁太道等。《梦粱录》亦云："说唱诸宫调，昨汴京有孔三传，遍成传奇灵怪入曲说唱。"即《碧鸡漫志》所谓"泽州孔三传，首唱诸宫调古传，士大夫皆能诵之"者也。则宋之传奇，即诸宫调，一谓之古传，与戏曲亦无涉也。元人则以元杂剧为传奇，《录鬼簿》所著录者，均为杂剧，而录中则谓之传奇。又杨铁崖《元宫词》云："《尸谏灵公》演传奇，一朝传到九重知，奉宣赍与中书省，诸路都教唱此词。"案《尸谏灵公》，乃鲍天佑所撰杂剧，则元人均以杂剧为传奇也。至明则以戏曲之长者为传奇（如沈璟《南九宫谱》等），以与北杂剧相别。乾隆间，黄文旸（yáng）编《曲海目》，遂分戏曲为杂剧、传奇二种，余曩作《曲录》从之。盖传奇之名，至明凡四变矣。

  戏文之名，出于宋元之间，其意盖指南戏。明人亦多用此语，意亦略同。唯《野获编》始云："自北有《西厢》，南有《拜月》，杂剧变为戏文。以至《琵琶》，遂演为四十余折，几倍杂剧。"则戏曲之长者，不问北剧、南戏，皆谓之戏文。意与明以后所谓传奇无异。而戏曲之长者，北少而南多，故亦恒指南戏。要之意义之最少变化者，唯此一语耳。（王国维撰《宋元戏曲史》，中华书局 2016 年 6 月第 1 版，第 153—157 页）

导读：

  王国维（1877—1927），初名国桢，字静安，亦字伯隅，初号礼堂，晚号观堂，又号永观，谥忠悫，浙江海宁（今浙江省海宁市）人。近现代享有国际声誉的学者，被郭沫若称为新史学的开山。早年追求新学，接受资产阶级改良主义思想影响，把西方哲学、美学思想与中国古典哲学、美学相融合，形成了独特的美学思想体系；继而攻词曲戏剧，后又治史学、古文字学、考古学。平生学无专师，自辟户牖，成就卓越，贡献突出。1927 年 6 月 2 日，自沉于颐和园昆明湖。著有《人间词话》《宋元戏曲史》《观堂集林》《古史新证》等 60 余种。

  该篇文字出自王国维《宋元戏曲史》。《宋元戏曲史》成书于 1913 年，被誉为"戏曲史研究上一部带有总结性的巨著"，也是一部中国戏曲研究史上划时代的著作。王国维用完备的考证、系统的研究方法，并结合了西方文艺思想，吸取梁廷相等人的传统戏曲观念，对中国古代戏曲的发展历史、艺术特征以及元剧文学价值等问题作出创造性的论述。为此，郭沫若将之与鲁迅《中国小说史略》并称为"中国文艺史研究上的双璧"。在该篇中，王国维总结了前些章节的相关论述要点，对中国戏剧发展的历史进行概括性溯源，并对杂剧、院本、传奇等术语的名义进行阐释。所论材料充足，思理逻辑严谨，行文简明扼要，洵为大师手笔。

引用文献简目

例　　言

　　[1]为了节省篇幅和便于阅读起见,特编制该《引用文献简目》。[2]文献简目以简明易识为准,并出示书名、作者和版本信息。[3]正文中的注释采用随文注,随文注用"(　)"标示。[4]随文注只出示书目、篇名,而不出示文献的版本信息。[5]随文注的书目之后,古籍出示卷次、篇名和页码(可缺省),现代论著则出示章节(可缺省)和页码。[6]期刊论文直接出示篇名、期刊名、期次和页码(可缺省)。[7]该简目分别按著作和论文的音序编排。[8]遇书目同名且需要该多种书目并用,则在书目前标示"×(姓氏)著",以分列多种同名书目之作者及版本信息。

(一) 著作

《阿英全集》　阿英撰,安徽教育出版社2003年7月第1版

《安雅堂稿》　陈子龙撰,《续修四库全书》本,上海古籍出版社2002年4月第1版

《柏枧山房诗文集》　梅曾亮撰,彭国忠、胡晓明点校,上海古籍出版社2012年12月第1版

《白居易集笺校》　白居易撰,朱金城笺校,上海古籍出版社1988年12月第1版

《白石道人诗说》　姜夔撰,何文焕辑,《历代诗话》本,中华书局2004年9月第2版

《白雨斋词话》　陈廷焯撰,人民文学出版社1959年10月第1版

《抱朴子外篇校笺》　葛洪撰,杨明照校笺,中华书局1997年10月第1版

《北江诗话》　洪亮吉撰,陈迩冬校点,人民文学出版社 1983 年 7 月第 1 版
《北史》　李延寿撰,中华书局 1974 年 10 月第 1 版
《本事诗》　孟棨撰,古典文学出版社 1957 年 9 月第 1 版
《敝帚稿略》　包恢撰,王德毅主编,《丛书集成续编》本,新文丰出版公司出版 1989 年 7 月第 1 版
《沧浪诗话校释》　严羽撰,郭绍虞校释,人民文学出版社 1961 年 5 月第 1 版
《沧溟先生集》　李攀龙撰,沈乃文编,《明别集丛刊》本,黄山书社 2013 年 3 月第 1 版
《曹丕集校注》　曹丕撰,魏宏灿校注,安徽大学出版社 2009 年 10 月第 1 版
《曹植集校注》　曹植撰,赵幼文校注,人民文学出版社 1984 年 6 月第 1 版
《槎翁文集》　刘崧撰,沈乃文编,《明别集丛刊》本,黄山书社 2013 年 3 月第 1 版
《唱论》　芝庵撰,中国戏曲研究院编,《中国古典戏曲论著集成》本,中国戏剧出版社 1959 年 7 月第 1 版
《陈基集·夷白斋稿》　陈基撰,邱居里、李黎校点,吉林文史出版社 2009 年 12 月第 1 版
《陈迦陵散体文集》　陈维崧撰,陈振鹏标点,李学颖校补,《陈维崧集》本,上海古籍出版社 2010 年 12 月第 1 版
《陈去病全集》　陈去病撰,张夷主编,上海古籍出版社 2009 年 10 月第 1 版
《陈石遗集》　陈衍撰,陈步编,福建人民出版社 2001 年 6 月第 1 版
《陈寅恪集》　陈寅恪撰,陈美延编,《金明馆丛稿初编》本,生活·读书·新知三联书店 2001 年 6 月第 1 版
陈著《中国文学批评史》　陈钟凡撰,上海中华书局民国十六年二月版
《陈子昂集》　陈子昂撰,徐鹏校点,中华书局 1960 年 3 月第 1 版
《诚意伯文集》　刘基撰,沈乃文主编,《明别集丛刊》本,黄山书社 2013 年 3 月第 1 版
《诚斋诗话》　杨万里撰,丁福保辑,《历代诗话续编》本,中华书局 2006 年 8 月第 2 版
《池北偶谈》　王士禛撰,靳斯仁点校,中华书局 1982 年 1 月第 1 版
《持雅堂文集》　尚镕撰,哈佛大学图书馆藏清同治七年刻本
《重刊荆川先生文集》　唐顺之,沈乃文主编,《明别集丛刊》本,黄山书社 2013 年 3 月第 1 版

《楚辞补注》 王逸章句,洪兴祖补注,白化文等点校,中华书局 1983 年 3 月第 1 版

《楚辞集注》 朱熹撰,上海古籍出版社 1979 年 10 月第 1 版

《船山诗草》 张问陶撰,中华书局 1986 年 1 月第 1 版

《传习录》 王阳明撰,张怀承注译,岳麓书社 2004 年 1 月第 1 版

《春草斋集》 乌斯道撰,《景印文渊阁四库全书》本,台湾商务印书馆 1986 年 3 月第 1 版

《春觉斋论文》 林纾撰,香港商务印书馆 1963 年 2 月第 1 版

《春秋左传正义》 杜预注,孔颖达等正义,阮元校刻,《十三经注疏》本,中华书局 1980 年 10 月第 1 版

《春在堂杂文》 俞樾撰,《俞樾全集》本,浙江古籍出版社 2017 年 12 月第 1 版

《词林典故》 鄂尔泰、张廷玉编撰,中国书店出版社 2018 年 8 月第 1 版

《词选·续词选》 张惠言撰,董毅编,李军注,华夏出版社 1999 年 1 月第 1 版

《词源》 张炎撰,唐圭璋编,《词话丛编》本,中华书局 1986 年 11 月第 1 版

《词综》 朱彝尊撰,汪森编,民辉校点,岳麓书社 1995 年 3 月第 1 版

《徂徕集》 石介撰,《景印文渊阁四库全书》本,台湾商务印书馆 1986 年 3 月第 1 版

《大戴礼记》 戴德撰,卢辩注,纪元主编,《丛书集成初编》本,中华书局 1985 年新 1 版

《大鹤山人词话》 郑文焯撰,南开大学出版社 2009 年 12 月第 1 版

《大泌山房集》 李维桢撰,沈乃文主编,《明别集丛刊》本,黄山书社 2013 年 3 月第 1 版

《帝女花》 黄燮清撰,朱恒夫主编,《后六十种曲》,复旦大学出版社 2013 年 6 月第 1 版

《第五才子书施耐庵水浒传》 金圣叹撰,陆林辑校整理,《金圣叹全集》本,凤凰出版社 2008 年 12 月第 1 版

《典论·论文》 曹丕撰,萧统编,《六臣注文选》本,李善等注,《四部丛刊》影宋本,浙江古籍出版社 1999 年 3 月第 1 版

《东里文集》 杨士奇撰,沈乃文主编,《明别集丛刊》第一辑本,黄山书社 2013 年 3 月第 1 版

《东溟外集》 姚莹著,《清代诗文集汇编》本,上海古籍出版社 2010 年 12 月版

《东坡乐府笺》 朱孝臧编,龙榆生校笺,上海古籍出版社 2016 年 8 月第 1 版

《东坡志林》 苏轼撰,中华书局 1981 年 9 月第 1 版

《东维子文集》 杨维桢撰,《杨维桢全集校笺》本,孙小力校笺,上海古籍出版社 2019 年 10 月第 1 版

《东轩笔录》 魏泰撰,中华书局 1983 年 10 月第 1 版

《都城纪胜》 耐得翁撰,《东京梦华录》(外四种)本,古典文学出版社 1957 年 11 月第 1 版

《杜诗详注》 杜甫撰,仇兆鳌注,中华书局 2015 年 5 月第 1 版

《杜臆》 王嗣奭撰,上海古籍出版社 1983 年 8 月新 1 版

《二程集》 程颢、程颐撰,中华书局 2004 年 2 月第 2 版

《二刻拍案惊奇》 凌濛初撰,秦旭卿标点,岳麓书社 2003 年 7 月第 2 版

《二十世纪散文大系》 张志欣、何香久主编,河北教育出版社 2001 年 11 月第 1 版

《二十四诗品》 司空图撰,陈玉兰评注,中华书局 2019 年 1 月第 1 版

《法言义疏》 扬雄撰,汪荣宝义疏,陈仲夫点校,《新编诸子集成》本,中华书局 1987 年 3 月第 1 版

《樊川文集》 杜牧撰,陈允吉点校,上海古籍出版社 2009 年 12 月第 1 版

《范德机诗集》 范梈撰,王德毅主编,《丛书集成续编》本,新文丰出版公司 1989 年 7 月第 1 版

《樊南文集》 李商隐撰,冯浩详注,钱振伦等笺注,上海古籍出版社 2015 年 4 月第 2 版

《樊榭山房集》 厉鹗撰,上海古籍出版社 1992 年 6 月第 1 版

《范石湖集》 范成大撰,上海古籍出版社 1981 年 8 月新 1 版

《范温诗话》 范温撰,吴文治主编,《宋诗话全编》本,江苏古籍出版社 1998 年 12 月第 1 版

《范文正集》 范仲淹撰,《景印文渊阁四库全书》本,台湾商务印书馆 1986 年 3 月第 1 版

《方望溪全集》 方苞撰,中国书店 1991 年 6 月第 1 版

《方孝孺集》 方孝孺撰,徐光大点校,浙江古籍出版社 2013 年 10 月第 1 版

《方言疏证》 扬雄撰,戴震疏证,《四部备要》本,中华书局 1989 年 3 月第 1 版

《斐洲烟水愁城录》 林纾撰,商务印书馆 1914 年 4 月再版

《焚书》 李贽撰,中华书局 1975 年 1 月第 1 版

《凤池吟稿》 汪广洋撰,《景印文渊阁四库全书》本,台湾商务印书馆1986年3月第1版
《复初斋文集》 翁方纲撰,《清代诗文集汇编》本,上海古籍出版社2010年12月第1版
《复堂词话》 谭献撰,唐圭璋编《词话丛编》本,中华书局1986年1月第1版
《复堂文》 谭献撰,光绪十五年刻本
《凫藻集》 高启撰,金檀辑注,徐澄宇、沈北宗校点,《高青丘集》本,上海古籍出版社1985年12月第1版
《改亭文集》 计东撰,《清代诗文集汇编》本,上海古籍出版社2010年12月第1版
《高僧传校注》 释慧皎撰,汤用彤校注,中华书局1992年10月第1版
《龚鼎孳全集》 龚鼎孳撰,孙克强、裴喆编辑校点,人民文学出版社2014年11月第1版
《公是先生弟子记》 刘敞撰,李光廷编,《榕园丛书》(《守约篇》丙集)本,清同治甲戌(1874)广州富文斋接刊印本
《龚自珍全集》 龚自珍撰,上海人民出版社1975年2月新1版
《古代文学理论研究概述》 罗宗强等编,天津教育出版社1991年12月第1版
《古今小说》 冯梦龙编撰,恒鹤等标校,上海古籍出版社1992年11月第1版
《顾曲麈谈》 吴梅撰,《国学小丛书》本商务印书馆1935年1月第2版
《古诗源》 沈德潜撰,辽宁教育出版社1997年3月第1版
《古文辞类纂》 姚鼐编,边仲仁标点,岳麓书社1988年2月第1版
《观堂集林》 王国维撰,河北教育出版社2001年11月第1版
《广东通史·近代卷》 方志钦等主编,广东高等教育出版社2010年6月第1版
《广箧中词》 叶恭绰选辑,傅宇斌点校,人民文学出版社2011年12月第1版
《鬼谷子》 佚名撰,陶弘景注,《四部丛刊初编》本,上海涵芬楼借印无锡孙氏小渌天藏石研斋刊本
《归潜志》 刘祁撰,崔文印点校,《元明史料笔记丛刊》本,中华书局1983年6月第1版
《圭斋文集补编》 欧阳玄撰,汤锐校点整理,四川大学出版社2010年3月第1版
《国学的盛宴》 梁启超等撰,新世界出版社2016年10月第1版
《国语》 韦昭注,《国学基本丛书》本,商务印书馆1935年12月第1版
《中国文学批评史》 郭绍虞撰,商务印书馆2010年12月第1版

《海上文学百家文库·刘熙载卷》 李天纲、张安庆编,上海文艺出版社2010年6月第1版
《韩非子集解》 韩非撰,王先慎集解,钟哲点校,《新编诸子集成》本,中华书局1998年7月第1版
《翰林记》 黄佐撰,纪元主编,《丛书集成初编》本,中华书局1985年新1版
《汉书》 班固撰,颜师古注,中华书局1962年6月第1版
《汉书补注》 王先谦撰,中华书局1983年9月第1版
《寒厅诗话》 顾嗣立撰,王德毅主编,《丛书集成续编》本,新文丰出版公司1989年7月第1版
《汉艺文志考证》 王应麟撰,张三夕、杨毅点校,《王应麟著作集成》本,中华书局2011年1月第1版
《郝文忠公陵川集》 郝经撰,秦雪清整理,山西人民出版社2006年1月第1版
《何大复集》 何景明撰,李淑毅等点校,中州古籍出版社1989年7月第1版
《河东集》 柳开撰,《景印文渊阁四库全书》本,台湾商务印书馆1986年3月第1版
《何绍基诗文集》 何绍基撰,岳麓书社2008年11月第1版
《鸿苞》 屠隆撰,《四库全目存目丛书》本,齐鲁书社1995年9月第1版
《红楼梦脂评汇校本》 曹雪芹撰,脂砚斋评,吴铭恩汇校,清华大学出版社2019年11月第1版
《红楼梦资料汇编》 朱一玄编,《中国古典小说名著资料丛刊》本,南开大学出版社2012年5月第1版
《后村集》 刘克庄撰,《景印文渊阁四库全书》本,台湾商务印书馆1986年3月第1版
《后村诗话》 刘克庄撰,王秀梅点校,中华书局1983年12月第1版
《侯方域全集校笺》 侯方域撰,王树林校笺,人民文学出版社2013年1月第1版
《后汉书》 范晔撰,李贤等注,中华书局1965年5月第1版
《后汉书志》 司马彪撰,刘昭注补,中华书局1965年5月第1版
《胡适文存》 胡适撰,上海书店1989年10月第1版
《话本小说概论》 胡士莹撰,《中华现代学术名著丛书》本,商务印书馆2017年12月第1版

《花部农谭》 焦循撰,韦明铧点校,《焦循论曲三种》本,广陵书社 2008 年 6 月第 1 版
《画山水序》 宗炳撰,俞剑华编,《中国古代画论类编》本,人民美术出版社 2004 年 10 月第 1 版
《皇明诗选》 陈子龙等撰,《四库禁毁书丛刊补编》本,北京出版社 2005 年 8 月第 1 版
《黄宗羲全集》 黄宗羲撰,浙江古籍出版社 1993 年 10 月第 1 版
《黄遵宪全集》 黄遵宪撰,陈铮编,中华书局 2005 年 3 月第 1 版
《怀麓堂集》 李东阳撰,沈乃文主编,《明别集丛刊》本,黄山书社 2013 年 3 月第 1 版
《怀麓堂诗话校释》 李东阳撰,李庆立校释,人民文学出版社 2009 年 10 月第 1 版
《淮南鸿烈集解》 刘安等撰,刘文典集解,冯逸、乔华点校,《新编诸子集成》本,中华书局 2018 年 4 月第 1 版
《晦庵集》 朱熹撰,《景印文渊阁四库全书》本,台湾商务印书馆 1986 年 3 月第 1 版
《蕙风词话》 况周颐撰,人民文学出版社 1960 年 4 月第 1 版
《击壤集》 邵雍撰,《景印文渊阁四库全书》本,台湾商务印书馆 1986 年 3 月第 1 版
《迦陵词全集》 陈维崧撰,《陈维崧集》本,上海古籍出版社 2010 年 12 月第 1 版
《嘉祐集笺注》 曾枣庄撰,金成礼笺注,上海古籍出版社 1993 年 3 月第 1 版
《剑南诗稿》 陆游撰,《景印文渊阁四库全书》本,台湾商务印书馆 1986 年 3 月第 1 版
《姜斋诗话笺注》 王夫之撰,戴鸿森笺注,人民文学出版社 1981 年 9 月第 1 版
《介存斋论词杂著》 周济撰,唐圭璋编,《词话丛编》本,中华书局 1986 年 11 月第 1 版
《揭傒斯全集·文集》 揭傒斯撰,李梦生标校,上海古籍出版社 2012 年 9 月第 1 版
《今古奇观》 抱瓮老人辑,林梓宗校点,广东人民出版社 1981 年 2 月第 1 版
《近代文学批评史》 黄霖撰,王运熙、顾易生主编,《中国文学批评通史》本,上海古籍出版社 1993 年 2 月第 1 版
《近代诗钞》 陈衍撰,华东师范大学出版社 2016 年 6 月第 1 版

《近三百年名家词选》 龙榆生撰,上海古籍出版社2017年6月第1版
《金楼子疏证校注》 萧绎撰,陈志平、熊清元疏证校注,上海古籍出版社2014年11月第1版
《金圣叹批本西厢记》 王实甫撰,金圣叹批,上海古籍出版社1986年4月第1版
《金史》 元脱脱等撰,中华书局1975年7月第1版
《金诗选》 顾奎光辑,陶玉禾参订,《哈佛燕京中文特藏》清乾隆本
《晋书》 房玄龄等撰,中华书局1996年4月第1版
《金文雅》 庄仲方撰,任继愈主编,《中华传世文选》本,吉林人民出版社1998年10月第1版
《京剧历史文献汇编》 谷曙光主编,凤凰出版社2001年3月第1版
《静惕堂词》 曹溶撰,《清词珍本丛刊》本,凤凰出版社2007年12月第1版
《静志居诗话》 朱彝尊撰,周骏富辑,《明代传记丛刊》本,明文书局1991年1月第1版
《旧唐书》 刘昫等撰,中华书局1975年5月第1版
《康輶纪行》 姚莹撰,黄山书社2014年9月第1版
《珂雪斋集》 袁中道撰,钱伯城点校,上海古籍出版社1989年1月第1版
《珂雪斋近集》 袁中道撰,沈乃文主编,《明别集丛刊》本,黄山书社2013年3月第1版
《空同集》 李梦阳撰,沈乃文主编,《明别集丛刊》本,黄山书社2013年3月第1版
《空同子》 李梦阳撰,王德毅主编,《丛书集成续编》本,新文丰出版公司1989年7月第1版
《兰汀存稿》 梁有誉撰,明嘉靖刻本
《老子校释》 李耳撰,朱谦之校释,《新编诸子集成》本,中华书局1984年11月第1版
《冷斋夜话》 惠洪撰,张伯伟编,《稀见本宋人诗话四种》本,江苏古籍出版社2002年4月第1版
《历代诗话续编》 丁福保辑,中华书局2006年8月第2版
《历代唐诗论评选》 陈伯海等编,河北大学出版社2003年6月第1版
《礼记正义》 郑玄注,孔颖达等正义,阮元校刻,《十三经注疏》本,中华书局1980年10月第1版
《李太白全集》 李白撰,王琦注,中华书局2015年8月第1版

《李渔全集》 李渔撰,浙江古籍出版社 1991 年 8 月第 1 版
《李卓吾批评西游记》 吴承恩撰,李卓吾评,岳麓书社 2006 年 6 月第 1 版
《梁启超年谱长编》 丁文江等编,上海人民出版社 2009 年 4 月第 1 版
《梁启超全集》 梁启超撰,北京出版社 1999 年 7 月第 1 版
《梁书》 姚思廉撰,中华书局 1973 年 5 月第 1 版
《梁溪遗稿》 尤袤撰,《景印文渊阁四库全书》本,台湾商务印书馆 1986 年 3 月第 1 版
梁著《小说丛话》 梁启超撰,《新小说》第七号,王燕辑,《晚清小说期刊辑存》本,国家图书馆出版社 2018 年 10 月第 1 版
《聊斋志异会校会注会评本》 蒲松龄撰,张友鹤辑校,上海古籍出版社 1978 年 4 月新 1 版
《列朝诗集小传》 钱谦益撰,上海古籍出版社 1959 年 9 月第 1 版
《林纾的翻译》 钱钟书等撰,《林译小说丛书》本,商务印书馆 1981 年 11 月第 1 版
《林琴南书话》 林纾撰,钱谷融、吴俊点校,浙江人民出版社 1999 年 3 月第 1 版
《林纾读本》 林纾撰,福建教育出版社 2016 年 3 月第 2 版
《临川先生文集》 王安石撰,国家图书馆出版社 2018 年 10 月第 1 版
《临汉隐居诗话》 魏泰撰,何文焕辑,《历代诗话》本,中华书局 2004 年 9 月第 2 版
《六臣注文选》 萧统编,李善等注,《四部丛刊》影宋本,浙江古籍出版社 1999 年 3 月第 1 版
《刘熙载美学思想研究论文集》 徐林祥主编,四川大学出版社 1993 年 2 月第 1 版
《六一诗话》 欧阳修撰,何文焕辑,《历代诗话》本,中华书局 2004 年 9 月第 2 版
《龙榆生词学论文集》 龙榆生撰,上海古籍出版社 2009 年 10 月第 1 版
《录鬼簿新校注》 钟嗣成、贾仲明撰,马廉校注,文学古籍刊行社 1957 年 6 月第 1 版
《鲁迅全集》 鲁迅撰,人民文学出版社 2005 年 11 月第 1 版
《论衡校释》 王充撰,黄晖校释,《新编诸子集成》本,中华书局 1990 年 2 月第 1 版
《论文偶记》 刘大櫆撰,舒芜校点,人民文学出版社 1959 年 11 月第 1 版
《论戏曲》 三爱(陈独秀)撰,阿英主编,《晚清文学丛钞》本,新文丰出版公司 1989 年 4 月第 1 版
《论小说与戏曲》 定一撰,陈多、叶长海选注,《中国历代剧论选注》本,湖南文艺

出版社 1987 年 7 月第 1 版

《论语集注》 朱熹注，《国学基本丛书·四书章句集注》本，商务印书馆 1935 年 12 月第 1 版

《论语注疏》 何晏集解，邢昺疏，阮元校刻，《十三经注疏》本，中华书局 1980 年 10 月第 1 版

《罗大经诗话》 吴文治主编，《宋诗话全编》本，江苏古籍出版社 1998 年 12 月第 1 版

《吕本中诗话》 吕本中撰，吴文治主编，《宋诗话全编》本，江苏古籍出版社 1998 年 12 月第 1 版

《吕氏春秋集释》 吕不韦等撰，许维遹集释，梁运华整理，《新编诸子集成》本，中华书局 2009 年 9 月第 1 版

《小说丛话》 吕思勉撰，《吕思勉论学丛稿》本，上海古籍出版社 2006 年 12 月第 1 版

《小说丛话》 曼殊撰，《新小说》第八号，王燕辑，《晚清小说期刊辑存》本第 4 册，国家图书馆出版社 2018 年 10 月第 1 版

《毛诗名物解》 纳兰性德撰，《清代诗文集汇编·通志堂集》本，上海古籍出版社 1979 年 2 月第 1 版

《毛诗正义》 毛亨传，郑玄笺，孔颖达等正义，阮元校刻，《十三经注疏》本，中华书局 1980 年 10 月第 1 版

《毛宗岗批评三国演义》 罗贯中撰，毛宗岗批评，齐煙校点，齐鲁书社 2014 年 12 月第 1 版

《孟子注疏》 赵岐注，孙奭疏，阮元校刻，《十三经注疏》本，中华书局 1980 年 10 月第 1 版

《民国诗话丛编》 张寅彭主编，上海书店 2002 年 1 月第 1 版

《明诗纪事》 陈田撰，周骏富辑，《明代传记丛刊》本，明文书局 1991 年 1 月第 1 版

《明史》 张廷玉等撰，中华书局 1974 年 4 月第 1 版

《明诗综》 朱彝尊编，《四库文学总集选刊》本，上海古籍出版社 1993 年 11 月第 1 版

《明文海》 黄宗羲编，中华书局 1987 年 2 月第 1 版

《墨子校注》 墨翟等撰，吴毓江撰，孙启治点校，《新编诸子集成》本，中华书局 1993 年 10 月第 1 版

《南词叙录》 徐渭撰,中国戏曲研究院编,《中国古典戏曲论著集成》本,中国戏剧出版社 1959 年 7 月第 1 版
《南村辍耕录》 陶宗仪编,《元明史料笔记丛刊》本,中华书局 1959 年 2 月第 1 版
《南齐书》 萧子显撰,中华书局 1972 年 1 月第 1 版
《南社》 杨天石、刘彦成撰,中华书局 1980 年 10 月第 1 版
《南社丛谈》 郑逸梅撰,上海人民出版社 1981 年 2 月第 1 版
《南社丛选》 胡朴安选录,沈锡麟、毕素娟校注,解放军文艺出版社 2000 年 7 月第 1 版
《南史》 李延寿撰,中华书局 1975 年 6 月第 1 版
《瓯北集》 赵翼撰,上海古籍出版社 1997 年 4 月第 1 版
《瓯北诗话》 赵翼撰,凤凰出版社 2009 年 12 月第 1 版
《欧阳玄全集》 欧阳玄撰,汤锐校点整理,四川大学出版社 2010 年 3 月第 1 版
《欧阳修诗文集校笺》 洪本健撰,上海古籍出版社 2009 年 8 月第 1 版
《拍案惊奇》 凌濛初撰,《三言二拍》本,尚乾、文古校点,齐鲁书社 1995 年 2 月第 1 版
《皮子文薮》 皮日休撰,萧涤非等整理,上海古籍出版社 1981 年 11 月第 1 版
《曝书亭集》 朱彝尊撰,《清代诗文集汇编》本,上海古籍出版社 2010 年 12 月版
《七录斋集》 张溥撰,沈乃文主编,《明别集丛刊》本,黄山书社 2013 年 3 月第 1 版
《潜夫论笺校》 王符撰,汪继培笺,彭铎校正,《新编诸子集成》本,中华书局 1985 年 9 月第 1 版
《钱吉士先生全稿》 钱禧撰,《四库禁毁书丛刊》本,北京出版社 2000 年 1 月第 1 版
《乾嘉诗坛点将录》 舒位撰,张寅彭主编,《清诗话三编》本,上海古籍出版社 2014 年 12 月第 1 版
《钱牧斋全集》 钱谦益撰,上海古籍出版社 2003 年 8 月第 1 版
《清词序跋汇编》 冯乾编校,凤凰出版社 2013 年 12 月第 1 版
《清代诗学名家书画评论汇编》 张毅、李开林编,南开大学出版社 2016 年 7 月第 1 版
《青门剩稿》 邵长蘅撰,《清代诗文集汇编》本,上海古籍出版社 2010 年 12 月版
《清闷全集·响玉集》 姚希孟撰,沈乃文主编,《明别集丛刊》本,黄山书社 2013 年 3 月第 1 版

《清诗别裁集》 沈德潜撰,中华书局1975年11月第1版
《清诗一百首》 王英志注译,上海古籍出版社1999年8月第1版
《曲律》 王骥德撰,中国戏曲研究院编,《中国古典戏曲论著集成》本,中国戏剧
　　出版社1959年7月第1版
《曲品》 吕天成撰,中国戏曲研究院编,《中国古典戏曲论著集成》本,中国戏剧
　　出版社1959年7月第1版
《曲藻》 王士贞撰,中国戏曲研究院编,《中国古典戏曲论著集成》本,中国戏剧
　　出版社1959年7月第1版
《全上古三代秦汉三国六朝文》 严可均辑,中华书局1958年12月第1版
《全唐诗》 彭定求等辑,中华书局1960年4月第1版
《全唐文》 董诰等辑,中华书局1983年11月第1版
《全元文》 李修生主编,江苏古籍出版社2004年12月第1版
《人间词话疏证》 王国维撰,彭玉平疏证,中华书局2014年10月第1版
《人境庐诗草》 黄遵宪撰,陈铮编,《黄遵宪全集》本,中华书局2005年3月第1版
《日知录》 顾炎武撰,严文儒、戴扬本校点,上海古籍出版社2012年7第1版
《三国志》 陈寿撰,中华书局1959年12月第1版
《三国志通俗演义》 罗贯中撰,上海古籍出版社1980年4月第1版
《三国志文类》 佚名撰,《景印文渊阁四库全书》本,台湾商务印书馆1986年3
　　月第1版
《三遂平妖传》 罗贯中撰,张荣起整理,北京大学出版社1983年12月第1版
《山谷集》 黄庭坚撰,《景印文渊阁四库全书》本,台湾商务印书馆1986年3月
　　第1版
《山谷别集》 黄庭坚撰,《景印文渊阁四库全书》本,台湾商务印书馆1986年3
　　月第1版
《山谷外集》 黄庭坚撰,《景印文渊阁《四库全书》本,台湾商务印书馆1986年3
　　月第1版
《苕溪渔隐丛话》 胡仔撰,人民文学出版社1962年6月第1版
《上海游骖录》 吴趼人撰,《月月小说》第八号,王燕辑,《晚清小说期刊辑存》本,
　　国家图书馆出版社2018年10月第1版
《尚䌹斋集》 童冀撰,《景印文渊阁四库全书》本,台湾商务印书馆1986年3月
　　第1版

《尚书正义》 孔安国传,孔颖达等正义,阮元校刻,《十三经注疏》本,中华书局 1980 年 10 月第 1 版
《少室山房笔丛》 胡应麟撰,《历代笔记丛刊》本,上海书店 2009 年 4 月第 1 版
《社事始末》 杜登春撰,王德毅主编,《丛书集成新编》本,新文丰出版公司 1989 年 7 月第 1 版
《沈璟集》 沈璟撰,徐朔方辑校,上海古籍出版社 1991 年 12 月第 1 版
《石初集》 周霆震撰,施贤明等点校,韩格平主编,《元代古籍集成》本,北京师范大学出版社 2016 年 7 月第 1 版
《诗法家数》 杨载撰,《四库全书存目丛书》本,齐鲁书社 1997 年 7 月第 1 版
《诗法正论》 傅若金撰,王大鹏编,《中国历代诗话选》本,岳麓书社 1985 年 8 月第 1 版
《始丰稿》 徐一夔撰,《景印文渊阁四库全书》本,台湾商务印书馆 1986 年 3 月第 1 版
《诗格》 伪王昌龄撰,张伯伟编,《全唐五代诗格校考》本,陕西人民教育出版社 1996 年 7 月第 1 版
《史记》 司马迁撰,裴骃集解,司马贞索引,张守节正义,中华书局 1959 年 9 月第 1 版
《诗集传》 朱熹撰,中华书局 2017 年 1 月第 1 版
《诗家直说笺注》 谢榛撰,李庆立、孙慎之笺注,齐鲁书社 1987 年 5 月第 1 版
《诗品集注》 钟嵘撰,曹旭集注,增订本,上海古籍出版社 2011 年 10 月第 2 版
《诗品研究》 曹旭撰,上海古籍出版社 1998 年 7 月第 1 版
《诗人玉屑》 魏庆之撰,上海古籍出版社 1959 年 8 月第 1 版
《诗式》 皎然撰,中华书局 1985 年新 1 版
《诗式校注》 皎然撰,李壮鹰校注,人民文学出版社 2003 年 11 月第 1 版
《诗说》 申培撰,纪元主编,《丛书集成初编》本,中华书局 1985 年新 1 版
《世说新语笺疏》 刘义庆撰,刘孝标注,余嘉锡笺疏,上海古籍出版社 1993 年 12 月第 1 版
《史通·内篇》 刘知幾撰,张三夕、李程注评,《历代名著精选集》本,凤凰出版社 2013 年 12 月第 1 版
《石遗室诗话》 陈衍撰,人民文学出版社 2004 年 8 月第 1 版
《诗源辨体》 许学夷撰,《明人诗话要集汇编》本,复旦大学出版社 2017 年 6 月

第 1 版
《石洲诗话》 翁方纲撰,陈迩冬点校,人民文学出版社 1981 年 1 月第 1 版
《庶几堂今乐》 余治撰,蔡毅编,《中国古代戏曲序跋汇编》本,齐鲁书社 1989 年 10 月第 1 版
《水云村稿》 刘埙撰,《景印文渊阁四库全书》本,台湾商务印书馆 1986 年 3 月第 1 版
《说诗晬语》 沈德潜撰,霍松林校注,人民文学出版社 1979 年 9 月第 1 版
《说苑校证》 刘向撰,向宗鲁校证,《中国古典文学基本丛书》本,中华书局 1987 年 7 月第 1 版
《四库全书总目》 永瑢等撰,中华书局 1965 年 6 月第 1 版
《四库全书总目汇订》 魏小虎撰,上海古籍出版社 2012 年 12 月第 1 版
《四友斋丛说》 何良俊撰,李剑雄校点,《历代笔记小说大观》本,上海古籍出版社 2012 年 12 月第 1 版
《宋濂全集》 宋濂撰,罗月霞主编,浙江古籍出版社 1999 年 12 月第 1 版
《宋史》 脱脱等撰,中华书局 1977 年 11 月第 1 版
《宋诗话考》 郭绍虞撰,中华书局 1979 年 8 月第 1 版
《宋诗选注》 钱锺书撰,生活·读书·新知三联书店 2002 年 5 月第 1 版
《宋书》 沈约撰,中华书局 1974 年 10 月第 1 版
《宋四家词选》 周济撰,古典文学出版社 1958 年 6 月第 1 版
《宋四家词选目录序论》 周济撰,唐圭璋编,《词话丛编》本,中华书局 1986 年 11 月第 1 版
《宋元戏曲史》 王国维撰,中华书局 2016 年 6 月第 1 版
《苏轼文集》 苏轼撰,孔凡礼点校,中华书局 1986 年 3 月第 1 版
《苏辙集》 苏辙撰,中华书局 1990 年 8 月第 1 版
《隋书》 魏征等撰,中华书局 1973 年 8 月第 1 版
《随园诗话》 袁枚撰,人民文学出版社 1982 年 9 月第 2 版
《谭献集》 谭献撰,罗仲鼎、俞浣萍点校,浙江古籍出版社 2012 年 8 月第 1 版
《谭元春集》 谭元春撰,陈杏珍标校,上海古籍出版社 1998 年 12 月第 1 版
《唐人选唐诗新编》 傅璇琮等编,增订本,中华书局 2014 年 11 月第 1 版
《唐诗品汇》 高棅撰,上海古籍出版社 2012 年 11 月第 1 版
《唐诗评选》 王夫之撰,《船山全书》本,岳麓书社 1996 年 2 月第 1 版

《唐宋八大家文钞》 茅坤编,《四库文学总集选刊》本,上海古籍出版社 1993 年 8 月第 1 版

《汤显祖全集》 汤显祖撰,徐朔方笺注,北京古籍出版社 1999 年 1 月第 1 版

《唐音》 杨士弘编,张震辑注,顾璘评点,陶文鹏等整理点校,河北大学出版社 2006 年 10 月第 1 版

《唐音癸签》 胡震亨撰,上海古籍出版社 1981 年 5 月第 1 版

《王韬诗集》 王韬撰,陈玉兰校点,上海古籍出版社 2016 年 7 月第 1 版

《陶渊明集笺注》 陶渊明撰,袁行霈笺注,中华书局 2003 年 4 月第 1 版

《弢园文录外编》 王韬撰,楚流等选注,辽宁人民出版社 1994 年 9 月第 1 版

《天演论》 赫胥黎撰,严复译,商务印书馆 1981 年 10 月第 1 版

《艇斋诗话》 曾季貍撰,丁福保辑,《历代诗话续编》本,中华书局 2006 年 8 月第 2 版

《同光梨园记略》 哀梨老人撰,谷曙光等编,《京剧历史文献汇编·清代卷》本,凤凰出版社 2001 年 3 月第 1 版

《桐江集》 方回撰,影《宛委别藏》本,江苏古籍出版社 1988 年 2 月

《桐江续集》 方回撰,《景印文渊阁四库全书》本,台湾商务印书馆 1986 年 3 月第 1 版

《通义堂文集》 刘毓崧撰,《清代诗文集汇编》本,上海古籍出版社 2010 年 12 月第 1 版

《通志堂集》 纳兰性德撰,《清代诗文集汇编》本,上海古籍出版社 1979 年 2 月第 1 版

《晚清文学丛钞》 阿英主编,中华书局 1960 年 3 月第 1 版

《晚清文学丛钞·小说戏曲研究卷》 阿英主编,新文丰出版公司 1989 年 4 月第 1 版

《晚清小说期刊辑存》 王燕辑,国家图书馆出版社 2018 年 10 月第 1 版

《晚清小说史》 阿英撰,江苏凤凰文艺出版社 2017 年 1 月第 1 版

《王弼集校释》 王弼撰,楼宇烈校释,中华书局 1980 年 8 月第 1 版

《王昌龄集编年校注》 王昌龄撰,胡问涛等校注,巴蜀书社 2000 年第 1 版

《王奉常集》 王世懋撰,沈乃文主编,《明别集丛刊》本,黄山书社 2013 年 3 月第 1 版

《王国维文存》 方麟编,江苏人民出版社 2014 年 4 月第 1 版

《王国维戏曲论文集》 王国维撰,中国戏剧出版社1984年7月第1版

《王国维学术经典集》 干春松等编,江西人民出版社1997年5月第1版

《王若虚集》 王若虚撰,马振君点校,中华书局2017年10月第1版

《王心斋全集》 王艮撰,陈祝生等校点,江苏教育出版社2001年10月第1版

《王恽全集汇校》 王恽撰,杨亮、钟彦飞点校,中华书局2013年12月第1版

《魏晋南北朝文学思想史》 罗宗强撰,中华书局1996年10月第1版

《魏晋玄学论稿》 汤用彤撰,上海古籍出版社2005年4月第1版

《畏庐文集》 林纾撰,商务印书馆1934年1月第1版

《魏叔子文集》 魏禧撰,胡守仁等校点,中华书局2006年6月第1版

《魏源全集》 魏源撰,岳麓书社2004年12月第1版

《文赋》 陆机撰,李善等注,萧统编,《六臣注文选》本,《四部丛刊》影宋本,浙江古籍出版社1999年3月第1版

《文赋集释》 陆机撰,张少康集释,上海古籍出版社1984年1月第1版

《文镜秘府论汇校汇考》 卢盛江撰,中华书局2006年4月第1版

《文史通义校注》 章学诚撰,叶瑛校注,中华书局1985年5月第1版

《文史通义新编新注》 章学诚撰,仓修良编注,浙江古籍出版社2005年10月第1版

《文心雕龙》 刘勰撰,元至正十五年刊本

《文心雕龙义证》 刘勰撰,詹锳义证,上海古籍出版社1989年8月第1版

《文心雕龙札记》 黄侃撰,《二十世纪国学丛书》本,华东师范大学出版社1996年12月第1版

《文心雕龙注》 刘勰撰,范文澜注,人民文学出版社1958年9月第1版

《文选颜鲍谢诗评》 方回撰,《四库文学总集选刊》本,上海古籍出版社1993年8月第1版

《文学研究法》 姚永朴撰,许振轩校点,黄山书社2011年8月第1版

《吴梅村全集》 吴伟业撰,上海古籍出版社2019年8月第1版

《吴汝纶全集》 吴汝纶撰,黄山书社2002年9月第1版

《五十年来中国之文学、论文杂记》 胡适、刘师培等撰,《民国首版学术经典丛书》本,上海科学技术文献出版社2014年5月第1版

《吴文正集》 吴澄撰,《景印文渊阁四库全书》本,台湾商务印书馆1986年3月第1版

《惜抱轩诗文集》 姚鼐撰,刘季高标校,上海古籍出版社 1992 年 11 月第 1 版
《小说丛话》 侠人撰,《新小说》第十三号,王燕辑,《晚清小说期刊辑存》本,国家图书馆出版社 2018 年 10 月第 1 版
《现代中国文学史》 钱基博撰,上海书店出版社 2004 年 8 月第 1 版
《先秦两汉文学批评史》 顾易生、蒋凡撰,王运熙、顾易生主编,《中国文学批评通史》本,上海古籍出版社 1996 年 12 月第 1 版
《闲情偶寄》 李渔撰,江巨荣、卢寿荣校注,上海古籍出版社 2000 年 5 月第 1 版
《象山先生全集》 陆九渊撰,凤凰出版社 2019 年 4 月第 1 版
《小仓山房诗文集》 袁枚撰,上海古籍出版社 1988 年 3 月第 1 版
《孝女耐儿传》 林纾撰,商务印书馆 1914 年 2 月第 1 版
《小说戏曲丛话》 狄平子撰,陈多、叶长海选注,《中国历代剧论选注》本,湖南文艺出版社 1987 年 7 月第 1 版
《新编中国历代文论选·晚清卷》 黄霖、蒋凡主编,上海教育出版社 2008 年 3 月第 1 版
《新编醉翁谈录·甲集》 罗烨撰,《中国文学参考资料小丛书》本,古典文学出版社 1957 年 4 月第 1 版
《新刻绣像批评金瓶梅》 李渔撰,《李渔全集》本,浙江古籍出版社 1991 年 8 月第 1 版
《新唐书》 欧阳修等撰,中华书局 1975 年 2 月第 1 版
《新译红楼梦回批》 哈斯宝撰,亦邻真译,内蒙古人民出版社 1979 年 2 月第 1 版
《新元史》 柯劭忞撰,中国书店 1988 年 8 月第 1 版
《盱江集》 李觏撰,《景印文渊阁《四库全书》》本,台湾商务印书馆 1986 年 3 月第 1 版
《徐文长佚草》 徐渭撰,《徐渭集》本,中华书局 1983 年 4 月第 1 版
《续诗话》 司马光撰,何文焕辑,《历代诗话》本,中华书局 2004 年 9 月第 2 版
《玄晏斋集》 孙慎行撰,《四库禁毁书丛刊》本,北京出版社 2000 年 1 月第 1 版
《荀子集解》 荀况撰,王先谦集解,沈啸寰、王星贤点校,《新编诸子集成》本,中华书局 1988 年 9 月第 1 版
《严复集》 严复撰,《中国近代人物文集丛书》本,中华书局 1986 年 1 月第 1 版
《严复评传》 欧阳哲生撰,百花洲文艺出版社 2010 年 3 月第 1 版
《揅经室集》 阮元撰,中华书局 1993 年 5 月第 1 版

《颜氏家训集解》　颜之推撰,王利器集解,中华书局 2013 年 1 月第 1 版
《颜习斋先生言行录》　颜元撰,王德毅主编,《丛书集成三编》本,新文丰出版公司 1989 年 7 月第 1 版
《剡源集》　戴表元撰,纪元主编,《丛书集成初编》本,中华书局 1985 年北京新 1 版
《弇州山人四部续稿》　王世贞撰,沈乃文主编,《明别集丛刊》本,黄山书社 2013 年 3 月第 1 版
《彦周诗话》　许顗撰,何文焕辑,《历代诗话》本,中华书局 2004 年 9 月第 2 版
《弇州四部稿》　王世贞撰,沈乃文主编,《明别集丛刊》本,黄山书社 2013 年 3 月第 1 版
《晏子春秋集释》　佚名撰,吴则虞集释,《新编诸子集成》本,中华书局 1962 年 1 月第 1 版
《扬雄集校注》　扬雄撰,张震泽校注,上海古籍出版社 1993 年 10 月第 1 版
《杨奂集·还山遗稿》　杨奂撰,李军主编,《元别集丛刊》本,吉林文史出版社 2010 年 12 月第 1 版
《杨万里集笺校》　杨万里撰,辛更儒笺校,中华书局 2007 年 9 月第 1 版
《杨文敏公集》　杨荣撰,沈乃文主编,《明别集丛刊》本,黄山书社 2013 年 3 月第 1 版
《养一斋诗话》　潘德舆撰,朱德慈辑校,中华书局 2010 年 8 月第 1 版
《尧峰文钞》　汪琬撰,人民文学出版社 2010 年 1 月第 1 版
《尧峰文钞别录》　汪琬撰,人民文学出版社 2010 年 1 月第 1 版
《姚莹论诗绝句六十首注》　姚莹撰,黄季耕注,黄山书社 1986 年 5 月第 1 版
《艺概》　刘熙载撰,上海古籍出版社 1978 年 12 月第 1 版
《艺概笺注》　刘熙载撰,王气中笺注,贵州人民出版社 1980 年 6 月第 1 版
《仪礼注疏》　郑玄注,贾公彦疏,阮元校刻,《十三经注疏》本,中华书局 1980 年 10 月第 1 版
《艺文类聚》　欧阳询编,《景印文渊阁四库全书》本,台湾商务印书馆 1986 年 3 月第 1 版
《艺苑卮言》　王世贞撰,陆洁栋、周明初批注,凤凰出版社 2009 年 12 月第 1 版
《饮冰室合集》　梁启超撰,中华书局 2015 年 1 月第 1 版
《隐秀轩集》　钟惺撰,李先耕等标校,上海古籍出版社 2017 年 7 月第 2 版
《隐拙斋集》　沈廷芳撰,《四库全书存目丛书补编》本,齐鲁书社 2001 年版 9 月

第 1 版

《瀛奎律髓汇评》　方回撰,李庆甲汇评点校,上海古籍出版社 2005 年 4 月新 1 版
《萤雪丛说》　俞成撰,载录陶宗仪编,《景印文渊阁四库全书·说郛》本,台湾商务印书馆 1986 年 3 月第 1 版
《酉阳杂俎·续集》　段成式撰,杜聪校点,《历代笔记名著丛书》本,齐鲁书社 2007 年 7 月第 1 版
《虞集全集》　虞集撰,王颋点校,天津古籍出版社 2007 年 4 月第 1 版
《元次山集》　元结撰,孙望点校,中华书局 1960 年 3 月第 1 版
《元代江西文人诗集序文整理与研究》　郝永伟撰,河北人民出版社 2015 年 11 月第 1 版
《元好问全集》　元好问撰,姚奠中主编,三晋出版社 2015 年 8 月第 1 版
《袁宏道集笺校》　袁宏道撰,钱伯城笺校,上海古籍出版社 1981 年 7 月第 1 版
《袁桷集校注》　袁桷撰,杨亮校注,中华书局 2012 年 10 月第 1 版
《元史》　宋濂撰,中华书局 1976 年 4 月第 1 版
《原诗》　叶燮撰,霍松林校注,《中国古典文学理论批评专著选辑》本,人民文学出版社 1979 年 9 月新 1 版
《元诗选》　顾嗣立撰,中华书局 1987 年 1 月第 1 版
《元稹集》　元稹撰,冀勤点校,中华书局 1982 年 8 月第 1 版
《袁宗道集笺校》　袁宗道撰,孟祥荣注,湖北人民出版社 2003 年 7 月第 1 版
《粤东诗海》　温汝能撰,中山大学出版社 1999 年 8 月第 1 版
《乐府指迷笺释》　沈义父撰,蔡嵩云笺释,人民文学出版社 1963 年 9 月第 1 版
《阅微草堂笔记》　纪昀撰,《历代笔记小说大观》本,上海古籍出版社 2016 年 11 月第 1 版
《云麓漫钞》　赵彦卫撰,傅根清点校,《唐宋史料笔记丛刊》本,中华书局 1996 年 8 月第 1 版
《韵语阳秋》　葛立方撰,何文焕辑,《历代诗话》本,中华书局 2004 年 9 月第 2 版
《曾巩集》　曾巩撰,中华书局 1984 年 11 月第 1 版
《曾国藩全集》　曾国藩撰,河北人民出版社 2016 年 9 月第 1 版
《曾国藩全集》　曾国藩撰,岳麓书社 2011 年 9 月第 1 版
《曾国藩书信》　曾国藩撰,李翰章编,中国致公出版社 2011 年 9 月第 1 版
《曾国藩文集》　曾国藩撰,李翰祥编,九州图书出版社 1997 年 8 月第 1 版

《战国策》 刘向整理,高诱注,商务印书馆 1958 年 4 月第 1 版
《张竹坡批评金瓶梅》 兰陵笑笑生撰,张竹坡批评,王汝梅等校点,齐鲁书社 1991 年 2 月第 2 版
《赵秉文集》 赵秉文撰,马振君整理,黑龙江大学出版社 2014 年 6 月第 1 版
《昭昧詹言》 方东树撰,汪绍楹点校,人民文学出版社,1961 年 10 月第 1 版
《郑板桥集》 郑燮撰,上海古籍出版社 1962 年 1 月第 1 版
《中国古代画论类编》 俞剑华编,修订本,人民美术出版社 1957 年 12 月第 1 版
《中国近代思想家文库·姚莹卷》 施立业编,中国人民大学出版社 2015 年 6 月第 1 版
《中国近代文学大系》 钱仲联主编,上海书店出版社 1991 年 4 月第 1 版
《中国历代剧论选注》 陈多、叶长海选注,上海古籍出版社 2010 年 6 月第 1 版
《中国历代小说序跋集》 丁锡根编,人民文学出版社 1996 年 7 月第 1 版
《中国历代著名文学家评传》 吴慧鹃等编,山东教育出版社 2009 年 3 月第 1 版
《中国美学史论集》 宗白华撰,安徽教育出版社 2006 年 8 月第 2 版
《中国诗论史》 铃木虎雄撰,许总译,广西人民出版社 1989 年 9 月第 1 版
《中国诗学批评史》 陈良运撰,江西人民出版社 2001 年 3 月第 2 版
《中国诗学体系论》 陈良运撰,中国社会科学出版社 1992 年 7 月第 1 版
《中国文学》 赵艳红编撰,汕头大学出版社 2015 年 9 月第 1 版
《中国文学理论批评史》 敏泽撰,人民文学出版社 1981 年 5 月新 1 版
《中国文学批评》 方孝岳撰,生活·读书·新知三联书店 1986 年 12 月第 1 版
《中国文学研究》 郑振铎辑,商务印书馆 1927 年 6 月第 1 版
《中国戏曲艺术思想史》 李世英主编,人民文学出版社 2015 年 7 月第 1 版
《中国小说批评史略》 方正耀撰,郭豫适审定,中国社会科学出版社 1990 年 7 月第 1 版
《中国小说史略》 鲁迅撰,郭豫适导读,《蓬莱阁典藏系列》本,上海古籍出版社 2019 年 5 月第 1 版
《中国新文学大系》 赵家璧撰,上海良友图书公司 1935 年 10 月第 1 版
《中国侦探案》 吴趼人撰,广智书局光绪三十二年(1906)版
《中华百体文选》 刘孝严主编,中国文史出版社 1998 年 9 月第 1 版
《中论》 龙树菩萨造,鸠摩罗什译,《中华大藏经》本,中华书局 1987 年 6 月第 1 版
《钟嵘诗品研究》 张伯伟撰,南京大学出版社 1999 年 6 月第 1 版

《中山诗话》 刘攽撰,何文焕辑,《历代诗话》本,中华书局 2004 年 9 月第 2 版
《中说译注》 王通撰,张沛译注,上海古籍出版社 2011 年 8 月第 1 版
《中原音韵》 周德清撰,中华书局 1978 年 6 月第 1 版
《中州集校注》 元好问编,张静校注,中华书局 2018 年 9 月第 1 版
《周礼注疏》 郑玄注,贾公彦疏,阮元校刻,《十三经注疏》本,中华书局 1980 年 10 月第 1 版
《周濂溪集》 周敦颐撰,纪元主编,《丛书集成初编》本,中华书局 1985 年新 1 版
《周书》 令狐德棻等撰,中华书局 1971 年 11 月第 1 版
《周易全解》 金景芳、吕绍纲撰,修订本,上海古籍出版社 2005 年 1 月第 1 版
《周易正义》 王弼注,孔颖达疏,阮元校刻,《十三经注疏》本,中华书局 1980 年 10 月第 1 版
《朱彝尊词集》 朱彝尊撰,屈兴国、袁杰来点校,浙江古籍出版社 2011 年 9 月第 1 版
《周作人集外文》 周作人撰,海南国际新闻出版中心 1995 年 9 月第 1 版
《朱子语类》 朱熹撰,黄士毅编,上海古籍出版社 2016 年 4 月第 1 版
《庄子集释》 庄周撰,郭庆藩集释,《新编诸子集成》本,中华书局 1961 年 7 月第 1 版
《滋溪文稿》 苏天爵撰,《景印文渊阁四库全书》本,台湾商务印书馆 1986 年 3 月第 1 版
《自由结婚》 吴趼人评,《月月小说》第十四号,王燕辑,《晚清小说期刊辑存》本,国家图书馆出版社 2018 年 10 月第 1 版
《宗月锄先生遗著八种》 宗廷辅撰,清光绪间徐兆玮重印刻本
《遵岩先生文集》 王慎中撰,沈乃文主编,《明别集丛刊》本,黄山书社 2013 年 3 月第 1 版

(二) 论文

《〈二十世纪大舞台丛报〉招股启事并简章》 《二十世纪大舞台》第 1 期
《〈二十世纪大舞台〉发刊词》 柳亚子撰,阿英主编,《晚清文学丛钞·小说戏曲研究卷》,新文丰出版公司 1989 年 4 月第 1 版
《〈河岳英灵集〉版本考》 李珍华、傅璇琮撰,《文献》1991 年第 4 期
《古代中国言·象·意结构之初形》 饶龙隼撰,《文史哲》2004 年第 5 期

《皎然〈诗式〉与中国诗学的转型》　徐连军撰,《湖南文理学院学报》2005 年第 3 期
《接引地方文学的生机活力——西昌雅正文学的生长历程》　饶龙隼撰,《文学评论》2012 年第 1 期
《李何论衡》　饶龙隼撰,《文学批评》2007 年第 3 期
《两汉气感取象论》　饶龙隼撰,《文学评论》2006 年第 4 期
《陆机〈文赋〉在英语世界的译介与影响》　陈笑芳撰,《燕山大学学报》2018 年第 2 期
《论佛教与梁代宫体诗的产生》　汪春泓撰,《文学评论》1991 年第 5 期
《论古文之不当废》　林纾撰,陈独秀等主编,《新青年》1917 年 5 月 1 日
《论皎然〈诗式〉的理论体系》　许连军、陈伯海撰,《江汉论坛》2008 年第 1 期
《论〈四库全书总目〉在诗文评研究上的贡献》　吴承学撰,《文学评论》1998 年第 6 期
《明初诗文的走向》　饶龙隼撰,《江西师范大学学报》2001 年第 2 期
《明中期文柄旁落下的文坛变局》　饶龙隼撰,《中山大学学报》2020 年第 6 期
《释〈章表〉篇"风矩应明"与"骨采宜耀"》　罗宗强撰,《文学遗产》2007 年第 5 期
《司空图〈二十四诗品〉真伪辨综述》　汪泓撰,《复旦大学学报》1996 年第 2 期
《谈王昌龄〈诗格〉——一部有争议的书》　李珍华、傅璇琮撰,《文学遗产》1988 年第 6 期
《〈唐人选唐诗新编(增订本)〉的学术价值和当代启示》　李德辉撰,《清华大学学报》2016 年第 5 期
《王昌龄〈诗格〉考》　卢盛江撰,《江西师范大学学报》2008 年 2 期
《文赋撰出年代考》　逯钦立撰,《学原》1948 年第 2 卷第 1 期
《小说丛话》　梁启超撰,《教育世界》1903 年第 7 期
《中国唯一之文学报〈新小说〉》　梁启超撰,《新民丛报》第十四号刊首(光绪二十八年[1902]7 月 15 日)
《中国文学制度研究的统合与拓境》　饶龙隼撰,《清华大学学报》2020 年第 5 期
《钟嵘的身世与〈诗品〉品第》　梅运生撰,《安徽师范大学学报》1984 年第 4 期
《钟嵘及其〈诗品〉三考》　谢文学撰,《中州学刊》1987 年第 3 期
《钟嵘生卒年代考》　王达津撰,《光明日报》1957 年 8 月 18 日
《钟嵘与〈诗品〉考年及其它》　段熙仲撰,《文学评论丛刊》第五辑(1980 年)

编后记

饶龙隼

我教中国文学批评史课程,粗略算已有26个年头。在授课过程中使用过多种教材;那些教材各有优长与特点,对教学确实帮助很大,但也有不尽如人意之处。其中一个较普遍的问题,是批评史和文论选脱节,教材所写内容较繁重,知识点不够精准明快。为了尽可能克服这些美中不足、促进学生更好地掌握这门学问,我通常都要自编讲义,而以教材为辅助读本。讲义不断修订,调整节目,充实内涵,就渐成书稿了。我一直期待这种融贯教学经验的讲义能有机会出版,但限于客观条件和出于慎重起见而一直未付诸行动。

忝列上海大学教席之后,有了相当不错的教学团队,并获得市教委和学校课程改革及教材建设的支持,就萌生按教材体例要求整理修改这部讲义的计划,并拟正式出版发行,以与更多师生分享。恰逢2020年上海大学本科教材项目申报,我们团队积极投标并幸运地获得资助;而上海大学出版社邹西礼编审得知其事,乃表示乐意促成该教材的出版面世。因此,才有这部不甚完善的教材奉献出来,以接受大学本科教学的试用与检验。我热切欢迎国内外同行专家的批评指正,并期待若干年后能推出更精善的修订版。

本教材较一个突出的特点,就是"简明"。全书有20讲,每讲分3大节,每节分3小节,每小节若干点。这样就形成20讲、60大节、180小节、587知识点之规模。第一讲附录一份精要的"研修书目",第二至二十讲各附录"文论选读"4篇,共录"文论选读"76篇,每篇录原文并略加导读,对原文繁难字注音,且标明原文的出处。为了节省篇幅和阅读简便顺畅起见,采用随文注并附"引用文献简目"。引文中"[ ]"中的字,是对当前字的校正;"( )"中的字,是引者补充的字。

本教材写作过程,大略分五个步骤:(1)主编先行拟好写作纲目,确定要选录的文论篇章;(2)主编写出若干讲的样章,确定体例以供大家参照;(3)各位作者分头编写初稿,然后提交主编进行修改;(4)主编从知识点、选材等方面作调整,再返回给各讲的作者进行补充校订;(5)各讲修订定稿之后交由主编逐字逐句修润,统一语言风格并整合成书稿。这是一次严谨而艰辛的集体协作,但愿实际效果能达到我们的预期。

本教材由饶龙隼主编,各讲编写分工如下:第一讲、第二讲、第三讲、第五讲、第六讲由饶龙隼编写,第四讲由杜梅编写,第七讲由何荣誉编写,第八讲由仲晓婷编写,第九讲、第十讲由曹渊编写,第十一讲、第十二讲由钟志翔编写,第十三讲、第十四讲由田明娟编写,第十五讲、第十八讲由杨绪容编写,第十六讲、第二十讲由石超编写,第十七讲、第十九讲由李德强编写。在统稿过程中,张玉梅、李会康、田明娟、王子瑞、王建成等提供了协助,于此一并致谢!

我们团队还要对支持本教材立项的倪兰副院长、促成本书出版的邹西礼副总编表达衷心的感谢!

2021 年 4 月